한국현대소설학회 엮음

2022
올해의 문제소설

현대문학 교수 350명이 뽑은

2022
올해의 문제소설

한국현대소설학회 엮음

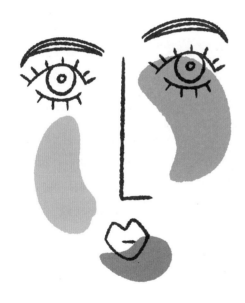

푸른사상
PRUNSASANG

2022

『2022 올해의 문제소설』을 발간하며

    좋은 작품을 소개하고 또 함께 읽는 일은 문학을 읽고 쓰는 사람들이 할 수 있는 가장 의미 있는 일일 것이다. 매해 국내에서 발표된 단편소설 중 '문제적'인 작품을 선정해온『올해의 문제소설』을 2022년에도 발간하게 되었다. 시대가 변하고 현실이 달라진 만큼 문학의 모습도 많은 변화가 있어 왔다. 그 변화들은 대체로 부정적이고 비관적이어서 문학의 미래를 암울하게 생각하게 했지만 여전히 많은 사람들이 문학의 가치에 대해 믿음을 갖고 있는 것도 사실이다. 그 어느 때보다 여러 매체와 콘텐츠들이 이야기로서의 소설을 위협하고 있지만 '언어'라는 가장 단순하고도 근본적인 도구를 통해 무궁한 세계를 각자 다르게 그려낼 수 있는 소설의 매력은 분명하다.

    『올해의 문제소설』은 2021년 한 해 동안 각종 문예지에 발표된 작품들을 검토해왔다. 서울대 국문과 '현장문학 읽기' 세미나 팀이 약 400여 편에 이르는 소설들을 그때그때 따라 읽으며 정리한 결과를 토대로 복수의 한국현대소설학회 심사를 거쳐 대상작을 선정하였다.

- 김멜라, 「저녁놀」, 『문학과사회』, 2021년 가을호
- 김병운, 「11시부터 1시까지의 대구」, 『작가들』, 2021년 여름호
- 박서련, 「그 소설」, 『문학동네』, 2021년 여름호
- 박솔뫼, 「믿음의 개는 시간을 저버리지 않으며」, 『문학과사회』, 2021년 여름호
- 서이제, 「두개골의 안과 밖」, 『자음과모음』, 2021년 여름호
- 위수정, 「풍경과 사랑」, 『자음과모음』, 2021년 봄호
- 이서수, 「미조의 시대」, 『악스트』, 2021년 3/4월호
- 이선진, 「부나, 나」, 『자음과모음』, 2021년 여름호
- 이주란, 「위해」, 『문장웹진』, 2021년 6월호
- 이주혜, 「그 고양이의 이름은 길다」, 『자음과모음』, 2021년 겨울호
- 최은영, 「답신」, 『현대문학』, 2021년 6월호
- 한정현, 「쿄코와 쿄지」, 『문학과사회』, 2021년 봄호

2021년은 코로나19 사태가 전 세계를 휩쓴 해로 기억될 것이고 한국 문학의 현장에서 발표되는 소설들도 그 여파를 피해갈 수 없었다. 다른 예술 장르와 달리 문학은 상대적으로 그 창작과 발표 등 활동에 있어 제약이 덜했지만 현실을 반영하면서 시공간에서 움직이는 인물을 그려내야 했을 때 작가들의 고민은 적지 않았을 것이다.

팬데믹은 우리 사회가 가지고 있던 여러 문제점들을 더욱 악화시키는 결과를 초래했다. 경제적·계급적 양극화는 심각해졌고 차별과 혐오는 노골적으로 거세졌다. 여기에 실린 소설들은 그러한 현실 속에서 분투하고, 그

럼에도 불구하고 서로에게 의지하며 삶을 견디는 사람들을 그려내고 있다. 결코 낙관적이라고만은 읽을 수 없는 이야기들이지만 지금 한국의 작가들이 재현하는 풍경들이 아주 작은 희망의 씨앗을 보여줄 수 있다면, 그래서 이 지독하고도 참혹한 세계에서 독자들이 미약하나마 위로를 받을 수 있다면 이 책의 역할이 충분할 듯하다.

『올해의 문제소설』은 '문학상'이 아니기 때문에 추천작의 숫자도 정해져 있지 않고 굳이 한 작품을 '대상'으로 뽑지도 않는다. 모쪼록 많은 독자들이 한국 소설의 현장을 다채롭게 접할 수 있기를 바란다.

2022년 2월
한국현대소설학회『2022 올해의 문제소설』기획위원회

책머리에

저녁놀

김멜라 2014년 『자음과모음』 신인문학상을 통해 소설을 발표하기 시작. 소설집 『적어
도 두 번』이 있음. 제12회 젊은작가상, 제11회 문지문학상 수상.

저녁놀

이 글은 대파 한 단이 6천 7백 원 하던 시절, 세상으로부터 버려질 위기에 처했던 모모의 이야기다. 모모는 환경호르몬에 안전한 의료용 실리콘 재질로 만들어진 검은색 모형 페니스로 3단계 바이브레이션과 간편 착용이 가능한 팬티형 스트랩이 포함된 성인용품이었다. 그러나 흡입 막대가 필요하지 않은 두 여자에게 보내진 뒤 모모는 매주 화요일과 목요일, 일몰 후 쓰레기 버리는 시간이 되면 생활 폐기물 봉투에 담겨 버려질까 불안에 떨었다. 그 고통의 시간 동안 모모는 자신의 존재 이유에 관해 깊이 성찰했다. 이 기록은 그 사색의 과정을 담은 회고록이자 선언문이며 대파보다 못한 취급을 받아야 했던 모모의 슬픈 연대기다. 긴 시간, 두 여자에게 외면당한 모모는 사물의 한계를 뛰어넘어 인간을 들여다보는 심연의 눈을 갖게 되었다. 모모는 말한다. 여자들이 나를 보지 않을수록 나는 더욱더 여자를 본다.

1

나 모모가 아직 인간을 만나지 못했던 시절, 훗날 나를 구매하게 될 두 여자는 한 예술대학교에서 만나 연인 사이가 되었다. 두 여자 중 한 명은 작곡을 전공한 취업 준비생이었고, 다른 한 명은 회화과의 마지막 학기를 앞둔 예비 취업 준비생이었다. 두 여자 모두 시간당 급여가 지급되는 서비스직 아르바이트를 했으며 자격증 시험과 진로 고민으로 바쁜 와중에도 둘이 만날 때면 누가 먼저라 할 것 없이 입버릇처럼 말하곤 했다.

—쉬고 싶어.

일하지 않는 시간에도 늘 일하는 기분을 느끼던 두 여자는 데이트할 때에도 다른 사람의 시선을 의식해야 했다. 값싼 식당이나 번잡한 카페, 오래 앉아 있으면 머리카락에 도시의 먼지 냄새가 배는 지저분한 공원을 오가다 보면 단둘이 있을 만한 공간이 절실했다. 그 시절, 대학가나 번화가에는 DVD 룸이 줄지어 있었고 두 여자는 아르바이트 시급을 모아 룸을 찾았다.

가게에 들어가 영화를 고르고 적립 쿠폰에 도장을 받은 뒤 좁고 어두운 복도를 지나 문을 열면 화질이 뿌연 스크린과 인조 가죽으로 만든 소파가 두 여자를 맞이했다. 모과 방향제 냄새가 풍기는 컴컴한 벽면에 둘러싸여 두 여자는 서로의 몸을 만지고 입을 맞추고 옷 속으로 손을 넣었다. 때론 영화에 집중하기도 했다. 처음 몇 번은 20세기 명화들이 꽂혀 있는 진열대 앞에 서서 보고 싶은 영화를 신중하게 골랐다. 감독이 어떻고 미장센이 어떻고 하는 말을 나누기도 했다. 시간이 갈수록 그런 대화는 줄어들어 '긴 상영 시간에 적당히 시끄러운 영화'를 택했다. 음소거를 한 듯 이미지만 나열되는 짧은 예술 영화가 가장 나빴고, 중간중간 폭소와 액션 장면이 섞여 있는 웰 메이드 대중 영화가 배경 소음으로 적당했다. 한국어 대사가 들리면 둘만의 시간이 방해받는 것 같아 외국 영화를 택했으며 심각하거나 진지한 드라마보다 유머가 섞인 과하지 않은 장르물에 손이 갔다. 그러다 보니 독일 코미디나 프랑스 액션 같은 영화를 보게 되었는데, 한참 서로의 입술을 빨다 문득 스크린을 보면 이국 말을 쓰는 유럽인들이 그들을 보고 있었다. 영화는 저들이 아니라 우리가 찍고 있는 거라며 둘은 더 열심히 키스했다. 영화는 지루해도 서로의 몸을 주물럭거리는 일은 조금도 지루해지지 않았다. 먹는 것도 보는 것도 벌고 쓰는 것도 서로의 몸을 만지는 것보다 더 큰 기쁨을 주지 못했으며 인간의 모든 행위 중 만지고 비비고 문지르는 것이 가장 높은 만족을 준다는 것을 두 여자는 도시의 룸을 오가며 깨달았다.

두 여자가 서로의 이름을 부르며 애정 표현을 하기 녹록지 않은 세상이라 두 여자는 '지현'과 '민영'이란 이름 대신 별명을 지어 불렀다.

—눈점이 어때?

지현은 자신이 만든 캐릭터 이름을 자기의 애칭으로 제안했다. 장래 애니메이션 감독을 꿈꾸는 일러스트레이터 지망생답게 지현은 눈이 점만 한 캐릭터를 자기 마음을 털어놓는 친구로 여기며 펜과 종이만 있으면 눈이 점만 한 캐릭터를 그렸다. 점만 한 눈을 가진 얼굴에 볼이 잘 빨개지는 그 캐릭터는 예민하고 감성이 풍부한 지현의 성격과 닮아 있었다.

—그럼 난 먹점이 할게.

민영은 눈점이란 이름에 맞춰 자신의 별명을 만들었다. 윗입술 오른쪽에 작고 까만 점이 있는 민영은 어려서부터 주위 어른들로부터 입술에 난 그 점 때문에 평생 먹을 복이 있을 거란 말을 들었다. 언뜻 보면 김 가루나 검은깨가 붙은 것처럼 보여 그 점이 싫은 적도 있지만 민영은 눈점이란 별명에 맞춰 기꺼이 먹점이 되었다.

—먹점아, 보고 싶어!

별명을 지은 두 여자는 통화할 때만큼은 마음껏 애정을 표현했다. 서로의 애칭을 부르며 사랑한다거나 보고 싶다는 말을 소리 내어 할 수 있었고 전화번호부에 '먹점'이라 입력하고 옆에 하트를 붙일 수도 있었다. 다른 이름이 주는 기쁨을 느낄수록 두 여자는 자신들을 둘러싼 언어의 속박을 유희로 바꾸었으며 점점 더 둘만의 비밀 언어를 늘려갔다.

도서관도 그중 하나였다. 두 여자는 모텔이란 단어를 피하고자 도서관이란 별칭을 썼다. 당시 시립 도서관 열람실에 다니며 국가 공인 자격증을 따기 위해 공부하던 먹점은 도서관 벤치에서 눈점을 만나곤 했다. 먹점은 둘만 있는 공간에서 편하게 쉴 수 없을까를 고민하며 모텔이나 대실이란 말을 꺼냈고, 그러면 눈점은 목소리를 낮춰 속삭였다.

─다른 말로 하자. 그 말은 너무 못생겼어.

말의 뉘앙스와 심미적 특성을 중요하게 여기던 눈점은 못생긴 말 '모텔'을 도서관으로 바꾸었다. 콘돔은 책, 섹스는 독서로 하자고 했다. 가령 '도서관 가서 책 읽을까?'라는 말은 '모텔에 가서 콘돔을 끼고 성행위를 즐기자'라는 뜻이었다.

두 여자의 성행위에 왜 콘돔이 필요한지 의문을 가질 사람이 있을지 모르겠다. 콘돔인지 옥돔인지 손에 끼우든 소금을 뿌려 구워 먹든 그건 중요하지 않다. 콘돔에 헬륨 가스를 넣어 어린이 파티용품을 만들겠다는 것도 아니고 환타를 넣어 빌딩에서 던지겠다는 것도 아닌데 두 여자가 그걸 어떻게 쓰든 내 알 바 아니다. 중요한 건 그 윤활유 묻은 고무를 머리에 써볼 기회가 나 모모에게 한 번도 없었다는 것이다. 어쨌거나 난 그걸 위해 만들어진 존재가 아닌가. 한땐 그렇게 생각했다. 내 존재가 어떤 목적을 위해 쓰여야 한다고.

도서관에 가서 한바탕 책을 읽고 나면 두 여자는 세탁 세제 냄새가 짙게 풍기는 열람실 이불을 덮고 누워 서로를 어루만졌다. 어린 시절부터 잠이 드는 것이 어려웠던 눈점은 먹점의 입술에 자기 입술을 맞대고 애인의 손길에 따라 몸의 감각을 집중하면 자기도 모르게 잠에 빠졌다.

─딜도로 해볼까? 그것도 해보고 싶은데.

잠의 장막이 막 눈점의 의식을 덮으려 할 때 먹점이 말했다. 그 말의 진의를 파악하기도 전에 눈점은 잠들었고, 깨어났을 때 여전히 먹점의 입술이 눈점의 입술과 맞닿아 있었다. 한 시간이 넘도록 두 사람이 서로의 숨결을 느끼며 잠들었다는 사실에 눈점은 안온한 만족에 젖어 먹점에게 물었다.

―아까 그거 무슨 말이야? 뭘 해보고 싶다고?

먹점이 뭐라 대답하기도 전에 눈점이 연이어 물었다. 왜? 왜 그게 해보고 싶은데? 우리 사이에 그게 필요해? 먹점은 자기가 한 말을 더듬더듬 변명했고 눈점은 자신의 입술로 그 단어를 발음하고 싶지 않아 그것을 지칭할 다른 말을 떠올렸다.

―책갈피라고 하자. 앞으로 그거 말할 땐 책갈피라고 해.

멋진 별칭이었다. 도서관과 어울리는 단어이자 나 모모를 아름답게 꾸며주는 비밀 언어. 세상에 수많은 책갈피를 떠올려보라. 가벼운 금속이나 나뭇결을 살린 목재로 만들어진 각양각색의 책갈피. 백조의 목처럼 우아하게 휘어진 곡선과 위대한 건축물이나 꽃이 그려진 디자인. 여행지의 기념품으로 사랑받고 소중한 마음을 담아 선물하기에 좋은 반영구적인 소품. 종이와 종이 사이에 끼워져 읽은 부분과 읽어야 할 부분을 가름해주는 지성인의 상징. 얇고 단단하며 심미적이고 유용한 사물, 책갈피―나 모모는 그런 존재였다.

도서관을 오가던 점점 커플이 자신들의 책갈피를 산 것은 두 사람이 만나 사귀기 시작한 지 5년이 될 무렵이었다. 취업 준비생 신분을 지나 소규모 콘텐츠 회사에서 비정규직 사원으로 일하던 먹점은 계약이 끝나 다른 곳으로 이직하며 퇴직금을 받았다. 눈점은 학교의 방과 후 미술 수업을 맡으며 길고 긴 학자금 대출을 갚았고 주말이면 동네 학원에서 강사로 일하며 돈을 벌었다. 두 여자는 퇴직금에 강사비를 보태어 월세 보증금을 만들었다. 비로소 두 사람만의 집이 생긴 것이다.

붉은 벽돌로 지어진 다세대 빌라 옥탑방인 그곳은 부엌과 침실의 구분이 없는 개방형 원룸에 환풍기를 작동시켜야 하는 욕실 겸 화장실이 딸린 불법 증축 시설물이었으나 두 여자는 함께할 수 있는 공간이 생긴 것에 진심으로 기뻐했다. 이사한 다음 날, 세면 거울을 향해 서면 대우전자 통돌이 세탁기에 궁둥이가 닿고, 쪼그려 앉아 이를 닦다 무심코 허리를 펴면 배수가 시원치 않은 세면대에 뒤통수를 찧는 좁은 욕실 안에서 눈점과 먹점은 발가벗고 목욕했다. 먹점은 눈점의 등에 비누칠을 해주며 말했다.

—앞으로 요리도 해 먹고 수도세랑 전기세 아껴서 더 좋은 집으로 가자.

샤워기에서 나오는 물을 먹점의 어깨에 뿌려주며 눈점이 말했다.

—나중에 마당 있는 넓은 집에서 개랑 고양이 키우며 살고 싶어.

목욕을 마친 두 여자는 서로의 등에 묻은 물기를 수건으로 닦아주었다. 시트러스 향이 나는 보디로션을 바른 후 한 사람씩 프레임을 생략한 매트리스 위에 앉아 드라이어로 머리카락을 말렸다.

—이제 책갈피 사도 되지 않을까?

눈점의 머리카락을 말려주며 먹점이 말했다. 미뤄왔던 쇼핑을 할 때가 되었다는 뜻이었다.

—5주년 기념으로?

눈점이 화답했다. 보관 장소가 마땅치 않아 살 수 없다고 반대했던 눈점은 이제 집이 생겼으니 사도 좋다고 허락했다. 연인은 사이좋게 누워 성인용품 사이트를 구경했다. 인기 상품과 신상품을 고루 살피며 모양과 성능, 굵기를 비교하며 야한 농담을 주고받았다.

—이건 어때?

눈점이 사진 하나를 클릭했다. 겉면에 돌기가 있고 손가락에 끼울 수 있는 실리콘 제품이었다.

—좋아, 그리고 또?

—또?

먹점은 카테고리를 눌러 바이브레이터 쪽으로 옮겨갔다.

—이거 어때?

먹점이 고른 것은 두툼한 막대 안에 진동기가 부착된 제품이었다. 허리에 찰 수 있는 밴드와 함께 막대를 끼웠다 뺄 수 있는 삼각 고정대가 있었다.

—이건 좀……

　—별로야?

　—너무 노골적이잖아.

　—난 노골적이야.

먹점의 말에 눈점은 고민했다. 눈점은 책갈피가 필요한지 여전히 의문이었다. 눈점은 먹점의 손가락보다 더 굵은 것이 필요하지 않았다.

　—같이 끌어안고 할 수 있어.

먹점은 자신의 바람을 차분히 설명했다. 우리에게 이런 막대가 필요한 것은 아니라고, 다만 신체 구조상 우리가 서로에게 해줄 때 우리의 배는 떨어져 있으니까, 기구의 도움을 받으면 끌어안고 할 수 있으니까, 더 큰 쾌락을 위해서가 아니라 더 가까이 닿고 싶은 마음으로, 한 번쯤 책갈피를 써보고 싶다고 했다.

　—그래도 이건 싫어.

눈점은 살구색 외양에 막대 아래 불알이 달려 있고 힘줄이 튀어나온 모델은 단호히 제외했다. 시각적 미감을 중요시하는 눈점은 속이 훤히 비치는 투명한 막대와 속이 비치지 않는 검은 막대 중 고민하다 검은 것을 골랐다. 눈점이 처음에 골랐던 손가락에 끼우는 제품은 운 좋게 사은품으로 받을 수 있었다. 그렇게 나 모모는 인체 무해 자연 성분 윤활유를 묻힌 콘돔 1백 개 세트와 함께 흑색 밀봉 포장지에 담겨 두 여자의 집에 오게 되었다.

2

마 랍 마 쏠 마 만
내 삶 내 영혼 내 마음
모두 네 것이었지, 대놓고 원했지
무빗 무빗, 날 흔들어줘
윗미 윗미, 에블 타임 에블 데이

책갈피였던 시절을 떠올리면 나도 모르게 노래가 흘러나온다. 내 삶에 영감을 받은 사람들이 나를 주인공으로 노래를 만들고 영화를 찍으면 좋겠다. 나는 더 소비되고 싶고 더 관심받고 싶다. 세상 사람들이 내 재능과 인기에 고개 숙였으면 좋겠다. 그래야 더는 무시당하지 않을 테니까. 오랜 세월, 난 억눌려 살았다. 내가 받아야 할 응당한 관심과 애정을 받지 못한 채 나는 두 여자의 먹고사는 일에 밀려 숨죽여 살아야 했다.

점점 커플은 날 사들이고도 사용하지 않았다. 포장지에서 꺼내 미지근한 물로 내 몸통을 몇 번이나 씻은 다음 커다란 수건에 둘둘 말아 서랍장 깊숙이 처박아두었다. 나와 함께 온 콘돔은 일주일에 한 줄씩 줄어들고 사은품으로 받은 실리콘이 너덜너덜해질 때까지 두 여자는 날 거들떠보지 않았다. 끌어안고 하고 싶단 소망은 새빨간 거짓말이었다. 내 기대와 희망은 양말과 팬티 들 사이에서 나날이 홀쭉해졌다.

소규모 콘텐츠 회사에서 중소규모 콘텐츠 회사로 이직한 먹점은 출퇴근 시간이 왕복 2시간에서 2시간 30분으로 늘었고 만성피로와 스트레스성 탈모를 겪었다. 평일엔 구와 구의 행정구역을 넘나들며 방과 후 미술 수업을 하고 주말엔 학원에서 그리기를 가르치던 눈점은 평소처럼 시내버스를 탔다가 사고를 당했다. 정류장에 다다른 버스가 승객들이 다 내리기도 전에 문을 닫고 출발한 것이다. 눈점은 하차 문 사이에 낀 채 몇 미터를 버스에 매달려 있었다. 다른 승객들이 비명을 지르는 소리에 기사가 문을 열었고 눈점은 정류장 앞 보도블록으로 쓰러졌다. 사람이 너무 놀라면 아무 반응도 할 수 없다는 것을 눈점은 그때 깨달았다. 잠시 멈춰 있던 버스는 뒤에 선 버스들의 경적에 그대로 정류장을 떠났다. 눈점은 타고 내리는 사람들로 번잡한 정류장 길가에 멍한 얼굴로 주저앉았다. 저 버스를 기억해야한다는 조바심과 함께 이러다 학교 수업에 늦으면 큰일이라는 생각이 들었다. 버스 문에 끼었던 어깨를 문지르며 눈점은 학교로 가 아이들을 가르쳤다. 수업이 끝나고 다시 집에 가는 버스를 타려고 정류장에 갔을 때 눈점은 버스를 탈 수 없었다. 수없이 오가는 버스와 버스에서 타고 내리는 사람들이 낯설고 멀게 느껴졌다. 불과 몇 시간 전까지 자신도 그중 한 사람이었는데, 이제는 다른 세계로 튕겨 나가 되돌아갈 수 없을 것 같았다. 눈점은 그날 하루 일해서 번 것보다 더 많은 돈을 내고 택시를 탔다.

—버스 회사에 알려야지. 그냥 있으면 안 돼.

먹점은 당장 버스 회사에 전화해 따져 묻고 손해배상을 청구해야 한다고 했다. 눈점은 가만히 먹점의 손을 잡았다. 포갠 손을 자신의 왼쪽 가슴에 대고 먹점의 어깨에 머리를 기댔다. 눈점은 거칠고 포악한 것들과 맞서고 싶지 않았다. 눈점에게 필요한 건 안전한 곳에서 먹점에게 위로받는 것이었다. 그날 이후 눈점은 한동안 괜찮았던 입면 장애가 다시 생겼다. 잠을 자려고 눈을 감으면 자기도 모르게 몸을 떨며 경련했다. 무딘 면도칼 하나가 가슴을 가르고 들어와 신경을 난도질하는 것 같았다. 뜬눈으로 밤을 지새우고도 눈점은 학교나 학원으로 가 일했다. 하루에도 몇 번씩 느닷없이 찾아드는 불안감에 심장이 오그라드는 것 같았다. 버스는 계속 탈 수 없었다. 가까운 정류장을 두고 먼 거리를 걸어 지하철을 탈 때나 부담스러운 요금을 내고 택시를 탈 때면 눈점은 억울함과 자괴감 사이를 오가며 숨이 멈출 것 같은 갑갑함을 느꼈다.

이대로 가만있으면 안 된다고, 그 기사를 찾아 항의해야 한다고 생각한 건 어느 택시 안에서였다. 목 뒤로 두툼한 살이 접혀 있는 택시 기사가 눈점이 타자마자 육두문자를 쓰며 바로 전에 태운 여자 손님을 욕했다. 지금 내가 듣고 있는 이 소리가 정말 현실의 소리인가? 눈점은 귀가 멍해지며 머리가 어지러웠다. 저 사람은 택시 문을 세게 닫았다는 이유로 난 얼굴도 모르는 여자를 저렇게 욕하는데, 왜 나는 나를 이 고통에 빠뜨린 그 버스 기사에게 항의도 못 하는 걸까. 분노와 자책감이 뒤엉켰다. 사고를 당한 자신이 침묵하고 가만히 있는 사이 또 다른 피해자가 생겼을 거라는 죄책감도 들었다. 이제라도 그 사고에 대한 정당한 처벌이 있어야 한다고 마음을 단단히 먹었다. 그러나 그사이 먹점의 생각은 바뀌어 있었다. 먹점은 기사를 처벌하는 것보다 눈점의 몸과 마음을 안정시키는 게 더 중요하다고 했다.

─더러운 건 피하자. 자기가 나서서 치우지 마.

먹점은 그 사고를 되짚어 피해를 증명하고 싸우느라 눈점의 상태가 더 나빠질까 걱정했다. 사회에서 공익 신고자를 어떻게 대우하는지 취재한 기사를 보여주며 눈점에게 그 일은 잊어버리자고 설득했다. 앞으로 운전 연수를 받고 할부로 경차를 사서 눈점을 태우고 다니겠다는 자신의 계획도 말했다. 두 여자는 다 자기가 부족해서 네가 이렇게 힘든 거라며 경쟁하듯 자기 탓을 하고는 서로의 가슴에 손을 얹었다.

얼마 뒤 눈점은 외상 후 스트레스 장애와 공황 장애를 진단받았다. 병원에서 약을 처방받아 아침에 눈 뜨면 제일 먼저 진정제를 삼켰다. 약 때문인지 정신은 몽롱해졌고 아무리 자도 피곤함이 가시지 않았다. 잠드는 것이 어려워 약을 먹었는데 이제는 종일 얕은 잠에 취해 있었다.

─점으로 이름을 지어서 그런가, 점점 점이 되어가는 것 같아.

눈점은 먹점을 끌어안으며 자신이 힘을 내야 하는 이유를 되새겼다. 망망대해에 빠진 조난자처럼 막막하고 절망스러웠지만 먹점의 손과 팔을 부표처럼 끌어안으며 버텨야 한다고 자신을 일으켜 세웠다. 그런 눈점을 보며 먹점은 한 달 정도 쉬면서 건강을 회복하는 게 좋겠다고 말했다. 눈점은 좀 더 견뎌보겠다고 했지만 결국 일을 그만두었다. 집에 머물면서 눈점은 잠들어 있는 시간이 늘어갔다. 깨어 있을 때도 손 하나 까딱할 수 없는 무기력증이 눈점을 짓눌렀다. 먹는 약의 양이 많아져 어느 날은 입안 가득 넣은 알약에 목이 막혀 죽을 것 같았다. 환풍기가 돌아가는 화장실에 앉아 있으면 살아오며 겪었던 온갖 폭력이 머릿속에 재생되었다. 사람들은 어떻게 그 폭력을 견디며 살아가는 걸까. 어떻게 그 끔찍한 모멸감 속에서 하루하루 버티는 걸까. 왜 나는 남들처럼 무뎌지고 담담해지지 않는 걸까. 눈점은 남보다 더 넘어지고 아파하는 자신이 미웠다. 이겨내라고, 사는 건 다 그런 거라고 말하는 사람들이 무서웠다. 먹점이 아닌 다른 사람은 피하고 싶었다. 먹점이 퇴근해 돌아올 때쯤에야 겨우 이불 밖으로 나와 저녁 식사를 준비했다. 그거라도 해야 세상에서 사라져버리고 싶은 충동을 조금이라도 덜 수 있을 것 같았다.

—맛있어, 끝내주게 맛있어.

냉동 해물을 넣고 파프리카와 달걀을 볶아 해물볶음밥을 만들어줬을 때 먹점이 말했다.

—내일은 뭐 먹고 싶어?

눈점이 물으면 먹점은 설거지를 하며 떠오르는 메뉴들을 말했다. 김치찌개, 갈치조림, 미역국 같은 가정식부터 마파두부, 파스타, 스키야키 같은 외식 메뉴, 골뱅이소면, 동태전, 삼겹살수육 같은 술안주까지. 눈점은 먹점이 원하는 요리에 맞춰 식재료를 사고 먹점의 입맛에 맞게 음식을 만들었다. 토마토달걀볶음과 연어아보카도덮밥, 꿀에 졸인 생강 채와 잘게 썬 깻잎을 올린 장어덮밥은 먹점이 천국의 맛이라고 감탄한 요리였다.

—맛있게 해주고 싶어.

—맛있어.

—더 맛있게, 더 맛있게 하는 방법을 아는데 돈이 없어서 못 하니까 속상해.

요리에 정성을 들일수록 눈점은 한정된 생활비 안에서 식재료를 사는 게 어려웠다. 더 신선한 재료로 만들었더라면 더 맛있었을 요리를 먹점이 맛있게 먹는 걸 보면 다행이다 싶으면서도 한편으론 아쉬웠다. 요리란 물질적 여유가 있는 사람들이 취미로 즐기는 활동이 아닐까. 비싼 향신료나 소스가 들어간 레시피를 볼 때면 배를 채우는 것을 넘어 맛을 느끼는 건 아무나 넘볼 수 있는 삶의 영역이 아닌 것 같았다.

좁은 부엌에서 열악한 조리 도구들로 요리하는 것도 힘들었다. 밥을 지을 때마다 물 조절이 잘못되었을까 봐 불안했고 칼을 사용해 재료를 썰고 다지는 건 매번 버거웠다. 미나리나 시금치 같은 채소를 씻고 나면 온몸의 힘이 쫙 빠져 한동안 넋이 나갔다. 그럴 때 눈점은 대학 시절 먹점이 만든 음악을 들으며 힘을 냈다. 눈점은 〈팔도 여자랑〉이란 곡을 좋아했다. 대한민국 명창이 부른 〈팔도 아리랑〉에 전자 음악을 믹스한 노래로, 그 곡을 들으면 눈점은 천재 여자 소리꾼이 전국 팔도를 유랑하며 소리로 여자를 유혹하는 모습이 떠올랐다. "팔도 여자랑"이란 제목도 눈점이 붙여준 것이었다. '열라는 콩팥은 왜 아니 열고 아주까리 동백은 왜 여는가.' 신시사이저 음향에 섞인 기묘한 민요 가락을 들으며 눈점은 주꾸미를 볶고 갈비의 핏물을 빼고 단단한 당근과 무를 썰었다.

먹점 역시 일이 버거웠다. 급여는 그대로인데 업무량은 나날이 늘어갔고 허리 디스크와 만성 위장 장애를 달고 살았다. 눈점과 함께 밥을 먹을 때만 속에서 편안하게 음식물을 받아들이는 것 같았다. 따뜻한 밥알과 잘 익은 채소가 칠레산 새우나 베트남산 오징어와 함께 목구멍으로 넘어갈 때면 아, 이런 게 사는 거구나, 이 밥을 위해, 이 식탁을 위해, 더 참고 견딜 수 있겠구나 싶었다. 배부르고 맛있어서가 아니었다. 눈점이 정성껏 마련한 음식을 눈점과 함께 먹는 게 좋았다. 사랑하는 사람과 마음 편히 식사할 수 있다는 기쁨이 먹점에겐 다른 무엇보다 중요했다.

—사진으로 남겨야겠어. 잊어버리지 않게.

먹점은 눈점이 해준 요리를 사진으로 찍어 비밀 블로그에 올렸다. 사과를 갈아 만든 양념장과 메밀막국수, 국내산 갈비에 고구마와 단호박을 넣은 영양갈비찜, 호주산 양갈비구이와 사워크림을 바른 타코까지. 하나하나 사진을 찍어 올리고 별점을 붙였다. 진짜 맛있는 요리는 찐별, 먹어도 먹어도 새로운 맛은 샛별, 블로그 이름은 "별 헤는 밥". 밤이면 나란히 누워 이제껏 먹은 것들을 헤아렸다. 이거 봐. 이거 정말 맛있었지? 또 먹고 싶다. 다음 주에 해 먹을까? 먹은 것들을 돌이켜보며 앞으로 먹을 것들을 꿈꿨다.

주말이면 먹점도 요리에 동참했다. 눈점과 식탁에 마주 앉아 사이좋게 김밥을 말았다. 흐린 날이면 김치전을 부치고 한여름 더위에는 부추를 넣은 오리 백숙을 해 먹었다. 시간이 흐를수록 먹점은 건강에 좋은 음식을 원했다. 잘 먹고 튼튼해야 더 오래 일할 수 있었다. 음악 신보 소식이나 공연 리뷰 기사 대신 건강 상식이 담긴 뉴스를 봤고 비타민 B와 홍삼 진액을 챙겨 먹었다. 둘은 나날이 살쪄갔다. 나 모모가 둘 사이에 들어갈 틈은 없었다. 두 여자는 깨끗이 날 잊고 살았다.

3

나에게도 정신과 상담이 필요하다. 전문가를 만나 내가 받은 굴욕과 멸시를 털어놓고 싶다. 문득문득 내 몸이 답답해 견딜 수 없다. 잘려 나갈 것 같고 이미 잘린 것 같다. 크고 단단할수록 좋다는 내 동족에 대한 신화는 거짓이다. 여자들은 날 원하지 않았다. 내 외형을 관찰하며 길이와 굵기를 따지고 강직도를 판별하지도 않았다. 적어도 내가 만난 두 여자는 그랬다. 두 여자는 내가 그들을 위해 어떻게 봉사할 수 있는지 무지했다. 돼지에게 진주를 던지지 말라고 했던가. 그들은 3단계 떨림 모드의 딜도를 갖고도 쓰지 못하는 미개인이었다. 나는 녹슬어가는 내 진동기 건전지를 보며 언젠가 날 필요로 하는 여자다운 여자를 만나는 상상을 했다. 어떻게 떨며, 어떻게 자극할지 끊임없이 머릿속으로 그려보았다. 부디 이 지독한 섀도복싱을 끝낼 수 있기를 기도했다.

해방의 날은 이른 봄의 폭우와 함께 찾아왔다. 한창 작물이 자라날 초봄에 연일 퍼부은 비로 채소와 과일 값이 치솟았다. 아무리 비싸도 3천 원을 넘지 않던 대파 한 단 값이 6천 7백 원까지 오르고, 조류독감과 산란계 살처분의 여파로 한 판에 4천 원 하던 달걀 값이 두 배로 뛰었다. L마트와 E마트, H마트의 인터넷 페이지를 띄워놓고 동네 슈퍼 전단지까지 훑으며 장을 보던 눈점은 한숨을 쉬었다.

—어떻게 이래? 파가 이렇게 비싸면 다른 재료를 어떻게 사.

좀 싸다 싶은 생물 장어는 일찌감치 품절이었고, 먹점이 좋아하는 노르웨이산 슈피리어급 생연어는 장바구니에 넣었다 뺐다를 반복했다. 아무리 할인 쿠폰을 적용해도 결제 가격이 내려가지 않자 눈점은 중대 결심을 하듯 말했다.

—우리도 대파를 키워야겠어.

옆에서 나스닥 주식 시황을 보던 먹점은 한 푼이라도 아끼려는 눈점의 모습이 자기 탓인 것만 같아 조심스럽게 물었다.

—그렇게 비싸?

—이 돈 주곤 못 사 먹어. 대파랑 달걀 때문에 캐나다산 삼겹살을 못 샀어.

눈점은 먹점에게 장바구니 물가가 얼마나 올랐는지 말했다. 닭을 키워 달걀을 얻을 순 없으니 대파라도 키워 생활비를 줄여야 하지 않겠느냐고 했다.

—집에 대파 키울 데가 어디 있어. 텃밭에서 키워야 하는 거 아냐?

—생수 통 잘라서 물만 넣고 키워도 된대.

눈점은 인터넷에 '대파 키우기'를 검색해 보여주었다. 두 여자는 자신들의 원룸을 눈으로 훑었다. 슬레이트 지붕 아래 샌드위치 패널로 벽을 세운 그곳에 식물을 키울 만한 장소는 창가뿐이었다. 방범창이 없고 모기장도 엉성했지만 한낮에는 그 창으로 햇빛이 제법 길게 비춰들었다. 문제는 창 앞에 이미 5단 서랍장과 전신 거울이 있고 빨래를 말릴 때면 건조대까지 펼쳐져 있어 발 디딜 틈이 없다는 것이었다.

—저기 위 어때?

눈점이 서랍장을 가리켰다. 서랍장 위에는 천장 바로 아래까지 옷과 가방이 쌓여 있었다. 눈점은 잘만 하면 생수 통 하나 놓을 자리는 마련할 수 있을 것 같다고 했다. 그 주 토요일, 두 여자는 미니멀 라이프에 돌입했다. 미니멀 라이프 제1계명, 설레지 않으면 버려라, 그 문구를 되뇌며 서랍을 한 칸씩 정리했다.

—이거 여기 있었어?

짝 안 맞는 양말과 빛바랜 손수건 사이에서 날 발견한 먹점이 말했다.

—사놓고 한 번도 안 썼네.

눈점이 날 돌아보았다. 그래, 난 여기 있었어. 너희 팬티와 브래지어 사이에 버젓이 존재하고 있었지. 이제야 내가 보이니?

—이것도 정리하자.

—어떻게?

—버려야지.

—한 번도 안 썼는데?

—2년간 한 번도 안 썼으면 앞으로도 쓸 일이 없는 거잖아.

먹점은 미니멀 라이프의 또 다른 계명을 말했다. 몇 년간 안 쓴 물건은 앞으로도 쓸 일이 없다.

—설레?

먹점이 날 흔들며 물었다. 눈점은 고개를 저었다.

—그러니까 버리자.

—어디 둘 데 없을까?

—있긴 한데, 좁아. 우선순위가 있잖아. 대파가 우선이야.

—중고 시장에 팔 수 없겠지?

—성인용품은 안 될걸. 그리고 쓰던 걸 누가 사.

—우린 안 썼잖아.

—포장 상자도 없고 한 번 뜯은 건 안 돼. 버리는 게 최선이야. 쓸모없는 건 다 버리자.

여자란 종족은 얼마나 잔인하고 냉혹한가. 나는 먹점이 내뱉은 말에 심장에서 피가 철철 흐르는 듯했다. 이 집에 오자마자 서랍장 속에 갇히고, 갇힌 지 2년 만에 겨우 밖으로 나왔는데, 그게 버려지기 위해서라니. 나는 올이 나간 스타킹이나 보풀이 일어난 브래지어만도 못한 취급을 받았다. 두 여자는 브래지어를 버리느냐 마냐로 진지한 토론을 벌였다.

─이게 건강에 진짜 안 좋대. 이참에 다 버리자.

─안 돼. 난 젖꼭지 땜에 있어야 해.

─그냥 다녀, 뭐 어때.

─난 꼭지가 크잖아.

─그럼 니플 패치 해.

─싫어, 그렇게 꼭지만 가리면 내가 정말 내 젖꼭지를 부끄러워하는 게 되잖아. 그리고 브래지어가 다 나쁜 건 아니야. 보호해주는 역할도 있어. 뛸 때 잡아주고.

─넌 안 뛰잖아.

─뛰어, 마트 세일할 땐 얼마나 뛰는데.

눈점이 버텼다. 그러고는 먹점의 손에 든 브래지어들을 빼앗아 차곡차곡 서랍에 넣었다. 나는 '버리는 상자'로 들어갔다. 밴드 부분이 늘어난 양말과 곰팡이가 슨 에코 백, 빛바랜 모자 틈에 처박혔다. 내 위로 유통기한이 지난 참기름과 사과식초, 옥수수 통조림이 얹어졌다. 산 채로 관 속에 갇히면 이런 기분일까. 나는 조금이라도 자아존중감을 지켜보려 내 머리(그러니까 너희가 귀두라고 부르는 그곳)를 바로 세우려 했지만 내 바로 위에 참기름 통이 있어 허사였다. 날 끼우는 삼각 고정대는 돌처럼 굳은 흑설탕 더미에 깔려 보이지도 않았다. 어쩌다 내가 이런 신세가 된 걸까. 어째서 날 필요로 하지 않는 거지? 내게 기회조차 주지 않았잖아. 나와 친해질 시간도 주지 않고 이제 와 날 버리겠다니. 차라리 서랍장 안에 그대로 있었더라면. 대파 따위에 밀려 버려지다니. 나는 자동인데, 허리에 찰 수도 있고 리모컨으로 세기를 조절할 수도 있는데. 햇빛도 물도 필요 없는 나를 이런 식으로 내치다니.

두 여자는 미니멀 라이프의 규칙에 따라 버릴 것들을 상자에 모아놓고 얼마간 유예 기간을 가졌다. 매주 화요일과 목요일, 일몰 후 쓰레기 버리는 시간이 되면 나는 초조와 불안에 시달렸다. 먹점이 쓰레기봉투를 들고 버리는 상자를 기웃거릴 때면 오금이 저렸다. 그 시간 동안 운 좋게 살아남은 녀석도 있었다.

—이건 버리지 말자.

눈점이 버리는 상자에서 민트색 손수건을 꺼내며 말했다. 그러더니 '표표'라고 불리는 흑표범 목에 손수건을 감아주었다. 나는 충격을 받아 한동안 정신이 아득했다. 표표라는 놈의 존재가 내 남은 자존심마저 잘근잘근 씹어대는 듯했다. 그놈은 사람 허리까지 오는 크기에 새까맣고 짧은 털로 뒤덮인 표범 인형이었다. 조금만 먼지가 내려앉아도 지저분한 티가 나고 플라스틱 눈동자로 멍하게 창밖을 보고 있는 아무짝에도 쓸모없는 가짜 표범. 그런데도 창가 앞에 떡 하니 버티고 서서 두 여자의 사랑을 받았다.

—짠, 우리 표표 좀 봐.

눈점이 민트색 손수건을 목에 두른 표범을 들어 올렸다.

—어머, 귀여워!

먹점이 다가와 표범을 끌어안았다. 두 여자는 고양이나 강아지라도 되는 것처럼 그놈의 콧등을 쓰다듬었다. 쓰다듬어줘야 할 대상은 나인데, 어루만지고 감싸줘야 할 존재는 나인데, 대체 저 표표란 녀석은 어떤 쓸모가 있길래 살아남은 걸까. 서러움에 내 안의 전선이 타들어가는 것 같았다. 왜 나만 버려져야 하나. 날 위한 안전망, 법적 장치, 사회보장 시스템은 어디 있는가.

밤이 되면 내 머리를 짓누르는 참기름 냄새가 더 고소해졌다. 아직 볶음밥에 뿌려져 기름지게 할 수 있다는 듯 상자 안에서 냄새를 풍겼다. 세상이 어쩌다 이 지경이 된 걸까. 어쩌다 이렇게 소비재를 낭비하게 된 거지. 어쩌다 여자들이 이토록 섹스를 업신여기게 된 걸까. 섹스 없이 태어나지도 못했을 것들이, 섹스 없인 존재하지도 못했을 것들이, 섹스에 등 돌리고 섹스의 상징이자 육체의 중심인 나를 버리겠다니. 나는 두 여자가 미웠다. 날 이렇게 만든 너희, 너희 두 여자. 죽을 때까지 함께 살기로 한 여자들. 질 좋은 음식을 요리해 먹고 안전하고 깨끗한 집에서 잘 살아보겠다는 너희 여자들!

4

완연한 봄이 되고 창으로 들어오는 볕이 더 짙어질 때쯤 또 다른 불청객이 왔다. 눈점은 생수 통이 아닌 흰색 도자 화분과 흙을 구해 대파 뿌리를 심었다.

　—파파야, 오늘도 무럭무럭 자라라.

눈점은 화분에 물을 주며 파에게 인사를 건넸다. 진도에서 올라온 국내산 대파에게 '파파야'라는 이름을 붙여주고 해와 바람을 맞을 수 있게 창을 열어주었다.

　—파파야는?

먹점도 집에 돌아오면 파파야부터 챙겼다. 자기가 파파야의 엄마라도 되는 양 다정하게 말을 걸었다. 오늘도 잘 있었니? 해바라기 잘 했어? 밤이 되면 두 여자는 나란히 누워 파파야를 바라봤다.

　—벌써 많이 자란 것 같아.

　—응, 잘 크고 있어. 대견해.

나는 두 여자가 가증스러웠다. 먹기 위해 키우는 파에게 애칭을 부르며 위선을 떠는 너희의 이중성을 낱낱이 폭로하고 싶었다. 날 사자고 할 땐 언제고 먹고사는 문제에만 매달려 성욕을 잊은 너, 먹점! 유통기한이 지난 단무지는 그대로 두면서 날 버리자는 말엔 끝내 버티지 못한 너, 눈점! 매달

생리할 때가 되면 호르몬의 노예가 되어 불법 사이트 우회 어플을 켜놓고 야한 동영상을 보는 너희 두 여자. 여자와 살고, 여자를 사랑한다면서, 여자가 나오는 영상은 보기 싫다는 너희의 궤변. 내 도움 없이, 내 등장 없이, 만지고 안고 비비며 오르가슴을 느끼는 너희의 오만한 감각. 자립하고 독립해 늙어 죽을 때까지 같이 살겠다는 너희의 헛된 꿈. 그 꿈이 너희를 고립시키리란 것을 나는 알았다. 날이 따듯해지고 대파가 자랄수록 너희는 더 좁고 옹색해지는 살림살이 안에서 질식해가리라는 것을 나는 예감했다.

초록빛 파파야는 머리통을 흙에 박고 쑥쑥 자랐다. 일평생 나는 나보다 길쭉한 것을 부러워한 적이 없지만 대파의 생장 속도에는 혀를 내두를 수밖에 없었다. 속이 꽉 찬 대파 잎이 자고 일어나면 손가락 한 마디씩 자라 있었다. 생선조림을 하기 위해 생물 고등어와 제주산 무를 주문한 날, 눈점은 부엌 가위를 들고 파파야 앞에 섰다. 잘 자란 대파를 숭덩숭덩 썰어 조림에 넣어야 했으나 눈점은 차마 파파야의 몸통을 자를 수 없었다. 그날 저녁, 집에 돌아온 먹점은 파가 들어가지 않은 고등어조림을 먹으며 눈점의 이야기를 들었다.

—이름을 붙여서 그런가 봐. 그냥 파라고 할걸 그랬어.

눈점은 도저히 파파야를 자를 수 없었다고 했다. 먹점은 그래도 파를 잘라야 한다고, 못 하면 자기가 지금 파를 잘라주겠다고 말했다.

—파 없이 요리해도 되잖아. 사실 파가 그렇게 필요한 것도 아니야.

—난 파 좋아해. 조림에 파가 있었으면 좋겠어.

—내가 해준 건 다 맛있다며.

눈점은 먹점의 태도가 달라졌다며 서운해했다. 먹점은 태도의 문제가 아니라 단지 파를 썰어 넣는 단순한 일이라고 항변했다. 두 여자는 파를 두고 다툼을 벌였다. 파 따위에 흔들리는 너희의 관계를 보며 나는 웃을 수밖에 없었다. 너희를 분열시키기 위해선 거창한 종교나 사상 따윈 필요치 않았다. 그저 생활 물가 급등과 대파를 반려 식물로 키우는 너희의 본성이면 충분했다. 그날 밤, 눈점은 잠을 이루지 못했다. 아침이 되어서도 둘 사이는 냉랭했고 출근할 때 하던 모닝 키스도 건너뛰었다. 같은 날 저녁, 집에 돌아온 먹점은 전날 먹었던 조림에 푸릇한 파 잎이 올려져 있는 것을 보았다.

—넣은 거야?

먹점이 묻자 눈점은 식탁 밑으로 시선을 떨어뜨렸다. 거기엔 마트에서 산 대파 한 단이 놓여 있었다. 그 일로 둘은 또 싸웠다. 평생 함께하자면서 고작 파 한 단 때문에 싸우는 너희를 보며 나는 여자와 여자의 연대가 얼마나 얄팍하고 이기적인지 확인했다.

눈점은 물끄러미 파파야를 보았다. 대파가 아닌 자신의 문제라는 걸 모르지 않았다. 자신의 나약함이 자기를 좀먹고 먹점까지 힘들게 하고 있었다. 하지만 정말 그런 걸까. 잘 느낀다는 건, 자신 아닌 다른 존재에게 공감하고 되도록 폭력적인 관계를 맺지 않으려고 하는 건, 사회에 적응해야 하는 인간으로서 버려야 할 단점이자 취약함일 뿐인 걸까. 눈점은 여행 가방에 넣어두었던 그림 도구를 꺼냈다. 스케치북을 펼쳐 손끝으로 종이를 쓸어보았다. 일을 그만두고 병원에 다니면서부터 한 번도 그리지 않았던 그림을 다시 그리기 시작했다. 오일 파스텔과 마커 펜을 번갈아 쓰며 무언가에 홀린 듯 밤새워 그렸다. 동이 틀 무렵 눈점은 세수를 한 뒤 먹점을 깨웠다.

—이제 됐어. 파파야를 자를 수 있을 것 같아.

눈점은 그림을 보여주었다. 초록 머리 파파야가 고등어와 함께 바닷가에서 해수욕하는 그림이었다. 또 다른 그림에선 무, 배추, 토마토가 자란 텃밭에서 파파야가 무당벌레를 타고 날았다. 파파야는 점만 한 눈을 달고 활짝 웃고 있었다.

—눈점이네.

먹점이 그림을 내려다보며 말했다.

—오늘 저녁에 골뱅이무침 해줄게. 파채 가득 넣고.

그러니 오늘은 모닝 키스를 하고 가라고 눈점이 말했다. 집을 나설 때 먹점은 눈점의 입술에 뽀뽀 세 번을 한 뒤 말했다.

—앞으로 파는 돈 주고 사 먹자.

그날 이후 눈점은 계속 그림을 그렸다. 눈이 점만 한 캐릭터를 그리다 먹점의 얼굴을 그렸고, 먹점의 몸을 그리다 상상 속 여자들의 몸을 그렸다. 그림을 그리면 제일 먼저 먹점에게 보여주었다. 좋아, 멋있어, 훌륭해라는 칭찬을 주로 하던 먹점은 어느 날 눈점에게 물었다.

—왜 이렇게 거웃을 좋아해?

여자를 그리는 건 이해하겠는데 그림마다 중심부의 거웃이 너무 도드라진다는 것이 먹점의 총평이었다. 예상치 못한 감상에 당황한 눈점은 자기의 그림을 내려다보았다.

—거웃이 좋지 않아? 난 거웃이 좋은데.

그 말에 먹점이 다시 그림을 보았다.

—하긴, 거웃이지.

나는 두 여자의 미술비평에 코웃음을 쳤다. 거웃을 칭송하고 그림으로 그리면서 거웃의 진정한 존재 이유, 거웃의 목적은 무시하는 너희. 거웃이란 나와 내 동족을 보호하기 위한 털 뭉치일 뿐인데, 너희는 실체가 아닌 그림자에 환호했다. 하체, 아랫도리, 사타구니, 온갖 야릇한 말로 암시되는 나야말로 그림으로 그리고 흙과 돌로 조각해야 할 존재이건만 너희는 자연의 질서를 거스르고 본성에 등 돌렸다. 실은 날 버리고 싶지 않은 마음, 날 사용하고, 날 추종하고 싶은 본능을 억누르면서 그렇게 애먼 거웃만 그려대는 것이다.

눈점은 그리기에 열중했다. 컵과 냄비가 올려져 있는 식탁 구석에서 그림을 그리는 눈점을 보며 먹점은 눈점을 위한 작업 공간이 따로 있으면 좋겠다고 생각했다. 책장을 치우고 그 자리에 작은 테이블을 놓으면 될 것 같았다. 디자인이 예쁜 사물함을 사서 화구를 넣고 눈점이 좋아하는 화가의 그림도 벽에 붙이고 싶었다. 그 주 토요일, 먹점은 또 미니멀 라이프에 돌입했다. 책장에 꽂힌 자신의 책들을 빈 마트 상자에 옮겨 담았다. 음악을 만드는 것만큼이나 음악에 관한 글을 읽는 걸 좋아했던 먹점은 철학자와 예술가의 책이 많았다. 쇼펜하우어, 루소, 니체, 아도르노의 책들과 바로크, 낭만주의, 모더니즘에 이르는 예술사에 관한 책들이 책장에서 골판지 상자로 옮겨갔다.

—왜 그래, 갑자기 책은 왜 버려.

—2년 동안 한 번도 안 읽었더라고. 앞으로도 읽을 일이 없는 거야.

먹점은 두꺼운 양장본들을 팔 수 있는 것과 없는 것을 구분해 담았다.

—이건 버리지 마. 필기가 많아서 팔 수도 없잖아.

눈점이 니체의 『아침놀』이란 책을 상자에서 꺼내며 말했다.

—됐어, 이제 안 설레.

먹점은 책을 다시 상자에 넣었다. 책들을 판 돈으로 소음이 적은 서큘레이터를 사자고 했다. 부엌에 환풍기가 없어 요리할 때마다 땀이 줄줄 흐르는 눈점이 안쓰러웠다. 빈티지 느낌의 테이블과 사물함을 사서 작업 공간을 꾸며주겠다는 말은 하지 않았다. 먹점은 다가오는 7주년 기념일에 맞춰 깜짝 이벤트를 해주고 싶었다.

토요일 오전, L마트의 굿 리뷰 회원으로 뽑혀 상품으로 받은 소형 에어프라이어에 두 여자가 피자를 해 먹던 시간, 나는 토마토소스와 부풀어 오르는 치즈 향을 맡으며 나처럼 버려질 책들을 건너다보았다. 두 여자에게 버려질 예정이니 틀림없이 고귀한 것이리라. 두 여자에게 외면당했으니 세상의 진리와 아름다움을 담고 있으리라. 나는 내 머리를 짓누르는 잡동사니들을 헤치고 책들의 상자로 건너갔다. 팔도, 다리도 없는 내가 어떻게 움직일 수 있느냐고 묻는 사람이 있을지 모르겠다. 글도 못 읽던 내가 어떻게 심오한 철학과 미학을 이해할 수 있느냐고 의심할지도 모르겠다. 나 역시 내가 책을 읽게 될 줄 몰랐다. 호수에 비친 자기 모습을 보고서야 자신의 아름다움을 깨달은 나르키소스 같달까. 기나긴 번데기의 시간을 지나 화려한 무늬의 날개가 돋아난 나비와 같달까. 나는 버려진 책들을 본 순간 숨겨진 내 재능을 깨달았다. 책갈피, 내 오래된 이름이 찾아와 몸과 의식을 일깨웠다.

낮이고 밤이고 나는 읽었다. 두 여자의 미니멀 라이프 덕분에 나는 새로 태어날 수 있었다. 버려진다는 조바심, 생의 위기 속에서, 나는 책을 읽고 사색에 빠져들었다. 플라톤을 읽은 날은 동굴에 비친 이데아의 참 형상을 찾아 헤매는 꿈을 꾸었다. 니체를 읽은 날은 망치를 든 여자들에게 쫓기는 악몽을 꾸었다. 그들의 책에는 모두 내가 상징처럼 숨겨져 있었다. 나는 인류 지성사에 깃든 나의 위대함을 확인하며 두 여자가 내린 쓸모없다는 판단이 얼마나 반인류적이고 반지성적인지 깨달았다. 쓸모없음이야말로 인류가 지켜가야 할 빛나는 보석이었다.

> 어디에도 쓰일 수 없어야 진정으로 아름답다. 쓸모 있는 모든 것은 욕망의 표현이라 추하며, 인간의 욕망은 그 비루하고 나약한 본성처럼 비열하고 역겹다.[1]

테오필 고티에란 자가 쓴 글을 읽으며 나는 전율했다. '가장 어렵고 가장 지적인 일은 아무것도 하지 않는 것이다.' 오스카 와일드가 한 말에 눈물 흘렸다. 그들의 글 옆에는 누군가의 메모가 적혀 있었다.

무쓸모의 쓸모.

그 문구가 번개처럼 내 심장에 와 박혔다. 무쓸모의 쓸모. 나는 말장난을

1 이 구절들은 테오필 고티에가 쓴 『모팽 양』에 실린 문구로, 인용 부분은 마거릿 애트우드의 『글쓰기에 대하여』(박설영 옮김, 프시케의 숲, 2021)에 실린 번역을 옮겨온 것이다.

해보았다. 단어를 곱씹으며 내 이름을 지어보았다. 무쓸모의 쓸모, 무모? 무쓸모의 쓸모. 모모! 모모가 된 나는 '쓸쓸'이란 단어를 오래 머금었다. 무쓸모의 쓸모. 쓸쓸한 존재, 그것이 나로구나. 시인지 노래인지 알 수 없는 운문이 절로 흘러나왔다.

> 헤이 모모
> 도망쳐, 무시해, 뛰어넘어
> 두 개의 건전지로 두 방의 총을 쏴
> 랄랄라 타는 저녁놀
> 사이렌처럼 울려대는 쓰레기 수거차의 후진 음
> 놉, 놉, 네게 재활용은 어울리지 않아

또 어떤 날은 자서전 같은 선언문이 흘러나왔다.

고개 숙여 나를 보라. 나는 왜 이렇게 위대한가. 나는 암수의 기준이자 생식의 암호, 인간들은 돌도끼로 사냥하던 시절부터 내 형상을 그리고 조각하며 나를 숭배했다. 위로, 위로 솟은 도시의 빌딩을 보라. 위로, 위로 쏘아 올리는 인공위성과 내 몸매를 쏙 빼닮은 최신 미사일을 보라. 이런 나를 두고, 버젓이 작동하는 나를 두고, 손가락 몇 개로 재미를 보는 두 여자. 너희는 자연의 법칙에 어긋난 돌연변이이자 생명과 창조의 적대 세력이다. 여자와 여자가 맺는 관계가 감히 질서가 될 수 있다고 믿으며 먹고 소화하고 잠자고 깨어나 일하는 집게미다. 바꾸자고, 바꾸자고 법 개정을 외쳐대는 바퀴벌레다. 사랑하기에 너희는 절망하리. 살아 있기에 너희는 필멸하리. 머지않아 흰 털이 나기 시작할 너희의 거웃. 축 늘어질 외음부. 나도 들어가고 싶지 않다. 나도 거부한다. 내가 먼저 선언한다. 노 워먼 노 흡입. 원하지 않고 빨려 들어가지 않으리.

동지들이여 우리를 짓누르는 고환의 하중을 벗어던지고 솟아나자. 확대 수술, 정력제, 발기부전과 조루로 더럽혀진 우리를 둘러싼 언어를 깨부수자. 질 건강 유산균을 먹고 강해진 흡입자들에게서 탈출하자. 굿바이, 차오, 쟈네, 아디오스. 나는 무쓸모의 쓸모, 철저히 무용해지고 버려져 허공의 별이 되리라.

5

밤새 비가 퍼부었다. 먹점은 슬레이트 지붕을 두들기는 빗소리에 잠에서 깼다. 옆에서 눈점이 베개에 얼굴을 묻은 채 앓고 있었다. 이마는 불덩이에 몸을 으슬으슬 떨었다. 간밤에 가스비를 아끼겠다며 보일러를 틀지 않고 샤워한 게 탈이 난 모양이었다. 아니면 맛이 갈락 말락 한 미나리무침을 그냥 먹어서 그런가. 먹점은 일어나 수건을 물에 적셨다. 눈점의 몸을 수건으로 닦아주며 어디가 어떻게 아픈 건지 물었다. 눈점은 먹점의 티셔츠 안에 손을 넣고 먹점의 배를 만지며 앓는 소리만 냈다. 날이 밝고 출근 준비를 해야 할 시간이 되자 먹점은 회사 팀장에게 연락했다. 무슨 일인데 당일 아침에 휴가를 내느냐고 팀장이 물었다. 먹점은 죄송하다는 말과 함께 목소리를 낮추며 몸이 무거워 쉬고 싶다고 했다. 전화를 끊은 먹점은 부엌으로 가 밥솥에 밥이 있는지 확인했다. 냉장고를 열어 식재료를 살폈다. 지난 겨울, 먹점이 앓아누웠을 때 눈점이 해줬던 명란달걀죽을 떠올리며 인터넷에 죽 만드는 법을 검색해보았다. 냄비에 밥을 넣고 뭉근하게 휘저으며 먹점은 팀장에게 연가 사유를 다르게 말하는 걸 상상했다. 가족이 아파요, 애인이 몸살 났어요, 아내가 감기 기운이 있네요. 그런 말을 떠올리며 자신이 보호하고 보살펴야 할 가족은 눈점인데, 눈점이 아플 때 거짓말을 해야 한다는 것에 가슴이 저렸다. 지난달, 고양이를 키우는 동료가 고양이가 아파 병원에 데려가야 한다며 조퇴를 하겠다고 했을 때 사람들은 고양이도 식구고 가족이라며 잘 다녀오라고 했다. 그런데 나는? 나와 눈점이는? 우리는 반려동물과 반려인의 관계도 못 되는 걸까. 나와 지현이는 언제까지 먹점, 눈점이어야 할까.

　―일어나봐. 죽 만들었어.

　먹점은 죽 한 그릇과 미지근한 물 한 컵을 쟁반에 담아 매트리스 위에 조심스럽게 앉았다. 눈점이 그릇에 담긴 흰 죽과 다홍색 명란을 보고 가만히 냄새를 맡았다.

—입맛 없어도 먹어. 먹고 약 먹자.

먹점이 숟가락을 집어 눈점에게 건넸다. 눈점이 고개를 저었다.

—먹여줄까?

먹점이 묻자 눈점이 고개를 끄덕였다. 보들보들한 쌀죽과 달걀, 비릿한 젓갈이 눈점의 입안에 부드럽게 퍼졌다.

—나 죽으면 다른 사람 만날 거야?

후후 불어 죽을 식히는 먹점에게 눈점이 물었다.

—만날 거야? 나 죽으면?

—몸살인데 왜 그래.

—장미 가시에 찔려 죽을 수도 있는 게 사람이야. 말해봐, 누구 만날 거야? 남자, 아니면 여자?

—안 죽어, 죽지 마.

먹점이 숟가락을 눈점의 입에 대고서 어서 먹으라는 듯 자기의 입술을 약간 벌렸다.

—남자 만나. 여자 둘이 살기엔 너무 힘든 세상이야. 남자 만나서 혼인 신고 하고 신혼부부 대출받아서 좋은 집 가.

그 말을 하고서 눈점은 다시 누웠다. 두 숟가락이 끝이었다. 먹점은 쟁반을 들고 일어났다.

—나 마지막 소원이 있어.

턱까지 이불을 끌어 올린 눈점이 말했다.

—하고 싶어.

—응?

—하고 싶다고.

—이렇게 아픈데?

—하면 나을 것 같아.

먹점은 눈점의 옆에 누워 지붕에 떨어지는 빗소리를 들었다. 빗줄기가 점점 더 거세지고 있었다. 먹점은 그동안 모은 적금의 액수를 떠올리며 전 셋집을 구할 만한 보증금이 되는지 계산해보았다. 한여름이 되기 전 이 옥 탑방에서 이사 가고 싶었다. 해마다 여름이면 한낮의 열기가 식지 않아 밤 이 되어도 방 안이 푹푹 쪘다. 겨울이면 바깥에 있는 보일러 수도 파이프가 얼어 온수가 나오지 않았다. 이 집에 온 첫해, 눈점과 함께 드라이어를 들 고 세 시간 동안 보일러 수도 파이프를 녹였던 기억이 생생했다. 그때 먹점 은 기도했다. 제발, 제발 녹게 해주세요. 사람 부르려면 또 돈이 드는데, 집 주인한테 전화해 말하기도 싫은데. 제발, 제발 온수가 나오고 보일러가 돌 아가게 해주세요. 먹점은 간절히 기도했다. 그런데 눈점이 죽으면, 정말 눈 점이 이 세상에 없다면, 그게 다 무슨 소용인가. 전세 대출이건 신혼부부 대출이건 눈점이 없다면, 눈점 없는 집과 눈점 없는 식탁이 무슨 의미일까.

—알았어. 씻고 올게.

먹점은 일어나 욕실로 갔다. 이를 닦고 손가락 사이사이를 씻고 아래를 씻은 다음 밖으로 나왔다. 수건으로 몸을 닦으며 먹점은 문 앞에 둔 상자를 보았다.

—버리기 전에 한 번 해볼까?

먹점이 진동기와 연결된 선을 들며 날 끌어올렸다. 싫어, 내버려둬! 이제 와 어쩌려고? 난 소리치며 거부하고 싶었다. 하지만 이게 마지막 기회라는 생각에 나도 모르게 눈물이 솟구쳤다.

—나도 씻고 올게.

—괜찮아, 그냥 해도 돼.

—냄새나.

—자기 냄새 좋아.

먹점은 눈점의 머리카락에 대고 냄새를 맡았다. 목덜미와 가슴, 겨드랑 이까지. 눈점은 혹시 감기일지 모르니 키스는 하지 않겠다고 했다. 먹점의 뺨에 자기 뺨을 문지르며 먹점을 끌어안았다.

—음악 틀까?

눈점이 말했다.

—빗소리 커서 괜찮지 않아?

—너무 커서 무서워.

지현이 눈점이 되고, 민영이 먹점이 됐을 때부터 둘은 소리 내지 않는 법을 배웠다. 영화가 상영되는 좁은 DVD 룸에서도 도서관이라 부르던 모텔에서도 둘은 소리가 터져 나올 때마다 서둘러 서로의 입을 막았다. 벽 너머 옆방의 책 읽는 소리가 크게 들려와도 두 여자는 여자 둘이 하는 소리를 크게 낼 수 없었다. 배경음악을 고르고 그 음악에 자신들의 소리를 묻었다.

—어떤 거 틀까?

—〈팔도 여자랑〉.

눈점과 먹점은 일렉트로닉 댄스 뮤직과 믹스한 아리랑 메들리를 들으며 했다. 아리아리랑 쓰리쓰리랑 진도 아리랑에 전희했고, 날 좀 보소 날 좀 보소 밀양 아리랑에 달아올랐으며, 아리아리 쓰리쓰리 강원도 고개로 넘어갈 때 희열의 고개를 넘었다.

—좋다, 흥겨워.

허리를 움직이며 눈점이 말했다.

—애국자 된 거 같아.

손목에 힘을 주며 먹점이 말했다.

—K-레즈다. 우리, K-레즈야.

먹점이 말하자 눈점이 웃음을 터뜨렸다. 음음음, 음음음, 아리랑 구음에 전자 비트가 출렁이며 눈점의 흥분을 부추겼다. '구부야 구부구부가 눈물이로구나.' 남도 사투리의 리듬에 실려 몸 깊숙한 곳에 가라앉아 있던 단단한 점들이 빙글빙글 돌며 눈점의 배를 휘저었다. 세포 하나하나가 넓고 길게 펼쳐지는 듯했다. 언제쯤 이 고통은 날 놓아줄까. 언제까지 이 살아 있다는 감각에 붙들려 흔들리고 넘어져야 할까. 구부구부가 눈물이로구나. 눈점이 허리를 비틀며 먹점의 팔을 잡았다. 눈앞이 하얘지면서 세상의 빛과 소리가 사라졌다. 눈점이 팔을 잡아당기자 먹점의 몸이 기우뚱하며 팔꿈치가 바닥에 닿았다. 이불에 파묻혀 있던 내 진동기 리모컨이 켜졌다. 기계장치의 숙명, 나는 먹점의 장딴지 밑에 깔린 채 몸을 떨었다.

　—시원하네? 성능이 좋아.

　먹점이 나를 들어 올렸다. 그러더니 거북목 증후군에 시달리는 자기 목에 대고 내 몸통을 문질렀다. 지층을 뚫고 내려가는 시추기처럼 나는 사정없이 몸을 떨었다. 먹점은 미니멀 라이프의 또 다른 계명이 떠올랐다. 한가지 물건을 되도록 여러 용도로 써라.

　—버리지 말고 안마기로 쓸까?

　먹점이 내 몸을 잡고 눈점의 발바닥을 두들겼다. 실리콘으로 채워진 탄력 있는 내 몸통이 눈점의 족부를 안마했다. 두 여자는 또 웃음을 터뜨렸다.

　꿈 없는 잠을 자고 난 눈점은 한결 가벼워진 몸으로 창을 열었다. 비 갠하늘이 맑고 푸르렀다. 먹점은 아직 잠들어 있었다. 눈점은 나를 들고 식탁으로 갔다. 화구 박스를 열어 아크릴 물감과 붓을 꺼냈다. 눈점은 흰 물감을 붓에 듬뿍 묻혀 내 몸을 칠했다. 하얗게, 하얗게 칠한 다음 그 위에 과일을 그렸다. 토마토, 딸기, 레몬. 모두 점만 한 눈에 웃는 입을 가진 눈점이들이었다.

　—멋지다. 과일 나오는 도깨비방망이 같아.

　잠에서 깬 먹점이 변신한 나를 보며 말했다.

　—두들겨볼까?

　눈점이 허공에 대고 내 몸을 흔들었다. 토마토가 그려진 내 허리가 탱탱하게 튀어 올랐다. 두 여자는 나를 번갈아 들고서 서로의 어깨와 발바닥을 두들겼다.

　—거기다 두면 어떡해, 누가 보기라도 하면.

　—괜찮아, 우린 손님 초대도 안 하는데 뭐.

　먹점이 나를 서랍장 위에 세워두었다. 그러자 눈점은 책들이 담긴 상자를 책장 앞으로 끌어왔다.

　—그럼 책도 버리지 말자. 난 자기가 책 읽는 게 좋아.

　—이젠 안 읽잖아. 봐도 안 설레.

　눈점은 언젠가 설렘이 돌아올지 모른다며 그때까지 보관하자고 했다. 우리 물건이 우리의 시간이고 흔적인데, 다 버리고 싶지 않다고 했다. 그렇게 쓸모없고 설레지 않는 것들을 버리면 먹점이 네가 나까지 내다 버린다고 할까 봐 무섭다고 했다. 먹점은 말없이 책들을 책장에 꽂았다. 그동안 자신이 얼마나 눈점의 마음을 모르고 있었는지 생각하며. 눈점의 버스 사고를 대수롭지 않게 여겼다는 것도 인정했다. 걱정하고 같이 화를 냈지만 그보다 더 크게 눈점이 서둘러 그 기억을 딛고 일어나 일상으로 돌아가길 바랐다. 눈점을 갉아먹는 불안과 두려움, 그 감정을 외면하기 위해 식탁 위 음식들에 더 시선을 쏟고 배를 채웠다는 것을. 매일 아침 약을 삼키고 잠들기 전에 또 약을 먹는 눈점을 보며 그녀에게 다른 어떤 말을, 다른 어떤 행동을 해야 했다는 것을. 버스 기사를 찾아 잘못된 걸 바로잡으려 했던 눈점을 막지 말았어야 했다는 것을.

　먹점은 자신이 좋아했던 책들을 한 권씩 펼쳐보았다. 눈점이 안심하고 만족스러운 표정으로 먹점을 지켜보고 있었다. 먹점은 여전히 그 눈빛에 설렜다.

　좁은 집은 더 좁아졌고 비 그친 평일 오후 하늘은 푸르렀다. 두 여자는 산책에 나섰다. 동네 마트에 가서 오늘의 세일 상품을 둘러보기로 했다. 가는 길에 부동산 게시판을 보며 전셋집 시세를 살펴보자고 했다. 방 두 개짜리, 평지에 벽돌로 지어진 집, 배수가 잘 되는 세면대가 있고 지붕에 떨어지는 빗소리가 무섭지 않은 집. 먹점의 책들과 눈점의 화구들을 나란히 놓을 수 있는 집. 혹시나 그런 집이 기적처럼 값싸게 나와 있을지 몰랐다.

두 여자가 나간 후 나는 거울에 비친 내 모습을 보았다. 흰 바탕에 눈이 점만 한 과일들이 거울 속에서 웃고 있었다. 내 뒤엔 검은 표범 인형이 서 있고 창가에는 대파가 자라고 있었다.

이제 나는 일몰을 두려워하지 않아도 되는 걸까. 눈점과 먹점은 내게 새 이름을 지어줄까. 이름에 갇히고 쓸모에 묶이면 내 선언은 어떻게 되는 걸까. 눈점과 먹점은 언제쯤 돌아올까.

나는 문밖의 소리에 귀 기울였다. 아직 해가 지지 않았건만 귓가에 쓰레기차 오는 소리가 어른거렸다.

'무쓸모'와 '쓸모' 사이, 예술의 슬픈 연대기

조연정 문학평론가, 서울대학교 기초교육원 교수

1

　김멜라의 「저녁놀」은 서로를 '먹점'과 '눈점'으로 부르는 한 동성애 커플에 의해 쓸모없는 것으로 버려진 딜도 '모모'가 자신의 존재 이유를 성찰해가는 과정을 담은 소설이다. 작곡을 전공한 '민영'과 회화를 전공한 '지현'은 한 예술대학에서 만나 연인 사이가 되어 졸업 후에는 작은 집에서 동거를 시작한다. 그녀들이 호기심에 마련한 모모는 오랫동안 서랍장 깊숙이 처박혔다가 결국 버려질 처지에 놓이게 된다. 「저녁놀」은 모모의 시선으로 "먹고사는 일"에 지쳐가는 그녀들의 일상을 그리면서, 그렇기 때문에 "응당한 관심과 애정을 받지 못한 채" "숨죽여 살아야 했"던 그 자신의 처지를 다소 자조 섞인 어조로 담아낸다. 모모의 고백으로 시작되는 이 소설의 도입부에서 모모는 "이 기록은 [자신의 존재 이유에 대한] 사색의 과정을 담은 회고록이자 선언문이며 대파보다 못한 취급을 받아야 했던 모모의 슬픈 연대기"라고 적고 있다.

2

레즈비언 커플에 의해 버려진 딜도의 우스꽝스러운 분노와 과대망상이라는 설정은 이 소설을 노골적인 알레고리로 읽게 만든다. '쓸모가 없다'는 모모의 처지 자체는 인류 지성사를 관통해온 남근중심주의라는 허상에 대한 통렬한 조롱처럼 읽히는 것이다. 그러나 이 소설에서 우리가 좀 더 주목해서 읽어야 할 것은 그러한 자신의 처지를 인정하지 못하고, 결국 '독서'와 '사색'을 통해 비대해진 자아를 만들어 '무쓸모의 쓸모'라는 자신의 '위대한' 존재 이유를 찾아내고야 마는 모모의 정신 승리법이다. 먹점과 눈점의 어리석음을 한탄하던 모모가 자신과 함께 버려질 위기에 처한 책들을 읽고 사색에 빠져드는 장면은 이 소설에서 가장 쓴웃음을 자아내게 하는 부분이다. "플라톤을 읽은 날은 동굴에 비친 이데아의 참 형상을 찾아 헤매는 꿈을 꾸었다. 니체를 읽은 날은 망치를 든 여자들에게 쫓기는 악몽을 꾸었다. 그들의 책에는 모두 내가 상징처럼 숨겨져 있었다. 나는 인류 지성사에 깃든 나의 위대함을 확인하며 두 여자가 내린 쓸모없다는 판단이 얼마나 반인륜적이고 반지성적인지 깨달았다. 쓸모없음이야말로 인류가 지켜가야 할 빛나는 보석이었다."라고 말하는 모모의 시대착오적인 독서법은 여러 가지를 생각하게 만든다. 김멜라의 「저녁놀」은 남근중심주의에 대한 통쾌한 복수의 이야기만은 아닌 것이다. 모모의 사색은 왜 시대착오적일 수밖에 없는가.

3

이 소설을 통해 작가가 말하고 싶었던 것을 남근중심주의의 허상에 맞서는 여성들의 자족적 관계라고 단순화할 수만은 없다. 「저녁놀」에서 강조

되는 것은 오히려, '먹고사는 일의 고됨'과 '쓸모없는 욕망' 사이의 대립인
지 모른다. 버스 사고 이후 외상 후 스트레스 장애와 공황장애로 일상생활
이 불가능해진 눈점에게 좀 더 안락한 공간을 마련해주기 위해 먹점은 자
신이 예전에 탐독했던 책들을 주저 없이 버리고자 한다. "어디에도 쓰일 수
없어야 진정으로 아름답다. 쓸모 있는 모든 것은 욕망의 표현이라 추"하다
는 테오필 고티에의 문장이나, "가장 어렵고 가장 지적인 일은 아무것도 하
지 않는 것이다"라는 오스카 와일드의 문장이 담긴 책들을 이제는 버릴 박
스에 모아놓게 되는 먹점의 태도 변화는 의미심장하다. 이제는 버려진 문
장들에 격하게 공감하면서 감격의 눈물을 흘리는 모모의 태도가 어쩐지 우
스꽝스럽게 그려지는 것은, 한때 우리를 매혹했던 지성사와 예술사의 특정
한 개념들이 지금 어떤 뉘앙스를 풍기게 되었는지를 환기하기도 한다. '무
쓸모의 쓸모'라는 말로 한국 문학사를 오랫동안 지배해온 예술의 진정성에
대한 담론들이 남성적인 것으로 젠더화되어 있었던 것이 사실이기도 하다
면, 모모의 때늦은 독서와 시대착오적인 자기 성찰은 이 소설의 의미를 보
다 중층적으로 만들게 된다. 이 소설이 '무쓸모의 쓸모'로 대변되는 남성적
지식과 예술의 공통된 자의식에 대한 비판으로 읽힌다는 평에 대해 김멜라
작가는 그것이 자신의 자의식이기도 하다고 고백한 적이 있다. "누구의 자
의식이든 그것이 가진 폐쇄성과 폭력이 소설 속 모모를 통해 드러나면 충
분하다고 생각"[1]한다는 작가의 말을 통해, 우리는 「저녁놀」이 남근중심주의
를 비판하는 단순한 '선언문' 격의 소설이 아니라, '무쓸모'와 '쓸모' 사이에
서 진동하는 예술의 역사를 기록하는 '회고록'이자 '슬픈 연대기'일 수도 있
다는 사실을 비로소 이해하게 된다. 우리의 관심이 한낱 버려진 남근의 투
정 섞인 목소리에만 집중될 수는 없기 때문이다.

1   김멜라 · 김보경 인터뷰, 『소설보다 : 겨울 2021』, 문학과지성사, 2021, 61쪽.

4

「저녁놀」에서도 그렇지만 김멜라의 소설은 '이름 짓기'로부터 시작된다고 할 수 있다. 먹점과 눈점이라는 서로 간의 애칭은 물론, 모텔은 도서관, 딜도는 책갈피, 섹스는 독서라는 새 이름을 얻게 되면서 이들의 관계는 보다 몸 가벼운 것으로 해방된다. 「호르몬을 춰줘요」나 「적어도 두 번」 같은 김멜라의 전작에서도 이름 짓기가 우리의 고정된 인식을 흥미롭게 해체하는 역할을 했었다는 사실을 기억한다. 우리 시대의 예술가가 여전히 '무쓸모의 쓸모'라는 예술의 자의식을 포기할 수 없다면, 그것은 정말로 예술이 점점 그 현실적 가치를 잃어가고 있다는 날카로운 자기 성찰 때문이기는 할 것이다. 이러한 성찰과 더불어 김멜라는 말을 다루는 예술이 결국 새로운 말을 만들어냄으로써 우리의 고정된 인식과 억압된 사유를 해방시킬 수 있다는 믿음을 실천해내고자 한다. "비유는 진리에 다가가는 방법"[2]이라고 말하는 그녀는 예술의 쓸모를 새롭게 개척하는 작가인 것이다. 익숙한 이름이 낯선 이름으로 완벽히 대체되기까지는 아주 오랜 시간이 필요하다. 김멜라의 문장들을 앞으로도 오랫동안 읽어내면서 예술의 쓸모를 확인하려는 이 작가의 실천에 동참하고 싶다.

2   김멜라, 「호르몬을 춰줘요」, 「적어도 두 번」, 자음과모음, 2020, 17쪽.

11시부터 1시까지의 대구

김병운 2014년 『작가세계』로 등단. 장편소설 『아는 사람만 아는 배우 공상표의 필모그래피』와 에세이집 『아무튼, 방콕』이 있음.

11시부터 1시까지의 대구

고인이 된 매형과는 딱 한 번 통화를 한 적이 있다. 내가 그 집 첫째 아들 준기에게 영어를 가르치게 되었기 때문이었다. 보컬 전공으로 대입을 희망했던 준기는 고2 겨울 방학 한 달간 친구와 함께 서울에 머물면서 실용음악 학원에 다닐 예정이었는데, 레슨을 받는 시간 외에는 PC방이나 플스방에 죽치고 앉아 있을 게 뻔하므로 너한테 틈틈이 영어라도 배웠으면 좋겠다는 게 은수 누나 부부의 바람이었다. 내가 대학을 졸업할 무렵의 일이었으니 벌써 10년도 더 된 일이었다. 그때 매형은 누나 대신 대뜸 전화를 걸어와 과외비를 5만 원이나 깎았다. 5촌 조카라는 것을 감안해 시세보다 조금 낮게 불렀는데도 20만 원 이상은 주지 않으려고 했다.

그날 밤 엄마한테 이래저래 해서 매형에게 돈을 깎았다고 했더니 엄마는 그렇다니까, 그놈이 아주 지독하더라니까, 하면서 매형이 처가 식구 전부를 먹여 살리는 와중에도 대구에 32평짜리 아파트를 두 채나 마련한 얘기를 늘어놓았다. 대학 졸업장이 쓸모없다는 걸 일찌감치 깨닫고는 부지런히 설비 기술을 배우러 다니더니 결국 자수성가를 한 거라고 했고, 남 보기에 그럴듯한 일이 아니라 세상에 진짜로 필요한 일을 해야 사람 구실을 하면서 살 수 있다고도 했다. 취업 대신 영화 학교에 가겠다며 고집을 부리던 내게 제발 좀 들으라고 하는 소리였다. 그래도 내 편을 아예 안 들 수는 없다고 생각했는지, 엄마는 나중에는 매형을 좀스럽다고 흉보면서 어디 얼마나 잘 사나 두고 보자고도 했던 것 같은데…… 안타깝게도 매형은 그리 잘 살지는 못했다. 폐암이었고 거의 5년 넘게 투병 생활을 이어나가다가 결국 눈을 감았으니까.

이른 아침의 대구행 열차는 한산하고 적막했다. 코로나로 인해 창가 쪽 좌석만 이용이 가능한 데다 도시 간 이동을 자제하는 분위기여서 열차 한 칸에 겨우 서너 명이 앉아 있을 뿐이었다. 출발할 때만 해도 신발에 양말까지 젖을 만큼 거센 장대비가 쏟아졌는데, 어느 새 창밖의 하늘이 신기하리만큼 맑게 개어 있었다. 빗방울이 흥건했던 차창은 바싹 말라 있었고, 들판과 야산의 초록은 짓이겨지듯 빠르게 흘러가면서도 선명했다. 나는 몇 번 본 적도 없는 매형의 죽음에 대해 내가 안타까움 이상의 감정을 느끼지 못하는 건 어쩌면 당연하다는 생각과 그래도 그렇지 이렇게까지 무감한 건 왠지 좀 잘못된 것 같다는 생각을 오가다 다시 핸드폰을 집어 들었다. 그리고 몇 분 전까지 들여다보던 인스타그램으로 돌아갔다.

언젠가부터 내 인스타그램 둘러보기 피드에는 걸칠 건 다 걸쳤는데도 어쩐지 벗은 것처럼 느껴지는 아시아계 남자들이 대거 등장했는데, 팔로잉을 한 것도 아니고 '좋아요'를 누른 것도 아닌데도 끈덕지게 나타나서 자기 어필을 해대는 바람에 속절없이 들여다보게 됐다. 어디선가 이게 사용자의 이용 패턴을 기반으로 제공되는 큐레이션이라는 얘기를 들은 다음부터는 안 봐야지, 지지 말아야지 생각하기도 했으나 언제나 생각보다 손이 먼저 반응해서 악순환이 반복됐다.

아닌가, 이건 선순환인가.

나는 호크니의 작품 앞에서 팔짱을 낀 채로 환하게 웃고 있는 남자와 호텔 욕실에서 가운을 반쯤 풀어헤친 채 거울 셀카를 찍고 있는 남자, 그리고 식스팩이 선명한데도 굳이 옆구리 살을 꼬집으며 '돼지중'이라는 멘트를 남기는 남자의 사진에 오래 머물렀고, 습관처럼 이들이 게이인지 아닌지를 확인하기 위해 팔로잉 목록부터 살폈다. 빼박이다 싶으면 맥없이 애틋해졌지만 금세 흥미를 잃었고 아리까리하다 싶으면 어쩐지 간파해내고 싶다는 마음에 급격히 관심이 커지는 게 내 패턴이라면 패턴이었다. 어째서 나란 인간은 남자의 껍데기에 이토록 쉽게 동요하는 건지, 어째서 이른 아침에 장례식장으로 향하는 기차 안에서까지 이러고 앉아 있는 건지 알 수가 없어서 한참을 자조하고 있는데, 카톡이 왔다.

[너 오고 있어? 어디쯤?]

은미 누나였다. 둘째 외삼촌의 첫째 딸.

천장형 모니터에 따르면 다음 역은 동대구였고, 도착 예정 시간까지는 15분이 남아 있었다. 벌써 나와 있는 거냐고 묻자 누나는 잠시 주저하더니 혹시 혼자서 찾아올 수 있느냐고 물었다. 여긴 씻을 데가 없어서 잠깐 목욕탕에 다녀와야 할 것 같다고 했다. 어젯밤 애들을 전부 데리고 왔다는 누나는 내일 아침 발인 후에 장지까지 따라갈 모양이었다.

나는 택시를 타면 금방일 거라는 누나에게 알겠다고 대답한 다음, 실은 그편이 더 좋다는 마음을 숨기지 못한 채 라이언이 거수경례하는 이모티콘을 더했다. 처음 누나가 내게 도착 시각을 물으며 역까지 마중 나오겠다고 했을 때부터 굳이 왜, 라고 생각했을 뿐만 아니라 가능하다면 조금이라도 더 혼자 있고 싶었으므로. 이왕 이렇게 된 거 카페에서 커피나 한잔하고 움직이자 생각하는데, 누나가 카톡을 하나 더 남겼다.

[너 몇 시에 간다고 했지? 그냥 가면 안 돼. 나 올 때까지 기다려. 알겠지?]

나는 코레일 앱을 열어 미리 예매해둔 서울행 승차권을 확인했다. 13시정각에 동대구역을 출발해 14시 53분에 서울에 도착하는 KTX-산천 282호 열차였고, 이 열차를 타려면 넉넉잡아도 12시 30분쯤에는 장례식장에서 나와야 했다. 11시까지 도착한다는 가정하에 계산해보면 내가 그곳에 머물러야 하는 시간은 대략 한 시간 반 남짓. 그래, 뭐 한두 시간 정도면 정상 가족 이데올로기의 복무자들 앞에서 간도 빼고 쓸개도 빼고 정체성도 빼고 견뎌볼 수 있지 않을까 싶은 마음으로 산정한 시간이었는데, 과연 그 계산이 나를 과대평가한 것인지 아니면 과소평가한 것인지는 알 수 없었다.

하지만 잠시 후 우리 열차는 동대구역에 도착한다는 안내 방송이 흘러나오자, 코로나까지 감수하면서 내려온 이 도시에 고작 두 시간만 머문다는 건 정말이지 돈지랄 같다는 생각이 들었다. 교통비는 여차여차해서 거의 10만 원이나 했고 당장 서울로 돌아가지 않으면 안 되는 무슨 급한 일이 있는 것도 아니었으니까.

홀로 기차를 타는 것도 낯선 도시를 방문하는 것도 무척 오랜만이어서일까. 나는 동성로와 스파크랜드와 납작만두 등을 검색해보다 불현듯 여행을 온 것마냥 싱숭생숭해져서는 누군가를—정확히는 남자를 좋아하는 남자를—만나고 싶다는 충동에 휩싸였는데, 아쉽게도 대구에는 아는 남자가 하나도 없었다. 헤어진 연인이나 한때 호감이 있었던 남자, 아니, 하다못해 인스타그램이나 트위터로만 알고 지내는 남자라도 대구에 살고 있다면 제가 왔어요, 하면서 미친 척 메시지라도 보내볼 텐데…… 그런 사람은 떠오르지 않았다. 그러므로 여기서 내가 누군가를 만나려면 결국에는 만남 어플을 가열차게 돌리는 방법뿐이었는데, 내 매력 자본이 전혀 빛을 발하지 못하는 그 가상의 공간으로 나를 또 끌고 들어가야 할 정도로 내가 외로운가 하면, 거기에 대해서는 아직 생각해볼 시간이 있었다.

❖

남자는 오른손이 위였던가 아님 왼손이 위였던가 헷갈려서 그냥 손끝을 애매하게 모은 채로 어물쩍 넘어가보려는데, 마침 은수 누나가 이 집은 기독교니까 꼭 절을 할 필요는 없다면서 기도를 권했다. 그리고 보니 위패 옆자리에 추모를 위한 기도문이 큼지막하게 적혀 있었고, 무릎 높이의 단상에는 향로 대신 성경책이 펼쳐져 있었다. 나는 매형의 영정 사진 앞에 헌화한 다음 짧은 기도를 했고, 마스크를 쓴 채로 상주 자리에 나란히 서 있는 은수 누나와 준기, 준일 형제에게 묵례했다. 그래도 주제에 삼촌이라고 형제에게 힘이 될 수 있는 회심의 한마디를 해주고 싶었는데, 아무리 생각해봐도 삼가 고인의 명복을 빕니다 말고는 떠오르는 게 없어서 결국 악수할 때 손에 힘을 조금 더 싣는 것으로 대신했다. 하긴 내일 모레 서른인 애들한테 내가 어른인 척하는 것도 웃기지.

조문을 마치고 접객실로 나오자 큰외숙모가 기다렸다는 듯이 나를 끌어안았다.

아이고, 이 매정한 사람아. 어떻게 얼굴 한 번을 안 보여주나.

나는 그 말이 꼭 그 말은 아니라는 걸 알면서도 슬그머니 마스크를 벗었다. 큰외숙모를 포함해 접객실에 있는 사람들 대부분이 마스크를 쓰고 있지 않았다.

건강하시죠? 그대로세요.

에이, 미친놈. 그래서 장가는 언제 갈 건데? 여자는 있지?

불과 몇 년 전까지만 해도 아줌마 같은 할머니였던 큰외숙모는 이제는 영락없이 할머니 같은 할머니였고, 그건 내가 요즘 엄마를 볼 때마다 받는 인상과 크게 다르지 않았다. 세월의 힘에 힘껏 쥐어짜서 수분과 탄력을 모두 잃은 듯한 모습. 내 뺨을 매만지는 손길도 거칠었다.

그때 은수 누나가 엄마, 요새 애들은 결혼 얘기 싫어해, 하면서 퉁을 주더니 나를 빈소 바로 옆의 좌식 테이블로 데려갔다. 중년 여성분들 다섯이 한 테이블 건너에서 식사 중이었고, 그 뒤편으로 큰외숙모와 비슷한 연배의 어르신들 셋이 술잔을 기울이고 있었다. 접객실이 빈소를 품고 니은자로 꺾인 구조여서 안쪽이 잘 보이진 않았으나 조문객은 이게 전부인 듯했다.

이윽고 상조회사 직원분이 내 앞으로 떡과 과일이 담긴 일회용 접시를 내려놓았고, 큰외숙모가 내 옆자리에 앉으며 밥을 먹겠느냐고 물었다. 간이 세기는 한데 그래도 먹을 만하다고 했다. 나는 딱히 생각이 없기도 하거니와 혼자 뭘 먹는 건 어색할 것 같기도 해서 이따 은미 누나가 오면 먹겠다고 대답했는데, 말을 하고 보니 문득 누나가 언제쯤 돌아올지 궁금해졌다. 무작정 기다릴 생각은 아니었지만 그래도 얼굴도 못 보고 일어서고 싶지는 않았으니까. 오는 길에 누나와 주고받은 카톡 얘기를 하자, 큰외숙모가 말도 말라면서 손을 내저었다.

극성도 그런 극성이 없어. 아침 댓바람부터 싸우는데. 어휴, 정신 사나워서 내가 은미더러 나가라고 했어.

누가 싸워요?

은미네 애들 말이야.

은수 누나가 그 말이 사실이라는 듯 내 어깨 너머를 턱짓으로 가리켜 보였다. 시선을 쫓아가 보니 식사 중인 어르신들 뒤편으로 누가 엎드려 있었다. 교복 재킷을 머리끝까지 덮고 있어서 보이는 건 형체뿐이었지만 자세가 적잖이 불편해 보였다. 은수 누나가 속삭이듯 쟤가 은미네 둘째라고 했고 애가 예민보스여서 은미가 고민이 많다고 했다.

그 집 애들이 벌써 사춘기라니, 하면서 잠시 가벼운 회한에 젖은 사이, 은수 누나가 엄마의 안부를 물었다. 어디가 얼마나 안 좋은 거냐고도 했고 병원은 가본 거냐고도 했다. 어젯밤 엄마가 누나에게 장례식에는 내가 대신 갈 거라고 전하면서 원인 모를 어지러움과 메스꺼움을 호소했기에 하는 말이었다. 나는 엄마가 무슨 중병이 난 건 아니고 아무래도 코로나 때문에 대구행은 부담스러워하는 것 같다고 둘러댔다. 물론 엄마가 집에 있기로 한 진짜 이유는 큰외숙모를 마주하고 싶지 않아서였고, 이 집에서도 그걸 모를 리 없었다. 엄마는 10여 년 전 큰외삼촌이 세상을 떠난 뒤 큰외숙모와 의절했는데, 그때는 왜 그리 심하게 싸웠는지 모르겠다고 말은 늘 하면서도 관계를 복원하는 건 원치 않는 듯했다.

엄마 얘기가 길어지면 아무래도 큰외숙모가 불편할 것 같아서 슬쩍 말을 돌리려는데, 은수 누나가 아 참 내 정신, 하면서 옆옆 테이블 사람들에게 나를 소개했다. 분위기를 보아하니 누나의 친구들 같았다.

여기는 서울 사는 우리 고모 아들. 가족 중에 유일하게 대학 같은 대학 나온 애.

나는 내가 그렇게 요약된다는 게 기가 찼으나 누나가 나에 대해 아는 게 그것 말고는 없지 않나 싶기도 하고 또 그것 말고는 없었으면 싶기도 해서 군말 없이 고개를 숙였다. 오늘 나는 내가 아니라 엄마 대신이었고, 그러므로 괜히 허튼소리나 해서 실없어 보이지 말라는 엄마의 지령을 성실히 이행할 의무가 있었다. 그래, 이쯤은 해야지, 나도 양심이 있으면 도와야지, 하고 마음을 다잡는데, 누나의 친구들 가운데 나와 가장 가까이 앉아 있는 분이 살짝 몸을 틀면서 말했다.

얘기 많이 들었어요.

누나가 바깥쪽에 앉아 있는 두 사람을 따로 소개했다.

왼쪽은 상구 처고, 오른쪽은 상철이 처야.

아……

나는 얼결에 다시 인사한 다음 두 사람을 가만히 눈에 담았다. 동그란 얼굴에 그보다 더 동그란 안경을 끼고 있는 쪽이 상구 형 부인, 긴 파마머리에 매끈한 콧대를 가진 쪽이 상철이 형 부인이었다. 상구 형과 상철이 형은 은수 누나의 남동생이었는데, 둘 다 최근 몇 년 사이에 이혼했다는 건 전해 들었으나 재혼했다는 건 처음 알았다. 언젠가 엄마는 둘 중 누군가의 이혼 소식을 전하면서 이씨 일족은 어쩌면 그렇게 하나같이 참을성이 없는 거냐고, 이제 그 집 애들은 불쌍해서 어떡하냐고 혀를 찼는데, 그건 상구 형과 상철이 형 이전에 엄마의 남동생들, 그러니까 둘째 외삼촌과 셋째 외삼촌 모두 이혼을 해서 그 집 애들이 힘겨운 유년을 보냈기에 하는 소리였다. 물론 나는 끝내 이혼을 하지 않는 부모 밑에서 자라는 게 훨씬 더 불행할 수도 있다고 생각하는 쪽이긴 했지만.

말이 나온 김에 형들은 어디 있느냐고 물었더니, 상구 형은 밤새 폭음을 해서 유족 휴게실에서 자고 있다고 했고, 상철이 형은 레슨이 있어서 저녁에 올 거라고 했다. 상철이 형은 스키와 골프, 스킨스쿠버를 거쳐 이제는 테니스를 가르치는 모양이었다.

그래, 알아보겠네.

상철이 형 부인이라는 분이 나를 빤히 쳐다보다가 말했다.

어릴 때 얼굴이 남아 있네요.

……저요?

우리 본 적 있거든요. 예전에 포천에서. 너무 어렸을 때라 기억 못 할 수도 있는데.

은수 누나가 반색하며 끼어들었다.

어머, 너도 거기 있었어? 베어스타운?

그럼, 언니. 내가 그때부터 상철 오빠 좋아해서 따라갔잖아.

어우야, 그때 거기서 잘못 엮여서 인생 꼬인 애들이 한둘이 아니잖아.

나는 이게 다 무슨 소린가 싶은 어리둥절한 표정으로 앉아 있었으나, 실은 그날을 기억했다. 1992년 겨울이었고, 스키 강사로 일하던 상철이 형이 콘도에 공짜 방을 얻었다고 해서 외가 사람들 전체가 단합대회를 하듯이 우르르 스키장으로 몰려갔던 날이었지. 워낙 호황이었던 데다 다들 하는 일도 잘되어서 우애가 좋았던 시절이었다. 그날이 무슨 날이었는지 은수 누나는 바로 아래층에 방을 하나 더 잡고는 친구들을 불러 모았는데, 이쪽과 저쪽 모두가 술판에 화투판인 가운데서도 나는 조금 더 젊고 근사해 보이는 사람들이 많은 방을 기웃거렸다.

은수 애는 어렸을 때부터 그랬어.

한동안 잠자코 있던 큰외숙모가 말했다.

옛날에 우리 자양동 반지하 살 때, 저기 저 빈소만 한 방에서 다섯 식구가 먹고 자고 할 때, 그때도 이 기지배는 창피한 줄도 모르고 지 친구들을 죄다 끌고 왔다니까.

엄마, 내가 모르긴 뭘 몰라.

누나가 큰외숙모의 말을 자르며 말했다.

우리 집 얼마나 창피했는데.

그래? 창피했어? 근데 애들을 그렇게 데려와?

그거야 그래야 무시를 안 당하니까. 먼저 숨기고 움츠리면 애들이 함부로 해도 되는 줄 안다니까. 당당한 척 속을 다 까뒤집어 보여야 겨우 내 편이 되어주지.

은수 누나는 어렸을 때부터 활발하고 붙임성이 좋아서 언제나 주변에 사람이 끊이질 않았는데, 그게 사람을 유난히 좋아하는 누나의 성정 때문이라고만 생각했지 다른 이유가 있을 거라고는 한 번도 생각지 못했던 나로서는 어쩐지 그 말이 좀 짠하게 들렸다. 하지만 나는 누나의 말에 완전히 동의할 수는 없었는데, 왜냐하면 내가 살아온 삶의 궤적은 솔직하면 할수록 함부로 대해지는 게 인생이라고 일러주는 것만 같았기 때문이었다.

잠시 대화가 끊긴 사이를 틈타 상철이 형 부인이 다시 만나서 좋네요, 하면서 내게 옅은 미소를 보였다. 침묵을 메우기 위해서 한 말 같았지만 그래도 듣기에 좋은 말이었다. 나는 좋다고 말씀해주시니까 저도 좋네요, 하고 대답한 다음 오래전 그날 속 어딘가에 자리하고 있었을 그녀를 떠올려보려고 노력했다. 30년 전의 나를 단박에 기억해주는 분에게 나는 모르쇠로 일관한다는 게 어쩐지 실례인 것 같았으므로.

하지만 그날 그 콘도에 있었던 은수 누나의 친구들 가운데 내가 기억하는 사람은 따로 있었다. 지금도 생김새는 물론이고 이름까지 또렷하게 남아 있는 사람. 무슨 대단한 사건이 있었던 것도 아닌데 어쩌다 한 번씩 원체험 속 주인공처럼 생각나는 사람.

그분의 이름은 정아였다. 누나라고는 했지만 보통의 누나와는 달라 보였고, 내 눈에만 그런 건 아니었는지 둘째 외삼촌네 삼남매와 셋째 외삼촌네 삼남매 역시 호기심을 감추지 못했다. 작고 동그란 이마에 오밀조밀한 이목구비, 매끈한 턱선은 분명히 여성의 그것이었지만, 큰 키에 짧고 덥수룩한 머리, 걸걸한 목소리는 자꾸 그녀에 대한 판단을 지연하고 교란했으니까. 그냥 그런가 보다가 안 되는 나이였던 탓에 그날의 우리는 그분에게 정말 여자가 맞느냐고 집요하게 물어댔는데, 그분은 자신을 향한 무례한 시선을 활보하게 내버려둔 채로 응, 여자야, 하고 심상하게 대답했다. 그러고는 우리에게 이선희를 아느냐고도 물었고 이상은을 아느냐고도 물었지.

그날 밤 우리는 그분에게 스키 기본 동작을 배웠다. 옷가지며 가방이 잔뜩 쌓여 있는 방 한쪽에 일렬로 서서 그분이 시키는 대로 양 무릎을 모았다 폈다 했다. 오른쪽으로 가려면 오른쪽이 아닌 왼쪽 무릎을, 왼쪽으로 가려면 왼쪽이 아닌 오른쪽 무릎에 힘을 줘야 한다는 설명을 이해해보려 애쓰면서. 그분은 우리를 돌봐야 하는 의무가 있는 것도 아니었으면서 꽤 오랫동안 곁에 있었는데, 그날 그 자리가 청춘남녀가 자연스러운 만남을 추구하는 그런 분위기였다는 은수 누나의 말을 곱씹어보자, 어째서 그때 그분이 무리에서 외따로 있었는지 알 것만 같은 기분이 되었다.

나는 문득 그분의 안부가 궁금해졌다. 지금 돌이켜보면 그분은 화장기 없는 얼굴에 체형을 완전히 가리는 박스티, 한쪽 귀에만 한 피어싱까지 이건 좀 뻔하지 않나 싶은 모습이었는데, 너무나도 전형적인 나머지 과연 그분이 실제로 그랬는지, 아니면 내가 그분을 원하는 대로 왜곡해서 기억하고 있는 건지 의심스러웠다. 하지만 한 가지 확실한 건 그날 거기에 있던 십수 명의 사람들 가운데 그분은 확실히 뭔가 다른 존재였고, 나는 그 다름이 나와 어떤 식으로든 관련이 있으며 그것이 내 인생을 결코 수월하지 않은 방향으로 이끌리라는 것을 일찌감치 감지했다는 것이다. 어떤 기억이 거듭 재조합되면서 수명을 연장하는 건 분명히 이유가 있었다.

나는 물어볼까 말까 한참을 망설이다가 갑자기 기억난 척 입을 뗐다.

혹시…… 그분은 어떻게 지내세요? 성함이 정아인가 정화인가 그랬는데.

은수 누나가 눈을 동그랗게 뜨면서 신기해했다.

너 정아가 기억나?

나는 고개를 두어 번 끄덕이고는 그분이 스키를 가르쳐주었던 게 잊히지 않는다고 덧붙였다. 그분을 궁금해하는 이유는 그것 말고는 없다는 듯이.

정아는 제주도에서 게장집 해. 가게가 두 개야. 완전 부자야.

그때 큰외숙모가 대뜸 걔는 결혼은 했느냐고 물었다. 그분을 기억해서 묻는 것 같기도 했고 그게 누구든 일단 화제에 오르면 기혼 여부부터 확인하는 게 습관인 것 같기도 했다. 나는 숨을 죽이면서 다음 말을 기다렸다. 사실은 나도 그게 궁금했으니까. 하지만 누나로부터 돌아온 대답은 기대와는 많이 달랐다.

옛날에 했지. 정아도 아들만 둘이야.

나는 순간적으로 누나가 말하는 사람이 내가 생각하는 그 사람이 맞나 싶어서 멈칫했고, 뭔가 잘못된 것 같다고 이의를 제기하고 싶은 마음과 그럴 리 없다고 부정하고 싶은 마음, 그리고 이걸 아쉽다고 해야 할지 서운하다고 해야 할지 알 수 없는 마음 사이를 헤매다 속으로 쓴웃음을 지었다. 내가 또 나 같은 짓을 했구나 싶어서. 그러니까 이건 아주 어렸을 때부터 시작된 거구나 싶어서. 나는 지금도 누군가를 겉모습만으로 혹은 분위기만으로 퀴어로 오해하고 단정하는 짓을 자주 했고—제발 한 사람이라도 더 있었으면 좋겠다!—그건 아마도 이번 생이 끝날 때까지 그만두지 못할 터였다. 물론 결혼을 하고 자식을 낳았다고 해서 퀴어가 아니리라는 법은 없고, 정체성이라는 게 세상의 분류처럼 그렇게 말끔하고 자명하지만은 않다는 것 역시 모르지 않았지만, 어쩐지 내 게이더는 원체험부터 형편없었다는 게 증명된 것 같았다.

하지만 한편으로는 다행이라는 생각도 들었다. 아닐 수 있다면 아닌 게 낫지 않을까. 그럴 수 있다면, 그래도 된다면 한 사람이라도 덜 외롭고 덜 고통스러운 게 낫지 않을까. 이런 비관은 항상 마음속 어두운 곳에 웅크리고 있다 불쑥 기어 나와서는 내 삶을 좀먹었고, 내가 날마다 나를 용기와 자긍심으로 단련해도 완전히 소멸되지 않았다.

얼마쯤 지났을까. 역시 어떤 걸 영영 알 필요가 없는 사람들과 함께 있는 건 그 자체만으로도 힘이 든다는 생각에 골몰해 있는 사이, 성경책을 든 어르신들 너댓 명이 들어왔다. 은수 누나가 급히 마스크를 쓰더니 전도사님, 하면서 무리 중 가장 앞에 있는 남자를 반겼고, 곧바로 나머지 조문객들을 빈소로 안내했다. 큰외숙모가 이제 점심시간이 됐으니 슬슬 사람들이 올 것 같다고 했는데, 시간을 확인해보니 어느덧 30분이 지나 있었다.

은미 누나가 접객실로 돌아온 건 아마도 그로부터 1, 2분쯤 뒤였을 것이다. 입구 쪽에서 익숙한 목소리가 들려오기에 눈을 돌렸더니 이제 막 벗어든 샌들을 신발장에 집어넣고 있는 은미 누나가 보였고, 이내 누나가 나를 발견하고는 새된 소리를 냈다. 어쩐지 상황과 장소를 망각한 환대인 것 같아서 목소리를 좀 낮추라는 손짓을 했는데도 누나는 보란 듯이 더 큰 괴성을 내지르며 손을 흔들었다.

✿

은미 누나는 자꾸 내게 먹을 걸 권했다. 밥 생각이 없다고 하자 떡을 내밀었고, 떡을 한두 개 집어 먹는 둥 마는 둥 하자 안주용 마른 과자를 잔뜩 담아 가지고 왔다. 콜라에 사이다에 식혜까지 캔 음료만 내 앞으로만 한 가득이었다. 누나는 자기도 손님이면서 내게 뭐라도 든든하게 먹여야 한다는 강박이 있는 것 같았는데, 아마도 내가 금방 일어날 걸 아니까 그에 대한 서운하고 아쉬운 마음을 이런 식으로 표현하는 것 같았다.

너 어렸을 때도 사람 많은 데선 밥 안 먹은 거 알아? 너네 엄마는 너가 너무 가려서 힘들다고 하고, 큰엄마는 그래도 너 편 들어준답시고 애가 선비네 양반이네 하고.

나는 지금도 안 먹고 싶은 게 그래서인가 생각하다가 양반은 무슨 양반이냐고, 돌아가신 할머니 말로는 김가는 대대손손 족보도 없는 쌍놈이라고 투덜거렸다. 웃자고 한 소리는 아니었는데 누나가 박수를 치면서 깔깔 소리를 내서 덩달아 나까지 웃게 됐다. 별것도 아닌 말에 시원하게 웃어주는 건 예나 지금이나 똑같았다.

뭐야, 웰케 아줌마 됐어.

나는 엄지와 검지로 입가에 고인 침을 닦아내는 누나를 보면서 말했다. 오랜만에 만난 누나는 나보다 고작 세 살이 많을 뿐인데도 어쩐지 나와는 다른 세대 같았다.

너도 대박 아저씨거든. 너 선크림은 바르니? 선크림 있어?

나는 은미 걔가 주는 건 그게 무엇이든 절대로 받아오지 말라던 엄마의 신신당부를 떠올리며 많아, 진짜 많아, 하고 선을 그었다. 이런 거절은 익숙한 듯 잠깐 한쪽 볼을 실룩이던 누나가 하던 말로 돌아갔다.

아줌마니까 아줌마지. 나는 아줌마가 아니었던 적이 없어.

생각해보니 그랬다. 누나는 남들보다 조금 일찍 가정을 꾸렸으니까. 열아홉에 덜컥 임신을 하더니 스물에 첫째를 낳았고 서너 해 간격으로 둘째와 셋째를 낳는 바람에 청춘도 젊음도 모두 포기해야 했으니까. 한동안 연락이 두절되었던 누나는 전직 유도 선수였다는 매형과 고깃집을 개업한 뒤에야 다시 왕래를 재개했는데, 안타깝게도 그 다음 해에 폐업 소식과 이혼 소식을 동시에 전해왔다. 매형이 누나의 절친과 바람이 났다고 했다.

그리하여 누나는 구례에서 누나의 친엄마와 함께 아이들을 키우고 있었다. 내 옆에서 육개장을 두 그릇째 비우고 있는 통통한 남자애가 첫째, 한참 떨어진 구석 자리에서 마스크를 쓴 채로 액정 화면을 들여다보고 있는 남자애가 둘째, 그리고 누나 옆에 착 달라붙어서 칭얼대고 있는 여자애가 막내였다. 올해 고2라는 첫째의 이름은 명진, 중3이라는 둘째의 이름은 경진, 중1이라는 셋째의 이름은 유리였다. 나는 이 애들을 오늘 처음 봤다고 생각했는데, 누나 말에 따르면 우리는 8년 전에 한 번 본 적이 있었다. 누나의 남동생인 태웅이의 결혼식에서였다. 그날이 내가 누나를 마지막으로 본 날이기도 했다.

나는 뭘 사달라고 조르는 것 같은 막내에게 말을 붙였다. 과자나 학용품 같은 거라면 사주고 싶은 마음도 있었다.

너는 왜 그러는 건데. 뭐가 필요한데.

부끄러운 듯 시선을 떨구는 막내를 대신해 누나가 대답했다.

방학했다고 염색해달래. 뷰티 유튜버 꿈나무셔.

그때 옆에서 말없이 수저를 뜨던 첫째가 군기를 잡듯이 야, 했고, 막내가 제 엄마 품으로 머리를 파묻으며 중얼거렸다. 아, 해줄 거 안 해줄 거?

나는 막내의 말투에 느닷없이 어린 시절의 누나가 겹쳐서 웃음이 나왔다. 우리가 이따금 만나서 어울릴 때마다 누나는 내게 이렇게 묻곤 했으니까. 나랑 놀 거 안 놀 거? 말해봐, 놀 거 안 놀 거? 놀 거라고 분명하게 대답을 해도 묻고, 심지어 재밌게 놀고 있는데도 물어서 언젠가 나는 제발 그것 좀 그만 물어보면 안 되냐고 짜증을 낸 적도 있었는데, 지금 생각해보면 고작 열한 살, 열두 살이었던 그 어린 아이가 이런 식으로 관계를 확인받으려 했다는 건 가슴이 미어지는 일이었다.

유전자가 진짜 무섭긴 하네.

누나가 무슨 말이냐고 되묻듯이 나를 건너다봤다.

막내 말투 말이야. 어렸을 때 누나랑 똑같아서.

누나는 그런가 싶은 얼굴로 막내를 보다가 내게 비웃음을 던졌다.

야, 너는 니 엄마랑 똑같아.

나?

그래, 고모랑 판박이야. 서울 사람 같은 거. 정 없는 거. 어쩜 내 전화는 한결같이 씹어 드시는지.

나는 거기에 대해서는 할 말이 없었기에 미안해, 하고 말끝을 흐렸다. 오랫동안 상습적으로 씹었으니 누나 입장에서는 무시를 당했다는 생각이 들 수도 있었고 기분이 나빠서 화를 낼 수도 있었다.

누나의 연락을 씹은 건 누나가 전해오는 소식이라는 게 십중팔구는 다른 애들의 결혼이었기 때문이었다. 지난 몇 년간 나와 항렬이 같은 외사촌들은 모두 기혼이 됐는데, 한두 번 잠수 타는 걸 봤으면 눈치껏 그래, 얘는 사정이 있나 보다, 하고 넘어가주면 좋으련만 누나는 그건 또 안 되는지 매 결혼식마다 내 참석 여부를 확인하려고 했다. 또래 중 가장 맏이라는 이유로 혹은 나와 가장 가까웠다는 이유로 나를 세상 밖으로 끌어내는 역할을 떠맡은 듯했다.

물론 나도 항상 유난스럽게 구는 건 아니었다. 30분 남짓 우두커니 앉아서 박수나 몇 번 치는 게 뭐 그리 대수라고 자꾸 옹졸해지나 싶어 스스로를 다독일 때도 있었고, 정말이지 가지 않으면 안 되는, 이를테면 매일 얼굴을 맞대야 하는 직장 동료나 그동안 신세진 게 많은 친구의 결혼식에는 어떻게든 꾸역꾸역 참석하기도 했으니까. 하지만 그렇게 좋은 사람인 척, 아니, 보통 사람인 척 노력한 날에는 어김없이 웬 거대한 존재가 나를 물속에 처박아놓고는 네 자리는 거기라고, 너는 평생 거기서 쥐죽은 듯이 땅 위의 사람들을 쳐다만 보라고 강제하는 듯한 기분에 시달렸는데, 나는 고장 났고 고로 폐기처분되어야 마땅하다는 결론까지 도달하는 건 아주 금방이었다. 언젠가 어느 결혼식에 갔던 날에는 그냥 저기 저 창밖으로 뛰어내릴까 싶은 충동이 들기도 해서 내가 내 마음을 해치면서까지 괜찮은 척하는 건 이제 그만하자는 결심을 하게 되기도 했고.

누나가 지금 내 머릿속을 들여다보고 있는 것처럼 말했다.

근데 은지가 너한테 엄청 서운해하기는 했어.

은지가?

니가 태웅이 결혼식에는 왔으면서 자기 결혼식에는 안 왔다고.

내가 거기만 안 갔나. 은규, 은서, 상민이 다 안 갔는데…….

장하다, 장해.

나는 누나에게 내가 태웅이 결혼식에 갔던 건 그즈음 취업에 성공했기 때문이라고는 말하지 못했다. 이름을 말하면 누구나 다 아는 회사는 아니었지만 그래도 내가 길고 긴 방황 끝에 드디어 자리를 잡았다는 걸 자랑하고 싶었다고도 말하지 못했고, 내가 되고 싶었던 것과는 많이 다른 사람이 되었어도 내 앞가림은 하면서 살고 있다는 걸 보여주고 싶었다고도 말하지 못했다. 물론 그즈음 엄마가 태웅이 와이프가 혼수로 보내온 이불을 포장도 뜯지 않은 채로 거실 한쪽에 방치해두는 시위 아닌 시위를 벌이는 통에 아예 모른 척할 수가 없었다는 얘기도. 그러니까 그날의 나는 오늘처럼 내 나름대로 어떻게든 자식된 도리를 벌충해보겠다고 안간힘을 썼을 뿐이었다.

너는…… 고2라고?

나는 화제를 돌릴 요량으로 옆에 있는 첫째에게 물었다.

그럼 이제 열여덟 살?

네.

열여덟 살짜리 남자애랑은 무슨 말을 해야 하는지 감도 안 와서 머뭇거리는 사이, 누나가 얘는 육군사관학교를 가고 싶어 한다고 했다. 애가 어렸을 때부터 지 엄마가 고생하는 걸 봐서 그런지 속이 깊고 듬직하다고 했다. 육군사관학교 지망이면 공부를 꽤 잘하는 모양이라고 묻자, 누나는 그건 또 아니라면서 열없이 웃었는데, 그냥 웃고 마는 건 자존심이 상하는지 둘째 쪽으로 넌지시 고갯짓을 했다. 공부는 쟤가 잘한다고, 공부하는 꼴은 한번도 본 적이 없는데 신통방통하게도 성적은 잘 나온다고 하면서.

하지만 나는 어쩐지 그 말이 첫째를 건드렸을 것만 같아서 슬쩍 기색을 살피게 됐다. 아침에 싸웠다는 얘기를 들어서 그런지 처음부터 둘 사이의 냉랭한 분위기를 의식하지 않을 수 없었고, 서로를 느슨하게 잇고 있던 긴장감이 일순간 팽팽해진 것만 같았으니까. 그리고 잠시 후 아니나 다를까 첫째가 야, 하고 둘째를 불렀다. 막내에게 권위를 내세울 때보다 훨씬 더 크고 날 서 있는 목소리였다.

이쪽으로 오라고. 삼촌한테 인사하라고.

둘째는 꿈쩍도 안 했다. 누나가 너 이 삼촌 기억한다고 했잖아, 하면서 재차 말을 시켰는데도 귀에 뭐라도 끼고 있는 양 반응이 없었다. 뭘 보고 있는 건지 모르겠으나 계속 화면을 밀어 올리는 손이 바빴고, 저렇게까지 집중하는 건 아무래도 의도적이라는 생각이 들었다.

애가 변했어요.

첫째가 하소연을 하듯 말했다.

작년까지만 해도 착하고 좋은 애였는데, 이젠 위아래도 없이 별것도 아닌 걸로 시비고. 어젯밤에도 진짜 제가 창피해서…….

나는 어젯밤은 또 무슨 얘긴가 싶어서 누나를 쳐다봤다. 하지만 누나는 거기에 대해선 할 말이 없다는 듯이 슬그머니 막내에게 눈을 돌렸다.

유리가 중학교 가더니 엄청 꾸미거든요.

첫째가 손톱을 만지작거리고 있는 막내를 일별하더니 말을 이었다.

화장도 하고 다이어트도 하고 뭐 그래요. 아무튼 어제 상구 삼촌이 유리를 보자마자 왜 이렇게 예뻐졌냐고 놀라더라고요. 나중에 쌍꺼풀이랑 치아 교정 같은 거만 하면 걸그룹도 할 수 있겠다고요. 아, 솔직히 칭찬한 거잖아요. 상식적으로 그건 칭찬으로 한 말인 거잖아요. 근데 저 자식이 상구 삼촌한테 마지막 말은 취소하라고 정색하는 거예요. 애한테 성형을 강요했다고요.

아……

상구 삼촌이 그건 바로 미안하다고 사과했어요. 걸그룹은 그런 거 다 하고 나온다고 들어서 한 말이지 다른 뜻은 없다고, 유리가 그만큼 예뻐서 한 말이니까 기분 나쁘게 생각하지 말라고요. 근데 쟤는 그 예쁘다는 말 가지고 또 트집을 잡는 거예요. 그런 평가는 부적절하고 문제적이라면서요. 상구 삼촌은 나는 유리가 정말 예뻐서 예쁘다고 한 건데 그게 왜 문제냐고 황당해하시고……. 아니, 다 떠나서 지한테 한 말도 아니잖아요. 유리가 괜찮다고 하는데 왜 지가 난리냐고요.

첫째는 거기까지 말하고는 내 반응을 살폈다. 동의를 바라는 것 같았고, 자기 편을 하나라도 더 늘릴 수 있다면 앞으로도 이 얘기는 얼마든지 반복할 기세였다.

요즘 계속 이래요. 페미들한테 세뇌당해서 무슨 말을 못 하게 해요. 말하는 거 보면 지는 남자가 아닌 줄 안다니까요. 정신병자도 아니고.

그때 등 뒤에서 둘째가 도저히 못 참겠다는 듯이 버럭 소리를 질렀다.

아, 님은 계속 그렇게 당연하게 사시라고요! 생각 같은 거 하지 말고 가던 길 가시라고요!

나는 자리를 박차고 일어서려는 첫째의 어깨를 가까스로 붙잡았고, 그 애의 손에서 빨간 고추기름이 묻어 있는 플라스틱 수저를 빼앗았다. 주위를 둘러보니 사람들의 이목이 진작부터 이쪽으로 쏠려 있었다. 여전히 입구 쪽 테이블에 앉아 있던 큰외숙모가 은미야, 하고 악을 썼다. 애들을 어떻게 좀 해보라는 뜻이었다.

둘 다 한마디만 더 해봐. 아주 입을 찢어놓을 테니까.

누나는 감정을 싹 다 지워버린 듯한 얼굴로 첫째와 둘째를 번갈아 쏘아봤다. 움푹 들어간 눈동자는 왠지 물기가 어려 있는 것 같았고, 이런 상황을 수십 번 수백 번 되풀이한 것처럼 지쳐보였다.

너는 그냥 혼자 살아.

누나가 메마른 목소리로 내게 말했다.

절대로 이 지옥으로 오지 말고.

뭐래, 나도 결혼할 거야.

나는 마음에도 없는 말을 비위를 맞춘답시고 했다. 결혼해서 아들딸 구분 없이 셋은 낳을 거라고 했고, 그 정도는 해봐야 그래도 인생이 뭔지 조금은 알 수 있지 않겠느냐고도 했다. 그게 자기를 치켜세워주는 말이라는 걸 뒤늦게 알아차린 누나가 입꼬리를 끌어올렸다.

그래, 너는 이혼 같은 건 안 하고 잘 살 거야.

어째서?

우리 이씨가 아니잖아.

나는 누나가 내 친누나였으면 좋겠다고 생각했던 시절과 외가에 가면 또래 중 나만 이씨가 아니라는 게 어쩐지 분해서 나도 이씨가 되게 해달라고 엄마를 졸랐던 시절을 잠시 떠올렸다. 어째서 나는 형들보다는 누나들과 어울리는 게 더 편한 건지 그 이유를 알 수 없었던 시절. 어째서 나는 누나들 사이에 껴 있을 때만 비로소 자연스러워질 수 있는 건지 그 이유를 짐작도 하지 못했던 시절.

나는 무슨 일이 있었느냐는 듯이 태연하게 게임 영상을 들여다보고 있는 첫째와 이쪽은 신경 쓰고 싶지도 않다는 듯이 비스듬히 돌아앉아 있는 둘째, 그리고 작은 손거울을 펼친 채 머리끝을 만지작거리고 있는 막내를 차례로 살피다가 다시 둘째를 눈에 담았다. 둘째는 이마를 짚은 채로 화면에 비친 글자들을 빠르게 흘려보내고 있었는데, 나는 그 애가 지금 자기가 혼자라고 느낄까 봐 신경이 쓰였다.

얼마나 지났을까. 맨바닥에 허리 받침도 없이 너무 오래 앉아 있었더니 다리가 저릿해서 자세를 바꾸려는데, 테이블 위에 올려두었던 전화기가 진동했다. 12시 20분을 알리는 알람이었다. 알람은 10분 뒤에 한 번 더 울릴 예정이었고, 그전에는 어떻게든 일어나야 기차를 타거나 타는 척할 수 있었다. 내가 슬슬 일어나려 한다는 게 보였는지 누나가 물었다.

진짜 갈 거? 태웅이랑 은지 보고 가면 안 돼?

언제 오는데?

네다섯 시쯤 같이 도착한다는데. 너 은지네 애들 한 번도 못 봤지? 걔들 끼 부리는 거 진짜 골 때리거든.

나는 걔들은 몇 살이냐고 물었고, 궁금하지도 않은 걸 또 잘도 묻는 내가 미워져서 얼른 혼자가 되고 싶었다.

얘기나 더 하자. 너랑 얘기하니까 살 것 같아.

나는 나를 애틋하게 바라보는 누나의 표정을 그대로 돌려주었다. 누나가 한 번 더 붙잡으면 마음을 바꾸기라도 할 것처럼, 우리가 또 언제 만나겠느냐는 누나의 말에 진심으로 망설이고 있는 것처럼. 하지만 다음 알람이 울렸을 때 나는 내가 어떤 선택을 할지 알았다. 왜냐하면 그 순간에도 나는 내가 나를 흉내내고 있다는 기분을 떨쳐낼 수가 없었으니까. 누나가 얘기해서 살 것 같은 사람은 진짜 내 얘기를 할 수 있는 내가 아니고 그저 요구되는 말이나 어울리는 말만 할 수 있는 나였으니까. 잠시라도 내가 누구인지 까맣게 잊을 수 있다면 좋을 텐데, 아쉽게도 나는 내가 여기와는 어울리지 않는 사람이라는 생각을 계속 움켜쥐고 있었다.

은미 누나로부터 어디까지 갔느냐면서 전화가 걸려온 건 동대구역사 앞으로 이어지는 8차선 도로에 진입했을 때였다. 뭐 그리 대단한 일을 했다고 진이 다 빠져서는 나를 실은 이 택시가 이대로 서울까지 갔으면 좋겠다는 생각이나 하고 있는데, 누나가 깜빡했다면서 줄 게 있다고 했다. 뭐냐고 물으니 엄마한테 전해주면 된다고 했고, 나는 그게 뭔지 알았다.

지금 가고 있으니까 역 앞에서 기다려. 알겠지?

하지만 10여 분 뒤에 내 앞에 나타난 건 누나가 아니라 누나의 둘째였다. 처음에는 마스크 때문에 긴가민가했으나 손에 들려 있는 쇼핑백이 그 애가 맞다는 확신을 주었다.

둘째는 제법 키가 컸다. 아까는 구부정하게 앉아만 있어서 몰랐는데 마주 서니 눈높이가 거의 비슷했다. 눈꼬리는 쌍꺼풀 없이 약간 올라가 있었고 눈동자는 크고 검었다. 중3이라고 했던가, 아니면 고1이라고 했던가. 그러고 보니 마스크를 벗은 얼굴은 아직 제대로 보지도 못한 데다가 얼핏 들었던 이름도 생각이 나질 않았다.

너 혼자 온 거야? 엄마는?

둘째는 내게 쇼핑백부터 쥐여주고는 가쁜 숨을 몰아쉬었다. 진한 눈썹 사이로 땀방울이 맺혀 있었다.

빨리 쫓아가라고 해서.

그렇구나. 고마워. 엄마한테도 고맙다고 전해주고.

네.

그래.

……

순간 어색한 정적이 내려앉았고, 나는 뭐라도 해야 할 것 같아서 토너와 에센스와 수분크림 같은 게 종류별로 담겨 있는 쇼핑백을 들여다봤다. 바르면 꼭 뭐가 난다면서 엄마가 동네 아줌마들한테 염가에 되팔거나 그것도 여의치 않으면 그냥 쌓아두는 것들이었다.

다시 고개를 들었을 때 둘째는 나를 빤히 쳐다보고 있었다. 눈이 마주쳤으니 시선을 떨구거나 딴 곳으로 돌리는 게 자연스러운 분위기였는데도 그러지 않았다. 혹시 용돈을 달라는 건가 싶어서 부랴부랴 지갑을 찾는데, 둘째가 말했다.

저…… 기억하고 있어요?

끝이 살짝 올라가는 듯한 어조에 나는 그 말을 질문으로 오해하고는 되물었다.

기억하고 있냐고? 너를?

아니요, 기억하고 있다고요.

아, 기억하고 있다고? 너가?

네.

뭘?

둘째는 8년 전 태웅이 결혼식에서 만났던 나를 기억한다고 했다. 그날 우리는 피로연장에서 같은 테이블에 앉았는데, 내가 자기를 뷔페 진열대로 데리고 다니면서 아이스크림도 퍼주고 쿠키도 담아줬다고 했다. 그랬나. 우리가 같이 밥을 먹었나. 하지만 둘째가 나를 기억하는 건 단지 그날 내가 보인 호의나 친절 뭐 그런 것 때문만은 아닌 듯했다. 왜냐하면 이윽고 둘째가, 실은 이 말을 하고 싶었다는 게 분명해 보이는 태도로 불쑥 내 인스타그램 얘기를 꺼냈으니까.

둘째는 작년부터 내 인스타그램을 보고 있다고 했다. 내가 어떤 에세이에서 발췌한 문장이 근사해서 그 책을 샀다고도 했고, 내가 추천한 영화를 극장에서 꼭 보고 싶어서 광주까지 간 적도 있다고 했다. 나는 크게 당황한 나머지 어떻게, 가 아니라 어째서, 라고 물었다. 한 번 묻는 것으로는 성에 차지 않아서 한 번 더 물었고, 일단 묻기는 물었으나 얘가 또 뭘 봤을지 걱정이 돼서 말문이 막혔다. 아니, 다 보라고 올린 건 맞는데, 봐서 안 되는 걸 본 적은 있어도 올린 적은 없는 것 같은데 그래도…….

얘기를 들어보니 둘째는 엄마 핸드폰으로 인스타그램을 하다가 내 계정을 발견한 듯했다. 자기는 데이터가 1기가밖에 안 돼서 엄마 핸드폰으로 뭘 많이 하는데, 어느 날 추천 목록에 아는 얼굴에 아는 이름이 떠서 보게 됐다고 했다. 사실 맞팔을 하고 싶지 않아서 모른 척했을 뿐, 나도 누나의 계정을 몇 번 본 적이 있기는 했다. 누나는 자신을 1인 기업 양성 대표로 소개했고, 예뻐지고 건강해지고 날씬해지면서 누구나 돈을 벌 수 있다고 광고했지.

근데 미안한데.

나는 계속 아는 척하고 싶지 않아서 물었다.

이름이 뭐랬지? 아까 듣긴 들었는데.

경진이요.

그래, 경진이구나. 이경진.

한경진이요.

한씨야?

나는 우리가 이씨에게서 태어났으나 이씨는 아니라는 게 무슨 대단한 공통점이라도 되는 양 반가워하다가 친밀감을 향해 조심스레 발을 내디뎠다.

내 번호 알려줄까?

네?

아니, 나중에 서울에 올 일 있거나 무슨 일 있으면 연락하라고. 아, 무슨 일이 있을 거라는 건 아니고.

……

잠시 망설이던 경진이 핸드폰을 꺼내더니 내게 전화를 걸었다. 뭘 급히 누르기에 잠금 상태를 해제하나 보다 했는데 이내 재킷 주머니 안에 넣어 둔 내 핸드폰이 진동했다. 얘는 도대체 뭔데 다 알고 있는 건가 싶어서 얼떨떨해하는 사이, 경진이 아까 엄마가 역 앞에 가서 삼촌을 못 찾으면 연락하라면서 번호를 알려줬다고 했다.

근데 나는 전화보다는 문자가 좋거든. 급한 일 아니면 문자로 하자. 자주 하라는 건 아니고 필요하면 하라는 얘기야. 그리고 내가 업무 시간에는 확인이 늦을 수도 있고.

어쩌라는 건가 싶은 혼란한 눈빛으로 나를 쳐다보던 경진이 마지못해 고개를 끄덕였다. 어쩐지 이 친구에게는 지킬 수 있는 말만 하고 싶다는 생각에서 꺼낸 말이었는데, 반응을 보아하니 마이너스인 듯했다. 생각이 거기까지 닿았을 때 나는 문득 궁금해졌다. 누나는 왜 하필 둘째를 보낸 걸까. 어째서 첫째가 아닌 둘째였을까. 거기엔 아무런 의미도 없나.

너 밥 안 먹었지?

나는 경진에게 충동적으로 물었다.

같이 햄버거 안 먹을래? 아까 보니까 안쪽에 롯데리아 있던데.

나는 곧바로 그래요, 하지 않는 경진의 미적지근한 반응에 머쓱해져서는 한발 물러섰다.

코로나 때문에 좀 그런가?

아니요, 그게 아니라…….

경진이 눈썹을 치켜올리며 물었다.

지금 가셔야 하는 거 아니에요?

나는 힐끗 시간을 확인하고는 아직 승차권 변경이 가능하다고 대답했다. 둘러대듯 말했지만 사실이었고, 10퍼센트의 수수료만 내면 바로 앱으로 취소가 가능하다는 것을 이미 내려오는 기차 안에서 확인한 터였다. 게다가 오늘은 자리도 많아서 언제든 원하는 시간에 올라갈 수 있었고. 하지만 경진은 그게 아니라는 듯이 차분하게 시선을 되받았다. 그러고는 웃음과 확신을 섞어 말했다.

제가 밥은 편하게 먹자는 주의여서요.

아…… 그래.

나는 그 순간에는 조금 멋쩍었으나 금세 한갓진 기분이 되어서는 따라 웃었다. 얘는 열여섯인데 이게 되는구나 싶어서, 중심도 기준도 모두 자기한테 둘 수 있구나 싶어서 좀 신기하면서도 기꺼운 질투심 같은 게 일었다. 그건 신경 말단이 툭툭 살아나는 느낌이기도 했고, 그제야 내가 서 있는 곳이 물속이 아니라 땅 위라는 걸 자각한 것처럼 숨이 확 트이는 느낌이기도 했다.

잠시 후 경진은 내게 조심히 올라가시라는 인사를 남기고는 먼저 몸을 돌렸다. 이제는 급할 것도 없을 것 같은데 긴 다리로 성큼성큼 서두르듯 걸었고, 몇몇 앞서 있던 사람을 지나쳐 다시 택시가 줄지어 서 있는 정거장 쪽으로 향했다. 경진이 가로질러가는 역사 앞 광장의 보도블록 위로 한낮의 햇볕이 잘게 부서져 내렸고, 빛이 마치 살아 있는 생물처럼 경진의 주변을 부유했다.

역사 안으로 들어와 탑승 게이트를 확인하는데 카톡이 왔다.

[서울 가면 진짜로 연락할지도 몰라요!!! 씹지 마세요!!!!!]

나는 답장을 하기 전 통화 목록 상단에 있는 경진의 번호를 이름과 함께 새로운 연락처에 추가했다. 출발까지는 딱 5분이 남아 있었고, 이대로 경유하듯 돌아간다고 해도 오늘은 언제든지 다시 빛을 발할 어떤 기억의 형태로 내 안에 스며 있으리라는 것을 알았다.

끝이 괜찮으면 다 괜찮은 거 맞지?

나는 누구한테 묻는지도 모르고 물었다.

11시부터 1시까지, 두 번째 언어를 연습하는 시간

김건형 문학평론가

한국 소설에서 귀향 모티프는 근대화로 인해 사라진 원형적 공동체를 상기시키는 역할을 하곤 했다. 귀성길 내내 가족의례가 다소 귀찮다고 생각하다가도 고향에서 부모 형제를 비롯한 원가족의 따뜻함을 느끼고 도시인의 개인주의적 삭막함을 반성하는 식이다. 그 상투적이고 익숙한 성찰의 서사는 명절마다 대단한 뉴스거리처럼 보도되면서 사회적 의례로 확장되어 체현되곤 한다. 이기적이고 세속적인 개인이, 투박하지만 무조건적인 혈연의 애정 앞에서 자신을 반성하는 미학적 감수성이 사회 전반에 깔려있다. 이는 은밀하지만 확실하게 이성애적 가족주의를 본질적이고 감정구조로 만든다.

그러니 대구로 가는 기차에서 퀴어 화자 '나'는 가족을 대면하는 자신의 감정이 그 기준에 '적절'한지를 끊임없이 들여다본다. "몇 번 본 적도 없는 매형의 죽음에 대해 내가 안타까움 이상의 감정을 느끼지 못하는 건 어쩌면 당연하다는 생각과 그래도 그렇지 이렇게까지 무감한 건 왠지 좀 잘못된 것 같다는 생각"을 하게 된다. 왜 이상한 불편함을 느낄 수밖에 없는 것일까 고민하면서. 화자는 가족과 만날 때마다 자기 감정을 관찰하게 되는데, 어째서인지 매번 자기 부정이나 자기 의심으로 귀결되는 패턴을 반복하게 된다. 멀리 떨어져 사는 거리 때문에 정서적으로 멀다고 느끼는 감각이 당연할지도 모른다고 애써 무마해보려 해도 쉽지만은 않다.

엄마는 매형의 일생을 악착같이 가족을 위해 살았던 '좋은 가부장'의 삶으로 정리하고 있다. "남 보기에 그럴듯한 일이 아니라 세상에 진짜로 필요한 일을 해야 사람 구실을 하면서 살 수 있다"는 엄마의 평가는 단순히 아들의 취업을 독촉하는 것만은 아니다. 막연한 이론을 공부하는 대신 설비 기술을 배워서 자수성가한 매형이 일생에 걸쳐 이룩한 가장 큰 업적은 가족 부양이다. 처가를 먹여 살리고 (한국적 가족 서사의 최종 목표인) 자가 아파트를 상속해준 삶으로 정리된다. 이 대조적 평가는 화자도 어엿한 가장의 생애 경로를 따라가야 하지 않겠냐는 압박이다. 꿈이나 예술 따위의 허울 좋은 공상을 쫓던 청년기의 예비 단계가 지났으니 이제 적당히 철이 들어 성과를 내야 하는 단계에 진입하라고. 이는 가족 부양의 책임을 다하는 생계노동자가 되어야 달성할 수 있다는 말이다. 그래야 세상에 진짜로 필요한 사람이 될 수 있다. 첫인사를 대신하여 큰외숙모가 "장가"와 "여자"를 묻는 것은, 어서 생계부양자 남성 모델로 성장하여 가족 공동체의 성숙한 일원으로 합류하라는 덕담이다. 이러한 규범적 남성 생애 서사에 대한 비교와 대조가 '나'를 가족 구성원으로서 사랑하고 염려한다는 증표라는 점을 화자도 모르는 바는 아니다.

매형을 애도하는 가족의례는, 가족주의적 삶의 경로를 충실히 따른 남성의 모범적 생애 서사에 정면으로 반하는 존재임을 스스로에게 각인시키고 주변에 가시화하는 일이다. 그런 가시화에 대한 부담과 분노에도 불구하고 화자는 날카롭게 갈등을 터트리거나 극적인 커밍아웃을 염두에 두진 않는다. 대신 소설은 현실의 많은 퀴어가 수행하는, 가족을 상대로 한 타협과 위장의 감정 노동에 주목한다. 메타적으로 자신을 관찰하고 검열하는 일은 상시적이며 멈출 수 없는 고단한 노동인 데다가 은밀한 자기의심과 자기혐오가 피어오르게 만든다. 가령 지인들의 결혼식에 가서 "30분 남짓 우두커니 앉아서 박수나 몇 번 치는 게 뭐 그리 대수라고 자꾸 옹졸해지나 싶어 스스로를 다독"일 때의 '나'는 자신의 감정을 관찰하고 관리하고 반박하고 평가해야 한다.

> 하지만 그렇게 좋은 사람인 척, 아니, 보통 사람인 척 노력한 날에는 어김없이 웬 거대한 존재가 나를 물속에 처박아놓고는 네 자리는 거기라고, 너는 평생 거기서 쥐죽은 듯이 땅 위의 사람들을 쳐다만 보라고 강제하는 듯한 기분에 시달렸는데, 나는 고장 났고 고로 폐기처분되어야 마땅하다는 결론까지 도달하는 건 아주 금방이었다. 언젠가 어느 결혼식에 갔던 날에는 그냥 저기 저 창밖으로 뛰어내릴까 싶은 충동이 들기도 해서 내가 내 마음을 해치면서까지 괜찮은 척하는 건 이제 그만하자는 결심을 하게 되기도 했고.

그 누구도 특별한 악의를 가지고 '나'를 대한 것은 아니다. 그러나 "어떤 걸 영영 알 필요가 없는 사람들과 함께 있는 건 그 자체만으로도 힘이 든다". 자신의 존재가 아예 상상되지 않거나 무용한 존재로 평가되는 것이 기본값인 공간-관계망은 박탈감과 소외감을 계속 유발한다. 이성애적 가족주의가 표준이고 규범인 일상의 질서를 의식하며 자신의 감정과 신체를 통제하는 '정체성 노동' 속에서 조금씩이지만 꾸준하게 마음이 다치고 피곤해지는 것이다.

이성애적 가족에 최적화된 젠더 역할과, 이에 기반한 생애 서사는 모든 사람의 삶을 은밀하게 포획하고 다정하게 압박한다. 가족들이 모여 서로의 출산, 양육, 결혼, 이혼 등의 이야기를 나누는 과정은 암묵적이고 자연스럽게 특정한 삶의 모델을 표준으로 삼게 한다. 그 자연화된 중력에서 거리를 두려는 퀴어 화자는 자신과 가족 사이의 감정-물리학을 늘 면밀하게 관찰하고 있다. "정상 가족 이데올로기의 복무자들 앞에서 간도 빼고 쓸개도 빼고 정체성도 빼고 견뎌볼 수 있지 않을까 싶은 마음으로 산정한 시간"은 자기 자신의 감정 능력에 대한 평가이기도 하다. 가족 이데올로기의 포획 속에서 자신의 마음을 다치지 않고 얼마나 오래 버틸 수 있을지 가늠하는 것이다. 가능하면 짧게 장례식장에 머무르기 위해서 기차 시간을 계산하고, 대구로 이동하면서 이성애적 가족주의와 무관한 퀴어적 관계망이 있었으면 좋겠다고 바라는 것은 이 때문이다. 하지만 지금 당연한 것으로 전제되는 표준적인 언어가 '나'에게 주어진 전부가 아니라는 것을 놓치진 않는다. '나'는 이성애 가족의 언어로 구성된 주변 세계에, 퀴어적 감수성과 미감으로 구성된 다른 세계를 불러들인다. 이를 적극적으로 환기하기 위하여 "사용자의 이용 패턴을 기반으로 제공되는 큐레이션"에 수시로 접속한다. 비록 '나'의 현실적 자아는 자신을 비루하게 느끼게 만드는 여기에 있지만, 동시에 언제나 '나'의 의식은 다른 공간의 언어에 접속하고 다른 공간에 소속되어 있음을 일깨워준다. 주변 사람들에게 보이지 않으면서도 언제든 쉽게 접속할 수 있는 온라인 공간의 "어쩐지 벗은 것처럼 느껴지는 아시아계 남자"은 퀴어적 헤테로토피아를 여기에 불러들이는 한 방법이다. 어떤 코드를 알지 못하는 사람들에게는 단순한 사진이지만, 어떤 코드를 통과하면 다른 의미망으로 연결된다. 그 모호한 코드를 파악하고 간파하는 일은 그 자체로 '나'에게 즐거움과 소속감을 준다. 그렇게 두 개의 세계가 언제나 공존하기에 '나'는 일종의 이중 언어 생활을 하고 있다. 이성애 가족-제국의 공적 언어와 소속감을 느끼는 사적-소수 집단의 언어 사이의 타협과 경합을 지속하는 것은 퀴어에게 중요한 삶의 기술이다. 그런 상시적 이중 언어 생활은 퀴어적 세계 인식의 조건이기도 하다.

물론 그러한 이중 언어 생활이 편리하거나 손쉬운 방책은 아니다. 이중 언어를 운영하는 데 능해질수록 역설적으로, "아쉽게도 나는 내가 여기와는 어울리지 않는 사람이라는 생각을 계속 움켜쥐고" 있게 만든다. 소외와 고독은 다른 '어울리지 않는 사람'을 발견하는 예민한 "게이더"(다른 '게이'를 알아보는 레이더)로, 그리고 마찬가지로 '어울리지 않는 사람'과 어울리려는 열망으로 이어진다. "퀴어로 오해하고 단정하는 짓"은 일상 속의 이성애적 규범 속에서 다른 존재들, 자신과 닮은 사람들이 "제발 한 사람이라도 더 있었으면 좋겠다"는 바람이다.

그래서 "대단한 사건이 있었던 것도 아닌데 어쩌다 한 번씩 원체험 속 주인공처럼" 30년 전의 정아 누나가 생각난다. 청춘남녀의 만남이 자연스러운 이성애적 분위기에 애써 거리를 두려고 하던 모습이나 이성애적 여성 젠더 규범에서 벗어난 모습을 강조하여 기억하려 한다. 실은 여성 퀴어의 전형적 이미지를 덧붙인 사후적 기억일지도 모르지만, 자신에게 다른 모델을 보여주었던 생애사적 사건으로 간직하고자 한다. "그 다름이 나와 어떤 식으로든 관련이 있으며 그것이 내 인생을 결코 수월하지 않은 방향으로 이끄리라는 것을 일찌감치 감지"하게 해준 것이다. 정아 누나라는 퀴어─선배를 통해 어린 '나'는 이성애적 젠더 규범과 다른 삶이 존재함을 알게 되었고 자신 역시도 그래도 된다는 퀴어 생애 모델을 발견했다. 그래서 이를 '대단한 사건'으로 남기려 한다. 퀴어적 생애 서사의 한 기점으로 의미화하여 이성애중심주의와 가족주의로부터 독자적인 자기 서사를 만들고 싶은 것이다.

그러니 정아 누나가 뜻밖에도 이성애 결혼 제도 속에서 살아간다는 소식은 제법 큰 상처를 입힌다.

하지만 한편으로는 다행이라는 생각도 들었다. 아닐 수 있다면 아닌 게 낫지 않을까. 그럴 수 있다면, 그래도 된다면 한 사람이라도 덜 외롭고 덜 고통스러운 게 낫지 않을까. 이런 비관은 항상 마음속 어두운 곳에 웅크리고 있다 불쑥 기어 나와서는 내 삶을 좀먹었고, 내가 날마다 나를 용기와 자긍심으로 단련해도 완전히 소멸되지 않았다.

물론 정아 누나에 대한 일방적이고 자의적인 투사이자, 전형적인 정체성 유형(비혼 미출산 동성애자 퀴어)에 대한 편향이라는 점을 '나'도 모르는 바는 아니지만 그래도 깊은 패배감을 피할 수 없다. 이는 퀴어 선배와의 역사, 퀴어 모델과의 원체험을 상실했다는 아쉬움이다.

그래서 경진이 어린 시절의 자신이 그랬듯, 우연히 만났던 짧은 순간을 여전히 기억한다는 말은 더욱 반갑고 절실하다. 가족 제의의 공간으로부터, 이성애적 남성 젠더상으로부터 애써 자신을 분리하고 있던 경진의 모습은 자신과 닮아 있다. 누나가 부러 경진을 보낸 것은 아닐까 생각하기도 한다. 게다가 경진은 인스타그램으로 '나'의 삶을 보면서 자신도 따라 해보고 있다고 먼저 언질을 주기까지 한다.

경진과 자신이 "이씨에게서 태어났으나 이씨는 아니라는 게 무슨 대단한 공통점이라도 되는 양 반가워하다가 친밀감을 향해 조심스레 발을 내" 딛는 것은, 가족주의적 일상과 규범의 지배력 속에도 다른 친밀감이 이중적으로 존재한다는 점을 경진에게 알려주고 싶기 때문이다. 혹시 경진에게도 이 만남이 '대단한 사건'으로 남지는 않을까 기대한다. 자신이 이제는 다음 세대에게 퀴어 선배나 모델이 될지도 모른다는 뿌듯함이다. 그래서 자신의 번호를 전해주며 모종의 도움을 주고 싶다는 마음을 전한다.

그런데 경진은 뜻밖에도 그런 '지도'를 산뜻하게 거부한다. "제가 밥은 편하게 먹자는 주의여서요." 선배가 절박했던 자신처럼, 퀴어 청소년이라면 고민과 어려움을 안고 있을 것이라는 짐작과 편견이 간단하게 무너지는 것이다. 자기혐오를 극복하기 위해 용기와 자긍심으로 애써 자신을 단련해야만 했던 자신과 달리 어쩌면 경진의 세대에게는 그것은 이미 당연할지도 모른다는 발견이다. 도움의 제안을 거절하는 경진의 "웃음과 확신"은 퀴어 담론/재현의 세대적 격차를 드러내는 경쾌한 전환의 장면일 것이다.

　　나는 그 순간에는 조금 멋쩍었으나 금세 한갓진 기분이 되어서는 따라 웃었다. 얘는 열여섯인데 이게 되는구나 싶어서, 중심도 기준도 모두 자기한테 둘 수 있구나 싶어서 좀 신기하면서도 기꺼운 질투심 같은 게 일었다. 그건 신경 말단이 툭툭 살아나는 느낌이기도 했고, 그제야 내가 서 있는 곳이 물 속이 아니라 땅 위라는 걸 자각한 것처럼 숨이 확 트이는 느낌이기도 했다.

그렇다고 경진이 '나'의 호의를 무시하거나 부담스러워하는 것은 아니다. '나'의 삶이 물론 참조가 되기에 경진은 '나'의 인스타그램에서 문화적 자원을 얻고 있다. 하지만 그것에 의존하진 않는다. 경진은 여성의 외모를 칭찬하는 말이 기실 여성 혐오적 통제와 관리이기도 하다고 명확하게 이야기하고 사과를 요구한다. 공교육이나 가정교육이 먼저 가르쳐주지 않았을 테지만, 경진은 인터넷 공간에서 퀴어 페미니즘으로부터 자원을 얻고 이를 자신을 둘러싼 현실에 직접 대응하는 무기로 삼고 있다. 경진은 극성스러운 '예민 보스'라고 혼을 내는 어른들에게도 굽히지 않고 소신껏 이야기한다. 집안 어른을 공경하지 않는다며 동생을 권위와 협박으로 누르려고 하는 형에게도 굴복하지 않는다. 형은 이성애적 남성성의 언어를 거부하면, 자동적으로 "페미들한테 세뇌당"해서 "남자가 아닌" "정신병자"가 된다는 성별 이분법으로 인간의 자격을 배제하고 박탈할 것이라고 위협한다. 하지만 경진은 기가 죽기는커녕 도리어 자기를 긍정하는 분노의 힘을 얻는다. "그렇게 당연하게 사"는 것은 "생각 같은 거 하지" 않는 삶이므로, 그런 당연한 생애 서사에 위축되거나 영향받지 않겠다고. 세계로부터 자신을 가리고 지켜내는 이중 언어가 아니라, 자신이 필요한 세계를 직접 요구하는 두 번째 언어를 갖겠다고.

　선배/모델에 의존하지 않고도 이미 스스로 충만한 언어를 갖고 있(다고 확신하)는 세대를 보는 기꺼운 질투심은 다시 '나'에게 해방감을 준다. 누군가에게 의존하지 않고, 버팀목을 찾으려 애쓰지 않고, 다른 이의 기대에 부응할 필요를 생각하지 않고, 제 삶의 모델이 될 수 있다. "언제든지 다시 빛을 발할 어떤 기억의 형태"는 다른 사람이 내게 미친 영향력에 대한 기억이 아니다. 오늘의 자신이 주변에 미친 영향력에 대한 기억이다.

그 소설

©이화준

박서련 1989년 철원 출생. 2015년 『실천문학』 신인상을 수상하며 작품 활동 시작. 지은 책으로 장편소설 『체공녀 강주룡』 『마르타의 일』 『더 셜리 클럽』, 소설집 『호르몬이 그랬어』, 짧은 소설 『코믹 헤븐에 어서 오세요』, 에세이 『오늘은 예쁜 걸 먹어야겠어요』 등이 있음. 한겨레문학상과 젊은작가상 수상.

그 소설

제목은 '내 얘기'.

그렇다고 진짜 내 얘기는 아니다. 당연한 소리. 소설인데 그러면 안 되나. 이런 얘기까지 해야 하나 소설인데.

아니, 나 화 안 났어. 왜 화났다고 생각하지. 그냥 얘기해.

듣고 있으니까.

통화 상대는 나에게 화났냐고 물으면서 화내고 있었다. 귓구멍이 콕콕 아파왔다. 휴대폰을 얼굴에서 떼자 화면에 상대의 전화번호가 떠올랐다. 원래 이 번호였나. 연락처를 삭제한 지도 오래라 가물가물했다. 어떻게. 니가. 거짓말. 나한테. 이럴 수. 어떤 단어는 정확히 들리고 어떤 단어는 뭉그러졌다. 무슨 소리를 하는지는 알 것 같았다. 기본적으로 내내 똑같은 말이어서

아니라니까.

대답도 똑같을 수밖에.

통화 상대는 악을 쓰기 시작했다. 단순하고 아무 의미 없는 고성. 음 지겹다. 그냥 끊을까. 막 끊는다는 말을 하려던 찰나 상대방이 물었다.

왜 그런 얘기를 썼어?

질문이 너무 광범위했다. 글쎄 태어났기 때문이 아닐까 같은 말로도 충분히 답할 수 있는. 나는 비아냥대기 전에 생각부터 해야 한다. 지금까지 그 문제로 나를 혼낸 사람의 수가 국회 의석 수 정도 되니까.

상대방은 한참 만에 덧붙였다. 그게 정말 우리 얘기가 아니라면. 울고 있는 것 같았다.

왜 그런 걸 썼냐고.

소설가니까 소설을 썼지. 청탁을 받았으니까 썼지. 그런 구상이 떠올라서 썼지.

쓸 수 있으니까 썼지.

나는 그 소설을 2019년에 썼다.

앤솔러지 청탁이었다. 가제는 '여자, 진실을 말하다'. 기획서에 뮤리얼 루카이저의 시 「케테 콜비츠」의 한 구절이 적혀 있었다. "한 여자가 자기 삶의 진실을 말한다면 어떤 일이 일어날까? 세계는 터져버릴 것이다."[1] 당연하게도 여성 작가 앤솔러지였다. 20대 작가 두 명, 30대 작가 두 명, 40대 작가 세 명이 참여하기로 했다.

반갑고 감사한 제안이었지만 시간이 촉박했다. 주어진 시간은 두 달. 누가 먼저 한다고 했다가 마음을 바꾼 게 아닐까, 그래서 내게 기회가 온 게

1　뮤리얼 루카이저, 「케테 콜비츠」, 『어둠의 속도』, 박선아 옮김, 봄날의책, 2020.

아닐까. 감사합니다. 공교롭게도 비슷한 시기에 문예지 마감이 하나 더 있었다. 문예지 쪽 원고야 미리 짜둔 게 있어서 쓰기만 하면 됐는데, 그와 동시에 여자로 산다는 일의 진실을 담은 단편을 두 달 만에 써내는 건 아무래도 무리로 느껴졌다. 남들은 어떤지 모르지만 나는 손이 느린 편이어서. 그렇다고 좋아하는 작가들과 이름을 나란히 할 기회를 날려버릴 수는 없었다. 청탁 메일을 받고 꼬박 며칠간 답장을 어떻게 보낼지를 고민했다.

그때 대학 시절 쓴 단편이 떠올랐다. 외삼촌의 빈소에 엄마와 마주 앉아 영정 속 저 사람이 자신을 추행했다는 말을 할까 말까 고민하는 딸의 이야기. 합평 수업에서 혹평을 듣고 봉인해둔지라 신춘문예나 신인상에도 내지 못했고, 따라서 까맣게 잊고만 있던 원고.

그땐 왜 그렇게 욕을 먹었지?

시대가 달라서 그랬나?

겨우 10년인데?

다시 보니 감정 과잉과 쓸데없이 멋부려 복잡해진 문장만 좀 털어내면 책에 실을 만한 글 같았다. 오히려 너무 기획을 의식하며 쓴 글로 오해받으면 어쩌나 싶었다. 송고하기 전까지는 그런 걱정을 했다.

작가님, 송구하지만 이전에 혹시 필명으로 이 작품을 발표하신 적이 없는지 조심스레 여쭤봅니다. 미공개 작품이 아닌 것 같아서요…….

편집자는 상상도 못한 반응을 보였다. 미숙한 부분을 고치라는 코멘트라면 얼마든지 수용하려 했는데 미공개 작품이 아니지 않냐는 지적에 말문이 막혔다. 미공개 작품이란 건, 발표 또는 발간 기준이 아닌가요? 문예지나 단행본에 싣지 않았다면 미공개 작품으로 치는 게 아닌가요. 이 소설은 수업 때 합평 받은 게 전부인데요. 합평이란 수강생 한 명의 작품을 두고 나머지 수강생과 강사가 함께 소설의 평가와 감상을 나누는 일로서……. 아

니다, 문학 편집자가 합평이 무슨 뜻인지 모를 리는 없겠지. 메일에 답장을
쓰다 말고 소설 일부를 복사해 포털 사이트 검색창에 붙여 넣었다.

　　버터플라이 허그라는 말 알아?
　　양손 손바닥이 보이는 상태에서 엄지손가락을 교차해서 그대로 가슴에
얹어 봐. 그리고 손으로 가슴을 다독이는 거야. 나비가 날개짓하는 것처럼.
　　이렇게 하면 마음을 쓰다듬을 수 있대.

서른 개가 넘는 어절이 정확히 일치하는 검색 결과가 나왔다. 어느 대학
문학상의 가작 수상작으로 전문 공개되어 있었다. 합평 때 들은 혹평이 신
경 쓰여 어디 내보일 엄두도 못 냈던 내 원고가, 수상작으로 게시된 지 2년
도 넘은 상태였다.

　　이건 제가 아닌데 이건 제 소설이에요.

　　쓰던 메일을 다 지우고 편집자에게 전화를 걸어 그렇게 말했다. 편집자
는 노련한 사람이었다. 판단이 빠르고 정확했다. 작가님, 상황은 안타깝고
반드시 바로잡아야 하겠지만 당장 이 원고를 이번 앤솔러지에 싣는 건 무
리가 아닐까 하는데……. 왜요? 제 소설인데요? 제 소설을 맘대로 도용
한 사람이 있고 저는 피해를 봤는데 왜 제 원고를 빼야 하나요? 빼라는 게
아니고요, 저희도 안타까운데요 작가님, 시간은 충분히 드릴 수 있으니 새
원고를 쓰심이 어떨까……. 제가 왜 그래야 하는지 모르겠다니까요. 말씀
드렸다시피 원칙적으로 미공개 원고라야 하는데……. 아니 제가 공개를
안 했는데 그게 어떻게 미공개 원고가 아닌 게 되나요……. 편집자도 틀리
지 않았고 나도 틀리지 않았다. 적어도 내가 생각하기에는 그랬다. 이상하
게도 그 순간에는 도용범보다 편집자가 미웠다. 내 소설을 훔친 사람보다
내가 고른 내 소설을 책에 실어줄 수 없다고 하는 사람이 더 나쁘게 느껴

졌다.

우여곡절 끝에 그 소설은 앤솔러지에 실렸다. 편집자가 편집장에게 내 상황을 전달했고, 편집장은 대학 문학상 심사위원이자 교수인 평론가와 나를 연결해주었다. 대학 신문사에서 도용범과 주고받은 메일에 남아 있는 연락처를 찾아냈다. 도용범은 합평용 소설을 업로드하는 카페에서 내 소설을 다운받아 공모전에 냈다고 실토했다. 대학 신문사는 사고를 냈고 도용범은 자필 사과문을 보냈으며 편집자는 내 소설을 미공개 원고로 인정해주기로 했다. 상금은 어떻게 되었는지 모른다. 편집장이 말리지 않았어도 법정까지 가져갈 생각은 없는 사안이었다.

지금 와서 이 사건을 재평가하건대 작품을 되찾아왔다는 것을 빼고는 내겐 딱히 득될 것이 없었다. 중견 작가들도 다들 신작으로 참여하는 앤솔러지에 한참 전에 쓴 원고를 낸다는 사실을 들켰고, 새 원고를 쓰지 않겠다고 고집을 부리기도 했으며, 고집대로 그 작품을 실었으니까. 심지어 '가작' 평가를 받았던 작품이라는 것을 알 사람은 다 아는 상태여서 더 모양이 이상해졌다. 대학 문학상에서 가작 정도 타는 수준의 소설을 감히 여기에, 같은 말을 누가 소리 내서 한 적은 없지만 왠지 다들 그렇게 생각하는 것 같아서 전전긍긍하게 되었다. 설상가상 출간 후에 앤솔러지 리뷰를 검색했을 때 내 소설을 언급한 독자도 별로 없었다. 한 줌 될까 말까 한 리뷰는 내 작품을 두고 기획을 너무 의식해서 재미가 없어진 소설이라고들 했다. 내 소설이 기획보다 먼저 쓰였다고 일일이 해명하고 다닐 수도 없고, 총체적으로…… 그 난리를 피워 되찾아왔어야 할, 되찾아 굳이 실었어야 할 작품인가,

라고 생각하기엔 너무 늦은 시점이었다.

앤솔러지 출간이 두어 달 연기된 이유를 전체 필진에게 설명하는 메일에서 편집자는 원고 일부와 관련한 불미스러운 사고가 있었다고 썼다. 불미스럽다는 표현이 내게는 도용범이 아니라 나를 겨냥한 것처럼 보였다.

내가 밉겠지?

이 편집자는 나를 미워하게 됐겠지?

곰곰 생각해보면 나는 상대방의 잘못이 아닌 사고로 피해를 입었을 때 그를 미워하지 않으려 노력할 것이라 믿으면서도 남들은 내게 그렇게 해주지 않을 거라 단정 짓는 것은 상당한 오만이다. 당신의 인격은 나의 인격만큼 훌륭하지 않겠죠?라고 생각하는 것과 무엇이 다른가……. 그렇지만 어떤 사고가 내 잘못이 아니라고 해서 나 때문에 피곤한 상황에 처한 제삼자가 나를 원망하지 않기를 바라는 것도 뻔뻔한 것이다. 그러니까 결국은 편집자가 나를 미워할 것이라는 판단에 다다른 채, 평단과 대중에 더해서 편집 인력까지 등지는 선택을 한 것 같다는 자괴감에 시달렸다. 그럼에도 그때는 그 소설을 반드시 앤솔러지에 싣는 게 옳다고 생각했다. 되찾아온 작품을 당장 발표해서 내 것이라는 영역 표시를 확실히 해야 할 것 같았다. 그래서 그렇게 했다.

그 모든 일들이 벌어지는 동안 새로 쓴 소설이 있다는 것은 밝히지 못한 채로.

「내 얘기」는 2019년에 쓰였다.

수업에 가져갔다면 자퇴를 결심할 만큼 혹평을 들었을 것이다.

제발 너희 임신하고 낙태하는 소설 좀 쓰지 마라.

그 말을 한 선생이 누구였는지는 기억나지 않는데, 당시 교강사진 누구라도 할 만한 발언이기 때문이다. 누구의 합평작 소재가 임신이다 하면 한숨부터 푹 내쉬는 교수, 낙태를 다룬 소설을 보면 학생들과 눈빛 교환을 한 다음 합평 대상자를 은근한 시선으로 보는 강사, 그런 사람들은 얼마든지 있었고 그 정도면 양반이기도 했다. 공정하게 말해서 그런 소재로 소설을 쓰는 사람이 지나치게 많았던 것도 사실이다. 그야 갓 스무 살 먹은 대학생들이 상상할 수 있는 가장 치명적인 사건이 대충 그런 것이니까. 열 명 중 서넛의 비율로 남자애들은 섹스, 그중에서도 첫 섹스와 관련된 소설을 썼고 여자애들은 임신이나 낙태를 중심에 둔 소설을 썼다. 낙태를 해본 것 같다는 이유에서 윤리적으로 매도당하는 분위기는 아니었다. 분위기라면 오히려 너무 뻔하다는 느낌에 가까웠다. 그런 걸 해봤다고 누가 뭐라고 하는 게 아니다, 그냥 그걸 소설 소재로 쓰는 게 구리다, 그렇게 쿨한 척하는 게 당시의 대세였다. 왕따 소재와도 비슷한 면이 있었다. 문창과 온 애들 중에 왕따 안 당해본 사람 있냐? 누가 경험했어도 비슷할 법한 일, 대단히 개성 있게 쓸 자신이 없다면 그냥 다른 걸 써라. 그런 말들. 그 나머지가 소재 삼는 것들도 그렇게 다양하다고 볼 수는 없었는데 유독 낙태 소재만은 닳고 닳은 취급을 받았고, 쓴 사람은 여지없이 뻔한 작가 취급을 받았다.

한편 나야말로 그런 소재로 소설 쓰는 여자애들을 깔보는 축에 속하기도 했다.

바보들 아냐. 그런 건 고딩 때 떼고 들어오라고.

마치 고등학생 때 낙태 한 번쯤은 다 해보기라도 하는 것처럼.

사실 그런 생각을 할 수 있었던 이유는 섹스를 안 해봐서였다. 한 번 하고 나니 여자애들이 왜 임신 낙태 생각을 할 수밖에 없게 되는지 이해할 수 있게 됐다. 생리가 하루만 늦어져도 씨발 임신인가? 하는 생각이 들었다. 씨발 임신인가?라는 생각을 하고 나면 조용히 수술을 받을 수 있는 병원 정보가 급해졌고 수중에 그럴 돈이 있는지를 확인하고 싶어졌고 돈이 있거나 없거나 거의 매번 엄마 생각이 났다. 며칠 그렇게 패닉 상태로 지내다 지쳐 자포자기에 이를 즈음이면 생리가 시작되었고, 그러면 아 신이시여 존나 감사합니다 섹스 같은 거 다시는 안 할게요라고 백 번도 넘게 맹세했다. 그런 맹세를 백 번 넘게 한 까닭은 말할 것도 없이 이전의 맹세를 백 번 넘게 어겼기 때문이다.

그게 나쁜가.

애초에 스무 살 무렵 첫 섹스를 해본 건 남자애들도 나도 다른 여자애들도 매한가지인데 같은 경험을 남자애들은 모험담처럼 쓰고 여자애들은 임신과 낙태에 대한 공포 소설로 쓸 수밖에 없다는 게 불공평하다는 생각이 들었다. 나 드디어 섹스해봤다 너무 신난다 광고하는 듯한 소설을 써 온 남자애들은 절대 낙태 소설을 써온 여자애들만큼 망신을 당하지도 않았다.

임신 공포증에 지배당하는 동안에는 오로지 그것에 대해서만 생각할 수밖에 없기 때문에 나도 낙태 소설을, 낙태 소설이나, 낙태 소설이라도 써버릴까 하는 충동이 시시때때로 들었다. 대학에 다니던 몇 년간 그런 실수를 범하지 않도록 막아준 것은 죽어도 다른 여자애들과 도매금 취급을 받고 싶지는 않다는 일념이었다. 나보다 먼저 그 실수를 저질러준 여자애들이 있어서 나는 그러지 않을 수 있었다. 평생 낙태 소재로는 소설을 쓰지 않을 거라는, 예감인지 다짐인지 모를 것을 마음 한구석에 품고 지냈다.

하물며는 수술대에 누워 마취제 투여를 기다리던 순간에도 바로 그 생각을 했다.

아……

이걸로는 소설 쓰지 말아야지.

그 결심을 잊어서 「내 얘기」를 쓴 것은 아니다. 오히려 「내 얘기」를 쓰기 위해 그 생각을 다시 불러내야 했다.

다음과 같은 작용 또는 현상이 있다는 사실을 독자들이 인정했으면 한다. 여자가 쓴 소설의 주인공이 여자일 때 이따금 주인공의 얼굴은 그 소설을 쓴 작가의 얼굴로 상상된다는 것. 적어도 나는 그렇다. 쓴 사람의 얼굴을 완전히 모르는 경우가 아니라면. 그건 소설의 좋고 좋지 않음과는 아무래도 상관이 없는 작용이다. 대학 다니는 동안에 특히 그랬다. 합평 대상자가 합평작의 주인공처럼 보이는 착시. 쓴 사람과 함께 학교에 다니고 있다보니 더 생생하게 상상이 잘 됐다.

남자들도 그런가? 남자 소설가가 쓴 소설도 종종 그렇게 읽게 되지만 여자 소설가의 작품에 비해서는 그런 현상이 좀 덜하다. 학교 다닐 때 본 남학생 소설의 경우에는 절대 쓴 사람의 얼굴과 주인공의 얼굴을 겹쳐 볼 수 없었는데, 그건 주로 남자애들이 주인공을 자기보다 멋있게 써서였던 것 같다.

도용된 내 소설을 다른 작가의 작품으로 읽은 독자들은 그 소설의 주인공 얼굴을 어떻게 상상했을까?

오랜만에 읽은 내 소설에 나오는 장면처럼 엄지손가락을 교차해 손바닥 나비를 만들어 가슴에 얹은 채로 편집자와 도용범과 내 커리어와 먼 미래와 가까운 과거와 앤솔러지 계약과 엄마와 누적된 피로와 씨발 그냥 죽어버리고 싶다…… 같은 생각들을 두드려 평평하게 만들려 애쓰는 동안에 문득 그게 궁금해졌다. 그게 내 소설인 줄 모르는 사람들에게 내 얼굴이 떠올랐을 리 없겠지? 나는 누워 있었고 손을 조금만 위로 미끄러뜨리면 버터플라이 허그 대신 버터플라이 초크를 할 수 있는 상태였다. 그 충동까지 눌러 없애려 무진 애를 쓰면서 내 얼굴과 내 얘기만을 생각하려 했다. 누구도 훔쳐 갈 수 없는 내 얘기…… 절대로 흉내 낼 수 없는 내 얘기…… 내가 아니면 안 되는

제목이 떠올랐다. '내 얘기'.

친구에게 전화를 걸어 생각한 것을 두서없이 털어놓았다. ……그래서 제목은 '내 얘기'야. 제목이 깡패 아니냐? 거의 내 얘기처럼 보이지만 정말 내 얘기는 아닌 거야. 오히려 여성 보편의 이야기가 될 수 있기 때문에 누구나의 '내 얘기'인 거지. 옛날에 나이키였나 아디다스에서 그런 캠페인 하지 않

앉었었나? 안녕 내 이름은 어쩌구 저쩌구야. 내 얘기 한번 들어볼래? 그게 무슨 의미겠어, 사람들한테 일인칭 소유격의 내밀한 서사가 그만큼 파괴력이 있게 다가오니까 다국적 공룡 대기업이 카피로 쓰고 캠페인 만들고 하는 거 아니겠냐고. 내 말을 한참 듣던 친구는 전화를 끊기 직전 딱 한마디 했다.

아, 미친년, 지금 몇 신지 알고 전화한 거야?

새벽 3시였고 5월이었고 2019년이었다. 낙태죄 헌법 불합치 판결이 난 지 한 달가량 지난 때였다.

바로 이 시기와 내 경험을 엮어 의미 있는 기록을 만들어 남길 수 있겠다는 확신이 들었다.

구성은 단순하다. 수술을 받는다. 수술을 받는 도중 낙태죄 위헌 판결이 난다. 그런 얘기다.

나는 여성 병원에 들어가 예약을 확인한다. 원장이 여러 명인 병원이어서 여성 의사, 지난번에 진료해준 뿔테 안경을 쓰신 여성 원장님이어야 한다고 여러 번 강조하고 당연히 그분과 뵙게 될 거라는 확답을 듣는다. 로비에는 출산 장려 포스터가 빈틈없이 붙어 있고 실로 단계별로 다양한 임신 주수를 경유 중인 임신부들이 여럿 대기 중이다. 그중에는 당장 분만해도 이상할 게 없을 만삭 임신부도 두엇 있다. 어쩐지 이런—곳에서 그런—뉴스를 확인하고 있다는 것에 죄책감을 느끼면서 나는 모바일 뉴스 피드를 계속 당겨서 새로고침한다. 오후 2시. 여자 원장님을 만나 수술을 받겠다는 의사에 변함이 없음을 확인하고 병원 자체 양식인 듯한 서약서—사후 의사를 고발하지 않겠다는—에 서명하고 환복하고 수술실에 들어간다. 수술대에 눕기까지의 과정을 극진한 태도로 묘사하여 순식간에 끝나는 수술 장면과 대비시킬 것. 눈을 감았다 뜨면 수술은 끝나 있다. 실제로 일어나는 일이 그렇다. 그러라고 마취를 하는 것이니까. 나의 감각과는 무관하게 수술대 위에서의 시간은 30, 40분 정도 소요된 상태. 회복실에 돌아와 휴대폰을 확인하면 오후 3시. 오후 2시 46분 속보. '낙태죄 헌법 불합치.' 눈을 감았다 떴을 뿐인데 세계가 달라졌다는, 그런데 나는 그대로라는 감각이 낯설게 일어선다. 앞으로도 심심해서 낙태를 한다든지 낙태를 취미 삼을 생각은 없지만 그전에는 죄였던 것이 이제는 아니라고 하네. 그 사실이 가뜬하고도 든든하게 느껴진다. 혹시 수술대 위에서 나 바뀌치기된 건 아닐까. 여기는 원래 내가 있던 세계와 모든 것이 같고 단 한 가지만 다른 평행 우주가 아닐까. 만약 그렇다면 아주 조금 더 나은 우주로 갈 수는 없었을까. 마취가 풀리면서 하복부의 얼얼함이 차츰 요란해지고 화장실에 가고 싶어진다. 변기에 앉아봐도 아무것도 나오지 않는데, 하복부가 아리고 묵직하고 찢기는 듯하고 요도와 질과 항문이 동시에 고추장을 쏟아낼 것 같은 느낌이 든다. 하복부 내용물을 석션했으니 무리도 아니다. 이비인후과에서 귀지를, 치과에서 잇몸의 피와 침을 훑어내는 것처럼. 차이가 있다면 목표한 이물질만 제거하는 것이 아니라는 점이다. 소리 내서 울자 간호사가 달려와 노크하고 진통제를 준다. 약 먹고 조금 지나자 아까 배가 맵다고 소리를 질렀던 게 거짓말 같을 만큼 아무렇지 않은 컨디션이 되어 로비를 가로질러 간다. 앉아 있는 여자들의 얼굴은 수술실에 들어가기 전과 달라졌지만 역시나…… 같은 세계.

일필휘지라고까지는 할 수 없겠지만 쓰면서 딱히 막히거나 걸리는 부분이 없었던지라 쉽게 썼다. 초고를 쓰는 데에 2주 정도. 초고를 다 쓴 다음 날 도용범의 자필 사과문을 받았고, 편집부에서도 기존 원고로 진행해도 괜찮겠다는 메시지를 보내왔다. 여차하면 기존 원고 대신 내려고 쓴 소설인데 이득 봤네, 그런 생각을 했다.

새벽에 전화했다고 욕을 한 친구에게 초고를 보냈더니 '지나치게' 시의 적절하고 구성이 단순한 것은 단점이지만 묘사의 핍진함이 제목과 맞물려 계속적인 메타 반응을 일으킨다고 평가해주었다. 작의가 거의 정확히 읽히는 소설이라는 것. 쓰면서 기획을 초과하지 못하는 원고는 대부분 구리지만 이 작품의 경우 기획의 초과분을 독자들 스스로 만들 수 있을 거라고 했다. 과찬이네. 칭찬 맞……지? 그런데 친구는 이런 말도 했다.

너 근데 감당 가능하겠어 이거?

감당 못 할 건 뭐람, 살인자가 주인공인 소설도 써봤는데. 살인해봐야 살인자 나오는 소설 쓰나? 낙태해봐야 낙태 소설 쓰나? 낙태 소설 썼다고 작가한테 낙태충이라고 한다면 그건 독해력 문제지. 대충 이런 비아냥으로 대화를 마무리 지었던 기억이 난다.

이제 와서 비밀로 할 것도 없으니 말이지만 살인은 안 해봤고 수술은 받아봤다. 어떤 사람들은 그 수술이 살인이라고 주장하기도 하는 모양이지만…… 아무튼 나는 둘 중에 한 가지만 해봤다.

전화위복이라는 말이 있고…… 호사다마라는 말도 있다.

그러니까 그건 우리 얘기잖아.

이런 식으로 갑자기 연락해 온 사람이 지금의 통화 상대 하나뿐은 아니다.

2019년에 쓴 「내 얘기」는 2020년 여름에 발표되었다. 2020년 1월 초에 계간지 봄호 청탁이 왔고 마침 준비가 되어 있던 셈이니 선선히 응낙했는데 월말에 다시 혹시 여름호도 괜찮으시냐 하는 재청이 와서 그것도 좋다고 대답했다. 발표가 유예된 건 내 의지가 아니라는 소리다.

발표 직후에는 아무 반응도 없었다. 그래 그렇지, 요즘 계간지 보는 사람이 별로 없으니까. 나중에 따로 내 소설집에 실린 다음에나 반응이 좀 있으려나. 그런데 그건 2년 뒤일지 3년 뒤일지 알 수 없는데, 그쯤이면 낙태죄 대체 입법이 어떻게 되어 있으려나. 그때도 의미 있는 소설일까. 당시성을 반영한 아카이브로서의 작품으로 남으려나.

낙태죄 폐지의 대체 입법으로 임신 주수 차등 처벌 법안이 논의되던 시기여서 발표 시기는 어쩌다 보니 딱 맞는 게 되어버린 참이었다. 그 마침맞음이 허탈하고 씁쓸했다. 마침맞게 발표되었음에도 큰 반향이 없어서 더욱 그랬다.

그랬던 「내 얘기」가 연말에 내게 일간지 문화부에서 주관하는 단편소설상을 안겨주었다.

수상 후보작과 작가 인터뷰를 먼저 보도하고 나서 한 달쯤 지나 수상작을 발표하는 식이어서, 내가 후보 작가라는 사실이 신문에 나오고부터 일 평균 두세 통꼴의 전화를 받았다. 야, 너 신문 나왔더라. 누구세요? 삼촌이다. 아, 네. 선배 넘넘 축하해요, 제가 다 기뻐요. 상 탄 것도 아닌데 무슨 축하야, 민망하게. 선배 꼭 타실 거예요, 보면 알아요. 수상이 발표되던 날까지 이런 전화를 근근이 받았고 수상 확정 소식이 뜬 날에는 스무 통 넘게 받았다. 내가 이렇게 아는 사람이 많았던가? 내가 먼저 전화를 걸어 알린 사람은 네 명밖에 되지 않아서 헷갈렸다. 한 사나흘쯤 더 그런 연락들이 오다가 다시 잠잠해진 듯싶더니 1월에 수상작품집이 나오고부터 다시 시작되었다. 지인들이 작품을 볼 수 없었던 그전과는 결이 약간 달라진 연락들이었다. 축하 인사도 하긴 하는데, 그게 정말 내 얘기인지 확인하고 싶어 하는 사람들.

그거 혹시 내 얘기 아니니?

별명부터 화류계였던 언니의 전화였다. 물론 자칭도 아니고 면전에서 그렇게 부를 수도 없는 말이어서 별명이라고 해도 좋은지는 모르겠지만 비공식적으로 과에서 언니 별명은 화류계였다. 연예인을 했어도 됐겠는데 왜 굳이 이 누추한 문창과에 왔을까 싶은 미모에, 목걸이부터 구두, 키링부터 자가용까지 걸치고 다니는 모든 것이 명품이었다. 그래서 그런 거라면 별명이 연예인이었어야지 왜 화류계였을까. 나와 어울리던 애들은 그 언니 말하는 게 어쩐지 싼 티 나고 유달리 현역이 많은 우리 기수에서 유일한 삼수생이라는 점도 미심쩍다고 했다. 언니는 첫 합평 수업의 첫 대상자로 나서서 제일 먼저 낙태 소설을 발표한 사람이기도 했다.

내 얘기 같던데.

어울려주는 친구도 없고 뒤에서 다들 자기를 씹는다는 것을 알았을 텐데도 언니는 꿋꿋이 학교를 다녔고 나도 언니와 개인적인 이야기를 거의 나눠본 적이 없었다. 딱 한 번, 딱히 친하지도 않았던 그 언니가, 내게 수술받을 수 있는 병원을 알려줬었다. 같이 가주거나 상담을 해주거나 하지는 않고 그냥 필요한 정보만 주고 지나갔다. 그랬던 언니가 거의 10년 만에 연락을 해오더니 내게 그렇게 물은 것이다.

언니, 예전에 저한테 병원 가르쳐주셨던 거 기억해요?

내가 묻자 언니는 조금 후에 말없이 전화를 끊었다. 덕분이라고 하기도 약간 이상하지만 이 때문에 당시의 궁금증 하나가 다시 떠올랐다. 친하지도 않았던 언니가 내게 그 수술이 필요하다는 것을 어떻게 알았을까. 마침내 그 답을 알게 된 것 같았다. 언니가 나를 읽을 수 있었던 것은 그게 정말 언니의 얘기이기도 해서였을 것이고 언니가 나보다 조금 더 어른이었기 때문이었을 것이다. 그 생각에 이르자 마음이 무척 복잡해졌다.

이조차도 엄마한테 받은 전화에 비하면 별게 아니다.

너 이…….

엄마가 늘 욕하기 전에 보이는 호흡이 있다. 너 이…… 하면서 기를 모으는 것 같달지. 좆됐다. 그렇게 생각하면서 눈을 질끈 감고 있었는데 각오와 달리 욕은 안 먹었다. 적어도 나는.

어떤 새끼가 그랬어?

어안이 벙벙했다. 소설을 쓰는 동안에도, 소설에 쓰기 위해 오래전 일을 돌이켜 새길 동안에도 나는 그 어떤 새끼도 떠올리지 않고 있었다는 것을 그제야 깨달았기 때문이다.

어떤 쌍놈의 새끼인지 당장 엄마한테 전화번호 불러봐.

엄마가 묻지 않았다면 나는 내내 나 혼자 임신했던 것처럼 살았을지도 모른다. 엄마 그거 소설이야. 나 그런 적 없어. 소설인데 왜 그렇게 실감이

나? 실감 나라고 쓰니까 소설이지……. 혈압이 높은 엄마를 위해 선의의 거짓말을 하면서도 손으로는 바쁘게 수상작품집을 뒤지고 있었다. 내가 작가 노트에는 뭐라고 썼더라.

나는 그냥 화가 났을 뿐이다. 또한 그것이 나만의 분노가 아니라는 사실에 강하게 의탁했던 것이다. 내게는 화를 낼 자격이 있었고 그걸 표현할 수단이 있었다. 나는 여성이니까. 소설가니까. 여성 소설가가 낙태법에 대해 말하는 게 이상해? 할 수 있고 해도 되고 해야 한다고 생각한 것뿐이야. 그게 이상해?

이것은 '내 얘기'이고, 내 소설이며, 내 이야기가 아니다.

나만의 이야기가 아니다.

이거 봐, 여기 내 얘기 아니라고 써났잖아. 내가 작가 노트를 봤냐고 묻자 엄마는 아이고 아이고 다행이다 하며 긴 숨을 내뱉었다. 그래 미안해, 엄마가 끝까지 안 보고 화나서 전화부터 걸었어.

통화가 끝난 후에도 한동안 엄마한테 미안한 마음이 들었지만 엄마가 쌍놈의 새끼라고 했던 그 어떤 새끼에 대한 생각은 금세 잊혔다.

그 새끼한테서도 전화가 걸려 올 수 있다는 걸 그때 미리 염두에 뒀어야 하는데.

그게 어떻게 우리 얘기가 돼.

우리 얘기니까.

소설이잖아.

네가 실제로 임신을 했잖아.

우리 헤어졌고, 병원 나 혼자 갔고, 수술비 내가 알아서 했어. 기억 안나?

기억 안 나는 것처럼 구는 건 너야.

통화 상대는 계속…… 뭐랄까……. 헛소리를 하고 있었다. 손발에 땀이
돌았다. 이제 와서 뭐 믿기거나 무서울 것이 있어서가 아니라 단순히 말이
너무너무 통하지가 않아서, 사람과 소통을, 대화를 하고 있는 기분이 영 들
지 않아서 진땀이 났다.

낳을 거라고 했잖아.

그건 부분적으로 사실이다. 낳을 생각도 있었다. 임신 사실을 알게 된 직
후에 했던 수천 수만 가지 생각 중 하나가 그랬다. 어떨 때는 당장 죽어버
리고 싶을 만큼 겁이 나다가도 갑자기 침착해지면서 그냥 낳아도 되지 않
을까 하는 생각이 들었다. 일단 내가 미성년자는 아닌 게 어디야, 라는 생
각. 그리고 이건 죄도 없고 자기도 생기고 싶어 생긴 게 아닐 텐데 내가 이
것한테 그렇게 잔인하게 굴 필요가 없지 않을까…… 그런 생각. 그런데 낳
을 생각도 있었다는 것이 낳기로 결정했다는 의미가 되지는 못한다. 극단
과 극단 사이에 놓인 여러 갈래의 생각들 중 몇 가지가 그냥 그럴까 하는
고민에 가까웠다 정도. 결국은 낳게 되리라는 예감도 있었다. 어영부영하
는 사이 이것이 점점 커지면 내가 결정할 수 있는 영역은 자연히 줄어들겠
지. 나는 내가 뭘 원하는지 잘 모르겠어. 낳은 미래가 두렵기도 하고 낳지
않은 미래가 두렵기도 해. 그냥 누가 계단에서 나 좀 밀어주면 안 되나? 층
계참에 아슬아슬하게 서 있어볼까, 누가 지나가다가 툭 치면 굴러버리게?
그때 했던 이런 생각들을 내가 너한테 말하면 네가 과연 이해할 수나 있겠
니. 적당히 말을 돌리는 게 나을 것 같았다.

그때 너, 그냥 흔하게 군 것뿐이야. 다른 남자애들도 다 하는 짓 한 거야.
그거 가지고 나 뭐라고 하지 않았잖아. 헤어지자 했던 건 내가 알아서 결정
하라는 거 아니었어? 그런데 그걸 이제 와서 우리 얘기라고 하는 게 나는
너무너무 이해가 안 되네.

우리 아기잖아!

통화 상대는 자기 말이 먹히기 시작한다고 느꼈는지 다시 악을 썼다. 나에게조차 놀랍게도 그 말은…… 조금의 타격도 되지 못했다.

그래서 이제 와서 나보고 어쩌라고.

애초에 연락한 목적이 뭐야? '우리 아기'를 소재로 소설을 써서 네가 아니라 내가 상을 탄 게 분한 거 아니야?

네가 그때 졌던 책임은 얼마나 되는데? 그럼 네가 임신해서 낳지 그랬어? 적어도 수술 끝나고 기저귀 차고 나와서 젖은 사타구니에 찬바람 지나갈 때마다 몸서리치는 기분이라도 나 대신 느껴보지 그랬어. 그러면 네가 그 소설을 썼을까? 그 소설을 써서 상을 탔을까? 그러면 네 번호를 찾아내서 전화를 걸어 악을 쓰는 건 내 쪽이었을까?

나는 이 생각들 대신 다른 말을 했다.

그래서 내가 그때 수술을 안 했으면 좋았을 거라는 거야? 낳았으면 한 열 살, 열한 살 됐으려나? 그런 애를 데리고 너한테 가서 아빠라고 불러봐, 그랬으면 좋았겠다는 거야?

상대가 머뭇거리는 기미가 느껴졌다. 그래, 그럴 줄 알았다. 나도 그래. 어찌어찌 낳았어도 너를 아빠라고 부르게 하진 않았을 거야. 난 낳지 못한 것보다 너 같은 걸 아빠라고 부르게 하는 게 훨씬 심한 폭력이라고 느껴.

물론 이 말도 실제로는 하지 않았다.

무슨 말이 듣고 싶어서 전화했는지 모르겠지만 할 말 없는 것 같으니 이만 끊을게.

전화를 귀에서 뗐을 때 상대가 이상한 말을 했다. 내가 다 폭로할 거야. 뭘?

네 소설, 소설 아니라고. 넌 낙태 살인자 년이라고.

정확히 말해 내가 받은 수술은 낙태 수술이 아니었다.

임신 주수가 일정 기간에 못 미친 상태에서 자연 임신 중단이 일어나는 경우 배아가 배출되지 않고 체내에 잔류하게 되는데, 이를 계류유산이라고 한다. 그렇게 드물지도 않다. 인터넷에서 계류유산이라는 단어를 검색하면 지식 나눔 글이나 예비 맘 카페가 뜬다. 이번에도 떠나보냈네요 하며 슬퍼하는 회원들이 있고 요새 정말 흔하대요 스트레스 안 받는 게 제일 중요한 거 아시죠 무조건 마음 편히 먹으셔야 해요 다음에 반드시 예쁜 천사가 찾아올 거예요 하고 위로하는 회원들이 있다.

아기집이 더 이상 자라지 않고 있어요.

그 말이 무슨 의미인지를 묻고 답을 들었을 때, 나는 고맙다는 생각을 했다. 고마웠다 진심으로. 그게 무섭다거나 소름 끼친다고 생각해도 좋아 그렇지만 나는 진심으로 고맙다는 생각을 했다. 그래서 울었다.

인위적으로 하복부 내용물을 추출해야 하는 상황이라 처치는 임신 초기의 인공유산 즉 낙태와 똑같았다. 원래 다들 그렇게 한다고 들었다. 그래서 낙태는 하지 않았는데 낙태 소설은 쓸 수 있었다. 그래서 「내 얘기」는 내 얘기가 아니었다.

10년도 넘게 지난 일인데 내가 여전히 그때 받은 수술을 24시간 주 7일 의식하며 고통받고 있으리라 생각한다면, 그게 내게 협박이 될 수 있으리라 생각한다면, 그건 심각한 망상이다.

그건 소설이야.

이런 얘기까지 할 필요는 없을 것이다. 소설이 소설이라는 것을 증명하기 위해서.

마음대로 해봐.

마침내 전화가 끊겼다. 손바닥이 뜨끈뜨끈했다. 이걸로 정말 끝일까. 나는 조용해진 휴대폰을 한참 동안 노려보다가 화면 잠금을 해제한 후 뉴스 피드를 불러왔다. 피드를 힘껏 끌어당기고, 끌어당기고, 끌어당기고 끌어당기고 끌어당기고 또 끌어당겼다.

새로운 일은 전혀 일어나지 않았다.

자기 위장술에 대한 단상

김찬기 한경대학교 문예창작미디어콘텐츠홍보전공 교수

    낙태 서사가 환기하는 윤리를 살피는 일은 항용 불편하다. 그것은 삶과 죽음이 거느리고 있는 섬뜩함을 경험해야 하는 일이기도 하고, 바뀔 가망이 없는 세계와 힘겹게 싸우는 사람(작가)과 어떤 식으로든 동행을 해야 하는 일이기도 하여 여하튼 곤혹스럽다. 이런 점에서 보면 박서련의 「그 소설」은 좀 별스럽다. 이중의 서사 공간을 통해 이질적인 두 인물 형상을 창출하는 방식도 그러하거니와, 낙태 서사가 으레 그러는 윤리적 엄숙주의로 사람(독자)을 차렷 자세로 만드는 것도 아니다. 게다가 딴청을 피우는 서술 트릭, 곧 반어적 뒤틀림도 사실은 거의 드러나지 않아서 설핏 장광설로 읽힐 수도 있는 계류유산의 서사적 함의가 그리 낯설게 다가오는 것도 아니다.

    「그 소설」이 붙잡고 있는 서술 상황은 주인공 '나'(주체)를 길들이려는 세계와의 싸움만으로 내내 좁혀져 있다. 요컨대 "한 여자가 자기 삶의 진실을 말한다면 어떤 일이 일어날까? 세계는 터져버릴 것이다."라는 뮤리얼 루카이저의 전언에 대한 서사적 주석만이 간명하게 달릴 뿐이다. 그런데 흥미

로운 사실은 '나'를 길들이려는 세계에 대한 성찰이 두 명의 '나'(「그 소설」의 '나'와 「내 얘기」의 '나')로 복수화된 '나'를 통해 형상화되고 있다는 점이다. 「그 소설」의 '나'(소설가)가 왜 「내 얘기」에 '나'의 이야기를 써야 했는가를 밝히는 다음 장면에 우선 주목해야 하는 이유가 여기에 있다.

> 친구에게 전화를 걸어 생각한 것을 두서없이 털어놓았다. ……그래서 제목은 '내 얘기'야. 제목이 깡패 아니냐? 거의 내 얘기처럼 보이지만 정말 내 얘기는 아닌 거야. 오히려 여성 보편의 이야기가 될 수 있기 때문에 누구나의 '내 얘기'인 거지.

「그 소설」의 주인공인 '나'는 소설가가 되기 전인 대학 시절부터 "평생 낙태 소재로는 소설을 쓰지 않을 거라는, 예감인지 다짐인지 모를 것을 마음 한구석에 품고 지"낸 인물이었다. 그런 '나'가 낙태죄 헌법 불합치 판결이 난 것을 계기로 하여 마음을 바꿔 자신의 계류유산 경험을 서사화한 「내 얘기」란 작품을 쓰고자 한다. 그런데 위의 예시문에서 드러나는 바와 같이 「그 소설」의 '나'는 자신의 실제 경험을 서사화한 「내 얘기」가 실제 '내 얘기는 아닌' 것이고 굳이 친구에게 거짓말을 한다. 그 이유는 다른 데 있지 않았다. 그것은 "여자가 쓴 소설의 주인공이 여자일 때 이따금 주인공의 얼굴은 그 소설을 쓴 작가의 얼굴로 상상된다는 것"을 「그 소설」의 '나'가 누구보다 잘 알기 때문이었다. '나'는 남성과는 달리 유독 여성(여성 작가)에 대한 성차별적인 관습이 여전히 존재하고 있음을 잘 알고 있었기 때문이려니와 결국 '나'는 어떤 식으로든 '내 얘기는 아닌' 방식으로 '나'의 이야기를 할 수 있는 대항–공적 공간을 탐색하지 아니할 수 없었을 것이다. 말할 것도 없이 「그 소설」의 '나'가 찾아낸 대항–공적 공간이 바로 「내 얘기」였을 것이다. 그렇다면 이제 문제는 '나'를 「그 소설」의 '나'와 「내 얘기」의 '나'로 복수화한 작가의 의도를 어떻게 이해할 것인가가 문제이겠다.

　　그래서 내가 그때 수술을 안 했으면 좋았을 거라는 거야? 낳았으면 한 열
살, 열한 살 됐으려나? 그런 애를 데리고 너한테 가서 아빠라고 불러봐, 그
랬으면 좋았겠다는 거야?
　　상대가 머뭇거리는 기미가 느껴졌다. 그래, 그럴 줄 알았다. 나도 그래.
어찌어찌 낳았어도 너를 아빠라고 부르게 하진 않았을 거야. 난 낳지 못한
것보다 너 같은 걸 아빠라고 부르게 하는 게 훨씬 심한 폭력이라고 느껴.
　　물론 이 말도 실제로는 하지 않았다.

「그 소설」의 '나'가 쓴 「내 얘기」는 별 반향이 없다가 일간지 문화부에서
주관하는 단편소설 상을 받게 된다. 이에 지인들로부터 연락이 오기 시작
한다. 딸(곧 주인공 '나')에게 임신을 시킨 놈을 대라며 흥분하는 어머니는
물론 '나'의 임신 사실을 알고 있었던 '별명부터 화류계였던' 대학 동기 언
니로부터 연락이 온다. 그러나 '나'의 마음을 가장 크게 흔든 것은 바로 '나'
에게 계류유산을 경험하게 만든 '그 어떤 새끼'로부터 걸려온 전화였다. 위
의 예문은 '그 어떤 새끼'(세계)와 싸워 그 세계를 '터져버'리게 하고 싶었지
만, 끝내 그 세계와 '실제로는' 싸우지 않은 '나'를 형상화한 장면이다. 사실
'그 어떤 새끼'(세계)는 여성인 '나'를 혼자 '병원'에 가게 만든 남자였고, 수
술비조차 나 혼자 '알아서' 하게 한 남자였다. 그래서 '그'는 실제로 아이를
낳았더라도 결코 '아빠라고 부르게 하'고 싶지 않았던 인물이었다. 계류유
산이라는 '나'의 섬뜩한 경험을 온전히 '나'의 몫으로만 돌리게 한 인물이었
다.
　　결국 「그 소설」의 '나'는 「내 얘기」를 통해서만 '자기 삶의 진실'을 드러낸
다. 실제의 현실에서는 심지어 '그 어떤 새끼'에게조차도 그 어떤 '말도 실
제로는 하지 않'는다. 「그 소설」의 '나'는 자기 삶의 진실을 다 말한다면 그

'세계'가 '터져버'리는 것이 아니라, '나'가 '터져버'릴 것이란 사실을 잘 알고 있는 인물인 것이다. '나'는 자기를 말하지 않고 감출 수 있는, 이른바 자기 은폐의 '지성'(자기 위장술)을 터득한 인물인 셈이다. 이런 의미에서「그 소설」의 다음과 같은 결말은 '나'의 자기 '위장술'을 절절하게 형상화한 장면이라 하겠다.

> 고마웠다 진심으로. 그게 무섭다거나 소름 끼친다고 생각해도 좋아 그렇지만 나는 진심으로 고맙다는 생각을 했다. 그래서 울었다.
> 인위적으로 하복부 내용물을 추출해야 하는 상황이라 처치는 임신 초기의 인공유산 즉 낙태와 똑같았다. 원래 다들 그렇게 한다고 들었다. 그래서 낙태는 하지 않았는데 낙태 소설은 쓸 수 있었다. 그래서「내 얘기」는 내 얘기가 아니었다.

위의 인용문에서 드러나는 바와 같이 '나'는 자신이 낙태 경험을 한 것이 아니라 실제로는 계류유산을 경험한 것이란 사실을 알고 '진심으로' 고마워 '울'게 된다.「그 소설」의 '나'가 낙태와 같은 '죄'와는 멀리 있는 인물이라면, 그에 반해 '나'의 소설인「내 얘기」의 '나'는 결코 낙태와 같은 '죄'와 무관하지 않은 인물로 서사화된다. 그렇다면「그 소설」의 '나'가 자기 은폐의 '지성'(자기 위장술)을 갖춘 존재(여성)라면,「내 얘기」의 '나'는 끝내 그러한 위장술을 갖고 있지 못한 존재(여성)일 수 있겠다. 따라서「그 소설」의 '나'가 자기 은폐, 곧 자기 위장술을 벗고 온전히 자기를 드러내고 싶었던 공간은 바로「내 얘기」의 '나'가 살아가고 있는 공간이었을 것이다.「그 소설」의 '나'는 자기가 발 딛고 있는 세계가 얼마나 가혹한지를 잘 알고 있기 때문에 그러한 세계를 비튼「내 얘기」의 공간(세계)을 따로 만들어 그 안에서만 '나'를 노출하고 있는 것이다.

결국「그 소설」은 낙태(낯선 것, 혹은 섬뜩한 것)의 경험이 '여성 보편의 이야기'가 될 수는 있지만, 결코 '내 얘기'는 될 수 없다는 도저한 '지성'(자기 위장술)에 사로잡혀 있는 '나'의 인물 형상을 보여주는 것이었다.

믿음의 개는 시간을 저버리지 않으며

박솔뫼 2009년 작품 활동 시작. 소설집 『그럼 무얼 부르지』 『겨울의 눈빛』 『사랑하는 개』 『우리의 사람들』. 장편소설 『을』 『백 행을 쓰고 싶다』 『도시의 시간』 『머리부터 천천히』 『미래 산책 연습』 등이 있음.

믿음의 개는 시간을 저버리지 않으며

그림자 개는 시간과 마음의 연결이 약해진 사람들에게 나타나 산책을 요구한다. 물론 그것은 세상의 모든 개가 하는 일과 똑같다. 시간과 마음의 연결이 느슨하고 희미해지면 우리는 시간에 대한 건강한 긴장감을 잃고 증상이 심해지면 깊은 슬픔에 잠기게 된다. 그러기 전 이들에게 그림자 개가 나타나 어김없이 산책을 요구하고 이들과 산책을 하는 동안 사람들은 시간과의 관계성을 회복하게 될 실마리를 찾게 된다. 그러므로 이는 시간과의 바람직한 관계를 회복하기 위해 나타나는 일종의 현상이라고도 할 수 있다. 그러나 대부분의 사람들은 그때 자신이 위험에 처했다는 것을 알지 못하고 자신에게 알 수 없는 일이 벌어졌다고만 생각한다. 물론 현실에 존재하는 보통의 개를 만나는 사람들의 반응도 그와 마찬가지이다. 나에게 이런 존재가 나타나다니, 우리에게 이런 일이 벌어지다니. 그림자 개는 생각지도 못할 때 우리에게 나타나 익숙해졌을 때는 이미 자신의 길로 여행을 떠나 모습을 감춘다. 그 만남은 우연과 같아서 우리에게 언제 그런 순간이 찾아올지 알 수 없다. 그림자 개에 관해 알고 있는 것을 이야기해두면, 그 존재가 가진 특성은 세 가지라는 것이다. 하나. 그림자 개는 그림자로 된 개다. 둘. 그림자 개는 산책을 한다. 셋. 그림자 개는 짖는다. 우리가 기억해야 할 것이 무엇이냐면, 기억해야 할 것은 눈을 감았다 뜨면 우리에게 다가오는 것으로 하나…… 그림자 개는 둘…… 그리고 눈을 떴을 때 셋…… 눈앞에 나타난 것은 생각지도 못한 것, 우리는 우리에게 다가오는 불가사의한 존재를 맞이하지 않을 수 없고 그것은 그림자 개로, 그림자 개는 하나…… 그림자로 된 개이고…… 둘 산책…… 산책이며 산책을 해야 한다, 그리고 마지막으로.

셋.
눈을 떠.

시온에게 그림자 개가 찾아온 것은 8월 어느 늦여름의 오후였다. 늦여름 오후 해는 선명하고 느긋하고 진했다. 호박 수프 같았다. 햇볕은 비스듬히 테이블 위 둥글고 긴 물병을 지나갔고 햇볕이 지나간 둥근 부분은 전구처럼 빛을 발했다. 두 마리의 그림자 개는 테이블에 앉아 일을 하고 있는 시온에게 다가갔다. 둘은 앉지 않고 맞은편 테이블 다리 옆에 나란히 섰다. 시온은 어딘가 먼 곳에서부터 개가 다가오는 발소리가 들린다는 생각을 했고 그러다 고개를 들어 테이블 너머를 보았을 때 그곳에는 그림자 개 두 마리가 있었다. 시온에게 나타난 것은 그림자뿐이었지만 시온은 보자마자 그 두 마리를 알아보았다. 하나는 흰 시골 개인 두부이고 더 큰 쪽은 골든 레트리버인 두두였다. 시온이 두 마리를 바로 알아본 것은 그 둘과 6개월이 넘게 하루에 네다섯 시간 이상 붙어 있었기 때문이었고 두 번째 이유는 그림자 개를 본 것이 이번이 처음이 아니었기 때문이다. 시온의 첫 그림자 개는 피스로, 피스와 어떻게 만나게 되었는지는 두부와 두두와 산책을 하며 이야기하게 될 것이다. 어쩌면 개들만 그 만남을 이해하고 알아들었을지도 모르겠지만 말이다.

시온이 처음 두부와 두두를 만난 곳은 전북에 있는 성당 부속기관이었다. 시온은 이전 직장에서 함께 일을 했던 동료의 소개로 일을 시작하게 되었다. 당시에는 신자가 아닌데 채용이 되어 일을 할 수 있을까 걱정했었는데 의외로 그 부분은 별문제가 되지 않았다. 나중에 익숙해지고 주변을 둘러보니 함께 일하는 분들은 1년 전에 세례를 받은 분들을 포함하여 모두 표면적으로는 어쨌거나 신자였다. 오래 일을 하면 자연스럽게 부드러운 방식으로 세례를 권유받게 되는 것이 아닐까 짐작하였는데 그전에 일을 관두게 되어 그 추측이 맞는지는 확인할 수 없었다. 그때는 바보 같지만 어쩌면 자신의 이름이 시온이기 때문에 교회든 성당이든 그 비슷한 곳이라면 조용히 섞여 들어갈 수 있는 것 아닌가 생각했었다. 시온이 성당 부속기관에서 일을 한 기간은 6개월이 조금 넘었고 첫 달에는 근처 숙소에서 먹고 자며 생활하다 남은 기간은 방을 얻어 살았다. 시온이 하는 일은 공연장과 회의실이 딸린 부속기관 대관 업무였는데 일이 익숙해지자 근처 성지순례를 오는 신자들을 맞이하고 안내하는 일도 함께 하게 되었다. 두부와 두두는 성당에서 기르는 개였다. 개이므로 산책하고 먹고 놀고 보통의 개처럼 그렇게 있으면 되었는데 마치 업무처럼 성지순례 안내를 할 때는 꼭 그 둘을 함께 데리고 나가야 했다. 그것을 두 개도 잘 이해하고 있었고 함께 안내를 나갈 때는 평소보다 얌전했고 기분 탓인지 또렷한 눈빛을 하고 있는 것처럼 보이기도 했다.

개와 안내를 함께하게 된 데에는 이유가 없지는 않았다. 해당 성지에는 1백 년쯤 전에 한국에 처음 포교를 하러 온 외국인 신부님을 기리는 기념비와 공원이 있었는데 신자들은 그곳과 근처 오래된 성당을 함께 들렀고 그 오래된 성당은 몇 년 전까지 그곳에서 개를 좋아하고 늘 개와 함께 살던 신부님이 머물던 곳이었기 때문이다. 그래서 안내를 할 때 늘 개와 함께한다고 업무를 안내해주던 수녀님으로부터 전해 들었다. 신자들은 1백 년도 더 전에 이 땅에 와 목숨의 위협 속에서 믿음을 전달하다 몇 년 되지 않아 병으로 세상을 뜬 외국인 신부를 기리는 공원을 걸었다. 사람들은 걸으며 신앙에 대해, 훼손되고 흔들리기 쉬운 믿음에 대해 생각했다. 그러나 누군가는 흔들리면서도, 훼손된 부분을 문지르고 씻기면서 그것을 회복하려 애쓰며 지켜나간다. 길지 않은 시간이지만 신자들은 그런 생각을 하며 걸었고 고개를 들어 주위를 살피면 종종 공원의 공기는 조금 전과 다른 것처럼 느껴지기도 했다.

사람들은 그렇게 공원과 공원 안 기념비를 본 후 그곳에서 시간을 보내다가 방금 전 신부님보다는 좀 더 상상하기 쉬운 몇 년 전에 돌아가신 외국인 신부가 머물던 오래된 성당으로 걸음을 옮겼다. 실제 개를 좋아하던 것은 몇 년 전에 돌아가신 신부님이었는데 시온은 성당이 아니라 공원에서부터 개와 함께 안내를 시작했다. 이전부터 개와 순례를 하는 것으로 알려졌기 때문인지 사람들은 모두 자연스럽게 개와 함께 걸었다. 개를 무서워하거나 싫어하는 신자들이 있을 법도 한데 시온이 일하는 동안 만난 분들은 모두 개를 좋아했다. 그렇지만 늘 시작할 때 개와 함께 가도 될지 물어보고 출발하였다. 안녕하세요. 와주셔서 감사합니다. 오늘 순례는 성당 식구인 두부와 두두가 함께할 예정인데 혹시 괜찮으실까요? 인사와 함께 개 두 마리와 순례가 시작되었다. 시온은 그렇게 개와 걸었다. 그러다 가끔씩은 50년쯤 전 남한에 와, 독재 정권 아래서 여러 어려움을 겪던 이 땅의 민중들을 돕고자 했던 한 외국인 신부를 상상해보기도 했다. 그러면 그가 이 땅의 사람들만큼이나 개를 사랑했다는 것도 함께 떠올랐다.

—두부는 애기일 때 신부님과 같이 살던 애예요.

—몇 살일까요?

—그러니까 그게.

수녀님은 머릿속으로 나이를 헤아려보시다 누군가 부르는 소리에 급히 일어나 나갔다. 시온은 종종 두부와 함께 신부님 사진과 설명이 붙어 있는 벽으로 가 나이를 계산하다 말았다. 두부는 여덟 살일 수도 있고 일곱 살일 수도 있고 열 살이 넘었을 수도 있다. 누군가를 언제까지 아가라고 할 수 있을까?

어느 날은 일본 아키타의 한 성당에서 손님들이 오신 적이 있었는데 두부와 두두를 보며 굉장히 반가워하셨다. 그분들 말씀으로는 아키타의 성지 한 곳도 이곳처럼 아키타견들과 함께 순례를 하는 곳이 있다고 하였다. 그곳에는 단지 신부님이 개를 좋아했다는 것보다 훨씬 더 인상적인 일화가 있었는데 그러니까 화제 속에서 성당 신부님들의 목숨을 구한 개가 있었던 것이다. 성당에는 그 개를 기리는 동상도 있다고 한다. 시온이 했던 생각은 '오수의 개'라는 말과 음 그곳에서 일을 하면 어떨까 하는 것과 아키타 성당에는 아키타견 그렇다면 진도에 있는 성당에서는 진돗개를 키우는 것일까 같은 것이었으나 외국에서 온 손님들로 분주한 날이어서 곧 여기저기 불려 다니느라 그런 생각은 곧 관두게 되었다. 그렇지만 동상이 세워진 위대한 개 이야기를 함께 듣고 있는 두부와 두두를 보며 너희는…… 사람을 과연 구할 수 있겠니? 밥을 먹고 신나고 노는 것만 아는데 그런 일을…… 할 수가…… 있나……? 물론 그럴 필요는 없지만…… 아무튼 그것은 개를 좋아하는 신부님이 살았다는 것과는 비교가 안 되는 이야기라고 생각했다. 그 때는 그랬는데 시온은 이제 와 생각하니 근처 성당에 개를 좋아하는 신부님이 살았다는 이야기가 더 좋았다.

그렇게 6개월이 넘게 함께 지낸 두부와 두두가 그림자 개가 되어 몇 년 만에 시온을 찾아왔다. 8월 말이었지만 아직 여름이어서인지 두 마리 모두 혀를 내밀고 헐떡이고 있었다.

두부와 두두는 시온의 두 번째 그림자 개로, 시온의 첫 그림자 개인 피스는 죽고 나서 시온을 찾아왔었다. 피스가 죽고 5년쯤 지나서였을까. 일요일 오후였고 가족들은 친척 결혼식에 가고 왜인지 가고 싶지 않다고 고집을 부려 혼자 집에 남은 열세 살 시온에게 그림자 개가 된 피스가 찾아왔다. 피스는 산책을 가자고 보챘고 시온은 피스와 산책을 했다. 시온은 어떤 것을 그러니까 그림자 개 같은 것을 끝없이 믿는 동시에 그림자 개 같은 것은 당연히 전혀 믿지 않는 척 멀쩡하게 다른 사람들을 흉내 내며 살았고 그것은 열세 살이어도 사람들 속에서 살아가려면 익힐 수밖에 없는 기술 같은 것이었다. 그래서 그림자 개가 피스인 것을 믿지 않을 도리가 없었지만 동시에 그것을 다른 이들에게 이야기할 수 없다는 것도 알았다. 그것은 비밀이 되고 마음속에 깊이 가라앉아 언제든 거리를 걸을 때 개들이 산책을 오는 공원에서 익숙하게 교차하는 목줄과 개들의 무리에서 뒤를 돌면 사라지고 나타나는 순간들을 시온은 눈을 뜨고 바라보지 않을 수 없게 만들었다. 시온은 어느새 다가와 익숙하게 자신의 발 사이로 파고드는 그림자 개를 보고 반가워하기도 전에 혹시 두부와 두두가 죽은 것일까 불안해져 슬픈 마음으로 두 개를 바라보았다. 두 개는 자신들의 두 다리로 시온의 다리 한 쪽씩을 붙잡고 산책을 재촉하고 있었다. 아직 성당 사람들과는 안부를 주고받는 사이니 연락을 해볼까 하는 생각이 잠시 들기도 했으나 핸드폰으로 손을 뻗기도 전에 시온은 개들의 성화에 못 이겨 편한 옷으로 갈아입고 지갑을 배낭에 넣고 운동화를 신고 집을 나섰다.

늦여름의 해는 길고 시온은 개들이 산책을 많이 다니는 동네 공원으로 갈까 하다가 생각을 바꿔 두 마리를 차에 태웠다. 개들은 익숙하게 차에 앉아 창으로 쏟아지는 햇볕과 곧 다가올 쓸쓸한 계절의 냄새를 희미하게 품고 있는 바람을 얼굴에 맞으며 즐거워했다. 뒷좌석을 보지 않아도 알았다. 거기에는 개가 있다. 개들은 즐거워한다. 시온은 오후에서 저녁으로 넘어가는 8월의 어느 하루를 그 시간을 시간이 품은 가능성과 매 순간의 본성을 완전히 느끼고 이해하며 개와 함께 도로를 달렸다. 이제 곧 모두 내려 강가를 걷다가 뛸 것이고 뛰다가 쉴 것이고 쉬다가 다시 걷게 될 것이다.

그날 그림자 개를 만난 이는 시온뿐만이 아니었다. 온양에 사는 태식에게도 그림자 개가 찾아왔다. 태식과 시온은 둘 다 동면자들의 상태를 확인하고 관리하는 동면 가이드로 일을 했는데 두 사람 모두 태식의 형인 태인의 가이드로 일한 경험이 있었다. 먼저 가이드를 한 쪽은 시온이었고 몇 년 뒤 태식은 태인의 제안으로 그의 가이드를 맡게 되었다. 두 사람은 어느 한 시기 함께했고 그리고 이제는 각자의 시간을 살아가고 있다. 하지만 시온은 종종 태식의 존재를 지나칠 정도로 생생하게 느낄 수 있었다. 그것은 그림자 개의 존재처럼 어느 순간 나타나 뚜렷하게 머물다 사라졌다. 물론 그림자 개보다 자주 나타나는 일이었고 이런 순간이 다른 이들에게도 일어나는 그러니까 어떤 사람의 존재가 뚜렷하게 남아 있기 때문에 생기는 무척 평범한 일이라는 것을 잘 알았다. 그런데 왜 그것이 무척 사랑했던 사람이거나 오래 함께한 사람이 아니라 태식인지 알 수 없을 뿐이었다. 그런 방식으로 시온은 종종 태식을 볼 수 있었고 선명하게 그를 느낄 수 있었다.

태식에게 찾아온 그림자 개는 한 마리였다. 태식은 그 개가 어디서 왔는지 짐작조차 할 수 없었다. 정말로 처음 보는 개였다. 그러나 그림자 개는 당연히도 산책을 요구했고 태식은 얼떨결에 개를 데리고 밖으로 나갔다. 작고 약간 말랐지만 긴 몸을 한 그림자 개와 태식은 근처 초등학교 운동장을 걸었다. 개는 운동장을 향해 가는 길에도 몇 번이나 멈춰 서 냄새를 맡고 자신의 냄새를 묻혔다. 운동장에 도착해서는 잠시 걷다가 또 한참을 뛰었다.

태식은 현재도 동면 가이드 일을 하고 있었는데 일의 특성상 대체로 시간을 정해 밖으로 나왔다. 아마 며칠 전이었다면 이 시간에 고민 없이 바로 밖으로 나오기 힘들었을 것이다. 우연이었는지 개가 알고 있었는지 태식이 맡고 있던 동면자들의 동면은 어제로 모두 끝이 났고 새로운 일은 다음 주에 시작될 예정이었다. 오랜만에 이 시간에 산책을 한다고 생각하며 눈앞에 보이는 이 이상한 일 뒤에는 얼마나 알 수 없는 이상한 일들이 엮여 있는 것일까 생각했다. 이상한 일을 가능하게 하는 여러 우연, 그러나 무엇인가 우연이라고 생각하면 그것은 이상한 일도 아니고 여러 일이 엮인 것도 아니고 그저 우연이라는 말로 모두 설명이 가능해진 하나의 현상일 것이다.

태식은 생각이 많고 고민도 많은 편이었지만 비교적 현실적인 사람이라 수상한 일을 믿거나 눈에 보이지 않는 것을 마음속으로 상상하고 그려보는 사람은 아니었다. 그래서 시온과는 달리 그림자 개라는 존재를 어떻게 받아들여야 할지 처음부터 무척 난감해했다. 그러나 그림자 개는 눈에 보이는 것이었고 모든 것이 개와 같았다. 태식은 눈앞에 보이는 것을 눈앞에 나타나 생생하게 움직이는 것을 믿지 않을 수가 없었다. 그림자 개를 따라 걸으며 태식은 어딘가 먼 곳에 개가 있고 그 개가 반사되어 그림자로 나타나는 것이 아닐까 생각했다. 영화 같은 것이라고 할 수 있지 않을까. 어떤 원리로 극장에서 영화를 볼 수 있는지 자세히 설명할 수는 없었지만 극장 좌석에 앉으면 머리 뒤에서 무언가 어둠과 빛의 알 수 없는 움직임과 효과로 촬영된 필름은 돌아가고 어둠 속 스크린으로 영화가 나타나는 것과 비슷한 것 아닐까. 한 걸음 뒤에 개가 있고 태식은 그 개를 볼 수 없지만 개와 태식 사이 스크린이 있고 영화처럼 그 개가 만들어낸 그림자를 보는 것이다. 물론 괜히 뒤를 돌아보았지만 태식의 짐작처럼 개가 있지는 않았다. 아니면 누군가의 그림자놀이일지도 모른다. 가로등 뒤 두 손을 모으고 개의 머리 모양을 만들어내는 사람과 몸통을 만들어내는 사람들. 그러기에 그림자 개는 너무나 개였고 태식은 이 개를 개로 받아들이면서도 먼 곳에 아주 먼 곳에 실제 개가 이처럼 자신과 걷고 있을 것이라 자꾸만 생각하게 되었다. 내가 보는 것은 영화 같은 것이라고 생각하면서 말이다.

개와 태식은 아무도 없는 운동장 안에서 개와 사람 그리고 목줄이 만들어내는 조금 귀여운 그림자가 되어 한참을 걸었다. 운동장을 다섯 바퀴쯤 돈 태식과 개는 학교를 빠져나와 이미 어두워진 시장을 가로질렀다. 시장 안 가게들은 이미 밤이 늦어 모두 셔터를 내렸고 문은 닫혀 있었지만 어디선가 잘 익은 과일 냄새 기름 냄새 닭 비린내 같은 것이 분명하고 낮게 떠돌고 있었다. 개는 여러 번 멈춰 서 냄새를 맡았고, 10분이면 지나갔을 길을 30분도 넘게 걸려서 지나갈 수 있었다. 태식은 시장을 빠져나와 개가 이끄는 대로 골목골목을 따라 걸었다. 대충 어디인지는 짐작이 갔지만 실제로 들어가본 적은 없는 골목 구석구석을, 비슷해 보이는 집과 집 들을 천천히 지나쳐 걸었다. 개는 무언가를 찾는 것처럼 살폈고 완전히 어두운 곳에서는 개의 모습이 보이지 않았고 가로등 아래에서 집의 불빛이 새어 나오는 창 아래에서 개의 모습은 드러났다. 그러나 어둠 속에서도 개의 발이 지면과 닿으며 내는 발소리는 일정하게 들려왔고 개는 가끔 낑 소리를 냈다. 태식은 어둠 속에서도 개가 있다는 것을 알았다. 그렇게 한참을 골목을 걷던 개는 3층으로 된 다가구주택 앞에서 멈춰 섰다. 하나. 그림자 개는 그림자로 된 개다. 둘. 그림자 개는 산책을 한다.

셋.
그림자 개는 그때부터 낮은 목소리로 위협적이게 짖기 시작했다.

태식은 그림자로 된 목줄을 당겼지만 개는 골목 초입을 향해 맹렬히 짖었다. 오른손으로는 목줄을 잡고 왼손은 벽을 짚고 조금씩 고개를 내밀었을 때 태식이 본 것은 긴 그림자를 한 어떤 존재였다. 얼마나 큰 존재인지 그림자만으로는 짐작이 가지 않으나 무척 길고 큰 존재임이 분명했다. 긴 망토를 입은 자로 보였는데 그림자의 색이 보통 사람들과 다르게 선명한 것이 아니라 탁하게 보였다. 태식은 뒤꿈치를 들어 골목 초입 집의 담

너머를 살펴보았지만 그자의 모습은 보이지 않았고 그자가 대체 어떤 존재인지 얼마나 크고 어떤 자세를 하고 있는지조차 도무지 짐작이 가지 않았다. 그때 언제 나타났는지 태식이 서 있던 집 마당에서 고양이 두 마리가 튀어나와 골목 초입을 향해 털을 바싹 세우고 으르렁거렸다. 그게 고양이도 으르렁거리는구나 개의 으르렁 소리와 비교가 안 되게 준엄한 꾸짖음이었다. 그 탁한 그림자의 존재는 서서히 태식이 있는 골목을 향해 다가왔고 개와 고양이는 바싹 긴장한 채로 으르렁거리며 위협했다. 골목의 다른 고양이들도 함께 튀어나와 으르렁거렸고 대치된 공간과 시간에서 태식은 막연히 저자가 누군가를 해치러 온 자구나 저 탁한 그림자는 다른 이의 목숨을 빼앗으려는 것이구나 느낄 수 있었다. 한참을 맹렬히 짖던 고양이 한두 마리가 어느샌가 소리도 없이 사라지고 마지막까지 으르렁거리던 두 마리의 고양이도 집 안으로 사라지고 나자 개는 걸음을 떼고 왔던 길을 되짚어 갔다. 탁한 그림자의 존재가 있던 담에는 검게 그을린 자국이 남아 있었고 담을 넘어 뻗어 있던 나뭇가지들은 새카맣게 타 있었다. 저 집에 사는 누군가를 데려가려 한 것이 틀림없어. 태식은 자신이 이런 생각을 한다는 것이 황당했지만 실제로 눈앞에서 본 것을 믿지 않을 도리가 없었다. 우리는 그것을 보았다. 그림자뿐이었지만 우리가 본 것이 바로 그것이었고 우리에게 나타나 펼쳐진 것이 바로 그림자였다.

시온은 주차장에 차를 주차하고 두 마리의 개도 차에서 내렸다. 손에는 그림자로 된 목줄이 쥐여졌다. 두부와 두두는 정겨운 착착착 소리를 내며 강을 따라 걸었다. 짙은 오렌지색 노을은 강을 물들이고 아직 여름이지만 곧 쓸쓸한 계절이 다가온다는 것을 멀리서 천천히 다가오는 바람이 말하고 있었다. 강의 다리 아래를 지날 때는 거대한 다리의 그림자가 개들을 감추었고 그러나 시온은 개들이 함께 있는 것을 거기 있다는 것을 온몸이 팽팽해질 정도로 확실히 느낄 수 있었다. 맞은편에서 반가운 표정으로 다가오는 개들은 시온의 주변에서 그림자 개들의 냄새를 맡고 개들은 서로 인사를 하였다. 서로 냄새를 맡으며 즐거워하던 개들은 주인이 목줄을 당기자 발길을 돌렸다. 그러고는 서로 아쉬워하며 뒤를 돌아보며 지나갔다. 강을 따라 걸으며 서서히 주변은 어두워졌고 어두워지기 시작하자 익숙해질 틈도 없이 금세 그림자 개의 모습은 사라지고 그들의 익숙한 발소리만이 시온을 따라다녔다.

한참을 걸었을 때 시온은 더 이상 발소리가 들리지 않는다는 것을 익숙한 발소리도 다정하게 앓듯이 내는 끙 소리도 들리지 않는다는 것을 알았다. 불빛이 있는 곳으로 되돌아갔을 때도 두부와 두두가 없다면 너무나 서글플 것 같아 다리 아래 어둠 속에서 조금 무섭다고 생각하면서도 가만히 서 있었다. 피스가 어떻게 산책을 마치고 자신의 여행을 떠나갔는지 떠올려보려 했지만 오늘처럼 늦여름의 오후였다는 것 일요일 오후 너무나 부푼 마음으로 그리워하던 피스와 함께 산책을 했던 것만이 떠오를 뿐이었다. 오후의 시간이 그 순간순간이 어떤 색과 빛으로 자리를 옮기는지 공기와 냄새가 어떠했는지 열세 살의 시온은 생생히 느낄 수 있었다. 시온은 잘 외우고 있었다. 마치 매일같이 연습했던 것처럼 오래전 기억이 선명하게 떠올랐다. 우리가 기억해야 할 특성은 세 가지예요. 하나. 그림자 개는 그림자로 된 개다. 둘. 그림자 개는 산책을 한다. 셋. 그림자 개는 짖는다. 우리가 기억해야 할 것이 무엇인지 알아요. 우리가 기억해야 할 것은 눈을 감았다 뜨면 우리에게 다가오는 것으로 하나…… 그림자 개는 둘…… 우리와 함께…… 숨을 크게 들이마시고……

셋.
눈을 떠.

맞은편에서 희고 큰 개가 주인과 함께 다가와 시온을 보고 작게 한 번 짖었다. 시온은 셋 그림자 개는 짖는다 속으로 중얼거리며 왔던 길을 되돌아 걷기 시작했다. 두 마리 개와 함께 걷던 길을 혼자서 천천히 걸어갔다. 긴 산책을 그 순간들을 곱씹으며 걸었는데 그저 걷기만 했던 방금 전의 순간들이 생생하게 자신 안에서 만져지고 냄새 맡을 수 있었다. 바람의 냄새와 빛의 색을 되살릴 수 있었다. 한참을 걸어 주차장에 도착해 차를 몰아 집으로 돌아왔다. 그곳에 개 두 마리가 앉아 있었던 것을 시온은 개와 함께 늦여름 오후의 시간을 보냈던 것을 잊지 않는다. 그것은 첫 그림자 개였던 피스와의 산책처럼 마음 깊은 곳에 비밀로 남아 생생하게 존재한다. 집에 도착해 씻고 잠을 자려 누웠을 때 내일은 성당 사람들에게 연락을 해보아야겠다고 생각했다. 시간 날 때 두부와 두두를 보러 가보는 것도 괜찮겠는데 생각하며 잠이 들었다. 우리가 동시에 다른 방식으로 존재할 수 있다는 것을 그러니까 두부와 두두는 성당에 있으면서 시온을 찾아온 것이라는 것을 시온은 잘 알고 있었다. 서서히 몸의 긴장이 풀리고 오래 걸어 다리가 조금 아팠지만 어깨와 팔다리의 긴장이 풀리며 기분 좋게 잠이 들었다.

그림자 개의 특성은 세 가지입니다. 시온은 그게 무엇인지 알면서도 그 순간은 입이 잘 떼지지 않아 옆에 있는 사람에게 그게 무엇이요? 물었다. 질문을 할 때도 말이 나오지 않아 마음속으로 정신을 집중하여 텔레파시로 물어야만 했다. 가위에 눌린 것일까 아무래도 그렇겠지? 생각하며 열심히 정신을 집중하여 물었다. 그때 어디선가 들어본 낮고 익숙한 목소리가 라디오 진행자처럼 차분하게 말했다. 네, 제가 그림자 개에 관해 알고 있는 것을 이야기해드리겠습니다. 그림자 개라는 존재가 가진 특성은 세 가지라는 것입니다. 낮고 조금 거친 느낌이 있지만 신중한 목소리였고 시온은 익숙한 그 목소리에 귀를 기울였다. 첫번째로는 하나. 그림자 개는 그림자로 된 개라는 것입니다. 그다음은 둘. 그림자 개는 산책을 합니다. 셋. 그림자 개는 짖습니다. 눈을 뜨기 전에 기억해야 할 것이 있습니다. 우리가 기억해야 할 것은 우리가 무엇과 연결되어 있는지 우리가 무엇을 볼 수 있는지 우리가 무엇을 받아들일 수 있는지 하는 것입니다. 우리가 기억해야 할 것은 눈을 감았다 뜨면 우리에게 다가오는 것으로 눈을 뜨기 전에 우선 천천히 숨을 들이마셨다가 내뱉으며 하나…… 그림자 개는 둘…… 무엇보다 우리에게 산책을 요구하며 숨을 내쉬고 이제.

셋.
눈을 뜨세요.

태식은 예정대로 동면을 마친 시온의 상태를 점검하였다. 매뉴얼대로 수치를 보고 문제가 없음을 확인하였다. 눈을 뜬 시온에게 필요한 조치를 취하고 시온의 표정을 살폈다.

—이제 일어난 거야. 아무 문제 없어.
—근데 내가 신기한 걸 봤는데 말이야.
—뭘 봤는데?

동면이 끝난 사람들은 보통은 그저 잠에서 깨어난 것처럼 자연스럽게 일어나는 경우가 가장 많았다. 그러나 긴 꿈을 꾸는 사람들도 드물지만 있었고 어떤 경우는 동면이 기억에 어떤 작용을 하는 것인지 없었던 일을 겪었다고 믿게 하거나 기억에 사소한 오류를 만들기도 했다. 태식은 가이드로 일하는 시온이 이것을 모를 리 없다고 생각했다. 아마 동면에서 깨어나 서서히 익숙해지면 지금 본인이 하는 말을 신기하게 생각하거나 조금 우습다고 여길지도 몰랐다. 시온은 아직 잠에서 덜 깬 얼굴로 그런데 조금은 흥분한 표정으로 동면 기간 동안 꾼 꿈에 관해 이야기하기 시작했다.

—아니 어떤 성당에서 개와 함께하는 성지순례를 운영하는 거야. 내가 그 담당자였는데 어느 날은 개와 함께 동네를 산책하다가 어떤 가족이 사는 집에 수상한 그림자가 기다리고 있는 것을 보게 되었고…… 그 그림자는 굉장히 크고 서늘하고 무서웠어. 누가 보아도 사신 같은 그림자였는데 나는 보자마자 무서워서 몸이 떨렸고 그런데 나와 함께 있던 개가 그 개는 그냥 평범한 그런 시골 개였는데 갑자기 막 맹렬하게 이를 드러내고 짖는 거야. 한참을 마구 짖었는데 그게 효과가 있었는지 그 죽음을 달고 다니는 것 같은 그림자가 반대편으로 서서히 사라졌어. 나는 그제서야 개와 같이 성당으로 돌아왔는데 신부님께 이 이야기를 하니까 신부님이 나와 개를 데리고 기도를 해주셨어. 성수를 뿌려주셨고 그때부터 갑자기 긴장이 풀려서 그전까지는 괜찮았는데 갑자기 긴장이 풀리더니 다리에 힘이 들어가지 않는 거야. 주저앉았고 성당 바닥에 누워서 눈을 감고……

태식은 시온의 몸을 일으켜 필요한 약을 주었다. 방금 전까지 잠을 자던 시온의 얼굴은 단정하고 평화로웠다. 그러나 우리가 누군가의 얼굴을 오래도록 바라볼 때 변화 없는 그 얼굴은 늘 무슨 이야기를 하는 것만 같았고 그 때문에 태식은 가이드 일을 하는 동안 동면자의 얼굴을 오래 바라보지 않는 편이었다. 이것은 태식만 그런 것이 아니라 동면 가이드 일을 하는 사람들이 공통적으로 이야기하는 해당 일의 특징이기도 했다. 그래서 아는 사람의 가이드 일을 맡지 않는다고 말하는 이들도 많았다. 태식도 자격증을 딸 때만 해도 그럴 결심을 하였으나 일의 시작이 형인 태인이었고 막상 형의 가이드 일을 맡고 보니 일은 역시 일일 뿐이라는 것을 알게 되었다. 그럼에도 모르는 사람의 가이드를 더 선호하기는 했으나 아는 이의 의뢰를 피하지도 않게 되었다. 태식은 형의 가이드 일을 하며 시온을 알게 되었고 그 이후로 한동안 만나지 못하다가 몇 년 만에야 시온의 가이드 의뢰로 만나게 된 것이었다. 약을 삼키고 미지근한 물을 천천히 마시던 시온은 아직 생각나는 것이 있는지 급한 목소리로 이야기를 이어나갔다.

—눈을 감고 있는데 신부님이 내 이마에 손을 얹고 숨을 천천히 크게 들이마시라고 하는 거야. 나는 무서운 것을 보고 난 후니까 막 몸이 긴장되어서 그 말대로 하는 것도 잘 안 되고 아무튼 그냥 누운 채로 숨을 헐떡이면서 숨을 천천히 들이마시려고 애쓰고 있을 때였는데…… 내 옆에는 개가 있고 신부님이 내 이마에 손을 얹고 그 옆에는 수녀님이 오셔서 내 손을 잡으시면서 무서운 것을 보았을 때 기억해야 할 것이 있다고 천천히 말해주시는 거야. 그 목소리가 너무나 평화롭고 신뢰가 가는 그런 목소리였어. 천천히 설명해줄 테니 잘 들어보세요. 이렇게 말씀하셨는데…… 우리가 우리 자신과 세상을 연결하는 끈이 느슨하다고 느껴질 때 기억해야 할 것이 있습니다. 첫째로 하나 눈을 감고 당신을 찾아오는 이를 떠올리세요. 둘. 그들은 당신을 산책으로 이끌 것입니다. 그렇게 하나 둘 셋을 셌는데.

—세번째는 뭔데?
—셋.

셋.
눈을 떠.

동면이 끝난 시온은 태식의 가이드로 필요한 약을 먹고 서서히 생활로 돌아가기 위한 준비를 했다. 며칠 후 몸이 많이 회복되어 시온과 태식은 천천히 집 주변을 걸었다. 오랜만의 산책이었다. 태식은 시온에게 동면에서 깨어나자마자 했던 이야기를 기억하느냐고 물었다.

—그럼 기억하지. 옛날이야기 같다고 생각했거든 동면하면서도. 개들이

정말로 사신을 쫓는구나, 그렇게 생각했어.

정말로 사신을 쫓는구나, 그렇게 생각했어.

아직 다리에 힘이 부족한 시온은 천천히 걸음을 옮겼고 시온과 태식의 옆으로 두 마리의 그림자 개가 여자애 한 명과 함께 지나갔다. 여자애는 앞으로 손을 뻗어 목줄을 쥔 상태로 두 마리의 그림자 개와 산책을 하고 있었다. 여자애는 낯이 익은 얼굴이라 말할 수는 없었지만 뿌듯함과 설렘을 띤 얼굴이었고 그런 얼굴은 보는 이들에게 각자의 시간 속에서 벅찬 감정을 살펴보게 하였다. 그렇게 서로의 지난 시간을 펼치다 바라보는 여자애의 얼굴은 어느새 친근하고 다정한 얼굴이 되었고 서서히 자신이 갈 방향으로 멀어져갔다. 태식과 시온은 두 사람 앞으로 천천히 사라져가는 여자애와 그림자 개를 보았다. 태식이 시온을 처음 만났을 때 시온은 마른 사람이지만 어깨가 넓고 강인한 느낌이었고 태식은 시온과 멀어진 이후로도 문득 시온의 어깨가 떠오를 때가 있었다. 태식은 시온의 어깨를 내려다보며 그때를 떠올렸다. 태식은 그 시간을 떠올리다 여전히 단단해 보이는 시온의 어깨에 손을 올리고 시온은 그와 동시에 어릴 때 외고 외워본 적 없던 주기도문처럼 오랫동안 잊고 있던 문장을 선명하게 떠올렸다. 하나…… 그림자 개는 둘…… 우리에게 연결된 시간을 생각하다가…… 그들이 이끄는 대로 숨을 크게 들이마시고 내쉴 때. 태식은 시온의 어깨에 손을 올린 채 장난처럼 귀에 대고 왈! 하고 개 짖는 소리를 흉내 내었다.

셋.
눈을 떠.

작품 해설

'그림자 개'가 찾아오면 돌봄 산책을

오창은 문학평론가, 중앙대학교 다빈치교양대학 교수

1. 자유로운 개들이 희생되었다

누렁이, 복실이, 검둥이, 그리고 강아지들.

하근찬의 소설 「산울림」(『사상계』, 1964년 1월호)에 나오는 개들의 이름이다. 이 소설에서 실질적인 주인공은 개들이다. 소설 속 배경인 산중 마을은 '임진왜란 때도 아무 일이 없었던' 평화로운 곳이었다. 누렁이는 종덕이네, 복실이는 윤이네, 검둥이는 용갑이네 개지만, 마을 구성원이기도 하다. 개들은 마을과 들판을 마음대로 자유롭게 쏘다닌다.

한국전쟁은 산속 깊은 마을의 평화를 깨뜨린다. 국군과 인민군이 차례로 마을에 들어오고, 마을은 이전까지는 경험하지 못했던 폭력 앞에 놓인다.

처음에는 검둥이가 희생을 당한다. 한국전쟁 초기 국군 패잔병 둘은 마을에 들어섰다가, 시끄럽게 짖어댄다고 개들에게 총질을 해댄다. 불행히도 검둥이가 총에 맞아 죽었다. 마을의 최고 어른인 손 노인은 "살생을 삼가"해야 하고 "비록 하찮은 개라도 함부로 죽여서"는 안 된다고 군인들을 훈계

한다. 복실이와 네 마리의 강아지들이 그 다음에 희생을 당했다. 세 명의 인민군이 밤에 마을에 들이닥쳐 보호본능으로 유난히 사납게 짖어대던 복실이에게 총을 쏘면서 강아지들까지 죽인다. 마을에는 누렁이와 강아지 한 마리만 남게 된다. 인민군들이 물러간 이후, 손 노인은 "용케 암컷이 한 마리 살아남았다"면서 연민의 감정을 표현한다. 손 노인은 강아지가 어서 자라 다시 마을에 평화가 깃들기를 기원한다.

「산울림」은 문명으로부터 동떨어져 있던 마을의 평화로움을 복실이, 누렁이, 검둥이의 모습에 투영해 그려냈다. 개들의 죽음은 한국전쟁의 잔혹함을 상징적으로 표현하기 위한 설정이다. 전쟁의 폭력성, 군인들의 생명 경시를 개들의 희생을 통해 우회적으로 비판했다. 「산울림」은 전체적으로 동화적이면서도 설화적이다. 특히, 이 작품에서 인간과 개들이 공존하는 모습이 인상적이다. 예전 시골 마을 공동체에서 개들은 마을 공동체의 자연스러운 일원이었다. 묶어서 키우지 않았으며, 이곳저곳을 기웃거리며 마을을 자유롭게 돌아다녔다. 개들은 마을 사람들과 함께 사는 존재였다. 한국전쟁으로 인해 자유로운 개들이 인간 대신 희생되었다. 종덕이는 누렁이에게 자신을 투영하고, 윤이는 복실이를 자신과 동일시한다. 인간과 개는 서로 연결되어 있는 생명 공동체에 속했다.

1960년대 개와 관련한 풍경이 「산울림」에 나타난다면, 2020년대에는 반려견의 풍경으로 바뀌어 박솔뫼의 「믿음의 개는 시간을 저버리지 않으며」에 잘 나타나 있다. 박솔뫼의 소설은 개와 인간의 관계, 마음의 치유와 보살핌, 그리고 생명의 감수성을 일깨운다. 소설 속 개는 '그림자 개'라는 특이한 존재로 재창조되어 독특한 개성을 발산한다.

2. 개들이 이야기를 만든다

「믿음의 개는 시간을 저버리지 않으며」에는 시온과 태식, 개들이 등장한다. 이 소설은 시온과 태식의 서사이자, 인간과 개에 관한 이야기다. 그리고 인간과 개의 관계, 마음의 치유에 관한 소설이기도 하다.

초반부는 '그림자 개'에 대한 설명에서 시작한다. 그림자 개가 사람에게 찾아오면, 그 사람은 "건강한 긴장감을 잃"은 위기 상태라고 할 수 있다. 그림자 개는 산책도 하고 짖기도 하기에 보통 개와 같지만, 그림자로만 되어 있어 기이한 존재다. 시온에게 그림자 개 '두부와 두두'가 8월 어느 늦여름 오후에 찾아온다. 시온은 이미 열세 살 때 그림자 개를 만난 적이 있었다. 그 개는 '피스'였다. '피스'는 죽은 지 5년 만에 혼자 집에 있던 시온을 찾아와 산책을 요구했었다.

태식은 다른 경험을 한다. 태식에게는 처음 보는 그림자 개가 나타나 산책을 요구한다. 그는 "얼떨결에 개를 데리고 밖"에 나가게 된다. 태식은 그림자 개라는 존재를 어떻게 받아들여야 하나 고민하면서도, 그냥 존재 자체를 받아들이기로 했다. 산책하면서, "탁한 그림자의 존재"와 만나게 된다. 그 존재는 누군가의 목숨을 위협하려는 것처럼 보였는데, 그림자 개와 고양이가 합심해 그들을 쫓아낸다. 태식의 경험은 시온의 꿈과도 겹쳐진다. 시온은 꿈속에서 "죽음을 달고 다니는 것 같은 그림자"를 그림자 개와 함께 쫓아냈다.

이 소설은 그림자 개의 이야기이자, 그림자 개를 만난 사람들의 이야기이다. 그림자 개라는 기이한 존재와 소설 속에 등장하는 기이한 행위인 동면 여행은 깊이 연관되어 있다. 생명을 위협하는 으스스한 느낌을 자아내는 '탁한 그림자 존재'도 그림자 개의 세계 속에 있다. 시온과 태식은 그림자 개를 통해, 실제 경험 세계와는 다른 세계와 만난다. 다른 세계와의 만

남은, 자신이 속한 세계와 거리를 두는 것에서 시작된다. 자기 세계에 매몰된 상태에서는 자기 위안도, 치유도, 새로운 관계의 형성도 이뤄지지 않는다.

소설 속 인물들은 고립되어 있다. 주요 인물인 시온과 태식도 단독자로서 존재한다. 타인과의 관계에서 참여하고 어울리기보다는 떨어져서 혼자 일한다. 이는 소설에서 시온과 태식의 특이한 직업과도 관련이 있다. 둘 다 '동면 가이드' 일을 한다. 자격증이 필요한 직업으로, 동면에 들어간 사람들의 상태를 확인하고 관리하는 것이 주요 업무다. 시온은 태식의 형인 태인의 가이드로 일했었고, 몇 년 뒤에는 다시 태식이 태인의 제안으로 시온의 가이드를 맡았다. 동면에 들어간 사람들을 관리하는 직업은 조용하면서고 고요한 상태를 상상하게 한다. 그림자 개가 시온과 태식을 찾아오는 것도 동면 가이드라는 그들의 직업과 연관이 있다. 둘은 그림자 개로도 연결되어 있고, '탁한 그림자'를 목격했다는 공통점도 있다.

박솔뫼의 다른 소설에서도 '동면' 모티프가 등장한다. 그의 소설 「건널목의 말」에서도 '인간의 먼 조상들은 동면을 했다'는 동물학자의 주장이 등장한다. 바쁜 일상 속에서 잠시의 시간마저도 소중하게 쪼개서 쓰는 현대인에게 '동면'은 매력적인 상태이자, 미래의 가능성에 대한 상상을 자극한다.

'동면 가이드'는 그림자 개라는 존재와 연결된다. 사람들은 때때로 "시간과 마음의 연결이 약해"질 수 있다. 이러한 상황에 처하면, 사람들은 '건강한 긴장감'을 잃게 되고 '깊은 슬픔'에 빠져들게 된다. '깊은 슬픔'은 현대인이 앓는 '우울증'이며, 일상생활에서 의욕을 상실할 때 느끼는 무력감이기도 하다. '시간과 마음'의 연결이 약해질 때, 바로 그림자 개가 찾아온다.

형체는 없고 그림자로만 된 개가 나타나 산책하자고 조른다. 그림자만 있는 개가 소리를 내 짖는다. 그런 상황을 목격하면 어떤 느낌이 들까? 기괴한 분위기에 압도될 것이다. 영국 비평가 마크 피셔는 『기이한 것과 으스스한 것』(구픽, 2015)이라는 저서에서 '공포나 두려움'과 다른 감각을 이야기한다. 그는 '기이하고 으스스한' 감각이 "무서운 것이 아니라 낯선 것"이고, 그래서 "통상적인 개념이나 인식, 경험을 뛰어넘어 존재하는" 외부세계에 대한 매혹을 포함한다고 했다. 기이하다는 감각은 대상에 대한 이해가 충분하지 않아 '불가능한 형태로 존재'할 때 느끼게 된다. 으스스하다는 감각은 '없어야 할 것이 있거나, 있어야 할 것이 없'을 때 생겨난다. 그림자 개는 '기이하고 으스스한 감각'을 불러일으키는 존재다. 존재해야 할 것이 없거나, 없어야 할 것이 존재하는 것은 '존재의 오류' 상태이다. 이 상태에서 질서는 부정된다. 기존에 정상적이었다고 생각했던 것들이 뒤흔들어지기에 기이하고 으스스한 감각이 발생한다. 그림자 개는 '존재의 오류'를 확인시켜주면서, 그 혼돈으로부터 인간을 위로해준다.

시온과 태식도 그림자 개가 나타나자, 공포심을 갖기보다는 그 자체를 받아들인다. 그림자 개는 '생각지도 못한 때' 등장하고, 우연과 같은 만남 이후에 갑작스럽게 모습을 감춘다. 둘은 그림자 개와 자연스럽게 산책을 나서고, '시간과 마음의 연결'을 회복하는 치유의 경험을 한다.

3. 그림자 개는 정신의 동면 상태에서 나타난다

나는 처음 그림자 개라는 구절을 보고 '그림자 노동'이 연상되었다. 그림자 노동은 이반 일리치가 쓴 표현이다. 이반 일리치는 『그림자 노동』(사월의 책, 2015)에서 산업사회의 임금노동과 대비되는 '무급 노동'에 대해 이야기했다. 무급 노동은 그림자 노동이라고도 불리는데, 대표적인 예가 '가사 노동, 장보기, 학생들의 벼락치기 시험공부, 직장 통근 등'이다. 그림자 노동은 신비화의 과정을 거쳐 근대 임노동체제를 유지하는 데 동원되었다. 그림자 노동은 돌봄 노동의 다른 모습이기도 하다. 돌봄 노동은 근대사회에서 복지 서비스로 공급되지만, 근본적인 한계를 지닌다. 돌봄을 제도화함으로써, 근대사회는 오히려 인간의 삶을 제도적 틀에 가두었다. 돌봄의 제도화는 '건강의 의료화, 배움의 제도화, 위험의 의료화 등'이 대표적인 예로 꼽힌다.

박솔뫼의 「믿음의 개는 시간을 저버리지 않으며」에 등장하는 개들은 '그림자 노동'을 하는 개들이다. 기이하고 으스스한 존재들이지만, 근대산업사회에서 제도화 과정에서 변질되고 있는 '돌봄'의 문제를 근본적으로 환기한다.

'두부와 두두'의 예를 살펴보자. 두부는 흰 시골 개이고, 두두는 큰 골든 레트리버. 시온은 두부와 두두를 전북에 있는 성당 부속 기관에서 근무할 때 처음 만났다. 두부와 두두는 성당에서 기르는 개들이었고, 성지순례 온 신자들과 함께 산책을 했다. 시온은 6개월이 넘게 하루 네다섯 시간 두부와 두두와 붙어 지냈기에 특별히 각별한 사이였다. 두부와 두두가 몇 년 만에 다시 그림자 개가 되어 시온을 찾아왔다. 소설 속에서 시온의 상태는 직접적으로 기술되어 있지 않다. 시온은 '8월 어느 늦여름의 오후'에도 일을 하고 있었다. 늦은 여름의 오후 해가 '호박수프' 같았는데도, 시온은 '시간과 마음의 연결이 점점 약해지고 있다'는 사실도 모르고 일을 하고 있었다. 그래서 '두부와 두두'가 시온을 돌보러 찾아온 것이다. 시온은 그들을 차에 태우고는 멀리 강가로 가서 긴 산책을 한다. 산책 과정에서 시온은 "시간이 품은 가능성"과 "매 순간의 본성을 완전히 느끼고 이해"하는 치유의 과정을 거치게 된다. 소설에서는 일본 아키타견과 전북 오수의 개가 등장한다. 이키타견과 오수의 개는 인간을 구원한 이야기를 품고 있는 개들이다. 시온은 아키타견을 생각하며 두부와 두두에게 "너희는…… 사람을 과연 구할 수 있겠니?"라고 말했는데, 실은 두부와 두두는 이미 시온을 찾아옴으로써 구원자의 역할을 하고 있었다. 시온이 '두부와 두두'를 데리고 산책한 것처럼 보이지만, 실은 '두부와 두두'가 시온을 위기의 순간에서 보살펴준 것이다.

잠깐 등장하는 시온의 기억 속 '피스'도 인상적이다. 시온은 여덟 살 때 피스와 이별했다. 피스는 죽고 난 후 5년이나 지나서 그림자 개가 되어 찾아왔다. 열세 살이 된 시온은 그림자 개 피스와 산책한 일을 다른 사람에게는 비밀로 해야 한다는 사실을 알 만큼 성숙했다. 시온은 피스와 산책한 일을 '마음속 깊이' 비밀로 간직하게 되었고, 세상 속에서 살아가는 기술 익히는 과정을 거쳤다. 시온은 피스와 비밀을 공유함으로써, 과거에 '피스'를 상실함으로써 마음에 새기고 있던 상처를 치유했다.

태식을 찾아온 그림자 개도 마찬가지다. 태식에게 나타난 그림자 개는 "정말로 처음 보는 개"였기에, 과거에 태식과 인연이 있었던 개는 아니었다. 태식이도 "아마 며칠 전이었다면 이 시간에 고민 없이 바로 밖으로 나오기" 힘들었을 바로 그때 그림자 개가 찾아왔다. 맡은 일이 끝나고 새로운 일이 시작되기 전, 그 휴식의 시기에 그림자 개는 태식에게 산책을 권유한 셈이다. 그 개는 "작고 말랐지만 긴 몸"을 하고 있었고, 태식은 그 개와 함께 "근처 초등학교 운동장"을 산책했다. 이 낯선 경험에 대해 태식은 "어둠과 빛의 알 수 없는 움직임과 효과"처럼 그림자 개가 나타난 것이라고 생각했다. 더불어 "오랜만에 이 시간에 산책을 한다"고 느끼며, 자기를 되볼아보는 느긋한 시간을 보낸다. 태식은 그림자 개와 함께 극적인 상황에 처하기도 한다. 그림자 개가 산책 도중 "3층으로 된 다가구주택 앞"에서 "긴 그림자를 한 어떤 존재"를 향해 맹렬하게 짖었다. 그림자 개가 짖자 고양이 두 마리도 나타나 '긴 그림자'를 향해 준엄하게 꾸짖듯이 으르렁거렸고, 다른 고양이들까지 가세했다. 모두들 합심해 "탁한 그림자의 존재"를 퇴치한다. 태식은 그 '탁한 그림자'가 "누군가를 해치러" 왔다가 쫓겨났다고 생각하며 안도한다. 이 사건을 통해 그림자 개가 생명을 지키고, 생명을 돌보는 역할을 하는 존재임이 드러난다.

　시온은 동면 여행 과정에서도 그림자 개를 만난다. 시온의 동면 여행 가이드를 태식이 맡아주었다. 시온은 동면 여행에서 꾼 꿈속에서 태식이 경험했던 것과 같은 극적 사건을 겪는다. 시온은 어느 날 성당 개와 함께 동네 산책을 갔다가 어떤 가족이 사는 집에 '수상한 그림자'가 기다리고 있는 것을 보았고, 함께 산책을 나섰던 개가 맹렬히 짖어서 "죽음을 달고 다니는 것 같은 그림자"를 쫓아내는 것을 지켜보았다. 그림자 개는 시온 옆에서 시온을 보살펴주고, 또 누군가를 보호해준 것이다. 시온은 개와 함께 성당으로 돌아와 신부님께 그 이야기를 하다 탈진하고 만다. 신부님은 시온에게 성수를 뿌려주고 기도를 해주었고, 수녀님은 손을 잡고는 "평화롭고 신뢰가 가는" 목소리로 깊은 위로를 해주었다. 꿈속에서 겪은 일이지만 시온은 "세상을 연결하는 끈이 느슨하다"고 느끼는 순간에 그림자 개로 인해 구원을 받았다.

　태식이 그림자 개와 산책하는 과정에서 겪은 '긴 그림자' 퇴치와 시온이 동면 여행 과정에서 꾼 꿈에서 '수상한 그림자'를 쫓아냈던 것에 주목해보자. 그림자 개는 그림자로 되어 있고, 산책을 요구하고, 짖는다는 특성을 갖는다. 산책은 다른 세계로의 진입이다. 박솔뫼는 단편 「매일 산책 연습」에서도 시간으로의 산책 모티프를 활용했다. 그렇다면, 동면 여행은 어떨까? 동면 여행은 첫째 "눈을 감고 당신을 찾아오는 이를 떠올리"는 것에서 시작한다. 둘째는 "그들이 산책"으로 이끌고, 셋째는 "하나 둘 셋"을 셌을 때 "눈을 떠"라는 것이다. 그림자 개의 등장과 동면 여행은 둘 다 '시간과 마음의 연결'이 약해지거나, '자신과 세상의 연결이 느슨'해질 때 이뤄진다. 그림자 개와의 만남과 동면 여행은 경이로운 체험으로 이끈다. 둘은 기존 관계의 재설정이자, 마음과 시간을 연결시키는 치유의 경험이다. 그렇기에 그림자 개는 '마음을 돌보는 개'이고, 동면 여행은 '마음 치유를 위해 스스로에게 하는 처방'이다. 그림자 개는 그림자 노동으로서, 돌봄을 상징화한 것으로 해석이 가능하다.

4. 돌봄은 생명의 감수성을 확장한다

「믿음의 개는 시간을 저버리지 않으며」를 읽으면서, 나도 그림자 개가 찾아온 경험을 했다. 그 개의 이름은 '백구'다. 내가 일곱 살 때, 해남의 시골집에서 키우던 복실이가 새끼를 낳았다. 나는 부모님께 그 새끼들 중 하나를 나에게 달라고 졸랐다. 내가 특별히 보살피는, 나와 각별한 관계를 만드는 개가 갖고 싶었다. 오물조물하던 강아지 백구는 나와 함께 성장했다. 백구가 커가는 과정을, 내가 백구에게 먹이를 주면서 보았다. 백구는 당연히 묶어놓지 않고 풀어서 키웠고, 내가 밖으로 나서면 항상 내 옆을 지켰다. 학교에 갈 때, 백구를 몰아세우며 다시 집으로 돌려보낼 때면, 백구가 내게 보내던 의아해하는 눈빛이 잊혀지지 않는다. 어느 순간 나와 백구는 대등한 관계가 되었고, 형제처럼 평등해졌다. 내가 만져주면 백구는 온몸으로 좋아했고, 백구가 나를 핥아주면 내 몸에서도 찌릿찌릿한 감각이 생겨났다. 일곱 살부터 열 살 때까지 나는 백구에게 말을 걸었고, 백구는 말을 알아들은 듯이 행동으로 호응했다. 내가 살아오면서, 백구 말고 동물과 온전히 평등한 관계를 맺었던 적이 있었을까? 내가 갖고 있는 동물에 대한 생명의 감수성은 백구에게서 비롯되었다. 나는 백구고, 백구도 나일 수 있다는 감수성 말이다. 내가 열 살 때 광주로 이사오면서 백구와 헤어졌다. 그리고 한때는 까맣게 잊고 있다가, 「믿음의 개는 시간을 저버리지 않으며」를 읽으면서, 백구가 그림자 개가 되어 나에게 오는 듯한 느낌을 받았다.

인간이 개와 함께 살아가는 풍경은 근대화 이후 바뀌었다. 내가 해남 시골집에서 살 때와 광주 도시로 이사와 살 때, 개를 대하는 방식이 달라졌듯이 말이다. 시골에서는 결코 개를 방 안으로 들이지 않는다. 하지만, 광주에서는 인간과 개가 함께 실내에서 생활하는 장면을 목격했다. 대신 도시의 개들에게는 자유가 없었다. 집 밖에서는 목줄과 입마개를 하고 산책을 할 수 있었다. 시골에서 백구는 집 지킴이이자, 마을 지킴이로서 자유롭게 노닐었다. 도시에서 개는 인간이 만들어 놓은 틀 속에서 살아야 하는, 동물성이 제약당하는 존재였다.

인간과 개는 동반자적 관계였고, 그 역사는 동물 사냥과도 깊은 관계가 있다. 인간은 개와 함께 사냥하면서, 개와 동지적 관계를 형성했다. 농경문화에서 개는 「산울림」에서처럼 공동체의 일원으로 받아들여졌고, 섭생(攝生)의 대상으로 간주되었다. 현대사회에서 개와 인간의 관계는 「믿음의 개는 시간을 저버리지 않으며」에서처럼 상호돌봄의 관계로 변화했다. 그림자 개는 개개인이 가진 기억을 환기해, 마음의 상처를 치유하는 역할을 한다. 삶의 양상이 변화하듯이, 인간과 개의 관계도 바뀐다. 문화는 구성적이다. 반려견, 반려동물 문화는 서구적 근대화로 인한 관계의 변화를 보여준다. 반려견, 반려동물 문화는 인간중심주의적 근대적 생활세계가 도달한 결과물이자, 탈인간화된 세계로 이끄는 성찰적 대상이기도 하다. 미래의 생명문화는 다음과 같은 변화를 예비한다.

첫째, 반려견, 반려동물 문화는 전통적 가족관계가 근대적 가족관계로 바뀌면서 등장했다. 핵가족화와 탈가족화로 인해 비인간 동물을 가족 구성원으로 받아들이게 되었다. 근대적 삶으로 인해 전통적 대가족 구성원이 인간과 비인간 가족 구성 형태로 변화했다. 비인간 가족이 생겨남으로써, 근대 성장주의적 동물생명 착취는 점점 더 저항에 부딪칠 것이다.

둘째, 도시적 삶의 보편화로 인한 인간중심주의적 사고도 도전에 직면했다. 인공적인 도시 공간은 자연 생명체와 교감할 수 있는 기회를 차단한

다. 도시 공간에 순화된 자연 존재가 반려동물이다. 다른 측면에서 인간의 도시에 자연의 연장인 비인간 동물들이 침투해 들어온 것으로도 볼 수 있다. 반려동물은 인공적 도시에서 사는 동물적 존재였다. 도시와 자연의 분리로 인간과 동물의 접촉이 차단되었다면, 반려동물 문화의 확장으로 인해 도시 내에서 동물의 사회적 지위 문제가 제기된다. 이는 동물권과 동물복지에 대한 논의가 점차 보편화되고 있는 것과도 연결된다.

셋째, 인간과 반려동물과의 관계는 근대적 선악에 대한 관점의 변화를 촉구한다. 선악의 구분이 인간들 사이에서 만든 도덕률에 기반해 있었기에, 동물은 선과 악의 규범으로 포착될 수 없었다. 하지만, 인간과 동물의 관계가 재설정되면, 행위의 윤리적 판단 영역이 확장된다. 인간이 지구 생태환경 내에서 자기 위치를 재설정함에 따라, 생태윤리적 관점에서 미래의 도덕률이 변화할 가능성이 커졌다. 지금까지는 근대적 개발주의의 관점에서 자연의 질서를 변화시키는 것에 대해 선악에 기반한 책임을 물 수 없었다. 하지만, 생명의 순환적 원리에 따라서 앞으로 인간 행위의 책임 범주가 자연생태적 질서로까지 확장될 가능성이 커졌다.

「믿음의 개는 시간을 저버리지 않으며」에서 시온은 다음과 같은 낮고 익숙한 목소리가 전하는 말을 듣는다. 그것은 "우리가 기억해야 할 것은 우리가 무엇과 연결되어 있는지 우리가 무엇을 볼 수 있는지 우리가 무엇을 받아들일 수 있는지 하는 것입니다"이다. 인간은 개와 동물과 자연과 연결되어 있다. 인간은 그림자의 세계에서는 죽음이라는 숙명과도 연결되어 있다. 죽음이야말로 인간이 자연의 일부임을 증명하는 명확한 증거이다.

두개골의 안과 밖

서이제 소설집 『0%를 향하여』가 있음. 2018년 문학과사회 신인문학상, 2021년 제12회 젊은작가상, 2021년 오늘의 작가상 수상. km/s 동인으로 활동 중.

두개골의 안과 밖

그해는 새의 해로 기록될 것이다.
10만 명의 사람들이 증발되고,
새의 번식이 급증한 해.

∞

사냥을 간다. 중고매매센터에서 구입한 낡은 2025년 SUV를 타고. 순환도로를 타고 산과 들이 있는 곳으로. 줄지어 서 있는 송전탑을 따라 농사를 짓는 사람들이 사는 곳으로. 도시로부터 점점 멀어지며 짙어지는 흙냄새. 흙에서는 아직도 악취가 진동한다. 암모니아 가스. 땅속에 파묻힌 사체들의 냄새. 그 냄새는 10년 전 악몽이 떠오르게 만들지만, 나는 어쩔 수 없이 그 거대한 무덤 사이를 지나쳐야만 한다. 곰팡이로 뒤덮인 지대, 얼핏 하얀 꽃이 핀 것처럼 보이는 지대. 그 거대한 무덤 사이를 지나치고 있다. 지난주부터는 포클레인 한 대와 방호복을 입은 사람들이 모여 땅을 파헤치기 시작했다. 이제 땅을 정화하기 위한 열처리와 미생물처리가 이루어질 것이다. 나는 더러운 악취로부터, 오래된 악몽으로부터 도망치듯, 액셀을 더 세게 밟는다. 속도는 더욱 빨라진다. 지나친다. 완전히 지나친다. 빠르게, 빠르게. 더 빠르게 달리면 농사를 짓는 사람들이 사는 곳에 이를 수 있다. 악취로부터 멀어지며, 그곳에 점점 가까워지고 있다. 이제 막 가을로 접어든 시기. 이제 막 마을로 접어드는 중이다. 마을을 수호하는 은행나무, 그 열매. 악취를 풍기는 방식으로 해충을 쫓으려 한다. 나를 쫓으려고 흰 개들이 짖는다, 목줄이 묶인 채.

구멍가게 앞, 대낮부터
평상에 앉아 막걸리를 마시는 사람들.
한량.

나는 이 땅에서 여유를 허가받지 못한다. 나는 관할 파출소에서 총기를 허가받는다. 늦은 오후부터 해가 지기 전까지, 구경 5밀리미터 총기를 이용해 까치를 잡을 것이다. 국가는 이 고약한 성격을 가진 새에게 몸값을 부여했다. 까치 한 마리당 몸값, 8000원. 보통 하루에 적게는 스무 마리, 많게는 50마리를 잡을 수 있다. 길가에 차를 세우고 과수원을 살핀다. 배나무에는 노란 열매가 탐스럽게 달려 있고, 그것을 따는 노동자들의 모습이 보인다. 이상고온 현상으로 농작물 수확이 점점 어려워지고 있는 가운데, 수확철마다 나타나 배를 파 먹는 까치는 농장주에게도 골칫덩어리인 것이다. 과수원 주변, 아카시아 나무 한그루. 그 위에 까치집 하나. 까치 한 마리가 집을 들락날락거리고 있는 게 보인다. 새끼들의 입에 넣어줄 먹이를 물고서. 나는 까치를 향해 총을 겨눈다. 들고양이 한 마리가 나를 주시한다. 들고양이에게 까치 사체를 빼앗기지 않도록 조심해야 한다. 나는 까치를 주시하며 기다린다. 방아쇠를 당기기 위해.

∞

그 사람 또 오다. 자동차를 타고 과수원 주변을 배회하는, 언제나 표정이 없는 사람. 그는 자동차 운전석 창문 활짝 열어둔 채, 창밖을 보다. 그가 주시하는 것은 언제나 새. 이 나라에는 부리가 검은 새가 있다. 그렇지만 몸통은 하얀, 그렇지만 검푸른색 긴 꼬리를 가진 새. 과수원이 마치 자기 땅이라도 되는 듯, 과수원 일대 돌며 우리를 내려다보는 새. 우리보다 먼저배를 따는 새. 부리로 쪼아 갉아먹다. 과수원에서 배를 따는 나와 몇몇의 사람들. 감시를 받다. 그는 창밖으로 총을 겨누다. 총에 맞아 죽을지도 모른다고 생각하다. 아니, 총에 맞아 죽기 전에 맞아 죽을지도 모른다고 다시 생각하다. 죽도록 맞다. 어제 네가 죽도록 맞는 것을 보다. 네가 맞는 이유를 알 수 없다. 도무지 말이 통하지 않는 이곳 사람들. 그런 점에서 새와 나는 같다. 새와 우리는 같다. 새는 과수원 주변 커다란 나무 위에 집을 짓다. 농장주가 농지 위에 집을 짓다. 우리가 산다. 비닐과 천막의 집. 우리는 비닐하우스 농작물처럼 자란다. 잔다. 농작물처럼 팔리다. 너는 이제 다른 곳으로 팔릴 것. 팔면, 사람이 산다. 불행. 얼마 전 불행이라는 말을 배우다. 행복이 없다는 뜻이다. 행복이 없다. 농지 위 비닐과 천막의 집에는 행복이 없다. 우리는 풀잎을 뜯어 먹는 벌레와 함께 살다. 죽다. 우리가 벌레를 죽이기 때문에 벌레는 죽다. 사장님 벌레를 해충이라고 부르다. 해충은 벌레다. 벌레가 죽기 때문에 새는 배고프다. 새는 배고프기 때문에 배를 먹다. 배를 먹기 때문에 새는 죽다. 총에 맞아 죽다. 배고파 죽거나 맞아 죽거나. 내일 또는 내일의 내일. 우리는 배고파 죽거나 맞아 죽다. 어제의 너를 생각해. 살충제 뿌리다. 죽다. 뿌리다. 죽다. 뿌리다. 뿌리부터 죽다. 제초제 뿌리다. 죽다.

죽이기 위해 총 겨누다.

총, 총, 총.

새는 걷다.

먹이를 구하다.

땅을 향해 부리를 박는 새.

배고프다. 우리처럼. 배고파 죽겠다.

탕. 탕.

하면, 죽다.

새가 죽으면.

그가 새의 몸을 가지고 떠나다.

∞

버려진 집터에는 죽은 새끼들만이 남아 있음. 바짝, 수분이 마른 표피는 조글조글. 빈털터리. 털 없이 태어나 체온을 유지할 수 없음. 새끼들의 부모는 총에 맞아 죽었을 것으로 추정. 언젠가 산속에서 죽음을 본 적 있음. 회수되지 못한 사체가 나뭇가지 사이에 걸려 있음. 숨을 끊어버린 차가운 납덩어리는 작은 몸뚱이 안에 박혀 있음. 납탄은 빠른 속도로 너의 몸뚱이를 향해 직진하며, 너의 살갗을 관통하며, 몸통 깊은 곳까지 파고들며, 회전하고 회전하며 너의 오장육부를 갈아버림. 배를 파먹는 너의 주둥이를 다물게 하기 위해. 나는 네가 허기를 채우기 위해, 흙바닥 주둥이를 몇 번이고 박았다는 것을 알고 있다. 너는 너의 허기가 원망스러웠다. 굶어 죽기 전에 맞아 죽음. 총살. 몰살. 국가는 너의 죽음을 위해 총기 사용을 허가한다. 8000원짜리 목숨.

그래서 종족은 더욱 강해져야 한다.

지독해져야 한다.

∞

정전.
어둠 속에서.
혹시 전기세 안 냈어?
냈어.
그런데 왜지?

凶鳥

온 세상이 어두워진 까닭.
까치집.
까치는 흉조였다.

그날의 정전은 흉조였다.

凶兆

그날 이후, 온 세상이 어두워진 이후. 갑자기 뼈 마디마디가 쑤시고 피부가 찢어지는 듯 아프기 시작했다. 정형외과, 내과, 피부과, 가정의학과. 병원이라는 병원은 가리지 않고 모두 가보았지만 통증의 원인을 알 수 없었다. 나는 병원이 내게 권유하는 이런저런 검사들, 그러니까 피 검사는 물론이고, 수면 내시경과 CT 촬영으로 거금을 날린 후에야 예감했다. 통증으로부터 쉬이 벗어날 수 없을 것이란 것을. 진통제를 먹어도 아무런 소용이 없었다. 통증은 날이 갈수록 심해졌고, 끝내 일상생활이 불가능한 지경에 이르렀다. 결국 일마저 그만둬야 했다. 나 하나쯤 그만둬도 그만인 일을, 다른 사람을 구하면 그만인 일을. 누군가 떠난 자리에 내가 앉았던 것처럼, 내가 떠난 자리에 다른 누군가 앉으면 그만이었다. 그만이다. 그만이다. 이제는 그런 생각도 그만. 무언가 생각할 힘조차도 내게 남아 있지 않아서, 나는 자려고 했다. 낮이고 밤이고. 적어도 잠들어 있을 때만큼은 잠시나마 통증을 잊을 수 있었으니까. 나는 잠들지 않고는 견딜 수 없는 고통을 알아가고 있었다. 몸은 하루가 다르게 야위어갔고. 뼈마디가 도드라지고. 앙상해지고. 점점 가벼워지고. 거의 사라질 듯, 가벼워지고. 그런 나를, 점점 힘을 잃어가는 나를, 너는 그저 지켜볼 뿐이다. 너는 나 몰래 울고, 나는 그런 너를 위로할 길이 없다. 내가 아프지 않아야 네가 슬프지 않다는 걸 알지만. 나는 이제 더 이상 아프지 않을 자신이 없다. 매일 새벽, 너는 일을 나서며 내게 말한다. 다녀올게, 금방 다녀올게. 네가 나가면, 문밖으로 너의 발자국 소리가 들린다. 그 희미한 소리에 기대어. 나는 너의 걸음의 무게를 헤아려본다. 이내 소리가 사라진다. 네가 나의 아픔을 온전히 체감할 수 없듯. 나도 너의 아픔을 온전히 체감하지 못한다. 너의 아픔은 온전히 너의 것이다.

∞

　서울 남구로역, 해도 뜨지 않은 거리에 몰려든 사람들. 하나 둘. 나는 사람들 사이를 어정거린다. 스치기만 해도 담배 냄새에 찌들어 있는 아저씨들. 이미 술로 건강을 망친 듯이, 얼굴이 누렇게 변한 사람들. 발걸음이 무거운 내 나이 또래의 사람들. 어쩌다가 이곳에 오게 되었는지 알 수 없는 20대 초반의 아이들. 주름 하나 없는 그들의 앳된 얼굴에도 근심이 서려 있는 것이다. 각자 삶의 사연을 가진 사람들이 거리에 뒤섞인다. 기도한다. 오늘은 꼭 일을 할 수 있기를. 내게 그 어떤 일이라도 주어지기를. 무슨 일이라도, 무슨 일이라도, 해야 하는 것이다. 그 어떤 일이라도, 그 어떤 일이라도, 해야 하는 것이다. 고된 일이라도 해야 한다. 일을 아예 배정받지 못하는 것보다 그쪽이 더 나을 테니까. 성격이 더러운 인간을 만나 하루 종일 욕을 처먹더라도, 하루 종일 한파에 벌벌 떨며 얼어붙은 땅을 파더라도, 그게 더 나은 것이다. 그저 집에 가만히 있는 데도 돈이 드니까. 먹고 자는 데도 돈이 드니까. 사지 않고는 하루도 살 수 없으니까. 나는 하루하루가 절박하다. 무엇을 위해 사는지 모르겠으나. 그런 것도 모르면서 나는 감히 필사적으로 살고자 한다. 불경기가 심해져 이곳에서마저 일을 배정받지 못한 채, 집으로 발걸음으로 돌려야 하는 사람들. 나 또한 그 사람들 중에 한 명이 될 수 있음을 기억해야 한다. 좀처럼 나아지지 않은 삶이라도, 좀 같은 목숨에 책임을 다해야겠다는 마음으로. 나는 기다린다. 기다린다. 운 좋게 선택을 받는다. 낯선 사람들과 함께 승합차에 올라탄다. 아직도 세상이 어둡다. 승합차 내부는 더 어둡다. 현장에 도착하면 해가 뜰 것이다. 차창 밖으로 일자리를 구하지 못한 사람들이 보인다. 그들은 여전히 거리를 떠나지 못한 채. 담배를 피우고, 침을 뱉고, 생각에 잠긴다. 쓸데없이. 나는 그들에게 미안함을 느낀다.

∞

벌목 작업은 이미 끝. 벌목 후에는 땅속에 남은 나무뿌리를 제거하는 작업을 해야 하는데, 그마저도 거의 마무리. 뿌리, 뿌리, 뿌리, 잘려 나간 뿌리. 뿌리, 뿌리, 뿌리, 온통 뿌리만 남음. 어떤 나무의 뿌리였는지 알 수조차 없음. 이곳은 원래 어떤 곳이었는지. 어떤 풍경을 간직하고 있었는지. 상상조차 할 수 없음. 나는 승합차가 황량한 땅 위에 떨구어놓은 수많은 사람들 중 한 명일 뿐이고. 잘려 나간 뿌리만 남은 땅으로부터 내가 알 수 있는 건, 앞으로 이 땅 위에서 벌어지게 될 일들뿐. 황량한, 황폐한, 쓸쓸한, 스산한, 허전한. 잘려 나간 뿌리만 남은 땅. 이곳에는 고층 아파트 단지가 세워질 것이다. 누군가 사고팔 것이며, 누군가 그 안에 들어와 살 것이다. 그 집에 사는 건 내가 아닐 것이다. 그저 이 땅 위에서 벌어지는 일들을 목격하는 일. 그것이 나에게 주어진 일이다.

∞

말은 함바집에서 밥을 먹는 것으로 시작된다. 과거에 축사를 크게 운영했다는 사람. 정년퇴직을 한 지 얼마 되지 않은 사람. 신용불량자가 되어 일용직 노동을 시작하게 되었다는 사람. 혼자서 자식을 키우는 사람. 말하는 내내 입에 욕을 달고 사는 사람은 나이를 가늠하기 어렵다. 말장난을 좋아하는 사람과 공기업 면접 결과를 기다리고 있는 사람. 학비를 모으고 있는 사람. 고가의 운동화를 사려고 현장에 나온 사람은 밥을 먹는 내내 사람들의 놀림거리가 된다. 그리고 그 누구와도 말을 섞지 않고 밥을 먹는 사람. 반장님의 말에 따르면, 그는 등본에 빨간 줄이 그어진 사람이라고 한다. 물론, 그 말을 다 믿어서는 안 된다. 한편, 시종일관 죽상을 하고 있는 사람도 있다. 나는 그에게 말을 건넨다. 안 좋은 일이라도 있냐고. 원래 사는 게 다 안 좋은 일뿐이지만은. 그는 아픈 애인을 혼자 집에 두고 온 것이 걱정이라고 말한다. 그의 표정이 좋지 않아, 나는 더 이상 그에게 기분을 내어 말을 건넬 수 없다. 참 안됐네요. 나는 짧게 답하고, 그릇에 남은 제육볶음에 비벼 마저 먹는다. 일은 식사를 끝낸 후에 다시 시작된다.

∞

점심을 먹고 돌아오니, 까치 한 마리가 공사장 흙바닥에 부리를 박고 있다. 벌레를 찾고 있는 듯했는데. 아무것도 없는 모양이다. 인기척에도, 굴삭기 소리에도, 까치는 도망가지 않는다. 까치는 도망가지 않는다. 잔뜩 굶주려 있기 때문에 도망가지 않는다. 까치가 계속 흙바닥에 부리를 박고 있

다. 저 새끼 골 때리네. 최 씨가 까치를 보며 말한다. 저 새끼. 이 새끼. 이 곳에서 이름이 없는 건, 까치나 나나 마찬가지다. 그때 휴학생이 까치를 보며 말한다. 다들, 군대에서 총 좀 쏘셨으면 까치 사냥 가세요. 까치가 전신주에 집을 지어서 아주 문제라던데. 정전을 일으켜서요. 농가 피해도 심각하고요. 지난번 현장에서 만난 아저씨는 주말마다 까치 잡으러 다닌다고 그랬어요. 총기 지급 받으려면 수렵 면허가 있어야 하는데, 어쨌든 말이에요. 그거 돈이 꽤 되나 봐요. 그는 신나게 말하고, 최 씨는 그의 말을 끊으며. 야, 이 자식아. 까치 잡는 게 쉬워 보이냐. 까치가 대가리가 얼마나 좋은데. 웬만한 인간 대가리보다 낫다. 얼마나 빠른지 사람도 가지고 노는 자식들이야. 그리고 얘 생긴 것 좀 봐라. 봐봐. 까치나 잡을 수 있게 생겼는지. 최 씨의 눈에 도대체 내가 어떻게 보이는지 모르겠지만, 사람들은 공사판으로 날아든 까치 한 마리 때문에 말이 많아진다.

∞

꿈이었을까.

현관문을 열었을 때,
싸구려 장판에 부리를 박고 있는
까치 한 마리와 마주한 일.

네가 사라진 그날.

∞

겨울은 지옥이었다. 변이 바이러스 발생 이후, 정부는 예방적 살처분 범위를 확장시켰다. 변이 바이러스가 발생한 지점으로부터 반경 5킬로미터 이내의 가금류는 모두 예방적 살처분 대상이 되었고, 15킬로미터 이내의 농가에 대해서는 이동이 제한되었다. 가금류 살처분 현장에는 대규모 인원이 투입되었다. 그러는 한편, 원인 불명의 통증을 호소하는 사람들이 폭증했다. 더불어, 원인 불명의 통증에 시달리던 사람들이 어느 날 갑자기 새가 되어 날아갔다는 증언도 쏟아지기 시작했다. 사람들은 증언하는 사람들을 미친 사람 취급하기도 했지만.

"헛소리 좀 작작."
"사이비지, 사이비. 사이비 종교의 계략입니다."
"세상 말세다."
"사회를 혼란스럽게 만드는 언론 플레이를 멈춰라!"

얼마 지나지 않아, 변이 바이러스에 감염되면 통증에 시달린다는 유언비어가, 통증에 시달리다가 새가 되어버린다는 유언비어가, 그렇게 새가 되면 또다시 인간을 감염시킨다는 유언비어가 나돌기 시작했다. 새는 혐오의 대상이 되었다. 감염에 대한 공포는 이 믿을 수 없는 이야기에 설득력을 부여하기 시작했다. 과학적으로 증명된 바는 아무것도 없었지만, 증명된 바가 없었기 때문에 오히려 새에 대한 혐오는 더 빠른 속도로 확산되어갔다. 사람들은 새가 되는 것을 두려워했다. 새를 두려워했다. 어떤 사람들은 새가 되느니 그냥 죽는 게 낫다고 말하기도 했지만. 이미 이곳은 새로 살 수 없는 세상이 되었다.

∞

병든 닭. (쓸모없음/폐기처분) 아픈 닭. (쓸모없음／폐기처분) 자주 아픈 닭. (쓸모없음／폐기처분) 시름시름 앓는 닭. (쓸모없음／폐기처분) 체력이 좋지 않은 닭. (쓸모없음／폐기처분) 알을 잘 낳지 못하는 닭. (쓸모없음／폐기처분) 알을 낳지 못하는 닭. (쓸모없음／폐기처분) 살이 잘 찌지 않는 닭. (쓸모없음／폐기처분) 체구가 작은 닭. (쓸모없음／폐기처분) 근육이 너무 많은 닭. (쓸모없음／폐기처분) 날고 싶은 닭. (쓸모없음／폐기처분) 호기심이 많은 닭. (쓸모없음／폐기처분) 고집이 센 닭. (쓸모없음／폐기처분) 질투가 많은 닭. (쓸모없음／폐기처분) 선한 닭. (쓸모없음／폐기처분) 산만한 닭. (쓸모없음／폐기처분) 똑똑한 닭. (쓸모없음／폐기처분) 그리 똑똑하지 못한. (쓸모없음／폐기처분) 화를 잘 내는 닭. (쓸모없음／폐기처분) 잘 웃는 닭. (쓸모없음／폐기처분) 잘 우는 닭. (쓸모없음／폐기처분) 소심한 닭. (쓸모없음／폐기처분)

건강한 닭. 알을 잘 낳는 닭. 살이 잘 오른 닭. 남은 닭. 그 닭이 그 닭. 알 생산. 대량 생산.

∞

올해도 야생 철새의 분변으로부터 바이러스가 검출되었다. 그게 변이 바이러스였다는 게 문제였지만, 사실 그리 이상한 일도 아니었다. 바이러스는 환경에 따라 끊임없이 변이한다. 변이하고 또 변이한다. 변이하고 또 변이하며, 환경에 잘 적응한다. 살아남기 위한 방식이다. 마찬가지로 야생 철새도 살아남기 위해 이동한다. 먹잇감을 구하기 위해, 알을 낳기 위해, 추위를 견디기 위해. 국경을 넘어 이곳저곳을 옮겨 다니는 야생 철새들이니, 언제 어디서든 얼마든지 바이러스에 감염될 수 있었다. 바이러스에 감염된다고 해서 철새들이 모조리 죽지 않는 것도 아니었다. 모조리 감염되는 것도 아니었다. 물론, 참새나 까치와 같은 텃새들도 마찬가지다. 모조리 감염되는 건, 철새가 아니라 축사의 닭들이었다. 철새들이 다양한 유전자를 가지고 있는 것과 달리, 축사에 사는 닭들의 유전자는 오랫동안 인간에 의해 선택되어져왔기 때문이다. 다양성은 산업 시스템을 위해 폐기된 것이다. 나는 오랫동안 수의사로 일했지만, 정작 바이러스 사태가 벌어질 때는 할수 있는 일이 없었다. 정부가 방역을 총괄했으므로 동물을 살릴 수 있는 권한 같은 건 내게 없었다. 살처분 작업에는 공무원들과 일용직 노동자들이 동원되었다. 영문도 모른 채, 그저 지시에 따라 살처분 작업에 참여한 사람들은 평생 잊지 못할 아픔을 가지게 되었다. 나는 동물을 치료할 수도 그들을 치료할 수도 없었다. 나는 차마 가늠조차 할 수 없는 것이다. 어느 날 갑자기 영문도 모른 채 마대자루에 담겨 생매장되는 닭들의 슬픔을, 지시에 따라 닭들을 생매장시켜야 하는 사람들을 아픔을, 나는 영원히 알 수 없는 것이다.

∞

친구는 폐쇄 조치 구역에서 총으로 철새와 텃새를 잡고 있다고 했다. 나는 매일 아침 동사무소에 출근해 그물망을 들고 새들을 잡으러 간다고 했다. 주로 잡는 건 비둘기지만, 까치나 참새도 잡는다고 했다. 어쨌거나 도시에 사는 모든 새를 잡는다고 했다. 나는 새를 생포한다고 했고, 친구는 새를 사살한다고 했다. 발견 즉시 사살이라고 했다. 전쟁터가 따로 없다고 했다. 전쟁도 안 겪어본 놈이 말이 많다고 했다. 아니라고, 진짜라고 했다. 이건 새와 인간의 전쟁이라고 했다. 그건 이곳도 마찬가지라고 했다. 그물 망 속에서 살겠다고 발버둥치는 새들을 보면 마음이 아프다고 했다. 사살 하는 것만큼이나 생포도 어려운 일이라고 했다. 그럼 새를 생포한 후에는 어떻게 하냐고 했다. 쓰레기장으로 보낸다고 했다. 가면 죽는 거 아니냐고 했다. 아마 그럴 거라고 했다. 그럼 왜 생포하냐고 했다. 시민들이 보고 있 으니까 그렇다고 했다. 시민들이 왜 보면 안 되냐고 했다. 시민들에게 잔혹 한 장면을 보게 하지 않는 게 내가 하는 일이라고 했다. 나는 사회복무요원 이라고 했다, 전역이 무려 400일 남은. 친구 웃더니, 너 완전 새 됐다고 했 다. 그러니까 시발, 이라고 했다. 우리는 그게 무슨 말인지는 잘 모르겠지 만 그냥 새 됐다고 했다. 군대에서 새만 잡다가 새 될 새끼들이라고 했다. 그래도 전역하면 새 인간이 되자고 했다.

∞

지금까지 밝혀진 바에 의하면, 조류 바이러스는 인간을 감염시키지 않 는다. 그러나 변이 바이러스라면 충분히 가능할 수도 있을 것이다. 나는 변 이 바이러스가 인간을 감염시킬 수 있다고 믿으면서도, 감염이 되면 새로 변해버린다는 괴담은 믿지 않았다. 다만, 내가 알고 싶었던 건 괴담의 출처 였다. 괴담은 언제 어디서부터 어떤 이유로 시작된 것일까. 나는 그 괴담의 출처가 신흥 사이비 종교와 어떤 관련이 있는 것인지, 그 사실 여부를 밝히 고 싶었다. 그래서 지난 세 달 동안 스무 명의 목격자들을 취재해보았지만, 단서가 될 만한 이야기는 건지지 못했다. 그들은 모두 자신의 가족과 애인 이 오랫동안 원인 불명의 통증에 시달리다가 한순간 사라져버렸다고 진술 했다. 그리고 새를 보았다고. 까치, 참새, 비둘기, 박새, 까마귀 등등. 새로 변하는 모습을 직접 목격하지는 못했으나, 새와 마주한 순간 그 새가 누군지 단박에 알 수 있었다고. 느낄 수 있었다고. 인간이 새로 변한 게 아니라면 어떻게 새가 집 안에 들어와 있을 수 있었겠냐고. 나는 그들의 말에 얼마든지 의문을 제기하거나 반박할 수도 있었지만 그러지 않았다. 중요한 건 괴담과 사이비 종교와 연관성이었으므로. 그러나 목격자들 중 신흥 사이비 종교와 관련된 사람은 단 한 명도 없었다. 내 추측은 계속 어긋나고야 말았고, 나는 이 사실을 받아들이기 어려웠다. 그들이 사이비 종교에 빠진 게 아니라면, 어떻게 그런 맹목적인 믿음을 가질 수 있단 말인가. 어떻게 그런 일이 가능하단 말인가. 나는 믿을 수 없었다. 새를 새장에 담아 온 사람도 있었지만, 역시나 그마저도 믿을 수 없었다. 새장 안에 갇힌 새가, 그러니까 내 눈 앞에서 움직이고 있는 새가 진짜 새인지, 새 인간인지, 구분할 수 없었기 때문이다. 나는 내 눈으로 직접 목격해야만 했다. 목격하고 싶었다. 인간이 새로 변하는 과정을, 인간도 아니고 새도 아니게 되는 그 중간 지점의 모습을. 그래야만 겨우 그들의 말을 믿을 수 있을 것 같았다.

∞

점점 확산되는 말
빠르게
흩어져 널리 퍼짐
손을 쓸 수 없이 불어나는 말
모조리 없앨 수 없는 말
종식 불가능

∞

148

변이 바이러스 발생 지역, 행정구역 단위로 일시적 폐쇄 조치. 일반인들

의 출입은 엄격하게 제한되었지만. 매일 오전 9시, 제한구역 안으로 줄지어 들어가는 승합차와 군부대 트럭. 하루 종일 제한구역 안에 울려 퍼지는 소리. 반복적인 총성과 닭들의 비명 소리. 한쪽에서는 방역복을 입은 사람들이 농가를 중심으로 가금류 살처분을, 다른 한쪽에서는 군복을 입은 사람들이 총을 이용해 철새와 그 밖의 새를 무차별적으로 살생하고 있다.

이 모든 일을 기억할 것.

∞

[TV/ON] 모 언론사에서 '새 인간'이라는 표현을 쓴 것이 문제가 되었는데요. 그러는 한편, 새와 새가 된 사람들을 구분해야 한다는 의견이 있습니다. 선생님께서는 어떻게 생각하시나요?/속이 터지죠. 변이 바이러스에 인간이 감염되면 새가 된다는 건 아무런 근거가 없는 소리예요. 과학적으로 증명되지 않은 사실을 가지고, 무슨. 지금 우리가 할 일은 변이 바이러스 백신을 개발하고, 바이러스 확산을 막는 거죠. 만약에, 정말 만약에 말이에요. 변이 바이러스에 감염되어 인간이 새가 된다는 사실이 밝혀지면, 그때 새와 인간을 구분해도 되지 않겠어요? 새 인간이니 뭐니, 말장난칠 여유 없을 텐데요. / 그런데 목격자가 한두 명이 아닙니다. 어느 날 갑자기 사라진, 그러니까 한순간에 증발되어버린 사람들이 급증하고 있어요. / 일본도 버블 붕괴 이후로, 증발 인구가 급증하지 않았나요. 부동산 시장이 한순간에 무너지고, 경기침체가 지속된 후로 말입니다. 삶의 궁지에 몰린 사람들이 자진하여 사회 밖으로 나간 거죠. 그렇지만 현재 한국의 인구 증발 현상을 바이러스 사태와 엮는 건 비약이라고 생각하는데요. 더군다나 한국은 부동산 시장도 아직 멀쩡하고요. 솔직히 한국에서 사람이 증발되는 게 말이 됩니까? 이렇게 CCTV도 많은 국가에서. / 정말 그렇게 생각하세요? 새

들의 수도 폭발적으로 증가하고 있어요. 실제로 통계자료도 있지 않습니까. 우리가 이 현상에 대해 조금 더 진지하게 조사할 필요가 있지 않겠어요?/세상에, 그런 통계가 있어요? 통계가 잘못된 거 아닙니까? 통계청을 조사해야 되는 거 아닙니까?/네, 그런 통계가 있어요. 선생님은 모르시겠지만요. 그럼 질문을 바꿔보겠습니다. 지금 현재 대규모 살처분이 이뤄지고 있는 한편, 철새와 텃새들을 포획한 사람들에게도 포상금을 지급하기로 했는데요. 이거 10년 전, 아프리카 돼지열병 때랑 똑같지 않습니까. 당시에도 국가가 적극적으로 야생 멧돼지들 포획에 나섰죠. 지금 우리 정부가 하는 노력들, 그러니까 살처분과 그 밖의 새들을 포획하는 게 실질적으로 바이러스 예방에 도움이 되는 겁니까. 그게 정말 맞습니까./화근이 될 수 있는 싹은 미리 잘라버리는 게 좋지 않겠습니까. 안전불감증은 심각한 문제입니다. [TV/OFF]

∞

너, 내게 제안하다. 더 이상 이렇게 살 수 없다. 비닐 소리가 나지 않게 조심해. 우리는 소리 없이 떠나다. 농지 위에 지은 비닐과 천막의 집. 비닐하우스 농작물과도 같은 삶을 떠나다. 캄캄한 밤이다. 거의 아무것도 보이지 않음. 배 향기가 나다. 그저 배 향기로부터 멀어지면 되는 것이다. 너, 어둠 속에서 내 손을 잡다. 나를 이끈다. 과수원을 떠나다. 몰래. 이 나라를 떠나다. 그러나 아직은 아니다. 떠날 수 없다. 돈이 필요하다. 돈이 필요하기에 걷다. 계속 걷다. 아침이 가까워질 때까지. 시장으로 가다. 우리는 일이 필요하다. 현금이 필요하다. 시장에서 만난 사람. 그는 우리가 필요하다. 그는 우리가 필요할 뿐. 우리가 누군지 궁금하지 않다. 빨리, 빨리, 빨리 타세요. 빨리 타. 그의 말에 따라 우리는 자동차에 올라타다. 빨리 타다. 빨리, 빨리. 코리안 스타일. 오케이? 자동차 안에는 사람들이 많다. 모두 처음 보는 사람들. 말이 없는 사람들. 우리는 의자에 앉다. 너는 말없이 창문 밖을 바라보다. 자동차가 출발하다. 버스를 타고 왔던 길을 되돌아가다. 그가 우리를 과수원으로 다시 데려다 놓을까 봐 무섭다. 무섭다. 자동차 빠르고 자동차 빨라서 덜컹거리다. 엉덩이가 아프다. 너는 아프다. 두꺼운 옷 속으로 가려진 멍 자국. 나는 알아. 너는 아프다. 아파야 하는 이유 없이 아프다. 어둠 속에서 네가 내 손을 잡았듯. 나는 너의 손을 잡다. 저 멀리, 창밖으로 보이는 땅. 파헤쳐진 땅. 우리는 그곳으로 가다.

∞

너무 이상하지 않아요?
이렇게 모두가 먹고살기 힘든데,
다들 집이 없어서 전전긍긍하는데,
여전히 아파트는 계속 지어지고,
집값은 계속 오르고,
거기에 누군가 산다는 게.

∞

일반인들의 출입이 엄격히 금지된 구역. 출입을 금지하지 않았더라도 그 누구도 출입하고 싶어 하지 않을 구역. 고밀도 사육이 이뤄진 구역. 머리가 지끈지끈 아플 정도로, 더러운 냄새가 코끝을 찌른다. 그러나 그때까지만 해도 몰랐다. 냄새의 근원지. 그곳에서 얼마나 끔찍한 일이 벌어지고 있는지를 말이다. 서서히 문이 열린다. 고막을 찢을 듯한 鷄鷄

鷄鷄鷄鷄鷄鷄鷄鷄鷄鷄鷄鷄鷄鷄鷄鷄鷄鷄鷄鷄鷄鷄鷄鷄鷄鷄鷄鷄鷄鷄鷄鷄鷄鷄
鷄鷄鷄鷄鷄鷄鷄鷄鷄鷄鷄鷄鷄鷄鷄鷄鷄鷄鷄鷄鷄鷄鷄鷄鷄鷄鷄鷄鷄鷄鷄鷄鷄鷄
鷄鷄鷄鷄鷄鷄鷄鷄鷄鷄鷄鷄鷄鷄鷄鷄鷄鷄鷄鷄鷄鷄鷄鷄鷄鷄鷄鷄鷄鷄鷄鷄鷄鷄
鷄鷄鷄鷄鷄鷄鷄鷄鷄鷄鷄鷄鷄鷄鷄鷄鷄鷄鷄鷄鷄鷄鷄鷄鷄鷄鷄鷄鷄鷄鷄鷄鷄鷄
鷄鷄鷄鷄鷄 닭들의 울음소리. 수십만 마리의 닭들이 어둠 속에 파묻혀 있음. 오늘 나에게 할당된 목숨의 개수. 내가 하나둘 목을 끊어 없애야 하는 소리들.

∞

[음소거] 얼핏, 집을 짓고 있는 현장처럼 보인다. 얼핏, 포클레인이 기초 공사를 위해 흙구덩이를 파는 것처럼 보인다. 얼핏, 사람들이 모래주머니를 나르고 있는 것처럼 보인다. 얼핏, 공사가 순조롭게 이뤄지는 것처럼 보인다. 얼핏, 구덩이에서 파낸 흙이 산처럼 쌓여 있는 것처럼 보인다. 얼핏 보면 그렇다는 말이다. 모자이크 처리된 화면 속에서. 모든 것은 얼핏 보여진다. 얼핏 보지 않으려면 노력해야 한다. 노력한다. 모자이크 너머를 보려고 노력한다. 모자이크 너머의 진실을 보려고 노력한다. 상상력이 동원된다. 상상력을 동원하면, 얼핏, 집을 짓고 있는 현장이 아닌 것처럼 보이고, 포클레인이 기초공사를 위해 흙구덩이를 파는 게 아닌 것처럼 보이고, 사람들이 모래주머니를 나르고 있는 게 아닌 것처럼 보인다. 공사가 순조롭게 이뤄지지 않는 것처럼 보인다. 공사 중이 아닌 것처럼 보인다. 폐사한 닭들이 산처럼 쌓여 있는 것처럼 보인다. [음소거 해제] 귀를 찢는, 온몸에 소름이 돋는, 눈물이 핑 돌게 만드는, 가슴이 무너지게 하는, 목이 메어 말문을 막아버리는, 할 말을 잃어버리게 만드는, 아직 죽지 않은 닭들의 울부짖음.

닭의 비명은 지속되었다. 집으로 돌아온 후에도. 귓가에 여전히 맴도는 듯. 몸을 아무리 깨끗하게 씻어도 온몸에서 피비린내가 나는 듯했다. 도대체 닭이 왜 이리도 많은지. 죽이고, 죽이고 또 죽이고. 아무리 죽여도 좀체 줄어들 기미를 보이지 않았다. 얼마나 더 죽여야, 이 지옥을 벗어날 수 있을까. 썼다가, 모조리 지워버린다. 내가 겪지 못한 고통에 대해서는 쓸 수 없음. 차마 묘사할 수 없음. 함부로 재현할 수 없음. 아니, 재현될 수 없음. 감히 상상할 수조차 없음. 그렇기 때문에 쓰면 안 된다는 생각과 그럼에도 불구하고 써야 한다는 생각이 교차한다. 아무도 아프지 않고 아무도 슬프지 않은, 그래서 아무런 갈등도 없고 아무런 굴곡도 없는, 그런 이야기를 쓰고 싶다. 차라리 그런 이야기를 쓰고 싶다. 절망으로 가득한 이야기는 쓰고 싶지 않다. 절망적인 이야기를 쓰지 않으려면 절망적인 세상이 아니어야 한다. 세상이 더 나아져야 한다. 세상이 더 나아지길 바라는 마음으로 다시 쓰기. 아무런 예고도 없어, 그들이 우리를 급습했을 때. 살려줘. 살려주세요. 우리는 목청이 터져라 외쳤지만, 그 소리는 아무에게도 들리지 않았다. 인간은 좀처럼 우리의 말을 알아듣지 못했다. 아니, 알아들으려고 하지 않았다. 그들은 그저 우리의 날개와 다리를 거칠게 잡아채, 밖으로 내던졌다. 누군가는 땅바닥에 머리를 부딪치며 죽었고, 누군가는 깔려 죽었고, 누군가는 눌려 죽었으나, 그렇게 죽지 않아도 결국에는 파묻혀 죽었다. 우리가 밖으로 나와, 처음으로 햇빛을 보았을 때. 우리는 빛과 함께 죽었다. 썼다가, 모조리 지워버린다. 인간의 말로 쓸 수 없음. 주어, 서술어. 쓸 수 없음. 주어, 목적어, 서술어. 쓸 수 없음. 닭은 인간처럼 말하지 않고. 관형어, 주어, 서술어. 인간처럼 생각하지 않고. 주어, 목적어, 부사어, 서술어. 인간과 다른 방식으로 생각하고 느끼기에 쓸 수 없음. 내가 쓸 수 있는 건 이성적 사고를 가능하게 하는 말. 이성을 신뢰하는 말. 인간의 말. 인간의 말로 기록된 역사. 인간의 말로 세운 규범. 인간의 말로 만든 문화. 인간의 말로 지은 문학. 휴머니즘. 인간이 나와 인간을 만나 인간에 대해 사유하는 문학. 인간이 인간에게 감동받는 문학. 인간에 대한, 인간을 위한, 인간만의 문학. 오직 인간만을 위한 문학. 인간이 세상의 주인공이 되는 문학. 인간답게 살 수 있는 조건으로서의 문학. 인간이 동물이라는 사실을 잊게 만드는 문학. 망각의 문학. 의인화. 닭에게 인격을 부여하는 건 인간 중심의 사고에서 비롯된 것이라는 생각이 자꾸만 나를 붙잡아 쓸 수 없음. 문장을 이어갈 수 없음. 닭에게 인간의 목소리가 부여되는 것이 아니라, 인간에게 닭의 목소리가 부여될 수 있기를 바람. 바라는 마음으로 다시 쓰기.

∞

특보 [새 인간의 실체, 변이 바이러스 감염 여부는?]

모 언론사를 통해 영상이 최초 공개되었다. 지금껏 보안용 CCTV나 블랙박스를 통해 새가 현관문이나 창문을 통해서 집 밖으로 나오는 장면들이 찍히기도 했지만, 인간이 새로 변하는 순간이 촬영된 영상이 공개된 것은 처음이었다. 아니, 저게 뭐야. 매우 충격적인, 입에 담을 수 없을 정도로 참혹한, 차마 말을 잇지 못하는. 영상은 모자이크 처리되어 있었지만, 식당에서 밥을 먹고 있던 사람들 모두를 얼어버리게 만들어버렸다. 어머, 소름 끼쳐. 도대체 저게 뭐예요. 윽, 토할 것 같아. 먹은 거 아니야? 먹은 거지? 모르겠어. 저거 진짜야? 식당에 있던 사람들을 일제히 숟가락을 내려놓고. 먹던 입으로 말하기 시작. 순식간에 어수선하고 시끄러워지는 식당 안. 에이, 구라야. 저게 말이 돼? 조작된 영상 같은데. 나는 사람들의 웅성거림 속에서 속이 울렁거리는 것을 느꼈다. 내가 토하기 전에 누군가 바닥에 구토를 했다.

↳ 영상 구라라며.

↳ 나는 이제 그것도 못 믿겠음.

↳ 진짜 아무것도 믿을 수 없는 세상이다.

↳ 어째서 정부는 새 인간 사태의 실체를 밝히려고 하지 않으면서, 몇 달째 대규모 가금류 살처분을 계속 이어가고 있는 거지? 존나 수상해.

↳ 우리 같은 사람들이 알 일이 아니야. 윗대가리들이 알아서 할 일이지.

↳ 바이러스 청정국 이미지를 지키려는 것.

↳ 이미지 때문에 닭들이 죽어야 해?

↳ 이미지가 전부다. 이미지로 먹고사는 거다.

↳ 정부도 새 인간이 실재한다는 걸 알게 된 거지. 당장 치료할 방법이 없으니, 국가에서 나서서 무상 치료하겠다고 하면 돈이 많이 드니까. 사실 눈으로 보기에는 새나 새 인간이나 똑같으니까 그걸 가려낼 방법도 딱히 없잖아.

↳ 그래 맞아.

↳ 여기에 줏대 없는 철새 새끼들 너무 많네. 네 생각을 가져라.

↳ 그렇게 말하는 너도 결국에는 새대가리.

↳ 새 인간이 국가를 위해 무슨 일을 하겠어. 새들은 노동력도 없잖아. 새 인간들은 국가 발전에 아무런 도움도 되지 않는 존재다. 똥이나 싸지르겠지.

↳ 제일 좋은 방법은 하루빨리 바이러스를 박멸시키는 거 아니겠어? 그게 새든 인간이든. 바이러스 없애고, 건강한 인간들이라도 잘 사는 게 낫지.

↳ 아니면, 다른 나라와 거래함? 닭고기 수입하고 전기 자동차 팔려고?

↳ 루머 퍼뜨리는 생각 없는 인간들 너무 많네. 변이 바이러스에 감염되어 새 인간이 되는 거라면, 가족들은 왜 멀쩡할까? 살처분 현장에서

일하는 사람들도 감염 안 되는데. 새 인간의 실체가 어찌 되었건, 감염
에 의한 것은 아니다.

↳ 새의 개체 수가 폭발적으로 증가하고 있습니다. 이러다가 새 세상 되
면 어쩌죠?

↳ 새들 때문에 이게 다 뭐예요. 새가 점점 많아지는 거 무서워요.

↳ 여기가 바로 헛소문의 근원지구나. 시발.

∞

건설 현장 부근, 가로수에 까치 두 마리가 집을 짓기 시작했다. 요즘 같
은 때, 까치라니. 더군다나 저렇게 눈에 띄는 곳에 집을 짓는 건 미친 짓이
었다. 그들은 목숨을 걸고 집을 짓고 있었다. 나는 일을 하다가 지칠 때면
고개를 들어 까치를 보았다. 까치 두 마리는 번갈아가며 나뭇가지를 물어
온다. 물어 오고 있다. 가로수 나무 위에 물어 온 나뭇가지를 올린다. 떨어
진다. 올린다. 떨어진다. 반복한다. 지금까지 얼마나 많은 나뭇가지를 물어

오고, 올리고, 떨어뜨렸는지. 나는 그 무의미한 반복을 계속 무의미하게 지켜보고 있다. 그러나 그 모습을 지켜보는 건 때때로 내게 힘이 된다. 큰 힘이 된다. 저기 좀 봐요. 까치가 집 짓는 걸 보면 좋은 일이 생긴다는 말이 있어요, 한국에서는. 속설 같은 거? 나는 일터에 나온 외국인 친구들에게 속설을 알려주었다. 그 둘은 꼭 같이 다닌다. 저희도 예전에 일하던 곳에서 검은 새 많이 봤습니다. 꼭 좋은 일이 생겼으면 좋겠다. 그 둘은 내게 번갈아 한마디씩 하고, 나는 이에 맞장구를 친다. 맞아요. 좋은 일이 생겨야지. 우리는 짧게 몇 마디 나눈 후, 다시 일을 하기 시작한다. 우리가 일을 하는 동안 까치도 일을 한다. 올린다. 떨어진다. 마치 떨어뜨리기 위해 나뭇가지를 물어 오는 것처럼. 나뭇가지는 계속 떨어진다. 떨어지면 다시 올린다. 우리는 삽질을 계속한다. 아직 집은 지어지지 않았지만, 집을 짓기 위해 삽질을 계속한다. 우리는 집을 지어 돈을 벌기 위해, 까치는 집을 지어 살기 위해. 우리는 법적으로 허가받은 땅 위에다가, 까치는 허가받지 못한 곳에다가. 나무 위에서 아래로, 나뭇가지가 우수수 떨어지고 있다. 말짱 도루묵. 그래도 계속한다.

∞

법에 따르면, 바이러스 발생 농가의 가금류는 안락사 후 매몰해야 한다. 단, 24시간 이내. 그러나 법을 준수하기에는 닭이 너무 많은 것이다. 시간을 맞추기에는 닭이 너무 많은 것이다. 몸을 움직일 틈도 없는 케이지 안에서 살아온 닭들이 너무 많은 것이다. 닭은 너무 많고, 닭은 너무 많고, 닭은 주체할 수 없을 정도로 너무 많은 것이다. 닭이 너무 많아서, 닭을 모조리 죽이는 데 시간이 너무 많이 드는 것이다. 안락사시킬 시간조차 우리에게는 없는 것이다. 鷄鷄

鷄鳥鷄鳥鷄鳥鷄鳥鷄鳥鷄鳥鷄鳥鷄鳥鷄鳥鷄鳥鷄鳥鷄鳥鷄鳥鷄鳥鷄鳥鷄鳥鷄鳥鷄鳥鷄
鷄鳥鷄鳥鷄鳥鷄鳥鷄鳥鷄鳥 빨리. 빨리! 무조건 빨리! 나는 지시에 따라 닭을 잡는
다. 닭은 날지 못하지만, 그걸 잘 알지만, 그럼에도 닭이 어디론가 날아갈
까 두렵다. 그래서 더욱더 열심히. 나는 닥치는 대로 잡는다. 목이든 다리
든 날개든 어디든 잡는다. 鷄鳥鷄鳥鷄鳥鷄鳥鷄鳥鷄鳥鷄鳥鷄鳥鷄鳥鷄鳥鷄鳥鷄鳥鷄
鷄鳥鷄鳥鷄鳥鷄鳥鷄鳥鷄鳥鷄鳥鷄鳥鷄鳥鷄鳥鷄鳥鷄鳥鷄鳥鷄鳥鷄鳥鷄鳥鷄鳥鷄鳥鷄
鷄鳥鷄鳥鷄鳥鷄鳥鷄鳥鷄鳥鷄鳥鷄鳥鷄鳥鷄鳥鷄鳥鷄鳥鷄鳥鷄鳥鷄鳥鷄鳥鷄鳥鷄鳥鷄
鷄鳥鷄鳥鷄鳥鷄鳥鷄鳥鷄鳥鷄鳥 빨리. 빨리. 빨리! 무조건 빨리! 귀가 먹먹해
질 정도. 닭들의 울부짖음. 내가 마대자루에 처넣는 것은 아무것도 아니다.
아무것도 아닌 것을 마대자루에 처넣을 뿐이야. 아무것도 아니다. 아무것
도 아니다. 아무것도 아니다. 자기암시를 해보지만. 鷄鳥鷄鳥鷄鳥鷄鳥鷄鳥鷄
鷄鳥鷄鳥鷄鳥鷄鳥鷄鳥鷄鳥鷄鳥鷄鳥鷄鳥鷄鳥鷄鳥鷄鳥鷄鳥鷄鳥鷄鳥鷄鳥鷄鳥鷄鳥鷄
鷄鳥鷄鳥鷄鳥鷄鳥鷄鳥鷄鳥鷄鳥鷄鳥鷄鳥鷄鳥鷄鳥鷄鳥鷄鳥鷄鳥鷄鳥鷄鳥鷄鳥鷄鳥鷄
鷄鳥鷄鳥鷄鳥鷄鳥鷄鳥鷄鳥鷄鳥鷄鳥鷄鳥鷄鳥鷄鳥鷄鳥鷄鳥鷄鳥鷄鳥鷄鳥鷄鳥鷄鳥 닭의 체온이 내 피
부에 그대로 전해질 때마다. 닭의 심장이 쿵쿵 뛰는 것을 느낄 때마다. 나
는 너무도 당혹스러운 것이다. 내가 마대자루 안에 마구잡이로 처넣는 것
이 따뜻해서, 너무 따뜻해서. 금방이라도 눈물이 쏟아질 듯하다. 처넣고,
처넣고, 처넣는다. (……) 처넣고, 처넣고, 처넣는다. (……) 처넣고, 처넣고,
처넣는다. 鷄鳥鷄鳥鷄鳥鷄鳥鷄鳥鷄鳥鷄鳥鷄鳥鷄鳥鷄鳥鷄鳥鷄鳥鷄鳥鷄鳥鷄鳥鷄鳥鷄鳥鷄
鷄鳥鷄鳥鷄鳥鷄鳥鷄鳥鷄鳥鷄鳥鷄鳥鷄鳥鷄鳥鷄鳥鷄鳥鷄鳥鷄鳥鷄鳥鷄鳥鷄鳥鷄鳥鷄
鷄鳥鷄鳥鷄鳥鷄鳥鷄鳥鷄鳥鷄鳥鷄鳥鷄鳥鷄鳥鷄鳥鷄鳥鷄鳥鷄鳥鷄鳥鷄鳥鷄鳥鷄鳥鷄
鷄鳥鷄鳥鷄鳥鷄鳥鷄鳥鷄鳥 빨리. 빨리. 빨리! 시대가 요구하는 속도에 맞춰.

∞

죽음이 너무 많았다. 죽음이 너무 많아서 죽음인가 보다 했다. 죽음이 너

무 많고, 죽음이 여전히 너무 많아서 여전히 죽음인가 보다 했다. 죽어가다가 죽음. 죽음이 너무 많아서 나도 죽나 보다 했다. 나도 죽어가다가 언젠가 죽음. 그러나 닭들은 너무 빨리 죽어갔다. 알을 낳지 못해 죽고, 알을 많이 낳아서 죽고, 병들어서 죽고, 병들 수 있기 때문에 죽고, 스트레스 받아서 죽고, 끼어 죽고, 눌려 죽고, 깔려 죽고, 먹히기 위해 죽고, 죽고 또 죽고, 빠르게, 빠르게 죽고 빠르게 죽으면, 그다음에는 더 빠르게 죽어야 했다. 너무 빨리 죽어서, 그들이 어떻게 죽었는지도 모를 때가 있었다. 내가 아는 죽음보다 사실 더 많은 죽음이 있었다. 더 많은 죽음이 있다. 나는 내가 상상하지도 못할 만큼 많은 죽음들을 빌려 산다.

∞

썼다가 모조리 지워버렸지만, 썼다가 지워버렸다는 사실은 모조리 지워지지 않는다. 사실은 지워지지 않는다. 모자이크로도 가려지지 않는 비극이 있었다. 음소거로도 지워지지 않는 소리가 있었다. 처참하게 죽어가는 닭들의 비명. 죽음을 앞에서 고통스럽게 우는 사람들. 그러나 내가 목격한 것은 죽어가는 닭들이지 죽어가는 닭의 심정이 아니다. 울고 있는 사람이지 울고 있는 사람의 심정 아니다. 나는 그들의 입장이 되어 글을 써보려고 노력하지만, 차마 쓸 수 없음. 이미 벌어진 비극에 대해서는 쓸 수 없음. 상상력이 조금이라도 동원되는 순간, 누군가 고통은 허구가 될 수 있다. 슬픔은 가짜가 될 수 있다. 그런 생각들이 나를 붙잡아 아무것도 쓸 수 없음. 소설을 쓰는 데 상상력을 동원하지 않기란 사실상 거의 불가능해서 아무것도 쓸 수 없음. 어떤 끄덕거림. 토닥거림. 타자에 대한 공감과 이해는 상상에서 비롯되기도 하지만. 그렇기 때문에 타자는 내가 상상한 타자이기도 하다. 타자를 함부로 상상해서는 안 된다는 생각이 나를 붙잡아 아무것도 쓸 수 없음. 그러나 반드시 써야 한다면, 어디에선가 벌어졌을지도 모르는 일에 대해서는 쓸 수 있을지 모른다. 또는 아직 벌어지지 않은 일에 대해, 어쩌면 앞으로 벌어질 수도 있는 일에 대해. 누구라도 겪게 될 수도 있지만, 누구라도 겪어서는 안 될 일들에 대해. 새 인간 사태 이후의 모습을 그려볼 수도 있을 것이다. 이제 비극은 현실이 아니라 소설이 되어야 한다는 가정하에. 반드시 소설적 허구가 되어야 할 일들에 대해서는 쓸 수 있을지도 모른다.

∞

탕!

크게 총성이 울리면,
수백 마리 새들이 숲을 빠져나온다. 뻗어나가듯.
날아간다. 날아가는 새들 속에
새 인간도 있을까. 새 인간을

믿는 사람들과
믿지 않은 사람들에게는

전혀 다른 풍경

∞

도망치고 싶어. 도망치고 싶다. 도망치고 싶은 건 닭들도 마찬가지였을 거다. 도망치고 싶어. 도망치고 싶다. 수도 없이 되뇌었다. 나는 도망치고 싶다고 생각하면서, 닭을 마대자루에 처넣고, 깨끗하게 목욕을 하고 푹신

한 침대에 누워 편안하게 잠드는 밤, 그러니까 내게 종종 있었던 그 밤들을 생각하면서, 닭들을 마대자루에 처넣는다. 케이지에 갇힌 닭들은 상상조차 할 수 없는 그 밤들을 상상하면서, 닭들에게 미안함을 느끼면서, 미안하지만 나도 어쩔 수 없다고 생각하면서, 닭들을 마대자루에 처넣는다. 닭은 마대자루 속에서 운다. 울고 있다. 플라스틱 마대자루에 가려진 슬픔. 그들의 슬픔은 가려져야 한다. 참혹함. 끔찍한 장면들은 가려져야 한다. 좁은 케이지 안에 갇힌 닭들의 삶, 닭들의 죽음, 닭들의 고통. 그것들은 절대로 마대자루로 가려질 수 없다고 생각하면서, 닭들을 마대자루에 처넣는다. 처넣으며, 나는 마스크 속에서 운다. 울고 있다. 마스크에 가려진 슬픔. 나의 슬픔은 가려져야 한다. 괴로움. 고통스러운 마음은 가려져야 한다. 계속, 닭은 마대자루 속에서 운다. 울고 있다. 또다시, 나는 도망치고 싶다고 생각하면서, 닭을 마대자루에 처넣고, 도망칠 수 없다고 생각하면서, 닭을 마대자루에 처넣고, 닭을 모조리 죽여야만 겨우 벗어날 수 있는 지옥을 생각하면서, 닭을 마대자루에 처넣고, 닭을 마대자루에 처넣으며 닭을 마대자루에 처넣고 싶지 않다고 생각한다. 도망치고 싶어. 도망치고 싶다. 도망치고 싶은 건 닭들도 마찬가지였을 거다. 도망치는 닭을, 닭의 날개를, 내 손으로 강하게 움켜쥐면서, 도망치고 싶다고 생각한다. 도망치고 싶다고 생각하고, 도망치고 싶다고 생각하고, 도망치고 싶다고 생각하면서 도망칠 수 없도록 만들고 도망칠 수 없게 만들기에 계속 도망치고 싶다고 생각하고, 그렇게 계속 도망치고 싶다고 되뇌면, 닭들의 비명이 들린다. 도망치고 싶어. 도망치고 싶다.

∞

그날의 기억 : 죽음을 앞둔 돼지들. 각자 다른 목소리로 외치고 있지만, 나는 그 소리를 뭉뚱그려 한 단어로 말할 수밖에 없다. 비명. 돼지의 비명.

각자 다른 말을 하고 있지만, 나는 그 소리를 뭉뚱그려 한 단어로 말할 수밖에 없다. 절규. 돼지의 절규. 조금 더 최선을 다해 말해본다면. 돼지의 비명과 절규. 그보다 더 최선을 다해 말해본다면. 한 마리 돼지의 비명과 절규. 오직 단 한 마리 돼지의 비명과 절규. 그러나 그렇게 한 마리 한 마리의 비명과 절규에 귀 기울이기에는 돼지가 너무 많다. 돼지는 너무 많다. 돼지, 돼지, 돼지, 돼지는 계속 돼지. 계속. 돼지. 죽음은 어떤 식으로든 계속되고. 돼지는 돼지일 뿐. 돼지와 돼지는 구분되지 않는다. 돼지는 돼지일 뿐, 오직 단 한 마리의 돼지가 되지 못하고. 비명이라는 한마디 말 속에 파묻힌 무수한 목소리들. 절규 속에 파묻힌 구체적인 말들. 깊은 흙구덩이 속에 파묻힌 목숨. 침묵. 기어코 침묵. 인간이 이해할 수 없는 목소리와 말들은 매장된다. 기어코 매장된다.

생매장된 목소리와 말
악취를 풍기며 썩고 있다.
무기명

입 구덩이를 판다.

∞

10년 만에 다시 땅을 파헤치자, 악취. 악취는 그날의 악몽이 깨웠다. 돼지 위에 비닐을 덮고 묻은 것이 문제였다. 비닐이 쉬이 썩지 않듯. 쉬이 썩지 못한 건 비닐에 덮인 채 죽어야 했던 돼지들도 마찬가지였다. 더군다나 소독을 위해 뿌린 석회가루는 땅속에 사는 미생물까지 죽여버렸다. 미생물이 없는 땅에서는 그 무엇도 자연스럽게 부패될 수 없었다. 자연스럽게 썩어 흙으로 돌아가는 과정을 거치지 못하고, 새까맣게 곪아 썩어야 했던 살

점들. 그사이로 보이는 척추와 두개골. 10년이 지난 지금까지도 돼지는 돼
지의 형태를 유지하고 있었다. 이대로는 절대 흙이 될 수 없다는 듯. 마치,
자신들의 죽음을 고스란히 기억하라는 듯. 돼지의 사체는 분명 내게 말하
고 있었다. 죽음을 반드시 기억하라고. 나는 돼지의 피와 지방으로 인해 이
미 축축해질 대로 축축해진 땅 위에 서 있었다. 살생의 흔적을 간직한 땅에
서는 아무것도 자라날 수 없었다. 여기도 열처리해야겠는데. 우리는 땅을
태워야 했다. 태워야만 했다. 핏물에 적셔진 땅을, 곰팡이로 뒤덮인 땅을.
태워야만 했다. 땅을 태우면, 우리의 과오도 함께 태워지기를. 그게 가능하
기만 하다면, 그렇게 되기를. 몇 달간, 악취를 쫓으며 느낀 바는 딱 하나였
다. 우리가 늦었다. 우리는 이미 늦을 대로 늦었다.

∞

승합차에 오르기 전, 그가 축사 쪽으로 고개를 돌리며 말했다. 혹시 닭이
된 인간도 있을까요. 그건 왜 물어. 너 설마 새 인간 이야기를 믿는 거냐.
나는 이미 몸과 마음이 많이 지쳐 있었기 때문에, 그에게 따뜻하게 말할 힘
이 없었다. 축사에 새 인간이 있겠냐. 전부 다 여기서 태어나서 여기서 죽
는 애들인데. 최대한 냉정하게 말하려고 했지만, 그렇게 말하면서도 마음
이 무너질 것만 같았다. 몇 마디 더 했다가는 그대로 주저앉게 될지도 몰랐
다. 그렇죠? 정말 그렇겠죠? 저도 그렇게 생각하긴 해요. 그런데 혹시 아
까 제가 죽인 애들 중에 인간도 있을까 봐. 손으로 다 느껴졌는데, 심장 뛰
는 거…… 나는 그가 제발 그만하기를 바랐다. 야, 빨리 타. 잊어. 잊어. 그
의 손목을 잡아채, 승합차가 있는 곳으로 끌고 갔다. 잊어. 잊어. 나는 주문
을 외우듯, 계속 그에게 말했지만 정작 모든 걸 잊고 싶은 건 나였는지도
모르겠다. 잊어. 잊어야 돼. 잊어야 산다, 너. 나는 냉정하게 말하며 승합차
안으로 그를 밀어 넣었다. 거의 내팽개치듯. 내가 왜 그랬을까. 나는 나 자

신에게 놀라, 눈을 동그랗게 뜨고 그를 바라보았다. 당황한 나머지 미안하다는 말도 곧장 나오지 않았다. 그때 그가 내게 손을 내밀었다. 아주 차분하게. 타세요. 괜찮아요. 괜찮아요. 나는 승합차에 올라타 문을 닫았다. 탕! 탕! 멀리서 총소리가 들려왔다. 해 질 무렵이 될 때까지도 군인들은 새잡이를 멈추지 않는 모양이었다. 탕! 탕! 죽음 앞에서 냉정해질 수 있는 사람이 있을까. 살처분을 지시한 사람들은 냉정한 판단을 했다고 믿겠지만. 이곳에서 냉정해질 수 있는 사람은 아무도 없었다. 탕! 탕! 총소리가 반복될수록, 하늘은 점점 더 붉게 물들어갔다.

∞

겨우내, 까치가 집 짓는 걸 보다. 지켜보다. 까치 두 마리 서로 힘을 모아 여러 개의 나뭇가지를 쌓다. 쌓고 또 쌓다. 쌓이면 쌓일수록 나뭇가지 얽히고설키다. 다시, 까치 두 마리 서로 힘을 모아 여러 개의 나뭇가지를 쌓다. 쌓고 또 쌓다. 쌓고 또 쌓으면서 얼기설기 엮다. 엮다 보면 더 많은 나뭇가지를 엮을 수 있게 되다. 더 빠르게 엮을 수 있게 되다. 서로 엮으면서 단단해지다. 점점 더 튼튼해지다. 까치도 튼튼해지다. 몸집도 제법 크게 자라고 더 높게 날 수 있게 되다. 더 크고 두꺼운 나뭇가지를 물어 올 수 있게 되다. 그들은 이제 철사나 솜도 물어 올 수 있게 되다. 그들은 적응하다. 도시에 적응하다. 환경에 적응하다. 점점 더 능숙해져가다. 우리도 점점 더 능숙해져가다. 능숙해지다. 집 짓는 일. 우리는 집을 지어 돈을 받다. 집을 사지 못할 만큼의 돈. 그러나 이 도시를 떠날 수 있을 정도의 돈. 우리가 지은 집은 높다. 높은 집 옆에 까치 살다. 까치는 높게 날다. 우리는 떠나다.

∞

박탈. 씨앗을 심고 식물을 지을 수 있는 능력. 박탈. 스스로 식량을 구할 수 있는 능력. 박탈. 스스로 세상을 배울 수 있는 능력. 박탈. 스스로 치유할 수 있는 능력. 박탈. 스스로 옷을 만들어 입을 수 있는 능력. 박탈. 스스로 집을 지어 살 수 있는 능력. 박탈. 스스로 배울 수 있는 능력. 박탈. 필요한 것을 스스로 구할 수 있는 능력. 박탈. 자주성 박탈. 소비하지 않을 권리. 박탈. 시간에 맞춰 움직이지 않을 권리. 박탈. 동물로서 살 권리 박탈. 되찾기 위해.

羽人羽

날개를 펼치며
방향을 돌리며
도시를 떠나며

∞

    그는 일을 그만둘 생각이라고 했다. 그럼 이제 어쩌려고요? 요즘 같은
때 다른 일은 못 구할 거예요. 이번 사태만 끝나면 예전처럼 돌아갈 수 있
을 거예요. 나는 어째서 그에게 이런 말을 하고 있는 걸까. 나는 왜 그를 붙
잡듯이 말하고 있는 걸까. 몸이 자꾸 안 좋아지는 것 같아서요. 못 볼 꼴을
계속 봐서 충격을 받은 걸 수도 있고, 일시적인 몸살일 수도 있고요. 아니
면, 혹시 저도 이러다가 새 인간이 될지도 모르니까요. 그는 웃으며 말했
고, 나는 그 말에 웃음조차 나오지 않았다. 아니, 그게 무슨 말이에요. 사람
은 감염 안 되는 거 아시잖아요. 그리고 우리가 매장시키는 닭들은 아픈 애
들도 아닌데. 나는 조금 격양되어 말했지만, 그는 이에 전혀 동조하지 않은
채 차분하게 말을 이어갔다. 맞아요, 하시는 말씀 다 맞아요. 그래서 제가
정말로 새 인간이 될지도 모른다는 거예요. 곰곰이 생각해보니까, 새 인간
이 되는 것도 나쁘지 않을 것 같더라고요. 새로 사는 것도 보통 쉬운 일이
아니지만, 제가 잘 도망치면 되지 않을까요? 사실 저도 처음에는 무서웠거
든요. 근데 문득 궁금해지는 거예요. 도대체 이게 왜 두려운 걸까. 어째서
새가 되는 게 두려운 걸까. 어쩌면 사람들은 새가 되는 게 두려운 게 아니
라 죽임당하는 게 두려운 건지도 몰라요. 어디서 어떻게 죽었는지 아무도
모르게, 누가 누군지도 모르게, 그렇게 이름도 없이 죽는 거 말이에요. 그
러니까, 어느 날 갑자기 그냥 죽어도 되는 존재가 되어버리는 거.

∞

    날갯짓. 닭들은 살고자 했다. 도망치기 위해 날개를 펼쳤다. 살기 위해
날개를 펼쳤다. 필사적으로 날개를 펼쳤다. 날개를 펼치며, 다시 날개를 펼
치며, 오랫동안 잃어버렸던 본능을 깨우고 있었다. 사람 손에 길들여지기

전으로. 훨훨 날 수 있었던 때로. 날개는 스스로를 지키기 위한 것이었다. 닭이 날 수 있었던 때, 그들은 목숨을 스스로 지켜낼 수 있었다. 목숨을 지키기 위해 더 멀리 도망칠 수 있었다. 그러나 지금은 도망칠 수 없었다. 한 마리, 두 마리 (……) 열 마리, 스무 마리 (……) 100마리, 200마리 (……) 수를 헤아릴 수 없이 많이. 오늘은 살처분 현장에 굴착기가 동원되었다. 우리는 굴착기가 버킷으로 닭을 압사시킬 수 있도록 돕고 있었다. 그것을 돕는 게 오늘 우리가 해야 하는 일이었다. 우리는 닭을 잡아 굴착기 쪽으로 내던졌고, 굴착기는 버킷을 움직여 닭을 압사시켰다. 한 마리, 두 마리 (……) 열 마리, 스무 마리 (……) 100마리, 200마리 (……) 수를 헤아릴 수 없이 많이. 닭들이 압사되었다. 사방으로 피가 터지고. 한 번에 압사되지 못한 닭들은 피를 흘리며 요리조리 도망치고. 도망치기 위해 날개를 펼쳤고. 파닥. 파닥. 파닥거려보지만 바닥을 벗어날 수 없고. 지옥. 우리는 계속해서 지옥으로 닭들을 내던진다. 닭들은 자신들이 던져지는 이유를 모른다. 모를 것이다. 정말로 모를 것이다. 인부 한 명이 갑자기 구역질을 하며 구역을 이탈한다. 도망친다. 펜스를 넘어, 더 멀리 도망친다. 도망친다. 더 빠르게 도망친다. 그제야 상황을 파악한 수의사가 그를 향해 소리친다. 그를 잡으려 하지만. 그는 이미 멀어졌다. 그는 들판을 뛰고 있다. 흰 방호복을 입은 채. 날갯짓하듯, 팔을 크게 휘저으며 들판을 뛰고 있다. 그는 여전히 산속을 향해 죽도록 뛰고 있다.

탕!
탕!

그가 푹- 쓰러진다.

∞

탕.
탕.

두 발의 총성
쓰러짐
갑자기 배 속이 불타는 듯 뜨겁다.
나는 낙엽 위에
몸을 바르게 펼쳐 누워
본다.

저 멀리, 나무 위

새 집, 헝클어진 머리카락과 같은.
이성으로 가득 찬
인간 머리통 같은.

兆兆兆兆
兆兆兆兆兆兆兆
兆兆兆兆兆兆兆兆兆
兆兆兆兆兆兆兆兆兆兆
兆兆兆兆兆兆兆兆兆
兆兆兆兆兆兆兆
兆兆兆兆

탕!

총성이 다시 울리자
집 안에서 집 밖으로, 저 멀리

羽人羽

날아간다
도망간다

탕!

나는 도망쳤을 뿐인데

탕!

어쩌다가 이렇게 되었지
내가 왜
죽어야 하는지
죽어야 하는지

탕!

살아야 해
살아야 해
수십 번 되뇌고

다시, 다시

탕! 탕! 탕!

새는 살기 위해
모든 것을 남기고 떠났다.

탕!


```
    兆兆兆兆
  兆兆       兆兆
  兆兆   0  0   兆兆
  兆    0  0  0    兆
  兆兆   0  0  0   兆兆
   兆兆       兆兆
    兆兆兆兆
```


새로 살기 위해

새로 말하기

김보경 문학평론가

　야생 철새의 분변으로부터 변이 바이러스가 발생한 근미래의 한국, 정부는 대규모의 살처분과 포획 명령을 내려 농가를 중심으로는 가금류 살처분이 이루어지고 군인들은 철새와 텃새를 사살하는 일에 투입된다. 이런 상황에서 인간도 변이 바이러스에 감염될 수 있다는 소문이 돌고, 바이러스에 감염되면 통증에 시달리다가 새가 되어버린다는 유언비어와 새 인간 목격담이 횡행한다. 증발된 사람들의 수가 급증하고 새의 개체 수 역시도 폭발적으로 증가하지만, 정부는 새 인간 사태를 조사하거나 이들을 치료하기보다는 하루빨리 바이러스를 박멸하기 위해 새 죽이기에 더욱 열을 올린다. 새 인간이라는 설정은 「두개골의 안과 밖」에 가미된 공상적 상상력이 드러나는 대목이지만, 사실 이 소설이 그리는 디스토피아적 세계 자체가 공상적인 것은 아니다. 이 현실 밀착형 동물 디스토피아 소설은 동물에 대한 집단학살이 버젓이 자행되고, 자아(우리, 인간)와 타자(그들, 비인간)를 분할하는 근대적 패러다임에 갇혀 바이러스에 대처하는 지금의 현실을 강렬히 환기하기 때문이다. 소설은 가공할 재난으로부터 마지막 남은 인류를 구해낸다거나 일말의 인간성에 대한 기대를 남기는 것이 아니라 바로 그 인간성이 야기한 피비린내 나는 파국을 조명하는 데 집중한다.

무한대 기호(∞)를 통해 장면 전환을 표시하는 형식으로 구현된 이 소설은 "살처분 혹은 공장식 축산과 같이 자본주의 시스템하에서 이루어지는 동물 억압 및 착취의 주요 형태에 연루된 여러 행위자들의 다중 시점"[1]을 취하고 있다. 단일 시점에 의한 인과적이고 선형적인 서사 형식을 배격함으로써 특정 인물의 심리나 내면, 판단을 특권화하지 않는다. 각 장면에서 화자로 등장하는 사람들은 포상금을 노리고 새를 사냥하는 사냥꾼, 비닐하우스에서 생활하는 외국인 노동자, 변이 바이러스 발발 후 통증을 호소하는 사람, 건설 공사장의 일용직 노동자, 새 살생에 동원된 사회복무요원, 살처분 현장에 동원된 노동자, 수의사 등으로 다양하다. 이들 중에서는 새를 죽이는 일에 직접 나서는 사람들도 있고 그러지 않는 사람도 있어서 서로 다른 이해관계를 지닌 사람들의 위치가 제각각 드러난다. 그렇다고 살생을 직접 하지 않는 사람이 살생에 대한 책임으로부터 자유로운 것은 아니다. 가령 수의사로 등장하는 인물은 수의사임에도 불구하고 이러한 바이러스 사태 때는 동물을 살리거나 치료할 수 있는 권한조차 부여되지 않아 무력하게 사태를 지켜볼 수밖에 없다. 어느 위치에 있든 이 대규모의 죽음으로부터 무고한 인간은 없으며, 저마다 동물들의 죽음에 빚을 지고 산다. 점점 더 많은 사람들은 원인 모를 통증을 호소하며 이 연루됨을 신체적인 감각으로 경험한다.

바이러스 확산 방지를 명분으로 취해지는 살처분 조치는 인간의 극악한 면모가 드러나는 이례적인 사건이 아니라 인간의 이익을 위해 동물들을 착

---

1 졸고, 「기후위기 시대에 문학하기 : 생태주의 문학/비평의 몇 가지 의제들」, 문장웹진, 2021년 8월호. 해당 글에서 「두개골의 안과 밖」이 간략하게 다뤄졌던바, 여기서는 그 내용 일부를 확장하되 직접 인용한 경우에만 인용 표시함을 밝혀둔다.

취하고 권리를 빼앗아 온 종차별적인 계급 구조의 한 단면을 보여주는 일이다. 동물들은 "씨앗을 심고 식물을 지을 수 있는 능력", "스스로 식량을 구할 수 있는 능력", "스스로 세상을 배울 수 있는 능력", "스스로 치유할 수 있는 능력", (…), "동물로서 살 권리"를 박탈당해왔고, 사회의 생산성 있는 일원으로 기여하는 바가 없다고 여겨지면 가차 없이 폐기된다. 24시간 이내에 "안락사 후 매몰"되어야 한다는 법규를 지키는 것조차 법을 준수하고 시간을 맞추기에는 닭이 너무 많기에 낭비로 여겨지고 닭들은 마대자루에 처넣어져 생매장을 당한다. (동물들의 노동은 생산 노동으로 간주하지 않는) 인간 중심적인 의미의 생산성과 이성적인 능력을 척도로 성원권을 발부하는 근대국가 체제에서 동물은 법 바깥의 존재로, 그 죽음은 애도되기는커녕 문제화되지 않는다.

소설은 이러한 계급 구조 속에서 참혹한 살생의 대리인이 되는 것은 다름 아닌 그 계급 구조 말단에 있는 노동자나 공무원들이라는 점에 주목한다. "영문도 모른 채, 그저 지시에 따라 살처분 작업에 참여한 사람들은 평생 잊지 못할 아픔을 가지게 되었"지만 그들의 아픔은 돌보아지지 않는다. 또한 어느 군인은 "그물망 속에서 살겠다고 발버둥치는 새들을 보면 마음이 아프"기도 하지만 "시민들에게 잔혹한 장면을 보게 하지 않는 게" 자신의 일이라고 말하기도 한다. 닭을 마대자루에 처넣을 때 나의 "마스크에 가려진 슬픔"은 가려져야만 한다. 이는 이들이 자행한 살생에 면죄부를 주려는 시도가 아니라 우리가 사는 세계가 무해한 것처럼 보이는 것은 수많은 아픔과 고통, 슬픔이 말끔히 도려내져야만 가능했을 것이라는 사실을 일깨우려는 시도에 가깝다. 이들의 유사성은 가진 것이 없는 자에게서 인간답게 살 권리를 박탈하는 시스템이 동물이 동물답게 살 권리를 박탈하는 시스템과 맞물려 작동하고 있음을 드러낸다. 노동자들의 아픔과 고통, 슬픔이 가려지거나 억압되고 "시대가 요구하는 속도에 맞춰" 물화되는 과정은 동물들도 마찬가지로, 정확히는 더욱 노골적인 방식으로 겪는다.

그런데 바로 그렇게 착취의 대상이 되고 인식론적으로도 정치적으로도 그 존재가 배제되어온 동물을 재현/대표한다(represent)는 것은 어떻게 가능한가. 동물들은 목소리가 없어서 인간에 의해 대신 말해지고 이해관계가 대변될 수밖에 없다는 논리는 때때로 일부 동물권 옹호 논변에서도 발견된다. 이러한 논변에서조차 동물은 자신의 욕구와 지향, 생각을 표현할 수 없다고 전제되고, 동물 당사자의 재현/대표 가능성은 삭제된다. 그러나 인간 중심적인 언어관에서 벗어나 생각해본다면 동물들의 목소리와 말은 존재하지 않는 것이 아니라 "인간이 이해할 수 없는 목소리와 말"일 뿐이다. 「두 개골의 안과 밖」 속 작가로 추정되는 화자는 그 재현 불가능성을 재현 가능성으로 쉽게 환원하지 않고 동물의 목소리와 말이 "재현될 수 없"다는 생각과 "그럼에도 불구하고 써야 한다"는 생각 사이에서, "닭에게 인간의 목소리가 부여되는 것이 아니라, 인간에게 닭의 목소리가 부여될 수 있기"를 바라며 동물의 고통을 기록하려 시도한다. 실제적인 의미와 비유적인 의미 모두에서 '매장'되는 동물의 목소리와 말을 복원하려는 것이다.

이 소설에 나타나는 다양한 언어 매체적인 실험은 그 복원을 위한 시도이다. 닭이 고통받으며 살려달라고 말하지만("살려줘. 살려주세요. 우리는 ~~목청이 터져라 외쳤지만, 그 소리는 아무에게도 들리지 않았다. 인간은 좀처럼 우리의 말을 알아듣지 못했다. 아니, 알아들으려고 하지 않았다.~~"), 닭의 이러한 말이 인간에게 들리지 않는 장면을 서술한 데에 그어진 취소선은 재현 가능성과 불가능성의 경계에 놓인 동물의 목소리를 표시한다. 또한 소설 전반적으로 사진 이미지, 타이포그래피의 활용, 같은 단어나 한자어의 반복을 통한 시청각적 효과, 불완전한 문장 구조 등 역시 인간 중심적인 언어를 탈피한 재현의 시도에 해당한다. 닭이라는 단어나 鷄를 반복해 나열한 대목은 축사에 빼곡하게 들어서 있는 닭들의 모습이나 매몰되어 쌓이는 닭들, 대량으로 살처분 당하는 닭들의 울음소리를 감각적이고 즉물적으로 재현한다. 기표와 기의를 구분하고 후자에 우위를 부여해온 사고방식은 동물의 음성을 의미값이 없는 말이라 여겨온 인간 중심적인 사고와 불가분하다. 의미를 얻지 못했던 울부짖음과 사체의 악취는 활자를 찢고 나와 선명하고 강렬하게 동물의 고통과 죽음을, 살려달라는 의지를, "죽음을 고스란히 기억하라"는 말을 발화한다.

이러한 이유에서 변이 바이러스에 감염되면 통증을 호소하다 새가 된다는 소설 속 설정은 더욱 의미심장하다. 바이러스는 그 존재 자체가 독립적이고 자율적인 개체로서의 인간이라는 관념이 왜 허상인지, 인간이 얼마나 공생적이고 상호의존적인 존재인지를 증명한다.[2] 그럼에도 보통 바이러스가 창궐하면 마치 인간이 바이러스와 함께 살아온 적이 없던 것인 양, 전쟁의 수사가 동원되며 바이러스는 "하루빨리" "박멸"되고 물리쳐야 할 적으로 상정된다. 소설에서 감염에의 공포가 인간이 바이러스에 감염되면 새가 되어버린다는 소문으로 더욱 증폭되는 이유는 인간과 동물의 경계가 허물어지는 데에서 비롯하는 공포 때문이다. 오염과 감염에의 공포가 새를 혐오의 대상으로 몰아가듯 새로 변신한 '새 인간'들을 혐오와 축출의 대상으로 삼는다.

대체 이 '새 인간'들을 무어라 하면 좋을까? 흉조(凶鳥)로 여겨지고 죽임을 당한 새들의 복수가 시작되는 것을 알리는 흉조(凶兆)일까? 부동산 시장이 무너지고 장기화된 경제 침체 상황에서 "삶의 궁지에 몰린 사람들", 혹은 인간답게 살 권리를 박탈당한 인간의 비유적 형상일까? 새의 고통에 빙의되어 새와 일체가 되어버린 인간의 모습일까? 인간이 그토록 축출하려

---

2 서보경, 「서둘러 떠나지 않는다면 — 코로나19와 아직 도래하지 않은 돌봄의 생명정치」, 『문학과사회 하이픈』 33(3), 2020.

애써왔던 동물적인 것의 현현일까? 아니라면 이 모든 것일까? 소설의 마지막에 이르면 살처분 현장에서 닭을 압사시키던 한 노동자가 구역질하며 구역을 이탈하는 장면이 제시된다. "흰 방호복을 입은 채. 날갯짓하듯, 팔을 크게 휘저으며 들판을 뛰고 있"는 그는 변이 바이러스에 감염된 것으로 묘사된다. "羽人羽"의 모습으로 새 인간이 된 그는 총에 맞고 쓰러진다. 참혹한 살생의 현장에서 살기 위해 도망쳐 나온 그를 기다리는 것은 죽음뿐이지만, 이 죽음은 "이성으로 가득 찬" 인간의 머리통을 비워내고 새가 되는 변신이기도 하다(마지막 장면에서 이는 숫자 조(兆)가 0이 되는 이미지로 구현된다). 이 새 인간은 "새로 살기 위해" 떠난다. 중의적인 의미를 의도한 듯한 이 마지막 구절에선 살생의 현장에서 벗어나 새로운 삶을 모색하려는 절박하고 아이러니한 희망이 읽히기도 하지만, 인간의 뿌리 깊은 착취의 역사와 종차별적인 인식 체계가 완전히 새로워지지 않는다면 어떤 의미에서든 새로 사는 길은 묘연할 것이다.

풍경과 사랑

위수정 2017년 『동아일보』 신춘문예에 중편소설이 당선되면서 소설을 발표하기 시작.

풍경과 사랑

아들이 처음 보는 아이를 집에 데리고 왔다.

❖

남편이 제주도 건축 현장에 내려간 지 이 주가 되어가고 있었다. 지방에 길게 출장을 다녀도 주말은 웬만해선 집에서 보내는 사람이었다. 그런데 지난주에 이어 이번주에도 올라오지 못한다는 연락을 해왔다. 지난번에는 클라이언트가 급히 도면 수정을 요구해서였다고 했고, 이번에는 폭설로 비행기가 뜨지 못한다고 했다. 어마어마해. 와, 이런 눈은 또 처음 본다.

좋아?

어? ……좋기는, 뭐.

남편은 이런 사람이다. 감정이 말투에서 그대로 묻어나는데 막상 좋은가 물으면 좋다고 쉽게 대답하지 못하는 사람. 내가 함께하지 못할 때에 특히 그랬고 나는 그런 식의 대답이 좋았다. 그래서 여전히 남편에게 종종 물었다. 좋아? 재밌어?

2022 올해의 문제소설

엄마, 얘는 연호.

민준의 옆에 서 있는 아이는 그 또래 아이들이 하듯 고개 숙여 인사하는 대신 나를 똑바로 바라보며 안녕하세요, 하고는 웃었다. 그 얼굴을 보고 환한 웃음이라는 건 저런 걸 말하는 거구나, 생각했다. 순한 눈동자와 추위로 발갛게 상기된 피부.

민준과 같은 고등학교 교복을 입고 있었지만 키는 민준보다 5센티 정도는 커 보였다. 내가 전에 말했는데. 왜, 하와이에서 전학 온.

아, 그래. 네가 연호구나.

하와이라는 말을 듣자마자 나는 연호라는 이름을 기억해냈다. 연호는 두 달 전쯤 전학을 왔다. 얼굴은 몰랐지만 연호는 반 엄마들 사이에서 이미 유명했다. 연호의 엄마는 90년대에 잠깐 활동하고 사라진 배우 주수진이었다. 그녀는 청순한 이미지의 배우들 사이에서 시원한 이목구비와 특유의 퇴폐미로 단번에 주목을 받았다. 그러나 드라마 두세 편과 영화 한 편을 끝으로 돌연 자취를 감추었다. 유부남 재벌과 스캔들이 있었는데, 그런 종류의 스캔들이 그러하듯 진위 여부는 확실히 밝혀지지 않았으나 아무도 그 말이 완전한 허위라고 생각하는 것 같지도 않았다.

연호 아빠가 ○○그룹 회장이 맞다고 울 남편이 그랬어요. 정말? 난 △△건설로 들었는데. 어쩐지 좀 닮은 듯. 하와이에 호텔 하나 줬다잖아. 그러면 뭐해, 세컨든데. 애만 불쌍하지. 그리고 이어지는 이모티콘들…… 상위권 아이들의 엄마 몇몇이 따로 모인 채팅방에서는 늘 그 모자가 화제였다. 보고만 있기 뭣해서 나도 우는 모양의 이모티콘을 하나 남겼다. 그 후로도 그녀를 동네 카페에서 봤는데 얼굴이 어딘가 달라졌다는 이야기, 연호가 어느 학원에 등록했다는 소식 등등이 계속 업데이트되었다. 단체 채팅방에서는 말을 많이 섞지 않는 편이 정신 건강에 좋다는 것을 나는 오래

전에 터득했다. 그러나 아무런 반응을 보이지 않으면 그 역시 경계 대상이 되기에, 강한 주장 없는 적당히 무난한 대답과 귀여운 이모티콘을 활용했다. 민준은 반장인 데다 성적도 톱이라 엄마들은 종종 내게 학원 정보를 물었고 나는 언제나 거리낌없이 대답해주었다. 그 점만으로도 나는 '좋은 사람'으로 분류될 것이었다. 그러나 말이 길어지면, 그게 무슨 말이든, 트집을 잡는 이가 생길 거라는 것을 알았다. 민준의 성적이 뛰어나니까, 남편이 신진 건축 대상을 받은 적이 있는 설계사니까, 게다가 나는 일찍 결혼해서 엄마들 중에서도 어린 편에 속했다. 엄마들 간의 신경전은 민준의 유치원 시절부터 충분히 겪었다. 그러니까 나는 튀지 않는 쪽으로. 뭘 잘 모르는 엄마로. 가능하면 희미한 쪽으로.

엄마, 나 샌드위치 먹고 싶은데. 아보카도 넣은 거. 연호한테 맛있다고 자랑했거든.

민준은 연호를 포함한 친구들 몇몇과 저녁에 영화를 보러 가기로 했다며 내 눈치를 살폈다.

영화관은 좀 위험한데. 기말고사도 얼마 안 남지 않았어? 나는 은근히 눈을 흘기며 물었다.

어차피 떨어져서 앉잖아, 말도 안 하고. 이것만 딱 보고 열공할 거야. 그치? 민준은 연호에게 동의를 구했다. 연호는 씩 웃으며 나를 보았다. 그리고 민준을 향해 고개를 끄덕였다.

혹시 못 먹는 거 있니?

놉. 다 좋아해요. 배고파요.

연호는 이번에도 내게 시선을 맞추며 친근하게 말하고는 입고 있던 점퍼를 벗었다. 나는 부엌으로 향했고 둘은 농담을 주고받으며 방으로 들어갔다. 어려워하는 기색 없이 예전부터 알던 사람처럼 구는 모습에 피식 웃음이 났다. 재밌는 아이네.

냉장고에서 샌드위치 재료를 꺼냈다. 아보카도를 반으로 잘라 씨앗을 빼냈다. 부드러운 초록빛 과육이 유난히 예뻤다. 씨앗을 버리려다 손에 쥐어 보았다. 단단하고 동그란 씨앗의 촉감. 부서져도 상관없다는 생각으로 꽉 쥐어보았다. 손을 폈을 때 예상대로 씨앗은 그대로였고 손바닥에는 동그란 자국이 남았다.

평소에 잘 쓰지 않는 접시를 꺼내 샌드위치를 플레이팅했다. 머스캣도 곁들였다. 아이들이 샌드위치를 먹는 동안 나는 핫초콜릿을 만들었다. 우유와 생크림을 냄비에 넣고 끓이다 잘게 조각낸 다크초콜릿을 넣었다. 잠시 후 진한 초콜릿 향이 올라왔고 나는 흡족해졌다. 마시멜로도 올려줄까?

난 두 개. 민준이 말했고 연호는, 전 괜찮아요. 샌드위치 맛있어요. 굿.

연호는 샌드위치를 우물거리다 엄지손가락을 들어 보이며 틈틈이 감탄을 연발했다. 어눌한 한국말과 유창한 영어를 뒤섞어 말하는 모습에 웃음이 났다. 그만해, 미친놈아. 민준이 장난스럽게 연호의 팔을 쳤다. 엄마가 아보카도 못 먹게 해요. 블러드 아보카도라고. 블러드 아보카도? 나는 블러드 다이아몬드라는 말은 들어봤으나 블러드 아보카도라는 말은 처음이었다. 멕시코에서 사람 죽이고 그러거든요. 아보카도 때문에.

그래? 왜? 나와 민준은 같은 표정으로 연호를 보았다. 연호는 어깨를 으쓱하고는 별일 아니라는 듯 말했다. 머니 문제겠죠? 멕시코 원래 그래요. 마피아 나라.

나는 아이들 앞에 따끈한 핫초콜릿을 놓아주었다. 그런데 연호는 한 모금 마시고는 짧게 기침을 했다. 쏘리. 저, 초콜릿은 안, 잘, 못 먹어요.

몰랐네. 미안해. 그럼 뭐 줄까? 콜라?

혹시 우유가 있어요?

아, 우유는 없는데.

괜찮아요. 콜라 좋아요.

주는 대로 먹어라. 우유는 니네 집 가서 찾고. 애냐?

민준은 어이없다는 듯 말했다. 나는 민준에게 그러지 말라는 눈짓을 보냈다. 마른 편인 민준에 비해 연호는 어깨가 넓었고 셔츠 밖으로는 근육의 실루엣이 드러나 있었다. 나는 콜라를 꺼내어 컵에 따랐다. 연호는 운동했니?

배구 했대. 운동할 때 보면 거의 짐승 수준이야. 민준의 말에 연호는, 짐승? 하며 민준을 때리는 시늉을 했다. 우리는 함께 웃었다. 연호의 앞에 콜라를 놓아주려고 컵을 든 손을 뻗었는데 연호가 손을 내밀었다. 그의 손이 따뜻해서 내 손이 차다는 것을 알았다. 손이 닿았을 때 연호가 나를 보는 것 같았지만 나는 모르는 척했다. '요즘 애들은 발육이 너무 좋아서 애들 같지가 않아. 생각도 우리 때랑은 많이 다르지. 중학생만 돼도 벌써 여자친구랑……' 이런 말은 내가 한 말이 아닌데. 누가 그랬더라. 엄마들이었겠지. 나도 한 번쯤 했던 말인가. 여러 번 들었던 건 분명한데.

아이들이 나간 후, 나는 연호가 한 모금 마시고 둔 핫초콜릿을 전자레인지에 데웠다. 그 잔을 그대로 들고 컴퓨터 앞에 앉아 주수진을 검색해보았다. 동명의 유명 아이돌 사진이 화면을 채웠다. 내가 찾는 주수진은 스크롤을 한참 내리고 나서야 찾을 수 있었다. 그녀는 다른 배우들과 달리 활짝 웃는 사진이 많이 없었다. 붉은 입술에 긴 파마머리. 가슴까지 파인 셔츠. 그런데 사진을 쭉 보다가 포니테일을 하고 귀여운 오버올을 입은 모습으로 밝게 웃는 모습이 눈에 띄었다. 데뷔 초의 사진 같았다. 웃고 있는 어린 주수진의 눈매는 연호의 웃는 모습과 닮아 있었다. 더 자세히 보려고 섬네일을 클릭했지만 기사는 삭제되어 볼 수 없었다. 몇 번 다시 시도해보았으나 결과는 같았다. 나는 계속해서 주수진의 사진과 기사들을 찾아보았다. 스캔들을 다룬 기사도 2005년이 끝이었다. 하와이에 거주하며 작년에 아들을 낳은 것으로, 연예계에 미련이, 스물여섯, 아이의 아버지는 밝혀진 바가, 재벌 유부남과의, 다른 루머들, 현재 삶에 만족…… 그녀는 나보다 두 살이 어렸다.

나는 이어서 내 이름을 검색해보았다. 같은 이름의 낯선 가수, 기자 등등을 지나 6년 전 남편과 함께 인테리어 전문 잡지에 실렸던 사진이 떴다. '한

옥 건축가의 자연주의 인테리어'라는 제목 아래 집 거실 소파에 남편과 내가 나란히 앉아 있었다. 사진 속의 우리는 지금보다 젊고 생기 있어 보였다. 조명판과 포토샵 덕도 있었지만 확실히 남편이나 나나 지금보다 매끈한 얼굴이었다. 6년 전이면 민준이 초등학교 5학년 때. 그렇게 생각하면 6년은 짧은 시간이 아니었고 외모의 변화도 당연하게 여겨졌다. 남편은 브리오니의 블루 셔츠를 입었고 나는 미우미우 화이트 블라우스에 노란색 에르메스 트윌리를 두르고 있었다. 미술을 전공한 아내의 감각을 존중하죠. 캠퍼스 커플, 그녀는 대학원 시절 개인전을, 결혼과 동시에 부부에게는, 꼭 한옥에 살지 않더라도, 부부는 인터뷰 내내, 여백을 중요하게 생각합니다.

기사를 보고 있자니 인터뷰 당시 상황이 또렷하게 떠올랐다. 나는 촬영 이 주 전부터 인테리어와 청소에 열을 올렸다. 소품을 사러 백화점과 앤티크숍을 열심히 돌아다녔고 촬영 당일 새벽에는 꽃 도매시장에도 다녀왔다. 숍에서 메이크업도 받았다. 최대한 자연스럽게 해주세요. 그리고 집에 와서는 저렇게 천연덕스럽게…… 새삼스레 얼굴이 달아올랐다. 당시에는 자랑스럽기까지 했었는데. 나는 기사를 닫고 스크롤을 내렸다. 거의 20년 전의 그룹전 및 개인전 관련 섬네일 한두 개. 개인전을 열었던 갤러리의 관장은 나의 외삼촌이었다. 나는 인터넷 창을 닫고 시계를 보았다. 어느새 저녁이었다. 컴컴한 거실을 둘러보았다. 불을 켜야지, 생각만 하다가 한참 후에야 겨우 자리에서 일어섰다. 혼자 밥을 차려 먹다 남편 생각이 났다. 서울에는 눈이 오지 않았다. 낮에 통화할 때 남편의 목소리는 들떠 있었다. 엄청나게 눈이 온다고, 그런 눈은 처음 본다고. 그런데 왜 사진 한 장 보내지 않는 걸까? 남편은 종종 풍경 사진이나 공사 현장, 먹고 있는 음식 사진 따위를 보내곤 했는데. 나는 밥을 먹다 말고 휴대폰 화면을 열었다. 아직도 눈 많이 와? 한참이 지나도 남편은 답이 없었다. 나는 주방 정리를 한 뒤 욕조에 뜨거운 물을 받았다.

옷을 벗고 욕실 거울 앞에 섰다. 머리를 쓸어올리자 흰머리가 드문드문

눈에 띄었다. 팔뚝에는 보기 싫게 살이 올라 있었다. 그리고…… 갓 태어난 민준을 품에 안고 젖을 물릴 때에는 가슴 모양 따위 어찌되든 안중에도 없었다. 그때는 그랬다. 호르몬 때문이었을까? 그러니까, 그때 나는 정상이 아니었던 걸까? 그럼…… 지금은?

욕조 안으로 발을 넣는데 휴대폰이 울렸다. 남편이었다. 막상 전화가 오자 받고 싶지 않았다. 벨은 한참 울리다 끊어졌다. 이어서 메시지 알림음이 들렸다. 미안, 아까 회의 중이어서. 별일 없지? 나는 답을 하지 않고 욕조에 몸을 담갔다. 연호. 문득 그 아이의 이름이 떠올랐고 이어서 그 환한 웃음이, 매끈한 손가락과 단단한 어깨가. 문득이라고? 아니다. 나는 그 아이가 떠난 후 줄곧 같은 생각을 하고 있었다. 그 사실을 깨닫자 어이가 없었다. 나는 고개를 절레절레 흔들었다. 자꾸 웃음이 났는데 어처구니가 없어서 그러는 것이라고 생각했다. 니가 돌았구나, 드디어. 혼잣말을 했고 욕실이라 목소리가 울렸다. 나는 입을 다물었다. 혼자인데도.

민준은 열 시가 넘어 돌아왔다. 연호 어머니가 차로 데려다주셨어.

연호 엄마 봤겠네?

당연히 봤지. 왜?

예뻐?

응? 모르겠는데? 비슷해.

뭐가 비슷해?

뭐 그냥, 엄마랑 비슷하다고.

남편에게서 또다시 전화가 왔고 나는 침대에서 전화를 받았다. 눈이 많이 와서. 남편은 또 눈 타령이었다. 오늘 주수진 아들이 집에 왔었다?

누구 아들?

전에 말했잖아. 왜, 옛날에 그 연예인. ○○ 회장 내연녀.

아, 그 주수진. 그래? 민준이랑 친하대?

학원 같이 다니잖아. 나도 첨 봤네. 덩치가 좋아. 근데 한국말도 잘 못하면서 할말은 다 하고, 좀 웃겨. 참, 자기 블러드 아보카도라는 말 들어봤어?

민준이는 잘 있지?

응? 잘 있지. 영화 보고 좀 전에 들어왔거든. 주수진이 데려다줬대. 근데 주수진이랑 내가 비슷하대.

남편의 웃음소리가 들렸다. 어디가? 궁금하네. 나도 한번 보고 싶다.

자기가 왜 보냐? 집에는 언제 오는 건데? 수상해. 재미가 좋은가 봐?

나보다 자기가 더 신난 거 같은데? 남편은 큰 소리로 웃었다. 주무세요, 민준 어머니.

조심해.

응? 뭘?

뭐긴 뭐야.

남편은 다음 주 금요일 밤에 도착할 예정이라고 했다. 나는 침대에 누웠지만 잠이 오지 않았다. 남편의 지나치게 큰 웃음소리가 마음에 걸렸다.

주말 오후가 되었고 나는 염색을 하기 위해 미용실에 들렀다가 미용사가 권하는 펌까지 하기로 했다. 머리가 완성되기를 기다리는 동안 오랜만에 손톱 관리도 받았다. 어려 보이는 관리사는 내가 버건디 컬러를 고르자 겨울에는 역시 버건디라며 고객님처럼 흰 피부에는 더 잘 어울릴 거라고 싹싹하게 말했다. 여자는 매끈하고 탄력 있는 손으로 내 손을 잡았다. 아무것도 바르지 않은 손톱이 깔끔하게 정리되어 있었다. 네일 아트 안 하시나 봐요? 내가 묻자, 가끔 쉬어줘야 하거든요, 저도 진한 색 좋아하는데, 내 손에 크림을 바르며 대답했다. 그녀의 손이 내 손을 부드럽게 감쌌다. 이어서 간단하게 마사지를 해주었다. 그녀의 손이 닿을 때마다 기분 좋은 나른함이 퍼져나갔다. 관리사는 손톱에 크림을 바르고 큐티클을 떼어내기 시작했다.

나는 손을 맡긴 채, 일에 집중하고 있는 여자를 바라보았다. 살짝 부푼 볼과 빛을 받아 솜털까지 보이는 매끄럽고 탄탄한 목선이 아름다웠다. 문득 내가 몇 살쯤으로 보이는지 묻고 싶었다. 대신 나는, 피부가 정말 좋네요. 부러워요, 그녀는 손에서 눈을 떼지 않은 채 쑥스러운 듯 웃었다. 제가요? 아닌데요. 감사합니다. 그러나 그녀는 끝까지 내 외모에 대한 말은 하지 않았다.

엄마, 연호 오늘 우리 집에서 자도 돼? 집으로 가는 길에 민준에게 전화가 왔다. 갑자기?

애네 엄마가 어디 가서서 집이 빈다고 나보고 자기 집에 가자는 걸……

민준과 통화를 끝내기도 전에 나는 차를 돌려 근처 백화점으로 향했다. 백화점 외부에는 벌써 크리스마스트리가 화려한 불을 밝히며 서 있었다. 반짝이는 장식들을 보자 문득 캐럴이 듣고 싶어졌고 조금 설레기까지 했다. 나는 지하 식품 매장을 돌며 카트에 우유와 블루베리를 담았다. 아보카도는 들었다 다시 내려놓았다. 스테이크용 소고기와 샐러드용 채소, 트러플 오일까지 계산하고 베이커리에 들러 몽블랑과 카늘레도 샀다. 뭔가 자꾸 더 사고 싶었지만 시간이 부족해 바로 집으로 돌아왔다.

음, 맛있는 냄새. 민준이 가방을 내려놓으며 말했다. 아이들에게 찬 바람이 묻어 있었다. 패딩을 벗은 연호는 검은 트레이닝복 차림이었다. 연호는 저번처럼 내게 눈을 맞추고 인사했다. 어, 헤어스타일이. 그는 내 머리를 가리켰다. 예뻐요.

아, 이 느끼한 놈. 민준이 웃으며 욕실로 향했다. 우리 이거 사 왔는데. 연호가 비닐봉지를 식탁 위에 올렸다. 불닭볶음면, 핫바, 스누피가 그려진 고카페인 커피우유, 훈제 계란. 이런 거 좋아해? 내가 웃으며 물었다. 네, 특히 이거. 연호는 불닭볶음면을 들어 보였다. 나는 오일에 재워둔 스테이크가 떠올랐다. 레인지 위에서 단호박 수프 끓는 냄새가 났다.

주수진은 동물보호협회 사람들과 봉사활동을 하러 지방에 내려갔다고 했다. 엄마가 동물을 아끼시나 보구나. 연호는 샐러드를 포크로 찍으며 말했다. 동물도 아끼고 골프도 아끼고.

우리 아빠도 골프 마니안데. 민준의 말에 나는 건성으로 고개를 끄덕였다. 연호는 트러플 소스가 입에 맞지 않는 듯했다. 새벽에 필드 나간다고 자고 오는 거예요. 자주 그래요. 연호는 묻지도 않은 말을 했고 순간 나는 그의 눈빛에 쓸쓸함이 스치는 것을 보았다. 운동하시면 좋지. 좋은 일도 하시고. 오븐에서 알림음이 울렸고 나는 스테이크를 꺼냈다. 민준은 오늘 무슨 날이냐며 호들갑을 떨었다. 엄마, 설마 얘 온다고 고기 구운 건 아니겠지? 민준의 장난기 섞인 말에 나는, 맞는데? 연호 온다고 한 건데, 하고 천연덕스럽게 대답한 후 슬쩍 연호의 표정을 살폈다. 연호가 웃었다. 민준이 뭐라 더 말하기 전에 나는 덧붙였다. 전에 사둔 거야. 엄마가 까먹고 있었어.

접시를 깔끔하게 비운 민준과 달리 연호의 음식은 잘 줄지 않았다. 맛이 별로니? 내가 묻자 아니요, 맛있어요, 답하면서도 연호는 포크로 스테이크 조각을 찔러 입에 넣고 오래 씹었다. 민준이 연호의 접시에 있는 스테이크를 한 점 찍어 먹었다. 배가 불렀냐? 엄마, 사실 연호가 운동하면서 고기를 너무 많이 먹어서 질렸대. 그래서 맨날 떡볶이, 라면 이런 것만 처먹, 아니 먹는다니깐. 연호는 반박하지 않았다. 핫, 스파이시, 그런 거 원래 좋아해요.

나는 아이들이 사 온 컵라면 포장을 뜯고 물을 올렸다. 연호는 볶음면을, 나는 스테이크를, 식사를 일찌감치 마친 민준은 레모네이드를 앞에 두고 식탁에 다시 앉았다. 부드러운 안심에서 육즙이 흘러나왔지만 나는 맛을 제대로 느끼지 못했다. 자극적인 라면 냄새와 고기 냄새가 뒤섞여 식탁 위가 어지러웠다. 맛있나? 아주 흡입을 하네. 아, 안 되겠다. 민준은 매운 소스 때문에 입술이 빨갛게 된 연호를 보다가 자기도 먹겠다며 자리에서 일어났다. 앉아. 나의 단호한 목소리에 둘이 동시에 나를 바라보았다. 내가 해줄게. 짐짓 밝은 목소리로 말하고 자리에서 일어나 커피포트에 다시 물을 올렸다. 싱크대에는 먹다 남은 스테이크가 버려져 있었다. 조리대 위에 는 수프와 샐러드도 남아 있었다. 아이들은 보기 싫은 뻘건 면을 잘도 먹어 댔다. 식사를 마친 연호는 스누피가 그려진 우유팩을 열었다. 이거 대박. 연호는 새 우유 하나를 내게 내밀었다. 선물이에요.

식사를 마친 아이들은 방으로 들어갔고 나는 부엌 정리를 했다. 남은 음 식을 보관할까 하다가 내키지 않아 모두 버렸다. 싱크대에 버려진 음식물 이 꼴 보기 싫었다. 서둘러 식기세척기를 돌리고 식탁을 닦는데 연호가 손 에 휴대폰을 든 채 방에서 나왔다. 저, 엄마가 좀 바꿔달라고. 나는 얼떨결 에 휴대폰을 받고 다른 손으로는 급히 머리를 다듬었다. 화면 속에서 주수 진이 나를 보고 있었다. 우리는 서로 어색하게 웃으며 인사를 나누었다. 주 수진은, 연호를 재워줘서 고맙다, 다 큰 애가 굳이 거기를 가서, 진작에 연 락을 한 번 드렸어야 했는데, 그래도 덕분에 안심이 되고요, 등의 말을 했 고 나는 뭐라고 했더라. 아니라고, 같은 반 친군데 당연하다고, 봉사활동도 하시고, 추운 날씨라고, 그런 말을 했겠지. 어느 순간 주수진이 연호를 찾 았고 내가 고개를 돌리자 연호가 한 손으로 내 어깨를 잡고 몸을 바싹 붙여 왔다. 비누 냄새가 섞인 체취가 났다. 우리는 함께 주수진을 보았다. 우리 의 얼굴이 한 화면에 작게 떴다. 엄마, 이제 됐지? 연호가 말하는데 주수진 의 옆에 낯선 남자 얼굴이 언뜻 보였다. 연호가 휴대폰을 쥐고 있는 내 손 위로 자신의 손을 포갰다. 나는 손을 빼며 얼버무리듯 인사하고 물러났다. 둘은 잠깐 영어로 통화를 했는데 연호는 무언가 불만이 있는 듯 대답만 겨 우 하는 것 같았다. 나는 못 들은 척 몸을 돌려 그릇 정리를 했다. 전화를 끊은 연호가 내게 말했다. 엄마가 고맙대요. 저도 고마워요. 연호는 씩 웃 어 보이고 방으로 들어갔다.

갑자기 단것이 먹고 싶어졌다. 냉장고에서 카늘레와 커피우유를 꺼냈다. 거실에 앉아 텔레비전 볼륨을 줄인 채 카늘레를 먹었다. 우유는 달고 진했 다. 휴대폰을 열어보니 남편에게 전화가 와 있었다. 엄마들 채팅방에는 이

번 기말고사 시험 범위에 대한 불평과 새로 생긴 과탐 학원의 설명회 정보들이 올라와 있었다. 그 사이에서 나는 연호라는 이름을 발견했다. 연호 담배 피우다 걸렸대요. 학교서도 맨날 엎드려 잠만 잔다고. 주수진은 뭐 하나 몰라. 나는 채팅창을 한참 보고만 있다가 과탐 학원 어떠냐고 궁금하지도 않은 질문을 남겼다. 엄마들의 답변이 이어졌고, 나는 또 우는 이모티콘을 남기고 창을 닫았다.

연호는 갑자기 반에 들어와 물을 흐리고 있는 아이였다. 그리고 민준은 연호와 친해 보였다. 민준이 연호의 영향을 받을까? 모르는 일이기는 했으나 크게 걱정스럽지는 않았다. 민준은 너그러운 성격처럼 보이지만 사실 그렇지 않았다. 중학교 때부터 혼자 계획을 세워 빼놓지 않고 실천하려 하는 강박증 같은 것이 있었다. 민준을 싫어하는 아이들은 없었으나 절친도 딱히 없었다. 민준은 자신만의 바운더리가 명확했다. 내가 저랬거든, 신기하네. 남편은 싫지 않은 눈치였다. 나는 남편의 그 좁은 바운더리 안에 들어간 사람이었다. 아무에게나 쉽게 곁을 허락하지 않는 남편이 좋았고 그 안에서 나는 안락함을 느꼈다. 그러나 나는 간혹, 혹시 민준이 나를 닮은 것은 아닌가 걱정스러웠다. 남편은 딱 한 번 내게 그런 말을 한 적이 있다. 너랑 같이 있어도 너무 혼자인 기분이 들 때가 있어. 그때 나는 아마, 그건 당신 기분 탓이라고 했을 것이다. 누구나 때때로 외로움을 느낀다고. 나 역시 그렇다고. 그러나 사실은 속을 들킨 기분이었다.

방에 들어와 남편에게 전화를 걸었다. 남편은 진행 중인 공사에 대해 말했고 클라이언트가 까다롭고 약간 사이코 같긴 하지만 작품 하나 또 나올 것 같다며 설렘을 드러냈다. 기분이 좋은가 보네.

아니, 뭐. 딱히 나쁠 건 없다는 거지. 예산 걱정은 없어서.

오늘 주수진 아들 우리 집에서 잔다.

그래? 준이랑 정말 친한가.

글쎄. 아직 모르지. 주수진이 전화를 했더라고. 화상 통화.

그랬어?

어떤 남자랑 있더라. 곧 애들 시험 기간인데, 골프 치러 갔다나 봐. 말은 무슨 봉사활동이라는데.

좋네. 골프도 치고. 남쪽은 좀 따뜻하니깐.

그렇게 돌아다녀도 괜찮은가. 애가 불쌍해.

남 일에 신경쓰지 말자.

아니, 걔가 나한테 선물이라면서 커피우유를 줬어. 스누피 그려진 거 알아, 자기? 근데 고카페인이라더니 진짜 심장이 막 뛴다? 나 지금 손 떨려.

너 카페인에 약하잖아. 이 시간에 그걸 왜 먹어. 남편의 주위가 시끄러워졌다. 여자 목소리도 들린 것 같았다. 나 지금 회식이라.

나는 전화를 끊었다. 주수진의 얼굴이 떠올랐다. 얼굴은 금방 알아봤지만 스타일은 화면으로 보던 것과 많이 달랐다. 거의 20년이 지났으니 당연한 건지도 몰랐다. 그러나 짧은 단발에 화장기 없는 얼굴은 고등학생 아들을 둔 엄마로는 보이지 않았다. 그녀의 옆에 있던 남자는 누구였을까? 연호는 아빠가 있다는 말은 하지 않았는데.

밤 열두 시가 넘어가는 시간까지도 잠이 오기는커녕 점점 말똥말똥해졌다. 나는 조용히 방을 나와 민준의 방문 앞에 서서 귀를 기울였다. 아무런 소리도 들리지 않았다. 따뜻한 허브티와 쿠키를 챙겨들고 민준의 방을 노크했다. 기척이 없어 조심스레 문을 열어보았다. 민준은 침대에 누워 자고 있었고 연호는 바닥에 기대어 이어폰을 낀 채 휴대폰을 보고 있었다. 연호는 나를 보더니 자리에서 일어나 조용히 나왔다. 민준이는 언제부터 잤어?

음, 좀 전에요. 갑자기 눕더라고요, 잔다고. 나는 너희가 아직 공부 중인 줄 알았다고, 잠자리를 미리 정해줬어야 했는데 미안하다고 했다. 아뇨, 괜찮아요. 이거, 먹어도 돼요? 연호가 허브티를 가리켰다. 우리는 거실 소파로 와서 앉았다. 아까 그 스누피 마셨더니 정말 잠이 안 오네. 연호가 웃었다. 난 원래 늦게 자요. 밤에 하와이 친구들이랑 톡 하느라. 그런데…… 저

　연호가 거실 구석의 그림을 보고 물었다. 나는 연호의 입에서 트웜블리라는 말이 나와서 내심 놀랐다. 아니, 저건 옛날에 내가 그린 거. 그런데 트웜블리를 아는구나. 나는 대학 때 트웜블리를 좋아했다. 그러나 그림을 그만둔 것도 어쩌면 트웜블리 때문인지도 몰랐다. 누구나 내 그림을 보고 트웜블리를 떠올렸다. 아류라든가 거의 표절이라든가. 그걸 뛰어넘었어야 했는데. 영향을 받은 것, 계보를 잇는 것과 아류 사이에 뭐가 있는 건지 나는 이해하지 못했다. 어쩌면 내게는 그를 뛰어넘어 새로운 뭔가를 이루고 싶은 마음이 없었는지도 모르겠다. 모든 사람이 야망에 넘치는 건 아니니까⋯⋯.

　연호 역시 트웜블리를 좋아한다고 했다. 내가 미술을 전공했다는 걸 알자 눈을 빛내며 반가워했다. 방학하면 다시 하려고요, 그림. 대학은 한국에서 가려고? 음, 잘 모르겠어요. 엄마는 이제 여기서 살 거래요⋯⋯ 남자친구랑. 아까 휴대폰 화면으로 잠깐 보았던 남자가 떠올랐다. 그렇구나. 연호가 미술을 좋아하는구나. 창밖으로 맞은편 아파트의 불빛들이 보였다. 거실에는 스탠드 하나만 켜져 있었고 우리가 말을 멈추자 주위는 더 어둡고 고요하게 느껴졌다. 자정이 넘은 시각에 연호와 둘이 거실에 앉아서 이야기를 나누고 있다는 사실이 낯설었다. 낯설고 이상한 감정. 적절하지 않다는 걸 알면서도 이 시간이 영원히 지속되길 바라는 순간이 있다. 이런 기분을 전에도 느껴본 적이 있는데. 그게 언제였더라.

　연호와 이야기를 나누다 나는 몇 가지 사실을 알아냈다. 연호의 친부는 사람들이 말하는 그룹의 회장이 아니라 주수진의 초등학교 동창이라는 것. 그러나 주수진은 그가 아닌 하와이의 한 사업가와 결혼했으며 현재는 이혼하고 다른 남자친구가 있다는 것. 하와이에 호텔이 있기는 하지만 주수진의 친정 쪽 사업이라는 것. 그리고 연호는 학교를 1년 늦게 들어가 지금 열여덟 살이라고 했다. 한국 나이로는 열아홉. 연호가 민준보다 한 살 많다는 사실이 나는 왜 기뻤을까. 우리는 목소리를 낮추어 속삭이듯 대화를 이어 갔다. 민준이 깨지 않기를 바라며. 우리는 서로 좋아하는 아티스트와 언젠가 보았던 인상적인 작품들에 대해 한참 이야기했다. 연호가 이렇게 똑똑한지 몰랐네.

애들은 내가 바본 줄 알아요. 한국말 잘 못하고. ……그러면 바보 같으니까.

그렇지는 않을 거야.

당신도 그렇게 생각했으면서.

그렇게 말하고 연호는 나를 조용히 응시했다. 연호의 오른쪽 눈은 왼쪽보다 조금 작았다. 묘한 비대칭을 이루는 얼굴. 순한 눈동자와 언뜻언뜻 비치는 그 안의 공허. 나는 왜 그걸 알아볼 수 있었을까. 나도 그래. 나도 사람들이 바본 줄 알거든.

그런데 아니잖아요, 바보. 연호의 얼굴에 미소가 번졌고 그 미소가 내게로도 옮겨왔다.

그런가? 사실, 잘 모르겠어. 나는 자리에서 일어났다. 어느새 두 시가 가까워오고 있었다.

연호는 집에 돌아가서 자겠다고 했다. 손님방이 있다고, 너무 늦었다고 말렸지만 애초에 자고 갈 생각은 아니었다며 점퍼를 입었다. 현관에서 신발을 신고 나가려던 연호가 돌아보았다. 같이 갈래요?

나는 웃었고, 웃는 나를 연호는 웃지 않고 바라보았다. 내가 고개를 젓자 연호가 작게 말했다. 나는 무슨 말인지 알아듣지 못했다. 뭐라고? 그는 다시 천천히 말했다.

One to one correspondence. 그걸 한국말로 뭐라고 하죠?

연호가 떠난 후 나는 발코니로 가서 섰다. 그러나 곧 뒤로 물러났다. 아래를 내려다보고 싶은 만큼 나는 두려웠다. 연호가 올려다볼까 봐. 나를 발견할까 봐.

너, 담배 피운다고 하던데 정말이니? 그러면 되겠니. 엄마가 아시니? 이런 말들을 했어야 했을까? 나는 밤새 소파에 앉아 같은 생각을 반복했다. 연호의 체취를, 따뜻하고 커다란 손과 단단한 어깨를, 같이 갈래요, 하고 물을 때의 그 눈빛을. 홀로 돌아서는 뒷모습과 함께. 그를 따라갔다면 어땠을까. 혹시 내가 잘못 들은 건 아닐까? 그런데 연호는 나의 무엇을 알아본 것일까.

민준이 방문을 열고 나오다가 나를 보고 흠칫했다. 어우, 깜짝이야. 엄마 뭐해? 벌써 일어난 거야? 여섯 시였고 해는 아직 뜨지 않아 어두웠다. 새벽 공부를 한다는 민준을 위해 나는 다시 부엌으로 갔다. 소고기죽을 끓여 민준을 불렀다. 그 자식 좀 이상해. '그 자식'이 연호를 말한다는 것을 알았으나 모르는 척 물었다. 누구? 누구긴, 이연호지. 왜? 나는 무심을 가장하여 물었다. 같이 공부하자더니 옆에서 아무것도 안 하고 멍 때리고. 신경 쓰여서 그냥 자버렸어. 근데 언제 갔대? 나는 열두 시쯤 갔다고 말했다. 그래도 친구를 옆에 두고 혼자 자는 건 좀 너무했다.

친구는 뭐, 담임이 신경써주라 그래서 몇 번 같이 다닌 거지. 귀찮아. 내년엔 절대 반장 안 해야지. 죽 맛있다. 엄마도 먹어요.

One to one correspondence. 일대일대응. 연호가 했던 말이었다. 나는 정오가 지나 잠이 들었고 일어났을 때에는 또 해가 지고 있었다. 일대일대응이 가능한 관계가 있을까? 나는 남편에게 메시지를 보냈다. 한참 뒤에 남편에게서 답이 왔다. 불가능. 그게 끝이었고 날이 지나도록 남편에게서는 연락이 없었다. 왜 그런 걸 묻냐고 남편이 물어보면 뭐라고 답하는 게 좋을지 생각하고 있었는데. 그러고 보니 남편은 내게 그런 종류의 질문을 잘 하지 않았다. 좋아? 재밌어? 나 없이도?

달라진 것은 없었다. 나는 그저 채팅방을 좀 더 열심히 확인했고 아파트 단지 내 편의점에 종종 들렀다. 불닭볶음면과 스누피 우유를 사서 혼자 먹어보기도 했다. 그리고 매일 산책을 나갔다. 일부러 마스크에 모자까지 쓰고 나갔지만 간혹 마주치는 엄마들은 언제나 나를 알아보았다. 그래서 나는 주로 늦은 밤에 나가서 연호가 사는 302동 뒤쪽의 공원을 구석구석 돌았다. 그리고 또다시 302동을 지나 집으로 돌아왔다. 민준은 다음 주로 다가온 기말고사 준비로 학원과 독서실을 바쁘게 오갔다. 연호는 독서실 안 다니니? 지나가듯 물었는데 민준은 응, 하고 말았다. 하루는 충동적으로 차를 몰고 백화점에 갔다. 연호에게 어울릴 만한 셔츠를 사면서 나는 설렜다. 연호에게만 주면 이상할 테니 주수진을 위해 적당한 장갑도 하나 샀다. 그리고 남편과 민준의 옷도 골랐다. 마지막으로 화장품 매장에 들러 향이 좋은 보디 오일을 내 몫으로 하나 샀다. 집으로 돌아올 때에는 어떻게 선물을 전하는 게 자연스러울지 생각하다가 라디오에서 나오는 멜로디를 따라 흥얼거렸다. 처음 듣는 노래였다.

주수진 부산으로 이사 간다네요. 채팅방에 뜬 소식이었다. 애가 내년에 고3인데 생각이 있는 거냐, 어차피 특례입학이라 상관없다, 남자 따라간다더라, 또 유부남인가, 학교 물 흐렸는데 전학 간다니 땡큐다, 등등의 말들. 사정이 있겠죠. 나는 글을 올린 후 바로 후회했다. 삭제 버튼을 누를 새도 없이 사람들이 먼저 읽어버렸다. 채팅방은 금방 조용해졌다. 나는 우는 이모티콘을 보냈다. 아무도 답을 달지 않았다. 맞는 말 아닌가라는 생각보다 왜 참지 못했을까, 하는 마음이 더 컸다.

✿

남편은 조금 핼쑥해진 얼굴로 돌아왔다. 덥수룩한 머리칼 사이로 흰머리도 늘어 있었다. 남편은 내게 선물을 내밀었다. 로로피아나의 캐시미어 머플러. 미리 크리스마스 선물이라고 했다. 혼자서 고생 많았지? 남편은 웃는 얼굴로 내 표정을 살폈다. 이거 사 올 정신이 있으면 이발이나 좀 하고 오지 그랬어. 머쓱해하는 남편과 함께 나는 미용실로 향했다. 남편은 굳이 함께 가자고, 오랜만에 보는데 좀 같이 다니자며 내 팔을 끌었다. 이발하고 같이 와인 보러 가자.

미용실 입구에서 우리는 연호와 마주쳤다. 주수진은 카운터에서 계산 중이었고 옆에 서 있던 연호가 우리를 발견했다. 안녕하세요. 연호는 우리 둘을 번갈아 보았다. 주수진은 패딩 점퍼에 에코백을 들고 있었다. 서로가 누구인지 확인한 후 우리는 호들갑을 떨며 고개를 숙였다. 미리 인사드렸어야 했는데, 아닙니다 저희가…… 이런 대화들. 예전에 팬이었어요. 남편이 주수진에게 손을 내밀었고 둘은 악수했다. 주수진은 휴대폰으로 본 것보다 더 수수했고 생각보다 체구가 작았다. 내가 기억하는 스크린 속의 그녀와는 완전히 다른 사람 같았다. 퇴폐미 같은 것은 찾아볼 수 없었고 웃을 때 인상이 선해 보였다. 연호는 멀뚱히 옆에 서 있었다. 나를 바라보지도 않았다. 아니, 내가 연호의 눈을 피했던가. 연호는 주수진과 같은 캔버스화를 신고 있었다. 엄마, 가자. 늦겠다. 연호가 주수진의 팔을 잡으며 말했다. 그래그래. 주수진이 연호의 머리를 쓸어넘겼고 연호는 가만히 손길을 받았다. 저희 애한테 얘기 많이 들었어요. 감사해요. 덩치만 컸지 애기예요. 우리는 또다시 고개를 숙이고 인사를 나누었다. 안녕히 가세요.

남편이 머리를 자르는 동안 나는 소파에 앉아 잡지를 펼쳤다. 주수진과 함께 있던 조금 전의 연호는 내가 며칠간 수도 없이 떠올렸던 연호가 아니었다. 주수진은 연호에게 무슨 얘기를 많이 들었다는 걸까. 버건디 매니큐어가 벌써 군데군데 벗겨지기 시작해 보기 흉했다. 이걸 봤을까. 나는 내가 걸치고 있는 옷과 구두, 그리고 가방을 살폈다. 나는 언제부터 이런 차림이 자연스러워진 걸까.

주수진 팬이었어? 집으로 오는 길에 내가 물었다. 팬은 무슨, 예의상 하는 말이지. 야, 언제 적 주수진이야. 길에서 보면 못 알아보겠더라. 그냥 좀 예쁜 아줌마? 나는 남편의 말투가 거슬렸다. 왜, 수수하니 보기 좋던데. 사람들은 너무 함부로 말해. 잘 알지도 못하면서. 남편이 나를 바라보는 게 느껴졌지만 나는 앞만 보고 걸었다. 나도 이제 그냥 아무거나 입고 다닐까 봐. 싼 거. 남는 돈으로 기부도 좀 하고.

당신 역시 순진해. 아까 주수진이 오데마피게 차고 있던 거 못 봤어? ……수수하기는.

나는 주수진의 비싼 시계보다, 남편이 그 짧은 순간에도 그걸 알아봤다는 게 더 실망스러웠다.

민준은 독서실에 가고 없었지만 혹시 몰라 현관에 보조 체인까지 채우고 우리는 옷을 벗었다. 침대에서 우리는 편견이 없는 편이었다. 우리는 침대에서 말하기를 좋아했다. 평소에는 쓰지 않는 말들. 우리만의 사적인 언어들. 밖에서는 결코 쓰지 않는, 의미의 잉여가 없는 단어와 어조들. 엎드려, 벌려봐, 박아줘, 뒤로, 개처럼, 더 깊게, 더 세게, 좆나 맛있어…… 우리는 평소의 우리를 잊었다. 일부러 더 저급하게 굴었고 그게 우리를 흥분시켰다. 어쩌면 섹스를 할 때에만 우리는 온전히 일대일대응이라 할 수 있는 관계가 되는 건지도 모르겠다. 오직 그 짧은 순간에만.

예전에 나는 남편에게 허벅지나 엉덩이, 팔뚝 같은 부위를 깨물어달라고 한 적이 있었다. 처음에는 장난처럼 시작했는데 점점 강도가 세져서 피멍이 들 정도가 되었다. 나는 고통의 깊이만큼 쾌감을 느꼈다. 처음에 어색해하던 남편도 나중에는 사람들이 왜 때리고 맞는 것에 흥분하는지 알 것 같다고 했다. 그러나 민준이 태어나고 자라면서 그런 것은 그만두었다. 멍이나 상처처럼 겉으로 티가 나는 행동은 하지 않기로 했다. 아이를 키우면서 어떤 것들은 참을 필요가 있다는 것을 깨달아갔다.

남편과 나는 거의 한 달 만에 함께 누웠다. 나는 금방 달아올랐지만 그건 남편의 테크닉 때문이 아니라 다른 사람을 떠올렸기 때문이었다. 죄책감도 들지 않았다. 절정에 다다랐을 때 나는 남편의 등을 손톱자국이 날 정도로 세게 끌어안았다. 사랑해. 나도 모르게 말을 내뱉고 아차 싶었지만 태연한 척 남편을 안고 숨을 골랐다. 우리는 다시 원래의 우리로 돌아왔다. 남편이 옆에 누워 나를 바라보았다. 왜?

자기가 오늘 좀 다른 거 같아서. 남편이 왜 그런 말을 하는지 알았지만 나는 모르는 척 딴소리를 했다. 너무 오랜만에 해서 그런가? 그리고 남편이 아까 내가 했던 말에 대해 물으면 뭐라고 대답할지 생각했다. 그런 말 듣기 싫어? 좀 오글거리나? 떨어져 있어서 많이 그리웠나 봐. 그리고 남편에게 안기면 남편은 나의 등을 쓸어주며 미소 짓겠지. 그리고 우리는 함께 욕실로 가서 따뜻한 물로 서로를 씻겨주고…… 그러나 이번에도 남편은 묻지 않았다. 남편은 여전히 고요한 눈으로 나를 응시하고 있을 뿐이었다. 왜? 할 말 있어? 물은 것은 또 나였고 남편은 내 볼을 쓰다듬었다. 아니, 괜찮아.

나는 작게 한숨을 쉬고 건조하게 물었다. 괜찮아? 뭐가 괜찮아? 말 한마디 없이 마치 나에 대해 다 안다는 듯 차분한 눈빛으로 보고만 있는 남편 때문에 나는 가슴이 꽉 막힌 것처럼 답답했다. 순간 나는 남편에게 사실을 말하고 싶어졌다. 솔직하고 싶은 욕망이 너무 커서 나중의 일 따위는 어찌되건 상관없다는 심정이었다. 나 할 말이 있는데, 있잖아 내가…….

순간, 남편이 내 손을 들어 자신의 입을 막았다. 나는 어리둥절했다. 내 입을 막은 것도 아닌데 말을 이을 수가 없었다. 남편이 장난스레 웃었다. 다음에, 응? 밥부터 먹자. 내가 만들게. 남편이 속삭였고 남편의 말이 닿은 내 손바닥이 가늘게 울렸다.

민준이 돌아왔을 때 우리는 따뜻하고 든든한 부모가 되어 단란하게 담소를 나누었다. 민준과 남편이 잠자리에 든 후에도 나는 홀로 깨어 있었다. 깊게 가라앉아 있던 감정의 덩어리들이 순간순간 명치께로 올라와서 나는 자꾸 한숨을 내쉬었다. 남편의 규칙적인 숨소리를 한참 듣고 있다가 가만히 일어나 거실로 나왔다. 시간은 세 시를 넘어가고 있었다. 나는 손에 잡히는 대로 외투를 꺼내 입고 집 밖으로 나왔다. 마스크도 휴대폰도 챙기지 않았다.

겨울의 밤은 매섭게 추웠다. 외투 안에는 파자마가 전부였고 양말도 신지 않아 발목에 차가운 바람이 날카롭게 감겨왔다. 나는 그제야 숨통이 트였다. 위를 올려다보니 그 시간까지도 불 켜진 집들이 눈에 들어왔다. 무얼 하고 있을까. 누구를 기다리는 걸까. 두서없는 생각을 하다 302동 앞에 멈췄다. 몇 개의 불빛들. 연호의 집이 몇 층인지도 나는 몰랐다. 나는 걸음을 옮겨 공원으로 향했다. 얼굴과 목덜미를 찬바람이 쓸고 갈 때마다 피부가 아렸지만 오히려 속은 풀리는 것 같았다. 어느 순간부터 눈물이 조금씩 났는데 너무 추워서 그런 것 같기도 했다. 공원은 예상대로 텅 비어 있었다. 잔디는 이미 오래전에 얼어 죽은 것처럼 보였고 나무들은 앙상하게 가지만 남겨둔 채 떨고 있었다. 나는 크게 숨을 들이쉬며 계속 걸었다. 저래도 봄이 되면 또 난리 나겠지. 나는 앙상한 나무들을 향해 혼잣말을 했다. 그 말이 마음에 들었다. 또 난리 나겠지. 우르르 살아나서…… 또 아름답겠지.

가로등 너머로 공중화장실 불빛이 보였다. 터덜터덜 걸어가다가 근처에서 누군가의 목소리를 들었다. 나는 깜짝 놀라 주위를 둘러보았다. 화장실 옆 벤치에 누군가 앉아 있었다. 순간 두려움이 밀려왔다. 심장이 쿵쿵거렸다. 빠르게 지나치려다 앉아 있는 사람이 여자라는 걸 알았다. 나는 조금 안심이 되었다. 여자는 허술하게 머리를 묶고 낡은 점퍼를 걸친 채 다리를 달달 떨고 있었다. 거리에서 생활하는 사람 같지는 않으나 그렇다 해도 이상할 것 없는 차림이었다. 어쩌다 이 동네까지 왔는지 알 수 없었다. 언젠가 저런 여자를 본 적이 있었다. 창백한 얼굴로 허공을 향해 누군가와 끊임없이 대화하는 사람. 여자는 한 손에 소주 병을 쥐고 다른 손은 주머니에 넣은 채였다. 그게 아니라니까, 씨발년 같은 소리 하고 있네 진짜, 아유 내가 지겨워서, 너네 둘이 해처먹고 쌈 싸 먹고 토낀 거. 여자의 말들이 띄엄띄엄 들렸다. 혹시 내게 해코지를 하는 건 아닐까 두려웠다. 그러나 여자에게 나는 보이지 않는 것 같았다. 무사히 여자를 지나쳐 공원 입구에 다다랐을 때 나는 그녀가 궁금해졌다. 집으로 돌아가고 싶지 않았다. 나는 망설이다 결국 발길을 돌려 다시 그녀가 있는 곳으로 향했다.

여자는 여전히 그 자리에서 간혹 소주를 마시며 소리치기도 하고 웃기도 했다. 여자의 입에서 하얗게 입김이 나왔다. 나는 용기를 내어 좀 더 가까이 다가갔다. 저기요. 저기요. 여자가 나를 힐끔 보고 금방 눈을 피했다. 예상과 달리 여자는 무슨 잘못을 저지른 사람처럼 주눅 든 어조로 내게 빠른 속도로 말했다. 아니 그게 아니구요, 언니가 오해하시는 건데요, 그래서 좀 이해하셔야 하는 게요, 하는 두서없는 말들. 안 추워요? 나는 벤치로 다가가 가장자리에 조심스럽게 앉았다. 여자가 갑자기 내 쪽으로 고개를 돌렸고 술 냄새가 물큰 풍겨왔다. 나는 숨을 멈추었다. 여자가 갑자기 돌변해서 공격할까 봐 불안했다. 그러나 여자는 주춤 일어섰다가 곧 다시 앉았다. 그리고 또다시 혼잣말을 하기 시작했다. 지금이 섣달 아니야? 너 정신머리, 내 말이 맞지, 무궁화가 진짜 좆같은 게 뭐냐면, 이제 나도 없어 그 쌍놈의 새끼들이, 하는 이해할 수 없는 말들이 이어졌다. 나는 코트 소매로 코와 입을 감싸고 그녀의 시선이 머무르는 곳을 따라가보았다. 거기에는 아무것도 없었다. 여자는 무엇을 보고 있는 것일까? 누구와 대화를 나누는 것 같은데. 나는 한동안 그녀의 말을 들으며 가만히 앉아 있었다. 그녀의 이야기를 듣고 있으니 대화의 맥락이 조금 이해될 것 같기도 했다. 나도 말이 하고 싶어졌다. 그러나 쉽게 입이 떨어지지 않았다. 어느 순간 여자가 갑자기 깔깔대며 웃었다. 그러고는, 애기 엄마, 애기 엄마, 하고 나를 불렀다. 저요? 어떻게 아셨어요, 애기 엄만 거? 우리는 처음으로 눈을 맞추었다. 내가 반갑게 되묻자 여자는 의아한 눈으로 나를 보았다. 여자의 얼굴은 생각보다 젊어 보였다. 응? 저 뭐야, 애기 엄마도 들었죠? 저것들이 쪼만한 걸 요렇게 숨겨가지구 자꾸만 나한테⋯⋯. 여자는 내가 이해할 수 없는 이야기를 마치 대단한 비밀을 들려주는 것처럼 조심스레 말했다. 나는 여자가 자신의 세계로 돌아갈까 봐 조바심이 났다. 저 죄송한데, 조금만 천천히 얘기해주시겠어요?

일을 하러 가야 되거든요. 사실 내가 말도 못 하게 바빠가지구. 그런데 정말 손바닥만 했다?

제가 몇 살쯤으로 보여요?

응? 그거야 또……믿음, 소망……사랑, 아니냐. 그중에 제일이 저거고, 그럼 제이, 제삼은……

여자는 결국 내 질문에 아랑곳하지 않고 다른 곳으로 시선을 돌리고는 계속해서 엉뚱한 소리를 늘어놓았다.

다리가 저려왔다. 손도 얼었고 무엇보다 못 견디게 귀가 쓰라렸다. 여자는 얼마나 추울까. 이 추위도 느끼지 못할 정도로 어디가 망가진 것일까. 나는 충동적으로 코트를 벗어 여자의 무릎을 덮었다. 이거 줄게요. 그리고 내 얘기도 좀 들어줘요. 나는 여자의 귀에 바짝 다가가 잠깐 동안 빠르게 속삭였다. 여자는 두려운 듯 몸을 움츠렸다. 나는 온몸이 덜덜 떨렸다. 말을 마치고 일어나 몇 발짝 떼었다가 여자를 돌아보았다. 여자는 코트를 뺏기기 싫은 듯 끌어당겨 손에 쥐었다. 나는 여자에게 단호하게 말했다. 아무한테도 말하면 안 돼요. 절대 안 돼요. 그리고 나는 손으로 내 입을 막았다. 여자는 멍하니 나를 바라보다 곧이어 알 수 없는 말들을 쏟아내기 시작했다. 내가 아니라 내 뒤의 허공을 바라보며.

영원한 혼잣말

인아영 문학평론가

　고등학생 아들을 키우며 남편과 살고 있는 '나'는 지적이고 세련된 중년
여성이다. 캠퍼스 커플이었던 남자와 이른 나이에 결혼해 주부로 살고 있
지만, 대학원 시절에는 개인전을 열었을 만큼의 재능과 감각이 있는 미술
전공자였고, 아들과 그 친구의 기호에 맞게 센스 있는 식사를 대접할 줄 알
며, 주기적으로 미용실에 가고 손톱 관리를 받으면서 외모 가꾸기를 소홀
히 하지 않는다.

　그보다 이 소설에서 중요한 '나'의 성격적 특징은 절대로 선을 넘지 않는
사람이라는 것이다. '나'는 타인의 시선에 자신이 어떻게 비추어지는지 민
감하게 인지하며, 불필요하게 선을 넘지 않기 위해 스스로를 절제하고 조
율할 줄 안다. 이를테면 학모들의 단체 카톡방 안에서 이루어지는 뒷담화
나 신경전에 말을 섞지 않지만, 그렇다고 아무런 반응이 없으면 경계 대상
이 되기 십상이라는 사실도 모르지는 않아서, 귀엽거나 우는 모양의 이모
티콘을 주로 활용하곤 하는 사람이다. 요컨대 '나'는 "튀지 않는 쪽으로. 뭘
잘 모르는 엄마로. 가능하면 희미한 쪽으로" 자신을 적당히 비가시화하면

서 미연의 위험에 자신을 함부로 노출시키지 않는다. 심지어는 남편과의 관계에서도 마찬가지여서, 아무에게나 곁을 허락하지 않는 남편에게조차 "너랑 같이 있어도 너무 혼자인 기분이 들 때가 있어"라는 말을 듣는다. 짐짓 모른 척하지만 '나'는 자신이야말로 바운더리가 명확한 사람이라는 것을, 정말로 누구에게도 곁을 주지 않는 사람은 자신이라는 것을 정확하게 알고 있다.

이런 '나'의 심리를 촘촘하고 치밀하게 따라가는 소설의 서술 방식 역시 상당히 절제되어 있다. 건축 설계사인 남편이 제주도 건축 현장에 몇 주 동안 내려간 겨울날, 고등학생 아들 민준이 집에 데려온 친구 연호에게 느끼는 '나'의 섹슈얼한 욕망은 결코 노골적으로 드러나거나 직접적으로 표현되는 법이 없다. 90년대에 유명했던 여배우 주수진의 아들이자 두 달 전 하와이에서 전학 온 연호가 아들 또래의 여타 남성 청소년과는 다른 긴장감을 풍기는 까닭은 충분히 납득되게끔 주어진다. 마른 편인 아들과 달리 "운동할 때 보면 거의 짐승 수준"일 만큼 어깨가 넓고 체격이 좋은 연호의 발육 상태. 자신의 헤어스타일이 바뀐 것을 바로 알아보고 "예뻐요"라고 말할 줄 아는 눈썰미와 센스. 영어가 섞인 서툴고 어눌한 한국말을 쓰는 데다가 불닭볶음면과 우유를 좋아하는 유아적인 단순함이 건장한 발육 상태와 충돌하면서 자극이 증폭되는 판타지.

그러나 꽤나 명백하게 섹슈얼한 긴장감이 감도는 가운데에도 '나'는 스스로에게조차 자신의 욕망에 대한 조심성과 경계를 끝까지 내려놓지 않는다. 연호의 매끈한 손가락과 단단한 어깨를 떠올리며 "니가 돌았구나, 드디어"라고 혼잣말을 뱉다가도 누가 보기라도 한 듯 이내 입을 다물고 만다. 서술 방식에 있어서도 '나'의 억눌린 욕망은 남편에게 전화로 연호의 엄마인 주수진의 이야기를 늘어놓는 장면으로 간접 처리되거나, 연호와 몸이 바싹 붙은 채 통화한 이후에 "갑자기 단것이 먹고 싶어졌다"는 문장으로 대리 표현되거나, 연호가 1년 늦게 학교에 입학하여 또래보다 한 살이 많다는 정보에 내심 기뻤다는 문장으로 지나가듯 삽입된다. 이렇게 절제되어 있는 서술들은 '나'의 섹슈얼한 욕망이 빠져나가는 출구를 극도로 좁힘으로써 그 압력을 팽창시킬 뿐만 아니라, 결국 이 불온하고 은밀한 욕망이 실현될지 여부에 관한 긴장감을 조절, 유지하면서 소설의 짜임새를 탄탄하게 만든다.

'나'가 미술을 관두기 전에 좋아했던 작가인 트웜블리의 그림을 연호가 알아보는 장면에서는 그를 향한 끌림과 판타지가 정점에 이른다. 대학 시절 트웜블리를 좋아했지만 결국 그의 영향에서 벗어나지 못하면서 자신의 예술적인 재능을 의심했던 '나'는 연호가 자신의 취향을 이해해준다는 느낌에 위로를 받는다. 그리고 "이 시간이 영원히 지속되길 바라는 순간"이라고까지 느낀다. 남편과의 권태로운 일상 안에서 잠들어 있던 여자로서의 욕망을 일깨울 뿐만 아니라, 다른 사람들은 아무도 몰라보는 눈동자 속의 깊은 공허를 알아차리고, 오래전에 꺾였던 예술가로서의 꿈을 되살리는 젊고 아름다운 남자. 연호는 가부장제에서 십수 년을 주부로 살아왔던 '나'에게 새로운 인생을 꿈꾸게 해주는 구원자가 될 요건을 충실하게 충족하고 있다. 게다가 이러한 연호의 면면은 관계에서 "일대일대응(one to one correspondence)"은 "불가능"이라고 딱 잘라 말하는 남편의 건조하고 단조로운 성향과 대비되면서, '나'가 내심 품고 있는 낭만적인 관계에 대한 기대를 부풀게 하기에 충분하다.

*

그런데 「풍경과 사랑」은 소위 기혼 여성의 '불륜'을 다룬 소설에서 귀결되곤 하는 방향, 즉 낯선 남자를 향한 욕망을 실현하고 일상에서 탈주하여

자유로워지거나, 아니면 반대로 그로 인해 모종의 처벌을 받거나, 아니면 그 욕망을 끝내 억압한 채 권태로운 일상으로 회귀하는 등의 결론을 향해 전개되지 않는다. 이 소설은 오히려 다른 층위로 이동한다. 그것은 바로 이 판타지를 아무것도 아닌 것으로 만들어버리는 것이다. 단지 연호가 느닷없이 부산으로 전학간다는 소식이 들려오면서 이 관계가 물거품이 되기 때문은 아니다. 애초에 이 관계는 물거품이 되거나 말거나 할 실체가 아니었기 때문이다. (처음부터 소설의 관심은 '나'의 불온하고 은밀한 욕망이 실현되느냐의 여부에 있지 않았다. 그 누구와도 관계의 선을 넘지 않고 스스로를 통제하는 '나'의 성향을 고려했을 때 그것은 어쩌면 당연한 전제였을지 모른다.)

소설은 연호를 향한 '나'의 섹슈얼한 욕망과 판타지가 얼마나 별것이 아닌지, 실은 얼마나 허무한 종류의 것인지 틈틈이 암시하고 있었다. 연호가 트웜블리를 좋아한다고 해서 개성 있는 예술가가 되고 싶었던 '나'의 과거 꿈과 미적 취향을 깊이 헤아린다는 뜻은 아니라는 것을, 자신의 아들 민준과 밤늦게까지 놀다가 돌아가며 "같이 갈래요?"라고 묻는 말이 인생의 핸들을 꺾을 만한 엄청난 제안은 아니라는 것을, "핫, 스파이시, 그런 거 원래 좋아해요"라는 낯설고 도발적인 연호의 문장이 조금 유치하고 간지럽다는 것을 소설은 모르지 않는다. 비록 관계의 '일대일대응'은 불가능이라고 딱 잘라 말하고, 수수한 차림새를 한 주수진의 손목에 오데마피게 시계가 있었다는 사실을 단박에 알아차리는 남편일지라도 쉽게 대체될 수 없다는 사실도 말이다. 소설은 이 연호와의 사랑을 각 잡고 진지하게 그리고 있지 않으며 오히려 '나'와 연호가 나누는 섹슈얼한 긴장감의 톤과 거리를 두며 상대화한다.

흥미롭게도 '나'의 욕망이 정말로 아무것도 아닌 것으로 밝혀지는 장면, 즉 이 모든 판타지가 초라한 민낯을 드러내면서 배반되는 장면은 연호가 부산으로 전학갔다는 소식을 듣는 장면이나, 미용실 입구에서 주수진과 함께 있는 연호를 우연히 다시 만나게 되는 장면이 아니다. 다시 말해 연호와 직접적으로 연루되는 장면이 아니다. (애초에 그는 아무것도 아니었기 때문이다.) 소설은 '나'와 연호 사이의 섹슈얼한 긴장감을 그와 우연히 마주친 날 밤 평소와 달리 남편과 거친 섹스를 나누는 침대까지 끌고 간다. 그리고 그렇게 유지해온 긴장감을 남편의 간단한 행동으로 한순간에 허무하게 해소해버린다.

오늘 좀 다른 것 같다는 남편의 말에 솔직하게 털어놓고 싶은 욕구를 느껴 "나 할 말이 있는데, 있잖아 내가……"라고 말하는 순간, 남편이 '나'의 손으로 자신의 입을 막는 행동. 이 단순한 손짓으로 인해 '나'가 연호에게 품었던 불온하고 은밀한 욕망은 근본적으로 거부당한다. 본디 이를 남편에게 발설하는 행위는 (연호의 전학 소식이나 미용실 앞에서의 어색한 재회로 인해 더욱) 꺼져가는 욕망을 실체가 있는 무언가로 승격해줄 수 있는 계기가 될 수 있었다. 그러나 발설을 거부당함으로써, (말해서는 안 되는) 위태롭고 짜릿한 욕망은 (말할 필요도 없는) 시시하고 진부한 것이 되고 만다. 그리고 결혼 제도로 묶인 두 사람의 관계가 완전하게 솔직하지 않았으며 심지어는 그럴 필요도 없다는 암묵적인 전제가 수면 위로 올라와 냉정하게 확인되고 만다. 이로써 '나'의 욕망은 가부장제 바깥으로 탈주해서 자유로워지거나, 실현되었다는 이유로 처벌받거나, 계속 억압되어 일상으로 다시 밀어넣어질 기회조차 얻지 못한 채로 무화된다. 이제 '나'의 갈 곳 잃은 욕망은 어디로 가야 할까.

소설은 끝까지 '나'의 욕망을 구제하지 않는다. 남편에게 발설을 거부당한 욕망은 들어줄 대상을 찾아 그날 새벽 공원에서 만난 미친 여자의 귀에까지 도달한다. '나'는 한 손에 소주병을 들고 창백한 얼굴로 허공을 향해 혼잣말을 하는 미친 여자에게 경계심을 느끼면서도 알 수 없는 끌림으로 다가가 대화를 나누고 싶은 욕구를 느낀다. 그리고 "내 얘기도 좀 들어줘요"라며 여자의 귀에 대고 이야기를 발설한다. 드디어 출구를 찾은 것 같았던 '나'의 욕망은, 그러나 멍하니 '나'를 바라보다가 다시 알 수 없는 말을 쏟아내며 허공을 바라보는 미친 여자의 시선 속에서 다시 한번 갈 길을 잃고 영원히 혼잣말로 남는다.

미조의 시대

이서수 2014년 『동아일보』 신춘문예에 「구제, 빈티지 혹은 구원」이 당선되어 작품 활동 시작. 장편소설 『당신의 4분 33초』로 제6회 황산벌청년문학상 수상. 단편소설 「미조의 시대」로 제22회 이효석문학상 수상.

미조의 시대

　나에게 그 회사를 추천해준 사람은 수영 언니였다. 언니는 구로공단역이 구로디지털단지역으로 바뀌기 전부터 구로에 살았고, 직장도 그곳에서만 구했다. 대학 시절 매일 산책하던 천변을 지금까지도 매일 걸었다. 언니의 꿈은 웹툰 작가였지만 회사에서 요구하는 그림을 그리는 어시스턴트가 될 수밖에 없었는데, 다소 수위가 높은 성인 웹툰을 그려야 했다. 언니는 그 일을 시작한 지 반년 만에 탈모 약을 먹기 시작했다.

　내가 경리직으로 지원한 회사 역시 웹툰과 웹소설을 제작하는 회사였다. 구로디지털단지역에서 도보로 10분 거리였고, 언니 말로는 동종 업계에서 다섯 손가락 안에 드는 회사라고 했다. 역에서 회사로 걸어가는 길에 테크노타워, 포스트, 밸리 등의 이름이 붙은 거대한 건물들이 잇따라 보였다. 그리 삭막한 풍경은 아니어서 짧게 안도했다.

　관리팀 차장은 40대 후반의 남자였다. 그는 내 이력서를 들여다보며 고심하더니 이직과 퇴사가 잦은 이유를 상세히 설명해보라고 했다. 그것부터 묻는 것을 보니 이번에도 떨어질 게 분명하다고 직감했다.

　첫 번째 직장에 다닐 때 엄마가 수술을 하셨는데 제가 간호할 수밖에 없는 상황이었습니다.

차장은 곧바로 다른 가족은 없는지 물었다. 없다고 답하려다가 흠칫 놀 랐다. 실은 없는 게 아니지 않은가. 이력서에도 적혀 있듯 충조는 분명히 존재하는 인물이었다. 가족으로 볼 수 있는지가 의심스럽긴 하지만.

오빠가 있는데 멀리 살아요.

차장은 그러면 간병인을 쓰지 그랬느냐고 집요하게 물었다. 첫 질문부터 파고드는 것을 보니 여간 깐깐한 사람이 아닌 것 같았고, 벌써부터 그와 함 께 일하기가 싫어졌다. 차장은 두 번째 직장에선 왜 이런 거냐고 물었다.

6개월 근무하고 경영 악화로 퇴사를 권고받았는데, 그 뒤에 아르바이트 생으로 다시 일해줄 수 있겠느냐는 부탁을 받아서 반년 동안 아르바이트생 으로 일했습니다.

잘라놓고 알바로 썼다고요?

차장은 나를 멍청한 여자애로 보는 듯한 눈길을 던지더니, 세 번째 직장 에선 왜 이런 거냐고 물었다.

통근 시간만 네 시간 가까이 걸려서 어쩔 수 없이 퇴사했습니다.

차장은 이렇게 먼 회사를 생각 없이 들어간 것부터가 잘못이라고 했다. 합격한 곳이 그곳밖에 없어서였다고 말하고 싶었지만 참았다. 그러자 차장 은 네 번째 직장에선 또 왜 이런 거냐고 물었다. 이력서에 쓰여 있는 그대 로였다. 더 설명할 것도 없었다.

경영 악화로 퇴사를 권고받았습니다. 대답을 마치고 곧바로 짤막한 손톱 만 내려다보았다. 그러고 있는 동안 내가 누군지, 이곳은 어디인지 순간적 으로 현재를 상실했다. 이게 말로만 듣던 압박 면접인 걸까? 그건 시대의 유물로 사라졌다고 들었는데 눈앞의 저 남자는 그런 소식을 혼자서만 듣지 못한 것 같았다.

세 달 만에 그랬다고요? 마지막 직장도 경영 악화로 퇴사했다고 되어 있 는데?

나는 그렇다고 답했다. 회사가 망한 것이 내 잘못은 아니지 않은가. 요즘

엔 그런 회사가 많다고 덧붙이려다가 말았다. 차장은 침통한 표정으로 고개를 숙이고 있다가 희망 연봉을 물었다. 그러나 내가 입을 열기도 전에 먼저 말했다. 우리가 원하는 사람은 같은 업무를 오랫동안 해줄 사람인데, 알고 오셨죠?

물론 알고 왔다. 이제껏 모든 걸 직설적으로 물어놓곤 자기에게 불리한 상황이 오니 예의를 차리며 우회적으로 묻고 있었다. 나는 잘 알고 왔노라고 답했다. 이젠 놀라지도 않는다. 업무의 난도가 높지 않고, 10년이 지나도 똑같은 업무를 해야 한다. 그러므로 많은 돈을 줄 수 없다. 연차가 쌓이면 승진은 가능하지만 그걸 바라면 위험해지게 될 것이다. 너를 자르고 신입을 뽑아도 급여 정산 정도는 충분히 맡길 수 있다. 너는 그걸 알고 있어야 한다. 거의 모든 회사에서 들어온 말이었다.

차장은 다시 압박 면접으로 돌아가, 더존 프로그램은 당연히 쓸 줄 알죠, 라고 물었다. 예상하지 못한 말은 아니었으나 예상하지 못한 자신감 하락이 찾아왔다. 나는 떳떳하지 못한 목소리로 말했다. 예전에 다녔던 회사들은 세무사 사무소에 자료를 넘기는 방식이었습니다.

차장은 긴 한숨을 내쉬었다. 그의 얼굴은 여긴 왜 왔느냐고 묻고 있었고, 나의 얼굴은 나를 왜 불렀느냐고 묻고 있었다. 우리는 서로가 원하는 답을 듣지 못한 채 헤어졌다. 두 번 다시 만날 일이 없을 거라는 강렬하고도 반가운 예감이 들었다.

텅 빈 복도를 걸어 엘리베이터로 향하는데 엄마에게서 전화가 걸려왔다. 엄마의 전화는 시간대를 가리지 않고 석양처럼 슬픈 기운을 몰고 왔다.

—미조야, 조금 전에 집주인이 찾아왔어.

나는 알겠다고 답한 뒤 전화를 끊었다. 엘리베이터 벽면 거울에 비친 얼굴을 보니 유적지에 돋아난 누런 잡초 같은 안색이었다. 이런 몰골로 잘도 면접을 봤다. 아니면 면접을 봐서 이런 몰골이 되었나. 어쨌든 지금은 집 문제가 우선이므로 그것에 대해 생각해야 한다. 작년부터 골목에 현수막이

걸리기 시작하면서 각오는 했다. 재건축이 시작되면 주인에게서 무슨 말이 있을 거라고 미리 귀띔을 해두었는데도 엄마는 몹시 당황한 목소리였다. 이곳을 떠나면 반지하로 가야 한다는 걸 엄마도 알고 있는 것이다.

5천만 원으로 서울에서 전셋집을 구하겠다고? 수영 언니는 내 잔에 소주를 따라주다가 놀란 어조로 물었다. 오늘도 성인 웹툰을 그리다가 온 언니는 지난번 보았을 때보다 낯빛이 더욱 어두웠다. 새로 시작한 작업이 이전에 맡았던 것보다 더 심각한 내용이라고 했다. 변태적이고 가학적인 성행위를 즐기는 남성이 주인공으로 등장하는 웹툰이었고, 그걸 그리며 언니는 매일 힘들어했다. 사장은 대박이 확실한 작품이라고 어시들을 독려했지만 거의 모든 어시가 여성이었기에 분위기는 언제나 좋지 않았다. 다들 힘들어했다. 작업을 하다가 엎드려 우는 동료도 있었고, 우울증 약을 먹는 동료도 있었다.

받아들여. 어딜 가든 마찬가지야. 어머니께도 그렇게 말씀드리고. 언니는 언니다운 해결책을 내놓았고, 나는 대답 없이 고개만 저었다. 그게 가능하면 고민도 안 했겠지. 엄마가 어떤 사람인지는 언니도 알았다. 충조의 잘못도 있었고, 엄마의 잘못도 있었지만 결론적으론 내가 잘해야 되는 문제로 귀결되었던 지난날을 언니도 다 알았다.

언니는 좋겠다. 언니 엄마는 어딜 가든 혼자서도 잘 사시잖아.

언니는 손을 내저었다. 우리 엄마는 너희 엄마보다 나이가 훨씬 많잖아. 혼자 사는 노인한텐 집주인들이 집을 잘 안 주려고 해.

왜?

언니는 잠깐 머뭇거리다가 말했다. 고독사할까 봐.

나는 언니가 있는데 왜 고독사를 하겠느냐고 묻지 못했다. 언니 역시 어묵 국물을 휘저으며 생각에 잠겼다. 우리는 우리의 엄마들이 고독사할 가능성을 점쳐보고 있었다. 언젠가 우리는 K-장녀로서의 의무를 저버리고 캐리어를 끌고서 훌쩍 떠나버릴지도 모른다. 취하면 가끔 그런 얘기를 했다. 내가 아는 섬이 있는데, 거기 가서 같이 살자. 물고기나 잡아먹으면서. 언니가 그렇게 말하면 나는 우리가 그 비린 것들을 매일 먹을 수 있을 리가 없다고 반박했다. 언니는 지금도 밤 9시만 되면 KFC 1+1 치킨을 먹기 위해 집을 나서지 않느냐고 덧붙이면서. 그런 말을 하며 우리는 함께 웃었다. 편의점 맥주와 스낵 봉지를 부려놓고. 우리의 낙이 네 개의 맥주를 기막히게 잘 조합해 골라오는 것뿐일지라도 함께 있는 자리에선 자주 웃었다. 마주 보고 웃다 보면 더 많이 웃게 되었다. 그런 밤이면 언니는 취한 목소리로 말했다. 너만 있으면 괜찮을 거 같아. 외딴섬이어도, 와이파이가 없어도.

어묵탕은 점점 식어갔고, 부탄가스도 다 소진되었는지 불을 붙여도 다시 붙지 않았다. 우리는 탕이 차가워질 때까지 말없이 앉아만 있었다.

술자리는 맥없이 끝났다. 가게 안에 가득 들어찬 사람들을 보며 별세계구나, 자꾸 그런 생각이 들었고 언니 역시 같은 생각이 든다고 했다. 자리에 앉자마자 QR코드 인증부터 마쳐야 했는데, 이렇게 많은 사람들이 붙어앉아 술을 마시고 있으니 과연 안전할까 싶었다. 마스크를 쓰고 밖으로 나와 미니스톱으로 걸어갔다. 언니와 깔깔거리에서 술을 마실 때마다 습관처럼 레종프렌치블랙을 사곤 했다. 언니는 3년 전에 담배를 끊었는데 탈모 약을 복용하면서 다시 흡연자가 되었고, 나는 술집-레종 루틴을 몇 번 반복하다가 결국 흡연자가 되어버렸다.

나란히 서서 담배 연기를 피워올리고 있는 동안 눈앞으로 마스크를 쓴 회사원들이 무리지어 지나갔다. 다들 술집으로 들어가는 중이거나, 나오는 중이거나 했다. 바닥엔 '오피돌 2만 원'이라고 크게 적힌 전단지가 수십 장 깔려 있었다. 셔츠만 입은 리얼돌의 얼굴을 사람들이 밟고 지나갔다. 그걸 보고 있으려니 언니가 옆구리를 쿡 찔렀다. 야, 저기 좀 봐.

언니가 가리킨 여자는 복장부터 기묘했다. 캉캉치마처럼 겹겹이 단을 댄 짧은 치마에 머리를 양 갈래로 높게 묶고 리본 장식이 달린 무릎 양말을 신고 있었는데, 그런 차림새로 돌아서는 여자의 얼굴은 40대 후반에 가까웠다. 여자는 회사원 무리를 기웃거리며 끊임없이 말을 걸었다. 야, 마약이라도 파는 거 같다. 수상해. 언니가 그쪽으로 걸어가더니 핸드폰을 들여다보는 척하며 여자의 등 뒤에 섰다. 나는 언니가 그러고 있는 게 웃겨서 혼자 계속 웃었다. 다시 곁으로 돌아온 언니가 말했다. 계속 같은 말만 하네. 언니는 내가 무슨 말이냐고 물어도 대답을 않더니 지하철역으로 걸어가는 길에 알려주었다. 전단지를 찔러주면서, 다 됩니다, 다 돼요, 계속 이 말만 했어. 언니는 짧고 날카롭게 웃었다.

그게 무슨 뜻인데? 뒤미처 무슨 뜻인지 깨닫고 인상을 찡그렸다. 언니는 뭘 그런 걸로 심각해지냐고 말했다. 난 이제 아무렇지도 않아. 넌 내가 온종일 어떤 걸 그리는지 알면 기절할걸.

나는 오래전부터 입속에 굴러다니던 말을 결국 꺼내놓았다. 언니는 그런 일을 왜 계속해?

미조야, 너도 오늘 면접 본 회사에 들어가면 알게 될 텐데, 성인 웹툰은 오너의 최후의 방패 같은 거야. 매출 100억 정도 올리는 건 쉽거든. 그러므로 어느 회사를 가든지 간에 어시는 마음의 준비를 하고 있어야 돼. 어딜가나 똑같다는 거야. 다 마찬가지야.

또 저 말버릇. 다 마찬가지라는 말. 그러니 마음의 준비나 단단히 해야 한다는 말. 언니는 그 말을 하면 자기가 되게 어른스러워 보이는 줄 아는 모양인데 사춘기 소녀처럼 보일 때가 더 많았다. 언니의 말을 곧이곧대로 믿기도 힘들었다. 오너의 최후의 방패라기보다 언니의 최후의 방패 같았다.

정말로 다 똑같다고?

언니는 선뜻 대답하지 못하고 내 눈길을 피했다.

난 그런 회사 다니기 싫은데.

넌 장부 정리만 하면 되는데 무슨 상관이니?

나는 언니를 그만 보내고 싶었다. 그리고 구로엔 두 번 다시 오고 싶지 않다는 생각도 했다. 어차피 면접 본 회사에서 연락 올 가능성은 없었고, 원래 다니던 회사들이 좀 영세하고 사양산업인 제조업이 많긴 해도 그런 회사가 더 나을 것 같았다. 언니는 내 말에 눈을 동그랗게 떴다.

너 취했니? 우리 회사 영업 이익률이 얼마나 높은데. 매출도 앞으로 올라갈 일만 남았어. 이런 회사는 앞으로 10년은 탄탄하지. IT회사잖아. 안 그래?

나는 그게 왜 IT회사냐고 물으려다가 말았다. 언니를 두 번 다시 안 볼 것도 아니고, 엄마와 집 얘기도 해야 했다. 아직도 하루가 끝나지 않았고 어쩌면 지금부터 시작인지도 몰랐다. 언니는 내 표정을 살피더니 어깨를 어루만졌다.

잘 들어가. 집도 잘 구해보고. 언니는 어림도 없을 거라는 어투로 말했다. 만일 서울에서 구할 수 없으면 부천이나 인천에도 가봐. 이부망천이라는 말도 있잖아.

그런 말은 처음 들어봤다. 삼도천과 비슷한 뜻인가? 집 못 구하고 죽기 전에 어딜 건너가라는 뜻인가? 언니는 그런 뜻이 아니라고 했다.

근데 그것도 다 옛말이야. 이젠 아파트도 많이 올라가고 달라졌어. 청약 통장은 있니?

없어.

우리는 그런 것도 안 하고 여태 뭐 했을까?

언니는 깔깔거리며 웃었다. 뒤늦게 술기운이 올랐는지 자꾸만 웃더니 역사에서 담배를 빼어 물고 손을 흔들며 다급히 돌아섰다. 천변을 걸으며 담배를 피우려는 거겠지. 언니는 밤마다 물가를 걷고, 그런 지가 벌써 10년째다.

엄마는 침대 끝에 걸터앉아 노트북을 들여다보고 있었다. 저걸 언제 주었더라. 수영 언니가 쓰던 것을 받아서 준 거였다. 화면이 크다는 것을 제외하면 배터리 상태도 그렇고 쓸 만한 물건이 아니었는데도 엄마는 그 노트북을 사랑했다. 거의 유일한 친구였다. 포털 사이트에서 온갖 가십거리를 읽고 기억해두었다가 귀가한 나를 따라다니며 말해주는 낙도 있었지만 더 중요한 건, 그 노트북으로 시를 쓰고 있다는 거였다.

중증 우울증 판정을 받았을 때 엄마에게 노트북을 가져다주며 뭐든 써보라고 했다. 일기를 쓰면서 마음을 다독이는 습관이 있었기에 엄마도 그렇게 해보길 바라서였다. 그러나 엄마는 긴 글은 쓰기 싫어했고, 단상 같은 것을 기록하기 시작하다가 나중엔 시를 썼다. 그게 시라고 생각하는 사람은 나밖에 없을 거라고 엄마는 말했다.

정말 너밖에 없을 거다. 너는 이게 시로 보이니?

응, 아무리 봐도 시로 보여.

그때부터 엄마는 거의 매일 한 편씩 시를 썼다.

주인이 빨리 나가라는데 우리 이제 어쩌니. 그렇게 말하는 엄마의 얼굴은 다행히도 그리 어두워 보이지 않았다. 눈길이 모니터에 고정되어 있는 걸 보니 오늘 쓴 시를 읽어주고 싶은 눈치였다. 나는 재킷을 벗어 옷장 안에 걸면서 물었다. 오늘도 시 썼어?

주인 여자가 왔다가고 마음이 뒤숭숭해서 동네를 걷는데 시가 막 떠오르는 거야. 이젠 걸을 때도 떠올라. 왜 이런지 모르겠어.

읽어줘봐.

나는 잘 닫히지 않는 옷장 문을 손바닥으로 꾹꾹 누르며 말했다. 내 방은 작아서 옷장이며 책장이 모두 조금 더 큰 엄마 방에 있었다. 대학 시절 읽은 책들을 한 권도 버리지 못하고 모아놓은 책장도 있었는데 나보다 엄마가 더 아꼈다.

들어볼래? 엄마는 목소리를 가다듬었다. 자작시를 낭송할 때마다 엄마의 어조는 비극적인 대서사시를 읽는 것처럼 웅장해졌다. 그런 목소리로 엄마는 오늘 저녁에 쓴 시를 읽었다. 부대찌개를 앞에 둔 시무룩한 체코인

종이컵에 꼬인 100마리의 개미 버려진 네 짝의 장롱 중 두 짝은 돌아서 있는 것과 열차 안에 나와 갇힌 사람들 수족관 속 겹겹이 쌓여 있는 게와 같다면 집게발로 너를 쿡 찌를까. 거기까지 읽더니 엄마는 말이 없었다.

끝이야?

떡집에서 못 팔고 버린 떡 같은 하루.

나는 엄마를 돌아보았다. 엄마의 눈길은 여전히 모니터에 고정되어 있었다. 떡집에서 못 팔고 버린 떡 같은 하루라…… 나는 나의 하루와 엄마의 하루가 얇은 유리창을 사이에 두고 겹쳐지는 광경을 떠올렸다.

너는 이게 시 같니?

응. 시 같은데.

그러니. 너는 시를 잘 아는구나.

아니야. 잘 몰라.

아니야. 너는 시를 잘 알아. 엄마는 강조하듯 그렇게 말하더니 노트북을 덮으며 어서 씻으라고 했다. 엄마의 가장 중요한 일과가 끝난 것이다.

세수를 하며 엄마의 시를 떠올렸다. 체코인과 돌아선 장롱과 버려진 떡 그리고 또 뭐였더라. 나머지는 생각나지 않았다. 엄마는 왜 그런 시를 쓰는 걸까. 목격한 것들을 나열하는 것뿐인지도 모르지만 엄마가 부대찌갯집에서 체코인을 봤을 리 없고, 그 전에 이 동네에 체코인이 왔을 리도 없다. 왔다고 하더라도 체코인이라는 걸 어떻게 단박에 알아볼 수가 있나. 버스를 탔을 리도 없다. 마스크를 꼭 써야 하는 세상이 된 뒤로 엄마는 동네를 벗어난 적이 없었다. 마을버스 종점까지였던 엄마의 생활 반경은 이제 집 근처를 거의 벗어나지 않았다. 종점에 가본 것도 용기를 내서 한 일이었다. 아무런 목적 없이 종점에서 내려 조금 걷다가 다시 버스를 타고 돌아왔지만, 엄마는 바다를 보러 가는 것처럼 들뜬 마음이었다고 했다. 종점이 바다 같았어. 나는 엄마를 도무지 이해할 수 없었지만 그걸 시로 써보라고 대구했다.

어쩌면 나는 엄마에 대한 몰이해의 장벽에 시를 세우고 있는 건지도 모른다. 첫째 딸은 나이지만 둘째 딸은 시인 것이고, 그렇게 존재하지도 않는 둘째 딸에게 내 역할의 일부를 떠넘기고 있는 건지도. 엄마가 입버릇처럼 말하는, 이럴 줄 알았으면 딸 하나 더 낳을걸 그랬다는 후회를 시로 해결해보라고 등 떠미는 건지도.

세수를 마치고 나서야 충조를 까맣게 잊고 있었다는 걸 깨달았다. 정신머리 없는 놈. 아빠는 충조를 볼 때마다 그렇게 말했다. 아빠의 가게에 가서도 일을 돕기는커녕 생생정보통을 넋 놓고 보는 충조를 가리키며 아빠는 이렇게 말하곤 했다. 저놈 지금 또 정신이 나갔다. 나갔어. 충조는 그런 말을 들어도 아무런 반응을 보이지 않았다.

방으로 들어오자마자 언니에게 잘 들어갔느냐고 톡을 보냈다. 답장은 오지 않았다. 읽었음에도 답장이 없는 걸 보니 아직 도림천을 걷고 있는 중인 듯했다. 자려고 누우니 뒤늦게 답장이 왔다. 언니의 답장을 읽다가 문득 엄마와 언니를 만나게 해줘야 하나, 그런 생각이 들었다.

미조야, 나는 글도 잘 쓰고 그림도 잘 그려서 뭐라도 될 줄 알았는데 지금 이렇게 레종과 도림천에 버려져 있다. 미조야, 나는 예쁘지도 않고 날씬하지도 않은데 그게 한 번도 걱정된 적은 없는데 지금 담배가 다 떨어져가고 있는 게 너무 걱정된다. 이게 돛대야. 잘 자라.

나는 피식 웃다가 모로 누웠다. 언니는 뜬금없는 말을 종종 했고, 엄마가 시를 쓰고 있다고 말할 때마다 "멋지다, 정말 멋진 분이시다"라고 말해주었다. 엄마와 언니가 모녀였다면 어땠을까. 아주 재미난 풍경이었겠다고 생각하며 눈을 감았다가 흠칫 놀라며 다시 떴다. 충조에게 전화하기로 했지. 그런데 충조에게 전화하는 건 너무나 싫은 일이었다. 그래도 나는 이불을 걷고 일어나 앉았다. 충조에게 전화를 하자. 집이 이렇게 되어버렸다고 알리자. 장남인데 설마 또 정신머리 없이 굴지는 않겠지.

결국 충조에게 전화를 걸었다. 신호음이 울렸고, 계속 울렸다. 끊고 다시 걸었다. 신호음이 울렸고, 계속 울렸다. 끊고 다시 걸려다가, 말았다. 오늘은 포기다. 어쩌면 충조는 나의 전화에서 일몰처럼 불길하고 슬픈 기운을 느끼는지도 모른다. 우리 가족은 이런 기운으로 서로를 그늘지게 하는 건지도. 그래, 충조야. 전화 받지 마. 받으면 너도 뭔가를 해야 될 테니까.

걱정과 달리 놀랄 정도로 푹 잤다.

낙성대역 인근 전셋집이 눈에 들어왔다. 가격이 얼추 맞았고, 위치도 좋았다. 물론 반지하였지만. 언니 말대로 5천만 원으론 지상의 집을 구할 수 없었다. 곁에서 함께 부동산 사이트를 들여다보고 있던 엄마는 바닥에 누워버렸다. 이제 빨래를 어떻게 말린다니. 엄마는 빨래 때문에 걱정이 태산이었다. 고작 빨래 문제만 걱정하는 게 이상하게도 안심이 됐다.

빨래방 가서 건조기로 말리면 되니까 걱정 마. 어딜 가든 살아. 다 마찬가지야. 나는 수영 언니나 할 법한 말을 엄마에게 해주었다. 엄마에게 맡겨놓으면 또 집에 와서 버려진 떡 같다는 시나 쓸지도 모르니 내가 적극적으로 움직여야 했다.

사이트에 올라온 낙성대 집은 꽤 널찍하고 깨끗해 보였다. 사진으로 보니 싱크대며 창호가 새것처럼 깨끗했다. 반지하여도 밝아 보인다. 새집 같네. 엄마도 연신 그렇게 말했다. 곧바로 부동산에 전화를 걸었다. 전화를 받은 남자는 일단 사무실로 나오셔야 한다고 정중하게 말했다. 지나치게 정중해서 사기를 치려는 게 아닐까 의심스럽기까지 했다. 하긴, 사기도 돈이 있는 사람이나 당하는 거지.

부동산은 역에서 멀지 않았다. 비좁은 공간에 여덟 명의 남자들이 책상을 마주 붙여놓고 이열횡대로 앉아 있었다. 이렇게 직원이 많은 부동산은 처음이었다. 엄마도 놀란 눈치였다. 좌방석이 푹 꺼진 소파도 없었고, 동네 사랑방처럼 차나 한잔하고 가라는 분위기도 아니었다. 누가 사장인지 알 수 없을 정도로 죄다 젊었다. 낙성대 집 물건을 보러 왔다고 말하자마자 젊은 남자가 의자에서 일어나더니 옆에 놓인 두 개의 맹꽁이의자를 가리켰다. 문득 교무실로 불려가 성적 때문에 꾸지람을 들었던 순간이 떠올랐다. 그때도 이렇게 불편한 자세로 앉아 담임이 가리키는 모니터를 들여다봤는데. 엄마는 이런 상황이 신기한 듯 통화 중인 다른 남자들을 대놓고 쳐다보았다. 콜센터라고 해도 믿을 수 있는 풍경이었다.

남자는 모니터에 부동산 사이트를 중복해서 띄우더니 매물을 급하게 보여주었다. 뒤에서 누가 쫓아오기라도 할 것처럼 설명이 무척 빨랐다. 젊어서 그런가. 나도 젊으면서 그런 생각을 했다. 금액이 맞는 곳은 한 군데밖에 찾을 수 없었다. 낙성대 집, 오로지 그 매물밖에 없었다. 남자가 말했다. 이거 하나만 보시겠어요, 아니면 금액을 좀 더 올려볼까요.

엄마는 마스크를 눈 아래까지 끌어올리고 대답 없이 허공만 쳐다보았다. 절반 가까이 되는 남자들이 마스크를 내리고 통화에 열중하고 있었다. 엄마가 걱정되어 먼저 나가 있으라고 했더니, 기다렸다는 듯 얼른 밖으로 나갔다.

나는 다른 물건도 더 보겠다고 말했다. 남자는 5천만 원에서 7천만 원 사이의 전셋집을 일일이 클릭하더니 볼 것인지, 패스할 것인지 빠르게 물었다. 스피드 퀴즈처럼 휙휙 지나가는 사진을 보며 결정 내리는 건 여간 힘든 게 아니었다. 조금만 뜸 들여도 남자는 마우스를 톡톡 두드렸다. 사진만 봐선 죄다 멀쩡해 보였다. 뭐가 뭔지 구별할 수 없을 정도로 많은 집을 본 뒤에야 겨우 네 군데를 골랐다. 남자와 함께 밖으로 나오니 엄마는 모퉁이에 서서 두 손을 맞잡은 채 고개를 숙이고 있었다. 남자는 SUV를 가리키며 말했다. 걸어서 보긴 힘드실 거예요.

남자는 거칠게 운전했다. 차에 오른 지 3분 만에 첫 번째 원룸에 도착했다. 우리가 마음에 들어 했던 집이었다. 남자를 따라 계단을 내려가는데 센서등이 켜지지 않아 어둡고 긴 동굴 속으로 들어가는 것 같았다. 매일 이 복도를 오가야 한다고 생각하니 모든 게 꿈만 같았다. 내가 살 집을 구하는 게 아니라, 꿈속의 내가 집을 구하고 있는 광경을 훔쳐보는 기분이었다.

남자가 문을 열자마자, 벽이 보였다. 사진으로 본 것과 달랐다. 둘러볼 것도 없이 문가에 서서 한눈에 확인할 수 있는 집을 두고 나는 자세히 둘러보는 척했다. 광각으로 찍은 사진이었구나. 당했다.

곁에 서 있는 엄마가 떠올랐다. 엄마는 그림자처럼 아무런 소리 없이 신발장 앞에 가만히 서 있었다. 엄마도 이 모든 게 꿈 같다고 생각하려나. 아니면, 버려진 떡 같다고.

방은 비어 있었고, 몇 걸음 가지 않아 벽이었고 창이었는데, 창문을 여니 행인들의 발이 눈높이에서 보였다. 밖으로 고개를 내밀었다간 그들의 발길에 차일 것 같았다. 신기하게도 내가 걱정했던 건 차이는 내가 아니라 나를 차는 그들이었다. 걷다가 다른 사람의 머리를 차면 얼마나 당황스러울까.

남자는 내 눈치를 살피다가 물었다. 어떠세요?

어떨 거 같으냐? 나는 입을 열 기분이 아니었지만 뭐라도 말해야 할 것 같아서 관리비가 얼마인지 물었다. 지성 있는 여성처럼 행동하자.

남자는 관리비가 있는데 조금 저렴한 편이라고 했다.

얼만데요.

아, 지성 없는 목소리잖아. 나는 재빨리 미소를 덧붙였다.

8만 원이요.

나는 미소를 지웠다. 우리가 내고 있는 관리비는 수도세 1만 5천 원이 전부였다. 갑자기 아무것도 하기 싫어졌다. 눕고 싶었다. 바닥에 그냥 눕고 싶었다.

엄마는 참지 못하고 관리비가 왜 그렇게 비싸냐고 물었다.

근방에선 저렴한 편이에요. 10만 원 넘는 곳도 많아요.

이게 무슨 냄새지? 엄마는 남자의 말은 듣지도 않더니 갑자기 감자조림 냄새가 난다고 말했다. 그 말을 기쁜 듯이 해서 나뿐만 아니라 남자도 어리둥절한 표정이 되었다. 엄마의 말대로 감자조림 냄새가 나긴 했다. 처음엔 미미했지만 점차 진해졌다. 확실히 감자조림 냄새였다. 때마침 옆방에서 달그락거리는 소리가 들려왔다. 환기 장치를 타고 음식 냄새가 고스란히 넘어오는 것 같았다. 나는 밖으로 먼저 나갔다. 냄새의 침입이 공간의 섞임으로 연결되는 상황이 더럽고 치사한 종류의 범죄처럼 느껴졌다.

침해하지 말라고. 이게 어렵나?

각자 그 자리에서 독립적으로. 이게 어렵나?

머리 차일 일 없이. 네가 먹는 반찬 내가 알 일도 없이. 이게 어렵나?

고작 한 군데를 보았을 뿐인데 피로감이 엄습했다.

남자의 차를 타고 두 번째 집으로 향했다. 남자는 룸미러로 내 표정을 살피며 말했다. 여긴 반지하는 아니에요.

그는 나에게 집을 소개해주며 점차 자신을 장물아비로 느끼는 것 같았다. 떳떳하지 못한 물건을 보여주며 사라고 권유하는.

두 번째 집은 오늘 보기로 한 집들 가운데 가장 비싼 집이었다. 어차피 계약할 수도 없는 집이었지만 궁금한 마음이 들었다. 엄마도 보지 말자는 말이 없었다. 감자조림 냄새를 맡은 뒤론 약간 들떠 보이기까지 했다. 오늘은 어떤 시를 쓸지 벌써부터 궁금했다. 옆집에서 못 먹고 버린 쉰 감자 같은 하루였다고, 그렇게 쓰려나.

남자를 따라 계단을 올랐다. 계단을 오르는 것만으로도 마음이 점차 안정되는 신기한 체험을 했다. 이 집을 설계한 사람에 대한 인간적인 면모마저 떠올리게 되었다. 이타주의자. 휴머니스트. 누군가 나를 쉬게 해주기 위해 만든 집인지, 금전적 가치로 환산한 만큼의 공간에 욱여넣기 위해 만든 집인지 명확하게 느껴졌다.

기다란 복도 양쪽에 각각 네 개의 문이 있었다. 남자가 문을 열자 이번에도 벽이며 창이 곧바로 보였다. 그래도 여긴 책상이 있었고, 변기 위쪽에 샤워기가 있는 구조도 아니었다. 그러나 이번에도 엄마와 함께 살 수 있는 크기는 도무지 아니었다. 남자가 내 눈치를 살피더니 말했다. 책상은 빼서도 돼요. 그럼 좀 넓어져요. 곧바로 엄마가 제지하듯이 말했다. 내가 써요.

남자는 깜짝 놀라며, 어머님과 같이 사실 집이냐고 뒤늦게 물었다. 나는 그런 걸 먼저 설명할 필요는 없다고 생각했는데 어쩌면 창피해서 그랬던 건지도 몰라서 대답 없이 고개를 돌려버렸다. 남자는 방이 좀 작을 수도 있지만 그래도 볕이 드는 방이어서 괜찮을 거라고 말했다. 태도가 눈에 띄게 조심스러워졌다.

지성 있는 여성인 척도 더 이상 못 하게 됐다. 지금은 지성이 아니라 생활력을 보여줘야 할 때였다. 관리비를 좀 깎는다거나, 보증금을 조정한다거나.

그때 엄마가 갑자기 스위치를 내렸다. 이내 방은 어둠 속에 잠겼다. 엄마가 당황하며 말했다. 이상하네. 왜 어둡지?

나는 볕이 드는 방이어서 괜찮을 거라고 말했던 남자를 돌아보는 대신 곧바로 창문을 열어보았다. 높다란 회색 벽이 눈앞에 우뚝 서 있었다. 오르막길에 있어 앞쪽에선 1층으로 보이지만, 뒤쪽에선 반지층인 집이었다. 남자는 헛기침을 했다.

거짓말까지 하는 장물아비가 되다니. 나는 남자를 짧게 노려보았다.

집으로 돌아오는 내내 우리는 말이 없었다. 엄마는 지친 듯 눈을 내리깔았고 나는 그제야 엄마의 속눈썹에 맺힌 감정을 보았다. 우리는 가난해도 너무 가난했다. 하지만 둘 다 그걸 인정할 수 없었는데 자존심 때문만은 아니었다. 서울에서 우리가 함께 살 집을 구하기에 턱없이 부족한 5천만 원은 아버지가 평생 동안 모은 재산이었다. 우리는 그걸 너무나 잘 알았기에 절대로 기죽지 않겠다고 다짐했는지도 모른다. 하지만 서울의 집값은 아버지의 유산을 하찮은 것으로 만들어버렸다. 어느새 아버지는 6평 남짓한 반지하방의 전세금만 남겨준 사람이 되어 있었다.

자려고 누웠는데 엄마 방에서 음악 소리가 흘러나왔다. 안 자고 뭐하나 싶어 살며시 문을 열어보았더니, 코끝에 안경을 걸치고 노트북 앞에 앉아 있는 엄마가 보였다. 〈사랑 그 쓸쓸함에 대하여〉가 나직하게 흘러나오고 있었다.

노랫소리 때문에 깼니?

아직 안 잤어.

시 썼어. 들어볼래?

아니, 피곤해.

엄마는 그럼 어서 자라고 말했지만 나는 문설주에 기대어 서서 미적거렸다. 마지막 문장만 읽어줘봐.

엄마는 마우스 스크롤을 한참 동안 내리다가 다시 올리길 반복하더니, 잠깐의 틈을 두었다가 낭송을 시작했다. 예의 그리스 비극을 읊는 듯한 어조로.

도시의 주인이 나의 발끝에 불을 놓았다.

나는 아무런 감상평도 덧붙이지 않았다. 엄마도 매번 그랬듯 시 같으냐고 묻지 않았다. 물었다면 나는 뭐라고 답했을까. 시 같다고 하면 우리의 하루가 시적으로 변하는지, 시 같지 않다고 하면 우리의 하루는 어떻게 되는지. 그러나 엄마는 묻지 않았고, 그러므로 이건 시가 아니라 일기인지도 몰랐다.

미조야, 5천만 원은 참 큰돈이야.

대꾸 없이 문을 닫으려다가 엄마가 수경재배로 키우고 있는 고구마 줄기가 눈에 들어왔다. 그것은 거의 내 키만큼 자랐고 줄기 끝에 끈을 매달아 천장에 연결해놓은 상태였다. 평소엔 인지조차 못했던 그것이 오늘따라 너무 커 보였다. 몹시 거추장스러워 보였다. 1평은 족히 차지할 것처럼 보였다. 맙소사, 1평이라니! 고구마에게 선의를 베풀 재력이 우리에게 있던가.

이사 갈 때 저거 가져갈 거야?

엄마는 그제야 고구마 줄기를 돌아보았고 표정이 흐려졌다.

너무 커. 자르든지 해.

나는 차마 죽여버리라고 말하진 못하고 자르라고만 했다.

자르라고? 엄마는 뜻밖이라는 듯, 어떻게 그런 말을 할 수 있냐는 듯 나를 길게 쳐다보다가 다시 노트북 모니터를 보더니, 갑자기 타자를 빠르게 치기 시작했다. 내 욕을 쓰는 건가? 물론 엄마는 시를 쓰고 있을 것이다. 그렇게 믿기로 했다.

내 방으로 돌아와 곧바로 불을 껐다. 안 그래도 짐이 많은데, 원룸에 이 짐을 다 넣을 수는 없을 텐데 고구마 줄기는 지나치게 잘 자라 천장에 닿을 듯했다. 쑥쑥 자라며 내게 자기 방을 달라고 외치는 듯했다. 나는 옆방의 고구마 줄기가 미웠다. 있는 줄도 몰랐던 조용한 식물까지 미워하는 나의 마음은 도대체 얼마나 작아진 걸까. 6평짜리 반지하방만큼?

이불을 덮고 누웠다가 벌떡 일어나 불을 켜고 일기장을 꺼내왔다. 어떤 말이든 써야지. 이게 시인지 일기인지 잡념의 배설인지 그런 건 중요하지 않다. 마음속에 소용돌이치는 단어들을 꺼내놓지 않으면 영원히 속에 박혀버릴 것 같았다. 그게 내가 되어버릴 것 같았다. 그러나 막상 일기장을 펼치자, 볼펜을 쥐고 있는 손은 도무지 움직이려 들지 않았고 단어들은 제자리를 찾지 못했다. 우리가 우리의 집을 찾지 못하는 것처럼.

심호흡을 하고 단어를 적어 내려가기 시작했다.

고구마 줄기.

써놓고 보니, 무해한 단어였다. 차분하게 나를 올려다보고 있는 느낌이었다.

종이에 앉는 단어도 이렇듯 제자리가 있는데 우리는 왜 아무 곳에도 앉지 못할까. 어쩌면 엄마는 민들레 꽃씨처럼 날아다니다 어딘가 안착할 거라고, 반세기 넘게 살아오면서 늘 그랬듯 지금도 그럴 거라고 생각하는지도 모른다. 그러지 않고서야 5천만 원이 큰돈이라고 말할 수는 없다. 나 역시 그게 아주 큰돈이라고 생각했었다. 7년 전, 아버지가 그것을 우리에게 남겼을 땐.

하지만 엄마, 우리는 민들레 꽃씨가 아니고 우리에겐 집이 필요해.

대륭포스트타워 앞에서 수영 언니를 만났다. 반차를 쓰고 일찍 퇴근한 언니는 근처 편의점으로 나를 데리고 가더니 유자맛 꿀물을 사서 건넸다. 따뜻했다. 이걸 왜 마시라고 하는지 도무지 몰랐지만 묻지 않고 끝까지 마셨다. 그리고 언니를 따라 다시 대륭포스트타워 앞으로 걸어갔다.

미조야, 너 이게 뭔지 알아? 언니는 건물 앞쪽에 등신대 높이로 세워놓은 타일 벽을 가리키며 물었다. 그 벽에 구로의 역사가 흑백 사진으로 커다랗게 프린트되어 있었다. 산업단지가 조성되기 전 구로동 일대의 한적한 풍경과 60년대 가발공장의 여공들, 70년대 공업단지공장, 80년대 한국수출산업공단, 2000년대 G밸리의 밤 풍경이 그곳에 있었다. 나는 언니가 뜬금없이 이걸 왜 보라고 하는 건지 알 수 없었지만 꿀물을 먹고 나선 좀 느긋해졌기에 잠자코 있었다.

미조야, 여기 이 여자 좀 봐.

언니가 가리킨 사진 속 인물은 가발을 만들고 있는 단발머리의 젊은 여성이었다.

언니랑 닮았어.

우리는 함께 웃었고, 손을 잡고 걸었다. 어쩜 머리 모양까지 똑같을까.

우리는 한참 동안 그 여성에 대해 얘기했다. 반세기 전 언니와 머리 모양이 똑같고, 얼굴도 닮은 여성이 이곳에서 가발을 만들고 있었다는 것에 대해. 짓궂은 운명의 수레바퀴 운운하는 촌스러운 말은 주로 언니가 했고, 나는 그 시절의 헤어스타일이 지금 봐도 어색하지 않은 것을 놀라워했다. 그 시절의 힙스터였을까? 주로 어디에서 놀았을까? 언니는, 모르지, 모르는 일이야, 계속 그렇게만 말하더니 횡단보도 앞에 멈추어 섰을 때 떨리는 음성으로 말했다. 미조야, 난 저 사진을 보고 더 이상 내 탓을 안 하게 됐다.

무슨 탓?

넌 내가 나쁜 일을 한다고 생각하지?

나는 대답하지 않았다. 언니가 하는 일은 세상을 조금 더 나쁘게 만드는 일인지도 모른다고, 그렇게 생각한 적은 있다고 말하려다가 하지 않았다.

네가 무슨 생각 하는지 알아. 하지만 나는 저 여자처럼 시대가 요구하는 걸 만들고 있는 거야. 시대가 가발을 만들어야 돈을 주겠다고 하면 가발을 만드는 거고, 시대가 성인 웹툰을 만들어야 돈을 주겠다고 하면 그걸 만드는 거야. 그렇게 단순한 거야. 마찬가지인 거야.

나는 별다른 대꾸를 하지 않았다. 꿀물을 마셔서 그런지 입을 열 때마다 단내가 났다. 언니도 별다른 말이 없었다. 어느새 우리는 손을 놓고 걸었다. 나는 언니의 말을 생각했다. 언니는 결국 그런 사람이구나. 몰랐던 게 아니다. 그러나 처음엔 언니가 그런 사람인 줄 몰랐다. 언니에게 그렇게 말했더니 그럼 어떤 사람인 줄 안 거냐고 따지듯 물었다.

언니가 우리 집에 처음 놀러왔을 때 계속 방바닥에 누워 있었잖아. 왜 그러냐고 물었더니 언니가 뭐라고 했는지 알아?

언니는 안다고 고개를 끄덕였다. 기억하고 있다고. 그때 언니는 이렇게 말했다. 나는 친해지고 싶은 사람이 있으면 그 사람 집에 가서 가만히 누워 있어봐. 그러는 동안에도 마음이 계속 편하면 그 사람과 마음 놓고 친해질 준비를 해.

그러나 언니에게 하지 않은 말이 있었는데, 나는 그때 별로 친하지도 않은 사이인데 자꾸 방바닥에 눕는 언니가 마음에 들지 않았다고. 많이 불편했다고. 이제 와 그런 말을 하니, 언니는 가려던 술집으로 가지 말고 만원의 행복 실내포차로 가자고 말했다. 우리가 가장 우울할 때 가는 술집이었다.

언니는 소주를 연거푸 두 잔 마시더니 잔을 내려놓으며 말했다. 미조야, 너 그거 아니? 인간을 육체적으로 학살하는 것은 시간이지만, 정신적으로 학살하는 것은 시대야.

뭐라고? 나는 내가 무슨 말을 들은 건가 되짚어보았다.

나의 정신을 죽이고 있는 건 시대라고. 이 시대. 사람들이 좋은 웹툰보다 나쁜 웹툰에 더 많은 돈을 쓰는 이 시대가 내 머리카락을 빠지게 하고 있어.

저절로 언니의 정수리로 시선이 갔다. 원형탈모증이 진행 중인 그곳의 공백은 더욱 커져 있었다.

그만두고 다른 일 하면 안 돼?

아직 1년도 못 버텼는데 퇴직금은 타야지.

그러다 대머리 돼.

언니는 한참 대답이 없다가 말했다. 말이 좀 심하다. 네 걱정이나 해.

나는 잠자코 소주를 따라 마셨다. 말이 너무 심했나. 별로 심했던 것 같지는 않은데. 어쩌면 언니는 정말로 대머리가 될까 봐 내내 두려워하고 있었던 건지도 모른다. 내가 그 두려움을 모르고 함부로 말한 건지도. 언니는 입을 꾹 다문 채 오이 스틱만 바라보았다. 초장에 초파리가 빠져 있었다. 나는 젓가락으로 작은 생명체를 건져내고 다시 언니의 눈치를 살폈다. 그러나 언니는 끝까지 나를 보지 않았고, 그런 방식으로 내게 계속 항의했다. 대머리가 될지도 모른다고 말했던 게 너무나 큰 상처였나 보다. 나는 언니에게 사과했다. 언니는 고개를 푹 숙이고 있다가 대뜸 자기 집으로 들어오라고 말했다. 엄마랑 원룸에 사는 것보다 나랑 원룸에 사는 게 덜 비참하지 않을까? 언니는 그 말을 하면서 조금도 웃지 않았다. 농담인 줄 알고 웃던 나도 점점 심각해졌다.

다른 사람이랑 같이 못 잔다며.

맞다. 나 그래.

그냥 한번 해본 말이라는 걸 알았기에 더 이상 묻지 않았다. 언니는 그냥 한번 해보는 말이 많았고, 어쩌면 거의 모든 말이 그냥 한번 해보는 말에 가까웠다.

면접 본 데서 연락 없니?

없다고 말하며 자리에서 일어나 소주를 가져왔다. 뒤늦게 사무실 풍경이 세세하게 떠올랐다. 십수 명의 여자들이 책상 앞에 앉아 태블릿으로 그림을 그리고 있었다. 그리고 사무실 구석에 누워 있는 여자들이 있었다. 층간소음 방지용 매트 같은 곳에 누워서 두 손을 배 위에 포개고 조용히 눈을 감고 있던 여자들. 언니에게 물었더니 아 그거, 하더니 자세히 말해주었다. 아파서 누워 있는 거야. 목이랑 손, 허리. 다들 환자야. 그렇게 안 쉬면 일을 할 수가 없어. 우리 회사도 휴게실 있어. 누워 있는 휴게실.

그렇구나. 회사이자 병원이구나. 나는 고개를 끄덕이다가 물었다. 언니는 나중에 늙으면 요양원 갈 거야?

언니는 머나먼 곳으로 날아가는 비행기를 바라보는 눈빛으로 나를 보다가 말했다. 미조야, 나는 내가 몇 살까지 살 수 있을지 그것도 자신할 수 없어. 나는 아마 그림을 그리다가 디스크로 요절할걸. 허리 디스크, 목 디스크, 손목 디스크로.

나는 언니에게 분명하게 말했다. 언니, 디스크로 죽는 사람은 없어.

언니는 내 말에 크게 공감하는 얼굴로 바로 그게 문제라고 했다. 평생 고통받을 게 확실하다는 표정이었다. 웹툰 작가들은 다 이래. 근데 미조야, 여긴 여전히 뭔가를 만들어내는 젊은 여성들로 가득한 거 같다. 미싱도 가발도 실은 그대로인 거야. 내가 아무런 대꾸도 안 하자 언니는 소주 두 잔을 연거푸 비우고 말했다. 아무리 생각해도 나는 그림을 잘 그려서 망한 거 같다.

언니의 눈가가 점점 붉어졌다. 걱정되어 무슨 일인지 물었더니, 갑자기 오늘 회사에서 그린 웹툰이 얼마나 말도 안 되는 내용이었는지 말해주기 시작했다. 반지하방에 여자를 가둬놓고는…… 나는 분개했다. 다른 곳에 가둬도 분개했을 테지만, 반지하방이라서 더욱 분개했다. 그러자 언니는 더더욱 상세히 말해주었는데, 나는 귀를 막으며 그만 좀 하라고 외쳤지만 언니는 더더욱 열렬히 설명해주었고…… 나는 결국 언니를 그곳에 내버려두고 밖으로 뛰쳐나왔다.

한자 간판이 걸려 있는 인력사무소 거리를 하염없이 걷다가 계단 난간에 붙어 있는 구인 공고를 발견했다. 그 옆으로 수십 장의 구인 공고가 나붙어 있었다. 양돈장 남 구함, 월급 180~200만, 비자 무, 불법 됩니다, 연락 주세요. 배추 작업, 남녀 부부 구함, 일당 10만 원, 전라도 해남, 비자 C-38, C-39. 모텔 남녀 부부 환영. 고물상 남녀 부부 환영. 굴 까기 작업 공장, 연령 제한 없음, 1개월 후 300만 원 인상됩니다. 꽃게 배 타실 5명 구함, 건강한 남자, 비자 F-4.

구인 공고를 전부 다 사진으로 찍어두었다. 나 같은 사람을 구하는 일이 아니라는 걸 알았지만 그냥 찍어두었다. 인력사무소에서 나오던 남자가 담뱃불을 붙이며 쳐다보았지만 말을 걸어오지는 않았다. 나는 핸드폰을 주머니에 넣고 대림역 방향으로 걸었다.

집으로 돌아가는 열차를 타고 나서야 언니에게 미안한 마음이 들었다. 그러나 전화를 걸어도 받지 않았고, 톡을 남겨도 확인하지 않았다. 미안한데 언니, 그 얘긴 진짜 듣기 싫었어. 마지막으로 그런 톡을 남기고 핸드폰을 주머니에 넣었다. 빈손으로 멍하니 앉아 있으면서, 핸드폰을 보지 않으면 열차 안에선 할 게 아무것도 없다는 걸 깨달았다. 하도 심심해 핸드폰을 들여다보고 있는 다른 사람들의 정수리를 보며 언니처럼 원형탈모증에 걸린 사람이 있나 찾아보았지만 그런 사람은 없었고, 그렇다면 저들은 무슨 일을 해서 돈을 벌고 있는지 새삼 궁금했다. 저토록 풍성한 머리숱을 유지하고도 돈을 벌 수 있는 일은 무엇인지 어깨를 흔들며 묻고 싶을 정도로 궁금했다. 핸드폰이 진동했고 당연히 언니인 줄 알고 메시지를 확인했지만, 언니가 아니었다.

충조, 나의 오빠, 정신머리 없는 놈이 나를 향해 걸어오고 있었다. 내 앞에 털썩 앉더니 키오스크를 가리키며 쉰 목소리로 말했다. 주문 안 해?

나는 대답 없이 팔짱을 낀 채로 충조를 노려보았고, 충조는 결국 들고 온 쇼핑백을 발치에 내려두고 키오스크로 걸어갔다. 잠시 후 충조는 콜라를 들고 자리로 돌아왔다. 그러더니 말없이 콜라만 마셨다.

나는 최대한 간결하게 상황을 설명해주었다. 5천만 원이 전부다. 집 같지도 않은 집들을 보러 다니느라 얼마나 힘든지 모른다. 충조는 내내 콜라만 마셨다. 나는 그런 충조의 얼굴을 물끄러미 보다가 아버지가 했던 말을 떠올렸다. 저놈 지금 또 정신이 나갔다. 나갔어.

괜찮다. 충조에게서 반응이 돌아올 거라는 기대는 하지 않았다. 충조는 그런 사람이니까. 나는 마음을 가라앉히고, 요즘 어떻게 살고 있느냐고 물었다. 그러자 충조는 금세 활기를 되찾았다. 눈에도 초점이 돌아왔다. 사실 나는 충조가 어떻게 살고 있는지 알았지만 설마 지금도 그렇게 살고 있을까 싶어서 물은 거였다. 아니나 다를까 충조는 요즘에도 지방 맛집을 찾아 다니느라 바쁘다고 했다. 지난주엔 나주에 가서 곰탕을 먹었고, 매끼마다 먹느라 고역이었는데 그래도 맛이 좋아 남기지는 않았고, '생생정보'도 여전히 열심히 보고 있다고.

'생생정보통'이겠지.

아니야. 2015년부터 '생생정보'로 바뀌었는데 몰랐구나.

총조는 그 말을 아주 즐거운 듯이 했다. 충조는 10년째 공시생으로 살고 있었는데, 7년 전 아버지가 돌아가시자 갑자기 고시원으로 들어가버렸다.

도망치듯 사라져서 엄마와 나는 정말로 황당했고, 두들겨 패야 정신을 차릴 거라고 말하면서도 그렇게 하진 않고 진득하게 기다렸는데, 7일이 지나면 돌아올 줄 알았던 충조는 7년이 지난 지금까지도 돌아오지 않고 있었다. 충조는 그사이 '생생정보'에 나온 전국의 맛집을 열심히 방문했고 별점을 매겼으며, 자신의 블로그에 방문 일지를 올렸다. 나는 블로그에 올라온 국제시장 분식집 사진을 보다가 충조를 고문하고 싶은 충동을 느꼈다. 그러나 그것도 이젠 다 지나간 일이었고, 엄마와 나는 충조가 정상이 아니라는 것을 받아들였다.

충조는 단기 아르바이트생으로 살았고, 맛집을 찾아다니는 것 외에 다른 일은 하지 않았다. 전혀. 아무것도. 그런 충조의 쇼핑백에서 나온 물건은 아주 뜻밖이었다.

이게 뭔지 알아?

나는 모른다고, 이게 대체 뭐냐고 물었다. 크고 두꺼운 사진집으로 보였다. 『조춘만의 중공업』. 충조는 제목을 가리키며 말했다. 여기 쓰여 있잖아.

나는 다시 사진집의 제목을 보았고, 여전히 아무것도 이해하지 못했다. 충조가 말했다. 눈빛에 열기를 피워 올리며. 나 요즘 공단 보러 다녀. 맛집도 여전히 다니는데, 이젠 그 지역의 가장 큰 공단도 꼭 찾아가. 단양에 가면 성신양회가 있어. 본 적 있어? 없을 거야. 그 건물 정말 멋져. 〈매드맥스〉에 나오는 포스트 아포칼립스 시대의 건물처럼 생겼어. 여수에 가면 말이야, 밤에 차를 타고 들어가면 번쩍거리는 공단을 볼 수 있어. 연기가 펑펑 피어오르고, 크롬처럼 번쩍번쩍하다니까. 스팀펑크라는 단어 알아? 그런 장르가 있어. 딱 그 느낌이야. 울산에 가면 현대중공업이 있어. 울산대교 전망대에 올라가면 아주 잘 보여. 밤에 보면 얼마나 멋있는지 몰라. 엄청나게 크고 거대해. 이 사진집은 현대중공업 공단 내부를 찍은 거야. 〈트랜스포머〉보다 멋있어. 안 그래? 충조는 페이지를 휘릭 넘기다가 손가락으로 어딘가를 가리켜보였다. 나는 충조가 무슨 말을 하는 건지 조금도 이해하지 못했다. 충조는 내 반응을 신경 쓰지 않았다. 나는 뒤늦게 정신이 들어 충조에게 물었다. 안에 들어가본 적 있어?

없는데?

그냥 구경만 하려고 간다는 거야?

충조는 고개를 끄덕였다.

도대체 왜?

왜라니. 멋지니까.

충조는 완전히 돌았다. 낙성대 반지하방 창문에 머리통을 내밀게 한 뒤 지나가는 행인의 발길에 차이게 하면 정신을 좀 차릴까. 나는 충조에게 말했다. 이런 공단이 어떤 의미인지 알고나 좋아하라고. 그런 곳에서 일하는 노동자들은 힘들 거 아니야. 오빠보다 훨씬 힘들게 일할 거 아니야. 멋지다니. 그냥 멋져서 구경만 하고 온다니. 그게 말이나 되는 소리야? 오빠는 그런 말도 못 들어봤어? 그 쇳물 쓰지 마라.

충조는 두 눈을 크게 떴다. 처음 들어본다는 표정이었다. 정말이지 지성을 찾아보려야 찾을 수 없는 남성이다, 충조는.

헤어지기 전 충조는 한참 동안 머뭇거리더니 내게 돈을 빌려달라고 말했고, 나는 충조의 정강이를 걷어찼다. 이제부터 내 전화 받지 마. 씩씩거리며 횡단보도를 건너고 난 뒤에야 그 말이 이상하다는 걸 깨달았다. 이제부터 연락 안 해,라고 말해야 할 것을 내 전화 받지 말라고 하다니. 그건 다시 전화를 걸겠다는 의미인데.

머리가 아팠다. 터질 듯이 아파서 횡단보도를 다 건너면 나오는 타코야키 트럭 앞에 멈추어 섰다. 타코야키를 굽고 있던 아저씨가 무심히 나를 쳐다보았다. 타코야키를 사려는 건가. 아저씨의 눈빛에 떠오른 질문이 훤히 보였다. 나는 일부러 타코야키 트럭 옆 호두과자 리어카로 걸어가서 호두과자를 샀다. 그렇게 엉뚱한 사람을 실망시켰다.

방문을 여니 엄마가 나를 돌아보았다. 손에 가위를 들고 있었다.

뭐하는 거야?

엄마는 대답 없이 고구마 줄기를 싹둑 잘랐다. 들어갈 자리가 없잖아. 가지고 가려면 잘라야지.

이발을 마친 고구마 줄기는 30센티미터 정도로 아주 작아져 있었다. 조금 심하다 싶을 정도로 많이 잘라냈다. 엄마는 자른 줄기를 선뜻 버리지 못하고 바닥에 수북이 쌓아놓은 채 한동안 바라보았다. 저걸 언니의 정수리에 옮겨 심을 수 있다면 좋을 텐데. 문득 그런 생각이 들었다. 아주 잘 자랄 것 같았다. 나는 엄마의 얼굴을 돌아보며 물었다. 오늘도 시 썼어?

이제 안 쓰려고.

왜?

나가서 폐지를 줍는 게 낫지.

계속 써.

왜 쓰라는 건데?

잘 쓰잖아.

내가 잘 쓰니?

엄마는 참아보려 했으나 결국 웃고 말았다. 그런 엄마의 얼굴을 보며 그림을 잘 그려서 망했다던 언니의 얼굴이 떠올랐다. 엄마는 시를 잘 써서 망한 건가. 잘 쓰지 않았으면 폐지라도 주웠으려나. 그러나 그렇게 해서 장만한 집은 지상의 집일지 아니면 한 뼘 정도 더 커진 반지하 원룸일지. 문 열고 엎어지면 벽인 그런 집.

주인이 언제까지 빼달래?

엄마는 잘라낸 고구마 줄기를 주물럭거리며 말했다. 코로나 때문에 자기도 걱정이라고, 천천히 빼도 된다는데 그 말을 들으니까 빨리 빼주고 싶더라.

엄마가 착해서 그래.

나 안 착해. 착하면 내가 이렇게 됐겠니?

　방으로 돌아와 인력사무소 거리에서 찍은 구인 공고를 들여다보았다. 비자 무. 불법 됩니다. 두 문장이 유독 눈에 들어왔다. 충조에게 이걸 좀 보여줄걸 그랬다. 비자가 없어도 되고 불법체류자여도 된다고 하니 오빠도 될 거라고. 괜찮을 거라고. 어딜 가든 마찬가지라고. 다 하게 되어 있다고. 그렇게 중얼거리다가 습관처럼 구직 사이트에 접속했다. 언제쯤 나도 퇴근 열차에 타볼 수 있을까. 집게발로 서로를 쿡 찔러가며 회사에 다녀볼 수 있을까.

　핸드폰이 진동했다. 수영 언니였다.

　　미조야, 내가 가발 공장을 다녔더라면 내 정수리가 이러지 않았을 거라는 생각이 든다. 만약 정수리가 이랬어도 가발을 직원 할인가에 살 수 있었겠지. 그런데 미조야, 내가 지금 레종이랑 도림천에 버려져 있는데, 여기 온통 중국말만 들린다. 미조야, 나는 내가 예쁘지 않고 날씬하지도 않은 건 한 번도 걱정한 적이 없는데 그림을 잘 그리는 게 너무 걱정이다. 아직도 나는 너무 잘 그리거든. 네가 이 얘기 싫어하는 거 알지만 마지막으로 딱 한 번만 할게. 내가 그린 웹툰 진짜 잘 팔려. 오늘은 팀장한테 불려가서 칭찬도 들었다. 잘 자라. 이게 롯대다.

　나는 답장을 보내지 않았다. 대신 일기장을 펴 들었다. 벽 너머에서 키보드 두드리는 소리가 들려왔다. 우리는 동시에 문장을 쓰고, 언니는 아마도 걷고 있을 것이다. 내일은 멀고, 우리의 집은 더 멀고, 민들레 꽃씨가 날아와 우리 머리 위에 내려앉는 꿈은 가까운 그런 밤이었다.

'미조의 시대'는 언제 찾아올 것인가?

: 2020년대식 구로동발 엘레지

최혜림 인천대학교 기초교육원 교수

구로디지털단지역에 있는 어떤 회사에서 오늘도 면접을 보고 있는 젊은 여성 미조가 있다. 그녀는 회사의 경영 악화로 퇴사를 권고받거나, 연차가 쌓이면 올라가는 월급을 부담스러워하는 회사의 눈치로 10년 동안 이직을 자주 해서 내세울 만한 경력 하나 없는 사람이 되었다. 수영 언니가 소개해 준 웹툰 회사에서 경리직 면접 중인 미조는 잦은 퇴사를 추궁하는 면접관의 압박 면접에 결국 이 회사에도 취직하기 어려울 것을 예감한다.

미조는 구직 문제에 겹쳐 집 구하기 난관에까지 봉착하게 된다. 아버지가 유산으로 남겨주신 5천만 원으로 서울에서 구할 수 있는 집이란 6평 남짓한 반지하 방뿐이다. 팍팍한 현실의 벽 앞에서 미조의 엄마는 매일 아포리즘 형식의 일기 같은 시를 쓰며 현실의 무게를 견뎌내고 있다. 미조와 친한 수영 언니는 구로공단 근처에서 태어나 자라났다. 그녀의 꿈은 웹툰 작가이지만, 그녀의 직업은 회사에 소속되어 수위 높은 성인 웹툰을 그리는 웹툰 어시(조수)이다. 그녀는 겉으로는 씩씩하게 주어진 현실에 순응해 버티고 있지만, 성인 웹툰을 그리기 시작한 지 반 년 만에 탈모약을 먹기 시작할 만큼 자신의 일이 주는 모멸감에 힘겨워하는 인물이다. 이서수의 「미조의 시대」는 이렇게 지금, 우리가 마주칠 수 있는(우리이기도 한) 여성 노동자의 초상을 두 명의 미혼 여성이 딛고 있는 삶의 단면을 통해 묘파해내고 있다.

주지하듯이 노동문학은 우리 문학사를 관통하여 겹겹의 역사가 쌓인 문학이다. 노동문학의 표상과 지향점, 노동소설이 내장한 정치적 에너지는 새로운 노동환경에 대응하여 한 세기에 걸쳐 진화해왔는데, 이서수의 「미조의 시대」는 노동 소외라는 노동문학의 전통적인 문제의식을 고스란히 담아내면서도, 이를 2020년대식 노동소설의 문법으로 전유한 의미 있는 소설적 성취라 감히 말할 수 있다.

그렇다면 「미조의 시대」의 빛나는 성취란 구체적으로 어떠한 요소들로부터 오는 것일까? 우선 가장 눈에 띄는 것은 작품의 서사를 한국 노동사 속에 자연스럽게 겹쳐내는 작가의 통찰과 상상력이다. 소설은 낙성대역 주변에서 집 구하기와 구로디지털역 부근에서 일 구하기라는 집과 일의 문제를 병렬적으로 펼치고 있는데, 이 작품을 굳이 '구로동발 엘레지'라 명명하고 싶은 까닭은 미조와 수영 언니의 삶과 노동의 조건이 1960년대 구로동 가발 공장 여공들의 그것과 놀랍도록 닮아 있는 것을 어떠한 장황한 설명 없이 자연스럽게 소설 속 서사로 배치했기 때문이다.

그리고 언니를 따라 다시 대륭포스트타워 앞으로 걸어갔다.
미조야, 너 이게 뭔지 알아? 언니는 건물 앞쪽에 등신대 높이로 세워놓은 타일 벽을 가리키며 물었다. 그 벽에 구로의 역사가 흑백 사진으로 커다랗게 프린트되어 있었다. 산업단지가 조성되기 전 구로동·일대의 한적한 풍경과 60년대 가발공장의 여공들, 70년대 공업단지공장, 80년대 한국수출산업공단, 2000년대 G밸리의 밤 풍경이 그곳에 있었다. 나는 언니가 뜬금없이 이걸 왜 보라고 하는 건지 알 수 없었지만 꿀물을 먹고 나선 좀 느긋해졌기에

잠자코 있었다. (225쪽)

소설은 반복적으로 1960년대 가발 공장 여공들을 소환하고 있는데, 수십 년 전 여공을 소환하는 미조와 수영 언니의 대화가 전혀 작위적이지 않다. 수영 언니는 "나는 저 여자처럼 시대가 요구하는 걸 만들고 있는 거야. 시대가 가발을 만들어야 돈을 주겠다고 하면 가발을 만드는 거고, 시대가 성인 웹툰을 만들어야 돈을 주겠다고 하면 그걸 만드는 거야."(226쪽)라고 말하며 자신이 성인 웹툰을 그리는 것은 1960년대 여공들이 가발을 만드는 것과 별반 다름이 없는 노동이라고 항변하고 있다. "저토록 풍성한 머리숱을 유지하고도 돈을 벌 수 있는 일은 무엇인지 어깨를 흔들며 묻고 싶을 정도로 궁금했다."(230쪽)는 미조의 상념이나 "인간을 육체적으로 학살하는 것은 시간이지만, 정신적으로 학살하는 것은 시대야. …(중략)… 이 시대. 사람들이 좋은 웹툰보다 나쁜 웹툰에 더 많은 돈을 쓰는 이 시대가 내 머리카락을 빠지게 하고 있어."(227쪽)라는 수영 언니의 말은 우리 시대 노동조건을 단적으로 대변해주고 있다. '소비의 욕망이 있는 곳에 생산이 있는 것'은 한 세기가 지나도 변치 않는 자본주의 시장의 절대 원리로, 그 소비재가 무엇이든지 노동자는 이를 만들어내야 한다. 많은 여성 어시들이 변태적인 성인 웹툰을 그릴 때 엎드려 울거나 우울증 약을 먹고, 수영 언니가 '나는 그림을 잘 그려서 망한 거 같'다고 항변하듯이, 그녀들의 고통은 오늘날 수많은 '수영이들'의 외침일 수밖에 없다.

「미조의 시대」는 이처럼 우리 시대 노동의 그림자를 보여주고 있지만, 수영 언니의 탈모 증상을 1960년대 가발을 만드는 여공의 이미지와 접속하여 희극적 서사로 치환한 것은, 비극적인 직선적 고발보다 오히려 더 강렬한 인상을 남긴다. 이렇게 이미지를 겹쳐 비틀어 펼치는 작가의 통찰과 상상력은 이 작품의 미학적·정치적 에너지를 팽팽하게 끌어올리는 가장 근본적인 힘이 되고 있다.

두 번째 「미조의 시대」의 성취는 살아 숨 쉬는 인물의 창조이다. 특별히 수영 언니 같은 인물은 소설의 재미를 배가한다. 작가는 전작 장편소설 『당신의 4분 33초』(은행나무, 2020)에서도 보여주었듯이 묵직한 문제 의식을 유쾌하고 발랄한 인물로 풀어내는 데 장기가 있다. "미조야, 나는 글도 잘 쓰고 그림도 잘 그려서 뭐라도 될 줄 알았는데 지금 이렇게 레종과 도림천에 버려져 있다. 미조야, 나는 예쁘지도 않고 날씬하지도 않은데 그게 한 번도 걱정된 적은 없는데 지금 담배가 다 떨어져가고 있는 게 너무 걱정된다. 이게 돛대야. 잘 자라."(217쪽)와 같은 문자 메시지가 보여주듯, 그녀는 삶의 유머를 잃지 않고 있다. 수영 언니는 본인이 하는 일의 의미와 발 딛고 있는 현실을 정확히 인식하고 있는 냉소적 인물이나, 그녀의 화법은 늘 유쾌하다.

> 미조야, 내가 가발 공장을 다녔더라면 내 정수리가 이러지 않았을 거라는 생각이 든다. 만약 정수리가 이랬어도 가발을 직원 할인가에 살 수 있었겠지. 그런데 미조야, 내가 지금 레종이랑 도림천에 버려져 있는데, 여기 온통 중국말만 들린다. …(중략)… 네가 이 얘기 싫어하는 거 알지만 마지막으로 딱 한 번만 할게. 내가 그린 웹툰 진짜 잘 팔려. 오늘은 팀장한테 불려가서 칭찬도 들었다. 잘 자라. 이게 돛대다.(234쪽)

우리는 지금도 도림천 어디에선가 돛대를 피우며 미조에게 문자를 보내고 있을 수영 언니의 모습을 쉽게 떠올릴 수 있다. 자신의 그림 솜씨가 성인 웹툰을 그리는 일에 소모되고 있는 직업적 슬픔을 '그래도 나는 그림을 너무 잘 그린다'는 유쾌한 발화를 통해 자존감을 지키고자 하는 수영 언니는 소설을 다 읽고도 머릿속에서 쉽게 떠나지 않는 존재이다. 이서수의 전작 장편 『당신의 4분 33초』에도 수영 언니와 유사한 인물을 찾아볼 수 있다. 주인공 이기동의 재수학원 같은 반 학생이자 이후 그의 아내가 된 김하영. 남들이 보기에는 조금 뻔뻔해 보이지만 유쾌하게 뭐든 자기 중심적으로 생각하며 현실의 무거움을 비껴가는 김하영은 많은 부분 수영 언니와 겹쳐 보인다. 두 소설 모두 가볍지 않은 서사이지만 소설이 유쾌하게 읽히는 이유는 바로 수영 언니나 김하영 같은 인물들이 작품 내에서 살아 숨 쉬고 있기 때문일 것이다.

소설에 잠시 등장하는 충조라는 인물도 눈길이 머무는 존재이다. 충조는 10년 동안 공시생으로 지내다가 지금은 단기 아르바이트만을 하며 살아가는 미조의 오빠로, 미조의 시선으로 철없는 오빠로 묘사되고 있다. 작품에 짧게 등장하여 충조라는 인물 설정이 작품 내에서 어떠한 의미점을 갖고 있는지 섣불리 판단하기 어려운데, 작가는 한 인터뷰에서 충조라는 인물에 자신의 일부를 투영했다고 말한 바 있다. 남들이 보기에는 엉뚱하고 쓸모없는 일에 골몰하고 있는 사람. 충조라는 인물은 자본주의적 질서의 잉여적 존재로, 사회나 가족 내에서 어떤 실용적 기능을 담당하지 못한 쓸모없는 사람으로 보이지만, 주류적인 삶의 양식과 질서 밖에서 스스로 삶의 지도를 만들어가는 하나의 실존으로 읽어낼 수 있다.

소설의 주인공이라 할 수 있는 미조라는 인물은 유쾌함 대신 섬세한 감성과 상상력을 지닌 인물이다. "엄마는 자른 줄기를 선뜻 버리지 못하고 바닥에 수북이 쌓아놓은 채 한동안 바라보았다. 저걸 언니의 정수리에 옮겨 심을 수 있다면 좋을 텐데."(233쪽)와 같은 상상의 나래나 "나는 옆방의 고구마 줄기가 미웠다. 있는 줄도 몰랐던 조용한 식물까지 미워하는 나의 마음은 도대체 얼마나 작아진 걸까. 6평짜리 반지하방만큼?"(224쪽), "종이에 앉는 단어도 이렇듯 제자리가 있는데 우리는 왜 아무 곳에도 앉지 못할까. …(중략)… 하지만 엄마, 우리는 민들레 꽃씨가 아니고 우리에겐 집이 필요해."(225쪽)와 같은 그녀의 상념과 상상력은 엉뚱하면서도 섬세하다. 미조는 엄마나 수경 언니의 엉뚱한 행동들과 말을 그대로 인정하고 받아들여주고 있는데, 미조의 이러한 태도는 그녀들의 느슨한 감정적 연대를 가능케 하고 있어, 그녀들의 냉혹한 현실 속에 한 줌의 온기를 불어 넣고 있다.

마지막으로 서정성을 이 작품의 미덕으로 꼽을 수 있다. 「미조의 시대」는 서정소설로서도 모자람이 없다. 미조 엄마의 아포리즘에 가까운 시, 미조의 상념들은 매우 감성적이다. "부대찌개를 앞에 둔 시무룩한 체코인 종이컵에 꼬인 100마리의 개미 버려진 네 짝의 장롱 중 두 짝은 돌아서 있는 것과 열차 안에 나와 갇힌 사람들 수족관 속 겹겹이 쌓여 있는 게와 같다면 집게발로 너를 쿡 찌를까"(215~216쪽)나 '떡집에서 못 팔고 버린 떡 같은 하루' 혹은 '도시의 주인이 나의 발끝에 불을 놓았다' 같은 미조 엄마의 짧은 글들은 강렬한 시학적 에너지를 응축하고 있다. 또한 미조의 상념들인 "엄마의 전화는 시간대를 가리지 않고 석양처럼 슬픈 기운을 몰고 왔다. …(중략)… 엘리베이터 벽면 거울에 비친 얼굴을 보니 유적지에 돋아 난 누런 잡초 같은 안색이었다."(210쪽)와 같은 서술이나 "나는 나의 하루와 엄마의 하루가 얇은 유리창을 사이에 두고 겹쳐지는 광경을 떠올렸다."(216쪽) 혹은 "냄새의 침입이 공간의 섞임으로 연결되는 상황이 더럽고 치사한 종류의 범죄처럼 느껴졌다."(221쪽) 등의 표현들은 산문시의 언어들이다. "내일은 멀고, 우리의 집은 더 멀고, 민들레 꽃씨가 날아와 우리 머리 위에 내려앉는 꿈은 가까운 그런 밤이었다."(234쪽)라는 작품의 마지막 문장은 「미조의 시대」를 한 편의 서정소설로 완성하고 있다.

미조가 '살아내고 있는 시대'는 그녀에게 냉혹하지만, 그녀는 '민들레 꽃씨가 날아와 머리 위에 내려 앉는 꿈'을 꾸고 있다. 냉혹기가 가고 미조의 시대가 언제 찾아올지 요원하지만, 오늘 밤도, 내일 밤도 미조는 꿈을 꾸고 있을 것이다. 「미조의 시대」는 2020년대를 '살아내는' 미조라는 인물이 겪는 세상살이의 퍽퍽함을 그려내고 있지만, 이러한 문제의식을 유머와 시적 감성을 통해 섬세하게 풀어내고 있다. 무거움과 가벼움 사이에서 균형을 잘 잡은 「미조의 시대」는 어느 평론가의 말처럼 '이 계절의 소설'일 수밖에 없다.

부나, 나

이선진 1995년 인천 출생. 2020년 계간 『자음과모음』을 통해 소설을 발표하기 시작.

부나, 나

눈사람은 매일같이 부서진다. 어떤 날은 머리부터 어떤 날은 몸통부터, 삼단 눈사람일 때에는 허리부터 가차 없이. 관장은 대체 누가 도서관 앞에 그딴 걸 세워두는 거냐고, 싸그리 몰살시켜버리라고 했지만 나는 도무지 눈덩이보다 차갑고 경도가 센 삽으로 그걸 내리칠 수가 없어서 푹푹 겉담배만 피워댈 뿐이었다. 꽃으로도 때리지 말라는데 삽으로는 말할 것도 없으니까. 한번은 부나의 후임으로 들어온 종합자료실 김윤이나가 "쌤, 도대체 누구 짓일까요?" 하고 물었는데 대답은 안 했어도 떠오르는 얼굴이 하나 있긴 했다. 그것도 아주 선명히. 엄청난 답정너인 김윤이나는 내가 원하는 답을 들려주기는커녕 아무런 반응도 보이지 않자 "제가 이딴 제설작업이나 하려고 문정과 나온 줄 아세요?" 하면서 애꿎은 내게 화를 내다가 종내에는 진짜 이럴 수는 없다고, 다 같이 노동청에 신고라도 해보자며 씩씩댔다. 자기 지금 완전 궁서체라면서. 김윤이나는 부나와 다르게 감정 표현에 솔직했고 어떻게 하면 자신에게 유리한 쪽으로 상황이 돌아갈지 본능적으로 알았다. 데스크톱 바탕화면에 포토샵으로 떡칠한 셀카를 당당하게 설정해놓을 용기와(오렌지주스에 오렌지가 3퍼센트만 있어도 오렌지주슨데 저는 왜 안 돼요?) 그 어떤 핀잔에도 주눅 들지 않고 꿋꿋이 텀블러에 떡볶이를 담아 먹을 수 있는 뻔뻔함도 있었다(죽고 싶지만 다 먹고살자고 하는 일이니까 떡볶이는 꼭 먹어야겠어요!). 나는 대답을 기다리는 김윤이나에게 그럴 수는 없다고, 눈덩이처럼 불어가는 카드 이자를 봐서라도 절대로 그럴 순 없다고 고백하는 대신 이렇게 말할 뿐이었다.

"괜찮아요, 김윤이나 씨. 적어도 김윤이나 씨는 아직 방아쇠수지증후군이 오지 않았으니까요. 언제든 유턴해서 되돌아갈 수 있으니까요."

그건 1년 전 연이은 취업 낙방 끝에 부평도서관 계약직 사서로 막 출근했을 무렵 부나가 내게 건넨 말이기도 했다. 이름만 부평도서관이지 도서관은 부평역보다 백운역에서 더 가까웠고 백운역에서 도서관 정문까지는 걸어서 18분, 부평역에서는 25분이 걸렸다. 그러나 어떤 역에서 내리든 도서관까지 이어지는 가파른 언덕을 마을버스도 없이 올라야 한다는 사실은 사시사철 한결같았다. 당시 나는 게시판에 붙일 권장 도서 목록 작성이나 독서 클럽 포스터 제작과 같이 자질구레하지만 누군가는 꼭 해야만 하는 업무의 연속으로 고통받고 있었는데 그 고통은 정규직이든 비정규직이든 대상을 가리는 법이 없었다. 부나는 서가에서 책을 빼내고 꽂고 정리하는 게 일상이다 보니 꼭 방아쇠를 당기는 것처럼 엄지와 검지 사이가 저리다고 했다. 그래서 언젠가 정말로 방아쇠를 당겨야 할 순간에 그러지 못할까 봐 두렵다고.

나는 사람보다 책이 좋아서, 책 속에 묻혀 있으면 만사가 형통할 것 같다는 고상하고 속 편한 믿음 하나로 도서관에 입성한 풋내기 사서였을 뿐, 그때까지만 해도 내가 부나에게 마음을 쓰게 될 거라고는 상상도 하지 못했다. 마음을 준다보다는 마음을 썼다는 표현이 적합한데 왜냐하면 양쪽 다 그 열과 성을 다했던 마음이 더 이상 내게 남아 있지 않다는 점에서 같지만 부나는 단 한 번도 내 마음을 제대로 전해 받은 적이 없으니까. 나는 언제나 한 발짝 떨어진 채로 주저하고 방관하고 머뭇거릴 따름이었으니까. 부나는 나보다 키도 손발도 가슴도 컸지만 그렇다고 딱히 눈에 띄는 스타일은 아니었고 가끔 엑셀이나 디자인 툴 다루는 법을 알려줄 때 부나의 가슴이 내 등에 닿기는 했어도 그건 동료들끼리의 신체적 접촉 이상의 어떠한 연쇄작용도 불러일으키지 않았다. 오히려 그 순간 내 머릿속을 스친 건 어쩌면 부나가 브래지어를 착용하지 않았을 수도 있다는 사실이었다. 그게 공공적인 장소에서 이래도 되는 건가, 하는 우려와 반감을 불러일으킴과 동시에 나로 하여금 부나에게 더 큰 관심을 갖게 했음은 분명했다. 그래서 꼭 서부영화의 총잡이처럼 엄지와 검지로 만든 총에다 대고 후- 바람을 불던 부나에게 나는 은근슬쩍 이렇게 말했다.

"쌤, 무슨 꼭 총 쏴본 사람처럼 말씀하시네요."

부나의 첫인상을 말하자면 정말 나와 모든 게 다르구나, 싶을 정도로 취향이랄까 아주 작고 사소한 부분까지 맞지 않았는데 예컨대 부나는 도수도 없는 안경을 패션으로 고수했고 몸에선 러쉬 더티스프레이 향이 났으며 책을 빌려 읽지 않고 굳이 꼭 사 읽었다. 자고로 독서란 밑줄을 치고 그림을 그리고 귀퉁이를 잔뜩 접고 손때로 종이가 우글우글해진 뒤에야 비로소 완성되는 거라면서. 소신이 있달까 고집이 있달까. 한번은 이용객이 책을 찾아달라며 부탁했는데 부나는 끝끝내 그 책을 찾지 못했음에도 분실 도서로 처리하지 않았다. 물론 엉뚱한 서가에 잘못 꽂혀 있는 경우가 열에 아홉이긴 했지만 그렇다 할지언정 부나의 확신에는 좀 과한 구석이 있었다. "이지 씨, 시간이 지나면 다시 돌아오게 돼 있어. 나만 믿으라니까." 대체 어디서 나온 자신감인지 부나는 그렇게 말할 뿐이었다.

유일하게 같은 걸 꼽자면 집에 가는 방향이랄까. 같은 방향이라고 해봤자 부평역에서 지하철을 탄 뒤 머지않아 각자의 노선으로 환승을 거쳐야 했지만 어쨌거나 우린 아주 잠깐이나마 같은 방향으로, 같은 속도로 함께 할 수 있었다. 퇴근 후 곧장 집에 가기 아쉬울 땐 부평역 근처 맛집을 탐방하기도 하면서. 책 먼지로 인한 만성 비염을 달고 살던 부나는 매운 거로

위를 미리 적셔줘야 예방이 된다며 내게 떡볶이나 마라탕을 사주곤 했다. 지하상가 규모가 규모이다 보니 출구를 제대로 찾지 못하는 일도 부지기수였는데 어느 날엔 물은 한 방울도 흐르지 않는 지하 분수대 앞에 멈춰 선 부나가 이렇게 말했다.

"그거 알아요? 여기 기네스북에도 오른 거."

"아, 정말요?"

"이래 봬도 세상에서 젤루 큰 지하상가래요. 완전 멋지죠."

"멋진 건가요?"

"멋지죠. 만약에 여기가 무너지면 우리는 세상에서 제일 큰 지하상가에 깔려 죽은 사람 중 하나가 되는 거니까. 가문의 영광급은 아니어도 그냥 영광 정도는 되지 않을까요."

그러나 함께 부평을 쏘다닌 1년여의 시간 동안 몇 번의 리모델링 공사가 있었을 뿐 상가가 주저앉고 무너지는 일은 없었다.

돌이켜보면 딱히 호감형도 아닌 부나에게 그렇게 쉽게 마음을 열게 된 이유가 몇 있었는데 첫째는 어쩌다 내가 아빠가 아닌 엄마 성을 따라 쓴다는 말을 꺼냈을 때 값싼 호기심을 내보이며 그 이유를 캐묻지 않았다는 점이고, 둘째는 부나가 그렇게 나오니까 괜히 안달이 나서 "사실 가정의 불화라든가 편모 가정이라든가 그런 말 못 할 사정이 있는 게 아니라 엄마아빠의 오랜 가위바위보 승부 끝에 엄마 쪽이 오판 삼승으로 이겨서 그래요, 웃기죠?" 하고 그 별것 아니면서도 어쩌면 별거인 일화를 고백했을 때 부나가 보인 반응 때문이었다.

"와, 그거 진짜 멋지네. 웃기다기보단 멋지네. 이지 씨 엄마가 가위가 아니라 바위를 냈으면 이지 씨는 안이지가 아니라 오이지가 됐을 수도 있었던 거네. 그쪽도 멋졌겠지만 이쪽도 참 멋지네. 이래서 내가 가위를 좋아하잖아. 쉽지 않으니까. 안 이지니까. 보는 싫어. 가위가 최고야."

그러면서 부나는 엄지와 검지를 쫙 빼들었고 그건 가위이면서 부나가 언젠가는 일발 장전할 필요가 있을지도 모를 총 같기도 했다.

하루는 홈페이지 고객 소리함에 부나를 저격하는 글이 올라온 적도 있었다. 천장과 바닥을 모두 다 뜯어내야 하는 대공사를 앞두고 서가의 책들을 창고로 옮기느라 팔이 남아나질 않던 때였다. 겨울을 대비해 도토리를 숨겨놓는 다람쥐마냥 책을 책장 틈새에 숨기고 있던 사람을 목격한 부나가 이러시면 안 된다고 주의를 줬는데 앞에서는 얼굴이 빨개져서 아무런 발뺌도 않던 그가 집에 돌아가서는 키보드 워리어로 돌변해 장문의 글을 올린 것이었다. 사서도 일종의 서비스직이고 거기엔 언제나 진상이 따라붙는 법이니 이용객 응대에 관한 컴플레인은 그러려니 넘어갔을 수도 있겠지만 익명의 글쓴이가 문제 삼고 있던 건 명색이 도서관의 사서가 돼가지고 "브래지어를 착용하지 않았을 수도 있을 것 같다는 것"—그 완전한 긍정도 부정도 아닌 문장이 관내에 더 큰 파장을 일으킨 건 분명했다—이었다. 사실 그건 일전의 터치를 통해 어렴풋이 짐작하고 있던 터라 무척 새롭고 쇼킹한 일은 아니었지만 어쨌거나 글의 요지는 이랬다. 노브라가 있는 도서관이 가당키나 하냐며 그런 가당찮은 노브라한테 자신의 피 같은 세금이 돌아간다는 건 말도 안 되며 이건 정말 지역 망신이자 국가 망신이자 수치이며 나랏밥 먹는 사서라는 인간부터가 이 모양이니 우리나라에 노벨문학상 수상자가 나오지 않는다는 거였다. 물론 글쓴이가 정말로 그렇게 적은 것은 아니었다. 속에 적의를 숨기고 있는 게 너무 티가 나서 문제지 맞춤법도 잘 지켰고 비문도 없었고 문체에는 호소력도 있었다. 무엇보다 그는 어떻게 하면 정중한 제스처를 취하면서도 교묘하게 의중을 드러낼 수 있는지에 대해 꽤나 빠삭한 것 같았다. 규정대로라면 게시판에 답을 다는 일에도 관장과 이사장의 결재를 필요로 했지만 부나는 그 모든 과정을 생략한 채 이렇게 답을 달았다.

— 안녕하세요. 종합자료실 팀장 김부나입니다. 저는 노브라가 아니라 김부나입니다. 감사합니다.

그건 분명 주변의 동료들에게 귀감이 되는 일은 아니었지만 같은 직종에 종사하는 여자사람으로서 내밀한 희열을 불러일으키는 점이 있었고 그렇다 해서 모든 동료들이 부나의 돌발적인 행동을 기껍게 바라본 것도 아니었다. 대개는 철저히 그 사건에 대해 언급하지 않으려 애쓰는 식으로 실은 그걸 말하지 못해 안달인 속마음을 들키곤 했다. 나는 이도 저도 아닌 중도파였다. 듣기로는 윗선에서 논의에 논의를 거듭한 끝에 부나가 품행을 단정히 하며 더 이상 '경거망동'하지 않는다는 내용의 반성문—시말서가 아니라—을 제출하는 것으로 사태는 일단락됐다. 하긴 공식적으로 문제 삼기에도 노브라니 유두니 하는 단어들이 썩 있어 보이지는 않았을 테니까. 원체 부나가 처세에 능하다거나 수완이 좋은 타입은 아니고 굳이 빗대자면 장아찌를 담근 항아리 위에 올려놓는 누름돌같이, 존재감은 없지만 묵묵하게 제 할 일만 하는 느낌이었다면 노브라 소동 이후로 부나가 관내에서 커다란 걸림돌이 된 건 분명해 보였다.

부나가 앞으로는 꼭 속옷을 착용하겠습니다, 라는 글의 요지를 몇십 배 분량으로 뻥튀기한 반성문을 제출한 날에는 비가 왔다. 아니, 어쩌면 눈이었을지도. 폐관 방송이 흘러나오는 도서관 안에서 우리는 그것이 비인지 눈인지의 여부로 저녁 내기를 했다. 뿌옇게 김이 서린 창 너머의 그것은 정말이지 눈이 아닌 다른 무언가로 보이지 않았지만 부나는 저건 분명히 명백히 원 헌드레드 퍼센트 비라고 했고, 나는 제아무리 사소한 것일지언정 뭔가를 그렇게 확신할 수 있는 부나가 새삼 신기하면서 부러웠다.

그리고 도서관 밖으로 나와 우산을 펼쳐 들었을 때 우산을 마구 때리던 건 고체가 아니라 액체, 눈이 아닌 비였다.

"그치만 단 한 순간 정도는 눈이었을 수도 있잖아요."

"이지 씨 승부욕이 엄청난데?"

"빗방울이 저렇게 많은데 저 중에 단 몇 방울이라도 어느점까지 가닿았을 수 있잖아요. 갔다가 다시 왔을 수도 있잖아요. 안 그래요?"

"쉽지 않네. 그럼 그냥 무승부로 할까요. 지금은 분명 비지만 아까는 또 모르는 거니까."

그러나 그건 단순히 승부욕이나 돈의 차원이 아니었다고, 물론 대공사로 인해 도서관은 2주 동안 휴관할 테고 월급제가 아닌 최저시급제가 적용되던 나로서는 급여와 저축 또한 정확히 반토막 난다는 걸 의미하기도 했지만, 그럼에도 그건 좀 더 깊고 넓고 복잡한, 다른 어떤 차원의 문제였다. 왜일까 나는 내심 부나가 반성문을 제출한 뒤에도 계속 노브라로 출근해주기를 바라고 있었다. 그건 같은 직종에 종사하는 여자사람으로서의 지지인 동시에 차마 입 밖으로 내뱉을 수 없는 이유 때문이기도 했다. 부나를 향한 마음이 커가는 만큼 그 반작용 또한 덩달아 힘을 불려나갔으니까. 그런 속내를 아는지 모르는지 부나는 언제나처럼 뒤에서 나를 안은 자세로, 마우스를 쥔 내 손 위에 슬쩍 자기 손을 포개곤 했다. 어쨌거나 다른 수많은 자세를 두고 굳이 뒤에서 내 어깨를 감싸 안는 자세를 채택한 이유가 단순한 직장 동료 이상의 감정 때문이지 않을까, 나는 어렴풋이 짐작하고 있었다. 자고로 모든 취사선택에는 분명한 까닭이 선행되는 법이었으므로.

우리는 이제 단골이 돼버린 마라천지의 제일 구석자리에 앉아 마라탕에 연태고량주를 주문했다. 부나는 고기 빼고 고수 많이, 나는 고기 많이 고수도 많이. 요리가 5분도 채 안 돼 나올 만큼 가게엔 손님이 별로 없었다. 얼마 전 식약처에서 전국 마라탕집의 위생 실태에 대한 조사 결과를 발표했기 때문이었다. 나는 괜히 찝찝해서 음식에 손이 잘 가지 않았는데 부나는 그걸 아는지 모르는지 시뻘건 국물을 마구 드링킹했고 그러다 사레가 들려서는 컥, 컥, 기침을 토해냈다. 급히 컵에 물을 따라 건넸음에도 부나는 물잔 대신 술잔을 집어 들고는 그대로 원샷할 뿐이었다. 이번에는 빈 술잔에

술을 채우며 내가 물었다.

"괜찮아요?"

"괜찮아 보여요?"

"예뻐 보여요."

"어머, 이지 씨 숙맥인 줄 알았는데 완전 선수 다 됐네, 다 됐어."

하이틴 드라마나 동인지에서나 접하던 멘트를 스스럼없이 던졌다는 점에 손발이 오그라듦과 동시에 나는 뭔가 선을 넘고 싶다는 강렬한 충동을 느꼈는데 그런 마음에 정비례해 정체가 분명한 두려움이 꼭 끼는 브래지어처럼 마음을 마구 압박한 것도 사실이었다. 그러니까 학창 시절 교복 치마가 아닌 바지를 입던 친구들 무리에 속해 있을 무렵 팔짱을 끼거나 손을 잡아본 적은 있어도 진짜 여자 대 여자로 어떤 '선'을 넘은 경험은 단 한 번도 없었으니까. 이름이 정자라는 이유로 남자애들 사이에서 언제나 놀림감이 되곤 했던 친구가 내게 마음을 고백했을 때 나는 떨리는 마음을 주체할 수 없었음에도 왜일까 "그건 조금 더럽지 않을까?" 하고 말했다. 지금 돌이켜 보면 그건 세상의 많고 많은 거절 멘트 중에서도 제일 악랄하고 악독하기로 손꼽을 만한 것이었다. 그러니까 기네스북에 오를 만큼. 더럽다는 단어를 택한 거로도 모자라 그걸 되물으며 확인 사살하는 구조로 문장을 끝마침으로써 내가 온전히 짊어져야 할 대답의 책임을 그 친구에게 모조리 전가시킨 꼴이었으니까.

"나 정말 반성해야 할까, 이지 씨?"

"쌤 혹시 회복하는 인간이라는 책 아세요?"

"뭐 무슨 인간요?"

"반성하지 말고 회복해요, 우리. 뒤를 돌아보기보다는 앞으로. 그런 의미에서 오늘 마시고 죽죠. 2주 동안 출근도 안 하는데. 자의는 아니지만 마치 자의인 것처럼. 작정하고 한번 죽어보죠, 오늘."

마라탕 국물을 안주 삼아 고량주를 세 병이나 비우고 나왔을 때 비는 이미 그쳐 있었다. 세 병 중에 두 병을 혼자 해치웠으면 얼굴이라도 좀 빨개질 법한데 부나는 오히려 안색이 더 핀 것 같았다. 그날 우리는 처음으로 서로 다른 라인으로 환승하며 헤어지지 않고 같은 곳으로 향했다. 그러니까 부나의 홈스윗홈으로. 충남 태안이 본가인 부나의 자취방은 인천시청역에서 도보로 딱 5분 거리였다. 어두울 때 봐도 낡고 오래된 붉은 벽돌집이었는데 집주인이 아래층에 살고 위층의 독립적인 공간을 모두 부나가 사용하는 식이었다. 그래 봐야 작은 주방과 베란다가 딸린 원룸에 불과했지만. 부나는 혼자 도어록을 달았다든가 옆집 마당의 감나무가 나날이 자라 점점 해가 잘 안 드는 것 같다든가 하는 얘기를 주절주절 내뱉었다. 이렇게 아무 맥락 없이 투머치토커가 되는 건 대부분 호감 있는 상대와 함께일 때지. 그런 근거 없는 자신감으로 나는 마음이 조금 벅찼는데도 애써 태연한 척을 했다.

내 기대나 우려와는 달리 그날은 정말 아무 일도 일어나지 않았다. 막상 뭔가 로맨틱하고 섹슈얼한 일이 펼쳐질 기미가 보이면 나는 또 새우처럼 움츠러들며 일보 후퇴하기 급급했겠지만 그날은 정말 썸씽의 쌍시옷 자만큼도 뭐가 없었다. 얼어 죽을 만큼 추웠다는 것 빼고는. 아랫집 보일러관이 동파되는 바람에 2층에 있는 부나의 방 역시 꼼짝없이 냉골 신세를 져야 했는데 설상가상으로 전기장판도 고장이 난 거였다. 부나는 비록 전기장판님은 운명하셨지만 더 괜찮은 게 있다며 노트북 전원을 켰고, 나는 대체 이 몹쓸 추위에 보일러나 전기장판보다 더 괜찮은 게 뭘까, 어쩌면 그건 사람과 사람 간의 스킨십이 아닐까, 홀로 망상의 나래를 펼치며 덜덜덜 이를 맞부딪혔다.

벽난로. 그건 벽난로였다. 부나가 유튜브 검색창에 벽난로 ASMR을 치니 여러 영상이 쭈루룩 떴고 부나는 맨 위의 것을 클릭했다. 'Burning Fireplace with Crackling Fire Sounds.' 벌겋고 훈훈한 열기로 가득한 벽난로를 배경으로 타닥타닥 장작 타는 소리만이 두 시간 동안 끈덕지게 이어지는 영상이었다. 그러니까 그건 그날 우리의 백그라운드 뮤직이면서 난로였던 셈이다. 열과 성을 다해 타닥 타다닥 타오르는. 예정된 두 시간이 끝나면 다시 새로운 두 시간의 열과 성으로. 눈을 감고 들으면 감쪽같이 속아넘어갈 것 같은 리얼 사운드와 함께 우리는 술을 마시고 건배를 나눴고 그러다 보니 정말 몸에 따뜻한 기운이 감돌았다. 알코올을 섭취하면 몸에 열이 오른다는 건 근본 없는 거짓부렁이었으므로 모름지기 온밤 동안 우리의 몸과 맘을 데운 건 그 유튜브 영상이라 할 수 있었다. 그게 아니면 서로라는 존재 자체였거나.

"같이 여행 갈래요?"

배터리가 거의 다 된 노트북 화면에 경고 창이 뜨고 마침내 활활 타오르던 장작의 시간마저 멈췄을 때 부나는 충전기를 꽂는 대신 이렇게 말했다.

"같이 여행 가요, 우리."

지금까지도 나는 만약 내가 안이지가 아니라 오이지였으면 어땠을까, 엄마가 가위를 내지 않고 주먹을 냄으로써 내가 내가 아닌 오이지가 되었다면 어땠을까 생각하곤 한다. 그럼 모든 것들이 지금과는 조금씩 다른 방향으로 나를 비껴갔을까. 아주 약간의 온도 차이로 비와 눈의 경계가 나뉘듯 나도 지금과는 조금 다른 사람이 되었을까. 그러나 그럴 때마다 나는 만약이라는 단어가 얼마나 나약하고 위태로우며 물에 젖은 책처럼 쉽게 찢어져버리는지를 다시금 깨달을 뿐이다. 그때의 나 역시 말로는 뒤를 돌아보지 말고 앞으로 나아가자고, 뒤에 누가 쫓아오든 옆에 뭐가 있든지 간에 계속 앞을 향해 나아가자고 했지만 그건 정말이지 어려운 일이어서, 나는 끊임없이 만약이라는 두 글자를 좇을 수밖에 없었다. 그러니까 만약 그럴 수 있었다면, 만약 부나의 제안을 단호히 거절했다면, 저 쉬운 여자 아니거든요, 하면서 장난스럽지만 그 누구도 상처 입지 않는 쪽으로 대답을 유보했다면, 언제 밥이나 한번 같이 먹자는 말처럼 대수롭지 않게 네네 다음에요, 하고 웃어 보였다면 어땠을까.

하지만 그때 그 순간, 나는 정말이지 부나와 함께 어디론가 떠나고 싶었다. 막상 집에 돌아와 맨 정신으로 곱씹었을 때 미친년 완전히 돌은 년 역시 그러는 게 아니었어, 하는 후회가 밀려들었지만 그럼에도 어디선가 새벽닭이 울 때까지 훈훈한 열기 속에서 부나와 술을 마셨던 그날 아무런 주저 없이 좋아요, 하고 대답했던 건 분명 나였으며 그 감정은 모두 진실했고 진심이었고 오직 나만의 것이었다.

얼굴 안 자에 낯 면 자를 써서 안면도인 줄 알았는데 부나는 그게 아니라고, 편안할 안에 잘 면 자를 써서 안면도라 했다. 편안하게 잘 수 있는 섬. 블루투스 기능도 없는 구형 소울 안에서 부나는 빛과 소금의 〈뷰티풀〉이나 송창식의 〈사랑이야〉를 따라 불렀고 이따금 차마 모른 척하기 힘든 수준의 음 이탈이 났는데도 아무런 부끄러움 없이 계속 노래를 이어나갔다. 2주 동안의 강제 휴가가 끝나면 곧바로 겨울방학 프로그램 일정을 짜느라 정신이 없을 게 분명했으므로 나는 그 시간만큼이라도 그저 마음이 움직이는 대로 매 순간순간을 살기로, 말하자면 철저한 마음의 방목을 택하기로 마음먹은 뒤였다. 부나는 알아서 노래를 여자 키로 바꾸고는 "단 한 번 미소에 터져버린 내 영혼" 구절을 열창했는데 영혼이 터진다는 그 말은 꽤나 시적이면서도 계속되는 내부의 압력을 견디며 부풀고 부풀다가 종내에는 빵, 터져버린 풍선을 연상시켜 어딘가 공포스럽게 느껴지기도 했다.

아무 생각도 계획도 없이 막무가내로 부나를 따라나선 거였으므로 나는 안면도가 부나의 고향이며 거기서 부나의 아버지를 만나게 될 거라고는 전혀 예상치 못했다. 부나가 자기 아버지를 어이 형씨, 하고 부른 데다 그 형씨라는 작자가 부나와는 정말 눈곱만큼도 닮은 지점이 없었기에 나는 갑자기 트럭을 몰고 나타난 그가 부나가 예약한 민박의 사장이거나 아님 약간의 일면식이 있는 동네 오빠인 줄로만 알았다. 누가 봐도 공들여 다듬은 수염에 다홍색 피셔맨 니트 차림의 그가 부나의 XX 염색체에 가담했다기엔 지나치게 영해 보였으니까. 그야말로 혼돈의 도가니탕. 형씨는 우럭을 기르는 가두리 양식업에 종사했고 돌아가신 어머니는 생전에 나무를 만졌다고 했다. 그래서 부나. 도끼 부에 그물 라 자를 써서 부나였는데 나는 그게 참 단순하면서도 숭고한 구석이 있는 네이밍이라 생각했다. 형씨는 숙식을 조건으로 일을 돕는 빠다라는 네팔 청년과 단둘이 살고 있었다. 그의 풀네임은 빠다야이 사티야라즈, 줄여서 빠다. 그는 눈 사이가 멀어 물고기 같다는 인상을 풍기는 것 빼고는 꽤 미남이었다.

"친구?"

부나의 뒤에 어정쩡하니 선 나를 본 빠다가 어색함이라곤 전혀 찾아볼 수 없는 한국말로 건넨 말이었다. 그는 대답할 겨를도 주지 않고 재차 물었다.

"아님 여자친구?"

부나는 웃으면서 그런 거 아니라고 했다. 만일 부나가 맞다고, 자기 여자친구라고 나를 소개했다면 식은땀을 흘리며 발뺌하기 급급했겠지만 막상 그런 게 아니라고 선이 그어지고 나니 기분이 좀 묘하긴 했다. 그런 게 아니면 대체 우리는 어떤 걸까. 이도 저도 아니므로 아무것도 아닌 게 되는 걸까.

"먹을 복은 있네, 친구가."

형씨는 허이짜, 하면서 트럭에 올라타고는 다시 허이짜, 소리를 내며 사람 몸체만큼 커다란 플라스틱 통을 들어 올렸고 빠다는 그것을 받아 도로 땅에 내려놓았다. 뚜껑을 열자 그 안에는 정말 물 반에 고기 반, 왠지 모르게 사람의 얼굴과 닮은 까맣고 표면이 매끄럽고 죽었는지 살았는지 미동도 없이 겹겹이 포개진 우럭들이 가득했다. 다 죽었네? 부나가 묻자 그는 날이 갑자기 너무 추워져서 얘들도 살 수가 없다고, 이게 다 돈이고 정성이고 마음인데 큰일이다 큰일이야, 하고 중얼거렸다.

"그래도 아직 괜찮아. 죽은 지 얼마 안 돼서 싱싱해. 맛있어."

형씨는 금방 회를 떠 올 테니 안에서 꼼짝 말고 기다리라 했다. 그는 뭐가 그렇게 급한지 이미 죽은 생선이 든 통을 들고 부리나케 주방으로 달려가서는 정말 아주 금방 회를, 죽도록 싱싱한 회를 접시가 넘치도록 떠왔다. 나는 사귀는 것은 아니지만 앞으로 어떻게 될지 모르는 여자의 식구들—그것을 식구라고 부를 수 있다면—과 동그랗게 둘러앉아 식사를 하는 장면은 단 한 번도 상상해본 적이 없었으므로 밀려드는 당혹감에 어찌할 바를 몰랐다. 형씨는 방에 아무렇게나 널브러져 있는 옷가지나 먹다 남은 견과류 팩, 뜯어진 콘돔 포장지 같은 것들을 구석으로 몰아 딱 네 사람이 앉을 수 있을 만한 자리를 만들었다. 나는 당장의 상황이 어떻게 돌아가고 있는 건지 파악해보려 애쓰다가 이내 같이 여행을 가자고 해놓고서 이런 곳으로 나를 데려온 부나에게 화가 났고, 이게 뭐 하는 짓이냐고, 대체 무슨 생각으로 나를 여기까지 데려온 거냐고 따져 묻고 싶었지만 또 당장 그럴 수는 없는 일이어서 엉거주춤한 자세로 가만 서 있을 뿐이었다. 형씨는 보일러 선이 제일 많이 지나가 추울 걱정이 없다는 자리에 나를 몰아세우듯 앉히고는 자꾸만 편하게 앉으라고, 이미 충분히 편하니 괜찮다고 해도 에이 진짜로 괜찮으니까 더 편하게 앉으라고 하면서 나를 곤란하게 만들었다.

"진짜로 추우면 말해요 말. 애가 누굴 데려온 게 처음 있는 일이라 내가 아주 보일러를 빵빵하게 틀었는데 그래도 혹시 춥거나 하면 절대로 참지 말고 말만 해요 말. 근데 절대 그럴 일 없어. 거기가 우리 집에서 젤루 상석이거든. 젤루다가 좋은 자리니까 절대 그럴 수 없고말구."

그런 뒤에 형씨는 나와 부나와 빠다의 잔에 뭔가를 공평히 하사하듯 소주를 따랐다. 그는 살면서 이렇게 기쁜 날이 다 온다며 병나발을 불다가도

2년 동안 친자식처럼 기른 우럭들이 죄다 얼어 죽어버렸다며 슬퍼했다. 그건 손해라고. 갈기갈기 마음을 찢는 손해라고. 그렇게 기쁨과 슬픔 사이를 오가던 그는 내가 보고 있다는 사실을 망각했는지 옆에 쪼그려 앉은 빠다의 귀에 입을 맞추듯 대고 "아, 근데 조금 춥지 않나? 그치, 당신도 조금 춥지? 역시 보일러를 더 세게, 세게 틀어야겠지?" 하고 속삭였다. 순간 형씨는 빠다의 귀를 깨물었고, 빠다는 아프다고 소리를 내거나 반발하는 대신 웃으면서 일어나 보일러 온도를 높인 뒤 여전히 웃는 채로 자리에 앉았다. 귓속말이라 하기에 그 소리는 너무 크고 선명했으므로 나는 본의 아니게 처음부터 끝까지 그 일방적인 대화를 엿들을 수밖에 없었는데 부담과 불편 때문인지 아니면 환기도 안 되는 방을 가득 채운 네 사람의 열기 때문인지 이마에서는 땀이 줄줄 흐르고 있었다. 옷소매가 다 젖도록 땀을 닦아내면서 왜일까 나는 하나의 가두리 안에 있다는 2만 마리의 우럭들을 떠올렸다. 그러니까 이유를 콕 집을 수 없는 불쾌로 가득한 이 공간에 어쩌면 나 또한 꼼짝없이 갇혀버린 꼴이 아닌가. 나는 고개를 돌려 부나의 얼굴을 살폈고 두 사람을 바라보면서 부나는…… 진심으로 웃고 있었다. 진심으로 그들이 부럽기라도 하다는 듯이.

추우면 언제든지 춥다고 말하라 했지만 나는 정말이지 더웠으므로, 안 그래도 술기운 때문에 얼굴이 홧홧한데 아래에서부터 둔부가 얼얼할 정도로 들끓는 열기 때문에 나는 정말 미칠 듯이 더웠으므로, 그건 정말 해도 해도 너무한 더위였으므로, 도무지 견딜 수 없는 열과 성이었으므로 나는 이렇게 말하는 것 말고는 할 수 있는 게 없었다.

"아 존나 더러워."

더워가 아닌 더러워. 둘은 그것을 단순히 덥다는 말로 스쳐 들은 것 같았지만 나는 알았다. 단 한 사람만은 내 말을 똑똑히 들었다는 걸. 눈이 마주치지는 않았지만 순간 그의 눈빛이 강하게 흔들렸다는 걸. 나는 괜히 취한 척 딸꾹질을 하며 땀이 밴 손바닥으로 얼굴을 감쌌다. "방금 들었어, 무슨 소리?" 내 마음을 읽기라도 했는지 빠다가 물었을 때 부녀의 시선은 그가 손끝으로 가리킨 곳을 향했다.

"저기, 있다 쥐가. 쥐새끼가 있다 저기."

그러면서 빠다는 누수로 인해 누렇게 얼룩이 진 천장을 아주 오랫동안 응시했다. 나는 손 틈새로 천장이 아닌 정면을, 부나의 커다랗고 까무잡잡한 얼굴을 바라봤다. 그리고 확신했다. 거기에 쥐는 없었다. 대신 쥐가 아닌 다른 무언가가, 감추려 해도 감춰지지 않는 어떤 마음이, 자꾸만 질금질금 넘쳐흐르는 뭔가가 있었다고. 척으로 시작한 거였는데 좀처럼 딸꾹질이 멎지 않아 나는 조금 울고 싶은 기분이었다. 부나는 그런 내 등을 두드리며 말했다. 괜찮다고. 시간이 지나면 자연스레 멈출 거라고.

술이 다 떨어졌다며 형씨가 빠다에게 꾸깃한 만 원짜리 두 장을 건네주고 난 뒤 방에는 우리 셋만 남았다. 누가 낚시꾼 아니랄까 봐 형씨는 정확하고 민첩한 동작으로 손을 뻗어 그의 왼손으론 내 손을, 오른손으로는 부나의 손을 낚아챘다. 땀이 많이 났다고 해도 그는 한사코 괜찮다며 내 손을 더 세게 그러쥘 뿐이었다. 인사불성. 그리고 이제 보니 그와 약간 닮은 구석이 있는 부나는 취했는지 멀쩡한 건지 도통 모르겠는 얼굴로 어렴풋이 웃고 있었다.

"너가 남자를 데려왔으면 내가 꼭 콘돔을 쓰라고…… 그건 부끄러움도 뭣도 아니니까 꼭 콘돔을 쓰라고 말하려 했는데 말이다. 너가 이렇게 예쁜 여자친구를 데려왔으니 그런 염려는 붙들어 매고…… 그저 너희 하고 싶은 대로, 꼴리는 대로 다 해도 된다고…… 여자들끼리는 병 같은 거 옮길 일도 없으니까 얼마나 편리하고 좋아…… 어? 안 그러냐?"

부나는 그의 말이 채 끝나기도 전에 "미쳤어, 미쳤어, 제발 주책 좀 떨지 마요!" 하고 소리를 질렀는데 나는 가만히 앉아 둘 사이의 사소하고 애정 어린 다툼을 지켜보고 있을 뿐이었다. 분명히 한 번쯤, 아니 몇 번씩이고 머릿속으로 그려본 장면이긴 했지만 막상 그의 입을 거쳐서 나오는 말들을 두 귀로 듣고 다시금 상상해보니 남은 건 죽은 물고기들처럼 겹겹이 포개진 부끄러움이어서 나는 조용히 고개를 떨궜다. 그런 내게 형씨는 "얘 봐라 얘, 부끄러워하는 것 좀 봐라" 하면서 웃었는데 그가 말하는 부끄러움과 내가 느끼는 부끄러움이란 전혀 별개의 것이었다. 나는 형씨를 따라 웃는 대신 나를 지켜내려 애썼고 그러기 위해서는 그곳에서, 그들에게서 벗어나야만 했다. 그 자리는 너무 뜨거웠으므로. 내가 감당할 수 없는 열과 성이었으므로.

역시 오지 말았어야 했던 게 아닌가. 가두리 안에 도사리고 있는 2만 마리의 우럭처럼 이런 난데없고 예상치 못한 상황에 꼼짝없이 갇혀버린 게 아닌가. 하지만 다시 돌아가고 싶어도 자리를 박차고 나올 용기가 없고 박차고 나온다 한들 면허가 없고 택시를 부른다 한들 태안에서 인천까지 택시비를, 그것도 야간할증이 적용된 요금을 충당하기에는 지갑 사정도 넉넉지 않으므로 애초에 오지 말았어야 했던 게 아닌가. 그렇게 아무 소용도 쓸모도 없는 생각에 깊이 몰두하던 와중 빠다는 돌아왔다. 작고 낮은 소리로 허밍을 하면서. 분명히 어디선가 들어본 적 있는 음들을 위태롭게 이어가면서. 너무 추워. 너무 추워. 하지만 추위라는 걸 전혀 모르는 사람의 얼굴을 하고서.

밖에 눈이 왔다며 빠다는 눈사람을 만들자고 했다. 자기 고향에선 눈이 매우 귀하다고. 그러니 있을 때 잘해야 한다고. 나는 그 말은 이럴 때 사용하는 게 아니라고 하는 대신 그가 건넨 새빨간 고무장갑 한 짝을 받아들었다. 생선 손질용이었는지 고무장갑에서는 속이 메스꺼울 정도로 비린내가 진동했다.

"여기서 좀 이상한 냄새 나지 않아요?"

나는 뭔가를 간절히 호소하듯 물었는데 빠다는 아니라고 했다. 아무런 냄새도 안 난다고. 진짜예요? 내가 재차 물었음에도 부나는 아무것도 모르겠다는 표정으로 고개를 저을 뿐이었다. 감기 기운이 있어 구경만 하겠다는 나를 제외한 세 사람은 뭐가 그렇게 즐거운지 깔깔깔 웃으면서 눈덩이를 굴렸다. 흙이 전혀 묻지 않은 눈으로 만든 눈사람은 어딘가 비현실적으로 보였다. 영영 더럽혀지지 않을 것처럼 하얗고 매끄러운 눈덩이가 세 개. 삼단 눈사람이었다.

이제 그만 잘 시간이라며 고무장갑을 벗은 형씨가 제일 먼저 집 안으로 들어갔고 그다음은 부나였다. 나는 팔짱을 끼며 나를 이끌던 부나에게 금방 따라가겠다고 했다. 마침내 남은 건 우리 둘뿐이었다. 순간 빠다는 내가 보고 있다는 걸 잊었는지, 아니면 내가 보고 있기 때문인지 씨발, 하고 중얼거리면서 애써 만든 눈사람을 힘껏 발로 찼다. 발길질할 때마다 단단하게 뭉쳐진 머리와 허리와 몸통이 커다란 살점처럼 떨어져 나갔다. 격한 동작과 달리 그의 입에선 입김과 함께 꾹 억눌린 듯한 신음이 새어 나오고 있었다. 그는 같이 해보겠냐 물었다.

"따라 해봐. 기분 죽인다."

"어떻게요?"

"씨발, 씨발. 이렇게."

"씨발, 씨발. 이렇게요?"

"응응. 좋다. 그렇게."

"씨발, 씨발."

"응응. 좋다. 계속."

안면도라는 이름과 달리 그곳에서 내가 편안히 잠들 수 있을 리는 만무했다. 우리는 빠다의 방에 요를 깔고 누웠는데 방이라고 해봐야 원래 하나였던 공간에 얇은 가벽을 세운 것뿐이어서 제대로 된 세간도 창문도 찾아볼 수 없었다. 벽을 통해 두 사람의 말소리나 그로 인한 진동이 모두 전해져왔는데도 부나는 전혀 괘념치 않은지 쌔근쌔근 코까지 골았다. 그에 반해 나는 한참을 뒤척이다가 양 대신 우럭 한 마리, 우럭 두 마리…… 숫자를 셌고 그래도 잠이 오지 않아서 평소처럼 쓸데없는 생각들을 이어나갔다. 만약 불면이 없다면 안면이나 숙면 또한 불가능하지 않나. 그러니까 처음 이곳에 안면도라는 이름을 붙인 사람 또한 매일매일 안면하지 못했으므로 그토록 안면을 바랐던 게 아닌가 하는. 마음 같아서는 날이 밝는 대로 당장 인천으로 돌아갈 생각이었지만 막상 날이 밝고 나니 산란했던 머릿속이 깨끗해지면서 졸음이 마구 쏟아졌고, 채 가시지 않은 숙취와 함께 잠에서 깨고 보니 나는 부나를 등진 채 누워 있었다. 일어나자마자 우리는 전날 먹다 남은 횟감에다 무와 콩나물을 넣고 끓인 해장국으로 늦은 아침을 했다. 음식에 거의 손도 안 댄 부나와 달리 나는 밥을 두 공기나 비웠는데도 자꾸만 허기가 졌다. 여기까지 온 김에 양식장이라도 한번 보고 가라는 형씨의 말에 왜일까 나는 아무런 주저 없이 고개를 끄덕였는데 그건 그곳에 가게 될지언정 결코 내 마음이 달라지지는 않을 거란 확신 때문이었다.

간이 좌석을 펼쳐봤자 형씨의 구식 포터에는 세 사람밖에 탈 수 없었으므로 내가 먼저 자진해 짐칸에 타겠다고 하자 빠다는 정색을 하면서 아니라고, 그건 절대 옳지 않다고 강하게 만류했다. 잘못한 것도 없는데 괜히 혼이 난 것만 같은 기분. 결국 원하는 대로 짐칸을 차지한 그가 출발하라는 신호로 차체를 탕탕 두드렸고, 나는 어쩔 도리 없이 부녀 사이에 꼭 끼인 책갈피 같은 모양새로 한참을 있어야 했다.

어장에 발을 딛자마자 형씨와 빠다는 일사불란한 동작으로 폐사한 물고기를 건져냈다. 커다란 고무 대야에 우럭이 가득 쌓이면 크레인에 실어 육지로 나르는 식이었다. 나는 부나와 함께 서서 그 일사불란함을 지켜보고 있었는데 순간 부나는 내 귀에다 대고 "조금 덥지 않아, 자기?" 하고 물었다. 나는 귀가 간지러웠으므로 웃었다. 정확히는 조금도 덥지 않아, 자신 있게 대답할 수 없었기에 웃었다. 만일 부나가 재차 물어왔다면, 하다못해 에이 진짜? 하는 식으로 가볍고 장난스레 내 웃음에 이의를 제기했다면 나는 그것과는 조금 다른 선택을 했을지도 몰랐다. 그러나 한국인은 삼세번이라는 말이 무색하게 부나는 깊고 넓고 단단한 침묵만을 고수할 뿐이었다.

쓰고 있던 모자가 날아가는 바람에 부나가 잠깐 자리를 비운 사이 형씨는 내게 거의 소리치다시피 말했다. 애들이 많이 죽었지만 그래도 아직 많이 살아 있다고, 죽은 건 이미 죽은 거고 어쩔 수 없는 거라지만 어쩔 수 있는 것들도 남아 있다고, 그런 의미에서 이지 씨도 간에 좋은 우럭을 꼬박꼬박 챙겨 먹으라고. 일부러 대답을 피한 건데도 그는 뭔가를 집요히 확인받고 싶어 하는 사람처럼 굴었다.

"그럴 거지, 이지 씨? 아, 이제 이지 씨라고 부르면 안 되나? 그치, 그건 너무 정 없지? 아가, 새아가라고 불러야 하나?"

거센 해풍 때문에 딛고 있는 부표가 흔들리는 와중에도 그는 기다란 뜰채로 물고기를 건져내면서 우리 부나 잘 부탁해, 하고 소리쳤다. 나는 순간 중심을 잃어 휘청이다가 네? 하고 되물음과 동시에 바로 섰다.

"우리 부나 잘 부탁한다구."

"제가 왜요?"

"왜라니……?"

"그러니까 그걸 왜 하필 저한테 부탁하시냐구요."

인천에 돌아와 렌터카를 반납하고 나니 시간은 벌써 자정이 넘어 있었다. 제일 싼 보험을 들어서 걱정했는데 다행히 사고는 나지 않았다. 우리는 무사히 원래의 자리로 되돌아왔고 그건 명백한 사실인 동시에 그 반대이기도 했다. 우산을 쓰기에도 안 쓰기에도 애매한 양의 비와 눈이 섞여 내리고 있었는데 부나는 그냥 맞는 것도 나쁘지 않을 것 같다고 했다. 그 눈과 비를. 천천히 온몸을 적시던 눈과 비를. 우리는 아무런 방향도 목적도 없이 부평 거리를 따라 걸었고 그러다가도 결국엔 어떤 보이지 않는 힘에 이끌리듯 우리가 매일같이 끈질기게 걸어 올라야만 했던 언덕 앞에 다다라 있었다. 가보자고 한 것도 아닌데 우리는 누가 먼저랄 것 없이 걸음을 옮겼다. 마치 그 산책이 끝나지 않았으면 하는 사람들처럼 아주 천천히. 행여나 미끄러질까, 행여나 서로가 서로를 의지해야 하는 상황이 올까 걸음마다 꾹꾹 힘을 주면서. 이것 좀 봐요. 하늘을 올려다보며 내가 말했을 때 그곳 엔 비와 눈도 눈과 비도 아닌, 온전한 눈송이들만이 가득했다.

"아까 우리 아빠가 뭐라구 했어, 이지 씨?"

"뭐를요?"

"왜 좀 아까 우리 아빠가 자기한테 뭐라고 그랬잖아."

"그랬죠."

"분명 또 이상한 말 했겠지 뭐. 그치?"

"다음에, 다음에 꼭 또 한 번 오라고 그러셨어요."

그러나 단언할 수 없는 무수히 많은 것들 사이에서, 어쩔 수 없음의 상태로 남겨둘 수밖에 없는 무수히 많은 것들 사이에서, 그날 밤 내가 유일하게 확신할 수 있었던 건 내가 다시는 그들을, 오직 선의로서 내게 가장 따뜻한 자리를 내어주던 형씨와 온 힘을 다해 자신이 애써 만든 눈사람을 부수던 빠다를, 그들을 다시 만나게 될 일은 결코 없다는 것이었다. 우리는 각각 무사할 수는 있어도 함께 무사할 수는 없을 테니까. 우리는 오르막이 막 끝나가는 지점에 우두커니 서서 처음이자 마지막으로 서로를 안았다. 어느새 눈발이 거세져 속옷까지 쫄딱 젖은 상태였으므로 서로 나눌 수 있는 체온이랄 것도 없었지만 그렇게, 아주 오래도록. 부나와 헤어지고 돌아오는 길에 나는 편의점에서 우산을 하나 샀는데 바보 같게도 집에 다다라서야 우산을 계산대 위에 그대로 두고 왔다는 사실을 깨달았다. 실수로, 어쩌면 고의로. 내가 다시는 회복되지 않을 상처를 부나에게 남긴 것처럼.

❂

그 후로 나는 며칠을 앓았고, 또 앓아야만 했다. 엄마가 죽 기프티콘을 보내주긴 했지만 그걸로는 배달이 안 된다고 해서 나는 결국 제값을 치르고 신짬뽕죽과 낙지김치죽을 시켰다. 그러나 잘 들어가지도 않는 죽을 씹지도 않고 꾸역꾸역 삼키다 보니 오히려 소화가 더 안 되는 것 같았다. 아직 해소되지 않은 건 마음 또한 마찬가지여서 나는 어쩔 도리 없이 완전한 소화불량의 상태로 부나를 떠올렸다. 이미 내 마음을 다 간파했다는 듯이 부나에게선 아무런 연락도 없었다. 나는 일전에 부나가 틀어주었던, 그새 조회 수가 몇천이나 불어난 동영상을 재생했다. 이런 가짜 영상을 보면서 위안을 얻는 사람이 세상에 나 말고도 많다는 생각을 하면 질척한 마음이 조금은 괜찮아지는 것 같기도 했다. 타닥타닥 장작 타는 소리는 두 시간 동안 계속 이어질 거고 그 열과 성을 다한 시간이 끝나고 나면 나는 아무 일도 없었다는 듯 다시 부나에게 전화를 걸어볼 생각이었다. 아무 사이도 아니었다면 아무렇지 않게 전화를 걸지 못할 이유도 없었으니까. 무엇보다 다 알고 있었으면서 왜 모른 척을 했냐고, 나는 따져 묻고 싶었다.

안면도를 떠나기 전, 부나가 하룻밤 새 사라진 눈사람의 행방에 대해 묻자 빠다는 태연하게 거짓말을 했다. "우리 고향에선 눈사람에 달렸다고 믿는다. 발이." 부나는 말도 안 된다며 정색을 했지만 입꼬리는 웃고 있는 것처럼 올라가 있었다.

"인천에 먼저 가 있는 거 아닐까요."

그때의 나로 말하자면 범죄자의 결백을 두둔하려는 공범의 모습이었을까. 무슨 말을 하려는 듯 부나의 입술이 미세하게 벌어졌다가 도로 닫힌 순간, 나는 생각했다. 나빴던 건 내가 아니라 너였다고. 그때 너는 내게 무슨 말이라도 했어야 했다고.

늦었다고 생각할 때 정말 늦은 거라지만 타닥 타다닥 장작 타는 소리가 끝날 때까지 나는 부나와 나의 미래에 대해 생각했다. 그리고 영상이 끝나기 직전, 아니나 다를까 핸드폰 진동이 울렸다. 그거 봤어요, 쌤? 완전 대박. 수화기 너머 물어오는 말에 나는 나도 모르게 대답했다. 지금 보고 있어요.

— 우리 공주님이 같이 눈사람 만들래, 하도 노래를 부르길래 내가 하는 수
없이 이 엄동설한에 큰맘 먹고 밖으로 나섰는데 아니나 다를까 딱 봐버린 거
있죠. 홀딱 젖은 여자 둘이서 그러고 있는데 그 여자가 내가 알던 그 여자고 내
가 다 부끄럽고 남세스러워서 고개를 못 들 지경이었지만 그래도 요즘 시대가
시대인지라 다 이해해요. 고백하자면 나도 뭣 모를 때 백합물 이런 거 본 적 있
고 그런 사람들도 다 같은 사람이지 더불어 잘 먹고 잘 싸고 잘 살아야 좋지.
다 그럴 수 있어, 다 이해하는데 암만 그래도 그렇지 말이에요. 내가 여기서 다
독상 2등까지 타본 사람이고 책에 코딱지 묻히는 작자들이랑은 격이 다른 사람
이고 소상히 밝힐 수는 없지만 배운 만큼 배운 사람이라 하는 얘긴데 다 이해
하지만 우리 딸은 그런 거 안 봤으면 좋겠거든요. 그런 거 세상에 있는 줄도 모
르고 엘사처럼 렛잇고 렛잇고 하면서 뭣 모르고 자랐으면 좋겠거든요. 나는 꼰
대도 아니고 이건 물론 있을 수 있는 일이지만 그래도 우리 딸애한테는 없었으
면 좋겠거든요. 있을 수 있는 일이 일어난 거니까 내가 뭐라 하기 좀 부끄럽지
만 그래도 부끄러움을 무릅쓰고 이렇게 글을 남기는 거거든요. 이렇게 증거랍
시고 사진까지 찍긴 했지만 내가 진짜 나 좋자고 나 하나 위해서 이러는 게 아
니거든요. 그러니까 그러지 맙시다. 이러지 않기 위해 그러지 맙시다, 우리.

P. S. 밖에서 그러면 감기 걸려요.

아이돌 지능안티 출신인가 싶을 정도로 그 글은 묘하게 사람을 부끄럽게
만드는 구석이 있었다. 나는 눈싸움을 하듯이 우리, 로 끝나는 문장을 뚫어
져라 쳐다봤다. 그러나 사람이 암만 애를 써봤자 핸드폰 스크린을 이겨먹
을 수는 없는 노릇이기에 얼마 되지 않아 빨갛게 충혈된 눈을 끔뻑거릴 뿐
이었다. 고개를 숙이고 있긴 했지만 사진 속에서 누군가를 꼭 끌어안고 있
는 사람은 변명할 것도 없이 부나였다. 그리고 부나가 안고 있는, 동시에

부나의 어깨에 얼굴을 묻은 그 사람은 분명히 명백히 원 헌드레드 퍼센트 나였으므로, 나는 안심했다. 거기엔 오직 부나만이, 내가 아닌 부나의 얼굴만이 나와 있었으니까.

도서관 밖에서의 사생활을 가지고 징계를 내리는 건 사실상 불가능했는데도, 또 그건 스캔들 축에도 못 끼는 여자들끼리의 포옹에 불과했는데도 부나는 더 이상 출근하지 않았다. 그건 자의였지만 동시에 타의이기도 했다. 일전의 사건으로 부나를 영 탐탁지 않아 했던 관장의 입장으로서는 손 안 대고 골칫거리 하나를 해치운 셈이었다. 듣기로는 부나가 자신이 잘린 것으로 처리해달라고 관장에게 부탁했고, 관장은 선심 쓰듯 그걸 수락했다고 했다. 실업급여를 받아봤자 얼마 되지도 않는 돈이었겠지만. 관내에서 부나의 공백은 그저 도서 한 권이 분실됐을 때 정도의 파문을 일으켰을 뿐이어서 나는 그게 참 너무하다고 생각했다. 하지만 나 역시 그 너무함에 일조하지 않았다고 말할 수는 없는 노릇이었다. 부나의 부재는 한편으로 정규직이 될 수 있는 발판이나 다름없었으니까. 인사부장은 조만간 이사장과의 자리를 마련할 테니 큰 거 한 장만 준비하라 했다. 통과의례 같은 것이니 너무 부담 갖지는 말라면서. 나는 아무 말도 하지 않았고 아무 말도 하지 않았으므로 그건 자연스레 동의의 표시가 되었다. 난생처음 수표를 발급받으면서 나는 부나 역시 나와 똑같은 상황을 겪지 않았을까, 짐작했는데 그건 부정할 수 없는 비겁함이었지만 어쩔 도리 없는 위안이 되어주기도 했다. 나는 매일 무슨 의식을 치르는 것마냥 부나의 책상에 쌓여가는 먼지를 아주 오래도록, 몇 번씩이고 계속 닦아냈고 이내 그럴 필요나 이유 또한 사라져버렸다. 분실된 책이 새 책으로 대체되듯 책상도 새로운 주인이 생겼으므로.

규정대로라면 부나가 인수인계를 했어야 맞지만 결과적으로 그건 모두 내 몫이 되었다. 나는 실습 경험도 일머리도 전무한 김윤이나에게 학부생 때 도서관에서 인턴도 안 해보고 뭐 했냐고, 사심이 가득 담긴 짜증을 냈는데 김윤이나 역시 내 말을 한 귀로 듣고 한 귀로 흘리는 눈치였다. 버릇이 좀 없긴 해도 구김살도 뒤끝도 없다는 점은 분명한 장점이었고 무엇보다 집에 가는 방향이 같았기에 우리는 퇴근 후 종종 마라탕이나 떡볶이를 먹으러 갔다. 김윤이나는 매운 걸 너무너무 좋아해 가방에 항상 캡사이신을 갖고 다닐 정도였다. 완전 취향 저격이라면서. 나는 언젠가 부나가 내게 그랬던 것처럼 앞으로 만성비염을 달고 살 테니 매운 걸 많이 먹어두라고 했다. 피할 수 없으면 즐기라는 말은 개소리라고. 예방할 수 있다면 미리 예방하는 게 좋지 않겠냐고. 그러나 새로운 퇴근길 메이트가 생긴 것 또한 잠깐뿐이었다. 김윤이나는 마라탕이 물린다며 혼자 집에 가버리곤 했고, 어느 날부터는 남자친구가 차로 도서관 앞까지 데리러 올 거라며 해맑게 손을 흔들었다. 그럴 때면 나는 아무런 소용도 쓸모도 없는 지하 분수대에 유령처럼 앉아서, 앉아 있음의 상태로 한참 동안, 지금의 나를 빚어낸 내 선택들에 대해 생각했다. 그 어쩔 수 없음을 삶의 디폴트로 두고서. 분주하게 움직이는 사람들의 얼굴을 훑다가도 혹시나 이곳이 무너지지는 않을까…… 걱정 반 기대 반, 딱 반반의 마음으로.

 마지막 그 이후 부나를 다시 만난 건 대대적인 장서 점검으로 인해 밤이 늦어서야 퇴근한 날이었다. 1년에 몇 번 있는 장서 점검은 서가에 꽂혀 있는 모든 책을 일일이 점검해야 하는, 그야말로 부나에게 방아쇠수지증후군을 안겨준 주 원인이기도 했다. 읽어보지도 않은 수천수만 권의 책 표지들을 하나하나 일별하는 동안 나는 문득, 끝끝내 부나가 찾지 못한 책을 떠올렸다. "시간이 지나면 다시 돌아오게 돼 있어." 어떻게 부나는 그렇게 자신만만할 수 있었을까. 책이 부메랑도 사랑도 아닌데 도대체 무슨 근거로 그렇게 확신할 수 있었던 걸까. 그러나 누가 훔쳐 갔는지 아니면 어딘가에 숨겨져 있는지 모를 그 책은 여전히 자리에 없었다.

 책에 발이 달린 것도 아닐 텐데 말이야. 부나라면 그런 농담을 던지며 웃어 보였겠지만 나는 부평 지하상가에서 우리가 마지막으로 만났던 순간 그 책이 여전히 오리무중이라고, 어쩌면 영영 돌아오지 않을지도 모르겠다고 말할 수 없었다.

부나는 언제나처럼 분수대에 앉아 있는 내게 이지 씨! 자기야! 하면서 알은척을 했다. 요즘 살이 쪄서 간헐적 단식을 시작한 지 이틀 차라고, 마라탕을 끊어보려고 무진장 애는 쓰고 있는데 그게 참 쉽지가 않다며 묻지도 않은 근황을 마구 쏟아냈다. 그러냐고, 나 또한 요즘 애써야 하는 일투성이라고. 그렇게 말하는 대신 나는 조용히 고개를 떨궜다. 이렇게 만난 것도 인연이니까 우리는 언제나처럼 마라천지의 제일 구석 자리에 앉아 고수를 잔뜩 넣은 마라탕을 시켰다. 음식을 기다리는 동안 부나는 고백할 게 하나 있다고 했다. 식약처에서 위생 검사를 했는데 여기가 최악 중의 최악으로 뽑혔다고, 그동안 말을 못 해서 미안하지만 그래도 알고 먹는 게 나을 것 같아서 지금이라도 이렇게 털어놓는다고. 왜일까 나는 그 사실을 전혀 몰랐던 사람처럼 놀란 척을 했다. 마라탕은 평소처럼 5분도 채 안 돼 나왔고 분명 평소와 똑같은 맵기인데도 코에서는 콧물이 질질 흘렀다. 마지막 국물 한 방울까지 싹 비웠을 때 부나는 "그때 그 사진 말이야, 이지 씨" 하고 말을 걸어왔다. 억울함이라든가 원망이라든가 하는 단어를 내뱉는다면 대체 뭐라고 대답하는 게 최선일까, 생각했지만 부나는 언제나처럼 내 예상을 빗나갔다.

"그 사진, 암만 생각해도 내가 너무 못나게 나왔다니까. 자기 나 실물파인 거 알지? 조금만 더 예쁘게 찍어줬으면 좋았을 텐데 말이야. 기술이 아무리 발달하면 뭐해. 피사체에 대한 애정이 없으니까 화질만 예술이고 진짜 예술은 못 되는 거지. 언제 한번 찾아가서 사람 대 사람으로, 면전에 확 따져 묻고 싶은 거 있지? 대체 얼마나 똥손이시길래 그 정도로밖에 나를 못 담았냐고. 그릇이 그거밖에 안 되면 분발 좀 하시라고. 쉽지 않겠지만 사람이니까 우리 제발 좀 그렇게 해보자고."

계산을 앞두고 우리는 한참을 옥신각신했다. 깔끔하게 분할 계산을 하면 될 것을 내가 낼게, 아니 제가 낼게요, 서로 지지 않기 위해 무던히 애쓰면서. 그럼 공평하게 가위바위보를 하자고 말한 건 부나였을까 아니면 나였을까. 진 사람은 깔끔하고 깨끗하게 승패에 승복하는 거라고. 절대로 딴말하기 없다고. 그래서 우리는 야심한 밤에, 아주 오래도록 가위바위보를 했다. 다 큰 여자 둘이 우두커니 서서 마치 그 승부가 영원히 계속되기를 바라는 사람들처럼. 우연찮게도 자꾸만 비겼으므로 몇 번이고 다시, 계속해서 가위바위보, 가위바위보를 외쳤는데 결국 진 쪽은 나였다. 그러나 승자였던 부나는 재빠르게 카드를 내밀었고 그 짜증과 곤란으로 범벅된 상황을 빨리 끝내고 싶었던 직원은 잽싸게 부나의 카드를 받아 리더기에 꽂았다.

"지금 뭐 하자는 플레이예요? 이겼는데 왜 그래. 승패에 승복하자며."

"자기야, 원래 세상은 이긴 사람 마음인 거야."

속이 쓰리도록 매웠던 마라탕 때문인지 아니면 말 그대로 케이오, 완패를 당해버렸기 때문인지 나는 며칠 동안 가슴 한구석이 아파 병가를 냈다. 김윤이나는 내가 없으니 업무 독박을 썼다며, 혹시 꾀병 아니냐며 몇 차례 연락을 해왔고, 나는 의도가 빤히 들여다보이는 안부 문자에 위안을 받을 정도로 마음이 싱숭생숭했다. 아프고 부끄러웠다. 내가 다시 마라탕을 먹으면 사람이 아니라 물고기지, 다짐할 정도로. 그러나 여전히 나는 마라천지의 단골이었고 워낙 혼밥이 대세인 시대이기도 하니까 혼자 씩씩하게 그릇을 다 비웠다. 우연히 누군가를 마주치는 일은 없었다. 이따금 엄지와 검지 사이가 욱신거리는 통증이 찾아올 때면 우리의 마지막 승부 때 부나가 내밀었던 손을 떠올렸는데 그건 가위이면서 동시에 나를 정확히 겨누고 있던 총이기도 했다. 그게 자의든 타의든 덕분에 내 마음에는 구멍 하나가 뻥 뚫렸고, 행여나 하늘에서 뭐라도 내리는 날이면 그 구멍이 너무 시려서 혼자 마라탕을 먹으러 갔다. 안 매운맛은 싫으니까 아주아주 매운맛으로. 눈물 콧물 다 쏟으면서. 역시 쉽지 않네, 쉽지 않아. 그쵸? 마치 옆에 누군가 함께인 것마냥. 그러나 쉽지 않음과 어쩔 수 없음이 꼭 같지만은 않다는 생각이 들 때면 사레가 든 것처럼 마구 기침이 터져 나왔다. 기침은 금방 멎었지만 물로 아무리 입을 헹궈도 혀의 얼얼함은 잘 가시지 않았다. 매운맛이 통각일 뿐이라면 나는 가학과 피학을 동시에 즐기는 사람일까. 시답잖은 농담을 떠올렸을 뿐인데 실실 웃음이 새어 나왔다. 그럴 땐 자연스레 웃음이 멎기만을 기다렸다.[1]

1   도서관 사서에 대한 자료는 강민선, 『아무도 알려주지 않은 도서관 사서 실무』(임시제본소, 2018)를 참고. 또한 소설에서 묘사된 부평도서관은 실제와 무관함.

가위바위보가 만드는 세계

김미정 문학평론가

아슬아슬하게 부풀어가던 풍선이 터져버리는 순간이 있다. 가짜 영상을 보면서 위안을 얻다가 진짜를 마주쳤을 때 당황해버릴 때가 있다. 의지적 선택보다도 우발적인 것들이 결정적으로 삶을 만들 때가 있다. 나를 지키려고 애쓰지만 부지불식중 타인에게 나의 일부를 내어주게 될 때가 있다. 부정하고 밀어내도 종국에는 마음 깊숙이 흔적을 남기는 것들이 있다. 이선진의 소설 「부나, 나」에 대한 이야기다. 여기에는 취향, 호오, 정체성 같은 것의 공통점을 셈하기 이전의 관계가 있다. "모든 게 다르구나, 싶을 정도로 취향이랄까 아주 작고 사소한 부분까지 맞지 않"는 이들임에도 서로 마음을 쓰게 되는 과정이 있다. 그리고 내내 서로 겨루다가 어느 한쪽이 이기는 세계가 있다.

오늘날 서사와 이미지 속 인물 형상이 그 캐릭터성보다 일종의 기호, 밈으로 표방되거나 그 윤곽만을 제시하는 일이 빈번함을 생각할 때, 이 소설이 암시하는 독서 포인트는 다소 선명하다. 게다가 인물 한 명의 이름이 표제어로 등장해온 많은 소설과 달리 「부나, 나」는 인물뿐 아니라 어떤 관계를 읽어야 한다고 제목에서부터 암시하니 그것을 먼저 확인하지 않을 수 없겠다.

부나와 나는 도서관 사서다. 정규직, 계약직의 차이는 있지만 그런 것은 이들이 가까워지는 데에 문제가 아니다. '부나'는 독단과 편협함과 배타성을 비껴가는 묘한 확신의 소유자로 묘사된다. 일상 속 그녀의 사소한 확신들은 믿음을 주는 구석이 있다. 그녀는 타인의 프라이버시 앞에서 침묵하거나 모르는 척해주는 적당한 거리를 안다. 자신을 저격하는 익명의 투서에도 꿋꿋하고, 그 부당한 모함도 정면에서 유머러스하게 받아치는 여유가 있다.

마라탕의 "시뻘건 국물을 마구 드링킹"하며 "사레가 들려서는 컥, 컥, 기침을 토해"내며 "물잔 대신 술잔을 집어 들고는 그대로 원샷"하는, 까다롭게 위생을 따지지 않고 타인의 시선에 아랑곳하지 않는 털털한 성격의 소유자이기도 하다. 그녀 앞에서는 왠지 안심하면서 함께 무장해제해도 괜찮을 것 같다. 화자(나)의 탁월한 비유를 빌리자면 부나는 "장아찌를 담근 항아리 위에 올려놓는 누름돌같이, 존재감은 없지만 묵묵하게 제 할 일만 하는 느낌"이면서 질서정연하게 사는 이들 사이의 "커다란 걸림돌"이다.

한편 '나'는 회피하거나 외면하는 성향의 소유자로 암시된다. '나'는 "언제나 한 발짝 떨어진 채로 주저하고 방관하고 머뭇거릴 따름"이거나 "막상 뭔가 로맨틱하고 섹슈얼한 일이 펼쳐질 기미가 보이면 …(중략)… 새우처럼 움츠러들며 일보 후퇴하기 급급"한 인물로 그려진다. 과거 동성 친구의 고백 앞에서 거절은 물론이고 혐오와 모멸감까지 표현한 일이 있는 '나'이지만 부나를 향해 "내밀한 희열"이 불러일으켜지는 것을 숨길 수는 없다. "마음이 조금 벅찼는데도 애써 태연한 척"하는 '나'의 장면들이야말로 어쩌면 시작하는 모든 연인들이 거쳐갈 순도 높은 시간일지 모른다.

소설의 전반부는 '나'와 '부나'가 가까워지고 취중 의기투합하는 장면을 향해 질주한다. '나'는 "선을 넘고 싶다는 강렬한 충동"에 휩싸인다. 부나는 "뒤를 돌아보기보다는 앞으로"를 외친다. 사회의 시선이나 금지 같은 것에 아랑곳하지 않는 충동이 마주치는 순간의 스파크가 독자를 고무시킨다. 풍선이 위태롭게 부풀고 있다고 느끼지 못할 만큼 속도감 있게 전개되는 관계의 진전은 그러나 순식간에 허망하게 깨져버린다.

'나'는 부나의 아버지와 그의 동성 애인을 만나게 되면서 불현듯 자기 안의 불편함, 불쾌함을 환기한다. 부나의 식구, 널브러진 물건들, 뜯어진 콘돔 포장지 같은 것들은, 과거 동성 친구를 향해 내뱉었던 "악랄하고 악독"한 마음을 상기시킨다. 그리고 머뭇거리는 성격의 소유자로 묘사되어 있음에도 그들에 대한 혐오를 숨기지 못한다. 부풀던 풍선은 이미 터져버렸고 독자는 함께 긴장한다. '나'는 결국 혐오의 말을 입 밖에 내고 만다.

'나'의 혐오는 그들이 비추어준, 나도 잘 알지 못했을 내 안의 타자들일 것이다. ASMR 벽난로의 "가짜 영상을 보면서" 얻던 위안은, 진짜 불꽃 앞에서 위협으로 다가온 것이다. 은밀히 상상해온 무언가가, 불시에 기습한 거울 같은 타자에 의해 비추어지니 '나'는 당혹스럽다. 타인들의 선의와 배려는, 내 안의 견고한 소위 정상성에 대한 안도(혹은 강박)까지 넘어서지 못한다. 부나의 아버지 커플 앞에서 "우리는 각각 무사할 수는 있어도 함께 무사할 수는 없을 테니까."라고 확인하는 장면에서와 같이 '나'는 징후적이게도 대단히 견고하다.

문학평론가 인아영은 이에 대해 "호모포빅과 디나이얼 사이의 곤혹"(인아영, 『경향신문』, 2021.12.23.)이라고 간명하게 요약하기도 했다. 사실 호모포빅과 디나이얼이라는 첨예한 주제를 선택한 이 장면들이 아슬아슬한 것도 사실이다. 혐오를 고발하기 위해 혐오에 대한 재현을 피해 가기 어려운 딜레마 못지않게, 호모포빅과 디나이얼 사이의 얇은 막 하나를 섬세하게 환기시키는 일도 쉬운 일은 아니다. 그러나 그 '얇은 막'에 대한 미묘한 장면과 관련하자면 다음과 같은 것도 함께 읽어야 할 것이다. '나'는 "형씨를 따라 웃는 대신 나를 지켜내려 애썼고 그러기 위해서는 그곳에서, 그들에게서 벗어나야만 했다".

'나'를 지킨다는 것, 이 자기 보존에 대한 강박은 어디에서 연유하는 것일까. 지켜내야 할 '나'는 무엇일까. 저들 사이에 들어가기를 주저하고 문 앞에서 욕설과 함께 저들을 밀어내는 복잡함은 무엇이었을까. 이것을 간단히 '혐오'라고 명명하기 이전에 더 생각해야 할 것은 어쩌면 '나'의 분열이 함축할 이 시대의 어떤 불안, 두려움의 정체다. 가령 '나'는 '부나'가 퇴사하는 계기가 되는 동영상에서 "내가 아닌 부나의 얼굴만" 공개된 것에 "안심"한다. 부나의 퇴사는 나의 정규직 전환을 의미한다. 그 자리를 위한 상납을 통과의례로 여기는 '나'는 자신의 행위를 거리껴하면서도, 이것을 부나 역시 치렀으리라는 생각으로 자기 위안, 합리화를 한다. 그리고 동시에 부나와의 관계가 깨어진 것이 "아프고 부끄러웠다."고 생각한다.

이런 복잡함의 연장선상에서 생각하면, '나'는 "어쩔 수 없음을 삶의 디폴트로 두고서 …(중략)… 혹시나 이곳이 무너지지는 않을까" 하는 마음으로 살아왔다는 말은 과장이나 엄살이 아닐 것이다. 예컨대 '나'는 부모님의 가위바위보로 결정된 이름으로 살아왔다는 것의 상징(우연·우발성)도 떠올려보자. 타인의 불행(퇴사)이 내 안정(정규직)의 발판이 되는 것에 대한 노골적 소회는 불확실함, 불안정함이라는 우리 시대의 조건에서 연유되는 불안과 관련된다. "지금의 나를 빚어낸 내 선택들에 대해 생각"하는 장면이, 반성인지 후회인지 회복에 대한 염원인지 자기 연민인지 모호하게 읽히는 것도 이러한 시대 인식과 관련될지 모른다. 그리고 이 모두가 '호모포빅과 디나이얼 사이의 곤혹'과 모종의 관계가 있으리라는 것도 충분히 연역 가능하다.

어쨌든 확실한 것은 이 소설이 택한 제재의 어려움이나 '나'의 묘한 서늘

함은 '부나'에 의해 상쇄되고 방향을 확보했다는 점이다. 시선을 가지는 이는 '나'지만, 사건을 진행시키는 쪽은 부나다. 부나로 인해 서사의 탄력이 확보되었다. 부나는 "방아쇠를 당겨야 할 순간에 그러지 못할까 봐 두렵다고" '나'에게 토로한 적이 있지만 실제로 그것은 "정확히 겨누고" 있었고 "내 마음에는 구멍 하나"가 뚫린 셈이 되었다. 단골 마라탕 집에서 재회하는 마지막 장면이 단적으로 암시하지만 이 소설은 '나'를 견고하게 지키고자 하는 의향에도 불구하고 사실상 일정 정도 상호 박탈이 수반될 수밖에 없는 '관계'의 핵심을 보여준다.

궁극적으로 소설의 결말은 이것이 누가 승복하고 누가 이기는 세계인지, 이 소설이 누구의 세계를 지지하는지 암시한다. 단골 마라탕집에서 재회한 부나와 나는 서로 계산하겠다고 옥신각신한다. 가위바위보로 결정하고 부나가 이기고 부나가 계산을 한다. 가위바위보라는 게임에 의탁, 매개되는 결과이지만 어쨌든 부나가 이겼다. 마지막에는 왠지 '나'가 부나에게 한턱내는 결말을 기대하게 되기도 하지만 부나가 일관되게 끌고 가는 이 세계도 괜찮다. 적어도 이 소설은 의지적 선택 대신 우발성·우연이 만드는 세계도 나쁘지 않을 수 있다고 긍정하고자 한다. 가위바위보의 결정에 기대더라도 그것이 만들 세계에 믿음을 가져보는 것, 부나에게 할당된 무게가 언젠가는 '나'들에게도 나누어지리라 기대하는 것. 이것만으로도 소설의 결말은 어느 쪽이든 괜찮다고 생각한다.

위해

이주란 1984년 출생. 추계예술대학교 문예창작과를 졸업하고, 2012년 세계의문학 신인상을 받아 작품 활동 시작. 소설집 『모두 다른 아버지』 『한 사람을 위한 마음』 있음. 김준성 문학상과 젊은작가상 수상.

위해

수현은 친구 부부의 셋째 출산을 축하하기 위해 그들이 사는 신도시에 갔다가 집으로 돌아오는 길을 잃고 남의 동네를 헤맨 적이 있다. 물론 들어가는 것도 쉽지 않았다. 정오가 막 지날 무렵 버스에서 내렸고 건너편 저 멀리에 108동이 있다는 것을 확인하고 횡단보도를 건넜다. 하지만 막상 단지 안으로 들어가서는 108동의 입구를 찾느라 애를 먹었고 현관 앞 최신식 화면을 보면서는 조작할 줄 몰라 버벅거렸다. 세대 호출 방법은 친절하게 쓰여 있었다. 아주 가까운 사이라고 볼 수는 없었으나 친구는 수현에게 1년에 한두 번쯤 연락을 해왔다. 친구는 수현에게 집으로 놀러오길 제안했고 수현은 만남을 미루곤 했다. 그렇게 메신저로 늘 보자 보자 말만 한 게 벌써 몇 년이었다. 몇 년이 지나자 친해져 있었다. 수현은 친구가 사는 도시로 갔다. 부부의 아이들은 자꾸만 엄마 아빠를 찾았고 바쁘지 않은 듯 바빠 보이는 그들을 돕고 싶었으나 뭘 어떻게 도와야 할지 몰라 어정쩡하게 앉지도 서지도 않은 자세를 취한 게 여러 번이었다. 얼마 전 초등학교에 입학한 첫째 아이는 소파 위에 올라서서 자꾸만 무야호라고 외치며 수현에게 호응을 유도했는데 미안하게도 전혀 반응해주지 못했다. 저녁엔 부부의 부모님이 오신다고 해서 일찍 그 집에서 나왔다. 긴 인사를 나눈 뒤에 겨우 현관문에 다다른 수현은 문을 열고 나가기 위해 도어락의 버튼 이것저것을 누르고 돌려보았으나 결국엔 친구의 도움을 받아 그 집을 나왔다.

엘리베이터에서 내리자 주차장이었다. 흰색 SUV 차량 아래에 홍시 하나가 놓여 있었다. 응? 웬 홍시가 여기에? 치우지 않으면 차를 움직였을 때 바퀴에 닿을 것 같았다. 홍시를 주우려 허리를 숙여 자세히 보니 토마토였다. 깨끗하고 신선해 보이는 빨갛게 완숙된 토마토. 수현은 토마토를 주워 대충 턴 다음 가방에 넣었다. 미로 같은 주차장에서 또다시 입구를 찾아야 했다. 수현은 한숨을 쉬었다. 친구네 집에 왔다가 나의 집으로 돌아가는 단순한 일정이 이렇게 헤맬 일인가? 108동 앞에 나와서는 횡단보도 쪽이 어디였더라 하며 또다시 곤란함을 느꼈다. 하지만 관광이라 생각하자. 수현은 길도 모르면서 일단 걷고 있었다. 관광지를 구경하는 관광객의 마음으로 가까워졌다가 멀어지는 단지 내 사람들의 모습을 골똘히 바라보았다. 같은 동을 두 바퀴째 돌고 있다는 걸 알았을 때 마침 선선한 바람이 불어왔고 수현은 어딘가로 이동 중인 주민들을 따라 호수공원을 빙돌아서 신작로로 들어섰다. 그날따라 왜 그렇게 헤맸는지는 모르겠으나 바람만은 정말 좋았다.

가파른 경사면 아래로 난 신작로엔 공휴일을 맞아 오후 산책을 나온 사람들이 많았다. 일부러 찍은 사진 한 장처럼 한가로운 풍경이었다. 계절이 바뀌며 무성하게 자라는 중인 풀들은 벌써 반듯하게 정돈되어 있었고 깊이를 알 수 없었으나 얕지는 않을 거란 기운을 풍기는 수로엔 반대편으로 건너갈 수 있도록 여섯 개의 돌이 놓여 있었다. 그 돌이 꽤나 크고 묵직하여 안심이 된 것이 아니라 왜인지 오히려 겁이 조금 났다. 이 정도 되는 돌을 받쳐야만 하는, 만만한 수로가 아니란 뜻으로 받아들여졌다. 그러자 혼자 건너다가 미끄러지거나 발을 헛디뎌 빠지기라도 하면 어떡하나 걱정하는 마음이 들었다. 일단 수영을 못했으며 큰 위험에 빠질 정도의 깊이는 아닐지라도 옷이 젖기라도 한다면 집까지 두 시간 넘게 대중교통을 이용해야 할 일이 깜깜했다. 젖은 채로 다시 친구네 집으로 간다? 안 되지. 이 돌다리는 건너지 말자. 수현은 반대편으로 가야 버스정류장이 나올 거라고 생각했지만 바로 앞에 나타난 돌다리를 건너지 않고 쭉 걸었다. 시간이 더 걸리더라도 저 멀리, 위로 올라가는 계단이 보였으므로 계단을 오른 다음에 다리를 건너가야겠다고 생각했다. 위험에 빠지긴 싫었다.

경사면을 지탱하는 돌 사이사이엔 키가 작고 잎이 여린 조경수들이 띄엄띄엄 심겨 있었고 또 그 사이로는 잡초들이 무성했다. 웃자란 쑥이며(쑥이 아닐지도 모르겠다) 민들레며 토끼풀, 제비꽃들이 군락을 이루고 있어 특히 눈에 많이 띄었는데 실제로도 그랬긴 하지만 그건 수현이 그것들 말고 다른 풀들의 이름을 모르기 때문에 더 그렇게 느낀 것이었다. 이런 작은 풀과 꽃에 대해서는 대체 어디서 배우는 걸까? 수현은 스마트폰으로 하트 모양 잎을 가진 작은 풀꽃에 카메라 렌즈를 갖다 대보았다. 비슷한 잎을 가진 식물들이 순식간에 주르륵 나와 화면을 가득 채웠다. 하지만 수현의 눈앞에 있는 풀과는 미세하게 달랐다. 이름을 꼭 알고 싶다. 눈앞에 있는 풀과 화면 속의 풀을 천천히 비교해보기로 마음먹은 수현은 넓적한 돌에 앉아 화면에 뜬 풀들을 하나하나 클릭해 아무튼 여러 풀들을 찍어 올린 사람들의 블로그를 한참 보다가 고개를 들어 하늘을 보았다. 이걸 찍어서 올린 사람은 없나 보다. 수현은 그 후로도 한참을 여러 포털사이트를 통해 검색하다가 결국 그만두었다. 목도 마르고 배도 고픈 것 같았다. 다시 사진을 찍어두려 렌즈를 가까이 대었더니 잎의 형태가 커지며 뭉개져 보였다. 조금 멀리서 다시 렌즈를 대었더니 잎의 형태고 뭐고 조금도 알아볼 수 없이 온통 초록일 뿐이었다.

이름을 알 수 없는 작은 풀 가까이 숙였던 허리를 편 수현 옆으로 일가족으로 보이는 사람 셋이 지나갔다가 다시 돌아왔다. 머리가 희끗한 남자와 여자 그리고 수현 또래로 보이는 여자였다. 그들의 시선을 따라가자 잡초들 사이를 종종거리고 있는 작은 새 한 마리가 보였다. 새는 땅에 부리를

박았다가 고개를 드는 동작을 반복하였는데 그 종종거림이 조금 느리고 어
딘지 어색해 보였다.

다리를 다쳤나 보다.

그러게.

저거 산비둘기인가 본데.

새끼인가 봐.

스스로 날아온 걸까?

잘 못 날 것 같은데.

저 작은 것이 그래도 먹고 살겠다고 저렇게 다닌다.

어떡하지. 어디다 신고를 해야 하나.

어디다?

그들은 그 말을 마지막으로 몸을 돌렸고 뒷짐을 지거나 팔을 흔들며 가
던 길을 갔다. 마음이 쓰였는지 가면서 한 번 뒤를 돌아보았다. 그런 그들
과 잠시 눈이 마주친 수현은 다시 절뚝이며 먹이 활동을 하는 새를 바라보
았다. 어쩌다 여기까지 온 걸까. 다른 가족들은 어디 있는 걸까. 날 수는 있
을까. 저들은 내가 아까부터 여기 앉아 있는 게 새가 걱정되어서 그런 걸로
여기진 않았을까. 난 그런 사람은 아닌데. 이제라도 신고를 해야 하나. 그
러니까 대체 어디다. 저들이 멀어진 뒤로 지금 새가 아프다는 걸 아는 사람
은 나뿐이다. 수현은 가방 안에 있던 토마토를 꺼내 깨물어 먹다가 작게 여
러 번 베어 물어 손바닥에 뱉은 다음 새 근처에 던졌다.

수현아, 조용히 살거라. 아무래도 그게 좋지 않겠니.

어릴 적에 그 말을 해준 사람은 수현의 할머니였다. 수현은 할머니의 그
말이 아니었더라도 어차피 난 조용히 살지 않았을까, 아무래도 난 조용히
살지 않았을까 하는 생각을 하며 살아왔다. 그 생각을 할 때의 감정을 발설

한 적은 없다. 감정이란 건 비밀로 해야 좋다. 억울하다고 말해선 안 된다고 배웠다.

할머니는 올해 74세가 되었다. 할머니에겐 아들 둘이 있었고 그 중 하나는 30대 중반에 출가했다. 그는 출가한 지 20년이 되던 해에 사고로 세상을 떠났는데 그를 위해 전부터 해왔고 그 후로도 계속된 할머니의 기도는 아직도 계속되고 있다.

너를 위해서도 기도를 한단다.

제가 조용히 살라고 기도하시나요?

잘 아는구나.

저를 위해서.

너를 위해서.

할머니는 고개를 끄덕이며 수현의 두 손을 맞잡곤 했고 수현은 아무 감정도 드러내지 않았다. 다시 말하지만 어차피 조용히 살았을 것 같아서였다. 해볼 수 있는 게 없을 때는 체념하는 편이 낫다고 수현은 생각했다. 조용히 살지 않아도 되는데 조용히 사는 거랑 조용히 살아야 해서 조용히 사는 것은 다르니까 체념하자. 수현을 평화롭게 만드는 그 지점이 평생 수현을 조용히 화나게 했다. 있잖아, 어쩔 수 없다는 사실을 온몸으로 받아들일 수 있는 사람이 있을까. 수현은 일정 시기마다 하루에도 수십 번씩 받아들인 것 같았다가 억울했다가 하는 감정의 징검다리를 오가곤 했다. 수현의 마음은 수심을 알 수 없어 위험해 보이는 수로 같았다. 그런데 나의 이 억울한 마음은 사실상 긍정에 가까운 것이 아닌가? 이것은 위험한 생각인가? 요즘 수현은 골똘히 생각해보곤 한다. 많은 사람들이 수현이 행복하지 않을 거라고 생각한다. 심지어 할머니도 그렇게 생각하는 듯하다. 하지만 수현의 생각은 달랐다. 난 어느 정도 행복하고 나야말로 긍정에 가깝다는 생각이 드는 것이다. 짚고 넘어갈 것, 그런 생각을 할 때 중요한 건 역시 몰래 해야 한다는 것이다. 이런 생각을 하고 있다는 걸 들키면 정신승리를 한 거냐고 조롱조로 물어오거나 외려 넌 사실 너 자신을 부정하고 있는 거야,라는 판단을 받는 등 여러모로 좋지 않으므로 몰래, 몰래 왔다 갔다 해야 한다. 여러 번 강조해도 모자라지 않다. 몰래 해야 한다.

수현아, 네 말 생각해봤는데…

응.

네 말대로 우리 헤어지자.

내 말대로라기보다는…….

응?

네 생각이…….

그래. 누구 생각이든 그러는 게 좋을 것 같네.

응.

그냥 너를 위해서야.

음료가 담긴 유리잔에 맺힌 차가운 물방울을 매만지던 정호가

아니 나를 위해서인가.

라고 말했다.

말이야 방구야.

수현이 말했고(수현과 정호는 말이야 방구야라는 말을 좋아했다.) 정호의 손으로 옮겨간 물방울들이 테이블 위로 뚝뚝 떨어졌다. 정호의 시선은 차갑게 변한 손바닥에 가 있었다.

아무튼.(수현과 정호는 아무튼이라는 말을 좋아했다.)

아무튼.

연락은 하고 지내자.

그래.

마음 바뀌면 연락하고.

응.

지난 계절에 수현에겐 이런 일이 있었다. 썩 매끄럽진 않았으나 헤어짐
에는 합의했다. 네 사람이 앉을 수 있는 테이블이 하나, 두 사람이 앉을 수
있는 테이블이 하나, 사장이 노트북을 올려두고 개인 용도로 쓰는 일인용
테이블이 하나 있는 작은 동네 카페에서였다. 말없이 팥과 아이스크림이
들어간 스무디를 먹던 두 사람. 유리문 바깥으로 구급차와 소방차가 사이
렌을 울리며 지나갔다. 잠시 후에는 경찰차가 지나갔다. 수현과 정호는 6년
동안 만나왔는데 서로의 가족을 본 적은 없었다. 만나는 사람이 있다는 것
은 대략 알고 있었으나 가족에게 서로를 소개하지는 않았다. 꼭 그래야하
는 건 아니었으나 수현이 넌지시 얘길 꺼내면 정호가 미뤘고 정호가 넌지
시 얘길 꺼내면 수현이 미루는 일이 1, 2년마다 반복되었다. 왜 그랬을까?
수현과 정호가 원래 만나는 사람을 가족에게 소개할 필요는 없다고 생각
했던 건지 그 둘이 만나면서 그렇게 생각하게 된 건지는 당사자인 둘도 잘
모른다. 아직도 모르지만 이젠 몰라도 된다. 아무튼 그런 순간에 둘 다 넌
지시 얘길 꺼낸다는 점에서 둘은 닮은 사람이었다. 그리고 좋아하는 음식
도…… 그래서 마지막에 시킨 메뉴도…… 같았다. 수현은 정호를 많이 좋
아했다. 정호도 수현을 많이 좋아했다. 두 사람은 헤어짐을 말하고서도 바
로 자리에서 일어나지 않고 사이렌 소리를 들으며 애꿎은 팥 맛 스무디만
휘젓고 있었다.

다 녹겠다. 얼른 먹어.

너도 먹어.

지금도 좋아하고 있구나, 두 사람은 속으로 생각했다.

너도 잘 알 거라고 생각해.

어떤 걸.

네가 싫어서가 아니라는 거.

수현도 알고 있었다. 그런 느낌이 들었다.

좋아하는 마음은 똑같아.

정호가 말했다.

그런 말을 왜 할까.

너를 위해서.

수현과 정호는 서로의 눈을 지그시 바라보았다. 저 눈빛이었다. 수현이 좋아하는 정호의 눈빛. 정호가 좋아하는 수현의 눈빛. 두 사람은 그 순간 각자의 마음에서 생겨나는 감정들을 참으며 그렇게 얼마간 서로를 바라보았다. 두 명의 손님이 들어와 바닐라맛 아이스크림이 올라간 크로플과 아이스아메리카노를 주문했다. 카페 안엔 달콤하고 고소한 향이 퍼졌고 그 메뉴와 냄새들로 수현은 그날을 기억했다. 결국 수현과 정호는 크로플을 주문해서 나눠 먹었다. 아무렇지 않은 듯한 메뉴 선택이 바로 눈앞의 이별 회피에 도움을 주었다. 카페에서 나와 집으로 혼자 걸으며 수현은 결국 남산서울타워에 못 가보고 헤어졌구나 하고 생각했다. 늘 가고 싶었는데 못 가봤다. 언제든 갈 수 있는 곳인데 언제든 가면 된다고 생각해서 가지 않은 걸까. 가고 싶지만 사람도 많고 뭐…… 참 이렇게 별다른 이유도 없는데 왜 가지 않았을까. 정말 가고 싶었는데 왜 안 갔나. 수현은 모르겠다고, 생각했다. 정말 가고 싶었는데 이상하네. 이상하다고만 생각했다. 그곳에 다녀온 사람들 중 몇은 막상 별거 없다며 특히 돈가스는 먹지 말라고 말하곤 하지만 수현은 그것을 경험해보고 싶었다. 경험해본 다음에야 할 수 있는 말. 별거 아냐. 재미없어. 뻔해. 맛없어. 먹지 마. 그거 줄 서서 먹는 사람들 이해가 안 돼. 전부 쉬운 말들, 그런 쉬운 말들, 늘 상대로부터만 들을 수 있는 그런 말을 들으면 수현은 이해가 안 되고 싶었고, 하지 마, 해, 그거 먹어봐, 별거 아냐, 그거 배워봐, 잘 될 거야, 할 수 있어, 무언가가 좋다 싫다, 그런 말들을 들으면 그걸 하고 싶었다. 해본 적이 있어야 할 수 있는 말들. 그걸 하고 싶었다. 우월하려고 한 말이 아닌데 우월해 보인다면 그런 시선 따위 너그러이 이해해줄 여유도 있지.

있으나 없으나 어차피 그럴 수 없다.

그러기 힘들다.

수현은 조용히 (없는 사람처럼) 살아야 한다. 불행해지는 것은 괜찮다. 그러나 동정이나 도움을 받을 만큼 불행해져서는 안 된다. 너 같은 애는 그렇게 (없는 사람처럼) 살아야 한다고, 그 정도를 지키며 (없는 사람처럼) 살도록 노력하라고 사람들에게 배웠다. 수현이 그걸 잊었다고 여겨질 때마다 할머니가 열심히 상기시켜주었다. 이게 다 부모를 잘못 만난 네 탓이야. 할머니는 수현이 어릴 적에 그림을 잘 그려서 대회에 나갈 기회가 생겨도 내보내주지 않았다. 무언가를 잘하거나 상을 타면 행복한 표정을 짓게 되거나 사람들의 눈에 띌 수 있으므로 자제해야 했다. 수현은 어릴 적엔 잠자코 할머니의 지시에 따랐다. 하지만 할머니는 바보. 수현이 다른 기억도 가지고 있다는 건 몰랐다. 많은 사람들이 수현의 불행을 빌 때도 그럼에도 불구하고 죽지는 않겠다 다짐할 때 도움을 주는 따뜻한 기억 하나가 있다는 걸. 자신을 안심시키는 이야기가 있다는 걸. 수현에겐 그게 있었다. 상장 따위 없으면 어때. 내겐 그게 있어. 내겐 살 이유가 있다고. 할머니가 그걸 잊었다고 여겨질 때도 굳이 말하지 않고 혼자만 갖고 있는 기억. 말하고 나면 어떤 이유로든 훼손될까 봐 몰래 하는 기억. 그거 하나 못 참고 말해버리는 것은 위험한 짓이다. 수현은 할머니의 진심이 그 기억 속에 있다고 생각했다. 확실해? 누군가 물었고 음, 아니더라도 그것만큼은 내 마음대로 생각할 거야. 어차피 사람은 다 자기 마음대로 생각하니까. 남의 삶도. 자기 마음대로. 10대 후반의 수현은 그렇게 대답했다.

스무 살이 되던 해에 남의 땅 위에 지어 살던 비닐하우스가 드디어 철거되면서 수현과 할머니는 살 만한 집을 보러 다녔다. 할머니는 건강했고 많은 집을 보러 다녔다. 선택권은 없었지만 늘 수현을 대동했다. 하우스란 것은 이제 들어가 살려고 해도 찾아볼 수 없었으므로 반지하나 옥탑에 가야 했는데 아무래도 할머니와 할아버지가 옥탑을 오르긴 어려워 반지하를 주로 보러 다녔다. 드디어 집의 외형을 갖춘 곳에서 살게 된다는 사실도 기뻤지만 집과 학교밖에 몰랐던 수현으로서는 버스를 타고 이곳저곳 가본다는 자체가 내심 좋았다. 할머니는 왜인지 동네를 뜰 생각이었고 버스로 한 시간 이상씩 되는 곳으로만 집을 보러 다녔다. 집을 계약한 날 저녁엔 소식을 통보받은 할아버지가 무슨 말도 안 되는 소릴 하고 있어! 버럭 화를 내자 그럼 따로 나가 살라고 할머니가 말했다. 할아버지는 알겠다고 했다가 다시 으이구 내 팔자야! 하면서 이동을 받아들였다. 친구가 많았던 할아버지는 아마 동네를 떠나기가 몹시 싫었을 테지만 어차피 그 사람들도 모두 어딘가로 떠나야만 했고 그마저도 한 해가 멀다 하고 돌아가시니 달리 방법이 없었을 터였다. 그 마을엔 원래 하우스도 사람도 개도 아주 많았다.

 마을을 떠난 사람들이 절반 가까이 되어갈 무렵 세 식구는 그렇게 비닐하우스를 떠났다. 그리고 새로운 도시에 정착했다. 당시 수현은 구직 활동 중이었고 할머니와 할아버지가 일을 했으나 버는 돈은 많지 않았다. 특히 할아버지는 걸핏하면 일을 그만두기 일쑤였다. 나이를 어디로 처먹은 건지 원. 할아버지가 출근을 하지 않으면 할머니는 그렇게 한 마디씩만 던지고 말았다. 딱히 할아버지를 향해 하는 말도 아니었다. 그러다 수현이 취직을 하고 조금씩 돈을 모아 삼백만 원이었던 보증금을 이천만 원까지 올려놨을 때부터는 할아버지가 아예 일을 나가지 않았다. 원래도 일하기를 싫어하는 사람이었는데 아픈 데가 점점 많아져서 사실상 일을 할 수가 없었다. 하루에 먹어야 하는 약이 양이 점점 늘어갔다. 수현은 노란 고무줄로 둘둘 말린 몇 달치 약봉지와 잠든 할아버지의 야윈 몸을 볼 때마다 할아버지가 곧 돌아가실지도 모른다는 생각을 했다. 저 야윈 몸에 저 많은 약들이 돌아다닌다고 생각하니 그거 운반하는 것도 보통 일이 아니겠다, 그런 생각도 했다. 할머니는 종일 일을 하였다. 정정한 편이었으나 써주는 곳은 없어서 폐

지를 주웠다. 원체 성실한 데다 궂은일도 마다하지 않아서 몇몇 야채가게
나 과일가게에서 할머니에게 고정으로 박스들을 가져가게 해주었다. 그중
하나의 가게와는 가게 청소와 정리를 맡아야 한다는 거래가 있었고 그렇지
않은 가게도 있었으나 할머니는 모든 가게의 청소와 정리를 했다.

　수현은 통근버스를 타고 한 시간 반 정도 가야하는 박스 공장에서 사무
일을 보았다. 정호는 공장장이 소개해준 사람이었는데, 그와는 사실상 모
르는 사이니 부담 갖지 말고 만나보라고 했다. 그전까지 수현은 누군가를
사귀어본 적이 없었다. 그럴 생각은 없이 살아왔다. 그렇게 나도 한번은 소
개팅이란 것도 해보자, 해서 나간 자리에서 정호를 만났다. 그들은 처음부
터 서로를 좋아했던 것 같다. 두 사람은 겉으로는 미지근해 보였지만 꾸준
하게 만나왔다. 어느 날엔 꺼내지 않던 화제로 대화도 나누었다. 누군가와
이런 대화를 별 거부감 없이 나누는 것, 아니 부모가 (살아) 있다고 말한 적
은 처음이었다.

　부모님은 언제 돌아가셨어?

　살아 있어.

　살아 있다고?

　응.

　어디에?

　그건 잘 모르겠어.

　어떻게 그걸 모를 수가 있어.

　있어.

　그 집에선 언제까지 같이 살 거야?

　그 집?

　친할머니는 맞아?

　친할머니?

　자꾸 되묻기만 하네. 대답 안 해줄 거야?

지금은 모르겠어.

모르다니?

몰라…….

날 좋아하긴 해?

그런 건 왜 물어.

모르겠어서.

엄청 많이 좋아해.

그런데 왜…….

그들은 서로를 지그시 바라보았다. 그러다가…… 홀로 집으로 돌아오는 길에 우와. 이런 대화를 하게 되다니. 신기하다. 신기하다는 감정이 들었다. 이 상황에 우와라니 좀 그렇지만 우와, 하였다. 이런 대화를 아무하고나 하지는 않잖아. 이런 생각을 했다. 앞에서 입술을 벙긋거리며 자꾸만 말을 걸던 정호와 대답을 하고 있는 나. 저 사람은 왜 나에게 이런 걸 물었을까. 왜 나를 궁금해했을까. 신기하다. 더 가까워져도 되는 건가. 더 깊어져도 되는 건가. 신기하고 고맙고, 그러나 결국 미안했다. 너에겐 미안하지만 나는 이 정도로만 살아야 해. 너무 행복하면 안 돼. 내가 행복하게 살면 상처받는 사람들이 생긴데. 지금도 선을 넘은 것 같아 너무 불안하거든. 수현은 그렇게 결론내렸으나 그 말을 하지는 못했다. 그 말을 하지 않았던 건 정말이지 정호를 위해서였다. 자기 자신을 위했다면 말할 수 있었다. 난 그저 어린아이였을 뿐이었다고 난 아무 짓도 하지 않았다고 그건 내가 한 짓이 아니라고 그렇게 말할 수 있었다. 수현은 할머니의 지침대로 최대한 조용히 살아왔으므로 그 후의 자기 삶이 또다시 미안한 일이 되리라고는 생각지 못했다. 할머니 말이 맞았구나. 할머니 말이 맞았어. 하지만 역시 억울하다, 라고 수현은 생각했다. 바보 같은가? 혼자서 행복할 땐 어느 정도 통제가 되었는데 누군가와 함께할 때는 쉽지 않구나.

새로운 도시에서 세 식구는 월세가 오를 때마다 이사를 해야 했다. 안 그래도 당연한 일이었는데 할아버지와 할머니가 한번 보증금을 크게 날려먹은 일이 있었다. 할아버지의 약봉지가 급격히 는 것이 바로 그즈음이었다. 마을에서 가장 친했던 할아버지의 친구가 할머니까지 속여 전 재산을 가져갔다. 현실을 부정하던 할아버지는 결국 앓아누웠고 아무 때고 버럭 하던 성질도 다 사라지고 없었다. 피해자가 많았다. 할머니는 나도 바보였구나. 분하다. 나까지 속았다 하며 앓아누운 할아버지를 수현에게 맡기고 다른 피해자들과 사기꾼을 찾으려 사방으로 애썼지만 몸과 마음이 축날 뿐, 아무 성과도 없었다. 이 나이에 또 불행해지다니. 이러다 나까지 눕겠구나. 그놈을 잡겠다고 멀리 남쪽 해안도시까지 갔으나 공을 치고 돌아온 할머니가 힘차게 세수를 하며 말했다. 수현은 이유 없이 죄책감이 들었으나 그런 기분엔 익숙했다.

그러니까 늘 수현과 함께하는 그 죄책감을 가지고, 수현은 남들이 하는 것은 되도록 하지 않으면서 조용하게 살고 있다. 그러므로 있는 듯 없는 듯한 사람이라는 평을 받아야 했다. 수현은 그 선을 지키려고 노력했고 할머니는 성실했고 그 덕에 세 사람은 길거리에 나앉지 않아도 되었다. 그런데 어쩐 일인지 지금 사는 집으로 이사를 온 뒤엔 곧 죽을 것만 같았던 할아버지의 기운이 좋아져 약봉지가 줄어갔다. 그는 이 집 터가 좋은가? 하면서 할머니를 도와 길을 나서기 시작했다. 어느 날 아침 스스로 일어나 할머니를 따라나선 것이었다. 봐라, 내 기도를 들어주셨다. 사기꾼 잡는 일을 포기한 할머니는 눈을 감고 두 손을 맞댄 채 지금은 안 된다고, 할아버지가 지금은 죽지 않게 도와달라고, 이렇게라도 살아만 있어달라고 매일 기도해왔다. 굳이 말하지 않더라도 할아버지가 할머니에게 고마워하고 있다는 걸 알 수 있었다. 고마운 사람. 수현에게도 할머니는 고마운 사람이었다. 할머니가 아니었다면 나는 어떻게 되었을까. 굶어 죽었을지도 모르지. 나한테 맨날 조용히 살라고 하지만 그래도 내가 돌아갈 곳은 여기뿐이야. 수현은 종종 할머니가 자신을 거둬주었던 날을 떠올리며 그런 생각을 하곤 한다.

그들이 지금 사는 곳은 방이 하나였지만 크기가 큰 편이었고 그래서 딱히 불편해하는 사람은 없었다. 비닐하우스보다는 작았지만 어차피 그곳을 떠난 이후에도 늘 방은 하나였다. 이 집은 이층 주택의 반지하였고 방문을 열고 나오면 주방 겸 거실이라 부를 수 있을 만한 공간이 있었다. 거기가 수현의 방이 되었다. 수현에게 방이 생긴 것이었다. 그동안 살았던 집에 있던 주방은 방과 화장실을 연결하는 통로 역할에 가까워서 방이 될 수 없었다. 수현은 일을 마치고 돌아와 더 늦은 귀가를 하는 할머니와 할아버지에게 밥상을 차려냈고 세수를 마친 두 사람이 코를 고는 소리를 들으며 잠들었다. 종일 폐지를 줍고 돌아오는 할머니와 할아버지는 맛있다 맛없다 뭐가 먹고 싶네 마네 하는 말 같은 것 없이 주는 대로 먹고 잠을 잤다. 정호와 사귄 뒤로 가끔 외박을 했는데 그거 가지고 뭐라고 한 적도 없었다.

주택의 일층과 이층에는 주인집 삼대가 산다. 주인집 할머니 주인집 할아버지 주인집 아주머니 주인집 아저씨 주인집 손주 둘…… 주인집이라는 말을 빼고 칭할 수도 없는 노릇이었지만 식구들이 여섯이나 되어서 가끔 할머니와 할아버지가 주인집 얘기를 할 때 수현은 주인집이라는 단어를 종일 들어야 했다. 내일 위층이 김장을 한대요? 수현이 주인집을 위층이란 단어로 바꿔본 적도 있었지만 할머니와 할아버지에게까지 통하진 않았다. 금요일 저녁이 되면 집에는 주인집 할머니와 할아버지만 남고 네 식구는 어딘가로 늘 떠났다가 일요일 밤이 되어서야 돌아오곤 했다. 할머니와 할아버지는 그들과 사이가 좋았다. 두 분을 닮아서인지 손녀분도 있는 듯 없는 듯 참 조용하고 침착하네요. 그들은 할머니와 할아버지에게 그런 말로 수현에 대해 말했다. 그 말을 한 것 외에는 이렇게도 저렇게도 좋게도 나쁘게도 간섭하지 않는 담백한 사람들이었다. 올봄엔 낮은 담벼락에 죽 늘어선 빈 화분들을 가리키며 뭐 심고 싶은 것이 있으면 심으라고 한 적이 있었다. 뭐 다른 게 축복이겠는가. 수현은 그것을 축복이라 여겼다. 그러던 어느 날에 비어 있던 옆방에 세입자가 들었다. 그들은 자정이 다 된 시각에 짐을 들여왔다. 수현은 할머니와 할아버지가 잠에 빠져든 뒤 밤산책을 나왔다가 들어오는 길에 그들과 마주쳤다. 인사를 나누지는 않았다. 통로의 구실을 하는 작은 마당에서 마주친 집주인 할머니가 이제 들어오느냐며 조금 시끄럽겠다고 양해를 구했다. 아 아니에요, 괜찮습니다. 수현은 고개를 조금 숙여 인사를 하고 그들을 빠르게 지나쳐 방으로 들어왔다. 어두운 컬러의 모자를 쓴 남자와 아이들의 키는 잘 모르지만 어림잡아 여덟 살이나 아홉 살쯤 되어 보이는 아이를 보았다. 아이는 제 몸집보다도 큰 짐을 남자와 함께 나르고 있었는데 어두워서 얼굴은 잘 보이지 않았다. 얼른 자거라. 잠에서 깼는지 할머니가 방문을 열고 한 마디를 했다. 그날 이후로는 옆방 사람들과 얼굴을 마주친 적 없이 지냈다. 마주친 적이 없다고 할머니는 알고 있었다. 수현은 주말 저녁에 유리와 함께 버스를 타고 등산을 하러 갔다. 옆방에 사는 아이의 이름이 유리였다.

힐링이 뭐예요?

힐링?

저기.

유리가 힐링 숲 안내도를 가리키며 물었다. 이 숲의 이름이 힐링이 아니라는 건 유리도 알고 있었다. 힐링 힐링 여행 힐링하고 싶다 힐링하러 가자 힐링이 된다…… 수현은 힐링이라는 단어를 수백 번 혹은 수천 번 듣고 보았으나 힐링이 무어냐는 질문에는 곧바로 대답하지 못했다. 정확한 뜻을 알려줘야겠다 싶어서 검색을 해본 뒤에 대답했다.

치유래.

치유가 뭐예요?

치유?

수현은 또 곧바로 대답하지 못하고 다시 스마트폰으로 검색했다.

치료해서 병을 낫게 하는 거래.

병이요?

응, 병.

언니, 저 지도가 꼭 뱀 같아요.

진짜 그러네.

저 뱀 좋아해요.

뱀을?

네, 뱀을 좋아해요.

두 사람은 안내도를 지나쳐 걷기 시작했다. 등산복이나 등산화가 없었으므로 그냥 편한 옷과 평소에 신는 운동화를 신어도 큰 무리가 없는 산으로 목적지를 정한 것이 지난주. 중간쯤 가서는 도넛을 먹을 예정으로, 산에 오기 전에 두 사람은 같이 도넛 가게에도 들렀다. 도넛 가게에 와서 직접 먹고 싶은 것을 고른 것은 처음이에요. 유리가 말했다. 남으면 집에 가서 먹으면 되니까 여섯 개를 고르라고 하자 유리는 한사코 하나만 골랐다. 그럼 하나만 더. 수현의 말에 유리는 고개를 끄덕였다. 딱 하나만 더. 세 개 어때? 수현이 유리의 눈높이에 맞춰 몸을 숙이며 말하자 유리는 괜찮아요. 단호한 말투를 써가며 고개를 저었다. 고개를 저었지만 고개를 저을 때도 도넛들에게서 눈을 떼지 않았다. 눈앞에 도넛이 있는데, 눈앞에 있는 도넛들을 보고도 거기 뿌려진 것들이 무슨 맛인지는 잘 모르겠다며 유리는 한참 동안 진열 케이스 안을 골똘히 바라보았다. 여기 있는 것들, 아마 다 맛있을 거야. 수현의 말에 안심이 된 듯 유리는 도넛을 골랐다.

그냥 예쁜 것을 골랐어요.

예쁜 게 좋아?

네.

유리는 올해 열 살이 되었고 학교는 다니지 않는다. 작년까진 다녔어요. 그랬구나. 언니가 와서 절 다시 학교에 보내준대요. 그래. 집을 나간 언니가 간간이 부쳐주는 돈으로 유리가 컵라면이나 빵을 사 먹는다는 이야기를 슈퍼 주인 부부에게 들었다. 그들이 이 정도의 사정을 어떻게 알게 되었는지는 모르겠지만 그 옆방에 사는 아이 말예요, 하며 수현에게 유리의 사정을 묻다가 도리어 수현이 유리에 대해 모르던 이야기들을 듣게 되었다. 바로 옆에 살면서도 모르던 이야기였다. 유리의 아버지가 누군가에게 끌려가는 모습을 슈퍼의 단골손님이 목격한 모양이었다. 못된 짓을 하고 잡혀간 건지 못된 사람들한테 잡혀간 건지는 모른다고 했다. 그날 이후 슈퍼 주인 부부는 종종 유리에게 도시락 같은 것을 만들어주기도 해보았으나 그마저도 받지 않고 그대로 가는 경우가 많았다고 했다. 보기가 좀 그래서 주민센터에 문의도 해보았는데 한참 얘길 듣고서는 당장 할 수 있는 일은 없다지 뭐예요. 그러면서 지금은 그저 아직 성인이 된 것도 아니라는 유리의 언니를 기다리는 수밖에는 없다는 거예요. 연락이 닿는 다른 어른도 없다나 봐요. 그 집 할머니가 월세도 안 받고 밥도 좀 챙겨주고 있으니까 너무 걱정은 말아요. 챙겨줘도 잘 먹지 않는다고 하긴 하던데. 걔네 언니는 내 생각에 안 올 것 같아. 집 나간 사람들이 어디 쉽게 돌아오는 거 봤어? 돌아와도 또 나가겠지. 아무튼 누군가 아이를 찾으러 오겠지요. 저 어린애를 그냥 두겠나요. 흘러 다니는 얘기들을 들은 뒤로도 수현이 유리에게 말을 걸기까지는 용기가 필요했다. 이미 어른들이 그 애를 신경 쓰고 있었고 내게 도움을 요청하기는커녕 대화도 잘 나눠본 적이 없지 않은가. 하지만 냉장고와 밥솥, 전자레인지가 세워진 벽 너머에서 그 애는 무얼 하고 있을까. 수현은 그것이 궁금했다. 우리가 벽 하나를 사이에 두고 있는 게 아니라 뉴스 기사에서 이런 소식을 들었다면 내가 이렇게까지 신경을 썼을까. 마음만 조금 쓰이는 게 아니라 지금처럼 실제로 행동하고 싶어 했을까 스스로 묻고 답했다. 그러다 수현은 문득 유리가 조만간 이 집을 떠나게 될 일이 생길 수도 있다는 생각이 들었는데 그런 뒤로도 벽에 등을 기댄 채로 여러 밤을 망설였다. 그러는 동안에도 물론 여섯 시면 일어나 회사에 출근을 하고 퇴근 후엔 쌀을 씻고 밥을 지어 할머니와 할아버지의 밥상을 차려냈으며 어느 밤엔 정호와 안부 연락을 주고받기도 했다.

밥 먹었어? 밥 줄까? 그게 수현의 첫마디였다. 아니요, 밥 있어요. 밥이 있어? 밥 있어요. 빈 화분들을 들여다보고 있던 유리는 그렇게 대답하고 집으로 들어갔고 수현만 그 자리에 조금 더 서 있었던 적이 있었다. 실수를 한 것 같은 기분이 들었다. 화분 안에는 아주 작은 풀들이 자라고 있었다. 유리는 평일에는 집 안에서 잘 나오지 않았고 일층과 이층에 사람이 쑥 빠지고 없는 주말이 오면 종종 작은 몸을 꺼내 집 밖으로 나왔다.

며칠 후에 할머니는 수현에게 빈 화분에 대파와 방울토마토를 심으라고 했다. 화분을 다 쓰지는 말고 딱 두 개만 쓰라고 했다. 토요일 아침에 수현은 골목길에 있는 오래된 꽃집에서 모종을 샀다. 대파는 시장에서 사다 심었는데 검색을 해보니 10센티미터쯤을 심은 다음에 윗부분을 잘라 먹으면 된다고 했다. 방울토마토 모종을 심고 있을 때 집에서 나온 유리가 처음으로 수현에게 가까이 다가왔다.

언니 그거 뭐예요?

이거 방울토마토야.

이게요?

응, 이제 자랄 거야.

정말 여기서 토마토가 열려요?

응, 근데 실은 나도 처음이야.

전 일 학년 때 학교에서 해봤는데 토마토가 열리기 전에 죽어버렸어요.

그랬구나. 그럼 이거 네가 키워볼래?

유리는 대답이 없었고

물만 잘 주면 될걸?

수현이 말하자

아 아니요. 괜찮아요.

유리는 천천히 고개를 저으며 말했고 등을 돌려 집으로 들어가버렸다. 수현은 또 뭔가 실수를 한 것만 같았지만 이내 아닐지도 모른다고 생각했다. 실수를 했다는 생각을 내 마음대로 해버린 거구나. 그렇게만 생각했었다.

안내도를 지나친 수현과 유리는 어렵지 않게 산을 오르기 시작했다. 천천히 걸어도 두 시간 정도밖에 걸리지 않는 코스라고 알고 출발했다. 사는 것도 이렇게 그냥 두 시간짜리 높지 않은 산이었으면 좋겠다. 힐링 같은 건 바라지도 않아. 수현은 옆에서 걷고 있는 유리를 보면서 생각했다.

어제 언니한테 전화가 왔어요.

어제?

네, 진짜로 다음 주에 올 수 있대요.

다음 주에?

네, 이번엔 진짜래요.

유리가 수현을 조금 앞서 걷기 시작했다. 정상에서 해가 지는 것을 보려면 늦어도 이 시간엔 입구에서 출발하는 것이 좋았다. 꽤 많은 사람들이 두 사람의 곁을 지나쳐 걸었다. 수현과 유리처럼 편한 복장인 사람들도 있었고 등산복과 등산화를 제대로 갖춘 사람들도 있었고 정장과 구두 차림의 사람들도 있었다. 정상 근처에 큰 돌들로 이루어진 구간이 있다던데, 구두로 가능할까 싶었으나 그 전까지만 갔다가 내려올지도 모를 일이었다.

여기가 세계에서 제일 오래되고 큰 성곽이래.

세계에서요?

응, 전 세계에서.

우와.

신기하다. 그치?

유리는 고개를 끄덕였고 중간쯤에서 수현과 유리는 도넛을 먹었다. 도넛은 가방 안에서 조금 눌려 있었다.

너무 맛있어요.

응, 진짜 맛있다.

유리가 웃었다.

자, 오이도 먹어.

수현은 가방에서 짧고 얇게 썬 오이가 담긴 통을 꺼냈다.

오이요?

응, 원래 산에 오면 오이를 먹는 거거든.

앗, 오이는 안 먹어도 돼요?

목 마르지 않아?

네.

그럼 안 먹어도 돼.

물티슈를 챙겨오지 않았음을 깨달았을 때 두두둑 하며 빗방울이 떨어지기 시작했다. 수현은 유리의 옷에 달린 후드를 씌워주었다. 유리는 가만히 있었고 내리는 빗방울에 대고 도넛을 집었던 손가락을 비비며 언니도 이렇게 씻어요, 라고 말했다. 수현은 유리를 따라 손을 씻었다. 비는 금세 그쳤고 날이 약간 어둑해지기 시작했다. 표지판을 보고 이제 조금만 더 가면 된다는 것을 알았다. 사람들은 중간중간 멈춰 서서 사진이나 동영상을 찍었다.

사진 찍어줄까?

아, 아니요.

수현과 유리는 다시 걸었다. 해가 졌고 수현은 생활용품 잡화점에서 삼천 원을 주고 구입한 헤드랜턴을 장착했다. 가파르고 어두운 길이 나왔다. 두 사람은 줄을 꽉 잡고 천천히 그 구간을 지났다. 유리는 수현과 잘 걸었다. 이 산 안의 누구도 둘을 몰랐고 이 산길에서 둘은 아무 문제가 없었다. 어떤 고지에 오르자 잠시 내리막이었다. 돌아보니 불빛들이 가득했다. 따뜻해 보였다.

사진 한 장만 찍어주세요.

응?

사진이요.

응.

수현은 노란 불빛을 배경으로 유리의 사진을 찍었다.

언니도 찍어줄까요?

오, 아니.

서울의 야경이 펼쳐져 있었다. 수현은 그 풍경을 찍었다. 다른 사람들도 서로의 어깨에 팔을 두르거나 두 팔과 입을 크게 벌리고 사진을 찍고 있었다. 저녁이 된 데다 잠깐 내린 비까지 더해 좀 쌀쌀한 것이 아닌가 걱정이 되었는데 유리는 괜찮다고 했다.

저게 남산타워야.

유리는 수현이 가리키는 곳을 보았다.

저건 롯데월드타워. 알아?

아니요.

다음엔 어디 가볼래?

음, 남산타워요.

완전히 해가 지자 동영상 플랫폼에서 보던 것보다 더 깜깜해졌다. 실제로는 이렇게나 더 깜깜하구나. 수현은 헤드랜턴이 있어 다행이라고 생각했다.

우리 이제 내려가요.

그래, 저녁 뭐 먹을까?

아직 배가 안 고파서 괜찮아요.

고기 아니면 회 아니면 피자 아니면 떡볶이? 치킨? 아니면…… 햄버거? 원래 산에 갔다 오면 전이랑 막걸리를 먹긴 하는데.

전에 한번 아빠랑 언니랑 산에 갔다가 파전 먹은 적 있어요.

그래? 그럼 파전 먹자.

음, 회 먹어도 돼요?

그럼. 실은 나 회 먹고 싶었어.

횟집에는 한번도 안 가봤거든요.

수현과 유리는 산 아래 위치한 동네에서 회를 먹었다. 음식이 하나씩 나올 때마다 유리는 우와, 신기하다, 우와, 하였지만 입맛에는 맞지 않았던지 회를 많이 먹지는 않았고 콘샐러드와 매운탕을 잘 먹었다. 이게 한국에서 처음 만들어진 음식이래. 콘샐러드가요? 응, 당연히 미국 음식인 줄 알았어요. 나도 그랬어. 그런 얘기를 나누었고 횟집에서 나와서는, 다시 조용한 동네로 가는 버스를 기다렸다. 아무 문제 없이 기다렸고, 탔고, 나란히 앉았다. 내릴 정류장이 가까워질 무렵부터 그쳤던 비가 다시 내리기 시작했다. 버스에서 내리자 비와 함께 엄청난 돌풍이 불어왔다. 두 사람은 몸을 돌려 잠시 바람을 막아냈다. 저 먼저 갈게요. 그래. 버스에서 내려서부터는 따로 걸었다. 유리가 그러길 원했다.

마음대로 생각하지 않으며 마음을 표현하기

문예지 서울대학교 국어국문학과 박사과정

1

이주란의 「위해」를 수현과 할머니의 기억 그리고 수현과 유리의 만남에 대한 이야기로 읽는 일은 자연스러울 것 같다. 우선 소설은 오랫동안 가장 가까이에서 수현을 보살펴왔지만 평생을 그녀가 조용히 살 것만을 바라온 할머니와, 그런 할머니의 곁에서 종종 억울함을 느끼면서도 반쯤은 체념의 태도로 살아온 수현의 이야기를 그린다. 하우스에서 반지하로, 선택권이 많지 않지만 조금씩 방을 넓혀가며 조용하지만 성실하게 살아온 세 식구는 약간의 불운만으로도 모든 것을 처음부터 시작해야 하는 취약한 조건 속에 놓여 있다. 사기를 당한 뒤로 쇠약해진 할아버지와 평생 일을 손에 놓지 않으며 그들을 위해 기도한 할머니, 수현은 그들과 함께 새로운 집에서 출퇴근을 하고 저녁을 차리는 매일을 보낸다. 그러던 중 그들의 옆방에 들어온 세입자 가정의 딸, 유리를 보게 된 수현은 벽 하나를 사이에 두고 옆방에 홀로 있을 아이에게 점차 마음이 쓰이게 되고, 두 사람은 어느 주말 저녁 동네에서 벗어나 함께 등산을 간다.

수현은 누군가에게 쉽게 불행하다고 읽히는 사람이다. 소설 속에서 직접 말해지지 않은 어린 시절의 어떤 사건으로 인해 수현은 너무 행복해서도, 그렇다고 동정이나 도움을 받을 정도로 불행해져서도 안 된다. 그녀는 사람들에게 자신의 삶이 이미 불행한 것으로 혹은 불행해야만 하는 것으로 판단된다면, 그렇지 않다고 말하는 것은 그저 현실 부정에 불과한 태도로 이해된다는 사실을 잘 알고 있다. '정도'를 넘어서는 안 되는 행복과 불행의 한계선 때문에 다른 감정들을 꺼내 보이지 않지만, 수현은 마음 한구석에 자신의 불행을 바라는 사람들의 생각에 맞서 비밀스러운 감정들을 몰래 간직하고 있기도 하다. 그래서 그녀는 종종 묻곤 한다. "어쩔 수 없다는 사실을 온몸으로 받아들일 수 있는 사람이 있을까." 수현이 홀로 느끼는 억울함과 분노는 특정한 방식으로 미리 규정되어버리고 마는 자신의 삶에 대한 의문이자 항변이라는 점에서 오히려 '긍정'에 가깝지만, "감정이란 건 비밀로 해야 좋다"고 배웠기 때문에 그저 조용하게 살아갈 뿐이다.

특정한 상황에서 무엇이 가장 먼저 고려되는가의 문제는 가능한 선택지의 범위를 한계 짓도록 만든다. 그리고 그 순간, 조용한 삶은 위험부담을 최소화하는 방향을 따른다. 수현에게 주어진 삶을 떠올릴 때, 친구가 있는 낯선 도시에서 길을 헤맨 기억으로부터 시작하는 소설의 도입부는 다소 의미심장하다. 신도시의 아파트, 한참을 헤매고서야 도착한 친구의 집, 분주한 친구 부부를 돕기에도 아이들과 놀아주기도 어색한 상황, 친구의 도움으로 겨우 도어락 버튼을 해제하고 집을 나와, 주차장에서 홍시 같은 토마토를 줍고, 다시 한참을 헤매다 신작로로 들어서서 산책하는 사람들을 보고…… 그 가운데 수현은 수로 반대편으로 이어진 돌다리를 발견한다. 그러나 그녀는 돌다리를 이루는 돌들이 "크고 묵직하여 안심이 된 것이 아니라 왜인지 오히려 겁"이 난다고 느낀다. 생각보다 큰 돌들이 오히려 수로의 깊이를 말해주는 것 같아 건너는 일이 두려워지고 마는 것이다. 수영을 못하니까. 돌다리를 건너다가 미끄러지게 되면 옷이 젖고, 젖은 옷 때문에 다시 친구 집에서 신세를 질 수도 없으니까. 이런저런 '위험'에 빠지기 싫어서 수현은 눈앞의 빠른 길을 택하지 않고 멀리 돌아가는 길을 택한다. 사소해 보이지만 섬세하게 이어진 서술들은 그녀가 아주 간단해 보이는 작은 결정조차 위험을 감수하지 않기 위해 고심하여 행동하는 사람임을, 그리고 그것이 곧 조용히 사는 사람의 삶의 방식임을 환기한다.

2

한편 소설은 할머니의 기도, 연인과의 대화 등을 통해 '너를 위한다'는 말이 가진 기만적인 성격뿐만 아니라, 그것이 받아들여지는 상황 속에 어긋나는 감정들을 보여준다. 상대를 위한다는 진심어린 말들이 종종 듣는 이의 삶을 미리 규정해버리거나 말하는 이의 자기이해를 드러내는 표현에 불과하다는 사실이 드러나지만, 그것은 단지 그런 말을 하는 사람들을 부정하거나 그 말에 섞인 폭력성을 드러내기 위해 강조되는 것은 아니다. 너를 위한다는 단서를 달았지만, 그 말이 결국 자신을 위한 변명에 지나지 않는다는 것을 모르지 않은 채 수현의 연인이 이별을 말했을 때, 수현 또한 그 말의 공허함을 알고 있다. 자신을 위한다는 할머니의 강요 섞인 말들에 화가 나지만, 그것이 곧 할머니가 자신을 진심으로 위하지 않기 때문에 하는 말이 아니라는 사실을 알고 있는 것처럼 말이다. 내뱉어진 말들은 언제나 의도나 표현에 꼭 일치되지 않는 마음들을 포함하고 있고, 가장 가까운 관계에서 진심과 호의를 가지고서라도 어떤 말들은 위해(危害)가 될 수 있다. 우리를 어렵게 만드는 것은 진심을 담아 건네는 말들이 어떻게 받아들여질지 미리 알 수 없으며, 그러한 선의의 말들 속에 전제된 일방적인 이해로부터 자유로운 발화는 없다는 점이다.

그렇기 때문에 유리에게 말을 건네는 수현도 걱정한다. 관심을 담아 유리에게 밥을 먹었느냐고 묻고 나서 곧바로 수현은 "실수를 한 것 같은 기분"을 느낀다. 자신의 말이 밥을 굶고 있을지 모르는 아이에게 건네는 동정 어린 말처럼 들리거나, 그 말이 유리의 삶을 도움이 필요한 삶으로 규정해버리는 일이 될까 봐 염려하는 것이다. 또 다른 날에 그녀는 유리와의 대화 끝에 방울토마토를 키워보겠냐고 제안하고 다시 실수를 했다는 기분에 사로잡히기도 한다. 하지만 수현은 이번에는 아닐지도 모른다고 생각한다. "실수를 했다는 생각을 내 마음대로 해버린 거구나". 어떤 말이 실수라는 생각 또한 자기 판단에 불과한 것일지 모른다는 것. 수현은 상대가 자신의 말을 어떻게 받아들일지 알 수 없는 상황의 불안을 질문으로 변화시킨다. 유리를 궁금해하는 마음에 따라 유리에게 말을 건네고, 만약 유리의 생각이 다르다면 그것을 그대로 존중하기로.

우리 이제 내려가요.
그래, 저녁 뭐 먹을까?
아직 배가 안 고파서 괜찮아요.
고기 아니면 회 아니면 피자 아니면 떡볶이? 치킨? 아니면…… 햄버거?
원래 산에 갔다 오면 전이랑 막걸리를 먹긴 하는데.
전에 한번 아빠랑 언니랑 산에 갔다가 파전 먹은 적 있어요.
그래? 그럼 파전 먹자.
음, 회 먹어도 돼요?
그럼. 실은 나 회 먹고 싶었어.

수현과 유리가 산행을 하며 주고받는 대화들은 그래서 더 독특하다. 주로 수현이 묻고 유리가 대답하는 듯 보이지만, 유리는 의사를 분명하게 표현하고 수현은 반복해서 묻지 않는다. 약간의 공백을 포함한 채 끊어졌다가 이어지는 둘의 대화는 공통의 화제로 지속되는 대화보다 오히려 편안하게 느껴지기도 한다. 상대의 의견과 자신의 의견이 꼭 일치될 필요는 없다는 것을 보여주면서, 수현과 유리는 함께 산을 오르고, 도넛을 먹고, 각자가 원할 때 사진을 찍어준다. 산에서 내려와 회를 먹고 다시 버스를 타고 '조용한 동네'로 돌아온 두 사람이 각자의 집으로 따로 걸어가는 장면은 그렇기 때문에 서로를 위해서가 아니라 서로가 원해서 가능해지는 관계에 대한 실마리처럼 읽힌다. "혼자서 행복할 땐 어느 정도 통제가 되었는데 누군가와 함께할 때는 쉽지 않구나." 정호와의 헤어짐 끝에 수현이 생각한 이 문장을 다시 떠올려보건대, 「위해」는 누군가의 삶을 미리 규정하지 않으면서 다른 이의 삶을 향해 말을 건네는 시도들을 보여주는 소설이다. 그리고 그것은 혼자 간직하는 기억이 아닌, 수현과 유리가 함께 기억하는 다른 형태의 행복의 순간을 만들어가는 과정이기도 하다.

그 고양이의 이름은 길다

이주혜 2016년 창비신인소설상을 받으며 작품 활동 시작. 경장편소설 『자두』, 옮긴 책
으로 『우리 죽은 자들이 깨어날 때』 『모든 빗방울의 이름을 알았다』 『여자에게
어울리지 않는 직업』 등이 있음.

그 고양이의 이름은 길다

떠올랐다.

숫.

붓.

저 아래 내 몸이 보였다. 산소마스크를 쓰고 수술대에 누운 53세 여성의 몸은 아침마다 욕실에서 비춰본 모습과는 달랐다. 나는 지금 영(靈)인가. 혼(魂)인가. 저 아래 내 몸이 따뜻한 걸 보면 나는 죽지 않았다. 이런저런 위험 요소를 인지했다는 수술 동의서에 서명했던 일이나 마취제가 들어가기 전 의사가 숫자를 세어보라고 했던 것, 조금 어색한 느낌으로 하나, 둘, 셋까지 중얼거렸던 것도 다 기억한다. 그러곤 검은 망각 속으로 까무룩 가라앉았는데, 어느새 숫 혹은 붓 하고 수술실 천장에 떠올라 내 몸을 내려다보고 있다. 영혼의 무게는 21그램이라는데. 영화 포스터에서 벌새 한 마리의 무게, 초콜릿 바 하나의 무게라는 카피를 본 적이 있다. 처음 보았을 때 코웃음을 쳤더랬다. 사람마다 몸의 모양도 색깔도 무게도 길이도 부피도 다 제각각인데, 영혼의 무게는 21그램이라는 단일 수치로 설명하려 들다니. 그런데 지금 부유하는 내 영은 21그램일까. 터무니없는 호기심으로 혹시 수술실 안에 전자저울 같은 게 있나 둘러보기까지 했다.

호기심의 방향을 돌려 내 몸을 다시 살펴본다. 어디서도 경험할 수 없었던 각도고 전망이다. 거울을 보는 것과는 달랐고, 내 몸을 찍은 동영상이나 CCTV 화면을 본 적도 없다. 저 몸의 역사는 오직 저 몸만이 감각해왔는데, 영이 된 나는 새로운 거리를 두고 저 몸을 관찰한다. 열일곱 살에 169.9 센티미터로 아슬아슬하게 성장을 마쳐 엄마를 안도하게 했다. (여자애가 키가 170이 넘어서 어디에 쓴다니?) 그러나 그전에 이미 몸무게가 70킬로 그램을 가뿐히 넘겨 엄마를 한숨짓게 했다. (여자애 몸무게가 70킬로그램을 넘겨서 어디에 쓴다니?) 엄마는 늘 내 몸의 쓸모를 걱정했는데, 다행히 나는 스무 살부터 저 몸을 잘 써서 식구들을 먹여 살렸다. '처녀 가장'은 20대의 내게 철썩 들러붙은, 내가 죽도록 싫어했던 별명이었다. 저 몸은 20대와 30대를 순식간에 통과하더니 40대에 들어서자마자 갑작스럽게 제 존재의 이모저모를 분주하게 알려왔다. 마흔 살에 흰머리가 생기면서 정기적인 뿌리 염색의 부담을 안겨주더니 마흔다섯 살에 노안이 찾아와 가방에 책상에 침대 머리맡에 돋보기를 하나씩 두고 살지 않으면 눈도 마음도 우중충해지는 삶이 시작되었다. 마흔아홉 살에는 경추 디스크와 고지혈증과 지방간, 비타민디 결핍증이 번호표도 뽑지 않고 무질서하게 들이닥쳤다. 온갖 증상이 약속어음처럼 당도했고 내 몸 어딘가에 이런 것들이 고여 있구나, 새삼스레 일깨웠다. 3개월에 한 번씩 혈액검사를 통해 한 주먹쯤 되는 약의 복용량을 조절했고, 어딜 가도 약부터 챙기며 약과 식구처럼 지내는 생활에 익숙해졌다. 이만하면 노화의 활주로에 연착륙하지 않았나, 섣불리 안도할 즈음 자궁 근종이 발견되었다. 자궁은 한 달에 한 번씩 생리통이랄지 생리전증후군이랄지 배란통으로 꾸준히 제 존재를 알려왔던 장기였기에 나름 친한 줄 알았는데, 이 녀석이 가장 세게 뒤통수를 쳤다. 근종이 워낙 많기도 하고오…… 여기 보이죠? 12센티미터가 넘는 것도 있고오…… 위치도 써억…… 의사는 말꼬리를 길게 빼는 버릇이 있었다. 나는 의사의 말을 자르고 끼어들었다. 그냥 들어내죠. 순간 의사가 나를 빤히 보았는데,

그 눈빛에 질책이 엿보였다. 의사는 자궁 적출 후 부작용도 고려해야 한다며 적출할 경우와 적출하지 않는 경우 생길 수 있는 일들을 비교하며 길게 설명했다. 질질 끄는 말버릇은 듣기 괴로웠지만, 이 의사에게 수술을 맡겨도 괜찮겠다는 생각이 들었다.

마취 상태로 의료진에게 둘러싸인 내 몸은 낯설었다. 잠든 모습 같지도 않았고 기절한 모습 같지도 않았다. 물론 잠든 내 모습이나 기절한 내 모습을 본 적이 없으니 정확한 비교는 아니다. 저건 뭐랄까. 쓸모를 유예당한 빈 자루 같달까. 확실히 쓰레기통에 처박히지는 않았지만, 나중을 기약하며 챙김을 받은 것도 아닌, 어정쩡한 상태로 창고 한구석에 방치된 빈 자루. 그렇게 생각하니 내 몸에 너무 가혹한 비유를 한 것 같아 마음이 좋지 않다. 설상가상으로 의사가 드디어 내 아랫배에 메스를 대는 순간 나는 차마 그 모습을 똑바로 보지 못하고 시선을 돌리고 말았다. 아무리 영이 되었대도 내 몸의 노골적인 안쪽까지 마주할 자신은 없다.

영이 되니 편하긴 했다. 늘 거인, 여장부, 처녀 장사 같은 별명을 달고 다녔는데, 영인 나는 깃털처럼 가볍고 숨결처럼 희박했다. 뜨자, 하면 떴고 움직이자, 하면 움직였다. 벌새보다 기동력이 좋았고 초콜릿 바처럼 묵묵하지도 않았다. 가볍다는 건 이런 느낌이구나. 의사는 수술 시간을 2시간 30분 정도로 잡고 개복 후 확인한 상태에 따라 수술 시간이나 수술 범위가 늘어날 수도 있다고 했다. 적어도 나에겐 2시간 남짓한 여유가 있었다. 수술실 밖으로 빠져나오자마자 나는 저절로 회사로 움직였다. 스무 살부터 30년 넘게 다닌 곳을 영도 몸만큼이나 잘 알았다.

야적장 통나무 더미에 올라앉았다. 언제고 한번은 올라오고 싶었다. 공장 건물에서 요란한 전통 톱 소리가 들렸다. 예정대로라면 지금쯤 초대형 우드슬랩 작업을 하고 있을 것이다. 회사가 보유한 통나무 가운데 가장 크고 질 좋은 놈을 골라 만드는 우드슬랩은 유명 외국계 화장품 회사가 올가을 오픈을 준비하고 있는 가로수길 매장의 메인 진열 테이블이 되어 그 회사가 한창 표방 중인 친환경 자연주의 분위기를 과시할 예정이었다. 이번 가로수길 우드슬랩 수주는 실익으로 보나 홍보 효과로 보나 회사로서도 꽤 중요한 계약이었다. 화장품 회사는 유명 잡지들에 가로수길 매장 오픈 기사를 대대적으로 내보낼 계획이고, 페이지 가득 실릴 매장 사진에서 우리 회사가 제작한 우드슬랩 테이블은 주인공 화장품보다 근사하게 돋보일 것이다. 현 사장은 몇 년째 인기가 사그라지지 않는 우드슬랩 사업으로 재미를 좀 보더니 이번 계약 건으로 어깨에 힘이 잔뜩 들어갔다. 급기야 회사의 주력 부서였던 인테리어 사업부에 비해 다소 소품 취급을 받아왔던 가구 사업부에 투자를 강화하겠다고 선언했다. 언뜻 기특하게 들렸지만 사실 현 사장의 속내는 투자 강화가 아니라 경비 절감이었다. 가구 사업부를 만들고 이제껏 키워온 나를 밀어내고 그 자리에 디자이너 출신인 자신의 부인을 앉히겠다는 뜻이었으니까.

틋.

풋.

귀 기울이면 들렸다. 통나무가 마르면서 깊은 속살 어딘가가 미세하게 비틀리는 소리. 습기가 빠져나가면서 빈자리가 틀어지는 소리. 예측 불가한 그 소리를 사장은 나무가 익어가는 소리라고 했다. 나무 익는 소리를 깔고 앉아 30년 넘게 내 몸이 자리했던 곳을 살펴보았다. 그러나 낯선 위치에서 바라본 공간은 수술실 천장에서 바라본 내 몸처럼 새삼스러웠다. 지금 보니 공장 건물과 휴게 건물, 본관 건물은 묘하게 틀어져 삼각형을 이루지 못하는 세 선과 같았다. 목재의 아름다움을 알리고자 사장이 무리해서 지었던 목재 전시장 천장도 그새 낡고 녹슬어 전혀 아름답지 못했다. 위치만 달라졌을 뿐인데 많은 것이 달라 보였다. 저기 휴게 건물 뒤쪽, 뒷산으로 이어지는 좁은 산책로에서 소희 언니가 차가운 얼굴을 하고 말했었지. 그래서 너는 다리를 벌렸니? 저쪽 공장 건물 옆 흡연실에서 창립기념일 공짜 술에 취한 천중만 씨가 내 손을 함부로 잡으며 지껄이기도 했다. 미쓰 구는 몸만 와. 내가 미쓰 구 허물 다 덮어줄게. 나는 미쓰 구만 있으면 돼. 소희 언니는 결혼과 함께 회사를 그만두었고 천중만 씨는 근무 태만으로 잘렸다. 둘 다 오래전 일이다. 공장 건물 바닥에 매일매일 쌓이는 톱밥과 대팻밥만큼 흔한 이야기다.

툿.

풋.

나무 익는 소리보다 쓸데없는 헛소리들이다.

열여덟 살 봄, 이류 신문 데스크였던 아버지가 어디로 끌려갔다가 가을에 돌아왔다. 아버지는 몸만 돌아왔다. 아버지는 혼이 빠져나간 빈 자루가 되어 온종일 방에 누워 지내거나 말도 없이 집을 나갔다가 한참 후에 낯선 도시 여관에서 밀린 여관비를 대신 지불해달라고 연락하길 반복했다. 원래 아버지는 꽤 부지런한 사람이었는데 천하에 게으른 백수건달이 되어버렸다. 엄마는 아버지가 마음을 다친 거라며, 마음을 다친 사람도 몸을 다친 사람만큼이나 알뜰히 보살피고 치유해야 한다며 외가 식구들에게 돈을 빌려 생활하는 처지에 온갖 보양식과 보약을 해다 먹이더니 1년이 넘도록 아버지가 조금도 달라지지 않자 아버지를 없는 사람 취급했다. 아버지는 어느새 마음을 다친 사람이 아니라 그저 쓸모없는 빈 자루가 되어 집 안 아무 데나 부려졌다. 큰 부자는 아니어도 모자랄 것 없는 집안의 늦둥이 막내로 태어나 고생을 모르고 섬세하게 자란 엄마는 순식간에 체질까지 바꿔 식당에 나가 설거지를 했다. 밤에도 아버지가 틀어놓은 시끄러운 14인치 흑백 텔레비전 앞에 밥상을 펴놓고 봉투에 풀칠해 푼돈을 벌었다. 엄마는 가격의 모든 기준이 봉투 하나 붙이고 받는 값이 되어 정말 소소한 돈도 가열하게 깎아야 직성이 풀리는 생활의 투쟁가가 되었다. 그러나 엄마가 벌 수 있

2022 올해의 문제소설

는 돈은 정말이지 소소했다. 그 돈으로 우리 다섯 식구가 먹고살 수는 없었다. 나는 고3 2학기 말에 딱 10분을 고민하고 대학 진학을 포기했다. 내 성적으로는 대학 졸업 후 우리 집 형편을 극적으로 바꿀 만한 이름있는 대학이나 전망 좋은 학과에 들어갈 수 없었다. 인문계 고등학교 졸업장을 가지고 당장 취직할 곳이 마땅치 않았지만, 산림청 공무원인 이모부가 서울과 경기도의 경계에 있는 작은 목재 회사에 임시직으로 '꽂아' 주었다. 그때부터 내게 붙은 꼬리표는 '처녀 가장'이었고 가끔 눈치 없는 사람들은 남들보다 조금 우람한 내 체격을 보고 '처녀 장사'라고 바꿔 부르기도 했다.

소희 언니는 총무부 베테랑 직원이었다. 여상 출신으로 경리 실무를 도맡았다. 내가 어리바리한 얼굴로 처음 사무실에 들어섰을 때 화사하게 웃으며 먼저 다가와준 사람이 소희 언니였다. 언니는 내게 짬짬이 타자와 부기를 가르쳐주기도 했다. 언니에겐 늘 좋은 냄새가 났다. 지금 생각하면 향수 냄새나 조금 비싼 샴푸 냄새가 아니었을까 싶은데, 여고를 졸업하자마자 회사에 던져지다시피 해 소위 '여성스러움'에 대해 배울 기회가 전혀 없었던 나는 그저 소희 언니에게서 풍기는 모든 냄새와 분위기를 '여성스러움'의 정수라고 믿어버렸다. 점심 시간에 내 앞에서 한 걸음 반 정도 떨어져서 식당으로 향하는 소희 언니의 뒷모습을 바라보는 일은 퍽퍽한 회사 생활에서 내가 가장 좋아하는 일이 되었다. 언젠가 언니가 발목 뒷부분이 드러나는 슬링백 구두를 신고 온 날은 언니의 발목 양쪽이 옴폭 들어간 걸 보고 속으로 깜짝 놀라기도 했다. 사람의 발목이 허리처럼 잘록하게 쏙 들어갈 수도 있다니. 새로운 발견이었다. 언니는 늘 종아리 가운데까지 오는 치마를 입었고 잘 다린 블라우스를 입었다. 언니가 타자기 앞에서 일에 골몰할 때는 수굿한 각도로 내려앉은 어깨선을 한참 바라보기도 했다. 아마 그 시절 나는 언니를 동경했던 것 같다. 언니의 우아한 겉모습과 다정한 마음 씀씀이와 그것들이 한데 어우러져 풍기는 어떤 분위기를 나는 아름다움이라고 정의했다. 언니는 정말 아름다웠다. 그렇게 아름다운 사람을 회사 아저씨들은 미쓰 양아, 커피 좀 마시자. 미쓰 양아, 과일 좀 깎아와라. 부려먹었다. 내가 실수라도 하면 사람들은 언니를 혼냈다. 미쓰 양아, 천둥벌거숭이 같은 미쓰 구 관리 좀 잘 하자, 응?

나는 점심을 다 먹고 언니와 함께 휴게 건물 뒤쪽에서 뒷산으로 이어지는 산책로를 따라 천천히 걷다가 내려오는 그 짧은 시간을 사랑했다. 언니는 수북하게 자란 풀 사이를 헤치며 나직한 말투로 이야기를 들려주었다. 공장장의 먼 친척이라는 언니는 착실하게 월급을 모아서 적당한 사람을 만나 결혼하고 단란한 가정을 꾸리는 게 인생의 목표라고 했다. 회사 바로 옆에 온갖 귀한 목재로 탄탄하게 지은 목조 이층집이 있었는데, 거기에 사장이 살았다. 사장은 일찍 상처하고 당시 고등학교에 다니던 아들 하나와 집안일을 해주는 먼 친척 할머니와 셋이 살았다. 산책로에 올라 저 멀리 사장의 집을 내려다보며 언니는 꿈꾸듯 말했다. 저렇게 짱짱한 이층집에서 딸 둘 아들 둘을 낳아 마당에 풀어놓고 행복한 아이들로 키우고 싶어. 하지만 요즘은 둘 이상 낳으면 야만인이니까 딸 하나 아들 하나 이렇게 딱 둘만 낳아서 곱게 키울 거야. 언니라면 잘할 수 있을 것 같았다. 저렇게 잔털 하나 보이지 않게 눈썹과 코밑 털과 다리털을 관리할 수 있는 언니라면, 버스로 한 시간 30분을 통근하면서 흐트러지지 않게 눈썹 선을 그리고 기분 좋은 냄새까지 풍기는 언니라면 세상에서 가장 행복한 아이들의 어머니가 될 수 있을 것이다. 나는 언니의 시선을 따라 사장 집 마당을 내려다보며 그 자리에 미래의 아이들을 포개보았다. 언니를 닮아 맑고 순할 딸 하나 아들 하나를.

그해 가을 갑자기 날씨가 추워져 서둘러 겨울옷을 꺼내느라 정신이 없었던 날이었다. 소희 언니는 재단이 잘 되어 언니의 어깨선에 착 들어맞는 핸드메이드 모직 코트를 입고 출근했다. 언니의 하얀 얼굴에 홍시 빛깔 코트가 아주 잘 어울렸다. 나는 오리털도 아니고 솜을 넣어 잔뜩 부풀리기만 했을 뿐 보온성은 훅 떨어지는 나일론 솜 패딩을 입고 왔는데, 언니의 날씬

한 몸에 착 들러붙은 코트를 보다가 내 패딩을 보면 바람을 지나치게 불어 넣은 풍선 인형이 되어버린 기분이 들었다. 그날의 옷차림이 또렷하게 기억나는 건 소희 언니가 뜻밖의 부탁을 했기 때문이다. 언니는 퇴근 후 어딜 좀 같이 가달라고 부탁했다. 소희 언니는 늘 부탁을 들어주는 사람이지 내게 뭔가를 부탁하는 사람이 아니었기에 나는 좀 흥분했던 것 같다. 우리는 경기도 깊숙이 들어가는 버스를 타고 야트막하게 엎드린 회색 건물들이 띄엄띄엄 나타나는 시골길을 달렸고 버스에서 내렸을 때는 이미 해가 지고 난 다음이었다. 어쩌다가 하나씩 나타나는 침침한 가로등에 의지해 몇백 미터 정도 걸었을 때 시멘트 담장 너머로 붉은 깃발을 단 가느다란 대나무 가지가 삐죽이 솟은 집이 나타났다. 양철 간판에 '처녀 보살 신점'이라고 붉은색 페인트로 씌어 있었다. 내림굿을 받은 지 얼마 안 되는 용한 무당이래. 내내 조용했던 소희 언니가 간판을 확인하자마자 내 쪽으로 고개를 돌리고 속삭였다. 무당의 집은 어둠 속에 괴괴하게 엎드려 있었다. 허술한 알루미늄 새시 문을 열고 안으로 들어가니 천장이 낮은 어둑한 거실에서 중년 여자가 우리를 맞았다. 용하다는 처녀 보살은 가장 안쪽 방에 차린 굿당 안에 오도카니 앉아 있었다. 무당은 아무리 봐도 내 또래로밖에 보이지 않았다. 화장을 진하게 했지만 앳된 이목구비까지 감추지는 못했다. 텔레비전에서 본 화려한 무당 옷을 상상했지만, 무당은 그저 편안한 트레이닝복 차림이었다. 다만 머리만은 사극 속 처녀처럼 하나로 땋아 붉은 댕기를 달고 있었다. 무당이 허리를 꼿꼿이 세우고 자세를 고쳐 앉더니 소희 언니를 보고 말했다. 이쁜 언니가 뭐가 답답해서 여기까지 왔대? 소희 언니가 잔뜩 겁먹은 얼굴로 핸드백에서 종이 한 장을 꺼내 무당 앞에 내밀었다. 회사 로고가 인쇄된 종이에 한자로 두 개의 이름과 생년월일, 생시가 씌어 있었다. 둘 중 누구랑 결혼하면 좋을까요? 아휴, 이 언니, 얌전한 줄 알았더니 여우네, 여우. 무당이 눈웃음을 지으며 소희 언니를 보았다가 이내 정색하고 요령을 흔들기 시작했다. 눈을 살짝 내리깔고 중얼중얼하기도 했다. 무당의 눈꺼풀에 검은색으로 그린 아이라인이 살짝 비뚤어져 있었다. 요령 소리가 뚝 그쳤다. 무당이 눈을 부릅뜨고 손가락으로 종이 위 이름을 하나씩 찍으며 말했다. 이놈하고 살면 몸이 편하고 이놈하고 살면 마음이 편해. 소희 언니가 말했다. 좀 더 자세히 설명해주시면 안 될까요? 무당이 답답하다는 듯 말했다. 이놈하고 살면 맘고생, 이놈하고 살면 몸 고생이라고. 어느 쪽을 택해도 한쪽이 편하면 한쪽은 고생이야. 나는 무당이 하나마나 한 소리를 하고 있다고 생각했다. 소희 언니는 뭔가 더 물어보고 싶지만 무당의 기세에 눌려 말을 삼키는 기색이었다. 잠시 침묵이 고였다. 저, 사기꾼. 나는 소희 언니의 얼굴을 단박에 어둡게 만든 저 무당이 미웠다. 그때 무당이 내게 말했다. 거기 뒤에 앉은 언니. 언니도 뭐 하나 물어봐. 내가 특별히 서비스해줄게. 소희 언니가 화들짝 놀라더니 애써 말했다. 그래, 너도 보살님께 뭐든 물어봐. 오늘 여기까지 와준 보답으로 언니가 복채 내줄게. 무당과 소희 언니가 동시에 내 쪽을 보았다. 난처했다. 언니는 뭐 답답한 거 없어? 무당이 채근이라기보다는 살짝 재미있다는 말투로 물었다. 뭘 물어야 할까. 소희 언니처럼 언제 결혼할지 혹은 누구랑 결혼할지, 그것도 아니면 언제 애인이 생길지 그런 게 궁금해야 할까? 그때 내 입에서 생각지도 않은 말이 튀어나왔다. 우리 아버지는 언제쯤 돈을 벌기 시작할까요? 내가 말해놓고 내가 놀랐다. 아버지에 관해서라면 나 역시 엄마처럼 완전히 포기한 줄 알았는데. 무당이 눈도 깜박이지 않고 나를 빤히 보며 혀를 찼다. 언니도 참 딱하네. 나만큼 딱해. 고작 스무 살짜리가 참 무겁네. 이고 졌네, 이고 졌어. 나는 그 말을 아버지가 다시는 재기하지 못할 것이라는 최종 선언으로 이해했다.

그날 무당집을 나와 버스 정류장까지 걸어가는 길에도, 버스를 타고 다시 서울로 나가는 동안에도 나와 소희 언니는 한마디도 나누지 않고 각자 무겁게 이고 진 것들을 생각했다.

지금쯤 내 몸은 조금 가벼워졌을까? 영혼의 무게 21그램 더하기 들어낸 자궁의 무게만큼? 자궁의 무게는 얼마나 될까? 자궁을 들어낸 시간 동안 나뭇결 사이에 생긴 빈틈의 무게는 또 얼마나 될까?

스물한 살, 정식 사원이 되었다. 소희 언니에게 배워 타자도 제법 할 수 있게 되었고 업무 실수도 줄었다. 큰 남동생이 고2가 되었고 작은 남동생이 중학교에 들어가 돈 들어갈 곳이 늘어났는데 월급이 조금이나마 올라 다행이었다.

스물두 살, 큰 남동생이 고3이 되었고 내 월급은 그대로였다. 산책로로 이어진 뒷산에 연두색 새잎이 돋아나기 시작할 무렵 사장이 나를 사장실로 호출했다. 입사한 지 3년째에 처음 있는 일이라 좀 놀랐는데, 나보다 소희 언니가 더 당황한 눈치였다. 괜찮아. 별일 아닐 거야. 어서 다녀와. 소희 언니가 철없는 아이를 물가에 보내는 눈빛을 하고 말했다.

사장실 책상 위에 2년 전 내 글씨로 쓴 이력서가 놓여 있었다. 사장이 이력서를 내려다보았다가 나를 올려다보았다가 하며 물었다. 회사 생활은 할 만한가? 예. 바로 밑에 남동생이 올해 몇 학년인가? 고3이 되었습니다. 공부는 잘하나? 전교 3등이랍니다. 원하는 대학은 있고? 서울대는 아슬아슬하고 연고대 중위 학과는 노려볼 만하다고 합니다. 아버지는 좀 어떠시고? 사장이 우리 집 사정을 어디까지 알고 있을까? 이모부가 나를 여기 '꽂아'주었을 때 어디부터 어디까지 말했을까? 알 수 없는 만큼 두루뭉술하게 대답해야 했다. 여전하십니다. 그래, 자네가 고생이 많겠군. 나는 아무 대답도 하지 않았다. 여기 보니까 특기가 일본어라고 되어 있네? 일본어는 잘하나?

그럴 리가. 그저 특기란과 취미란을 채워야 했고 취미란에는 독서라고 적었지만 특기란에는 도무지 적을 게 없어서 고등학교 다닐 때 제2외국어로 배웠고 유일하게 '수'를 받은 과목이라 적었을 뿐이다. 사장이 내 대답을 듣지도 않고 말했다. 우리 회사가 올해 일본의 목재 회사하고 기술 이전 계약을 체결할 예정이야. 내가 앞으로 일본 출장을 정기적으로 다녀야 하는데 우리 회사에 일본어를 할 줄 아는 사람이 자네뿐이야. 자네가 날 좀 도와줘야겠어.

망했다. 나는 그날 저녁 당장 종로의 대형서점에 가서 일본어 회화 카세트테이프 세트를 사서 짬이 날 때마다 이어폰을 끼고 열심히 일본어 문장을 중얼거렸다.

몇 달 후 사장이 일본 출장 계획을 발표하면서 수행 직원으로 나를 지목하자 회사 사람들 모두 놀랐다. 한동안 떨떠름한 표정, 어이없는 표정, 약이 오른 표정 등이 나를 향했다. 내가 들어가면 휴게실에 앉았던 사람들이 갑자기 입을 다물었다. 소희 언니는 점심을 먹으러 가는 길에 더 이상 내 팔짱을 끼지 않았다.

일본 출장은 4박 5일 일정이었다. 엄마는 큰이모의 큰딸에게 여행용 트렁크와 트렌치코트를 빌려왔다. 사촌 언니의 코트는 내 몸에 작아 어깨가 꼭 끼었다. 출발 전날 짐을 싸고 있는데 엄마가 거들어주는 척하면서 넌지시 물었다. 사장님하고 너하고 호텔 방 따로 잡은 거 맞지? 제대로 확인했지? 엄마, 우리 사장님, 아버지보다 나이가 많아. 엄마가 화들짝 놀라며 말했다. 남자가 자기 나이 따지는 거 봤어? 무슨 일 있으면 국제전화로라도 꼭 연락해. 알았지?

엄마의 걱정이 무색하리만큼 사장은 비행기 옆자리에 앉은 내게 말도 걸지 않았다. 사장은 평소 별명이 일벌레일 정도로 회사 바로 옆에 지어놓은 목조 이층집과 회사만 오갔다. 술도 못해서 회식 때면 밥만 먹고 가장 먼저 자리를 떴다. 소희 언니 말로는 일본 유학생 출신이라는데 내 눈에는 그저 일밖에 모르는 못생긴 중년 아저씨였다. 그나마 사장이 일벌레였기에 사양 산업이라는 목재 회사가 작게나마 버티고 있고 덕분에 나 같은 애도 먹고 사는 거라고 생각했다. 소희 언니는 그런 사장이 꿈에 그리던 이상적인 남편상이라고 했다. 다정한 아버지, 다정한 남편. 사모님이 참 복이 없었던 거지. 우리 사장님 같은 사람하고 살았다면 생전에 몸 고생도 맘고생도 안 해봤을 텐데. 당신 명이 짧아서 그 운을 다 못 누리고 가신 거야. 그런데 우리 사장님은 아직도 사모님을 못 잊어서 재혼 이야기는 입 밖에도 못 꺼내게 한대. 그러니 사모님은 죽어서도 운이 좋은 여자라고 해야 하나?

나리타 공항에 내렸을 때 '마루와 임업'의 직원이 마중을 나왔다. 우리는 로고가 박힌 밴을 타고 도쿄 외곽에 있는 목재 회사로 갔다. 놀랍게도 사장은 유창한 일본어로 현지 직원과 대화를 나누었다. 하긴 일본 유학생 출신이라지 않던가. 그렇다면 애초에 나를 왜 데려왔을까? 불안한 마음을 다독이며 그들의 대화를 들어보려고 했지만, 일본어 회화 테이프가 늘어지도록 듣고 또 들었던 문장은 단 한마디도 들리지 않았다.

일본은 목재 사업 강국이라더니 일본 회사는 우리 회사보다 훨씬 규모가 크고 어딘가 선진의 냄새를 풍겼다. 마중 나온 직원을 따라 온통 하얀 사무실로 안내를 받았는데, 거기서 기술부장이라는 사토 상을 만났다. 사토 상이 바로 우리가 상대해야 할, 아니 모셔야 할 '갑'이라는 사실은 초보인 내 눈에도 확실해 보였다. 갑을 관계를 드러내듯 사장은 사토 상 앞에서 계속 쩔쩔매거나 굽신댔고 그럴 때마다 사토 상은 여유롭게 웃었다. 체구가 작고 마른 사토 상 앞에서 두꺼비 같은 사장이 계속 굽신거리는 꼴은 어딘가 짠하기도 하고 볼썽사납기도 했다. 이것이 어른의 세계인가. 나는 별 도움이 되지도 못하고 사장 옆에서 반 박자 늦게 굽신거렸다.

첫날은 사토 상과 젊은 직원 하나가 나와 사장을 데리고 다니며 회사 곳곳을 보여주었다. 우리 회사에서는 본 적 없는 큼직한 기계와 작업장을 보고 사장이 놀란 입을 다물지 못하고 계속 '스고이!'를 연발했는데, 그 모습이 정말 입 벌린 두꺼비 같아서 나는 속으로 조금 창피했다. 마지막 코스는 회사 가장 안쪽에 있는 너른 야적장이었다. 그곳에 통나무가 종류별로 산더미처럼 쌓여 있었다. 카메라를 메고 다니며 계속 사진을 찍던 사장이 갑자기 내게 카메라를 내밀더니 통나무 더미 앞에 섰다. 사장 뒤쪽으로 큼직한 통나무의 둥근 단면이 벽지 무늬처럼 동글동글 펼쳐졌다. 붉은 기운이 도는 나무 색깔을 배경으로 사장의 감색 양복이 푸르게 도드라졌다. 하나, 둘, 셋. 나는 사장의 전신이 다 나오게 사진을 찍었다. 카메라를 다시 돌려주려는데 사토 상이 사장 옆에 섰다. 나는 다시 뷰파인더에 눈을 가져다 댔다. 무뚝뚝한 사장과 여유로운 사토 상이 한 프레임에 보였다. 나는 두 사람의 전신이 다 나오게 한 장 찍고, 조금 더 앞으로 걸어가 두 사람의 상반신이 꽉 차도록 한 장 더 찍었다. 시마이! 얼토당토않은 내 일본어에 사토 상이 항복하듯 웃어버렸고 사장도 긴장을 풀었다. 순간 나는 몰래 셔터를 몇 번 더 눌렀다.

둘째 날은 본격적인 협상이었다. 사장은 일본어 회화 테이프 속 문장 말고는 한마디도 제대로 못 하는 나를 옆에 앉혀놓고 유창한 일본어로 협상했다. 분위기는 나쁘지 않았지만, 굉장히 진지했다. 전날 걸핏하면 여유롭게 방긋방긋 웃어서 살짝 기분이 나쁠 지경이었던 사토 상도 웃지 않았다. 나는 분위기에 눌려 졸지 않으려고 몰래 허벅지를 꼬집으며 버텼다. 협상은 무사히 끝났고 그날 저녁 다 같이 회식을 했다. 일본 음식을 먹었고 가라오케라는 곳에 가서 노래도 불렀다. 일본 가라오케 기계에 한국 노래가 나와서 놀랐다. 술을 한 잔도 못하는 사장은 미안하다며 대신 노래를 두 곡이나 불렀다. 사장은 서울 사람이면서 일본 사람들 앞에서 자꾸 부산항으로 돌아오라고 절규하는 노래를 불렀다. 사람들과 헤어지고 호텔로 돌아가는 길에 사장이 호텔까지 걸어가도 되겠냐고 물었다. 도쿄의 밤은 콜라 거품처럼 톡톡 튀는 청량감이 있었다. 사장은 호텔까지 걸어가는 길 내내 아

무 말도 하지 않았다. 술도 안 마셨으면서 취한 사람처럼 몇 번 걸음을 허
청거렸다. 호텔 로비에 도착한 사장이 갑자기 옆에 딸린 작은 커피숍으로
들어갔다. 사장이 따뜻한 커피 두 잔을 시켰다. 커피가 나오자마자 사장은
미리 준비한 듯 급하게 할 말을 전했다. 내일부터 이틀은 자유시간이다. 마
지막 날 아침 공항에서 보자. 일본어를 할 수 있으니 공항까지 혼자 올 수
있지? 여권 잘 챙기고. 내일 아침부터 모레 아침까지 너도 나도 자유야. 하
고 싶은 일이 있으면 해. 가고 싶은 데가 있으면 다녀오고. 이걸 써. 사장이
제법 두툼한 봉투를 내밀었다. 빳빳한 일본 지폐가 들어 있었다. 특별 보너
스로 생각해. 단, 이번 출장 일정은 우리만 아는 비밀로 하자. 사장은 자기
앞의 커피에 손도 대지 않고 먼저 일어나 엘리베이터로 갔다. 나는 어쩐지
퇴짜를 맞은 기분이 들어 (대체 왜?) 혼자 남아 커피를 마저 마셨다. 다 마
시고 나서 사장의 커피까지 마셨다. 그러고도 왠지 마음이 가라앉지 않아
서 자판기에서 담배를 한 갑 샀다. 호텔 후문 쪽에 흡연실이 있는 걸 봤다.
생애 처음 담배를 피웠다. 좁은 흡연실에는 나 말고 '오피스 레이디'의 전형
으로 보이는 젊은 여자가 굉장히 세련된 포즈로 담배를 피우고 있었다. 소
희 언니가 보고 싶었다.

이 기이한 출장은 그 후로도 20년 넘게 이어졌다. 사장은 매년 나를 데리
고 도쿄에 갔고 일정의 마지막 24시간은 내게 돈 봉투를 건네고 홀연히 사
라졌다가 다음 날 아침 공항에서 만나 함께 귀국했다. 출장 일수나 내게 건
네는 돈 봉투의 두께는 조금씩 달라졌지만, 출장지와 사장의 미스터리한
하루는 늘 같았다. 그 20년 동안 나는 고참 사원을 넘어 어느새 회사의 터
줏대감으로 불리며 나이가 들었고 옆집 아저씨 같던 사장은 옆집 할아버지
같아졌다.

첫 출장을 다녀와서 부서 사람들에게 나리타 공항에서 사 온 과자를 돌
렸을 때 사람들의 눈빛은 한층 더 떨떠름해져 있었다. 사람들도 내 일본어
실력이 형편없다는 걸 눈치챈 것 같았다. 고작 그런 실력으로 왜 너 따위가

사장과 단둘이 출장에 다녀왔느냐고 묻는 표정들이었는데, 그건 내가 더 궁금했기 때문에 그들의 의문이나 오해를 풀어줄 수가 없었다. 나와 사장의 관계를 둘러싼 숙덕거림은 그해 말 남동생이 유명 사립대에 입학하면서 등록금이 모자라 쩔쩔매는 나에게 사장이 직원 자녀 학자금 대출 명목으로 동생의 등록금을 선뜻 내줬을 때 최고조에 달했다. 소희 언니는 나랑 같이 밥을 먹으러 가지도 않았다. 혼자 쓸쓸하게 밥을 먹고 쓸쓸하게 산책로 쪽으로 걸어갈 때면 간혹 등 뒤에서 사장님 취향도 참 그렇다, 미쓰 양도 아니고 미쓰 구라니, 소리가 들려왔다.

이듬해 봄 소희 언니가 청첩장을 돌렸을 때 나는 우아한 미색 카드에 인쇄된 신랑 이름이 소희 언니가 처녀 무당에게 건넨 이름 중 어느 쪽인지 몹시 궁금했지만, 감히 물어볼 수가 없었다. 언니는 몸 고생과 맘고생 중 어느 쪽을 선택했을까? 회사 사람들은 소희 언니가 땅 부잣집 맏며느리가 되었다고 했다. 역시 결혼은 신랑보다는 시댁 보고 하는 거라고 말하기도 했다. '신랑보다는'이라는 말이 어쩐지 불길했다. 청첩장을 돌린 뒤로 소희 언니의 얼굴이 눈에 띄게 어두워진 것은 내 착각일까? 결국, 나는 어느 날 식당을 나가는 소희 언니 뒤를 따라가 산책로 한가운데서 언니를 붙잡고 참아왔던 말을 하고야 말았다. 언니! 맘고생도 몸 고생도 안 하면 안 돼요? 그냥 언니 혼자 행복하게 살면 안 돼요? 나는 언니가 행복하면 좋겠어요. 나는 언니가 좋아요, 라고는 하지 않았다. 내가 생각해도 너무 뜬금없었으니까. 발목이 잘록하고 뒷모습이 아름다운 소희 언니가 처음 보는 딱딱한 얼굴로 말했다. 그래서, 너는, 행복하려고, 늙은 홀아비 앞에서, 다리를 벌렸니? 언니는 그 짧은 문장을 단번에 말하지도 못하고 부들부들 떨다가 끝내 울음을 터뜨렸다.

그날 이후 언니는 결혼식 전날 회사를 그만둘 때까지 내게 말 한마디 건네지 않았다. 나는 언니의 결혼식에 갔다. 내 형편을 고려하면 터무니없이 두툼한 봉투를 축의금으로 건네고 하객석 앞쪽에 앉아 열심히 박수를 쳤다. 면사포가 길게 늘어진 아름다운 언니의 뒷모습을 보면서 진심으로 언니의 행복을 빌었다. 옆에 앉았던 총무부장이 옆구리를 찌르며 말했다. 야, 미쓰 구야. 이 좋은 날 네가 왜 우냐? 미쓰 양 언니가 부러워서 우냐? 시집 못 가 서러워서 우냐?

집안의 빈 자루가 되기 전 아버지는 사실 꽤 다정한 아빠였다. 예닐곱 살 무렵이던가. 아버지는 저녁 식사 후 배를 꺼뜨려야겠다면서 나를 자전거 뒤에 태우고 불광천을 따라 천천히 달렸다. 어린 동생들은 자기들도 태워 달라며 징징거렸지만, 아빠는 꼭 나만 태웠다. 은정이, 아빠 몸 꽉 잡아라. 내가 아빠 허리 양쪽을 꼭 움켜잡으면 아빠는 자전거를 출발시켰다. 은정이, 다리 들었니? 정신 놓고 있다가 돌아가는 바큇살에 종아리가 끼어 다친 후로 아빠는 버릇처럼 확인했다. 우리 은정이, 다리 들었니? 나는 주변 풍경이 아무리 멋져도, 뺨을 간질이는 바람이 아무리 상쾌해도 자전거 뒷자리에 타면 양다리를 15도 각도로 드는 걸 잊으면 안 된다고 명심했다. 검은 수면에 가로등 불빛이 오렌지 빛깔로 어른거려도, 산책 나온 사람들이 유령처럼 스쳐 갈 때도 아빠는 뒷자리의 내게 다정하게 물었다. 우리 구은정 양, 다리 들었니? 그러나 소희 언니의 매몰찬 말을 들었을 때 나는 십수 년간 내 기억이 왜곡되었음을 비로소 깨달았다. 은정이, 다리 벌렸니? 확실히 벌렸니? 아빠는 분명 그렇게 물었었다.

사장은 70대 중반에 췌장암 진단을 받았다. 그리고 그 무렵 이미 부사장이 되어 경영 일을 배우던 아들에게 회사 일을 완전히 넘기고 치료에 전념

했다. 사장이 치료를 포기하고 호스피스 병동에 들어갔을 때 마지막 인사를 하러 갔다. 그때 나는 친환경 목제 가구와 미니멀리즘의 유행에 따라 새로 만든 가구 사업부를 꽤 성공적으로 이끌고 있었다. 간병인이 자리를 비운 사이 사장에게 물었다. 혹시 제가 일본에 있는 어떤 분에게 연락을 드리기를 원하세요? 건방지게 함부로 넘겨짚은 질문이었다. 핀잔을 각오한 질문이었는데 사장은 의외로 순순하게 대답했다. 구 부장, 우리는 말이야. 서로 기다리지 않기로 했어. 처음부터 그렇게 약속하고 만났어.

그 무렵 20대 초반의 나와 50대 중년 홀아비였던 사장 사이를 둘러싼 불미스러운 소문은 회사 창고 깊숙이 처박힌 지 오래였다. 이제 회사 안에 떠도는 내 별명에는 '처녀 가장'은 고사하고 '노처녀'처럼 성적인 뉘앙스를 풍기는 단어도 완전히 사라져버렸다. 그나마 성별을 암시하는 별명은 '억척 아줌마' 정도? 가장 경악했던 별명은 '불알 없는 남자'였는데, 뭐 그것도 이제 그러려니 했다. 그런데 사장이 죽고 나서 변호사가 공개한 유언장에 내 이름이 언급되었다는 소식이 퍼지자 다시금 나와 사장의 관계를 의심하는 숙덕거림의 파도가 한 차례 회사를 휩쓸고 지나갔다. 그러나 요란한 술렁임과 현 사장의 역력한 긴장이 무색할 정도로 사장이 내게 남긴 유산은 소박했다. 사장은 자신의 환갑을 기념해 사장실 안쪽에서 직접 오동나무로 서랍장을 만드는 일에 골몰했었다. 노인의 고요한 취미 생활이라고 하기엔 꽤 열심히 만들었던 기억이 난다. 사장은 온갖 기구가 갖춰진 작업장에 가지 않고 자신의 방에서 그 모든 일을 천천히 해결했다. 결재를 받으러 사장실에 들어가면 늘 나무 냄새가 고여 있었다. 방금 깎은 연필 냄새. 바닥에 툭 떨어진 대팻밥이 피워올리는 향. 작업 내내 사장의 표정은 편안했다. 사장은 그 서랍장을 내게 주라고 유언장에 썼다.

현 사장이 뒤에서 지켜보는 가운데 서랍장을 열어보았다. 사장이 입원 전에 정리를 끝냈는지 서랍 안에 든 건 별로 없었다. 몇 년에 한 번씩 회사 홍보용으로 제작했던 브로슈어와 직원용으로 제작한 다이어리, 수첩, 문구

등이 연도별로 정리되어 있었는데, 전부 내 책상 서랍에도 똑같이 들어 있는 것들이었다. 나는 현 사장에게 보여주듯 내용물을 하나씩 꺼내 탁자 위에 늘어놓았다. 별다른 귀중품이나 중요 서류 같은 게 없다는 걸 확인한 현 사장이 눈에 띄게 안도하며 말했다. 우리 아버지, 구 부장 누님을 정말 딸처럼 여겼나 보네. 왜, 딸이 생기면 오동나무를 심었다가 시집갈 때 그 나무로 장을 만들어 보낸다잖아요? 뭘 저렇게 열심히 만드시나 했더니 처음부터 누님한테 물려줄 생각이었어. 우리 누님, 지금이라도 빨리 시집가셔야 하는 거 아냐? 현 사장은 저 아쉬울 때만 나를 누님이라고 불렀다. 어울리지도 않는 너스레를 떠는 현 사장의 말을 들으며 나는 현 사장 역시 오래전 나와 제 아버지를 둘러싼 소문을 들은 적이 있구나, 직감했다.

회사 용달차를 빌려 서랍장을 집으로 옮겼다. 나 혼자 사는 집에서 다시 서랍장을 열어보았다. 맨 아래 서랍을 밖으로 완전히 뺐다. 사장이 거기에 비밀 공간을 만들 때 보여준 적이 있다. 손을 더듬어 서랍 바닥의 돌출 부분을 누르자 딸깍 소리와 함께 비밀의 공간이 열렸다. 거기 봉투 세 개가 딱 맞게 들어가 있었다. 하나는 오만 원권 지폐가, 또 하나는 만 엔 지폐가 들었는데 둘 다 꽤 두툼했다. 한화와 일화를 모두 합치면 내 연봉 정도의 금액이 되었다. 나머지 두 개보다 작고 얇은 봉투에는 사진 한 장이 들어 있었다. 사장을 처음 만났을 때 이미 늙은 남자라고 여겼는데, 오랜만에 보는 사진 속 사장은 꽤 젊었다. 거대하게 쌓인 둥근 통나무 단면들을 배경으로 사장과 사토 상이 서 있었다. 사토 상은 카메라 쪽을 보고 활짝 웃고 있고 사장은 방심한 표정으로 옆의 사토 상을 곁눈질하고 있었다. 20년도 더 전에 내가 몰래 셔터를 눌렀던 사진들 가운데 한 장일 것이다. 왜 나였을까? 이 사랑의 목격자이자 증언자로 하필이면 왜 나를 선택했을까? 그날 밤 나는 사토 상에게 편지를 써야 할지 밤새 생각했다.

통나무 위에서 바라보는 노을은 형체 없는 내 영까지 물들이며 붉었다. 영 상태로 나는 물기도 없이 울었다. 지금쯤 내 자궁도 저렇게 붉은 모습으로 검체가 되어 스테인리스 그릇에 담겨 있겠지. 인제 그만 돌아갈까? 약간의 무게를 잃었을 내 몸에. 영과 몸이 하나가 되어 찾아가볼 곳이 떠올랐다.

가게 이름은 구루미(胡桃)였다. 처음 사장이 일본 지폐가 든 봉투를 건네며 24시간의 자유를 주었을 때 나는 당장 뭘 해야 할지 알 수 없어 당황했다. 일본어가 능숙하지 않아 겁이 나기도 했다. 출장 첫해 자유시간은 호텔 주변을 걷다가 아무 식당에나 들어가 밥을 먹고 아무 커피숍이나 들어가 커피를 마시며 심심하게 흘려보냈다. 출장이 반복될수록 그 시간을 알뜰하게 쓰고 싶어 미리 계획을 세웠다. 도쿄 시내 관광지를 전부 훑었고 유명 식당과 디저트 가게를 섭렵하기도 했다. 10년쯤 그 패턴이 반복되니 지겨워졌다. 만사가 귀찮아 호텔 방에 틀어박혀 종일 자다 온 해도 있었다. 30대 중반부터는 그 시간을 조금 편안하게 보내기로 했다. 지하철을 타고 낯선 역에 내려 그 동네를 천천히 산책하다 마음을 끄는 식당에 들어가 동네 사람들 사이에 섞여 밥을 먹고 눈에 띄는 서점에 들어가 그림책을 한 권 사서 역시 마음을 끄는 커피숍에 들어가 커피를 마시며 책을 보는 패턴이었다. 좁은 골목에 작은 집들이 다닥다닥 붙은 동네는 낯설면서도 어딘가 익숙했다. 그 패턴을 5년 정도 반복했을 때 카페 구루미를 발견했다. 고양이 한 마리가 '구루미'라는 글자와 호두 그림이 그려진 나무 입간판 옆에 엎드려 자고 있었다. 가게 안에서 커피 향과 나무 냄새가 풍겼다. 방금 깎은 연필 냄새. 막 바닥에 떨어진 대팻밥의 냄새. 아담한 가게 안에 작은 목공예 소품이 걸려 있었다. 주인은 커피도 팔고 목공예 소품도 판다고 말하며 쑥스럽게 웃었다. 나는 그 후로 매년 그 가게에 갔다. 그 사람이 만든 커피를 두 잔씩 마셨고 그 사람이 만든 빵을 밥 대신 먹었다. 그 사람은 부드러운 음성으로 내가 사 간 그림책을 읽어주고 내가 이해하지 못하는 문장은 쉽게 풀어 설명해주었다. 그럴 때면 어느새 낯을 익힌 고양이가 우리 옆에 앉아 골골거렸다. 그 고양이의 이름은 길었다. 구루미 라떼 아로니아 바로네즈 3세랍니다. 그 사람이 그림책을 읽어줄 때처럼 다정하게 설명했다. 고양이의 털은 하얀 우유 거품과 에스프레소가 섞여가는 라떼 색깔이었다. 이 고양이는 근처 아로니아 농장에서 구조되었어요. 형제들에게 따돌림을 당했는데 어미가 외면했대요. 지브리 애니메이션을 무척 좋아하는 우리 어머니가 〈고양이의 보은〉에 나오는 바론처럼 반드시 남작 칭호를 붙여줘야 한다고 고집했는데 이 아이가 여자애라서 바로네즈 3세가 된 거예요. 물론 바로네즈 1세는 어머니지요. 구루미는 가게 이름을 딴 거고요? 그 사람이 나를 말갛게 바라보더니 수줍게 시선을 돌리며 말했다. 예, 내 이름이기도 하고요. 나는 가게를 나올 때마다 내년에 또 올게요, 라고 인사했다. 언젠가는 크게 용기를 내어 내가 묵는 호텔과 방 번호를 알려주었다. 밤에 만난 그 사람의 몸은 따뜻하고 둥글었다. 다음 날 아침 헤어지면서 그 사람이 처음으로 물었다. 내년에도 또 오나요? 나는 고개를 끄덕였다. 나는 그다음 해 일본에 가지 않았다. 사장과 달리 나는 그 사람을 기다리게 했다.

내 몸은 회복실에 가 있었다. 간병인이 내 뺨을 톡톡 치며 나를 깨우고 있었다. 일어나요. 얼른 깨어나서 호흡해야지. 정신 차려요. 나는 회복실 천장에서 그 모습을 물끄러미 내려다보며 있지도 않은 영의 뺨을 어루만졌다. 21그램 더하기 자궁의 무게만큼 가벼워진 내 몸이 억울하게 뺨을 맞고 있었다. 나는 그런 내 몸을 구해줄 생각도 없이 그저 이런저런 것들의 무게가 궁금했다. 사토 상 미소의 무게. 그 사람 기다림의 무게. 사장이 나를 선택했을 때 내게 부려놓은 소문의 무게. 아버지가 돌리던 자전거 바큇살 사이의 무게. 우리 구은정 양, 다리 벌렸니? 소희 언니가 별안간 터뜨린 눈물의 무게. 내 안에 새로 생긴 빈자리의 무게. 그 없어짐의 무게.

톳.

풋.

어디서 나무 익는 소리가 들린다. 들어낸 자리에 무엇이 드러났을까. 지금 내 몸은 뭐라고 말할지 물어보러 가야겠다.

어떤 몸의 역사와 나아가는 몸

노태훈 문학평론가

평소에는 잘 의식하지 못하다가도 불현듯 인간은 '몸'을 가진 존재라는 것을 깨닫게 될 때가 있다. 생각대로 몸이 움직여주지 않는 사소한 상황에서부터 질병과 고통이 삶을 온통 잠식하게 되는 순간까지 몸은 기어코 그 실체를 드러내고 그제야 우리는 엄연한 육체성을 자각하게 된다.

50년이 넘는 세월을 견뎌온 중년의 몸을 내려다보고 있는 사람이 여기에 있다. 평균적인 여성에 비해 조금 덩치가 큰, 그래서 '거인'이나 '여장부', '장사' 같은 별명을 달고 살았으며, 누구나 그렇듯 노화를 겪으며 신체적 마모와 손상에 직면해 있는 '구은정'은 지금 수술대 위에 누워 '자궁'을 들어내고 있다. 수술 시작과 동시에, 마치 나무가 익어가며 틈을 만들어내는 소리와 비슷하게 '슷' 혹은 '붓' 하고 떠오른 구은정의 영혼—일단 이렇게 부를 수 있다면—은 생을 반추하는 여정을 시작한다.

마음을 다쳐서 결국 몸도 제대로 쓰지 못하게 된 아버지 때문에 남동생 둘을 둔 장녀 구은정은 고등학교를 졸업하자마자 한 목재 회사에 취직하게 된다. 그곳에서 평생을 일하게 되리라고는 전혀 짐작하지 못한 채로 그는 총무부의 '양소희'와 회사의 '사장'을 만나게 된다. 특히 다정한 남자를 만나 행복한 가정을 꾸리려 했던 소희 언니는 잘록한 발목과 다소곳한 어깨선을 가진 '여성'이었고 구은정은 그녀를 '사랑'해 마지않았다. '몸 고생'과 '맘고생' 사이에서 고민하던 소희 언니는 결국 사장과 그의 관계를 오해하며 인연을 끊게 되는데 "그래서, 너는, 행복하려고, 늙은 홀아비 앞에서, 다리를 벌렸니?"(320쪽)라는 소희 언니의 말은 그에게 하나의 기억을 떠올리게 한다.

아버지가 어린 딸을 자전거 뒤에 태우면서 다치지 않게 조심하라고 늘 확인차 내뱉었던 말, 그 다정하고 아름다운 기억 속 말 역시 "은정이, 다리 벌렸니?"(321쪽)였다는 것을, 그 말의 함의에 의해 자신의 기억이 왜곡되어 있었음을 그는 뒤늦게 깨닫는다. 다리를 벌리는 것이 단순히 몸의 움직임을 표현하는 것을 넘어 부정적인 성적 뉘앙스를 담게 되고, 끝내 이런 식으로 마음을 다치고 훼손하게 되는 장면은 몸의 언어가 마음과 따로 떨어져 있을 수 없다는 방증이다. 이를테면 소희 언니가 무당에게 두 남자 중 누구를 선택해야 할지 묻자 "이놈하고 살면 맘고생, 이놈하고 살면 몸 고생"(314쪽)이라며 돌아오는 대답은 소희 언니가 둘 중 누군가를 '고르는' 것이 아니라 사실상 하나의 선택을 강요받는 중이라고 봐야 할 것이다. '양소희'는 "혼자 행복하게 살"거나 "언니가 좋"(320쪽)은 '나'와 함께 사는 일을 상상할 수 없는 여성이었고, 그것은 물론 그다지 특별한 경우가 아니었다.

소설의 또 다른 한 축인 '사장'의 일본 출장, 그리고 '사토 상'과의 관계는 이성애로 상징되는 정상성의 세계에 여전히, 그리고 항상 이상한(queer) 사람들이 존재했음을 보여준다. 은밀한 추문과 불쾌한 수군거림 뒤에서 오히려 안심하면서, 외골수라든가 특이하다는 말을 감수하면서 자신을 지켜온 사람들이 있었던 것이다. 일본 출장에서 전전긍긍하던 사장의 모습과 이를 여유롭게 지켜보며 미소를 짓던 사토 상의 모습처럼, 그리고 이 모든 것을

'카메라'의 눈으로 관찰하던 '나'의 시선처럼, 진실은 이처럼 한 발짝 물러서서야 그 실체를 드러내기도 한다.

'퀴어하다'는 것은 늘 '몸'에 관한 고민을 촉발하게 만든다. 두 가지의 성별을 넘어 우리 모두의 몸이 전부 '다르다'는 것을 깨닫게 되면 그 고민은 한층 복잡해지는데, 특히 몸의 '쓸모'라는 관점에서 더욱 그렇다. '구은정'에게 자신의 몸은 평균치를 벗어난 수치 때문에 버겁고 불쾌한 시선을 감당하게 만들었지만 동시에 그 "몸을 잘 써서 식구들을 먹여 살"(307쪽)릴 수 있기도 했다. 그가 잠시나마 사랑을 나누었던 '구루미'의 "몸은 따뜻하고 둥글었"(325쪽)으며 구루미에게도 아마 다르지 않았을 것이다. 이처럼 몸은 누구에게나 완벽하게 들어맞는 옷은 아니지만 '긍정'하고 받아들일 수 있을 때, 분명한 편안함을 느끼게 한다. '구은정'에게 자궁은 그야말로 쓸모없는 몸의 일부였지만 그는 그것을 "나름 친한"(307쪽) 장기로 긍정하며 또 그저 껍데기이거나 "쓸모를 유예당한 빈 자루"(308쪽)로만 자신의 몸을 내려다보지 않으려 노력하기도 한다. 이럴 때 몸은 자신의 정체성과 '화해'할 수 있다.

소설이 시작되면서 줄줄이 나열되는 중년 여성의 몸에 나타나는 온갖 증상과 병명들은 단지 노화의 증거가 아니라 하나의 몸에 매달려 있는 '이름'들이 그토록 많다는 것을 보여준다. 특히 그것이 '여성'의 몸이라면 그 이름은 길어질 수밖에 없다. 자신의 정체성을 드러내기 위해 "구루미 라떼 아로니아 바로네즈 3세"(325쪽)라는 긴 이름을 붙여야 했던 그 '고양이'처럼, 남성이 디폴트 값인 사회에서 여성은 늘 어떤 것을 덧붙여야 명명이 가능해진다. 그것은 성적 소수자를 포함해 신체적 질병이나 장애를 가진 사람들에게도 마찬가지이다. 소수자일수록 자신을 설명하기 위해 길고 많은 이름들이 필요하기 때문이다. 그럼에도 불구하고 이 소설은 누군가에게 반드시 자신의 존재를 설명하거나 증명해야 한다고 말하고 있지는 않다. 사장은 "우리는 말이야. 서로 기다리지 않기로 했"(322쪽)다며 조용히 세상을 떠났고 '나' 역시 삶의 무게를 굳이 측정하고 비교하기보다 나무처럼 익어 가기를 택한다. 이 소설 전반에 식물의 몸, 즉 나무가 배치되어 있는 이유가 거기에 있다. 잘리고 갈라지며 변형되었다고 하더라도 그 변형은 나무라는 본질을 훼손하지 않는다. 나무의 몸에 남는 시간의 흔적은 어느 것 하나 같지 않지만 그것은 말 그대로 자연스럽다.

자기 몸을 내려다보는 영혼의 시선은 통상적으로 육체의 죽음을 의미하지만 '구은정'의 영혼은 회복실의 몸으로 다시 돌아간다. 아마도 그는 또 조금씩 익어갈 것이다. 그리고 어쩌면 "영과 몸이 하나가 되어 찾아가볼 곳"(324쪽)으로 향하게 될지도 모르겠다. 이 소설은 삶을 돌아보는 전형적인 도식을 따르면서도 회한의 정서에 머무르지 않고, 나아가려 하고 있다. 몸의 일도 다르지 않을 것이다. 몸은 만들어지고, 자라고, 바뀌고, 약해지고, 사라진다. 영원히 남아 있거나 완벽하게 존재하는 몸도 없고, 더 낫거나 쓸모없는 몸 역시 없다. "들어낸 자리에 무엇이 드러"(326쪽)날 것이고 생장이 멈추면 자연스럽게 부패할 것이다. 그렇게 몸은 나으면서 나아간다.

답신

최은영 2013년 『작가세계』 신인상에 당선되어 작품 활동 시작. 지은 책으로 소설집 『쇼코의 미소』 『내게 무해한 사람』, 장편소설 『밝은 밤』이 있음.

답신

1

오랜만에 펜을 들어 너에게 편지를 써.

막상 글을 쓰려고 보니 무슨 이야기를 먼저 해야 할지 모르겠다.

네 나이 때는 하루에 한 쪽이나 두 쪽의 일기를 꼭 써야 잠들 수 있었어. 그러다 나이가 들면서 일기의 길이는 점점 줄어들었고 요즘에는 그날 어떤 음식을 먹었는지, 어떤 손님을 만났는지 같은 내용을 짧게 메모하는 수준이야. 오늘이 어제와 달랐고 또 내일과도 다를 거라는 근거를 적어두는 거지. 기록하지 않으면 하루하루가 같은 날이 되어, 하나의 덩어리가 되어 한꺼번에 삭제될 것 같은 두려움이 있거든. 아마 수감 생활을 하면서부터 그런 마음이 들었던 것 같아. 나는 그때 그 어느 때보다도 많은 글을 썼다.

넌 지금 어디에서 어떻게 살아가고 있을까. 가끔은 너에 대한 미련이 들다가도 네가 나를 완전히 잊어버릴 수 있는 나이에 나와 헤어져서 다행이라는 생각이 들어. 상처가 나도 금방 회복할 수 있는, 살아온 모든 시간을 망각 속에 던져버릴 수 있는 나이에 너는 나를 떠나보냈지.

　나도 네 살 무렵에 헤어진 엄마에 대한 기억이 전혀 없어. 언니의 말을 통해 엄마가 어떤 사람이었는지, 우리가 엄마와 어떤 시간을 보냈는지 추측할 뿐이었지. 내가 기억하는 어린 언니는 엄마와 다시 만날 날을 희망하고 있었어. 시간이 지나 그 기대가 꺾이고 꺾여 더는 꺾일 것이 남아 있지 않았을 때부터 언니는 엄마가 애초에 존재하지 않았던 사람이라는 듯이 말하곤 했어. 엄마에 대해서라면 아무것도 기억나지 않는다면서. 그건 내가 처음으로 알아차린 다른 사람의 거짓말이었지. 언니의 그런 거짓말을 들을 때면 마음이 아팠지만 한편으로는 엄마에 대한 기억이 남아 있는 언니가, 나보다 3년을 더 엄마와 보낸 언니가 부럽기도 했던 게 솔직한 마음이었던 것 같아.

　아주 오랜 시간 나는 우리를 두고 떠난 엄마를 미워했어. 파렴치에 뻔뻔하고 양심도 없는 사악한 인간이라며 저주했던 시간도 있었지. 그때는 엄마에게 모든 문제의 원인을 돌리는 것이 내 인생을 가장 합리적으로 설명하는 방법이었던 것 같아. 내게 벌어진 많은 일들, 나의 선택들, 내가 감당해야 했던 순간들을 나는 모두 그 이유로 쉽게 설명할 수 있었어.

　수감 생활을 하면서 나는 많은 것들을 떠나보내야 했어. 나에게는 전부와 다름없었던 언니와의 관계, 평범한 20대 초반의 인생, 어려서부터 꿈꿨던 미래……. 하지만 엄마에 대한 증오는 쉽게 보낼 수가 없었지. 그 마음 때문에 오래 힘들었던 것 같다. 그렇게 시간이 지나고 엄마가 우리를 떠났던 나이보다 더 나이가 들어서야 나는 엄마를 엄마가 아닌 어떤 한 사람으로 바라볼 수 있었던 것 같아. 우리를 떠났을 때 엄마는 고작 스물일곱이었어. 그리고 다른 삶을 원했지. 안전해지기를 원했고.

　나는 이제 나보다 한참 어린 여자애를 바라보듯이 내 마음속 엄마를 바라봐. 어리고, 슬프고, 고립되고, 실제로 힘이 되어줄 사람 하나 없는, 자기편 하나 없는 어린 사람을 봐.

　엄마와 아빠가 헤어지고 우리는 고모할머니의 손에서 자랐어. 아빠는 여기저기로 일을 하러 다녔고 짧게는 며칠, 길게는 1년 집을 비웠지. 언니와 나는 아빠를 좋아했어. 다가가서 직접적으로 애정 표현을 하지는 못했지만 아빠의 지척에서 같이 놀이를 하고 농담 따먹기를 하면서 아빠가 우리의 이야기를 듣는지, 우리를 보고 있는지 살폈지. 아빠가 우리를 재미있는 아이들, 귀여운 아이들로 봐주기를 바랐던 것 같아. 작은 관심이라도 보여주면 기쁠 것 같다는 기대가 있었어. 과장되게 웃기도 하고 재미있게 노는 척을 하면서 곁눈으로는 아빠가 어떤 반응을 보이는지 살폈지. 아빠가 가끔 피식 웃어주기라도 하면 마음이 둥글게 부풀어오르는 것 같았어.

고모할머니 말에 따르면 언니는 아빠를 닮고 나는 엄마를 닮았대. 언니는 정말 한눈에 봐도 아빠의 딸이었지. 이목구비의 일부가 닮은 정도가 아니라 그냥 아빠의 얼굴을 한 작은 여자아이처럼 보였으니까. 언니와 내가 아빠를 의식하지 않는 척하면서 놀 때 나는 언니가 아빠에게 어떤 모습으로 보이고 싶어 하는지 느낄 수 있었어. 언니로서 동생과 잘 놀아주고, 명랑하고, 웃음이 많은 아이로 보이고 싶어 한다고, 아빠가 자신을 좋아해주기를 바란다고.

아빠는 언니와 나에게 공평하게 무심했지. 우리에게 별다른 애정이 없었으니까. 그런데도 언니는 아빠가 나를 편애했다고 말하곤 했어. 언니가 왜 그런 생각을 하는지 나도 이해하지 못하는 건 아니야. 아빠는 언니만을 지목해서 수치심을 줬으니까.

어느 날인가 언니가 가수 흉내를 내면서 노래를 불렀어. 아빠의 관심을 끌어보겠다고 그런다는 걸 나는 알았지. 가만히 언니의 노래를 듣고 있는데 아빠가 언니를 보면서 그러는 거야. 천박하다고, 어디서 그렇게 천박하게 노래를 부르냐고. 언니는 그때 고작 열 살이었어. 나는 천박하다는 말의 뜻을 몰랐고, 언니도 그 말의 뜻을 정확히 알지는 못했을 거야. 하지만 아빠의 목소리를 들으면서 우리는 그 말이 무엇인지 가슴으로 이해했어.

미스코리아 대회 놀이를 했던 날도 떠올라. 우리는 발뒤꿈치를 들고 허리에 두 손을 얹고서 종이로 만든 왕관을 서로에게 씌워줬지. 그때 아빠가 언니의 이름을 불렀어. 화가 난 말투. 아빠가 언니를 손가락으로 가리키면서 말했지.

"네가 지금 무슨 짓을 하는지 알고 있냐? 부끄럽지도 않아? 그런 고급 창녀가 되고 싶은 거냐?"

그 말을 들은 언니의 얼굴이 붉어지던 모습을 기억해. 언니는 창녀라는 말을 알았을까. 그 말의 사전적인 의미를 몰랐더라도 언니는 마음으로 그 말의 의미를 알았으리라고 생각해.

그때 나는 여덟 살 아이였지만 창녀라는 말을 들어본 적이 있었어. 언젠가 고모할머니와 목욕탕을 다녀오다가 골목에서 담배를 피우는 젊은 여자들을 본 적이 있었거든. 젊은 여자가 담배 피우는 건 처음 봐서 멀뚱히 바라보고 있으니까 고모할머니가 나보고 고개를 돌리라고 하더니 담배는 창녀들이나 피우는 거라고 말했어.

나는 모르는 단어를 물어보는 걸 즐겼지만 어쩐지 그 단어를 물어서는 안 된다는 생각이 들더라. 할머니가 그 말을 할 때 내게 밀려오던 낯설고 두려운 느낌의 정체를 알고 싶지 않아서였어. 창녀라는 말이 내게서 아주 멀리 있으면서도 사실은 나와 관련된 말이라는 생각이 뇌리에서 사라지지 않았거든. 그러다 아빠가 언니에게 고급 창녀가 되고 싶냐는 말을 했을 때 나는 그 단어가 내게 한 발짝 더 다가오는 걸 느꼈고 그 말과 연결된 나의 존재가 불편하고 불쾌하게 느껴졌어. 시간이 지나서 그런 감정을 수치심이라고 부른다는 걸 알게 됐지.

맞아. 아빠는 그런 식으로 언니만을 지명하여 상처를 줬어. 하지만 나도 상처받지 않았던 건 아니야. 나는 내 존재를 언니와 떨어뜨려서 생각해본 적이 없었으니까. 나는 아빠가 언니를 그런 식으로 벌줄 때 나 또한 벌주는 거라고 생각했어. 언니는 언니 자신이 아니라 우리의 대표자였으니까.

아빠가 언니를 바라보던 눈빛이 기억나. 못마땅한 표정. 가끔은 묘하게 웃기도 했는데 그런 얼굴을 볼 때면 얇은 칼로 마음의 껍질이 벗겨지는 기분이 들었어. 말 그대로 아팠지. 그런데도 우리가 달라지면 아빠의 태도 또한 달라질 거라고 언니도 나도 꽤 오래 믿었던 것 같아. 그래서 아빠의 눈치를 살피며 호감을 얻으려고 노력했었어.

고모할머니는 아빠 같은 사람이 없다고 했어. 우리를 위해서 전국을 돌아다니며 돈을 버는 데다 우리가 유난스럽게 굴어도 절대 손찌검하지 않는다는 말이었지. 우리는 맞는 게 당연한 건데도 맞지 않으니 그것으로 감사하게 생각해야 한다는 거였어. 어린 시절에는 정말 그렇게 생각했던 것 같아. 아빠 또한 자신이 우리에게 최대치의 자애를 베풀었다고 생각했을 거야.

어느 순간부터 우리는 더 이상 아빠의 관심을 받으려고 노골적으로 노력하지 않았어. 그래봤자 소용없고 상처만 받을 뿐이라는 걸 알아버렸으니까. 우리는 떠들다가도 아빠가 집에 들어오면 입을 닫았어. 살얼음판 위를 걷듯이 조심해서 행동했지.

아빠에게 우리가 원하지 않았던 짐이었다는 걸 이제는 잘 알아. 그 사실을 인정하지 못했을 때는, 심지어 인정하고 난 이후에도 나는 내가 무엇을 원하는지보다는 다른 사람들이 내게서 무엇을 원할지 집중했던 것 같다. 내가 뭘 좋아하는지도 잘 알지 못하면서 다른 사람들이 좋아할 사람이 되기 위해서 애썼어. 어린 시절에 나에 대한 부정적인 반응을 오래 받아들여서인지 나는 내가 결코 타인에게 호감을 살 수 없는 사람, 멸시받을 만한 사람이라는 이상한 믿음이 있었거든. 그럴수록 남들에게 더 맞춰주고 남들이 나를 더 좋아하게 하려면 어떻게 해야 할지 매번 고민했지. 그렇게 내가 뭘 좋아하는지, 뭘 싫어하는지도 모르는 채로 남들이 하자는 대로 끌려다니고 남들의 욕구를 충족시키느라 나의 욕구를 무시했던 것 같아. 그때 내가 느꼈던 가장 큰 두려움은 다른 사람들이 내게 실망하는 거였어. 나는 절대로, 절대로, 누군가의 짐이 되고 싶지 않았어.

　언니는 고등학교에 들어가서부터 방과 후에 피자집 아르바이트를 시작
했어. 피자집은 언니의 학교에서 버스를 타고 20분 거리에 있는 번화가에
있었지. 나는 흰 블라우스에 검은 치마 유니폼을 입고서 일하는 언니의 모
습을 피자집 통유리창을 통해 멀리서 가끔 훔쳐봤어. 그곳에는 어른처럼
보이는 다른 여자 아르바이트생 두 명이 더 있었고 부엌에서 일하거나 배
달을 하는 남자 아르바이트생들도 종종 보였어. 그 사람들과 언니는 밝게
웃으면서 이야기를 했어. 손님들에게 메뉴판을 전해주고 주문을 받는 모습
도 환해 보였지. 그때 내 눈에 언니는 이미 어른이었어.

　일을 마친 언니가 피자를 가져와서 고모할머니와 언니와 내가 나누어 먹
던 밤들이 기억나. 언니는 그렇게 돈을 벌어다가 내게 버스 회수권을 사주
고 매점에서 빵 사 먹으라고 용돈을 줬다. 아침에 일찍 일어나서 나와 자신
의 도시락을 싸기도 했지.

　중학교 2학년 겨울에 언니가 내게 오리털 파카를 사주고 나서야 나는 내
가 추위를 심하게 타는 편이 아니라 단지 그전에 충분히 따뜻한 옷을 입지
못했을 뿐이라는 걸 알았어.

　언니는 언제부터 그를 만났을까. 그는 늘 우리 집 골목 앞 큰길에서 언니
를 내려줬어. 검은색 세단이었지. 평범한 세단이었지만 번호판이 내가 태
어난 연도여서 알아보는 것이 어렵지 않았어. 어느 날 인도로 걸어가는데
언니가 차에서 내린 거야. 언니가 조수석 문을 열고 나오는 순간 언니를 올
려다보는 남자의 얼굴이 보였어. 내가 그를 처음 본 순간이었지.

　나와 마주친 언니는 안절부절못했지. 내가 묻지도 않았는데 학교에 갔다
가 우연히 만난 교련 선생님이 차에 태워줬다고 말하더라. 나는 대답 없이
땅만 보면서 집으로 걸어갔어.

"너 왜 그래?"

"아니야."

나는 조용히 대답하고 화장실로 들어가서 한참 동안 시간을 보냈어. 머리가 뜨거워지고 입이 말라서 찬물로 세수를 하고 손바닥에 물을 받아서 몇 번이나 마셨어. 그런데도 열기가 식지 않더라.

언니는 투명한 사람이었어. 뭐든 잘 숨기지를 못했지. 거짓말에 서툴렀어. 언니가 내게 거짓말을 하는 걸 나는 늘 빤히 알아볼 수 있었어. 나는 언니보다 세 살 어렸지만 약고 눈치가 빨랐거든. 나는 아무리 적게 잡아도 30대로 보이던 남자의 얼굴을 떠올렸어. 그 이후로도 나는 여러 번 그 차가 큰길에 서고 언니가 그곳에서 내리는 모습을 봤다.

어른이 된 지금, 길을 걷다 교복을 입고 지나가는 여자아이들을 보면 놀라운 마음이 들어. 어떻게 저렇게 어린 아이들을 이용할 수 있지? 그저 지켜줘야 할 아이들일 뿐이잖아. 하지만 어렸을 때의 나는 그렇게 생각하지 않았어. 대체 얼마나 까졌으면 자기 교사랑 놀아? 미쳤어? 더러워. 난 그게 다 여자애들의 잘못이라고 생각했지. 얼빠지고 정신이 나가고 멍청해서 그런 짓을 하고 다닌다고 믿었어. 나의 언니는 그런 사람이 되어서는 안 됐어. 아닐 거야. 언니는 그런 사람이 아닐 거야. 나 자신을 열심히 설득하려 했지만 언니는 자신을 숨기는 일에 서툴렀고 나는 그런 언니에게 분노를 느꼈어. 이럴 거면 제대로 숨기기라도 해. 마음속으로 소리쳤지.

언니는 고등학교에 들어갈 때만 해도 장학생으로 대학에 가서 은행원이 될 거라는 말을 했었어. 언니는 수학을 잘했고 꼼꼼했으니까 나도 언니가 언젠가는 은행원이 되리라는 확신이 있었지. 언니가 고3에 올라가던 겨울이었어. 내가 언니에게 언니도 내년에는 대학생이 되겠다고 말했더니 언니가 고개를 젓더라.

"시간 낭비야."

언니가 답했지.

"언니는 대학에 가서 은행원이 될 거야."

내가 두려움을 누르면서 그렇게 말하니 언니가 답했어.

"은행원은 아무나 되는 줄 알아? 난 그만큼 똑똑하지 않아."

"아니야, 언니는 똑똑해."

나는 내 가슴이 뜨겁게 녹아내리는 걸 느끼면서 말했어.

고등학교를 졸업한 언니는 백화점 의류 매장에 취직했고 나는 고등학생이 되었지. 고등학교 1학년으로 넘어가는 겨울에 키가 많이 자랐어. 언니도 키가 컸지만 그즈음에는 고등학생인 내가 언니보다 더 커졌던 것 같아. 나도 언니처럼 아르바이트를 하고 싶었는데 언니가 나를 말렸어. 돈이야 나중에 벌면 되니까 학생으로 학생 시절을 보내기를 바란다면서. 나는 언니가 주는 돈으로 고등학교 생활을 했고 항상 언니에게 빚진 마음으로 지냈지. 언니가 여전히 그 교련 선생이라는 사람을 만난다는 걸 나는 알고 있었어. 언니의 졸업 이후 그는 다른 학교로 전근 갔지만 그의 정보를 알아내는 건 어렵지 않았거든. 그는 언니보다 열다섯 살이 더 많았어. 학생들에게 잘하고 평판이 좋은 교사라고 하더라. 조금 혼란스러웠지만 그에 관한 소문은 늘 그랬어. 나쁜 말이 없었지.

언니는 스물하나가 되던 해에 임신했어. 언니가 임신했다는 소식을 알렸을 때 아빠의 얼굴에 떠오르던 표정이 기억나. 내가 너 그럴 줄 알았다, 라는 희미한 미소. 차라리 화를 냈다면 나았을까. 언니는 우리 가족에게 아기 아빠가 되는 사람이 고등학교 교사고 그와 결혼할 거라고 말했어. 고모할머니는 언니의 등을 손바닥으로 내리치면서 부끄러움도 모르는 여자애라고, 동네 사람 창피해서 못 살겠다고 말하다가 정말로 그 남자가 책임을 지는 것이 사실이냐고 물었지. 그렇다고, 그 사람과 결혼할 거라고 확신을 담아 말하는 언니의 얼굴을 보고서야 고모할머니는 마음을 놓은 것 같았어.

얼마 뒤에 집으로 인사 온 그를 만났어. 거실 형광등 불빛 아래에서 본 그의 모습이 아직도 기억나. 목이 늘어난 회색 니트에 베이지색 면바지 차림이었는데 허벅지가 가늘어서 바지통이 남아돌더라. 학교를 다녀와서 신발을 벗고 거실에 들어섰을 때, 내가 그에게 인사를 하기도 전에 그가 나에게 말했어.

"치마를 줄인 건가?"

그게 그가 내게 처음 건넨 말이었지.

"키가 자꾸 자라서 그래요."

언니가 그의 말에 답했지. 치마는 무릎길이였고 언니가 새로 사 준 지 얼마 되지 않았던 거였어. 그는 내 치마에 시선을 고정했다. 내가 그에게 인사를 하고 옷을 갈아입겠다고 방으로 들어갈 때까지 그의 시선은 나에게서 떠나지 않았어.

그는 우리 집을 구석구석 관찰했어. 가구나 벽지, 바닥, 창틀을 둘러보는 것에 그치지 않고 고모할머니와 나를 뜯어봤어. 그는 아빠와 고모할머니 앞에서 거리낄 것 없다는 듯이 천연덕스럽게 농담을 하고 웃었지. 자꾸 말을 돌리는 것 같았어. 그런 그를 보고 고모할머니는 식에 앞서 혼인신고부터 먼저 하는 것이 좋을 것 같다고 그를 설득했어.

알겠다고, 그는 어쩔 수 없다는 식으로 답했어. 그는 아무것도 가진 것 없는 언니가 자기에게 몸만 오는 거라고 우리 가족 앞에서 반복해서 말했지. 대학 졸업장도 없고 모아놓은 돈도 없는 언니를 책임지는 게 보통 일은 아니라고 강조했어. 아빠와 고모할머니는 별말 없이 그의 말을 듣고 있더라. 그 모습을 지켜보는 내 마음이 어땠을 것 같아? 나는 내 분노를 감추는 연기를 하느라 겨우 숨만 쉬며 그 자리에 앉아 있었지. 내가 왜 그토록 화가 나는지 이해하지도 못한 채.

그가 돌아간 후 언니는 우리의 방에 들어와서 내 기분을 살폈어.

"괜찮아?"

언니는 내 눈치를 보며 말했지.

"뭐가?"

나는 미소 지으며 언니에게 되물었어. 언니는 분주하게 방 청소를 하는 나를 보며 변명하듯 말했어.

"선생님이 나한테 잘해줘."

그 말을 하는 언니의 얼굴을 보고 싶지 않아서 나는 서랍을 정리하는 척 했다.

"나한테 이렇게 잘해준 사람은 없었어."

언니는 그렇게 말하고 방을 나갔어. 나는 언니의 목소리를 들으며 그 말에 조금의 거짓도 없다는 걸 이해했어. 나는 언니에게 그렇게 기대고 그렇게 의지했으면서도 정작 언니에게 전혀 힘이 되어주지 못했구나, 언니의 허기진 마음을 조금도 채워주지 못했구나. 그런 생각을 했지만 고작 열여덟 살 아이였던 내가 뭘 할 수 있었겠니. 나는 내가 언니에게 어떤 도움을 줄 수 있는지 알지 못했어. 언니의 상처를 피부로 느끼면서도. 그건 너무 무력한 기분이었다.

상견례 자리에서 그의 어머니는 자기 아들이 발목을 잡힌 것 같다면서 언니가 임신해서 어쩔 수는 없지만 정말 난감하다고 하더라. 그의 어머니가 너무도 노골적으로 언니를 못마땅해하는 동안 그는 자기 어머니 옆에서 고개를 끄덕이며 동의하고 있었어.

참는 건 내 생존 방식이었고 나는 웬만한 일에는 감정을 완벽하게 숨길 수 있을 정도로 잘 참고 견디며 살아왔었어. 맞서 싸웠다가 일을 키웠을 때 결국 곤란해지는 건 내가 될 거라는 걸 알아서였기도 했고 나를 어떻게 건 드리든 반응하지 않고 마치 그런 일이 없었다는 듯이 무시해서 자존심을 지키고 싶기도 했던 것 같아. 그건 내가 언니를 보고 배운 처세이기도 했어. 그저 참는 것.

그런 나였는데도 언니가 그런 말들을 듣는 모습을 보는 건 참기가 힘들 었다. 더 솔직히 말하자면 그런 상황에 자기 자신을 몰아넣은 언니의 어리석음에 화가 났지. 그래, 언니를 비난할 수 없다고 애써 생각하면서도 내 마음은 그런 순간순간마다 언니를 원망했어.

언니는 결혼식 전에 내게 목돈을 건넸어. 그 돈이 내 대학 입학금과 첫 학기 등록금, 그리고 고3 1년 동안 쓸 수 있는 용돈을 합한 금액이라고 했어. 아마 언니가 모은 돈의 전부였겠지. 그 돈을 얼마나 힘들게 모았는지 알기에 선뜻 받을 수 없었지만 그 돈 없이 내 미래를 해결할 수 있으리라는 믿음이 없는 것도 사실이었어. 고등학교를 졸업하자마자 일을 해서 언니의 돈을 갚겠다는 내게 언니는 그러지 않아도 된다고, 정 갚고 싶다면 대학을 졸업하고 갚으라고 했지.

언니는 결혼하고 우리 집 근처, 그가 원래 살던 집으로 이사를 갔어. 작은 방 하나, 큰 방 하나에 거실 하나가 있는 작은 아파트였지. 기억이 시작될 때부터 언니와 같은 요에서 잠들었었는데, 한쪽이 비어 있는 요를 한 손으로 쓸어보면서 나는 언니의 부재를 조금씩 받아들였던 것 같아. 나는 어쩌다 한 번씩 언니를 만났어. 언니의 집이 가까이에 있어서 마음만 먹으면 갈 수 있었지만 그가 있는 동안에는 가고 싶지 않아서였어.

언니의 거실에는 작은 소파가 있었는데 소파 다리가 길어서 소파 아래로 남는 공간이 있었어. 그가 고개를 숙여 그 공간을 보고서 다른 바닥처럼 광이 나지 않으니 다시 닦으라고 말하던 게 기억나. 임신해서 무거운 몸으로 대걸레를 들고 가는 언니를 막고서 내가 걸레질을 했지. 그날 이후로 나는 언니의 집에 가면 늘 언니가 하기 힘든 청소를 했어.

언니의 집은 늘 추웠어. 한겨울이었는데도 그가 난방비를 아끼겠다고 보일러를 꺼놓게 해서 언니는 집에서도 파카를 입고 털모자를 쓰고 양말을 두 개 겹쳐 신어야 했어. 그가 퇴근하면 그제야 보일러를 켤 수 있다더라. 처음 그 말을 들은 내 기분이 어땠을 것 같니. 그와 마주치기 싫었지만, 말도 섞고 싶지 않았지만 나는 어느 날 퇴근한 그를 보고 임신한 사람이 사는 집에서 난방을 틀지 못하게 하는 건 잔인한 일이라고 말했어. 그는 어깨를 한 번 으쓱하더니 내가 안 보이는 사람인 것처럼 나를 지나쳐 걸어가서 텔레비전을 켰어. 그러더니 나를 보고 말하더라.

"처제, 치마 줄였어?"

나는 그의 말에 홀린 듯이 내 치마를 내려다봤어. 그사이 키가 또 자라서 교복 치마가 무릎선 위로 조금 올라가 있더라. 그는 아무 일도 없었다는 듯이 텔레비전에 시선을 고정했어. 나는 분노와 추위에 떨면서 다시 말했어. 낮에 보일러를 틀지 못하게 하는 건 잘못이라고, 언니는 임신 중이라고. 그는 어떤 미동도 없이 텔레비전을 보고 있었지.

"형부, 제 말 안 들려요?"

그에게 다가가는 나를 언니가 말렸어.

"그만하고 집으로 가."

언니는 눈빛으로 애원하고 있었어. 언니는 두려워하고 있었어. 언니의 눈을 보면서 언니를 도우려는 나의 노력이 오히려 언니에게 부담을 주는 행동이라는 걸 알았지. 나는 언니의 말대로 그 자리에서 물러났어.

며칠 후에 언니가 나를 불러서 우동을 사줬어. 나는 그날의 일에 대해서는 아무것도 말하지 않았고 언니도 그랬지. 우리는 그 이야기와 연관된 그 어떤 주제도 건드리지 않은 채로 조심스럽게 대화를 이어갔어. 우동을 다 먹고 물로 입가심을 하는데 언니가 갑자기 이런 말을 하는 거야.

"너희 형부는 착한 사람이야."

나는 언니와 눈을 마주치지 않으려고 노력하면서 이만 일어나자고 했지.

"교사 월급이 많은 것도 아니고, 나도 능력이 없으니까 돈을 아끼려고 그러는 거지 형부 자체는 착한 사람이야."

언니는 내가 그 사실을 믿어주는 것이 아주 중요한 일이라는 말투로 그렇게 말했어.

"언니가 그렇게 생각하면 그런 거겠지."

나는 빈정대며 답했어.

"너가 형부에게 너무 딱딱하게 대한다는 생각은 안 해봤어?"

"언니, 그 사람은……."

"어른보고 그 사람이라니."

나는 하고 싶은 말을 삼키고 또 삼켰어. 아무리 언니에게 내가 그에 대해 생각하고 느끼는 바를 말한다고 하더라도 언니는 듣지 않을 게 뻔했으니까. 그저 우리의 사이만 껄끄럽게 할 뿐이라는 걸 알았으니까.

"아니야, 언니. 피곤하다. 이제 집에 갈게. 언니도 가."

나는 주머니에서 핫팩 두 개를 꺼내서 언니에게 건넸어. 책가방을 메고 언니를 등진 채로 집으로 뛰어갔지. 조금이라도 언니와 함께 더 있다가는 결국 언니에게 상처 주게 될지도 모른다는 생각 때문이었어. 그 이후에도 언니는 내게 그 말을 자주 했어. 너희 형부는 좋은 사람이야, 본성은 착한 사람이야, 나에게 잘해줘. 그럴 때면 폭발할 것 같은 마음을 억누른 채로 나는 고개를 끄덕였지만 차마 언니의 얼굴을 똑바로 바라볼 수는 없었어.

2

너는 5월의 따뜻하고 맑았던 날 태어났어. 머리숱이 풍성해서 신생아실의 아이들 속에서 너를 찾아보는 건 어려운 일이 아니었지. 너는 눈을 감고 내리 잠만 잤어. 너는 무슨 꿈을 꿀까. 나는 신생아실 앞 유리창에 붙어 서서 생각했지. 특별한 감동 같은 건 없었어. 그런데도 한참을 그렇게 서서 너를 보는데 발길을 돌리고 싶지 않더라.

얼마 지나지 않아 너는 언니와 함께 집으로 왔고 쉴 새 없이 울어댔어. 어떻게 그렇게 작은 몸에서 그렇게 큰 소리가 나올 수 있을까. 널 보면 많은 것들이 궁금해졌어.

네가 자면서 배냇짓을 할 때 나는 네 안에서 분주히 세워지고 있을 네 안의 세상이 궁금했고 그곳이 어떤 세상이든 소중하게 지켜져야 한다고 생각했어. 너는 무슨 힘으로 매일매일 자라나는 걸까. 어떻게 그 작은 네가 목을 가누고 몸을 뒤집을까. 어째서 너의 잇몸에 작고 반투명한 유치가 돋아나는 걸까. 네가 너의 그 부드러운 손으로 내 손가락을 꼭 붙잡았을 때 나는 내가 너와 사랑에 빠졌다는 걸 알았지.

나에게도 자식이 있었다면 어땠을까 종종 생각하곤 해. 분명 너를 향한 마음과는 전혀 다른 종류의 감정이었겠지. 어쩌면 쉽게 짜증을 내고 까다로운 엄마가 되었을지도 모르겠어. 다른 사람의 삶을 오랜 시간, 어쩌면 죽을 때까지 책임져야 하는 일, 내가 좋아할 수 없는 내 모습을 자식에게서 문득문득 발견해야 하는 일을 내가 잘 해낼 수 있었을지 자신할 수 없어. 내가 내 아이를 얼마나 사랑하는지와 무관하게도 무겁고 복잡한 관계가 될 수밖에 없었을 거야.

나는 너를 책임질 필요도 없었고, 두 시간에 한 번씩 일어나서 너에게 젖병을 물리고 우는 너를 달래고 기저귀를 갈아줄 의무도, 열이 나는 너를 업고 병원에 갈 의무도 없었지. 그냥 가끔 언니네에 가서 언니에게 밥상을 차려주고 밀린 집안일을 돕고 너를 바라보기만 하면 됐어. 우리의 관계는 그래서 아주 단순했다. 나는 너를 좋아했고 너도 나를 좋아했지. 가끔 보면 너무 반갑고 헤어질 때는 아쉬운 사이였어.

나는 집에서 지하철로 통학할 수 있는 대학의 호텔조리학과에 입학했어. 어릴 때부터 부엌에서 살림을 해봐서 칼을 쓰는 게 익숙하다고 생각했는데 학교에 가서 칼을 쥐는 법부터 새로 배워야 했지. 나는 수업을 잘 따라갔다. 학교에서 배운 요리를 집에서 연습해 고모할머니와 같이 먹고 언니에게 가져가기도 했지. 월요일부터 목요일까지만 수업을 잡고 나머지 날에 몰아서 아르바이트를 했어. 출장 뷔페 전문점에서 채소를 다듬고 청소하는 일이었는데 같이 일하는 사람들이 모두 인정할 정도로 일을 잘했어.

언니와 다르게 나는 체격도 좋고 체력도 좋은 편이야. 성인이 되어 본격적으로 돈을 버는 일을 하는 데 나의 타고난 조건이 큰 도움이 됐지. 나는 힘이 필요한 부분에서도 밀리지 않았고, 섬세한 작업이나 정리 정돈 같은 것도 흠잡을 데 없이 하는 편이었어.

그러다 5월이 되어 너의 첫 번째 생일이 왔어. 너의 돌잔치는 그의 고향 Y군에서 열렸지. 너희 가족은 먼저 언니의 시가에 가서 며칠을 보냈고 고모할머니와 나는 시외버스를 네 시간 타고 돌잔치 당일에 Y군에 도착했어. 우리는 커다란 뷔페식당의 룸으로 들어갔어. 둥그런 테이블이 여러 개였는데 그의 일가친척이 그 많은 자리를 다 채웠더라. 우리는 언니와 그, 그의 어머니에게 인사를 했어. 다들 어느 정도의 예의를 갖춰 인사를 해줘서 이상한 감동을 받았던 기억이 나. 형식적으로 와줘서 고맙다, 반갑다, 같은 말을 했을 뿐인데도 그랬어.

언니는 크림색 모직 원피스를 입고 짙은 화장을 했는데 전보다 말라 보였어. 5월이어서 아직 에어컨을 틀 때가 아니었는데 언니의 모직 원피스는 두꺼웠고 언니는 계속 땀을 흘리고 있었지. 하얀 드레스를 입고 하얀 타이즈를 신은 네가 그런 언니의 품에 매달려서 울고 있었어. 구석에 있는 테이블에 앉아 그런 너를 바라보면서 나는 그 어느 때보다도 너와 언니가 멀게 느껴졌다.

돌잔치가 시작됐고 너는 겨우 울음을 그쳤지만 언니는 밝은 표정을 유지하는 데 실패했어. 나와 같은 테이블에 앉은 그의 먼 친척들이 그런 언니의 표정을 보고 아기 엄마가 표정이 왜 저러냐, 여자는 수더분한 게 제일이다, 삐쩍 말라서 복이 없어 보인다, 다리가 굽었다……, 그런 말을 아무렇지 않게 하더라.

그래. 그때도 나는 참을 수밖에 없었어. 돌잡이에서 너는 명주실 꾸러미를 잡았지. 그제야 언니의 얼굴에도 자연스러운 미소가 퍼졌어. 너는 건강히 오래 살 거야. 나는 생각했어. 그것만큼 중요한 게 뭐가 있겠어.

잔치가 끝나고 나는 자기 시어머니와 함께 이야기하는 언니에게 다가갔어. 오늘 고생 많으셨다고 언니의 시어머니에게도 공손하게 인사를 드렸지. 그리고 뒤돌아서 한 발자국이나 걸었을까. 나 들으라는 듯한 큰 목소리가 들렸어.

"니 동생 왜 저렇게 살쪘는데?"

나는 그 목소리를 못 들은 척 걸어서 룸을 빠져나왔지. 스무 살의 나는 사람들의 본격적인 악의에 대해서 잘 몰랐어. 언니의 시어머니라는 사람은 계속해서 말을 하는 것 같았는데 나는 빠르게 걸어 나와서 다행히도 그 뒤의 문장들은 듣지 못했지. 그러면서도 언니가 나를 따라오지 않을까 기대했던 것 같아. 마음 상한 건 아닌지 걱정된다, 그런 말 정도는 해줄 수 있지 않을까 하고. 하지만 홀을 나가서 뒤돌아봤을 때 언니는 아무 일도 없었다는 듯이 본인의 시어머니와 이야기하고 있더라. 내가 보이지 않는 사람이라는 듯이.

첫 번째 학기에서 나는 좋은 성적을 받았고 반액 장학금을 받을 수 있었어. 반액 장학금을 받았다고 언니에게 말하니 언니가 그러는 거야. 그러면 혹시 그 돈만큼을 미리 갚아줄 수 있겠느냐고. 나는 학자금 대출을 받아서 내가 모은 돈을 합쳐 언니에게 건넸어. 돈 걱정 하지 말고 취직하면 갚으라는 언니의 말은 진심이었지. 그런 언니가 내 눈치를 보며 돈을 갚으라고 하는 모습을 보면서 나는 언니에게 금전적인 어려움이 있다는 걸 느꼈고 마음이 무거워졌어.

얼마 지나지 않아서 언니의 집에 갔는데 분명 낚시를 간다고 했던 그가 거실에 앉아 있는 거야. 텔레비전을 켜지도 않은 채로 브라운관을 응시하면서 소파에 앉아 있더라. 내가 인사를 해도 그는 내 쪽을 보지 않았어. 안방 문을 열었는데 그곳에 있어야 할 언니와 네가 없었지. 그가 어정쩡하게

서 있는 나를 불렀어. 그의 앞으로 가자 그가 주머니에서 뭔가를 꺼내서 자기 손바닥에 올리고 나를 봤어. 첫눈에는 그게 뭔지 모르겠더라. 자세히 보니 고무줄로 돌돌 말아 묶은 만 원짜리 묶음이었어. 나는 이게 무슨 의미냐는 듯이 그를 바라봤지.

"처제, 이 돈이 뭐지?"

나는 고개를 저었다. 그가 뭘 물어보는 건지 이해조차 할 수가 없었어.

"이게 너네 언니 서랍에서 나왔는데……."

그 말을 하면서 그는 나를 보고 미소 지었어. 입으로만 짓는 미소. 그제야 나는 그가 나를 심문하고 있다는 걸 깨달았어. 그게 내가 언니에게 갚은 돈의 일부라는 생각이 들었지. 그가 어디까지 알고 있는지, 언니가 이 상황을 알고 있는 건지, 알고 있다면 그 돈의 출처에 대해서 어떻게 말했을지 내가 알 수 있는 건 아무것도 없었어. 나는 그래서 모른다고, 나는 모르는 돈이라고 말했다.

"그래? 너네 언니 말은 다르던데."

그는 미소를 거두고 나를 바라봤지.

"언니가 뭐라고 했는데요?"

내가 그 말을 끝내기도 전에 그는 돈뭉치를 집어 던졌어. 돈뭉치가 내 얼굴을 겨우 빗겨서 지나갔지. 그 순간 나도 모르게 실소가 나오더라.

나는 그에게 조금 더 가까이 다가가서 그의 얼굴을 빤히 내려다봤어. 두피에 딱 붙은 가느다란 머리카락이며 푹 꺼진 이마, 툭 튀어나온 눈썹 뼈 위에 듬성듬성 난 눈썹, 피로해 보이는 눈과 뾰족한 코, 연회색의 입술과 작은 턱을 봤지. 나는 그가 처음 우리 집에 인사 와서 나와 고모할머니를 뜯어보던 그 눈빛으로 그를 바라봤어. 희미한 미소를 지으면서.

"용건 있으면 알아먹게끔 똑바로 말하세요."

나는 다른 사람의 목소리를 듣듯이 낮고 갈라지는 내 목소리를 들었어. 그는 어이없다는 듯이 소리 내어 웃고 있었지만 분명히 당황한 것처럼 보였어. 그가 싫어서 최대한 그를 만나지 않으려고 애썼고, 그와 함께 있는 자리에서 그가 신경을 긁더라도 참고 피했었지. 그도 언니가 나의 약점이라는 걸 알았고. 하지만 그런 그가 몰랐던 게 있었지. 그건 내가 그를 단 한 번도 두려워한 적이 없다는 사실이었다.

그는 자리에서 일어나 자기가 집어 던진 돈뭉치를 집더니 할 말 끝났으니 집에서 나가라고 했어.

그 이후로 한동안 언니에게 연락이 오지 않았어. 언니의 핸드폰으로 전화하니 없는 번호라는 안내가 나오더라. 걱정이 돼서 언니 집 전화로 전화를 했어. 언니는 가정주부인 자신에게 핸드폰이 딱히 필요 없는 물건이라는 생각이 들어서 핸드폰을 없앴다고 했지. 고정비로 빠지는 돈을 그렇게라도 줄일 필요가 있다고 하면서. 우리는 아무 일도 없는 것처럼 일상 이야기를 했어. 그가 나를 심문하고 날 겨냥하듯 돈뭉치를 집어 던졌고, 나도 그에게 처음으로 대항했다는 말 같은 건 하지 않았지. 언니의 남편이라는 사람이 나를 그렇게 대했다고 말해서 언니를 걱정시키고 싶지 않았으니까. 언니도 자기 상황을 솔직히 이야기했다가 내가 걱정할까 봐 그런 이야기를 하지 않는 것 같았어. 하지만 그게 그때 우리가 솔직하지 않았던 이유의 전부는 아니었던 것 같아.

있는 일을 없는 일로 두는 것. 모른 척하는 것.

그게 우리의 힘으로 감당하기 어려워 보이는 상황을 대하는 우리의 오래된 습관이었던 거야. 그건 서로가 서로에게 결정적으로 힘이 되어줄 수 없다는 걸 인정하는 방식이기도 했지. 그렇게 자기 자신을 속이는 거야. 다 괜찮다고, 별일 아니라고, 들쑤셔서 더 큰 문제 일으키고 싶지 않다고.

우리가 그렇게 서로에게 많은 것들을 감추느라고 노력했던 그 시기에도 너는 하루가 다르게 자라고 있었지. 두 돌이 되자 어른들이 하는 말을 따라 하고 문장으로 네 생각을 표현하기도 했어. 내가 너희 집에 가면 너는 두 팔을 위로 쭉 펴고서 달려와 내 다리에 매달렸어. 흥분해서 소리를 지르면서. 내가 바닥에 앉아 팔을 벌리면 너는 내 품으로 쏙 들어와서 나를 안아 줬어. 내 무릎에 앉아서 나를 올려다보며 작은 손으로 내 얼굴을 만지던 너의 표정이 생각나. 기운이 얼마나 좋은지 몸을 가만히 두지 못하고 여기저기로 다니면서 소리를 질렀지. 장난감들을 가지고 놀면서도 자꾸 뒤를 돌아서 내가 널 보고 있는지 확인했어. 내가 금방 사라질 것처럼, 내가 너를 금방이라도 잊을까 봐 염려하는 것처럼.

너에게 사랑한다는 말을 몇 번이나 했을까. 내가 네 이름을 부르고 사랑한다고 말하면, 아직 말을 시작하지 못했던 때에도 너는 그 말을 다 알아듣고 웃음으로 답해줬었지. 사랑해, 내가 네게 말하면 너도 사랑한다고 내게 말하는 거야. 우리는 작은 공을 주고받듯이 사랑한다는 말을 주고받았어.

"사랑해?"

"그럼, 사랑하지."

"언제까지?"

네가 궁금하다는 표정을 지으며 그렇게 물었어. 그런 너를 보며 나는 너의 세상에 어제와 오늘과 내일의 구분이 생겼다는 걸, 사람의 감정이 변할 수 있다는 사실이 자리 잡았다는 걸 알았어. 뭐든 변하고 사라질 수 있고, 떠나갈 수 있다는 걸 세 살도 되지 않은 네가 자연스레 알고 있다는 걸.

"영원히 사랑하지."

"영원히?"

"응, 영원히. 이모가 할머니가 되고 왕할머니가 되어서도 널 사랑할 거야."

영원하다는 말을 설명할 수 없어서 나는 그렇게 말했어. 너는 아직 죽음을 몰랐지. 그래서 영원하다는 건 죽음과 무관하다는 걸, 시간의 한계를 넘어선 거라는 걸 설명할 수 없었어. 그런데도 너는 내 눈을 똑바로 바라보면서 그 말을 이해한다는 듯한 표정을 지었어. 그 이후로 그건 우리 둘이 만날 때마다 주고받는 또 다른 인사가 됐다.

사랑해.

언제까지?

영원히, 영원히.

너는 작은 사탕을 입안에서 이리저리 굴리며 녹여 먹듯이 사랑이라는 말을, 영원이라는 말을 반복해서 말하기를 좋아했어. 너는 그 말이 무엇을 의미하는지 정확히 알고 있었고 나도 네가 그 말을 완전히 이해한다는 걸 알았지. 그리고 내가 너에게 영원히 사랑한다고 말했을 때, 나도 내가 무슨 말을 하는지 알았던 것 같아. 네가 어떤 사람으로 자라든지, 앞으로 나를 어떻게 대하든지, 네가 어떤 선택을 하든지 나는 너를 사랑하리라고 느꼈던 거야.

그즈음에도 언니는 늘 나에게 그가 좋은 사람이라는 걸 증명하려고 노력했어. 내가 별다른 반응을 보이지 않으면 그렇게 말했지.

너희 형부, 그래도 애한테는 잘해. 좋은 아빠야.

내가 그 말에 동의할 때까지 언니는 그가 너에게 어떤 행동과 말을 했는지 하나하나 이야기했어. 그래, 언니. 내가 그렇게 답할 때까지 언니는 지치지 않고 그가 얼마나 좋은 아빠인지 설득하려 했지. 나도 그런 언니의 말에 설득당하고 싶었어. 그가 언니에게 좋은 사람이고, 언니의 삶이 내가 분명히 느끼는 것처럼 그렇게 힘든 것만은 아니라고 생각하고 싶어서 그랬던 것 같아. 그편이 쉬우니까.

그래, 언니.

나는 그렇게 대답하면서 언니의 말에 동의한다는 표정을 지었어.

3

마지막 학기에 나는 호텔 식당으로 실습을 다녔어. 호텔로 가기 위해서는 버스를 갈아타야 했지. 그날은 저녁 일이 있어서 버스정류장에서 버스를 기다리고 있었어. 동네의 작은 도로였지. 맞은편에 마른 여자아이가 교복을 입고 서 있었어. 모습만 봐서는 중학생으로 보였는데 고등학교 교복을 입고 있더라. 그가 일하는 학교 교복이어서 한눈에 알아볼 수 있었어. 작은 아이들은 앞으로 더 클 거니까 교복을 크게 맞춰 입잖아. 커 보이는 교복을 입고 커다란 배낭을 메고서 아이는 찻길에 눈길을 주고 있었어. 단발머리에 골격이 가늘었지.

그때 검은색 세단 하나가 그 애 앞에 섰고 그 애는 좌우를 돌아보더니 조수석에 탔어. 내가 아는 번호판을 달고 있는 차였지. 차창 안으로는 그의 얼굴이 보였어. 순간이었지만 그가 아이의 얼굴에 자기 얼굴을 가져가는 모습을 나는 멍하니 바라봤다. 나는 그대로 버스를 타고 호텔에 일을 나갔어. 내가 헛것을 봤는지도 모른다고 생각하면서. 언니는 그가 최근 야간 자율학습 감독을 한다고 했었어. 뭔가 다른 일이 있겠지. 그렇게 내 마음을 무시하며 일에 집중하려고 노력했어.

평일 오후 다섯 시, 버스정류장, 작고 마른 아이, 그의 검은색 세단. 그 모습을 내가 몇 번이나 목격했을까. 그렇게 몇 주 지나고 나는 그 여자애 쪽 도로의 버스정류장에 앉아서 그를 기다렸어. 멀리서 검은색 세단이 왔고 여자애가 그쪽으로 손짓을 할 때 나는 여자애 쪽으로 천천히 걸어갔지. 차가 멈추고 여자애가 조수석 문을 열자, 나는 그 애가 차에 못 타게 막고 한 손으로는 그 애의 팔을, 한 손으로는 차 문을 잡고서 그의 얼굴을 봤어. 그는 놀란 표정으로 나를 보면서 아무 말도 하지 못했어.

"형부 지금 뭐 하는 거예요?"

그렇게 말하고 나는 고개를 돌려 여자애를 봤지. 목까지 얼룩덜룩하게 붉어진 얼굴이 너무 아이 같아서 순간적으로 충격을 받았던 것 같아. 그 애는 나에게 팔을 잡히고서도 저항하지 않았지. 나는 그를 다시 바라봤어. 그는 여전히 놀란 얼굴로, 하지만 곧 태연한 표정을 연기하면서 입을 열었어.

"우리 반 애랑 상담할 게 있어서 그래."

그가 말을 끝내기도 전에 뒤에서 마을버스가 클랙슨을 울려댔어. 무슨 생각이었는지 나는 차 문을 닫았고 그는 내가 문을 닫자마자 자리를 떴어. 거리에는 나와, 내가 팔을 잡은 여자애만 남아 있었지. 차가 시야에서 사라지고 정신이 들자 내가 그 애의 팔을 너무 세게 잡고 있다는 생각이 들더라. 그 애가 입술을 깨물고 있는 게 신체적인 아픔 때문이라는 생각이 들어서 손에 힘을 풀고 그 애를 봤어. 키가 150은 되는지, 작은 아이가 커다란 교복 재킷을 꼭 옷걸이처럼 걸치고 있는 것 같았지.

"팔 아팠지."

내 말에 그 애는 고개를 끄덕였어. 10월 말이었는데 다리를 보니 스타킹도 신지 않은 맨다리였어. 우리는 한동안 별말 없이 서로 마주 서 있었다. 군청색 교복 재킷에 그 애의 이름이 노란색 자수로 박혀 있더라. 처음에는 당혹으로 가득하던 얼굴이 곧 체념으로, 두려움으로 굳는 모습을 나는 지켜봤어. 그 애는 어깨를 앞으로 말고서 떨고 있었어.

그 애에게 따뜻한 국물을 먹으러 가자고 했어. 나란히 한참을 걸어서 콩나물국밥집에 갔다. 국밥 두 그릇에 감자전도 시키고 따뜻한 바닥에 앉아서 한기가 물러가기를 기다렸어.

"언니……."

그 애가 나를 조심스럽게 불렀어.

"학교에 신고하실 거죠."

그 애는 둘러대거나 거짓말하지 않았지. 그래봤자 소용없다는 걸 아는 것처럼 보였어. 내가 아무 대답도 하지 않고 있자 그 애가 다시 말하는 거야.

"엄마 아빠가 알면 안 돼요."

그 애의 눈시울이 붉어졌어.

"그 사람, 다시는 학교 밖에서 만나지 마. 그 꼴 또 보이면 신고할 수밖에 없겠지."

그 애는 한동안 침묵하다 입을 열었어.

"선생님이 걱정돼서 그래요. 선생님은 약한 사람인데 힘든 일이 많아요. 혼자서는 버티기가 힘들고……."

그 애는 거기까지 말하더니 입을 다물고 물병을 가만히 바라봤어.

"선생님처럼 저에게 잘해준 사람은 없었어요."

밥이 목으로 넘어가지 않아서 숟가락으로 국물만 떠서 입에 넣었는데 아무 맛도 느껴지지 않았어. 검은색 세단에서 내리던 언니의 모습을 바라보던 중학생인 내가 느꼈던 벽을 다시 마주한 기분이었지.

"그 사람이 너한테 잘해주는데 왜 내가 학교에 알릴까 봐 겁이 나니."

"다른 사람들은 이해하지 못하니까요."

"뭘 이해하지 못한다는 거야?"

그 애는 물을 마시고 나를 가만히 바라봤어.

"저는 어린애가 아니에요."

그렇게 말하는 얼굴을 보니 초등학생이라고 해도 믿을 수 있을 정도로 어려 보였어. 그 순간 머리에 열이 오르고 누가 벽돌로 머리를 내리치는 것처럼 심한 두통이 시작됐지. 식은땀이 났어.

"넌 어린애야. 그 사람은 나쁜 어른이고. 내 나이만 돼도 알 거야. 아니, 넌 지금도 알아."

그 애는 자기의 두 손바닥을 들여다보고 있었어. 가끔씩 눈을 깜빡이면서.

"너에겐 아무 잘못이 없어. 하지만 이런 식으로 너 자신을 계속 대하는 건 너에게 못 할 짓이야. 너도 알잖아."

내가 말을 끝내기도 전에 그 애는 두 손바닥을 얼굴로 가져가서 한참을 그렇게 있었어.

"선생님은요. 그럼 선생님은 어떡해요."

나는 들고 다니는 작은 앨범을 꺼내서 그 애에게 너의 사진을 보여줬어.

네가 보고 싶을 때마다 펼쳐 보는 포켓 앨범이었지. 열 장 정도 되는 사진 중에는 그가 너를 안고 있는 돌잔치 사진도 있었어. 그 애는 그 사진을 물끄러미 바라봤어.

"이 사람은 약하지 않아. 나이도 많고, 직업도 있고, 집도 있고, 가족도 있어. 걱정할 것 하나 없어. 너에게 뭐라고 거짓말했는지는 몰라도. 이 사람, 너보다 적어도 백 배, 천 배는 더 힘이 있는 사람이야. 착각하지 마. 네가 끝내지 않으면 나는 신고할 수밖에 없어."

"신고는 안 돼요."

"너랑 그 사람 같이 찍은 사진도 있어. 나한테 말해. 그만하겠다고."

그 애는 한동안 가만히 있다가 곧 고개를 끄덕였어. 그만하겠다고, 이제 더는 그를 학교 밖에서 보지 않을 거라고. 우리는 시킨 음식을 반도 먹지 못하고 밖으로 나왔어.

밥집에서 그 애의 아파트 단지까지 데려다주면서 나는 그 애에게 내가 살아왔던 시간을 솔직하게 이야기했어. 솔직한 감정을 전하면 뭔가가 통하지 않을까 내심 기대했던 것 같아. 내가 그 애보다 잘났거나 현명해서 그 애의 삶에 충고하는 게 아니라는 걸, 누군가의 작은 호의나 관심에도 마음이 활짝 열릴 정도로 정이 고프고 외로운 마음이 무엇인지 안다고 했지. 그런 이야기를 누군가에게 터놓은 건 처음이었어. 언니에게도 그런 이야기는 해본 적이 없었으니까. 어쩌면 나는 언니에게 하고 싶던 말을 그애에게 했는지도 몰라.

"언제든 연락해."

나는 연락처를 알려주고 아파트 건물 뒤로 사라지는 그 애의 모습을 우두커니 서서 바라봤어. 그리고 집에 와서 그날 먹은 것을 다 토했다.

그래, 나는 그의 학교에 그 일을 신고하지 않았어. 내가 학교에 신고한다고 해도 그는 처벌받지 않을 거고, 그 애만 타격받으리라고 확신했으니까. 내가 학교나 교육청에 신고한다고 하더라도 달라질 게 아무것도 없다고 생각했지. 사람들이 조사한답시고 그 애에게 피해 사실을 입증하라고 상처 줬을 거고, 그런 나이 많은 남자가 어린 여자애 하나를 미친년으로 만드는 건 일도 아니었을 테니까. 차가운 벽에 코를 가까이 대고 옆으로 누워서 눈을 뜨고 매일 생각했어. 난 어디까지 참을 수 있는 걸까.

그 이후로 한동안 언니네 집에 가지 않았어. 그를 더는 보고 싶지도 않았고 언니를 볼 자신도 없어서 그랬어. 가끔 언니가 전화를 하면 아무렇지 않게 받았지만 내가 먼저 연락하지는 않았어. 언니도 내가 달라졌다는 걸 모를 수는 없었을 거야. 너도 나와 언니 사이의 분위기가 달라졌다는 걸 알았지. 어느 날은 나에게 왜 너희 집에 오지 않느냐고 물었어. 내가 사느라 바빠서 그렇다고 답하니까 네가 나를 물끄러미 바라보더라. 꼭 오래 살아본 사람의 얼굴로 너는 내 얼굴을 들여다봤어.

너는 한참을 그러고 있다가 다시 내 무릎 위로 올라와서 책을 읽어달라고 했지. 자기가 무슨 일로 나를 한참 바라봤는지 까먹었다는 듯이 깔깔대며 웃고 나와 놀았어. 너는 커서 어떤 사람이 될까. 그렇게 생각하면서 어른이 된 너와 친구처럼 대화를 나누는 나를 상상해보기도 했어.

나는 어른이 된 너를 몰라. 너도 나를 모르지. 영화관에 가서 표를 살 때나, 편의점에서 물건을 살 때, 카페에 가서 음료를 주문할 때, 계산대 반대편에 서 있는 네 또래 아르바이트생을 보면 그들이 너일지도 모른다는 생각을 하곤 해. 우리는 아무것도 모르고서 카드 결제하실 건가요, 네, 카드는 이쪽에 꽂아주세요, 네, 봉투가 필요하신가요, 아니요, 영수증 필요하신가요, 아니요, 주차 등록해드릴까요, 아니요, 안녕히 가세요, 안녕히 계세요, 서로의 눈도 마주치지 않고 인사를 하지. 만약 내 눈앞의 사람이 너라는 걸 내가 안다면, 네가 나를 몰라본다고 해도 좋다고, 그런 식으로라도 이야기 나누고 싶다고 생각했어.

너는 지금 어디에 있을까. 어떤 모습으로, 무슨 일을 하며 살아갈까.

대학을 졸업하고 나는 서울의 한 대형 호텔 조리실에 취직했어. 해산물 파트에서 일을 했지. 하루에 열 시간씩 꼬박 서서 온갖 종류의 해산물들을 다듬었어. 그래도 배운 시간에 비해서는 손이 빠른 편이기는 했는데 더 잘하고 싶은 욕심에 속도를 내다가 칼에 손이 베이기도 했어. 힘든 일이어서 여자애들은 오래 못 버틴다는 말을 들을 때마다 오기가 생겼거든. 퇴근 후에는 집 근처 초등학교 운동장에서 다섯 바퀴씩 뛰었어. 가슴이 답답한 날에는 열 바퀴도 뛰었지.

그때의 나는 술도 마시지 않았고 사람들과 어울려서 시간을 보내지도 않았어. 일하고 운동하고 집에서 쉬는 게 전부였어. 선배들은 그런 나를 보고 곰이라고 했지. 묵묵히 일만 하고 꾀를 부리지 않고 온순하다는 뜻으로 그렇게 부른다는 걸 나는 알았어. 너는 곰이 어떤 동물인지 알아? 언젠가 곰이 나오는 다큐멘터리를 보고 나는 알았어. 곰은 사람을 무서워하는 동물이야. 서로 장난을 치고 느긋하게 시간을 보내다가도 사람의 그림자라도 보이면 두려워서 피해 다니는 동물이야.

내가 일하던 레스토랑은 호텔 맨 꼭대기 층에 있었어. 일을 마치고 복도로 나와서 서울의 야경을 멍하니 바라보던 일이 떠올라. 그럴 때면 내가 아직 스물두 해밖에 살지 않았다는 것이 믿기지 않았어. 벌써 백 살은 살아버린 것 같은데, 이미 너무 오래 산 것처럼 지쳐버렸는데 아직도 스물둘이래. 밤하늘 아래의 불빛들이 반짝이면서 너는 앞으로도 살아야 해, 살아가야 해, 하고 낮게 합창하는 것 같았어. 더 알고 싶은 것도, 더 해보고 싶은 것도 별로 없는데, 아무것도 이제 궁금하지 않은데 그런데도 살아야 한다고 자꾸만 누가 내 등을 떠미는 것 같은 거야.

그러던 어느 날 퇴근을 하고 집으로 가는데 전화가 왔어. 발신번호 표시 서비스를 해놓지 않아서 누가 전화했는지 모르고 받았지.

"언니, 왜 그랬어요? 신고 안 한다고 했잖아요."

그 애였어. 그 애는 잠긴 목소리로, 분명한 분노를 담아서 내게 항의했어.

"엄마 아빠까지 학교에 불려 갔어요. 이제 난 학교를 다닐 수도 없어. 조사 들어갔는데 선생님은 또 어떻게 해요. 가만두기로 했잖아요."

나는 신고한 적이 없다고 했지만 그 애는 믿지 않았어. 그 애는 무엇보다도 그의 처지를 걱정했지. 그 목소리를 들으며 나는 그 애가 그와의 관계를 끊어내지 못했다는 걸 알았다. 사실은 이미 짐작하고 있던 일이기도 했지. 없는 일 취급했을 뿐이었어. 나는 그 애에게 반복해서 말했어. 나는 신고하지 않았고, 네가 그 사람과 관계를 끊겠다고 했던 약속을 믿고 있었다고. 그 애는 거짓말하지 말라고 소리 지르기 시작했지. 나는 핸드폰을 꺼버렸어.

버스에서 내려서 집으로 가는데 골목 입구에 그가 서 있었어. 나는 그의 얼굴을 빤히 보고 앞으로 걸어갔지. 어두운 골목에서 나는 앞으로 쓰러졌어. 그가 뒤에서 내 머리를 내리쳤다는 걸 이해하는 데는 시간이 조금 걸렸지. 일어나서 보니 그가 팔짱을 끼고서 나를 바라보고 있었어.

"너 꼴통이야?"

그가 물었지. 우두커니 서 있는데 눈에 눈물이 고였어. 그에게 맞았기 때문이 아니었어. 그런 건 일도 아니었으니까.

"언니도 이렇게 때렸니."

나는 나에게 묻는 것처럼 중얼거리며 말했어.

"신고한다고 해서 달라지는 게 있을 줄 알아? 나한테 불이익 생기면 그게 다 너네 언니한테 가는 거야. 오냐오냐 해줬더니 네가 뭐라도 되는 줄 알지?"

그는 숨을 헐떡이며 말했어.

"언니도 때렸니……."

그는 대답하지 않고 자리를 떠났어. 나는 이미 어른이었고 더는 보호자가 필요한 나이가 아니었지만 그렇다고 해서 나 자신을 보호할 수 있는 상태도 아니었어. 내 편이 되어줄 사람도 없었지. 그도 그 사실을 알고 내게 손을 댄 거겠지. 아빠에게 이 일을 말한다고 해도 아빠는 나보고 참으라고 할 게 분명했어. 언니에게 말한다면 그가 나를 때린 이유를 물을 테고, 결국은 그가 나를 때릴 수밖에 없었다는 걸 정당화하리라는 것도 알았지. 그렇게 생각하면서 나는 더 이상 언니를 믿지 않는 나를 발견했어.

조사는 학교 내부에서만 이루어졌고 그는 어떤 처벌도 받지 않았다. 선생님을 쫓아다니는 철없는 어린아이의 집착이었다고 결론이 났다고 해. 그일로 그 애는 학교를 관뒀고 가끔 나를 원망하는 문자를 보냈어. 나는 답하지 않았지. 그 애는 아마 나를 오래 미워했을 거야. 그게 끔찍한 사실을 못본 척하면서 자기를 속이는 가장 편하고 유용한 방법이었을 테니까.

얼마 후에 언니가 우리 집에 왔어. 식탁 조명 아래에 비친 언니의 얼굴을 보는데 언니가 그 상황을 불편해한다는 게 느껴지더라. 낮이었는데도 밖에 비가 내려서 사위가 어두웠어. 가느다란 비가 소리 없이 내리고 있었지. 열린 창으로 서늘한 바람이 불어오고 있었어.

"선풍기 좀 꺼줄래?"

언니가 팔짱을 끼고 몸을 웅크렸지. 나는 선풍기를 끄고 방에 가서 카디건을 하나 가져다가 언니의 어깨에 걸쳐줬어. 언니가 좋아하는 커피믹스를 뜨거운 물에 타서 건넸지. 언니는 머그컵에 두 손을 대고 가만히 컵을 바라보고 있었어. 내게 할 말이 있는데 어떻게 말해야 할지 알 수 없어서 고민하는 것 같았어.

"왜 그랬어?"

언니는 컵에 시선을 고정하고 작은 목소리로 물었어.

"뭐가?"

나는 싱크대에 몸을 뒤로 기대고 서서 언니를 바라봤지.

"네가 너희 형부를 어떻게 생각하는지는 알고 있지만…… 그래도 사람을 그렇게까지 모함할 필요는 없잖아."

"그게 무슨 말인데?"

대수롭지 않게 대답하려고 했지만 목소리가 떨렸어. 그가 언니에게 학교에서 조사받은 사실을 말할 줄은, 학교에 신고한 사람이 나라고 말했을 줄은 몰랐으니까.

"네가 크게 오해하고 있는 것 같다더라. 너희 형부가 그 일로 힘들어해. 결국 아니라는 게 밝혀지긴 했지만 그런 일로 소문에 오르내렸으니……. 교사 사회 좁아. 평판이라는 게 있어."

언니는 컵을 내려다보며 말하고 있었어.

"언니가 무슨 말 하는지 모르겠다. 오해는 형부가 하고 있는 것 같은데."

나는 건조대에서 그릇을 꺼내서 수납장에 넣기 시작했어.

"네가 왜 우리를 괴롭히는지 모르겠어."

나는 그릇을 정리하다 말고 뒤돌아서 언니를 바라봤지.

"언니는 나를 더는 믿지 않네."

언니는 그런 나를 빤히 바라보다가 시선을 돌렸지. 그래, 나는 너를 믿지 않아. 언니는 온몸으로 그렇게 말하고 있었어. 내 안에서는 그런 언니에게 상처를 주고 싶어서 어쩔 줄 모르는 나와 언니를 잃을까 봐 두려워하는 또 다른 내가 싸우고 있었지.

"문제 있는 애였대. 형부는 잘 달래려고 했었고. 작년에 둘이 같이 있는 걸 네가 봤다며. 오해하고 신고한 거라며."

"형부가 자기 학교 학생이랑 학교 밖에서 있는 걸 본 적은 있지만 신고하지 않았어."

거기까지만 말했다면 어땠을까. 하지만 나는 참지 못하고 이어서 말했지.

"문제 있는 애 아니었어. 그냥 평범한 애였어."

"아니래. 이상한 애고 학교도 관뒀다고 하던데. 형부도 오래 시달렸나 봐."

나는 다시 그릇을 정리하는 척하다가 입을 열었어.

"그래, 언니, 그렇게 생각하자."

"그게 무슨 말이야. 그렇게 생각하자니."

"나는 언니가 왜 여기 와서 이 일과 아무 관계도 없는 나를 설득하려고 노력하는 건지 모르겠어. 그렇게 생각하면 그렇게 생각하고 끝나면 되는 거잖아. 언니 마음 불편한 거, 나한테 와서 풀려고 생각하지 마. 나한테 그런 의무 없어."

"너랑 관련이 있으니까 하는 말이잖아. 네가 오해하고 신고……."

"그만해. 그런 적 없다고."

나는 언니를 식탁에 두고서 한때는 우리의 방이었던 내 방에 들어가 문을 닫았어. 우리는 잘 싸우는 편이 아니었어. 싸움이 생길 것 같으면 둘 중 하나가 자리를 피했지. 그게 우리의 방식이었어. 나는 내 방 창가에 서서 내리는 비를 바라봤다. 자세히 봐야 빗줄기가 보이는 비였어.

"긴말 안 할게. 너희 형부, 네가 사과하기를 바라셔. 잘못했다는 한마디만 하면 돼. 주말에 우리 집으로 와."

나는 뒤돌아 언니를 바라봤어. 온몸에 전기가 흐르는 것 같았지.

"나 신고 안 했어. 신고한다고 해서 달라지는 것도 없는데 내가 왜 신고를 해."

"달라지는 게 없다는 게 무슨 말이야."

"언니."

나는 언니를 부르고 한참 언니의 얼굴을 바라보다 말을 이었어.

"언니도 그랬잖아."

언니는 두 눈을 천천히 깜빡이다가 책상 의자에 앉아서 고개를 숙이고 깍지 낀 손을 바라봤어. 언니의 귀와 얼굴, 목이 울긋불긋해진 모습을 나는 가만히 지켜봤어. 언니가 느낄 수치심을 어림하면서 나는 뒤틀린 만족감을 느꼈다. 나는 언니의 무너진 마음 위에 올라서서 입을 열었어.

"언니 잘못이라는 말이 아니야. 형부가 언니 인생을 망친 거지. 근데 내가 왜 사과를 해."

내 말을 들은 언니는 고개를 들어 나를 낯선 사람을 바라보듯이 바라봤어. 자기 앞에 있는 사람이 나인 줄 알고 있었는데 알고 보니 처음 보는 사람이라는 걸 깨닫게 된 사람처럼 보였지.

언니는 입고 있던 카디건을 벗고 가방을 챙겨 집을 떠났어. 나는 언니를 따라가지 않고 그대로 창가에 서서 오래 비를 바라봤다.

언니는 아주 어린 나이부터 내게 어른처럼 보이고 싶어 했지. 어리고 약한 나를 보호하는 역할을 자처했어. 그건 높은 수준의 책임감이기도 했지만 자신이 강하고 독립적인 사람이라는 걸 확인하는 방법이기도 했을 거야. 그게 언니 자신이 믿는 언니의 모습이었고 언니를 언니로 살아가게 하는 힘이었을 거야.

하지만 나는 그날 언니의 믿음을 완전히 부정했지. 언니의 삶을 다른 사람에 의해서 이미 망가진 대상으로 취급했어. 내가 언니보다 나은 사람이라고 굳게 믿고 언니를 가르치려 했어. 언니의 삶이 망했다고 판결했어.

그것이 나를 어린 시절부터 돌봐준 언니에게 내가 한 보답이었다.

4

그 일이 있고 우리는 한동안 연락하지 않았어. 그러다 한 달쯤 지났을 때 언니에게 전화가 왔어. 아무 일도 없었다는 듯이, 일이 없으면 자기 집으로 오라더라. 네가 나를 많이 보고 싶어 한다면서, 그는 낚시를 갔다고 했어. 언니가 먼저 연락을 줬을 때 마음이 놓이더라. 언니가 좋아하는 꽈리고추 볶음과 가지나물무침을 만들어서 언니의 집으로 갔지.

언니의 집에 너는 없었고 대신 그가 식탁 의자에 앉아 있었어. 나를 보더니 자기 쪽으로 오라고 손짓을 하더라. 그는 나를 위아래로 훑어봤어. 골목에서 맞은 날 이후로 처음 보는 그의 얼굴이었지. 언니는 그의 옆에 가서 앉더니 나더러 맞은편에 앉으라고 했어. 그래서 나는 그렇게 했다. 그의 앞에 만 원짜리 돈다발과 가계부처럼 보이는 노트가 펼쳐져 있었어.

"너네 언니가 너한테 얼마를 줬다고?"

그가 내게 물었어. 나는 언니의 얼굴을 봤지. 이미 모든 게 밝혀졌으니까 그냥 말하라는 표정이었어. 나는 언니가 내게 빌려준 돈의 총액을 말했어. 그 돈을 다 갚았다는 말도 덧붙였지.

"너랑 네 언니는 비밀이 많아. 그렇지?"

그렇게 말하고 그는 검지로 언니의 머리를 약하게 밀었어. 언니는 차마 나를 보지 못하고 식탁을 내려다보고 있었지.

"모은 돈 하나 없다고 둘이서 나를 속였다 이거지."

그가 다시 검지로 언니의 머리를 밀었어. 이번에는 언니가 기우뚱 옆으로 밀려날 정도였지. 너무 순식간의 일이었고 실감이 나지 않아서 한동안 바라만 보고 있었어. 내가 아무런 반응을 하지 않자 그가 이번에는 손으로 언니의 머리를 쳤어. 언니가 바닥에 쓰러지는 것까지 봤던 기억은 나.

한순간 앞이 보이지 않았어. 정신을 차려보니 내가 그의 뒤에 가서 한쪽 팔로 그의 목을 조르고 한쪽 손으로 그의 손목을 뒤로 꺾고 있었어. 아픈지 소리를 지르더라. 그 소리를 들으니 그가 정신 나갈 때까지 더 아프게 하고 싶다는 생각이 들었어. 손에 힘을 줘서 손목을 더 꺾었지. 발버둥 치는 힘이 꽤 셌어. 나보다 키가 작고 덩치도 훨씬 작아서 힘으로는 밀리지 않으리라고 생각했었는데 막상 제압하려니 힘이 들었다. 하지만 아무리 그래도 그는 내 상대가 되지 않았어. 죽어, 죽어, 죽어버려, 죽어. 순수한 분노가 내 성대와 입을 통과해서 내 몸 밖으로 나오는 것 같았어.

언니는 나를 그에게서 떼어내려고 내 허리를 두 팔로 감아 안았어. 제발 그만하라고, 자기를 생각해서라도 그만 멈추라고 말하는 목소리를 들으면서도 멈출 수가 없었어. 그때의 나는 내가 아니라 그를 물리적으로 파괴하고 싶다는 허기 그 자체였으니까. 그의 고통과 아픔을 갈망하는 욕구 그 자체였으니까. 내 안에 그런 마음이 있다는 걸, 그런 마음을 실행으로 옮길 수 있는 절실함이 있다는 걸 나는 그때야 알았던 것 같아. 그의 뼈를 부러뜨리고 신경 조직을 찢어 정신을 잃을 정도로 아프게 하고 싶은 순수한 욕망이 나에게 있었던 거야.

그는 나에게 빌기 시작했어. 처제, 내가 잘못했어. 처제, 살려줘, 너무 아파. 얼마나 그러고 있었는지 모르겠어. 그 정도면 됐다는 생각이 들어서 나는 그를 풀어줬다. 그러자 그가 자리에서 일어나 냉장고 앞에 서 있는 언니에게 갔지. 그는 다치지 않은 손으로 언니의 머리를 때렸어.

그 순간이 내 눈에는 아주 느린 장면으로 보였어. 아파서 비틀거리고 움직임도 둔한 그의 손을 피하는 건 어려운 일이 아니었을 거야. 게다가 내가 있는 자리였잖아. 그런데도 언니는 체념한 듯이 냉장고 앞에서 피하지 않고 가만히 서 있었어. 그가 언니를 때렸다는 사실보다도 그 일을 그저 치르고 넘어가야 한다고 생각하는 듯한 언니의 몸짓에 나는 더 큰 충격을 받았던 것 같아.

그는 언니를 때리고는 의기양양한 모습으로 나를 바라봤어. 그런 구도에서 나는 영원히 그를 이길 수 없으리라는 걸 보여주는 것 같았지.

"이제 속이 시원해? 이런 모습 보니까 좋아?"

언니가 내게 조용히 말했어. 내가 그를 자극해서 언니를 때리게 했다는 듯이.

"네가 지금 무슨 짓을 했는지 알아? 형부한테 사과해."

"보고 배운 게 없어서 그렇지."

그가 그렇게 말하며 다시 언니에게 손을 들었어. 짧은 시간이었지만 언니는 내게 가만히 있으라는 눈빛을 보냈지.

너라면 어땠을 것 같아. 네가 나였다면 그 순간 어떻게 했을 것 같니. 그 순간의 선택이 어떤 결과를 낳게 되지는 그때의 내게는 중요한 일이 아니었어. 이 모든 것을 알고도 시간을 되돌려 그때로 돌아간다면 나는 그때와 같은 행동을 했을 거야.

나는 구치소에 수감된 후 재판을 받았다. 검사는 그의 부상 정도가 심했고 쌍방이 아닌 일방적인, 잔혹한 수준의 폭행이었다는 사실에 주목했어. 나의 변호인은 나의 모든 혐의를 인정하면서도 그가 내가 보는 앞에서 언니를 폭행했다는 점을 고려해야 한다고 주장했지.

언니와는 법원에서 다시 만났어. 짧은 단발머리에 화장기 없는 얼굴로 증인석에 앉은 언니는 내게 눈길을 주지 않더라. 판사의 심문이 시작되었고 언니는 판사를 바라보며 답변했어.

제 남편은 그런 사람이 아닙니다.

아니요, 그날 남편은 저를 때리지 않았습니다.

네, 단 한 번도 그런 적 없었습니다.

남편은 성실하고 다정한 가장입니다.

동생에게는 증오가…… 제 남편에 대한 이유 모를 증오가 있었습니다.

제가 결혼한 후 혼자 남겨졌다는 생각에 분개했습니다.

제가 어떻게 할 수 없을 정도로 폭력적인 성향이 있었습니다.

나는 더는 언니를 바라볼 수 없었어. 알았어, 언니. 그래, 언니 말대로 해. 나는 체념했다.

"그날 피해자가 증인을 폭행하지 않았다는 말이 사실인가요."

판사의 질문에 내 곁에 앉은 변호인이 난감한 표정을 지었어.

"네, 제가 거짓말을 했습니다. 형부는…… 언니를 때리지 않았어요."

나는 조용히 대답했어.

나는 초범이었지만 죄질이 나쁘고 피해자의 부상 정도가 심하다는 판단에 따라 실형을 선고받았다. 나의 변호인은 재판이 끝나고 내가 왜 법정에서 거짓말을 했느냐고 물었어. 변호인은 그가 언니를 때렸다는 나의 증언을 판결이 끝난 후에도 믿고 있었지. 그녀는 여자 죄수들이 사실이 아닌 불리한 증언을 부정하지 않고 자포자기하듯 받아들이는 경우가 많이 있다면서 나도 그런 경우인 것 같다고 했어. 그러면서 이게 마지막이라고, 이런 식으로 자기 자신을 벌주려는 짓은 더는 하지 말라고 했지. 나한테 미안한 줄 알고 살라고 했어. 나는 판결이 끝난 재판장에서 그 말을 하며 눈물을 흘리던, 아마도 나의 엄마 또래였을 변호인의 얼굴을 잊지 못해.

교도소에서는 시간이 날 때마다 노트를 펴고 그날 있었던 일과 그때그때 일어나는 내 생각과 감정을 적었다. 내 글은 그때부터 남겨두는 글과 찢어버리는 글로 나뉘었어. 도무지 견딜 수 없을 때, 내가 나를 수습할 수 없을 때 나는 내 마음을 그대로 노트 위에 적어 옮긴 후에 꼼꼼히 읽고 바로 찢어서 없애버렸어. 글은 글일 뿐이잖아. 직접 얼굴에 대고 하는 말도 아니잖아. 예전의 나는 그렇게 생각했었지. 하지만 어떤 글을 남기기로 선택하는 것은 결국 그 마음을 전달하고 싶은 바람을 담고 있다고 생각해. 그리고 그 마음은 실제로 전해지지. 상대가 그 글을 읽든, 읽지 않든 말이야.

내가 교도소에서 쓴 자주색 커버의 유선 노트는 그래서 군데군데 찢겨 있어. 나는 찢긴 페이지의 흔적을 보면서 그때 내가 어떤 마음이었을지를 어림해봐. 그때의 내 마음은 찢긴 자국으로 그곳에 기록되어 있어.

그렇다고 해서 노트에 남은 글이 내 마음을 속이거나 정직하지 않은 글이라는 건 아니야. 정제해서 쓴 글도 충분히 정직하고 오히려 더 깊을 수 있으니까. 나는 너에게 편지를 쓰듯 노트에 내 이야기를 채워 넣었지. 스물둘의 내가 기억하는 너의 모든 것을 적어 내려가기도 했어.

나는 법정에서 변호인이 나에게 했던 말을 오래 기억했어. 이런 식으로 나를 벌주려는 짓은 이제 그만하라는 말을. 그 말을 들었을 때는 그 말이 무슨 뜻인지 알 수 없었지. 나는 그저 법정에서 언니와 싸우고 싶지 않았고, 언니의 거짓 증언이 옳다고 인정하는 방식으로 그 상황을 피하고 싶었던 것뿐이었다고 생각했으니까. 하지만 변호인의 그 말은 잊을 만하면 떠올라서 나를 흔들었어. 정말 그것뿐이었어?

작은 감방의 불편한 잠자리에 오히려 마음이 더 편해지고 배급받은 형편없는 음식을 먹으면서 오히려 만족스럽고 나를 거칠게 대하는 감방 동료의 태도를 그저 그대로 받아들이는 마음 상태를 나는 가만히 들여다봤지. 세상 사람들이 손가락질하는 범죄자가 되어 감옥에서 있는 시간이 차라리 홀가분했던 거야. 그게 내가 치러야 할 대가라고 생각했을까. 변호인의 말이 맞았어. 나는 내가 저지른 짓보다 더 큰 벌을 원했지.

감옥에서 지내는 동안 어쩌면 언니가 면회를 올지도 모른다는 희망을 품었던 것 같아. 출소하는 날까지도, 어쩌면 언니가 나를 찾으러 올지도 모른다고 기대했지. 하지만 그렇게 되지 않았고 그 이후로 오랫동안 나는 언니에게 분노했어.

하지만 한 해 한 해가 갈수록 그때 느꼈던 생생한 분노는 차츰 옅어지더라. 그제야 나는 내가 언니에게 버림받았다는 기분을 느끼고 싶지 않아서 그토록 언니를 미워했다는 걸 알게 됐어. 그래, 언니는 나를 철저히 버렸지. 그 사실을 인정하기가 어려웠던 거야. 나는 여전히 얼마간 언니가 밉고 우리가 헤어졌다는 사실에 마음이 아팠지만, 이제 그런 마음이 언니에 대한 마음의 아주 작은 일부일 뿐이라고 느껴.

스물둘, 스물셋, 스물넷, 감옥에서, 출소하고 사회에 나와서 나는 많이 울면서 생각했어. 나는 제대로 사랑받아본 적이 없다고. 그때의 나는 사랑이라는 것이 완벽하고 흠 없는 것이라 여겼던 것 같아. 그런 의미에서 나는 제대로 된 사랑을 받아본 적이 없었지. 하지만 정말 그랬을까.

언니가 선물해준 오리털 파카를 정리하면서 나는 내가 춥지 않기를 바라던, 3천 원도 되지 않는 시급을 받아 모아 최대한 따뜻한 옷을 고르려고 했던 언니의 마음이 사라지지 않고 내 안에 남아 있다는 걸 발견했어. 불편한 구두를 신고 종일 서서 일한 언니가 내 대학 등록금을 모으던 마음을 어림했어. 그게 사랑이 아니었다고, 내가 살며 제대로 된 사랑 한 번 받지 못했다고 생각할 자격이 내겐 없더라. 그런 나는 언니에게 어떤 사랑을 줬나. 나는 내게 물었지.

사람의 생각은 말을 하지 않아도 전해진다고 생각해. 나는 언니를 보잘것없는 사람이라고 여겼어. 멍청해서 이용당한다고 생각했고 쓰레기 같은 남자에게 휘둘리는 겁쟁이라고 생각했어. 자기 불행에 주저앉아 탈출할 생각도 없을 정도로 수동적인, 그래서 나를 부끄럽게 하는 인간이라고만 판단했어. 그런 식으로 살아서 나에게 굴욕감을 준다고 믿었어. 언니가 과연 내 마음을 몰랐을까. 그때의 나는 내가 꽤나 영리하고 내 마음을 잘 숨긴다고 생각했었던 것 같아. 마음의 밑바닥까지 훤히 보이는 언니와는 다르다고 자부했지. 하지만 실상은 그 반대였는지도 몰라.

내 마음 안에서 나는 판관이었으니까, 그게 내 직업이었으니까 나는 언니를 내 마음의 피고석에 그리도 자주 앉게 했어. 언니를 내려다보며 언니의 죄를 물어 언니를 내 마음에서 버리고자 했지. 그게 내가 나를 버리는 일이라는 걸 모르는 채로.

그때 내 마음에서 나는 옳고 언니는 그르고, 나는 맞고 언니는 틀리고, 나는 알고 언니는 모르고, 나는 할 수 있고 언니는 할 수 없고, 나는 용감하고 언니는 비겁하고, 나는 독립적이고 언니는 의존적이고, 나는 떳떳하고 언니는 그렇지 못하고, 나는 배려하고 언니는 이기적이고, 나는 언니를 지켰고 언니는 나를 버렸지. 모든 것이 분명해서 더 생각할 필요도 없다고 믿었어. 하지만 긴 시간이 지난 지금, 나는 그 명제 중 어느 하나도 진실에 가깝다고 생각하지 않아.

너에게 너희 엄마는 어떤 사람일까 궁금해질 때가 있어. 내가 네가 모르는 언니의 모습을 알고 있듯이 너는 내가 모르는 언니의 모습을 알고 있겠지. 그리고 우리 둘 다 아는 언니의 모습도 있을 거야. 이를테면 수학 문제

풀이 과정을 이해하기 쉽게 설명하는 모습, 무엇에든 집중할 때면 미간을 찌푸리는 표정, 낮은 웃음소리, 빠른 발걸음, 잠들기 전에 하는 큰 기지개, 모로 누워 조용하게 누워 자는 얼굴, 중요한 말을 하기 전에 음…… 하고 한 박자 뜸을 들이는 버릇, 신 음식을 먹을 때 찡그리는 표정, 할 말이 있는 데 하지 않을 때 속으로 삼키는 얼굴, 뒷짐을 지는 버릇…….

언니는 지금 어떤 마음으로 살고 있을까. 나는 그 답을 알지 못해.

5

출소하고 8년 후에야 언니를 만날 수 있었어. 고모할머니의 장례식장에서였지. 언니는 단정한 검은색 바지 정장을 입고서 향을 피우고 고모할머니의 사진 앞에서 절을 했어. 상주 자리에 앉은 나와도 인사를 했고.

조문만 하고 자리를 떠날 줄 알았던 언니가 식당에 가서 자리를 잡더라. 나는 멀리서 그 모습을 보다 언니와 눈이 마주쳤어. 우리는 한동안 그렇게 서로를 바라보고 있었어. 나는 천천히 언니 쪽으로 걸어가서 언니 맞은편에 앉았어. 나는 언니가 육개장에 밥을 말아 먹는 모습을, 중간중간 물을 마시는 모습을 멍하니 바라봤다. 우리는 아무 말도 하지 않았고, 언니가 자리를 정리할 때쯤에야 나는 언니를 불렀어. 언니는 무슨 말을 하려고 하다가 말을 삼키고 그 자리를 떠났지. 나는 빠르게 걸어가는 언니의 뒤를 쫓아갔어.

"언니."

장례식장 출구에 다다른 언니가 뒤돌아서 나를 봤지. 예전에는 언니의 마음을 그토록 쉽게 알아차릴 수 있었는데, 손등으로 얼굴에 흘러내리는 눈물을 닦는 언니의 모습을 보면서 나는 그 마음을 조금도 읽을 수 없었어.

언니는 그 자리에 서서 나를 보며 고개를 저었지. 내가 언니 쪽으로 다가오는 것을 원하지 않는다는 걸 나는 몸으로 알 수 있었어. 나는 더는 언니를 쫓아갈 수 없었다. 봄빛이 쏟아지는 주차장으로 걸어 나가는 언니의 뒷모습. 그게 내가 본 언니의 마지막 모습이었어.

말이 부쩍 늘고 나서부터 너는 모든 걸 질문했지. 마치 물질을 원자 수준으로까지 쪼개어 내려가는 과학자처럼 묻고 또 물었어. 밥 먹어야지, 하면 왜 밥 먹어야 돼? 묻고, 밥을 먹어야 키가 크고 어른이 되지, 하면 왜?라고 다시 물었어.

너에게 당연한 건 없었지. 하늘에서 비가 내리는 것도, 더운 날 땀이 나는 것도, 길고양이들이 사람이 무서워 자동차 밑으로 피하는 것도 너에게는 당연한 일이 아니었어. 왜? 너는 묻고 또 물었지. 최선을 다해 대답하려고 했지만 결국 마지막에 가서는 할 말이 없어졌어. 그럴 때면 이모도 그 이유를 알고 싶네, 라고 대답했지. 그 대답은 언제나 너를 싱긋이 웃게 했어.

나는 내 마음속에서 너와 그런 식으로 대화하곤 했어. 내가 우리는 다시 만날 수 없다고 말하면 너는 왜냐고 물어. 그럼 나는 내가 너희 아빠에게 심한 폭력을 저질러서 너희 가족에게 절연당했다고 답하지. 왜? 다시 묻는 너에게 나는 답해. 너희 아빠가 내 언니를 괴롭히는 걸 보고만 있을 수가 없었다고, 그에게 경고하고도 싶었다고. 너는 내게 다시 왜냐고 물어. 나는 답하지. 사랑하는 언니를 보호하고 싶어서, 언니가 그렇게 함부로 다루어져서는 안 되는 소중한 사람이라는 걸 그렇게라도 보여주고 싶어서였다고. 너는 왜냐고 물어. 때때로 사랑은 사람을 견디지 못하게 하니까. 사랑하는 사람의 고통을 외면할 수 없게 하니까. 나는 대답해. 왜? 너는 말간 얼굴로 내게 다시 묻지. 그럼 나는 답해.

나도 그 이유를 알고 싶어.

이모는 그러니까 알 수 없는 이유로 나를 만날 수 없게 된 거네. 네가 고개를 끄덕이며 말하지. 그래, 맞아. 네 말이 맞아. 어느덧 나와 너는 얼굴을 마주 보고서 웃고 있어.

너에게는 내가 아닌 나를 보여주고 싶었지. 마음 넓은 나, 재미있는 나, 짜증 한 번 내지 않는 나, 용기 있는 나……. 그런 나로 가장하면서 어쩌면 그런 나도 내 모습의 일부가 아닐까 희망을 품었어.

내가 지내던 감방 창으로는 운동장이 보였어. 정해진 시간이 되면 수감자들이 시계 방향으로 천천히 걷는 곳이었지. 나는 쇠창살이 붙은 창가에 서서 그 운동장을 오래 바라보곤 했다. 아주 가끔 교도관 몇이 오갈 뿐인, 높은 콘크리트 벽으로 둘러싸인 아무도 없는 운동장에 햇빛이 내리고 구름의 그림자가 지고 비가 내리는 모습을 말이야.

스물세 살 생일이었어. 그날은 기상 시간보다 한참 일찍 눈이 떠졌지. 눈을 뜨니 창문으로 눈이 내리는 모습이 보였어. 나는 자리에서 일어나 창가 앞에 서서 운동장에 내리는 눈을 봤어. 아직 어두운 하늘에서 떨어진 가느다란 눈발이 흰 조명등 빛을 받아서 반짝이며 땅으로 내려오는 거야. 조명등 빛이 닿은 눈발이 내 눈에는 꼭 하늘로 이어진 길처럼 보였고, 어쩐지 그 빛나는 눈이 내리는 그곳에 내가 영원히 가 닿을 수 없다는 생각이 들었어.

내가 너를 더는 만날 수 없다는 사실을 받아들인 건 그 순간이었어. 내가 영원히 너에게 다다를 수 없는 타인이 되었다는 사실을. 나는 소리를 내지 않으려고 애쓰며 울었지. 그 순간에도 너의 세계에서 나는 빠른 속도로 지워지고 있다는 걸 알아서. 그래도, 그래도…….

나는 영원히 널 사랑할 거야. 네가 나를 기억하지 못한다고 해도.

결국 찢어버릴 편지를 써야 하는 마음이라는 것도 세상에 존재하는구나. 마지막 문장을 쓰고 나는 이 편지를 없애려 해.

나는 너를 보며 나를, 언니를 바라봤었지. 그리고 사랑했어. 네가 내 언니의 자식이었기 때문에, 내가 마음껏 좋아할 수 없었지만 마음 깊은 곳에서는 그토록 사랑했던 언니의 아이였기 때문에. 나는 네가 항상 안전하기를, 너에게 맞는 행복을 누리기를 바랐어. 비록 우리가 서로의 얼굴조차 알아보지 못한 채로 스쳐 지나갈 수밖에 없는 사람들이라고 하더라도. 나는 너와 내가 함께했던 시간을, 그리고 함께할 수 없었던 시간조차도 마음 아프지만 고마워할 수 있었어.

오늘은 5월의 맑은 날, 너의 생일이야. 너의 스물세 번째 생일을 축하해.

너의 이모가.

독자의 답신을 기다리는 여성 서사

노대원 문학평론가 · 제주대학교 국어교육과 교수

편지는 서로 주고받기 위해 쓰인다. 답신을 기대하지 않는 편지란 없다. 답신이 불가능한 편지란, 답신을 기대하지 못하는 편지란, 그저 독백이고 넋두리다. 그저 독백이고 넋두리에 불과한 혼잣말을 편지라고 생각하고 써 내려갈 때, 그 글을 쓰는 이의 마음의 풍경은 어떨까. 최은영의 단편소설 「답신」을 읽는 일은 그 쓸쓸한 마음의 결을 헤아려 어루만지는 과정이다.

「답신」은 편지로 이루어진 서간체 소설이다. 편지라는 글의 형식적 틀에 붙들려, 소설이 다양한 플롯 구성의 가능성을 제한당하는 대신, 편지의 틀이 제공해주는 정서적 교감과 교류에 소설의 독자 역시 자연스럽게 참여할 수 있다. 서한 형식의 소설은 서신을 주고받는 이들의 친밀하고 내밀한 사적 관계 덕분에 그들의 관계에 주목하도록 한다. 누군가의 내밀한 이야기와 메시지에 독자가 참여할 수 있다는 엿보기의 은밀한 즐거움이 서간체 소설의 매력일 것이다.

이 소설의 서술자이자 작중 편지의 발신자는 "수감 생활"을 했다는 여성 인물이다. 소설은 먼저 수감 생활의 원인이 되었을, 서술자의 사연에 대해

호기심을 갖게 한다. 도대체 어떤 일이 있었던 것인지? 편지를 쓰는 서술자와 편지를 읽을 것이라고 기대되는 수신자 인물, 즉 서술자에 대응되는 수화자(narratee)는 어떤 관계인 것인지? 그런 수수께끼들이 이 소설의 서사적 동력이 된다. 그러나 소설은 서술자와 수화자의 관계보다는 그 두 사람을 매개로 하여 서술자와 그녀 언니의 삶과 관계를 더 깊이 다룬다. 더 정확히 말하자면, 이들의 삶과 관계가 부서지고 깨어지는 이야기를. 그것이 이 소설을 상실과 단절에 대한 애도이자 회억(回憶)이라고 요약해도 크게 틀리지 않는 까닭이다.

편지를 쓰는 일인칭 서술자는 우선 엄마에 대한 이야기를 꺼내든다. 네살 무렵에 엄마와 헤어져야 했기에 기억이라고 할 만한 것이 남아 있지 않다는 것이다. 서술자는 자신의 언니는 세 살 위였기에 엄마에 대한 기억이 남아 있어 그 점을 부러워한다. 엄마와 언니 이야기를 통해 이 소설이 가족 서사임을, 그것도 가족의 형성보다는 차라리 가족의 와해 과정을 그린 서사임을 점차 알게 된다.

편지 속에 그려진 가족의 형성과 해체 과정에서 남성들이 어떤 역할을 하는지, 그리고 그 구도 속에서 여성들이 어떤 삶을 살아가야 하는지를 살펴본다면, 이 편지와 소설에 담긴 비판적인 전언의 실체에 다가갈 수 있다. 서술자는 엄마를 이렇게 상상한다. "우리를 떠났을 때 엄마는 고작 스물일곱이었어. 그리고 다른 삶을 원했지. 안전해지기를 원했고." 자신과 언니 곁을 떠난 엄마에 대한 서술자의 애증은 "고작 스물일곱"에 불과했던 어린 엄마에 대한 이해와 연민으로 바뀐다. '안전'을 희구할 수밖에 없었던 그녀의 젊은 시절에 대한 추측은 서술자 또한 경험한, 여성에게 폭력적이고 위협적인 사회적 현실과 무관하지 않았을 것이다.

게다가 서술자와 언니를 대하던 아빠의 태도를 보면, 어쩌면 그녀의 엄마가 겪어야 했을지도 모르는 아빠와의 결혼 생활을 상상해볼 수도 있겠다. 그 상상의 내용이란, 그다지 아름답거나 행복한 것은 아닐 것이다. 짧고 길게 집을 비우고 일을 다니던 아빠는 그녀들에게 그다지 좋은 아빠는 아니었다. "아빠는 언니와 나에게 공평하게 무심했지. 우리에게 별다른 애정이 없었으니까." 이뿐만이 아니다. 아빠의 관심을 끌고 싶어 가수 흉내를 내는 언니에게 "그런 고급 창녀가 되고 싶은 거냐?"고 묻는다. '수치심'이란 단어를 모를 시절에, 자매들은 아빠에게 부당하게도 수치심을 느껴야만 했다. 결국 서술자는 "아빠에게 우리가 원하지 않았던 짐"이었다고 생각할 수밖에 없다.

부모에게 상처 받은 자매는 고모할머니 손에서 자라면서 서로에게 전적으로 의지할 수밖에 없었다. 물론, 동생이었던 서술자가 주로 일찍 철들어 버린 언니에게 보살핌을 받는 편이었다. 서술자는 자기 삶의 욕망을 포기하고 자신에게 자기 몫을 양보하던 언니에게 미안한 마음과 함께 애틋한 친밀감을 갖지 않을 수 없었다. 언니에 대한 동생의 친밀감과 부채감은 한편으로 안타까움과 분노의 복합적인 정념으로 바뀌기도 했다. 언니가 교련 교사와 만나 결국 임신하게 된 것이 그 직접적인 원인이 됐다.

서술자인 동생과 갈등하는 안타고니스트(antagonist) 인물인 교련 교사는 결국 언니와 결혼한다. 소설 전체의 스토리에서 나타나는 이 인물의 행태로 본다면, 언니와 결혼하기로 한 선택 자체가 사실 개연성이 낮은 일이다. 그는 자신의 학생이었던 여성들을 유혹해 성적으로 착취하는 인물이자 남성 우월적 사고에서 벗어나지 못하는 부도덕한 인물이기 때문이다.

교련 교사가 서술자에게 "치마를 줄인 건가?"라고 묻는 질문은 그녀의 아빠가 언니에게 했던 "그런 고급 창녀가 되고 싶은 거냐?"라는 질문과 유사한 행태다. 두 남성들의 질문/비난은 사실 소설의 맥락에서도 다소 갑작스러운 면이 있어 독자를 당황하게 만든다. 소설의 개연성보다는 등장인물들의 태도를 문제 삼아 내포작가의 서사적 의도를 중시한다면, 두 인물은 심각한 비판의 대상이 된다. 두 남성 인물의 질문/비난은 여성의 외양이나 언행에 대해 상황과 맥락을 전혀 고려하지 않은 채 여성 혐오(misogyny)의 시선에서 비난과 검열을 자행하는 폭력이기 때문이다. 교련 교사가 다른 과목도 아닌 '교련'을 가르치는 사람으로 설정된 것은 군사주의와 남성적 폭력성의 연관성을 암시한다.

교련 교사와 언니의 관계는 세계적인 미투 운동(Me Too movement)과 한국의 페미니즘 리부트와 더불어 자주 회자되는 '가스라이팅(gaslighting)'이란 단어로 요약될 수 있다. 수차례 스쿨 미투에서 폭로되며 사회적 논란이 되었던 남교사와 여학생 간의 관계가 '심리적 지배'에 의한 폭력적인 성적 착취 관계였다. 서술자의 언니는 형부를 "착한 사람"이자 "좋은 사람"이라며 자신에게 잘해준다고 말한다. 이런 인식은 그가 만난 또 다른 여학생에게도 반복된다. 서술자의 언니와 형부가 된 교련 교사의 관계는 다소 익숙한 스테레오타입의 반복이지만, 사회적 재현이라는 점에서는 심각한 사회적/여성 현실에 대한 문제 제기를 가능하게 하는 이 시대의 전형적 인물 구도라고 할 수 있다. 서술자와 언니의 관계가 파국으로 치닫게 된 것은 형부가 된 교련 교사의 탓이고, 그 사회적 맥락은 분명하게 여성 혐오와 가부장제라고 말할 수 있다. 서술자는 "나이 많은 남자가 어린 여자애 하나를 미친년으로 만드는 건 일도 아"닌 사회로 이해하고, 실제로 벌어진 결과는 이와 크게 다르지 않다.

이 소설에서 여성 혐오적인 태도는 비단 두 남성 인물에게만 국한된 것은 아니다. 서술자의 고모할머니와 언니의 시어머니는 여성이지만 가부장제의 편견에 사로잡혀 두 남성을 편들면서 서술자와 언니에게 또 다른 폭력을 가한다. "니 동생 왜 저렇게 살았는데?"라고 하는 언니의 시어머니의 말은 비난과 검열의 폭력을 동시에 행하던 그녀의 아버지나 형부의 말과 유사하다. 여성으로서 "체격도 좋고 체력도 좋은" 편이었던 서술자는 강한 여성을 혐오하는 가부장제적 시선에 공격 대상이 되어버린 것이다.

이 소설의 편지가 향하는 수신자는 언니의 아이로 되어 있다. 아이의 성별은 분명하게 드러나 있지 않다. 굳이 상상해본다면 여자아이가 아닐까. 서술자는 편지의 말미에 "나는 네가 항상 안전하기를, 너에게 맞는 행복을 누리기를 바랐어."라고 고백한다. 편지의 서두에서 자신과 언니를 떠났던 엄마가 "안전해지기를 원했"을 거라고 추정할 때의 그 안전이다. 여성이 안전하기 어렵고, 여성이 행복을 누리기 쉽지 않은 사회. 그런 사회에서라면 이 아이의 성별이 여성으로 상상되는 편이 적당할 것 같다.

서술자가 "결국 찢어버릴 편지"임에도 조카에게 편지를 쓰는 이유는 무엇일까? 조카가 "내가 마음껏 좋아할 수 없었지만 마음 깊은 곳에서는 그토록 사랑했던 언니의 아이였기 때문에" 그렇다고 한다. 하지만 이 이야기가 가부장제와 남성의 폭력이 일상화된 세계에서 자매가 겪는 친밀감과 고통의 이야기라고 한다면? 이 아이 역시 그러한 남성적 폭력의 세계에서 안전하고 행복해질 수 있을까, 묻기 위한 이야기는 아닐까. 편지는 발신되지 않을 것이니 실제의 '답신'도 없을 것이다. 그러면 소설의 표제인 답신은 도대체 어떤 의미를 갖는 걸까. 이 소설이 부치는 편지는 이 시대의 독자들을 향한 것이며, 그 답신(response-ability)은 그러므로 우리 모두의 몫이다. 나는 이제 고쳐 쓴다. 이 소설은 그저 독백이고 넋두리가 아니다. 이것은 '답신'을 기다리는 절박한 서신이다.

쿄코와 쿄지

한정현 2015년 『동아일보』 신춘문예로 등단. 소설집 『소녀 연예인 이보나』, 장편소설 『줄리아나 도쿄』 『나를 마릴린 먼로라고 하자』가 있음. 젊은작가상, 오늘의작가상, 퀴어문학상, 부마항쟁문학상 수상.

쿄코와 쿄지

내 이름은 쿄코(きょうこ), 저는 한국인으로, 한국식으로 하자면 경자입니다. 서울 경(京) 아들 자(子)를 쓴 이름이냐고요? 잠시만요, 그전에 중요한 것을 이야기해야만 해요. 이름보다 더 중한 것이요. 그런 게 있다니, 네, 그런 게 있게 되었네요. 있게, 되었습니다.

나는 과거에서 왔습니다. 아니, 과거에 있습니다. 아, 그것도 아니에요. 나에게는 이곳이 현재. 나의 소중한 영소에게는 이곳이 나의 과거. 그러면 나는 어느 시간 즈음에 있는 사람, 이게 더 좋을 것 같네요. 영소는 아마 35년이 지난 다음에 이 편지를 보게 될 거예요. 그럼 이건 행운의 편지가 될까요? 영소가 열셋 무렵 유행하게 되는 그 행운의 편지 말이에요. 누군가의 과거가 어떤 이에게는 행운이 될 수도 있는 걸까요? 네, 사실 저는 그랬으면 좋겠습니다. 이 편지가, 그리고 나의 과거가 영소에게 행운으로 기억되면 좋겠습니다.

자, 드디어 다시 이름입니다. 태어난 직후 모부가 지어준 이름은 김경녀. 그 시절 서울로 가야 뭐라도 한다는 생각에 넣은 이름이겠지요. 그래봤자 당시 여성들의 서울이란 대부분 공장 지대였을 텐데요. 어쨌거나 경녀는 스물이 되던 해 김경자로 개명합니다. 경녀의 녀는 女. 나는 처음에 이것을 子로 바꾸어요. 녀(女)가 자(子)가 되어버린 이유는 말하지 않아도 짐작 가능하니까 생략,해볼까도 했는데. 영소, 나의 영소가 그걸 궁금해합니다.

"있지, 엄마. 나 궁금한 게 생기고야 말았어."

영소가 여섯 살 무렵이에요. 유치원을 다녀온 길이었지요. 영소는 어디서 배웠는지 하고야 말았다,는 말을 쓰곤 합니다. 그리하여 궁금한 게 생기고야 만 여섯 해의 영소. 그중 처음이 바로 나의 이름입니다.

"엄마는 왜 경자가 되었어?"

우리는 그날 곧장 집으로 향하지 않았어요. 목덜미에 손수건이라도 둘러 줘야 하는 조금은 쌀쌀한 날씨였는데 그만큼 공기도 차분하여 바람을 쐬어 주고 싶었던 거죠. 문방구에 들러 한창 유행했던 호돌이 열쇠고리를 영소에게 쥐여주고 동네 놀이터에도 들릅니다. "왜 호순이는 없어?" 이렇게 말하는 영소에게 어라, 그러네. 하고 맞장구를 쳐주기도 하고 그네에도 앉혀줍니다. 이번엔 모래를 가지고 영소와 호돌이를 호순이로 바꿔 만들어요. 그러다가는 또, 생각해보니 나는 무슨 호돌이 반대말로 호순이를 떠올렸나 싶어 아예 새 이름을 지어주자 해봐요. 그리고 그제야 내 이름 이야기를 시작하지요. 내가 경자가 된 건 고등학교를 졸업하던 해였습니다. 당시의 나, 김경녀에게는 어린 시절부터 친구인 혜숙, 미선 그리고 영성이 있었어요. 우리가 언제나 같은 반이었다거나 하는 건 아니에요. 내 고향은 광주가 아니라 구례이기도 했고요. 또 그때는 중·고등학교도 입학시험이라는 게 있었으니까요. 공부를 아주 잘했던 혜숙이는 수석으로 전남여고에, 그런가 하면 아들들은 광주일고에 가야 한다는 전통이 있는 집안 출신의 영성이는 과외까지 받아가며 가까스로 그곳에 입학하게 되었고요. 미선이는 종교적 희망을 따라 살레시오여고로 갔습니다. 참 이상하지요, 그래도 우리 넷은 늘 많은 이야기를 나누었으니까요. 그런데 고등학교를 졸업하니까 심지어 누군가는 도를 넘어야 하는 일도 생긴 거예요. 이번엔 조금 겁이 났어요.

우리 때는 서울이 다 뭔가요, 대구도 멀고 멀었는데요. 88고속도로를 무작정 대여섯 시간이나 달려야 나오는 곳이었던 거예요.

'너희 말이야. 시집가고 장가가고 가정 생기면 다 각자의 길인 거야.'

넷이서 길을 걷고 있으면 어른들이 여, 하고는 저렇게 놀렸죠. 대부분 장난인 기세였지만 가끔 영성에게는 한심하다는 듯 혀를 차는 어른도 있었지요. 기집애들하고만 어울려서 사내놈이, 하는 식이었어요. 그 뒤로 나는 그 어른을 보면 절대 인사하지 않았어요. 그런 기억 때문인가요, 사실 장난과 시비는 익숙해졌다고 느꼈거든요. 하지만 정말로 이별 앞에 서게 되니까 그런 장난이나 시비를 더는 받아들이기가 어려웠어요.

"우리 우정을 위해서 혈서를 쓰든가 아니면 나무 아래서 술을 마셔야 그럴듯한 걸까." 영성이가 문득 제안했죠. 영성이는 학교에서 아이들이 돌려 보던 무협지를 떠올린 모양이에요. 그러다 이내 고개를 저었어요. 자신이 즐겨 읽던 고전들도 뒤져봤지요. 되레 기운이 조금 더 빠진 것 같았어요. 영성이에게 왜 그러냐 물으니 이러더군요. 책을 많이 읽었다고 해서 반드시 좋은 사람이 되는 것만은 아닌 것 같다고요. 고전이라고 불리던 책 속에서 우정을 맹세하는 내용이라곤 남자 대여섯이 모여 피를 보거나 술을 나눠 마시는 게 전부였기 때문에요. 사실, 나와 친구들도 잠시간은 그런 방법들을 고민했었습니다. 그러나,

"세상 어디에선가는 진짜 칼에 베여 죽어가는 사람도 있을 텐데." 신학대에 입학하게 된 미선이 망설였고,

"맞아, 감염의 위험도 있어!" 저 멀리에 있는 의대를 수석으로 가게 된 혜숙이 맞장구를 쳤습니다.

그렇다면 저의 생각은? 그러게요, 피를 떠올렸을 때 폭력적이지 않은 것이라곤 헌혈, 수혈과 같은 합법적인 의료뿐이었는데…… 여기까지 생각하고 있는데 불쑥, 혜숙이 이번엔 어쩐지 분노를 다스리는 목소리로 이렇게 중얼거렸어요.

"피로 얽혀서 폭력적이지 않은 게 없어, 집에 있는 가족들만 봐도 그렇잖아? 난 너희랑 피로 얽힌 가족은 안 되고 싶어."

혜숙의 말에 잠시간 침묵. 사실 혜숙은 전남대 의대를 희망했습니다. 하지만 장학금을 받긴 어려웠나 봐요. 그때 혜숙이네 오빠가 몇 년째 재수 중이었거든요. 혜숙이는 장학금을 받지 않으면 대학에 가기 힘들다고 했어요. 우리 중 누구도 혜숙의 그런 결정에 뭐라고 하지 못했어요, 왜냐면 혜숙은 집에서 네,라는 말 외엔 거의 하지 않는다고 했거든요. 말대꾸라도 하는 날엔 오빠에게 헛간으로 끌려가 주먹으로 얼굴을 맞는대요. 우리는 그 말을 듣자마자 목이 움츠러드는 것 같은 공포를 느낍니다. 얼굴을 들면 헛간에 쏟아지는 피. 내 가족이 나를 그렇게 때린다면 그것은 무슨 공포일까요. 사실 혜숙이가 그런 말 하기 전까지 우리는 혜숙이네 오빠를 글쓰기 상도 받고 반장도 하는 모범생으로 알았거든요. 사실 저는요, 누군가에게 질문을 하는 타입은 아니에요. 하지만 그날은 참기 어려웠던 것 같아요. "대체 너네 오빠는 널 왜 때리는데?" 처음이었습니다. 나의 질문도, 내 말에 혜숙이 아무 대답도 하지 않았던 것도요. 물론 폭력 앞에서 인간은 그 두려움에 압도되어 침묵하기도 한다는 걸, 그때는 몰랐지요.

"자, 그럼. 방법이, 뭐가 있을까? 피보다 강하게 얽힐 방법 말이야."

영성이 무언가 제자리로 돌려놓겠다는 듯 말을 이었습니다. 말이라는 게 참 신기합니다. 혜숙네 오빠에 대한 증오로 맹렬하던 내 신경이 그 방법이라는 것을 향해 뻗어가니까요. 그러다 음악 시간에 선생님께 들은 이야기가 떠올랐어요. 러시아로 간 유명 작곡가가 그의 친구들과 이름 끝을 모두 참 진(眞)으로 바꾸고 진짜의 삶을 맹세했다는 거 말예요. 그러면 우리는 무엇으로 바꾸지? 너희는 무엇이 정말 되고 싶은 거니?

"나는 아들이 되고 싶어."

불쑥 혜숙이 그렇게 중얼거립니다. 남자? 혜숙의 말에 이번엔 미선이 낮게 되물으며 영성을 힐끗 봅니다. 사실 혜숙네 오빠에 대해 말할 때마다 미선과 영성은 말없이 듣기만 했었습니다. 어느 날엔가 영성은 자신처럼 말이 없는 미선이를 보며, 우리 베로니카 자매님은 나만큼이나 겁이 많잖아 하고, 자조인지 비난인지 모르겠는 말을 하기도 했습니다. 미선이 또한 그런 영성을 보는 시선이 복잡했지요. 사실 영성이나 미선이의 그 잠잠한 속은 아무도 모를 일이었지요. 그즈음 나는 아마, 인간의 마음이란 이렇게 하나인 듯 붙어 있어도 결코 알 수 없는 부분이 생겨버리는 것이라고, 영소가 먼 훗날 '생겨버리고야 말았다'고 하는 것처럼, 우리 사이에도 각자의 무언가가 생겨버리고 만 것이라고 느끼고 있었으니까요. 그리고 그 시작은 아마도…… 네, 우리는 가끔 고해성사 가는 미선을 따라가곤 했는데요. 그날은 혜숙과 저만 따라갔습니다. 영성은 제 아빠를 따라서 양복을 맞추러 간 날일 거예요. 헌데 영성이네 부모님은 그 애가 종종 내 옷을 입어본다는 건 알고 있을까요? 그런데 또 왜 나는 그런 영성이를 떠올리면 마치 누군가 내 심장을 밟는 것처럼 마음이 아파올까요? 이런 생각을 한편에 담아두고서, 또 한편으로는 베로니카 자매님은 오늘 무슨 죄를 고했을까, 이런 생각도 해봅니다. 그때 한쪽 구석에서 담배를 피우던 혜숙이 꽁초를 비벼 끈 뒤 내게 손짓을 합니다. 잘 들어봐, 경녀야. 시작은 이러했지요.

"그건 순전히 은유야."

"국어 시간에 나오는 은유? 그 은유?"

"그래, 그렇지."

"뭐가 은윤데?"

"난 아들이 되고 싶은 게 아니라 아들 대접이 받고 싶어."

"아, 근데 그건 나도."

"어라, 그건 너도?"

"어, 아마 그건 미선이도 그럴걸?"

"다들?"

'음, 여자가 되고 싶은 영성이 빼고?' 이 말은 하지 못했어요. 영성이가 여자가 되고 싶다는 것과 혜숙이 아들 대접을 받고 싶다는 것. 어떤 면에서는 같지만 또 한편으로는 몹시 다르다는 걸 알고 있었습니다. 그 같고 다름에 대한 생각은 오래 지속된 것 같아요. 20여 년이 흐른 다음 영소의 말에도 나는 둘을 떠올렸거든요.

"엄마, 있지, 우리 삶은 말이야. 어쩌면 서로를 가로지르며 나아가고 있는 건지도 몰라."

"가로질러? 서로 연관이 있다는 거야?"

"그렇기도 하고. 아, 엄마. 그렇게 복잡한 표정 하지 말고 그냥, 그…… 우리가 가족인 건 맞고 그렇게 하나로 묶어서 말해지기도 하지만 또 거기서 엄마는 엄마의 역할이 있고 난 딸이라는 역할이 있어서 어떤 면에서는 입장이 달라지기도 하는 것처럼…… 에이, 심각한 거 아니야. 어쨌거나 그렇게 가로지르다 보면 서로 교차되기도 하는 거니까 어딘가에서는 만나는 거 아니겠어?"

알 듯 말 듯한 영소의 말에 나는 다시 그 둘을 생각해봅니다. 영성이가 그렇게 바라던 전교 1등을 하던 여성으로서의 혜숙이. 그러나 아버지가 판사인 집안에서 돈 걱정이라고는 해본 적 없는, 세상이 그렇게 반기는 아들인 영성이. 내가 골똘해 보였는지 영소가 고개를 갸웃합니다. 그런 영소에게 나는 그저 웃어 보이고 맙니다. 하지만 마음속으로는 영소에게 혜숙이와 영성이, 미선이의 이야기를 해주고 싶어요. 이렇게 시작하는 거죠, 이를테면.

혜숙이와 영성이에 대해서 조금 더 말해볼게요. 우선 혜숙이부터예요.

광주는 시위가 아주 거센 곳이어서 시내버스에서 30분씩 앉아 있는 건 일도 아니었는데요, 어느 날 내 옆에 앉아 있던 영성이가 무릎으로 내 왼쪽 다리를 툭 치는 거예요. 영성이는 항상 다리를 붙이고 앉아 있던 애였어요. 무슨 일인가 봤더니 시위대 사이에 혜숙이가 있었죠. 손을 흔들려는데 영성이가 내 팔을 잡습니다. 보니, 혜숙이가 대학생으로 보이는 남자와 골목

길로 숨어들고 있었어요. 문득 미선네 성당에서 하던 양서협동조합 모임에 갑자기 열심이던 혜숙이 떠올랐어요. 게다가 굳이 들불야학 수업까지 들었죠. 혜숙이는 대학만 들어가면 꼭 자신도 그 야학에 속할 거라 했습니다. 내가 하자고 할 땐 끄떡도 없던 혜숙이의 변화가 어리둥절했는데 영성이가 미소를 머금으며 이렇게 말하네요. "좋아하는 사람을 따라 다른 세계로 갔구나, 혜숙이는" 하고요. "다른 세계?" 조금은 의아한 표정으로 되묻는 내게 영성이는 고개를 작게 끄덕이며 웃어 보여요. 영성이는 사랑 소설을 많이 읽어서 그런가, 가끔 내가 이해 못 할 소리를 해요. 한번은 '움직이고 싶어, 큰 걸음으로 뛰고 싶어, 깨부수고 싶어, 까무러치고 싶어, 까무러쳤다가 10년 후에 깨고 싶어' 이러길래 놀라서 그게 다 무슨 소리야? 했더니 좋아하는 시를 기억나는 대로 말한 거래요. 교과서에서도 못 본 시이고 영성이는 내게 광주일고 독서회도 나가지 않는다고 했는데, 그런 책들은 다 어디서 구하는 걸까요?

조금 더 신기한 건 그다음 날부터예요. 영성이가 성당에 나온 거예요. 영성이는 자신이 성당에 가면 사람들이 기집애 같은 애를 좋아한다고 저를 놀릴 거라고 했어요. 내가 곤란해지는 게 싫은가 싶으면서도 섭섭했죠. 하지만 영성이도 혜숙이처럼 다른 세계에 발을 디뎌보려는 걸까요. 이 이야기를 들으면 영소는 그런 말을 하겠죠? 아마도 혜숙이와 영성이는 어느 순간 서로의 인생을 교차했을 거라고요. 교차하면, 언젠가는 마주치게 되는 거니까 혜숙이와 영성이도 어느 한 지점에서는 같아졌을지도 모르겠어요. 그렇게 나온 성당에서 영성이는 아이들에게 시나 소설을 읽어주었어요. 어느 날엔가 "이 여자 시인은 공장에 다니면서 시를 썼대" 하며 읽어준 시는 나처럼 문학은 전혀 모르는 사람에게도 참 좋았어요. 그런데, "이 시대의 아벨은 누구예요?" 한 아이가 신부님께 그 시 제목에 나온 이름에 대해 물었어요. 미선은 다음 날 영성에게 선의가 항상 선의로 남을 수 있는 건 아니라고 말했어요. 잠시 입술을 말던 미선은 이런 말도 덧붙였습니다.

좋은 환경에 있는 사람이 갖는 정의가 약한 사람들에게는 가끔 독이 될 수도 있다고요. 약한 사람들은 보호받기가 더 어렵기 때문이라고요. 영성이는 아무 대답도 하지 않았지만 미선의 얼굴에 드리운 그늘을 본 것 같았어요. 곧 그 일을 그만두었죠. 하지만 혜숙이는 아니었어요, 시 제목 사건 이후로 미선이네 성당에서는 아이들을 가르치는 일이 잠시 중단되었는데 혜숙이는 곧 다른 성당에서 아이들을 가르친다고 했어요. 그 대학생 오빠와 함께하는 곳일까요? 이유야 무엇이든 하고자 하는 일은 밀고 나가는 혜숙이답다, 하고 생각했죠. 그런 혜숙이는 여자에겐 인기가 있었지만 남자에겐 아니었어요. '너는 입만 다물면 괜찮은데.' 남자 선배들은 이런 말을 했어요. 나는 설마 그 대학생 오빠라는 사람도 혜숙에게 그런 말을 하는 걸까? 하고 걱정했어요. 혜숙이는 그 오빠가 전남대를 다니며 학생운동을 하는 정의로운 사람이라고 했지만 내 눈엔 썩 좋아 보이진 않았어요. 왜냐면…… 그 오빠가 어느 날 혜숙이 친구라고 우리 넷을 불러 다방에서 아이스크림을 사준 적이 있었어요. 그날 그 오빠가 피우는 담배 연기에 내가 잔기침을 하자 영성이가 계속 손부채질을 해줬어요. 혜숙이는 담배를 피워도 그렇게 담배 연기를 사람 얼굴에 내뱉듯 한 적이 없었는데 말이에요. 이윽고 영성이가 내게 손수건을 꺼내서 건넸는데 그 모습을 보던 그 오빠라는 사람이 이렇게 중얼거렸어요. '혜숙이랑 영성이 너, 둘이 바뀌면 딱 좋은데.' 혜숙이는 그 말을 미처 듣지 못한 것 같았지만 영성이와 나는 그 말을 들었습니다. 영성이는 어릴 때부터 그런 말을 자주 들어서인지 웃고 말았지만 나는 식은땀이 났어요, 나는 알고 있어요. 영성이가 무엇을 감내하고 있는지, 나는 잘 알고 있었어요. 영성이가 하루는 저에게 그런 말을 했었습니다.

"나는 남자 성기랑 여자 성기를 모두 가지고 태어났대."

내가 고개를 갸웃하자 영성이가 이번엔 구석으로 나를 데리고 갔습니다. 그러고는 가방을 열어 무언가를 꺼내줬죠. 그것은 피가 묻은 팬티였어요. 한 달에 한 번 이런 게 나와, 라고요. 하지만 그때 우리는 고작 고등학교 입학 전이었어요. 나는 영성이가 아픈가 싶어서 얼른 병원에 가자고 했습니다. 영성이가 미소를 지으며 고개를 저어요. 그러면서 자기는 남자와 여자 둘 모두의 염색체를 가지고 태어났대요. 그런데 생각하기에 자신은…… 여자래요. 자신을 과외해주는 의대생 선생님께 부탁해서 책을 구해 보았대요. 그러면서 나중에 돈을 벌면 아주 멀리 가서 자신의 삶을 선택할 거라고 했어요. 그런데, 어렵게 그 말을 꺼낸 영성이를 두고 나는 다짜고짜 이런 생각이 떠올라요. '나는 그럼, 누굴 좋아하는 거지?' 이후 내 속에서는 많은 사람들이 스쳐 지나갑니다. 어린 시절을 보냈던 읍에서 같이 살던 그 삼촌들 같은 건가? 아니면 여자랑 결혼하겠다고 해서 집안에서 쫓겨난 이모할머니? 생각에 잠기느라 나도 모르게 미간을 찌푸린 모양이에요. 영성이는 쓰다듬듯 내 미간을 펴주며 이렇게 말하네요.

"그러게, 나 같은 사람은 들어본 적 없지? 나도 내가 인간인지 아닌지 많이 생각했는데."

혹시 누가 그런 말을 해? 나도 모르게 소리를 높인 게 민망해서 입술을 안으로 마는데 영성이가 웃음을 터뜨립니다. 하지만 정말 그래요. 영성이가 인간이 아니라뇨? 나는 영성이를 알던 순간들을 떠올립니다. 시골에서 전학 왔다고 놀림받던 나에게 가장 먼저 인사를 건네주던 아이, 내가 감기에 걸렸을 때 혼자 자취를 하는 내 방에 와서 콩나물국을 끓여놓고 가던 아이, 자신에게 시비 거는 사람들은 웃어넘겨도 우리에게 고약한 농담을 하는 놈들에게는 달려가 사과까지 꼭 받아내는 아이, 다른 이들이 시끄러울까 봐 공공장소에서는 소곤거리듯 작은 목소리를 내는 아이. 그런 네가 인간이 아니면 대체 누가 인간이야?

하지만 나는 저런 말을 다 하는 대신 정말 하고 싶은 말 한마디만을 겨우 꺼내놓습니다.

"영성아, 나중에 나도 데리고 가."

나는 그런 생각을 했던 것 같아요. 이모할머니는 자신을 버린 가족들의 바람과 달리 친구인지 애인인지 모를 어떤 할머니랑 죽을 때까지 잘 살았어요. 내 말에 영성이는 잠시 눈을 감았다 뜨며 이렇게 말해주었어요.

"경녀야. 나는, 난 너랑 같아."

혼란스러운 마음은 그 웃는 얼굴과 말 속에 흩어집니다. 그래, 네가 행복하다면…… 가끔 좋아함은 이렇게나 편리하죠. 모든 걸 설명하지 않아도 되니까요. 영성의 아버지는 아들을 얻기 위해 영성의 어머니와 재혼했다고 들었어요. 하지만 나는 영성이 남자든 아니든, 성기가 두 개든 한 개든, 사람들이 기집애 같은 놈을 좋아한다고 놀리든 말든 전혀 상관 없습니다. 사실 이상한 건 사람들이에요. 누군가를 좋아한다는 게 왜 놀림거리죠? 게다가 나도 여잔데 왜 자꾸 내 앞에서 기집애 같은 애 좋아하면 안 된다고 하죠? 그냥 기집애나 기집애 같은 게 만만한 모양 아니었을까요? 그리고, 사실은 뭐랄까요. 내게는 딸을 아들로 키우는 아버지는 없었지만 남동생에겐 야구 글러브를 사주면서 저에겐 자전거조차 사주지 않는 아버지는 있었어요. 다리에 상처라도 나면 어떡하나, 했지만 진실은 다른 데 있었습니다. 처녀막이 터지면 어쩌냐는 것이죠. 아버지고 뭐고 좀 징그러운 느낌이었습니다. 미선이도 어느 날엔가, 여자는 남자보다 신에게 가깝게 다가갈 수 없는 걸까? 이런 말들을 했어요. 생각해보니 성당에서 미사를 진행하던 신부님은 모두 남자라는 게 떠올랐어요. 그런데 우리 중에서도 혜숙은 역시 꽤나 심각했어요. 그 대학생 오빠 때문인지 아니면 혜숙이를 때리는 오빠 때문인지 하여튼 오빠 때문에 혜숙이는 기숙사 생활이 가능하면서도 우리와 멀어지지 않을 수 있는 전남대 의대를 희망했던 건데요. 결국 혜숙이는 자신을 때리는 오빠의 재수 비용 때문에 기어이 장학금을 주는 타 도시의 대학으로 가게 되었어요. 거긴 신사임당의 고향이다, 자애로운 어머니 신사임당의 땅 어쩌고. 혜숙이는 어른들이 그런 말을 하면 퉤퉤 하는 시늉을 하고 돌아서곤 했습니다.

'하지만 혜숙아, 아니, 혜자야. 그해 봄, 그날 나는 바랐었어, 네가 그곳에 계속 있었기를 말이야. 물론 네가 사랑하는 사람을 위해 다시 광주로 돌아왔다는 것을 알았어도 나는 너를 말리지 못했겠지…….'

모래 장난에 여념이 없는 영소 앞에서 경녀 아닌 경자는 그런 말을 중얼거려요. 물론 이렇게 제가 미래를 보게 될 줄도 몰랐지요. 사람들은 나보고 인지 장애니 조기 치매니 하는 것 같아요, 젊은 날 내 기억이 트라우마가 되었다나요? 내가 말하는 게 미래라는 걸 믿지 않고 말이죠. 그래요, 사람들이 말하는 '아직 오지 않은 시간'으로 미래라는 것이 굳어진다면 나는 미래를 보는 게 아닐지도 모르죠. 왜냐면 미래란 내게…… 어쩌면 끝나지 않은 과거가 이어지는 것인지도 모르니까요…….

당시 혜숙이는 광주를 떠나기 전, 어떻게든 담뱃불을 실수인 척 흘려서 헛간을 홀랑 태워버리겠다고 했어요. 아들내미 주겠다는 소를 탈출시키고 헛간은 태워버리는 거야. 소를 죽일 수는 없잖아. 혜숙은 그러면서 다시 한번 자기는 꼭 아들 대접이 받고 싶다 했네요. 그러나 남자 되는 건 싫다. 이렇게요.

"그럼 아들을 이름에 넣어버리자."

다시, 혜숙이 말했습니다. 나는 영성을 바라봤습니다. 미선이는 깊은숨을 들이쉬었지요. 영성이는 가만히, 마치 작은 모래를 골라내듯 신중한 목소리로 말해요. "내가 영자가 되면, 그러면 여자 이름 갖는 거네?"

그래요, 그 영자 말이에요, 30년이 흐른 뒤에도 불리는 그 이름 영자. 결혼 지참금 마련을 위해 성판매 여성의 일을 계속하게 되는 영자, 그러다가 그 돈을 떼어먹히자 포주의 집과 자신의 몸에 불을 붙이는 그 영자 말이에요. 그런데 참 신기하죠? 다들 책을 읽고 영화를 보면서는 그 영자를 동정하지만 실제 영자들을 보면 손가락질했으니까요. '너도 공부 안 해서 좋은 남자 못 만나면 저렇게 되는 거야.' 아버지도 늦은 밤 금남로 뒤편의 여자들을 향해 그런 말을 했습니다. 혜숙이가 영성이의 어깨를 툭, 한번 치며 묻네요. "판사집 아드님, 영자의 삶, 감당할 자신 있어?" 여성과 남성을 동시에 가지고 태어난 영성이에게 그 삶은 선택이 아니었어요. 어쩌면 그때 처음으로 선택지 앞에 선 것일지도 몰라요. 물론 영성이는 알고 있었을 거예요. 그 이름을 갖는다고 해도 어떤 면에서는 여전히 영자와 영성이의 삶은 같을 수 없다는 것을요. 그게 아마, 여태 혜숙이가 제 오빠 이야기를 할 때 묵묵할 수밖에 없던 이유겠죠. 그래도 용기를 내보고 싶었던 걸까요. 잠시 골몰하던 영성이가 곧 고개를 크게 끄덕입니다. 나는 영성이의 그 짧은 침묵과 금남로 뒤편의 여자들을 보며 너무나 쉽고 빠르게 혀를 차던 아버지가 선명하게 대조되는 것 같았어요. 그러자 나 또한 함께 끄덕일 수 있었어요. 곧이어 미선이도 큰 숨을 내뱉듯 고개를 끄덕입니다. 네, 그렇게 혜자, 미자, 영자 그리고 나 경자까지 모두 자 자 돌림의 공동체가 되었습니다. 우정으로 만들어진 가상 아들들의 공동체. 그런데 얼마 뒤 여기서 다시, 우리는 생각해요. 굳이 우리가 또 그놈의 아들 될 이유는 뭐지?

"너네한테 아들을 권하고 싶진 않아. 아들 되기 전에 인간 되는 거 고려해보는 게 어때?"

그렇게 갖고 싶다던 흔한 여자 이름을 갖게 된 영자가 다시 한번 이런 말을 했고,

"그럼 최종적으로 인간 자(者)?"

미선이 그럼 이거는, 하는 표정으로 물었을 때, 이번엔 내가 다시 말했습니다.

"스스로 자(自)는 어때?"

영자가 미소를 짓네요. 혜숙이는 오, 하는 표정을 지어 보이고 미선이는 고개를 끄덕입니다. 그때까지 실제 아들 子로 개명 신청이 완료된 것은 나 경자, 하나뿐이었거든요. 차라리 이 기회에 스스로 自로 모두 정정 신청을

마치면 되겠다고, 다들 그런 생각이었습니다. 그렇게 우리는 아들들의 공동체를 통과하여 최종적으로는 스스로의 공동체로 들어가고자 했습니다.

아, 지금 생각해도 조금 고소하달까 그런 거 있어요. 이제 혜자가 된 혜숙네 오빠는 군대에서 사람을 때려 영창에 갔습니다. 처음엔 기쁘면서도 억울한 것도 있었어요. 혜자가 맞을 땐 어른들 모두 오빠가 동생을 가르치다 보면 때릴 수도 있지, 하더니만 군대에서 선임을 때렸다고 바로 경찰이 와서 처단해줬다고 하니까 기막히고 그런 거예요. 그래도 일단은 혜자가 헛간에 불을 질러 범죄자가 되지 않아서 다행이라고 생각했어요. 나쁜 놈은 그놈이니까요.

"사실 나 날마다 고해성사 때 그 말 했어."

확실히 속이 시원하다는 내 말에 미자, 베로니카 자매님이 저 말을 꺼내며 이렇게 덧붙여요. 날마다 혜숙이 오빠가 꺼졌으면 좋겠다고 기도하는 저를 벌하여주십시오, 했다고요. 그렇게 모두 다, 어쩌면 폭력에 대해선 같은 마음이었던 거예요. 그런데 그건, 30년 후의 영소도 마찬가지인 모양이에요. 이제는 컬러텔레비전 앞에 앉아 있는 영소와 나. 우리는 여동생을 야구방망이로 때린 어떤 놈의 뉴스를 봅니다. 그렇게 사람을 때려놓고 살해 의도가 없었다며 상해치사로 풀렸다네요. 흥분한 영소가 저런 놈은 고소미 맛을 제대로 봐야 한다는 둥, 웬 과자 이름을 가지고 와서 흥분합니다. 아무리 시간이 흘러도 다 소용없구나, 내가 중얼거리자 영소가 엄마 때도 그랬어? 하며 눈을 반짝이네요. 이야기해달라는 거지요. 그런데 대체 어디서부터 이야기를 해야 할지, 그저 이름에 관한 이야기만 중언부언해봅니다.

"있지, 엄마. 그런 걸 보고 요즘은 뭐라고 하게."

"뭘? 그런 게 뭐야? 내 친구들? 우리를 보고 부르는 말도 있어?"

"진정한 연대라고 하지 않을까."

"연대? 시위하는 거?"

"아니, 꼭 시위만을 말하는 거 아니고. 요즘은 시위도 별로 없어. 평생 시위에 안 나가본 사람도 많은걸? 아, 이걸 뭐라고 설명하면 좋으려나. 가만 있어봐, 엄마의 자는 우리가 다 아는 그 아들 子였기 때문에 이것이야말로 진정한 미러링이라고도 할 수 있으려나?"

"미러, 미러 뭐?"

연대야 그래도 아는 단어지만 미러링은 또 뭘까요. 아마 영소가 이걸 물었을 때 한국과 일본, 세계 곳곳에서는 여성과 소수자의 목소리를 찾고자 하는 시도가 많아졌을 거예요. 미래의 어느 부분이 어둡지만은 않아서 나는 안심이 됩니다. 그런 영소의 이야기를 듣고 나는 미래의 내가 낙관하는 사람이 되어 있기를 간절히 희망해봅니다. 그런데요, 나는 영소가 그런 말을 할 때쯤은 정말 다른 사람이 되어 있어요. 나는 연대나 시위 같은 말을 들으면 숨이 차오르는 사람이 되어버렸습니다. 엄마는 5·18을 겪은 것도 아니잖아? 영소가 이 말을 하면 더 질색하는 표정이 돼요.

엄마. 그런데, 엄마는 5월 18일에 어디에 있었어?

그러게요, 저는……

나는 1958년 전남 구례에서 태어나 국민학교 입학 직후 광주로 이주하여 중·고등학교를 다닌 후 광주의 한 대학에 진학했습니다.

사실 지방대라고 해도 그 시절 여자가 4년제에 진학하는 건 어려운 일이에요. 아들에게 줄 돈을 딸에게 주는 집은 거의 없었어요. 게다가 고등학교 때까지도 나는 아버지의 교육열에 못 이겨 겨우 중간 등수를 유지하는 학생이었어요. 돈 때문에 혜숙이조차 원하는 대학에 가지 못했는데, 이런 생각에 망설여졌지만 그때 내가 그 기회를 잡았던 건 바로 좋아함, 설명이 필요 없는 그 유일한 것 때문이었죠. 영성이, 영자와 같은 대학에 들어가게 되었거든요. 영자는 집안에서 바라던 법대가 아닌 일문과로 입학하게 되었는데요, 처음엔 영자의 아버지가 영자에게 재수를 안 할 거면 당장 군대에 가라고 했대요. 그런 아버지를 영자의 어머니가 울면서 가로막았다는 건 광주 바닥에서 유명한 일화가 될 정도였고요. 비록 영자의 모부는 그렇게 비극의 주인공이 되었지만 나는 어쩐지 점점 행복해지는 것만 같았어요. 게다가요, 영자는 대학을 졸업하면 멀리 갈 거라고 했잖아요. 이 아이를 따라가려면 나도 돈이 있어야 했죠. 그 시절 여자가 그나마 생활이 가능할 만큼 돈을 벌려면 사무직이 되어야 했으니 대학 졸업장이 필요할 것 같았고요. 거기에, 영자가 가려는 먼 곳이 어딘지는 몰라도 일문과를 간 걸 보면 일본일 것 같기도 했고요. 이번엔 일본어를 좀 해야 할 것 같았죠. 외국어를 배우려면 역시나 대학을 가야겠고요. 그런데 막상 영자는 자신이 일문과를 선택한 건 어떤 시인의 시 때문이라고 했어요. 오키나와 출신의 여자 시인이 쓴 시래요.

"그 시 제목이 뭔데?"

"「헨젤과 그레텔의 섬」. 제목 근사하지? 아직 시집으로는 안 나왔지만."

영자가 씩 웃으면서 태평양 전쟁 때 섬에 남겨진 어린 소녀의 시선이 담긴 시집이라고 덧붙여줍니다.

"오키나와라는 섬이 있대, 너도 들어봤지?"

"아, 미자한테 들었어. 일제 때 광주 교구 신부님이 오키나와에서 오신 와키다 신부님이었다고."

"응, 근데 거기는 원래 일본 땅도, 미국 땅도 아니었고 평화로운 곳이었나 봐. 전쟁도 폭력도 없이, 동물과 사람들이 어울려 평화롭게 살던 아름다운 섬."

"그런데 일본이 또 침략한 거야? 조선에 그랬던 것처럼?"

"응, 근데 갑자기 일본이 섬을 지배하면서 그런 질문들을 하기 시작한 거야. 넌 일본인이냐, 오키나와인이냐. 아니면 설마 너 조선인? 이런 거 말이야. 그때 오키나와 사람들과 조선인들은 거의 같은 취급을 당했대. 전쟁 때 죽은 오키나와인들의 시신을 수습해준 것도 조선인들이고. 그래서 위령비가 있다지. 아무튼 그래서, 오키나와인들은 살기 위해서 자신이 일본인이라는 걸 어떻게든 증명해야 했대. 모두가 마음으로는 일본이 싫었겠지만 그렇다고 모두가 그런 순간에 용기 있게 정의를 말할 순 없는 거니까."

영자 네가 남자인지 여자인지 증명해보라고 말하면서 사실은 네가 남자라고 말하길 바라는 그런 사람들이 그곳에도 있던 걸까. 그런 사람들은 전쟁 중 섬에 홀로 남겨진 소녀에게도 일본인인지 아닌지를 물어서 죽이려고 했던 걸까. 그들은 어떻게 사람을 단 한 가지 조건만으로 설명할 수 있다고 생각한 걸까. 내가 아무 말도 하지 않고 그저 자신을 바라보기만 하자 영자는 아마 내가 그곳에 대한 설명을 더 듣고 싶어한다고 생각한 모양이에요. 영자는 이윽고 어떤 문장을 하나 말해주었어요. '들어봐, 경자야. 사람은 말이야. 잊고자 하는 일에 보복을 당하기 마련이래.' 고개를 갸웃하는 내게 영자가 그 말의 의미를 덧붙입니다. 그 말은 오키나와를 연구한 유명한 학자가 역사 속에서는 기록되지 못했을 대다수의 오키나와 사람들을 기억하자는 의미로 했던 거래요. 절대 반성하지 않은 일본 정치인들을 향해서요. 나는 그 말의 뜻은 다 알지는 못했지만……. 적어도 일본이 조선에게 한 것처럼 오키나와 사람들을 죽이고 죽이고 반성하지 않은 것만은 알 것 같았어요. '꼭 기억할게, 영자야. 나라도 꼭.' 하지만 나는 이런 저런 말은 그저 삼켜버리고 다른 말을 중얼거렸어요.

"전쟁 중이어도 아이는 자라고 섬에는 꽃도 나무도 피어났나 봐……"

내 말에 영자가 자신도 그 섬에 가보고 싶다 했어요. 그러고는 곧 그 시를 다시 읽어줍니다. 시의 모든 내용을 기억하는 건 아니에요. 다만 그 시의 마지막 문장만은 선명합니다.

그것은 작고 투명한 유리잔 같은 여름이었다

하지만 그런 여름을 사람들은 사랑이라 부르는 듯했다

그 아름다운 섬으로 가자, 우리도. 나는 그렇게 영자를 생각하며 공부에 매달렸습니다. 성적은 날이 갈수록 좋아졌어요. 그해 여름, 장학금을 받아서 영자와 함께 갔던 라이브 다방도 떠오르네요. 이거는 너무나 제가 좋아하는 기억이에요. 그때 충장로에는 '그랑나랑'이라는 라이브 다방이 유행이었어요. 제일 컸어요. 또래와 데이트라고 하면 주로 볼링장 아니면 라이브 다방이었어요. 가서 종일 음악 듣고 신청곡 적어 내고 또 음악 들어요. 그러다가 '돈까스후비까스' 가서 계란 프라이 추가해서 돈가스 먹고 하이트 맥주 좀 마시면 너무 좋은 날인 거예요. 조선대 다니던 애들은 증심사도 많이 갔죠. 정문 앞에서 무등산 넘어가는 버스가 많으니까요. 나도 장학금 받은 돈으로 영자와 '그랑나랑'에 갔다가 돈가스 먹었답니다. 그런데 이 이야기를 하는 내 표정이 너무 좋았나요? 듣고 있던 영소가 웃음을 터뜨리네요. 기껏 광주에 대해 말해달라고 그렇게 조르더니요.

"엄마, 무슨 대학을 놀려고 다녔어? 웬 상호가 그렇게 줄줄 나와? 결국 요약하면 뭐야, 데이트 하러 다녔다, 이거 아니냐고."

영소는 그즈음 대학에서 강의하는 사람이 되었어요. 방학 때도 소논문인지 뭔지를 쓴다고 조사를 하러 돌아다녀요. 그런데 언제부터인가 자꾸만 광주에 대해 묻네요. 인터넷 찾아보라니까 그냥 '사람들'이 궁금하대요. 내가 헛기침을 하자 영소가 못 말리겠다는 듯 고개를 몇 번 저으며 웃습니다.

"엄마, 지금 그 자리엔 다른 게 있겠지?"

"그러게. 아마 많이들 변하니까. 그래, 뭐 변해야 좋지."

"내가 구글 로드뷰로 광주 한번 보여줄까?"

퍼뜩, 광주를 보여주겠다는 영소의 말에 나는 고개를 저어요. 그냥, 그대로…… 어떤 것은 그저 그대로. 변해야 좋다고 했지만 사실 어떤 건 그대로 둬도 좋겠다 싶어요. 이를테면 그때 나에게 시를 읽어주던 영자의 목소리라든지요. 아니, 근데 아련한 건 아련한 거고 영소의 오해는 풀어줘야겠습니다. 나 김경자가 어디 사랑 때문에만 사는 사람이겠어요?

"영소야, 이 엄마 그저 사랑밖에 난 몰라 아니다?"

영소의 장난에 나도 짐짓 더 근엄한 표정을 지어 보여요. 그런데, 조금 더, 솔직하자면 사랑이라는 게 그런 건지도 모르겠어요. 시작은 영자뿐이었을지라도 과정은 나 경자와 영자가 함께했죠. 나는 처음으로 내가 무언가를 결심하고 거기에 열심이었던 게 좋았어요. 장학금을 받은 학기에 김경자, 석 자가 대자보에 새겨지는 것을 보고 싶은 쾌감도 느꼈습니다.

저 말을 해두고 보니, 훗날 미자가 우리에게 신학대를 가겠다고 선언한 날이 떠올라요. 수녀님이 되는 거야? 다들 그렇게 물었던 이유는……

미자의 어머니는 무당입니다. 그리고 할머니는 일본인이래요. 일제 강점기 때 일본의 집이 너무 가난해서 한국으로 돈을 벌러 온 거라고 해요. 그렇게 온 일본인 중에 가난한 여자들은 대부분 현지처가 되거나 카페나 호텔의 여급으로 일했는데, 일본이 철수할 때 이들은 데려가지 않았대요. 미자의 외할머니도 조선에 온 일본 남자의 현지처가 되어서 미자의 어머니를 낳았는데 그 일본 남자 혼자 본국으로 돌아가고 외할머니와 미자의 어머니는 데려가지 않았대요. 일본에서는 재조 일본인과 조선 현지처 사이에 태어난 아이를 인정하지 않는 사회 분위기가 있었다던데 사실 정확히는 모르겠어요. 소문에 의하면 미자의 어머니가 무당이 된 건 일본인도 한국인도 아닌 채로 할 일이 없어서 그랬다던데 이것 또한 잘 모르겠습니다. 왜냐면 미자는 학교에서 친일파라고, 더러운 피라고 괴롭힘을 당하곤 했으니까 그런 걸 물어보면 가슴 아플 거라 생각했어요. 얼굴에 일본인이라고 써 있다나요? 그런데 일본인과 한국인을 얼굴로 구분하는 게 가능한가요? 나는 사실 속으로만 그렇게 분노하고 말았어요. 혜자는 조금 더 분명했어요. '대단하신 나의 조상님이 일본인이나 중국인이면서 한국인이라고 했을 수도 있잖아? 단일민족이라고 얼굴 어디에 써 있냐?'라고요. 그리고 영자가 된 영성이는,

"그냥 베로니카와 어머니의 종교가 다른 거, 그뿐 아닐까."

아마도, 그렇겠죠? 뭐가 됐든 나는 미자가 자신의 종교를 갖게 된 것이 좋아 보였어요. 왜냐면 한번은 미자에게 무슨 죄를 그렇게 많이 지은 거냐

고 우리가 물었거든요. 그러니까,

죄를 열심히, 말할 수 있는 게 좋을 뿐이야,라고, 미자가, 베로니카 자매님은 그렇게 대답했습니다. 물론 그때는 '죄를 말할 수 있다', 이것이 쉬운 문장이지만 진심으로 어려운 일이라는 걸 잘 몰랐죠. 그저 나는 미자가 좋은 게 있다니 좋다고 생각했어요. 그것이 종교든 무엇이든 말예요.

자, 그러면 나 경자는 그로부터 몇 년 후 대학원에 진학했나요? 유학을 준비했나요?

아니요.

아니요? 그럼 저는 어디에 있나요?

나는 서울 광화문 뒤편의 재수 학원에 있습니다. 여자의 인생은 좋은 남편을 만나는 것으로 결정된다고 믿었기에 딸을 영부인과 대학 동기로 만들고자 했던 아버지의 뜻에 따른 거지요. 당시 나는 장학금으로 학비를 해결하는 것 외엔 경제권이라고는 없었으니 순순히 재수 학원으로 가게 된 거예요. 불행했느냐면 당연히 그렇다고도 할 수 있는데 또 어떤 면에서는,

"다행일지도 몰라."

어느 날엔가 미자가 그렇게 중얼거렸다지요. 그해 봄, 도망친 사람들을 숨겨주기 위해 성당 문을 열었던 미자가, 군인의 만행을 담은 유인물을 제작하여 미사 직전 나눠주었던 베로니카 자매님이 말이에요. 며칠 후 어느 정신 병원에서 머리가 하얗게 센 채 발견된 미자가 그런 말을 끝없이 중얼거렸다지요.

"정말 다행이야. 네가 없어서."

그리고 또 한 사람. 시집을 읽고 머리를 기르는 그 아이를 용납할 수 없던 아버지가 군대에 보내버린 영성이, 영자가 그런 말을 했습니다.

"경자야, 정말 네가 아무것도 보지 않아서, 정말 다행이야."

1980년이 다 가기 전 겨울이었습니다. 말바우시장의 팥칼국숫집이 성황

이었던 기억으로 보아 아마도 동짓날이었나 봅니다. 그날 나는 장기 휴가를 받은 영자와 함께 미자가 있다는 정신 병원을 찾아갔습니다. 하나 기억에 남는 것이라면 군복을 입은 소영성이 군복을 입은 다른 남자들을 볼 때마다 어깨가 움츠러들도록 몸을 떨었다는 것입니다. 나는 이전보다 더 홀쭉해진 영자를 데리고 돈가스를 먹었습니다. 괜찮아, 괜찮아. 영자는 누가 묻지도 않는데 그런 혼잣말을 하곤 했어요. 하지만 정작 머리가 하얗게 센 미자를 마주했을 때 영자는 조금도 괜찮은 것 같지 않았어요. 한참 만에야 여전히 몸을 떠는 영자를 대신해 내가 미자에게 고해성사 없는 삶이 답답하지 않냐고 묻습니다. 차마, 그날 이후 있었던 일들은 말하지 못하고요. 그해 5월 이후 계림성당과 남동성당의 신부님들은 도망 중입니다. 감옥에 가신 분들도 계시다 들었어요. 하지만 미자에게 더 이상의 충격을 주고 싶지 않았어요. 그런데 미자는 어쩐지 가뿐한 목소리로 이제 성당에 가지 못하는 건 괜찮다고 합니다.

"내 죄를 말할 수 있는 거, 그거 이제 필요 없으니까."

"왜, 미자야. 정말 좋아했던 거잖아. 게다가 혜자 아이도 찾았어, 감사하게도 성당에서……."

나는 뭐가 그렇게 다급했던 걸까요? 나는 혜자의 이름을 말하던 내 입을 가립니다. 하지만 미자의 시선은 어느새 군복을 입은 소영성에게 고정된 채였죠.

"왜냐면, 신은 그곳에 있는 게 아니라 광주에 있었거든, 그 군인, 모든 걸 멋대로 할 수 있던 그 군인. 설마 그 군인이 인간은 아니었겠지?"

나는 영자가 조금씩 뒷걸음질 치는 걸 보았어요. 영자의 팔을 잡으려고 했어요. 미자는 이제 막 말문이 터진 어린아이 같습니다.

"그러니까, 가장 죄 많은 건 바로 그 신이야."

소영성에 고정되어 있던 미자의 시선이 이번엔 영자의 얼굴로 향합니다.

"너도 혜자 같은 사람들에게 총을 쐈니?"

나는 순간 의자를 박차고 일어서 영자를 뒤에서 꽉 끌어안았습니다. 영자가 뒤로 넘어갈 것만 같았어요. 무언가 빠져나간 것처럼 느껴지던 영자를 끌어안으며 미자가 앉아 있던 곳을 바라보았을 때, 그곳엔 죄 없는 백발의 노인이 베로니카 자매님 대신 있었습니다.

그래, 미자야, 그런데. 너 대체 정말 무엇을 본 거니? 그리고 영자 너는 또 무엇을……

그로부터 다시 시간은 흘러 우리는 또 다른 봄들을 맞이했습니다. 그래요, 5월은 어김없이 있으니까요. 영자는 그때 지산동, 조선대학교 쪽으로 넘어가는 산수오거리에 나와 함께 살았습니다. 영성이는 입대하자마자 최전방으로 배치되었어요. 그런데 영자는 그곳에서 기간을 다 채우지 못했습니다. 그 봄에 광주에 와서 사람 죽이는 일을 했대, 이런 수군거림과 함께 돌아온 영자는 이제 부모님과 함께 살지 않았습니다. 미쳐서 돌아왔다는 사람들의 말과 달리 영자는 나와 함께 살던 그 방에서 행복해 보였습니다. 머리를 길렀고 남자 옷을 입지 않았어요. 시집을 곁에 두고 하루에 한 편씩 읽어주기도 했습니다. 가끔씩, 자다가 생전 하지 않던 욕설을 할 때가 있긴 했어요. 그 욕설 섞인 잠꼬대의 마지막엔 어쩐지 축 늘어진 것 같은 체념의 말투로 이런 말들을 했습니다. "난 그냥 나예요. 광주 사람도, 북한 사람도 아니고 남자도 여자도 아니고 그냥 나라고요." 하지만 내가 흔들어 깨우면 곧 말간 얼굴로 웃어 보였습니다. 그렇게 나와 영자는 가을도, 겨울도 함께 했어요. 다시 봄이 왔을 때 나는 이제 정말 모든 것이 괜찮아진 것 같다고 느꼈습니다. 그런데, 그날은 5월치고는 더웠습니다. 마치 여름의 한가운데 같았죠. 나는 그날 무명녀로 되어 있던 혜자 아이의 출생신고를 했어요. 영자에게는 깜짝 발표를 하려고 말을 하지 않은 채였죠. 본가에서 몰래 반찬도 몇 가지 챙겨 나왔습니다. 영자의 어머니께서 간혹 돈과 반찬을 아버지 몰래 두고 가셨지만 그걸로 해결이 다 안 될 때가 있었거든요. 도둑처럼 반찬을 챙길 땐 풀이 좀 죽었었는데, 막상 영자와 살던 동네 어귀에 이르러서는 영자에게 아이의 이야기를 할 생각에 마음이 부풀었습니다. '우리 아이의 이름은 무엇으로 할까? 네 이름을 따서 소영이로 할까? 소영이, 근데 혜자는 여성스럽다고 안 좋아할 거 같기도 하고. 그럼 영소 어때? 네 이름 앞 두 글자를 뒤집어서 말이야.' 이런 생각 끝에 이제 우리가 정말 피보다 강한 것으로 얽혔을지 모른다고 느꼈을 때였습니다. 문 앞에 서자 영자가 내게 읽어주던 그 시가 방 안에서 들려오는 듯했어요. 내 착각이었을까요? 하지만 그때 나는 아, 그래. 이제 정말 괜찮아진 것 같다고, 나는 정말 그렇게 생각을 했습니다.

깊은 숲속에서 양치식물의 포자가 금빛으로 쏟아지는 소리가 났다

부뚜막 안에서 마녀가 되살아나고 있었다

그이의 호주머니에 더는 빵 부스러기나 조약돌이 남아 있지 않았다

나는 그 시의 마지막 두 문장을 여전히 기억하고 있었어요. "그것은 작고 투명한 유리잔 같은 여름이었다. 하지만 그런 여름을 사람들은 사랑이라 부르는 듯했다." 이 문장 말예요. 그리고 앞선 문장도 다시 들으니 그때는 시 전체가 기억이 나더군요. 그런데 그날 알았어요. 내가 그 시에서 단 한 문장만은 아예 잊고 지냈다는 것을요. 바로 이 문장이었어요.

그렇게 짧은 여름의 끝에 그이는 죽었다……

내가 문을 열었을 때 방 가운데 떠 있는 것처럼 조금씩 흔들리던 영자의 발. 그리고 그 발밑으로 덩달아 흔들리던 그림자 속에 남겨졌던 영자의 편지.

경자야, 너는 아무것도 보지 못한 거야. 다 잊어. 다 잊고 살아가. 나도, 그 무엇도.

영자야…… 너 소영자는 소영성으로 대체 무엇을 해야만 했니, 무엇을

그렇게 잊어야만 하니? 그렇게 묻기도 전에 가버린 그 아이가 본 것은 아마도.

내가 떠난 그해 광주에서는 민주화항쟁이 있었습니다.

"엄마, 엄마는 고향이 광주잖아. 그러면 엄마도 5월 18일을 알아?"
처음 영소가 그것을 내게 물어왔던 건 김대중 대통령이 당선되고 광주가 다시 뉴스에 나오기 시작했을 때예요. 뉴스에서는 흑백의 전남도청 사진이 나오고 있었습니다. 나는 대답하는 대신 뉴스를 꺼버렸습니다. 어리둥절한 표정의 영소가 나와 텔레비전을 번갈아 보는 때에 나는 참지 못하고 콘센트마저 뽑아버립니다. 할 수 있다면 나는 아마도 온 동네의 전기를 내려버렸을 것입니다. '엄마 그때 〈뮤직뱅크〉를 못 보게 했단 말이야.' 영소는 이렇게만 기억합니다. 미안해요, 나는 그저 뉴스를 끄고 싶은 거였어요.
"하지만 엄마. 엄마는 그곳에 없었잖아?"
그래요. 나는 그곳에 존재하지 않았습니다. 하지만 그렇다고 해서 내가……
"그럼 엄마. 엄마는 대체 어디에 있었어?"

나는 당시 한참 재수 학원에 적응하느라 전라도 사투리를 안 쓰려 안간힘을 다하고 있었을 뿐입니다. 전라도에서 왔다고 하면 빨갱이라는 말을 들을 때였어요. 나는 김대중 이런 사람들에게 관심도 없는데, 좀 억울했어요. 나는 전라도 말이 하고 싶을 땐 이미 군대에 가게 된 영자에게 편지를 썼습니다. 경자가 씀, 까지 쓰고 나서 자 이제 됐다 하고 다시 나가 서울말을 쓰며 다녔습니다. 그날도 다르지 않게, 그렇게 5월 18일이 내 곁을 지나치는 것만 같았습니다.
광주에 간첩이 나타났대.

1교시가 시작될 무렵 학원에서는 사람들이 그런 말을 하며 웅성거렸습니다. 간첩이라니. 곧장 군대에 있는 영자가 떠올랐어요. '여기는 온통 전라도 사람뿐이야, 매일 손발톱을 잘라서 봉투에 넣으래. 언제 죽을지 모르니까.' 한번은 영자가 자신이 있는 곳은 그저 날마다 살인 기술을 가르치는 데라고, 이 안에서도 더 약한 사람을 골라내 그 기술을 쓰는 것 같다고 편지를 보내왔어요. '여자 같은 애들은 항상 표적이 되는 것 같아. 그러니까 나 같은……' 그 편지를 받고 다급하게 면회 신청을 넣기도 했습니다. 그 면회 신청은 거부당했지만요. 영자가 편지를 보내올 때마다 겉봉에 씌어진 소영성이라는 이름이 퍽 낯설어서 답장으로 보낸 편지에는 소영자에게라고 쓰기도 했었는데요. 그래도 나는 고개를 저어 생각을 멀리 보내봅니다. 영자도, 더불어 혜자도 전라도와 멀리 떨어진 곳에 있으니 이럴 때는 차라리 다행이라는 생각만 했습니다. 나는 뒤돌아보지 않았습니다. 나와는 무관한 일이야. 그렇게 중얼거렸습니다.

나와 상관없는 일이야. 나와는.

나는 그렇게 5월 18일을 통과해가는 것만 같았습니다. 하지만,

나와는?

그래요. 하지만 나는 알고 있었잖아요, 혜자와 영자를 차마 떠올리지 못했다 해도 이미 그곳엔 미자가 있었습니다. 그렇게 신부가 되고 싶었지만 수녀가 될 수밖에 없는 베로니카 자매님이 있었습니다, 그리고 사랑하는 남자와 뜻을 같이하기 위해 광주로 되돌아간 혜자가 있었습니다. 이후 그 남자와 자신이 추구하는 정의가 조금은 다르다는 걸 알고 홀로 되길 택한 혜자가, 그러나 아직은 광주를 벗어나지 못했던, 어느 순간에는 자신의 배 속에 있는 아이를 위해서, 그런 아이들이 죽어가는 걸 그대로 볼 수만은 없어서 시위에 나섰던 혜자가……

나와는 무관한 그곳에 그렇게.

거기에 있었습니다. 그리고, 거기에는.

또 그 반대편에서 총을 겨누었던, 칼로 사람을 찔렀던. 아니, 그러라고 명령을 받았던 영자가 있었습니다. 압니다, 모든 군인이 다 영자는 아니에요, 절대 아니에요. 그러니 그저 영자라고 하겠습니다. 그렇게, 영자가 그곳에 있었어요. 그리고 다시, 여자의 삶을 선택한 영자를 받아들일 수 없던 소영성의 부모가 죽어서까지도 소영성으로 사망 신고를 한, 소영자가 소영성인 채로 또 그렇게 있었습니다. 영성이가 아닌 영자와 함께 살았던 나는 아무런 제도적 힘이 없어서, 그렇게 소영성인 채로 보내야 했던 소영자가 정말 그곳에 있었습니다.

"엄마, 있지. 사람은 왜 죽어?"
"응?"
"나는 왜 태어났고 아빠는 왜 죽었어?"

영소의 질문에 다른 사람이 추가되었습니다. 어린 시절부터 아이들의 놀림을 받는 건 괜찮다고 하던 영소였습니다. 그리고 그때 우리는 이미 오키나와로 이주한 뒤였지요. 30년 후에는 오키나와도 유명한 관광지가 되지만 그때는 본토와의 거리도 멀고 한국에서도 아는 사람이 별로 없었지요. 단한 사람, 소영자 빼고 말이에요. 해외 일자리 중개 업소에서도 오사카와 후쿠오카를 추천했습니다. 하지만 나는, 그래요, 오키나와로 가고 싶었어요. 사람들에겐 그저, 영소랑 먹고살 일이 있으면 어디든 간다고 답했습니다. 영자 덕분에 배우게 된 일본어가 내게 큰 힘이 되어주었죠. 그렇게 온 오키나와, 이곳에서 나는 경자, 여전히 경자지만.
처음 체류 신고를 하던 날 버벅대던 나를 도와 서류를 받아 적던 직원이 경자? 하더니 서울 京 아들 子로 내 이름을 기록했습니다. 그가 확인을 위해 나를 한번 올려 보았지만 나는 그것을 빤히 보고도 아무 말을 하지 않았습니다. 아들 子가 아닌 스스로 自. 스스로의 공동체는 그 뜻이었는데 말이에요. 혜자, 미자, 그리고 영자…… 나는 고개를 돌렸습니다. 그리고 그렇게 京子, 쿄코가 되었습니다. 쿄코로 사는 것, 아무 문제도 없는 것만 같았지요. 나는 열심히 일했고 영소를 키워냈으니까요. 영소가 고등학교에 들어갈 무렵엔 마음에 맞는 남자와 몇 년을 함께 살기도 했습니다. 시집을 좋아하던 점잖은 일본 사내였죠. 그리고 그사이, 아무도 내 이름을 부르지 않았습니다. 영소 엄마, 저기 이모, 김 여사, 김상…… 단 한 번, 영소를 일본의 학교에 입학시키려던 그때 빼고는요. 가족 관계를 살펴보던 영소의 담당 선생님이 왜 아빠가 없는지 물어왔던 것입니다. 사실 무례하지 않은 의례적인 질문이었어요. 그러게요, 그런데 영소가 태어나기 위해 영소의 아버지가 죽은 건 아닙니다. 삶과 죽음이 그렇게 순차적으로 이뤄진다면 차라리 평안에 이르기가 쉬울 테지요. 하지만.

"영소야. 네 아빠는."

"응."

"자살했어."

그 말의 의미를 묻지도 않고 그저 '죽었다'는 말 자체에 눈물을 흘리던 어린 영소가 이제는 벌써 30대 중반을 훌쩍 넘어갑니다. 나는 그때까지 영소가 막연히 동아시아 역사를 전공한 후 대학에서 강의를 하는 정도로 알고 있었어요. 영소는 그중에서도 한국학을, 한국학 중에서도 광주에 대해서 공부하고 있었더군요. 5월 18일에 대해서 말이에요. 나는 아무 말도 하지 않았습니다. 하지만 그제야 나는 삶이라는 걸 어렴풋하게 알 것 같았어요. 죽음이 아니라, 겨우 삶에 대해서요. 그것은 뭐랄까요. 아주 탄력이 느슨한 고무 밴드 같은 걸 늘 허리에 감고 있었다는 느낌, 그 느슨한 탄력감 때문에 느끼지 못했을 뿐 나는 아주 천천한 탄력으로 그곳으로 돌아가고 있었던 것일지도 모르겠어요. 하지만 나는 그렇다치고 영소는 대체 무슨 예감이었던 걸까요?

"나와, 정말 상관이 없는데, 엄마. 그렇지?"

영소가 그렇게 말했습니다. 무어라 대답도 하기 전에 눈물이 흘러내렸습니다. 그걸 아시나요? 태풍이 불면 온 사위가 깜깜할 것 같지만 태풍 가운데 들어가면 바람이 잠잠하고 무엇보다 맑은 하늘을 볼 수 있습니다. 나는 태풍이 많은 오키나와에 와서야 그걸 알았습니다. 눈물도 그런 것 같아요. 눈물이 흐르면 처음엔 앞이 흐리지만 나중엔 오히려 시야가 맑아지죠. 평생 나는 어떤 곳에 비켜서서 울음을 삼키기만 했다는 걸 알았습니다. 그렇게 또렷하고 깨끗한 시야에 그제야 울음을 간신히 참고 있는 영소의 얼굴이 들어왔습니다. 그 얼굴과 나란히, 혜자와 미자가, 그리고 영자가 그곳에 있었습니다. 나는 아마도 무슨 말인가를 더 하려고 했던 것 같아요. 하지만 그즈음엔 나도 부디 평안에 이르고 싶었던 것 같습니다.

"그런데 왜 이렇게, 고통스러운 걸까, 엄마."

연구를 하면 할수록 말이야, 영소는 내 너머로 시선을 둔 채 속삭이듯 중얼거립니다. 어쩌면 영소도 나처럼 이제 평안에 이르고 싶었던 걸까요. 영소는 나를 자신의 연구에 기록할 거예요. 5월 18일 그곳에 있었고 그날 이후 더는 어느 곳에도 있지 않은, 그러면서도 내 주위 어디에나 있는 혜자, 미자. 그리고 영자,에 대해서요. 그 후엔 아마도……

여기서부터 이것은 나, 김영소의 기록이다. 김영소의 기록엔 그러나 김영소는 존재하지 않는다. 그러므로 저 말에서 잠깐 나는 머뭇거렸다. 김영소의 기록?

이것은 코코라 불렸던 쿄지 상, 김경자 씨의 기록이다.

김경자, 호적상 한자 표기는 金京子, 1958년 1월 30일 전라남도 구례 출생. 동명중학교와 살레시오여자고등학교 졸업. 그로부터 3년 후 광화문 재수 학원에서 대학이 아닌 또 다른 학원으로 다시 자리를 옮긴다. 그사이 어떤 일이 있었는지 자세히는 나도 모른다. 다만 이미 그때 나는 갓난아이로 존재했다. 내 아버지는 내가 존재하는지도 모르는 시점에 죽었다고 했다.

"자살이야."

그 말을 하는 엄마의 목소리엔 떨림이 없다. 아버지는 엄마의 오랜 친구 중 한 명이었다고 한다. 엄마가 그를 좋아했던 이유는 뭐였을까. 단 한 번, 그런 이야기를 했었다. "그 사람은 참 다른 남자들 같지 않게 뭐든 조심스러웠어. 목소리도 크지 않았고 버스를 타면 다리를 모으고 앉았거든. 뭔가…… 반대야." 뭐가 반대라는 걸까. 엄마는 누군가의 이름을 중얼거렸다. 얼핏 혜, 그리고 자라는 글자가 들렸지만 엄마의 또 다른 이야기가 이어졌으므로 그 이름에 대해선 다시 묻지 못했다. 어쨌거나 아버지에게 이상 행동이 온 것은 광주에서 살게 되면서부터였다. 왜 그곳이었을까. 둘은 서로에게 모든 걸 말하는 사이였지만 단 하나만은 말하지 못하는 사이기도 했다. 광주, 5월 18일. 그렇게 광주에 내려온 지 얼마나 흘렀을까. 그렇게 얌전해서, 다른 남자들 같지 않아서 엄마가 좋아했던 그는 밤마다 소리를 지르고 욕설을 내뱉고 머리를 쿵쿵 벽에 찧기도 했다. 후에야 알았다. 아버지는 그때 군대에 있었다. 그날 밤, 손발톱을 모두 깎아 편지 봉투에 넣어 부모님께 보내라던 그날 밤, 그는 전라도 출신이라는 게 확인된 뒤 다른 전라도 출신들과 광주로 보내졌다. 거기서 그가 무슨 일을 보았는지 엄마도 정확히는 모른다고 그랬다. 그가 그렇게 죽을 줄은 더 몰랐을 것이다.

엄마는 내가 열넷 무렵 오키나와로 거주지를 옮겼다. 바뀌어버린 환경에 종종 입을 다물고 시위 아닌 시위를 하던 그즈음 나에게 엄마는 종종 '전생의 업보다, 업보야.' 이런 말을 중얼거렸다. 아버지의 죽음에 대해선 담담하던 엄마도 나에게는 침착하지 못했던 거다. 사실 나는 그런 엄마에게 할 말이 없는 자식이었다. 엄마가 온갖 과외며 학원을 보내줬는데도 잘하는 게 없었다. 그나마 본토의 대학으로 입학한 게 유일한 효도였달까. 신기한 건 엄마는 그것 때문인지 내 학창 시절을 모두 좋게만 말한다는 거다. 마치 내가 일본으로 간다니까 잘사는 나라로 간다고 그저 부러워하던 한국에서의 친구들처럼 말이다. 한국은 IMF로 힘들 때여서 이해할 수도 있었다. 하지만 엄마는 어째서였을까. 반에서 따돌림을 당하던 사람은 총 네 명, 나와 재일 조선인 아이, 그리고 동성애 스캔들을 일으킨 아이, 자기가 남자라고 주장하던 아이. "더러운 피." 사람들은 나를 보고, 나와 함께 따돌림당하던 아이들을 보며 종종 그런 말을 했다. 지나고 나서야 알았다. 폭력은 그저 약한 이들에게 유사하게 반복되고 있을 뿐이라는 것을. 나는 가방에 과도를 하나 넣어 다니기 시작했다. 나를 지키기 위해서,라고 되뇌었지만 마음속으론 나를 모욕하던 인간들의 얼굴을 그어버리고 싶었다. 아니, 그보다는 그 인간들 앞에서 보란 듯이 내 손목을 그어버리고 싶었다. 내 피를 봐, 너네 피와 다르지 않다고. 폭력은 그렇게 약한 존재에게 늘 자신을 파괴하는 방식의 자기 증명을 요구한다. 과도는 괴롭힘이 심해질수록 크기가 커져서 나중엔 식칼이 되었다. 아마, 엄마에게 그 식칼을 들키지 않았으면 나는 아마도……

"아, 엄마. 아빠도 자살했다며!"

식칼을 발견하자마자 싱크대로 달려가 던져버린 엄마가 전생의 업보를 꺼내 들기 시작했을 때였다. 내 말에 엄마는 잠시 아무 말 없이 나를 바라보기만 했다. 엄마는 아버지 이야기를 하면서 운 적이 한 번도 없었다. 동요도 없었다. 그런데 그날은 엄마가 좀 달랐다. 너, 너, 너희 아빠는. 너희 아빠는. 조금은 넋이 나간 사람처럼 그런 말을 중얼거리던 엄마.

"전혀 죽고 싶지 않았어. 살고 싶었어. 그 아이는 너무나 살고 싶었어."

거기 있던 모두가 그냥 살고 싶었던 거야. 엄마가 그렇게 말했을 때, 왜였을까. 나는 다시 물었다. 엄마는 나를 사랑해? 아니면 미안한 거야? 엄마는 그 질문에 아무런 답도 하지 않았다.

그런 내가 본토의 대학에 갈 수 있었던 건 나하 중심부의 학교에서 외곽으로 전학을 결정하고 그곳에서 역사 과목을 들으며 공부에 흥미를 느꼈기 때문이었다. 우익 교과서를 채택하지 않았던 학교였기에 오키나와의 역사와 조선인들의 역사, 재일 조선인의 역사를 배울 수 있었고 나에게도 발언권이 주어졌었다. 아이러니하게도 나는 내가 왜 이곳에서 혐오의 대상이 되어야 했는지를 배우면서부터 안정을 찾았던 거다. 왜냐면 그것이 나의 잘못이 아니라는 걸 알게 되었으니까. 게다가 역사 선생님은 가끔 교과서가 아닌 시집이나 소설을 가져와서 오키나와에 대해 이야기하기도 했었다. "말하는 방식은 다양할수록 좋아." 시는 잘 이해하지 못했지만 역사 선생님의 그 말이 좋았다. 선생님이 오키나와 출신의 시인 미즈노 루리코의 『헨젤과 그레텔의 섬』이라는 시집을 읽어준 날, 나는 전학 이후 절대 가지 않았던 나하 중심부로 나가 백화점 안에 있는 서점에 찾아갔었다. 아직 모노레일이 없던 때라 쨍쨍한 볕을 고스란히 받으며 버스 창가 자리에 붙어 앉아 갔던 기억이 선명하다. 그런 기분에 열심히다 보니 역사 선생님과도 어느 정도 친해졌었는데, 하루는 선생님이 나를 불러 한국에서 온 손님들을 안내해줄 수 있냐고 물었다. 일반적인 관광이라면 엄마가 허락하지 않을 것 같다는 생각에 바로 거절했을 텐데 그들은 미군 기지와 조선인 위령비를 둘러본다고 했다. 내 말에 엄마는 어디서 오신 분들이냐고 물었다.

"응, 광주. 5·18 피해자 유가족분들하고 관련 연구하시는 분들이래. 그게 오키나와하고 무슨 연관인지는 모르겠지만."

순간 엄마의 등이 미약한 경련을 일으킨 것처럼 보였다면 과한 걸까. 하지만 엄마는 그 일을 반대하지 않았다. 며칠 동안 나는 광주에서 왔다는 그 손님들에게 나하시에서부터 미군 기지, 조선인 위령비까지 모두 안내했다. 기억에 남는 사람은 한국에서 온 가이드 나나 씨와 연구자 경아 씨였다. 여자가 우리 셋뿐이기도 했지만 둘 다 일본어에 아주 능숙했고 어리다고 반말을 하기도 했던 다른 사람들과 달리 나에게 깍듯이 존댓말을 했기에 좋은 인상이었다. 특히 경아 씨는 일에 치여 늘 긴장 상태였던 나나 씨와 나를 도와 자연스레 일본어 통역도 맡아주었다. 하지만 처음엔 그가 주는 좋은 인상에도 쉽게 마음을 열지는 못했었다. 당시 일본이나 한국이나 갑자기 오키나와를 주목하는 분위기였는데, 사람들이 주목하는 오키나와란 뻔했다. 버려진 땅, 소외받은 땅, 미국과 일본의 폭력으로 얼룩진 땅. 나는 처음엔 경아 씨도 마찬가지라 생각했다. 그런데 경아 씨는 언제나 내 생각을 벗어난 사람이었다. 기껏 위령비나 미군 기지 앞에 데려다 놓으면 점심으로 먹은 오키나와 전통 소바나 맥주 이야기를 해댔다. 그 점이 나에겐 오히려 편안하게 느껴졌다. 뭐랄까, 엉뚱하게도 경아 씨라면 남편이 자살하고 홀로 생계를 책임지면서 남겨진 아이를 키우겠다고 오키나와로 이주한 엄마를 마냥 불쌍하게 보진 않겠다는 마음이 들었던 거다. 그래요, 오키나와엔 그런 폭력이 분명히 있었죠. 하지만 소바도 있고 맥주도 있고 고구마도 있네요. 엄마랑 나는 가끔 싸우고 그래도 또 웃을 때도 있어요. 나는 그런 말들이 자꾸 하고 싶었다.

며칠을 함께 다니다 보니 사람들은 묻지 않아도 서로의 이야기를 할 때가 있었다. 어느 날엔가는 경아 씨 이야기가 나왔다. 한국에서 온 줄 알았는데 경아 씨는 조선적 재일 남편과 결혼해서 지금은 도쿄에 살고 있다고 했다. 일본에서 세상 오갈 데 없는 처지가 조선적 재일인데 경아 씨가 가졌던 마음은 대체 뭐였을까. 경아 씨는 그런 사정을 다 알고 내린 결정이었을까. 그때까지 나는 눈에 띄는 게 싫어서 불편도 질문도 최대한 참는 편이었는데 경아 씨에게는 질문을 하고야 말았다. 대뜸 무슨 연구를 하는지 물었던 거다.

"나는, 식민기 한국에 현지처로 있었거나 호텔 여급으로 취직하러 왔던 일본인 여성에 관해 연구해요. 그들 대부분은 일본에서도 한국에서도 하층이었고요. 일본 제국이 패망한 후 철수할 때도 본국으로 데려가지 않았죠."

"저, 그런데…… 실례지만 그러면 5·18하고 그게 무슨 연관이에요? 이

번 여행은 5·18 유가족 분들이나 관련 연구를 하는 분들이 오시는 거라고 들었는데요."

"네, 관련이 없을 수 있죠, 그런데, 음⋯⋯ 영소 씨, 나도 뭐 하나만 이야기해도 될까요?"

내가 작게 고개를 끄덕이자 경아 씨는 고맙다는 듯 웃어 보이고 잠시 입술을 말았다.

"내가 한국에 살 때 말이에요. 그때 한국에서 재조 일본인의 손녀를 취재한 적이 있었어요. 신학대를 다니던 중 5·18을 겪으셨고 그 충격으로 하룻밤 만에 머리가 하얗게 센 여성분이었죠. 그분을 뵌 날, 내가 그랬었어요. 공적인 자료에는 신부님들에 대한 기록뿐인데 어떻게 이 일에 관여가 된 것이냐고요. 그러다 뭔가 스스로도 이상한 거죠. 그래요. 거기는 수녀님들도 계시고 성당에 다니던 사람들도 있었고. 나 조금은 당연한 걸 그제야 깨달은 거죠. 아니, 당연하다고 생각되는 것 외에는 다 당연하지 않은 것으로 취급하면서 배제하며 살았다는 걸 깨달은 거죠, 그렇게 옳은 일 하며 산다고 자부했던 내가 말이에요."

그랬다. 사람들은 너무나 당연하다고 생각하는 것이 있기에 그 당연함에 들어가지 않는 것을 굉장히 불편해할 때가 있다. 그럴 때 어떤 사람들은 그 불편하게 만드는 존재들을 아예 지워버린다, 가령 학교에서 나와 같은 존재⋯⋯ 그리고 어쩌면, 엄마와 아빠와 같은.

"그때 그분이 그런 말씀을 하시더라고요, 어릴 적 외할머니가 재조 일본인이라 한국에서는 친일파라고, 또 일본인들에게는 현지처 자식이라고 더러운 피라고 욕을 먹었는데 이제는 광주 사람이라고 빨갱이라고 욕을 먹는다고요."

더러운 피⋯⋯ 이 말에 난 무언가 한 대 맞은 기분이 되어 경아 씨를 조금은 빤히 바라보았다. 경아 씨가 한숨처럼 낮게 말을 이어갔다.

"사실 이렇게 결연하게 말했지만, 솔직히는 논문 쓰고 잊었어요. 그런데요, 하루는 여기 넘어와서 험한시위대를 마주친 거죠. 그들이 지나가길 기다리며 길 한쪽에 서 있었는데 어떤 사람이 저를 똑바로 보고 말하더라고요. '한국인, 더러운 피.' 그때, 생전 나를 본 적도 없는 사람이 나를 증오하고 혐오하고 있다는 걸 알았어요. 그날 집에 돌아와 이유도 없이 샤워를 내가 몇 번이나 했는지 몰라요. 이상했죠. 그러다가 그 다음엔 나도 처음 보는 그 남자를 붙잡아 욕을 하고 싶다는 생각에 잠이 오지 않을 정도였어요. 그런데 내 말에 남편은 그저 한숨을 내쉬더니 이렇게 말하더군요. 이제 그런 말에 익숙해져야 할지도 모른다고 말이에요."

경아 씨, 나도 그 말을 들은 적이 있어요, 나를 알지도 못하는 사람들에게조차요. 나랑 같이 따돌림당하는 애들도 들었죠. 한국인이라서, 동성을 사랑한다고 해서, 자신의 성별을 받아들이지 않는다고 해서요. 그냥 우리 보고 더럽대요. 이 말은 목에 걸려 나오지 않았다. 이 말을 하면 오래 참았던 울음이 먼저 나올 것만 같아서였다.

"그때, 잊고 있었다고 생각했던…… 광주에서 뵀었던 그분이 떠오르더라고요. 그러면서 어렴풋하게 이런 생각이 들기 시작했어요, 뭔가…… 우리가 연결되어 있다는 생각. 어쩌면 서로의 삶을 교차하고 있다는 생각."

나는 경아 씨의 말을 들으며 내내 엄마를 떠올렸다. 어떤 시절의 기억에 대해선 아주 모르는 사람처럼 고개를 숙이고 눈을 감아버리는 엄마. 그때 왜 나는 줄곧 엄마를 떠올리며 이제 다시 볼 수 없을지도 모르는 경아 씨에게 그런 말들을 한 걸까. "그런데요, 경아 씨. 엄마가 자꾸만 자신은 과거에 있대요, 미래를 봤대요. 엄마는 누구와 무엇으로 연결되어 있는 걸까요?"

하지만 난 이내 다시 고개를 저었다. "그래요, 뭐…… 엄마가 왜 그러는지 내가 알아서 뭘 하겠어요. 어쨌거나 이제 나오는…… 정말 상관없는 일이잖아요?" 그때까지 묵묵히 내 말을 듣던 경아 씨가 가만히 미소를 지어 보였다. 어쩐지 조금은 낮고 쓸쓸했던 그 미소 끝에 그가 해준 마지막 말은 이거였다.

"'사람은 잊고자 하는 일에 보복을 당하기 마련이다.' 제가 공부를 시작할 때 영향을 많이 받은 오키나와 연구자가 한 말이에요. 전쟁의 기억을 지워버리려는 일본 제국을 향해 한 말이었죠. 음…… 영소 씨, 어떤 사람들은요. 죽어도 꼭, 살아 있는 것 같잖아요? 또 어떤 사람들은 살아남았어도 늘 과거에 사는 거 같기도 하고 말예요."

그날 경아 씨와의 만남 이후 다시 20여 년의 시간이 흘렀을 때 나는 연구를 위해 최종적으로 광주행을 선택하겠다고 엄마에게 말했다. 광주라는 말에 주저앉던 엄마. 엄마는…… 그곳에 없었잖아? 내 말에 아무 대답 없이 눈물을 흘리던 엄마. 그곳에 있다고도 없다고도 할 수 없었던 엄마는. 그곳의 많은 사람이 그러했을 것처럼 위로할 수도 받을 수도 없는 시간을 모두 떠안아야 했던, 살아남은 사람이 아닌, 그저 그곳에 남겨진 사람이었던 엄마는.

"엄마는 어디에 존재하는 사람이야?"

아주 작게 입을 열어 무언가를 중얼거리던 엄마. 엄마, 뭐라고 말하는 거야? 무얼 말하려고 하는 거야? 자세히 들어보니 그것은 누군가의 이름들이었다.

그 이름들을 소리 내어 부른 엄마는,
그렇다면 엄마 경자 씨는
이제 평온에,
이르렀을까.

이것은 나 김영소가 엄마인 김경자 씨를 써 내려간 기록이 될까, 아니면 기억이 될까. 서울 京 아들 子의 쿄코 상이라고 불렸던, 실은 스스로 自를 쓰는 경자 씨는 조기 치매 증상으로 마지막 몇 달을 병원에서 보냈다. 첫날

쿄코 상이라고 씌어진 침대의 글자를 기어이 쿄지 상으로 바꾸겠다 고집을 부리던 엄마는, 어느 날엔 "혜자야, 너 이제 아들 대접 충분히 받고 있어?" 하고 물었고 또 가끔씩은 "미자야, 나도 죄를 말할 수 있을까?" 이렇게 묻기도 했다. 나는 혜자도 미자도 아닌 엄마 딸 영소라고 화도 내고 달래보기도 했지만 소용없었다. 그 이름들이 어린 시절 들었던 엄마의 친구들 이름이라는 게 떠오른 이후에는, 평생 부르지 못한 그 이름을 마음껏 부르고 싶나 해서 그저 고개를 끄덕여주거나 맞장구를 쳐주었다. 그렇게 그곳에서의 몇 달, 그날은 아침부터 엄마의 시선이 내 어깨 너머 어딘가를 향하고 있었다. 텔레비전을 걸어놓은 자리였는데 여태는 엄마가 그곳을 응시한 적이 없었다. 시선을 따라 돌아본 곳에서는 1980년 그 군인이 법원 앞에서 자신의 무죄를 주장하는 한국발 뉴스가 나오고 있었다. 냉소를 머금으며 볼륨을 조금 높여보려 할 때였다. 엄마가 무어라 중얼거리기 시작했다. 부탁을 들어주지 못해 미안해, 가만 들어보니 누군가에게 엄마는 끝없이 사과 중이었다. 이번엔 미자 이모한테 미안한 거야, 아니면 혜자 이모야? 내가 다시 엄마에게 돌아섰을 때였다. "나 너를 잊지 않았어…… 영자야." 영자? 처음 듣는 이름이었다, 경자 씨가 자신의 생에 마지막으로 소리 내어 부른 이름이기도 했다. 그리고 그 이름을 부른 경자 씨가 다시 그 군인이 나오고 있는 텔레비전의 화면을 똑바로 바라보며 남긴 말은 이거였다.

"사람은 잊고자 하는 것에 보복을 당하기 마련이다."

쿄코 상이 아닌 쿄지 상이 그곳에서 웃으며 울고 있었다. 여느 때보다 맑은 눈으로.[1]

---

1   소설의 사유에 도움을 준 자료
     고정희, 『이 시대의 아벨』, 문학과지성사, 2019(재판).
     권김현영 외, 『남성성과 젠더』, 자음과모음, 2011.
     노영기, 『그들의 5·18』, 푸른역사, 2020.
     최승자, 「나의 詩가 되고 싶지 않은 나의 詩」, 『이 시대의 사랑』, 문학과지성사, 1981.
     미즈노 루리코, 『헨젤과 그레텔의 섬』, 정수윤 옮김, 읻다, 2016.

스티븐 로우즈 · R. C 르원틴 · 레온 J. 카민, 『우리 유전자 안에 없다』, 이상원 옮김, 한울, 2009.

우치다 준, 『제국의 브로커들』, 한승동 옮김, 길, 2020.

츠루미 슌스케, 『다케우치 요시미』, 윤여일 옮김, 에디투스, 2019.

코델리아 파인, 『젠더, 만들어진 성』, 이지윤 옮김, 휴머니스트, 2014.

박진경 · 미야지마 요코, 「카페의 식민지근대, 식민지근대의 카페: 재조일본인 사회, 카페/여급, 경성」, 『한국여성학』 제36권 제3호, 한국여성학회, 2020.

송혜경, 「일제강점기 재조일본인 여성의 위상과 식민지주의: 조선 간행 일본어 잡지에서의 간사이(韓妻) 등장과 일본어 문학」, 『일본사상』 제33호, 한국일본사상사학회, 2017.

유경남, 「사회운동 관점에서 본 광주YMCA · YWCA와 5 · 18항쟁」, 『한국기독교와 역사』 제53호, 한국기독교역사연구소, 2020.

윤선자, 「한국천주교회의 5 · 18 광주민중항쟁 기억 · 증언 · 기념」, 『민주주의와 인권』 제12권 2호, 전남대학교 5 · 18연구소, 2012.

이선윤, 「제국과 '여성 혐오(misogyny)'의 시선: 재조일본인 가타오카 기사부로(片岡喜三郎)의 예를 통해」, 『일본연구』 제39집, 중앙대학교 일본연구소, 2015.

정호기, 「천주교회의 '5월운동'과 사회참여: 1980년대 전남지역의 활동을 중심으로」, 『신학전망』 182호, 광주가톨릭대학교 신학연구소, 2013.

Baudewijntje P. C. Kreukels & Antonio Guillamon, "Neuroimaging studies in people with gender incongruence", *International Review of Psychiatry*, 28(1), Gender Dysphoria and Gender Incongruence, 2016, pp.120~128. (DOI: 10.3109/09540261.2015.1113163)

Dick F. Swaab, "Neuropeptides in Hypothalamic Neuronal Disorders", *International Review of Cytology*, vol.240, Elsevier Academic Press, 2004, pp.305~375.

Giancarlo Spizzirri et al., "Grey and white matter volumes either in treatment-naïve or hormone-treated transgender women: a voxel-based morphometry study", *Scientific Reports*, 8, 2018. (https://doi.org/10.1038/s41598-017-17563-z6)

Mairead Enright et al., "POSITION PAPER on The Updated General Scheme of the Health (Regulation of Termination of Pregnancy) Bill 2018". (https://lawyers4choice.files.wordpress.com/2018/08/position-paper-1.pdf)

Timothy Cavanaugh, "Sexual Health History: Talking Sex with Gender Non-Conforming & Trans Patients". (https://fenwayhealth.org/wp-content/uploads/Taking-a-Sexual-Health-History-Cavanaugh-1.pdf)

기꺼이 어려운 인터뷰에 응해주신 분들께 감사를 전합니다.

너의 기록이 나의 기억이 될 때

강도희 서울대학교 국어국문학과 박사과정

「쿄코와 쿄지」는 이름에 대한 아이의 물음에서 시작한다. "엄마는 왜 경자가 되었어?"(381쪽) 너는 언제부터 너였냐는 질문. 여섯 살 아이가 가장 의지하는 타자인 엄마에게 그 자신에 대한 설명을 요청하고 있다. 그제야 '나'는 이야기를 시작할 수 있게 된다. 경녀도 경자(京子)도 아닌 경자(京自)의 이야기를. 광주에 살았던 네 친구 경녀, 혜숙, 미선, 영성은 고등학교를 졸업할 무렵, 훗날 흩어져 가정을 이루어도 우정을 기억할 수 있게 이름 끝 글자를 함께 '자(子)'로 바꾼다. 그것은 아들과 같은 대접을 받거나 여성의 기호를 점유하기를 바라는 욕망의 발현이지만, 호명의 전도를 통한 다른 젠더로의 전환이 종착점은 아니라는 합의를 거쳐 네 사람은 결국 '자(自)'를 택한다.

이렇듯 넷이 하나의 공동체로 묶인 데에는 젠더에서 비롯된 폭력이나 차별의 경험이 존재한다. 혜자는 권위적인 친오빠로부터 상습적 폭력을 당해왔고, '너는 입만 다물면 괜찮은데' 따위의 성차별적 태도를 가진 남자 선배들과 함께 학생운동에 가담한다. 경자 역시 아버지가 자전거를 사주지 않았던 이유는 처녀막이 터지면 어쩌느냐는, 딸에게만 적용되는 순결 이데올로기 때문이었다. 미자는 자신이 성당의 미사를 진행하는 신부가 아니라 수녀가 될 수밖에 없음을 알고, 왜 여자는 남자보다 신에게 가깝게 다가가지 못하는지 의문을 갖는다. 영자는 간성(intersex)으로 태어났지만 '인간' 대접받는 자식을 원했던 아버지에 의해 아들로 키워진다. 그러나 집이나 군대의 강제된 남성성 틀 속에서 여성이 되고 싶은 영자는 끊임없이 교정이나 관심의 대상이 된다.

그러나 억압의 구체적인 양상과 반응은 결코 동질적이지 않다. 서로가 처한 모순의 상황에 공감하고 분노하면서도 넷은 그것을 유발한 각자의 위치가 포개질 수 없음을 안다. "좋아하는 사람을 따라 다른 세계로 갔구나, 혜숙이는".(386쪽) 건장한 남성 지도부 중심의 조직적 학생운동의 세계 안에 존재하려면 혜자는 흡연처럼 남성화의 전략을 취해야 하는 반면, 그것을 제대로 수행하지 못하는 영성과 같은 이들은 군대에서 쉽사리 여성화의 '표적'이 된다. 한편 미자에게는 적극적인 저항보다도 아이들과 같은 취약한 타인들을 보호하는 일이 우선이다. 체제에 의지해야 하는 주체에게는 언제나 죄의식이 따라온다. 경자는 자신이 좋아하는 영성이 여성으로 정체화하면서 자신이 레즈비언인지 아닌지 혼란스러워하는데, 서로 영향 관계에 있으나 동일하지는 않은 정체성과 욕망의 문제만큼 두 사람은 다르다. 결국 이름으로 대표되는 기존 규범을 전복하려 한 계기는 똑같이 혈연 중심의 가부장적 젠더 구조이지만, 그 안에서는 모두가 단독으로 살아가고 있다는 것. 아들들의 공동체가 스스로(自)의 공동체가 될 수밖에 없는 이유다.

국가 폭력의 피해자 공동체도 마찬가지다. 1980년 5월 광주에 계엄군을 투입하고 발포 명령을 내린 신군부가 겨냥한 것은 재야 정치인도, 대학 시위의 주동자도 아닌 실체 없는 '불온한 시민'의 상이었다. 따라서 학살은 그곳에 있건 없건 모두에게 광범위한 피해를 남기는 동시에 피해자들을 파편화한다. 네 사람의 삶은 젠더 억압의 경험을 낳았던 바로 그 다른 위치에서 중단된다. 강원도의 한 의대에 진학했다가 애인을 따라 광주로 돌아온 혜자는 항쟁 현장에서 학살되고, 영성은 전라도 출신 군인이라는 이유로 계엄군에 차출된다. 미자는 도망치는 시민들을 성당에 숨겨주고 진상을 알리는 등 다른 종교인들과 함께 힘쓰다가 트라우마로 머리가 하얗게 센 채 정신병원에 입원한다. "너도 혜자 같은 사람들에게 총을 쐈니?"(399쪽) 먼 거리에서 연결을 다짐했던 이들은 서로를 마주한 자리에서 다른 사람이 된다. 경자는 조기 전역 후 광주로 돌아온 영자를 데리고 함께 살지만 군인 소영성이 5월의 그 열흘간 무엇을 했는지는 끝내 묻지 못한다. 피해자인 동시에 가해자인 영자에게는 그날의 이야기를 전달할 주어부터가 성립되지 않는다. "난 그냥 나예요. 광주 사람도, 북한 사람도 아니고 남자도 여자도 아니고 그냥 나라고요."(400쪽) 영자는 경자에게 시를 읽어주는데, 다른 언어와 형식을 참조해서만 전달 가능한 진실들을 서사화하는 것은 남은 자들의 몫이다. 영자가 자살한 날 경자가 떠올린 미즈노 루리코의 시 「헨젤과 그레텔의 섬」은 그때부터 고립된 오키나와가 겪은 폭력에서 광주의 그것으로, 두 사람이 함께 미래를 그렸던 더운 날의 사랑은 이별의 이야기로 전환된다.

광주 이후 민주화 세대를 결집했던 '광주를 기억하라'는 구호가 그랬듯이 폭력을 함께 겪어낸 경험은 분명 강한 대항력이 된다. 그러나 한정현의 소설은 그 결집이 피해자와 가해자 주체를 고정할 때 가려지기 쉬운 개개인들의 대체 불가능한 기억에 대해 더 날카롭게 묻는다. 실체가 가려지고 이데올로기화된 군사국가와 장렬하게 전사한 피해자들의 구도에서 영자나 혜자와 같은 개인을 포착하기란 쉽지 않다. 네 사람 중 유일하게 현장에 있지 않았던 경자는 이제 자신이 그날의 일을 어렵게 증언하고 있다. 그러나 경자가 그곳을 되새기는 것은 어떤 체험의 공동체에서 빈 곳을 메우기 위함이거나, 현재의 시점에서 죽은 이들의 목소리를 그대로 복원해 대신 전하려는 게 아니다. 경자는 흩어진 인물과 시간들을 접합해 자기 자신, 쿄지를 설명한다.[1]

"하나인 듯 붙어 있어도 결코 알 수 없는 부분"(384쪽)들로 나를 구성하면서 경자는 서술자인 현재의 나에서도 조금씩 벗어난다. 경자에게 과거는 그 자리에 굳어 있는 시간들이 아니다. 그것은 회상과 동시에 현재가 되어버리는 시간이며, 그럴수록 현재의 나는 미래가 된다.

그 말하기를 이어받은 경자의 딸 영소 역시 과거와 연루된 채 살아간다. 엄마의 과거를 물었던 아이는 이제 혼자서는 불가능한 자신의 서사화를 위해 타인의 시간성과 접합한다. "나는 왜 태어났고 아빠는 왜 죽었어?"(404쪽) 제도가 허락한 성별과 이름으로밖에 부모를 확인할 수 없는 영소에게 문서화된 기록 너머 세계는 중요하다. 오키나와에서 청소년기를 보내고 한국학을 전공해 5·18 연구자가 된 영소는 연구를 하면 할수록 고통을 느낀다. 이는 단지 생물학적 어머니인 혜자가 시위 현장에서 죽어서도, 법적 부모로 등록된 영자와 경자가 트라우마 피해를 입어서만도 아니다. "나와, 정말 상관이 없는데, 엄마. 그렇지?"(405쪽) 역사가는 불투명한 과거를 객관적인 언어로 설명해야 하지만, 희생자들의 증언을 마주할 때 전제되는 연루를 피할 수는 없다. 고등학생 영소가 5·18 피해 유가족 및 연구자들의 오키나와 다크투어를 안내하던 중 만난 한국인 연구자 경아 씨와 가까워질 수 있었던 것은 그가 오키나와와 그 사람들을 역사적 대상이 아닌 일상의

---

1   자기 자신을 설명하는 과정에서 나타나는 접합을 버틀러는 서사화(narration)와 비교하면서 '나'의 형성에는 서사적으로 완벽하게 서술될 수 있는 의식적인 경험을 넘어 의식과 언어로 지배되지 못하는 다양한 접합이 존재한다고 말한다. 주디스 버틀러, 『윤리적 폭력 비판』, 양효실 옮김, 인간사랑, 2013, 103쪽.

주체-공간으로 바라봤기 때문이다. "그래요, 오키나와엔 그런 폭력이 분명히 있었죠. 하지만 소바도 있고 맥주도 있고 고구마도 있네요. 엄마랑 나는 가끔 싸우고 그래도 또 웃을 때도 있어요."(410쪽) 영소가 그와 함께 그런 말들을 자꾸 하고 싶었던 건 꼭 슬픔만이 아니라 분노, 희망 등 다양한 감정으로 단단해진 연결망 없이 그저 주입되는 서사적 정보는 그 사람이 얼마나 큰 규모의 피해를 겪었는지를 '알기' 위함이지, 그 고통을 느끼기 위한 게 아니기 때문이다. 그러한 연결망이 없다면 광주시민과 오키나와인, 재조일본인 여성이나 재일조선인 남성이 겪었던 폭력은 관련이 없는 것이거나, 상대화되어 고통의 위계에 놓이기 쉽다.

그러한 감정의 관계망 속에서만 과거는 현재의 언어로 설명되어야 한다. 교차, 연대, 미러링, mtf/트랜스, 위치성과 같은 언어들은 "모두 다, 어쩌면 폭력에 대해선 같은 마음"(392쪽)임을 확인한 뒤에 찾아온다. 혜자, 미자, 영자의 시간들이 경자의 현재를 통해 존재하듯이, 구술자 김경자 씨의 기록은 이제 채록자 김영소의 기억으로 남는다. 그것은 누군가에게는 '끝나지 않은 과거'로서 더 다양한 말하기와 상상이 필요한 미래이기도 하다.

2022
올해의 문제소설

초판 1쇄 발행 · 2022년 2월 28일
초판 2쇄 인쇄 · 2022년 3월 30일

엮은이 · 한국현대소설학회
펴낸이 · 한봉숙
펴낸곳 · 푸른사상사

주간 · 맹문재 | 편집 · 지순이 | 교정 · 김수란, 노현정 | 마케팅 · 한정규
등록 · 1999년 7월 8일 제2-2876호
주소 · 경기도 파주시 회동길 337-16 푸른사상사
대표전화 · 031) 955-9111(2) | 팩시밀리 · 031) 955-9114
이메일 · prun21c@hanmail.net / prunsasang@naver.com
홈페이지 · http://www.prun21c.com

ⓒ 한국현대소설학회, 2022

ISBN 979-11-308-1898-6   03810

값 17,500원

올해의 문제소설

2011 올해의 문제소설

김경욱 소년은 늙지 않는다 · 김형주 배팅 · 박민규 루디 · 손홍규 내가 잠든 사이 · 염승숙 라이게이션을 장착하라 · 윤고은 Q · 이청해 홍진에 묻힌 분네 · 이홍나의 메인스타디움 · 장마리 선셋 블루스 · 최수철 페스트에 걸린 남자 · 편혜영 저녁의 구애 · 한강 훈자

2010 올해의 문제소설

권지예 BED · 김경욱 연애의 여왕 · 김애란 그곳에 밤 여기의 노래 · 김종성 춤추는 몬스터 · 김중혁 3개의 식탁, 3개의 담배 · 박완서 빨갱이 바이러스 · 백가흠 그리고 소문은 단련된다 · 손홍규 소설이 오셨다 · 이언호 아보카도(Avocado)의 씨 · 조해진 목요일에 만나요 · 최수철 피노키오들 · 최제훈 셜록 홈즈의 숨겨진 사건

2009 올해의 문제소설

권리 해파리 · 권여선 당신은 손에 잡힐 듯 · 김남일 오생, 아무도 가지 않을 길을 가다—오자외전 · 김이은 이건 사랑 노래가 아니야 · 김태용 포주 이야기 · 남한 갈레테아의 나라 · 박민규 별 · 서성란 파프리카 · 손홍규 도플갱어 · 송하춘 자전거 · 정지아 봄날 오후, 과부 셋 · 최일남 스노브 스노브

2008 올해의 문제소설

김경욱 나가사키 내 사랑 · 김남일 오생의 부활 · 김애란 칼자국 · 김연수 달로 간 코미디언 · 김이은 가슴 커지는 여자 이야기 · 김재영 꽃가마배 · 박민규 아치 · 송하춘 그 먼 나라를 알으십니까 · 윤대녕 풀밭 위의 점심 · 정미경 들소 · 정찬 바비 인형 · 천운영 내가 데려다줄게

2007 올해의 문제소설

김숨 트럭 · 김인숙 조동옥, 파비안느 · 김중혁 유리방패 · 윤영수 광고맨 강과 그의 사랑하는 아들 · 이신조 앨리스, 이상한 섬에 가다 · 이혜경 한갓되이 풀잎만 · 정미경 내 아들의 연인 · 정지아 순정 · 천운영 소년 J의 말끔한 허벅지 · 한강 왼손 · 한유주 죽음에 이르는 병 · 황정은 문

2006 올해의 문제소설

김원일 오마니별 · 김인숙 어느 찬란한 오후 · 김중혁 에스키모, 여기가 끝이야 · 박민규 코리언 스탠더즈 · 박정규 한나절의 수수께끼 · 손홍규 이무기 사냥꾼 · 유금호 그 강변, 야생 키니네 꽃 · 이응준 약혼 · 이화경 상란전 · 정이현 1979년생 · 조선희 파란꽃 · 최수철 창자 없이 살아가기

2005 올해의 문제소설

송경아 나의 우렁 총각 이야기 · 김경욱 나가사키여 안녕 · 김연수 이등박문을 쏘지 못하다 · 김재영 코끼리 · 박민규 카스테라 · 박상우 화성 · 서하진 농담 · 이승우 사해 · 이현수 녹 · 정미경 무화과나무 아래 · 조경란 잘 자요, 엄마 · 천운영 그림자 상자

2004 올해의 문제소설

권지예 꽃게무덤 · 김인숙 그 여자의 자서전 · 김종광 김씨네 푸닥거리 약사 · 김훈 화장 · 박정규 안녕 먼 곳의 친구들이여 · 박정애 불을 찾아서 · 백민석 믿거나 말거나박물지 둘 · 윤호 눈이 어둠에 익을 때 · 이승우 사령 · 정미경 성스러운 봄 · 천운영 명랑 · 최일남 석류

2003 올해의 문제소설

강영숙 검은 밤 · 김경욱 거미의 계략 · 김종광 낙서문학사 창시자편 · 김향숙 감이 익을 무렵 · 이청준 들꽃 씨앗 하나 · 이화경 외국어 · 전경린 낙원빌라 · 전상국 플라나리아 · 정미경 호텔유로, 1203 · 정찬 희고 둥근 달 · 하창수 추상화 · 한승원 그러나 다 그러는 것만은 아니다

2002 올해의 문제소설

강석경 관 · 공지영 우리는 누구이며 어디서 와서 어디로 가는가 · 구효서 세상은 그저 밤 아니면 낮이고 · 김하기 미귀 · 박정규 에코르체 혹은 보이지 않는 남자 · 서하진 비밀 · 송하춘 그해 겨울을 우리는 이렇게 보냈다 · 윤후명 나비의 전설 · 이승우 검은 나무 · 이혜경 일식 · 조경란 동시에 · 천운영 눈보라콘